Guilherme Castelo Branco
Alfredo Veiga-Neto
(Organizadores)

FOUCAULT
filosofia & política

1ª Reimpressão

Estudos Foucaultianos   autêntica

Copyright © 2011 Os organizadores
Copyright © 2011 Autêntica Editora

COORDENADOR DA COLEÇÃO ESTUDOS FOUCAULTIANOS
Alfredo Veiga-Neto

CONSELHO EDITORIAL DA COLEÇÃO ESTUDOS FOUCAULTIANOS
Alfredo Veiga-Neto (UFRGS); *Walter Omar Kohan* (UERJ); *Durval Albuquerque Jr.* (UFRN); *Guilherme Castelo Branco* (UFRJ); *Sylvio Gadelha* (UFC); *Jorge Larrosa* (Univ. Barcelona); *Margareth Rago* (Unicamp); *Vera Portocarrero* (UERJ)

PROJETO GRÁFICO DE CAPA E MIOLO
Diogo Droschi

CAPA
Alberto Bittencourt
(Sobre imagem de Cerco à Constituinte, 1975)

EDITORAÇÃO ELETRÔNICA
Christiane Costa

REVISÃO
Renata Sangeon

EDITORA RESPONSÁVEL
Rejane Dias

Revisado conforme o Acordo Ortográfico da Língua Portuguesa de 1990, em vigor no Brasil desde janeiro de 2009.

Todos os direitos reservados pela Autêntica Editora. Nenhuma parte desta publicação poderá ser reproduzida, seja por meios mecânicos, eletrônicos, seja via cópia xerográfica, sem a autorização prévia da Editora.

AUTÊNTICA EDITORA LTDA.

Belo Horizonte
Rua Aimorés, 981, 8º andar . Funcionários
30140-071 . Belo Horizonte . MG
Tel: (55 31) 3214 5700

Televendas: 0800 283 1322
www.autenticaeditora.com.br

São Paulo
Av. Paulista, 2073, Conjunto Nacional,
Horsa I, 11º andar, Conj. 1101
Cerqueira César . São Paulo . SP . 01311-940
Tel.: (55 11) 3034 4468

Dados Internacionais de Catalogação na Publicação (CIP)
(Câmara Brasileira do Livro, SP, Brasil)

Foucault : filosofia & política / Guilherme Castelo Branco, Alfredo Veiga-Neto, (organizadores). -- 1. reimp. -- Belo Horizonte : Autêntica Editora, 2013. (Coleção Estudos Foucaultianos)

Vários autores.
ISBN 978-85-7526-574-1

1. Filosofia francesa 2. Foucault, Michael, 1926-1984 I. Castelo Branco, Guilherme. II. Veiga-Neto, Alfredo. III. Série.

11-09484   CDD-194

Índices para catálogo sistemático:
1. Filosofia francesa 194 2. Filósofos franceses :
Biografia e obra 194

Sumário

9   Apresentação 1 – Os nexos entre subjetividade e política
    Guilherme Castelo Branco

13 Apresentação 2 – Algumas palavras de abertura ao
    VI Colóquio Internacional Michel Foucault
    Alfredo Veiga-Neto

19 Política e polícia
    Acácio Augusto

37 Governamentalidades, neoliberalismo e educação
    Alfredo Veiga-Neto

53 Foucault e a governamentalidade: genealogia do
    liberalismo e do Estado Moderno
    André Duarte

71 A governamentalidade nos cursos do professor Foucault
    Carlos Ernesto Noguera-Ramírez

81 Cuidado da vida e dispositivos de segurança:
    a atualidade da biopolítica
    Cesar Candiotto

97 Um silêncio de Foucault sobre o que é a política
    Diogo Sardinha

111 *Cogitus interruptus*: diálogo entre Juan Goytisolo
    e Michel Foucault sobre o estatuto histórico do
    presente ou sobre onde veio dar as Luzes
    Durval Muniz de Albuquerque Júnior

127 Ecopolítica: procedências e emergência
    Edson Passetti

143 Biopolítica e judicialização das práticas de direitos:
    conselhos tutelares em análise
    Estela Scheinvar

153 Agonística e palavra: as potências da liberdade
Guilherme Castelo Branco

163 Michel Foucault no Brasil: presença, efeitos e ressonâncias. Aproximações preliminares
Heliana de Barros Conde Rodrigues

175 Tecnologias de subjetivação no processo histórico de transformação da criança em aluno a partir de finais do século XIX
Jorge Ramos do Ó

195 A governamentalidade como plataforma analítica para os estudos educacionais: a centralidade da problematização da liberdade
Julio Groppa Aquino

213 O Sócrates do último curso de Foucault no Collège de France
Luiz Celso Pinho

225 Um "Campo de Experimentação"
Magda Maria Jaolino Torres

235 Pensar a democracia
Márcio Alves da Fonseca

251 Escritas de si, *parresia* e feminismos
Margareth Rago

269 As novas práticas de governo na escola: o corpo e a sexualidade entre o centro e as margens
Maria Rita de Assis César

283 Norma, inclusão e governamentalidade neoliberal
Maura Corcini Lopes

299 Enunciação e política: uma leitura paralela da democracia – Foucault e Rancière
Maurizio Lazzarato

319 Uma política menor: o GIP como lugar de experimentação política
Philippe Artières

333 Uma ontologia crítica da
racionalidade política na atualidade
Rogério Luis da Rocha Seixas

349 Desacostumar-se à vida: governo da
verdade e qualidade de vida, exercícios
atuais do poder psiquiátrico
Salete Oliveira

359 O *dizer-verdadeiro* e seus oponentes
Salma Tannus Muchail

371 Do cuidado de si como resistência à biopolítica
Sílvio Gallo

393 Por um saber libertário, para além das evidências
Tania Navarro Swain

403 Autoras e autores

Observações

Mesmo adotando as normas da ABNT, procurou-se seguir, em cada capítulo, a formatação das referências bibliográficas adotada pelo respectivo autor: ora em nota de rodapé, ora em lista por ordem alfabética e cronológica, ao final do capítulo.

No caso das palavras de origem grega cuja grafia ainda não foi padronizada na língua portuguesa, em cada capítulo procurou-se seguir a forma adotada pelo respectivo autor.

APRESENTAÇÃO 1
Os nexos entre subjetividade e política

Guilherme Castelo Branco

A escolha do tema do *VI Colóquio Internacional Michel Foucault: Filosofia e Política*, ocorrido entre 19 e 22 de outubro de 2009, obedeceu a critérios específicos, quase precisos. O evento comemorava dez anos dos Colóquios, exatamente na cidade em que se iniciou a série; Campinas e Natal já haviam magistralmente sediado as demais reuniões. Além disso, desejávamos ressaltar o aspecto filosófico e político da obra de Foucault por estarmos numa das instituições acadêmicas mais conhecidas do Brasil – o Instituto de Filosofia e Ciências Sociais da UFRJ, lugar de tantas lutas teóricas e políticas. Ademais, somos do Departamento de Filosofia daquele Instituto.

O primeiro dessa série de colóquios havia sido organizado por Vera Portocarrero, em 1999, tendo como sede o Departamento de Filosofia da Universidade do Estado do Rio de Janeiro. Assim, do ponto de vista geográfico e de área teórica, havia justificativas para sua realização, dez anos depois, no Rio de Janeiro.

Mas nossas motivações não pararam por aí. Os motivos bibliográficos também foram importantes. Desde a publicação dos *Dits et écrits*, em 1994, e ao longo da primeira década do século XXI, a publicação na íntegra dos diversos cursos (até então inéditos) que Michel Foucault havia ministrado no Collège de France, uma face do pensamento do filósofo – até então quase desconhecida para muitos pesquisadores e estudiosos – foi progressivamente sendo desvelada. E é justamente nesses trabalhos que a política e a militância política de Foucault aparecem com a maior clareza.

O que motivou a temática que escolhemos para nomear o VI Colóquio foram, sobretudo, as próprias ideias filosóficas de Foucault. Desde os anos 1970, quando o pensador passou a se interessar pelas relações entre saber e poder, os nexos entre filosofia, presente histórico e participação política passaram a ser, pouco a pouco, o cerne das suas preocupações, tanto na teoria quanto na prática. Foucault percebe claramente que o poder hegemônico e o exercício institucional e estatizado do poder podem levar a certos abusos e a certas patologias do poder. Tais patologias estão de tal modo conectadas ou sintonizadas com segmentos importantes do mundo social e político, de tal modo disseminadas e capilarizadas, que não se restringem nem poderiam estar limitadas ao campo circunscrito da esfera estatal. A prática efetiva do poder, desde o começo do século XX, não se limita ao âmbito do Estado; o poder está articulado a uma série de parceiros e instituições que compartilham, como numa gigantesca rede, todo um domínio que parte das grandes instituições até os pequenos acontecimentos das relações interpessoais. A racionalidade política contemporânea levou a significativos abusos do poder; trata-se de um fato paradoxal, uma vez que essa mesma racionalidade trouxe também benefícios e contribuições positivas para a vida das pessoas. Por esse motivo, o filósofo procurou forjar um instrumental teórico que lhe permitisse analisar as diversas técnicas de poder que foram sucessivamente praticadas no mundo ocidental, nos últimos séculos.

Analisando, inicialmente, como o poder se realiza nas práticas cotidianas, em campos nebulosos e periféricos da vida social, Foucault inicialmente tem a clara percepção de que certas técnicas de poder estão centradas no corpo. Esse é, por exemplo, o caso das disciplinas, que procuram exercer uma pressão detalhada e contínua sobre os corpos – das crianças, dos loucos, dos operários etc. a partir dos séculos XV e XVI. Como se sabe, nesse período foram escritos livros, manuais e manifestos a fim de divulgar o enorme potencial da disciplinarização. A obsessão com tais técnicas disciplinares levou os autores da época a apresentar imagens e gravuras nos seus opúsculos e livros, de modo a ilustrar seus objetivos de gestão dos corpos. Algumas dessas imagens foram apresentadas e discutidas por Foucault em seu célebre *Vigiar e Punir*, cuja primeira edição apareceu em 1975. Com o sucesso do poder disciplinar enquanto instrumento de controle social, essa técnica de poder disseminou-se no campo social; ela se converte em modalidade real de exercício de poder até hoje: da escola ao exército, do hospital ao acampamento de refugiados, todos nós, consciente ou inconscientemente, obedecemos a uma regulação e disposição corporal pelas quais seguimos e cumprimos regras de convívio social, profissional e político.

Mesmo sem contorno histórico bem definido, uma noção necessária e complementar à de disciplina foi a de normalização. Deslizando entre o campo da norma jurídica e o campo da produção social de determinado padrão de normalização, Foucault chama a atenção para o fato de que a normalização tem por foco a vida subjetiva dos indivíduos. Ele mostrou, também, o quanto tudo isso fascinou, a partir dos séculos XVII e XVIII, um conjunto significativo de filósofos, educadores e toda uma gama de escritores voltados para esse aspecto da vida social. O problema central da normalização, em outras palavras, é o cuidado com a alma dos seres humanos, com o conhecimento possível da subjetividade humana e, por consequência, com a questão de como dominá-la. A escola e a família seriam os agentes por excelência das técnicas de normalização. O objetivo mais importante do procedimento normalizador é a produção de subjetividades assujeitadas, é a criação de trabalhares honestos, de cidadãos cumpridores dos deveres, de bons pais de família, de pessoas feitas em série e mais ou menos padronizadas nos seus modos de viver, nos seus gostos e, até mesmo, no seu modo de morrer. As Ciências Humanas, que surgem a partir dessa época, decorrem do interesse em se conhecer o que se passa na cabeça das pessoas para melhor dominá-las; as Ciências Humanas são um efeito inegável das técnicas de poder em sua vertente de constituição do controle subjetivo, também denominado poder normalizador.

Os saberes e poderes que visam à normalização e ao controle social, todavia, não seriam a única novidade na gestão política dos países ocidentais. Do agenciamento do saber-poder médico com o saber-poder jurídico, surgem novas modalidades de exercício do poder, visando ao "assujeitamento dos corpos e controle das populações" (FOUCAULT, 1976, p. 184). O efeito político intenso que daí resulta é a entrada na "era do biopoder" (*idem*). Como define o filósofo, no início do curso *Segurança, território, população*, o biopoder pode ser caracterizado pelo

> [...] conjunto de mecanismos pelos quais o que constitui, na espécie humana, seus traços biológicos fundamentais, vai poder entrar no interior de uma política, de uma estratégia política, de uma estratégia geral de poder; ou, dizendo de outra maneira, como as sociedades, as sociedades ocidentais modernas, a partir do século XVIII, passaram a levar em conta o fato biológico fundamental de que o ser humano constitui uma espécie humana. (FOUCAULT, 2004b, p. 3).

O tempo de biopoder, que é por excelência o nosso tempo, caracteriza-se pela ampliação crescente das articulações entre os saberes biológicos e biomédicos e os dispositivos jurídico-institucionais, com grandes efeitos no campo da macropolítica, seja nas relações entre os Estados, seja no interior de cada Estado, indo até mesmo à interferência micropolítica no modo de vida das pessoas, no interior de suas próprias casas. As técnicas de poder, as tecnologias de segurança postas em ação, de grande complexidade em nossas sociedades, vão se fazer "[...] seja por mecanismos que são propriamente mecanismos de controle social, como é o caso da punição penal, seja mecanismos que têm por função modificar alguma coisa no destino biológico da espécie" (FOUCAULT, 2004b, p. 12).

Na verdade, as relações de poder em prática nos tempos de biopolítica se fazem tanto sobre as populações como sobre os indivíduos e as lutas políticas se fazem seja em escala macropolítica, seja em escala micropolítica. A luta de classes, as pequenas lutas individuais por pequenas expansões de liberdades em seus espaços privados e íntimos, as lutas das coletividades assim como das pessoas mais simples: todas essas resistências aos poderes têm valor e trazem transformações ao mundo social, em algum nível de sua escala. Não são apenas os eventos coletivos e de grandes dimensões que merecem o olhar da análise política. Os pequenos acontecimentos, as lutas que ocorrem nas casas, nos bairros, nas prisões, nos manicômios, nos partidos políticos, nas salas de aula, em associações de doentes graves e tantos outros grupamentos humanos nos quais reivindicações são feitas com justa razão, revelam que a militância política não se restringe às suas formas tradicionais e partidárias.

★ ★ ★

Agradeço ao apoio e à ajuda de tantas pessoas. Acredito que seria injusto nomeá-las sem se esquecer de alguém importante no processo. Todavia, não posso deixar de nomear duas: Margareth Rago e Alfredo Veiga-Neto, que bem conhecem e praticam o dom e o sentido da generosidade. Marcos Antônio Carneiro Silva, da Faculdade de Educação da UFRJ, foi um grande amigo; ele colaborou muito nos diversos momentos da realização deste VI Colóquio Internacional Michel Foucault. Os membros do Laboratório de Filosofia Contemporânea da UFRJ também foram incríveis parceiros neste empreendimento. Agradeço, outrossim, à Capes, à Faperj, à PR-2/UFRJ, à PR-3/UFRJ, ao PPGF/UFRJ. Por fim, agradeço a todos os que fizeram deste Colóquio um encontro de pensamento e de pessoas, de muitas formações e de muitos lugares e nacionalidades.

Referências

FOUCAULT, Michel. *Histoire de la sexualité:* la volonté de savoir. Paris: Gallimard, 1976.

FOUCAULT, Michel. *Sécurité, territoire, population*. Paris: Seuil/Gallimard, 2004.

Apresentação 2
Algumas palavras de abertura ao
VI Colóquio Internacional Michel Foucault
Rio de Janeiro, 19 de outubro de 2009 - UFRJ

Alfredo Veiga-Neto

Minha mais entusiástica saudação de boas-vindas a todos vocês que aqui estão. Em nome da Comissão Científica, da Comissão Organizadora e do professor doutor Guilherme Castelo Branco, coordenador geral deste *VI Colóquio Internacional Michel Foucault*, agradeço pela presença.

Num primeiro momento, eu e o Guilherme pensamos em registrar, um a um, os vários grupos de pesquisa aqui presentes, os colegas que vieram de tão longe para este evento; depois nos demos conta de que o seu número havia crescido assustadoramente. Por isso, sintam-se todos nominados. Agradeço seus esforços para estarmos, mais uma vez aqui, juntos num Colóquio que há uma década vem se caracterizando pela feliz combinação entre a vontade de saber e o esforço para pensar de outro modo, entre o cultivo da amizade e o respeito às diferenças, tudo isso ao abrigo da alegria do convívio comum.

Agradeço, também, a honra que me deu o nosso querido amigo Guilherme quando delegou a mim a tarefa de fazer esta saudação. Aqui, um registro – mesmo que ele tenha me pedido que não lhe dirigisse qualquer agradecimento –: todos temos muito claro que sem o empenho, a competência e o entusiasmo do nosso anfitrião, bem como a sua equipe e os recursos das agências que o apoiaram (e nos apoiaram), nada disto estaria acontecendo. Assim, é principalmente a pessoas como o Rogério, o Fernando, o Eduardo, o Domingos, o Rodrigo, a Danyele, o Marcos Antonio, o Julio Alt e vários outros que nos cercam com sua atenção – bem como principalmente o Guilherme Castelo Branco – que devemos a realização deste *VI Colóquio Internacional Michel Foucault*. Por isso, a todos eles somos muito gratos.

★ ★ ★

Uma parte do pouco que vou dizer, nesta breve abertura, certamente é bem sabida por todos vocês. Refiro-me, especialmente, aos entendimentos que Michel Foucault desenvolveu em torno das palavras *filosofia* e *política*. Afinal, essas foram as palavras que o nosso querido Guilherme escolheu para marcar as coordenadas e dar o tom a este Colóquio.

Como é comum acontecer com o vasto e variado campo semântico construído e palmilhado por Foucault, sob essas duas palavras – *filosofia* e *política* – não se abrigam sentidos únicos, monolíticos; nem mesmo o que ele entendia por *filosofia* e *política* se mantiveram estáveis ao longo de sua trajetória intelectual. Afinal, nosso filósofo estava longe de qualquer compromisso com o pensamento sistemático.

Seja como for, reconhecendo a polissemia do terreno em que pisamos, tomarei três passagens – certamente bem conhecidas de todos vocês – em que Foucault se refere à *filosofia* e à *política*. Elas servirão como base, como um ponto de partida para este *VI Colóquio Internacional Michel Foucault*. Tal qual um *leitmotiv*, elas também servirão para ajustarmos nossas coordenadas e calibrarmos a agulha da bússola que marcará nossos rumos nos próximos dias.

★ ★ ★

A primeira dessas passagens diz respeito à *filosofia*. Na famosa *Introdução* ao segundo volume da *História da sexualidade*, assim diz o nosso autor: "Mas o que é a filosofia hoje em dia – refiro-me à atividade filosófica – senão o trabalho crítico do pensamento sobre o próprio pensamento?".[1] A essa pergunta, Foucault acrescenta imediatamente uma segunda indagação: Eu pergunto "se ela não consiste, ao invés de legitimar aquilo que já se sabe, num empreendimento de saber como e até que ponto seria possível pensar de outro modo?" (*idem*).

A segunda passagem – agora sobre a *política* – está no também conhecido debate que Foucault travou com Chomsky, em 1971, sob a intermediação de Fons Elder: "Parece-me que, em uma sociedade como a nossa, a verdadeira tarefa política é criticar o jogo das instituições aparentemente neutras e independentes, e criticá-las e atacá-las de

---

[1] "*Mais qu'est-ce donc que la philosophie aujourd'hui – je veux dire l'activité philosophique – si elle n'est pas le travail critique de la pensée sur elle-même? Et si elle ne consiste pas, au lieu de légitimer ce qu'on sait déjà, à entreprendre de savoir comment et jusqu'où il serait possible de penser autrement?*" (FOUCAULT, 1984, p. 14-5).

maneira que a violência política que nelas se exerce obscuramente seja desmascarada e se possa lutar contra elas".[2]

A terceira passagem soa como uma declaração de princípios. Ainda no debate com Chomsky, quando Elder pergunta por que Foucault se interessa mais pela *política* que pela *filosofia*, o filósofo – como que forçando a curvatura da vara – começa sua resposta com uma frase muito forte e quase paradoxal: "Eu jamais me ocupei com a filosofia."[3] E imediatamente acrescenta:

> Mas esse não é o problema. Sua pergunta é: "Por que eu me interesso tanto pela política?". Para responder de modo muito simples, eu diria: por que eu não deveria estar interessado? Que cegueira, que surdez, que densidade de ideologia teriam o poder de me impedir que eu me interessasse pelo assunto, sem dúvida o mais crucial da nossa existência, isto é, a sociedade na qual nós vivemos, as relações econômicas segundo as quais ela funciona, e o sistema que define as formas regulares, as permissões e as interdições que regem regularmente nossa conduta? A essência da nossa vida é feita, afinal, do funcionamento político da sociedade na qual nos encontramos. Assim, eu não posso responder à pergunta "por que eu deveria me interessar por ela?"; posso apenas responder-lhe perguntando "por que eu não deveria estar interessado?".[4]

★ ★ ★

Feitas essas considerações acerca da importância e dos sentidos que se pode dar à *filosofia* e à *política* no campo dos estudos foucaultianos – o que, aliás, nada tem a ver em demarcar sólida e definitivamente seus conceitos –, encaminho-me para o final desta minha fala. Se vocês me permitem ir um pouquinho adiante – apenas alguns segundos adiante –, recorrerei a mais uma conhecida passagem em que o filósofo responde,

---

[2] "*Il me semble que, dans une société comme la nôtre, la vraie tâche politique est de critiquer le jeu des institutions apparemment neutres et indépendantes; de les critiquer et de les attaquer de telle manière que la violence politique qui s'exerçait obscurément en elles soit démasquée et qu'on puisse lutter contre elles*" (FOUCAULT, 1984a, p. 496).

[3] "*Je ne me suis jamais occupé de philosophie*" (FOUCAULT, 1984a, p. 493).

[4] "*Mais ce n'est pas le problème. Votre question est: pourquoi est-ce que je m'intéresse autant à la politique? Pour vous répondre très simplement, je dirais: pourquoi ne devrais-je pas être intéressé? Quelle cécité, quelle surdité, quelle densité d'idéologie auraient le pouvoir de m'empêcher de m'intéresser au sujet sans doute le plus crucial de notre existence, c'est-à-dire la société dans laquelle nous vivons, les relations économiques dans lesquelles elle fonctionne, et le système qui définit les formes régulières, les permissions et les interdictions régissant régulièrement notre conduite? L'essence de notre vie est faite, après tout, du fonctionnement politique de la société dans laquelle nous nous trouvons. Aussi je ne peux pas répondre à la question pourquoi je devrais m 'y intéresser; je ne peux que vous répondre en vous demandant pourquoi je ne devrais pas être intéressé*" (FOUCAULT, 1984a, p. 493).

já na década de 1980, a uma pergunta que lhe faz Didier Eribon sobre a atividade crítica. Assim respondeu Michel Foucault:

> A crítica consiste em desentocar o pensamento e em ensaiar a mudança; mostrar que as coisas não são tão evidentes quanto se crê, fazer de forma que isso que se aceita como vigente em si não o seja mais em si. Fazer a crítica é tornar difíceis os gestos fáceis demais. Nessas condições, a crítica – e a crítica radical – é absolutamente indispensável para qualquer transformação.[5]

★ ★ ★

Penso que as palavras de Michel Foucault estão mais vivas e mais úteis do que nunca. E mais ainda – principalmente agora que se publicam, na íntegra, vários cursos que o filósofo proferiu no *Collège de France* –, Michel Foucault nos parece – vivo, intenso, atual.

Mas reconhecer a atualidade e a importância do filósofo não significa celebrá-lo incondicionalmente. Aqui me vêm as palavras de Blandine Barret-Kriegel, proferidas no *Encontro Internacional de Paris*, em 1988, no Centro Michel Foucault: "Esta não é uma comemoração. Não somos guardiões do templo nem há, aqui, religião; trata-se tão somente da vontade de saber."[6]

★ ★ ★

Como aconteceu nos colóquios anteriores, que com Foucault possamos alimentar nossas indagações e indignações, num mundo que nos parece cada vez mais marcado pela iniquidade e pela perplexidade. E, também como aconteceu nos colóquios anteriores, que tudo aquilo que acontecer entre nós nos próximos dias sirva de alavancas para pensarmos o impensável e, desse modo, transgredirmos os nossos próprios limites.

★ ★ ★

A todos vocês: em meu nome e em nome do Guilherme Castelo Branco, muito obrigado.

Declaro aberto o *VI Colóquio Internacional Michel Foucault*.

---

[5] "*La critique consiste à débusquer cette pensée et à essayer de la changer: montrer que les choses ne sont pas aussi évidentes qu'on croit, faire en sorte que ce qu'on accepte comme allant de soi n'aille plus de soi. Faire la critique, c'est rendre difficile les gestes trop faciles. Dans ces conditions, la critique (et la critique radicale) est absolument indispensable pour toute transformation*" (FOUCAULT, 1984b, p. 180).

[6] BARRET-KRIEGEL (1990. p. 186).

Referências

BARRET-KRIEGEL, Blandine. Michel Foucault y el estado de policía. In: BALBIER, E. et al. *Foucault Filósofo*. Barcelona: Gedisa, 1990, p. 186-197.

FOUCAULT, Michel. *Histoire de la sexualité. Vol. 2: l'usage des plaisirs*. Paris: Gallimard, 1984, p. 14-15.

FOUCAULT, Michel. De la nature humaine: justice contre pouvoir. *Dits et écrits II*. Paris: Gallimard, 1984a, p. 471-512.

FOUCAULT, Michel. Est-il donc important de penser? (entretien avec D. Éribon), Libération, n. 15, 30-31 mai 1981, p. 21. In: *Dits et écrits IV (1980-1988)*. Paris: Gallimard, 1984b, p. 178-182.

Política e polícia

Acácio Augusto

O que há de mais instigante, para mim, em Michel Foucault é a potência de suas noções quando relacionadas diretamente com um interesse imediato, um conjunto de circunstâncias, uma luta deflagrada. Suas noções histórico-políticas não podem ser tomadas como instrumentos ou ferramentas, ainda que um dia ele tenha dito isso. Tampouco se trata de certo léxico capaz de fornecer maneiras adequadas de descrever ou analisar uma "realidade" ou esta e/ou aquela situação política. Gosto de acompanhar e utilizar suas noções como armas, podendo até ser qualificadas nesse sentido como instrumentos, mas no interior de um combate, uma luta e um choque direto com os exercícios das tecnologias de poder travado por quem está interessado em resistências; atiçar revoltas em si, contra si e em torno de si como mutações, transformações.

Nesse sentido, lidarei com a relação polícia e política não como uma descrição das contemporâneas práticas das tecnologias do poder, mas, seguindo uma sugestão de Deleuze[1] em sua inicial descrição da sociedade de controle, com um esboço de uma análise *do que estamos sendo levados a servir* como uma decisão em não mais servir. Um combate ao poder, um embate com as contemporâneas práticas de governo na sociedade de controle.

Para isso, parto das análises de Michel Foucault sobre a emergência da polícia como prática de governo relacionada às características do *poder pastoral* diante de um contemporâneo programa de controle de jovens tomados como *adolescentes* autores de atos infracionais ou classificados como vivendo em área ou *situação de risco*: o *Projeto Pró-menino da Fundação Telefônica*, que financia ONGs (Organizações Não Governamentais) de atendimento de *adolescentes* cumprindo medida socioeducativa de liberdade assistida em cidade satélites da região metropolitana de São Paulo.

[1] DELEUZE, 2000.

Poder pastoral e governo

A polícia foi o instrumento decisivo da arte de governo na era moderna e a via de governamentalização do Estado tendo a emergência da população como objeto e objetivo de governo. Foucault, ao inventariar a emergência dessas questões e dessas práticas, indica as procedências dessa governamentalização do Estado nos séculos XV e XVI relacionada ao poder pastoral, que emerge de uma certa literatura anti-Maquiavel e estabelece os elementos que caracterizam a governamentalidade: tomar a população como alvo, ter a economia política como forma e os dispositivos de segurança internos e externos como instrumentos, para afirmar uma predominância do governo em relação à soberania e a disciplina.

Como exercício de poder em sentido descendente, a prática de polícia está relacionada à obrigação que tem o soberano em prover seus súditos e garantir-lhes a segurança, que, por sua vez, suscita uma relação ascendente. Essa polícia é ainda muito diferente da instituição de polícia contemporânea, repressiva, e encontra-se mais próxima de práticas de assistência social à população, que receberão outros nomes mais tarde. Entre as duas qualidades ascendentes e descendentes que a literatura anti-Maquiavel postula ao bom governo está a família, na medida em que um bom governante é um bom chefe de família e um governo ou um principado próspero é aquele constituído de chefes que administram com diligência suas famílias.

Portanto, essa literatura, segundo Foucault, situa as características do bom governante: aquele que exerce o governo no interior de relações ascendentes e descendentes como modo de dispor corretamente as coisas em relação às pessoas, guiado por um fim adequado, orientado por uma pluralidade de táticas e que, como o timoneiro de um navio, leva sua tripulação com paciência, sabedoria e diligência. "Enquanto a finalidade da soberania é ela mesma, e seus instrumentos têm a forma de lei, a finalidade do governo está nas coisas que ele dirige; deve ser procurada na perfeição, na intensificação dos processos que ele dirige e os instrumentos do governo, em vez de serem constituídos por leis, são táticas diversas".[2]

No entanto, para que essas táticas de governo se efetivassem, foi preciso a emergência da população, que possibilitou o desbloqueio dessa

---

[2] FOUCAULT, 1979, p. 284.

tática. Essa emergência, no século XVIII, estava ligada ao aparecimento da estatística como saber de Estado, que permitiu colocar a economia como um problema não mais restrito ao interior da família, ao estabelecer que a população possuía uma lógica e uma regularidade próprias que podem ser medidas, anotadas, modificadas e reguladas. A partir de então, a família passou de modelo das artes de governo à instrumento destas como via de acesso aos problemas da população. Se o surgimento da população como objeto de governo possibilita a governamentalização do Estado, será a capacidade do Estado em produzir um saber sobre essa população, por meio dos cálculos e medições estatísticas, que permitirá sua atuação sobre ela tendo como instrumento específico a polícia, utilizada como técnica de governo que realiza o esplendor do Estado.

Os objetos do governo das polícias são o número de homens de um Estado, suas necessidades vitais, a saúde desse conjunto de homens, as atividades produtivas e o espaço de circulação de mercadorias. "Tudo o que vai ser o bem-estar para além do ser, de tal sorte que o bem-estar dos indivíduos seja a força do Estado, é esse [...] o objetivo da polícia".[3] Uma prática policial que entende que "policiar e urbanizar é a mesma coisa".[4] A polícia, portanto, é uma tecnologia de poder que pode apresentar procedimentos importantes de práticas que hoje não são diretamente caracterizadas como função policial. Segundo Foucault, "de um lado, teremos os grandes mecanismos de incentivo-regulação dos fenômenos: a economia, a gestão da população etc. De outro, teremos, com funções simplesmente negativas, a instituição da polícia no sentido moderno do termo, que será simplesmente o instrumento pelo qual se impedirá que certo número de desordens se produza".[5]

Quanto à polícia como instituição estatal, que se ocupa da saúde da população como conjunto vivo que compõe o corpo biológico do Estado, se ela passará a ser identificada, com esse nome, apenas como instituição repressiva para conter revoltas internas, o sentido das políticas de Estado como meio de garantir a saúde da população receberá o nome de política social, o que leva a aproximar as diversas maneiras de investimentos estatais no que se chama, sob a dominância liberal, de *política pública*, a uma ação

---

[3] FOUCAULT, 2008, p. 440.

[4] *Op. cit.*, p. 453.

[5] *Op. cit.*, p. 574.

policial do Estado sobre a população como estratégia, também, de conter revoltas, ampliar o esplendor do Estado e extrair obediência. Segundo as procedências dessa tecnologia política indicadas por Foucault nas formulações das doutrinas da razão de Estado e da teoria da polícia, na França, na Alemanha e na Inglaterra, "a doutrina da razão de Estado tentou definir em que princípios e métodos do governo estatal diferiam, por exemplo, da maneira como Deus governa o mundo, o pai, a sua família, ou um superior, a sua comunidade. [...] Quanto à doutrina da polícia, ela definiu a natureza dos objetivos da atividade racional do Estado; definiu a natureza dos objetivos que ele persegue; a maneira geral dos instrumentos que ele emprega".[6]

Entre os textos que buscam a definição dessas duas competências do Estado e da administração pública, Foucault, em sua análise, destaca o de Von Justi, *Élements de police*. Nesse livro, Von Justi estuda as funções públicas relativas ao governo que dizem respeito ao território contendo os "bens imobiliários do Estado", analisado segundo o povoamento do meio rural e urbano, e as condições de vida do conjunto de seus habitantes; os "bens e títulos" desse Estado, a análise da expansão das mercadorias, da produção, da circulação de bens e pessoas e da moeda; e a conduta dos indivíduos que compõem esse conjunto que habita o território. Ao dividir dessa maneira sua análise, Von Justi estabelece com clareza o objetivo da arte de governar moderna: o desenvolvimento das condições de vida dos indivíduos como premissa para o reforço da potência do Estado, diferenciando *politik* (do alemão, política), como a função negativa (repressiva) da razão de Estado contra seus inimigos internos e externos, de *Polizei* (do alemão, polícia), como tarefa positiva do Estado e da sociedade civil para favorecer a saúde e dirigir as condutas dos que compõem a população, garantindo a moralidade e obediência dos cidadãos. O objetivo de Von Justi, ao contrário dos utópicos e prescritivos manuais de polícia escritos por seus contemporâneos franceses, como Turquet ou De Lamare, é "elaborar uma *Polizeiwissenzchaft*. Seu livro não é uma simples lista de prescrições. É também uma grade através da qual se pode observar o Estado, ou seja, seu território, seus recursos, sua população, suas cidades etc. A *Polizeiwissenzchaft* é ao mesmo tempo uma arte de governar e um método para analisar uma população vivendo em um território".[7]

---

[6] FOUCAULT, 2003, p. 373.

[7] *Op. cit.*, p. 383-4.

Não por analogia, semelhança ou aproximação, mas como técnica, já seria possível afirmar que não estamos muito distantes de contemporâneas políticas assistências e de controle de incivilidades que se orientam por uma busca de melhorias das condições de vida dos habitantes adultos e oferta de atividades atrativas direcionadas às crianças e aos jovens de determinado local, envolvendo a comunidade em que vivem. Políticas assistenciais invariavelmente se combinam com uma presença expressiva da polícia repressiva como integrante dessa comunidade, tanto relacionadas às formulações da teoria criminológicas da ação ecológica desenvolvida pela sociologia da Escola de Chicago, como à contemporânea, e tributária desta teoria, política de *tolerância zero*.

Ademais, uma série de projetos e planos contemporâneos voltados direta ou indiretamente para o combate da violência atualiza o antigo sentido de polícia como política social nos dias de hoje. Considerando o modelo da cidade de Medellín, na Colômbia, os projetos de urbanização de favelas – como o *Cingapura* da cidade São Paulo, ou o *CDHU*, do governo do Estado de São Paulo, ou mesmo o projeto de urbanização das favelas cariocas, no interior do PAC (Plano de Aceleração do Crescimento), do governo federal –, visam à segurança pública e à efetivação de ações policiais do Estado. Essas ações sociais preventivas do Estado são um desdobramento do poder pastoral, uma ressonância das políticas sociais como prática de polícia para promoção da saúde da população e prosperidade do Estado.

No entanto, não se trata de mera atualização, ainda que com certa ressonância, da tecnologia de poder pastoral. É preciso se perguntar como estão dispostos os objetos e objetivos da batalha que hoje se trava no entorno dessas tecnologias de poder contemporâneas e a pluralidade de táticas que elas disparam. Se o exercício de poder e a prática policial como componentes da biopolítica nunca foram atividades exclusivas do Estado, onde e como se aninham essas práticas nos dias de hoje? Qual subjetividade corresponde às contemporâneas maneiras de realizar política e polícia na sociedade de controle? Como se operam as subjetivações que realizam política e polícia em cada um?

Novas mesmas políticas: programas policiais

Há, hoje, sob a governança neoliberal, um redimensionamento do poder pastoral. O Estado não é mais o planejador da economia e a instituição responsável pela correção das desigualdades sociais. Reduzido, ou melhor, redimensionado às funções de fiador e fiscalizador das ações programáticas da chamada sociedade civil, as políticas de assistência social com funções policiais de promoção da prosperidade do conjunto de indivíduos e mesmo as ações repressivas e de administração das instituições austeras e de controle de incivilidades passam a ser geridas e promovidas por um consórcio que agrega Estado, sociedade civil e iniciativa privada, como é possível notar na lei que regulamenta as PPPs (Parcerias Público-Privadas).[8] Para além da formalização legislativa, a instauração e expansão dessas parcerias vão desde obras para construção de trens metropolitanos até a construção e administração das prisões.

Ao acompanhar as análises de Michel Foucault acerca da teoria neoliberal estadunidense, elaborada pela Escola de Chicago, é possível demarcar as aproximações dessa teoria com a atual combinação entre ação social do governo e políticas assistenciais financiadas pela iniciativa privada como investimento na produção de uma conduta policial. Segundo Foucault, o contexto histórico em que se desenvolve a teoria neoliberal é formado pela crítica ao *New Deal* e toda política econômica, entendida como intervencionista e chamada de keynesiana, implementada por Roosevelt entre 1933-1934 nos EUA; os projetos europeus de intervenção econômica e social, elaborados durante a Segunda Guerra Mundial e implementados como planos de reconstrução no pós-guerra, como o plano Breveridge,[9] na Inglaterra; o crescimento dos programas de educação, combate à pobreza e à segregação, desenvolvidos desde a administração Truman até a administração Johnson que inflam o intervencionismo do Estado e sua burocracia.

---

[8] Segundo o site do Ministério do Planejamento do Governo Federal, "a Lei Federal 11.079/04, a Parcerias Público-Privadas é um contrato administrativo de concessão, na modalidade patrocinada ou administrativa: patrocinada é a concessão de serviços públicos ou de obras públicas de que trata a Lei n. 8987/95 quando envolver, adicionalmente à tarifa cobrada dos usuários, contraprestação pecuniária do parceiro público ao parceiro privado. Administrativa é o contrato de prestação de serviços de que a administração pública seja usuária direta ou indireta, ainda que envolva execução de obra ou fornecimento e instalação de bens. *Resulta das mudanças no papel do Estado, que deixa de ser produtor/planejador central e tem-se tornado, cada vez mais, um agente indutor, articulador, regulador e fiscalizador*". Nos seus objetivos, destaco no texto que: "Dentre outras áreas que apresentam *potencial para projetos de PPP*, destacam-se: saúde, saneamento, educação, *presídios e governo eletrônico*". Disponível em: http://www.planejamento.sp.gov.br/PPP/faq.asp. Acesso em: 20 ago. 2009. Grifos meus.

[9] Para uma análise detalhada das ressonâncias dos objetivos traçados pelo Plano Breveridge no controle contemporâneo, ver: OLIVEIRA, 2002.

Para Foucault, esse contexto deve ser analisado a partir das diferenças entre o liberalismo estadunidense e o europeu, pois o segundo, durante o século XIX, esteve mais ocupado com questões ligadas a garantia de unidade da nação e à formação do Estado de direito, enquanto nos EUA a questão era precisamente o liberalismo político. Por essas diferenças históricas, Foucault conclui que "na América do Norte, o liberalismo é toda uma maneira de ser e pensar. É muito mais um tipo de relação entre governantes e governados, do que uma técnica dos primeiros em relação aos segundos".[10]

Esse liberalismo estadunidense é tomado ao mesmo tempo como fim a ser atingido e forma de pensamento para análise sociológica e econômica, como meta e método de determinada estratégia política. Foucault propõe uma leitura do liberalismo estadunidense "como estilo geral de pensamento, análise e imaginação".[11] Situa o pensamento neoliberal nos EUA como a utilização do princípio de mercado para a análise das relações sociais, uma forma de inteligibilidade dessas relações. Dessa perspectiva, dedica especial atenção à *teoria do capital humano* e às análises dos problemas da criminalidade e da delinquência. Em relação ao capital humano, expõe a partir de uma crítica ao conceito de força de trabalho elaborado pela economia política clássica. Os neoliberais estadunidenses, dos quais se destaca Theodore Schultz, propõem uma concepção de força de trabalho como o capital que cada trabalhador possui, e não mais uma mercadoria que se vende ao capitalista em troca do salário. Esse capital-idoneidade, como Foucault o apresenta, é resultado de características hereditárias e adquiridas pela educação/escolarização de cada um. Assim, abriu-se espaço para uma renovação conservadora que passa a ver na restauração da família, do matrimônio e da educação rígida dos filhos investimentos para esse homem-empresa obter lucros como um *homo economicus*, de onde se depreende, também, as funções fundamentais do Estado com investimentos em saúde e educação da população.

Segundo a teoria do capital humano, o criminoso não é mais alguém com traços criminais morais e antropológicos, passíveis de determinação antinômico-biológica. Por isso, deve-se investir em ações sociais e ações preventivas em áreas delimitadas, por meio de estudos estatísticos específicos, como áreas de risco, para levar os habitantes dessa área a avaliar

---

[10] FOUCAULT, 2007, p. 242-57.

[11] *Op. cit.*, p. 254.

o custo/benefício de uma ação criminosa. Postula-se, portanto, que uma ação ecológica, em termos de política criminal e social, seja uma intervenção sobre os elementos que compõem as regras do jogo econômico em que está inserido cada cidadão, ou seja, o ambiente onde ele vive. O endurecimento das penas e a intensificação da vigilância fazem o potencial criminoso avaliar que o risco de cometer um crime é alto; a diversificação de programas de assistência, a formação profissional, as moradias populares, os equipamentos de lazer e a complementação de renda levam os habitantes das chamadas áreas de risco a avaliar que é mais vantajoso obedecer às leis do Estado. Trata-se, portanto, não mais de um projeto de normalização do indivíduo biológico, mas um investimento no ambiente em que vive como meio de produzir obediência pelo cálculo econômico racional de custo e benefício.

Há uma insinuação, nessa teoria neoliberal de capital humano, do acoplamento das funções policiais como conduta dos cidadãos, vistos como unidades econômicas. Uma governamentalização da instituição estatal é a intensificação de uma maneira de governamentalização da chamada sociedade civil, em que o indivíduo é o elo econômico dessa relação entre a sociedade e o Estado. Difere apenas na maneira de criar esse elo, que produz processos de subjetivação, na medida em que "o que é a sociedade civil, senão precisamente esse algo que não se pode pensar como sendo simplesmente o produto e o resultado do Estado? Mas também é algo como a existência natural do homem".[12] Não se trata de um policiamento da sociedade nem de uma criminalização da pobreza ou da miséria, mas da expansão de uma subjetividade policial em cada cidadão, que teme o tribunal do mercado e que julga a ação do governo e dos cidadãos. Assim, cada cidadão age como um moderado policial-consumidor-empresa, pois é agindo com moderação que pode extrair benefícios econômicos e políticos, materiais e subjetivos, nas relações com o Estado, com as outras empresas e com a comunidade.

Se a prisão é dispositivo terminal das disciplinas, a polícia é a tecnologia de poder privilegiada para dirigir as condutas de determinado grupo segundo interesses específicos para governar condutas. Tanto a prisão quanto a biopolítica da população são alvos de metamorfoses na sociedade de controle, segundo as novas práticas que emergem dessa conduta moderada dos cidadãos como policiais-empreendedores de si.

---

[12] FOUCAULT, 2008, p. 470.

Um programa de formação de policiais-cidadãos: a polícia da vida na sociedade de controle

Vivemos uma época conservadora em que tanto a legislação como os desejos das pessoas favorecem uma tendência ao crescimento de ONGs; atenho-me especialmente nas que administram medidas socioeducativas em meio aberto, que não encontram obstáculos para conseguir financiamentos privados. São muitas as chamadas fundações ou entidades assistenciais que se interessam por esse novo negócio; bem como as empresas que investem e investirão parte de seus impostos no financiamento desses projetos ou na sua avaliação para receberem reconhecimento público e a rubrica de empresa socialmente responsável. Isso não se restringe às fundações empresariais, pois fazem também fama de artistas e outras celebridades, preferencialmente, provenientes das periferias, que se tornam referenciais e mantenedores desses projetos. A isso são acrescentadas as regulações e regulamentações governamentais que as estimulam e viabilizam, sem dar fim às infinitas misérias expandidas nos fluxos eletrônicos da sociedade de controle.

Esses projetos assistenciais funcionam como programas que favorecem a formação de cidadãos-policiais, de uma *polícia da vida*, como investimento em capital humano entre jovens tomados como adolescentes em situação de risco. Meu ponto de ataque é o projeto *Pró-Menino* da *Fundação Telefônica*, mas poderia tomar qualquer outro como um acesso aleatório a um arquivo de algum aparelho de MP3, na medida em as modulações desses programas é dotada de plasticidade tal que de qualquer ponto, projeto ou programa desse tipo convergem para a centralidade da criação de uma *polícia da vida*.

Esse projeto específico é formado por diversas ramificações em sua atuação, entre elas o programa *Jovens em conflito com a lei*. Em sua definição mais ampla, é um "projeto de inclusão social", composto por diversos programas, que objetiva oferecer assistência aos jovens que vivem em dita situação de risco ou *vulnerabilidade social*. Dentre suas ramificações está o *Educarede* (projeto educativo de inclusão digital) e o *Medida Legal* (realizado pelo Instituto Latino-Americano para Prevenção do Delito e Tratamento do Delinquente – ILANUD – em paralelo com o programa *Jovens em conflito com a lei*). Sendo assim, o *Pró-Menino*, em conjunto, não se destina exclusivamente aos jovens considerados infratores. Atuando há quase 20 anos em cidades da América Latina onde a *Telefônica* tem negócios, seu objetivo anunciado é suprir carências sociais, complementando, em atuação conjunta, as políticas sociais de estados e municípios. Trata-se de uma política de controle, contenção e assistência de jovens, que atua na localidade onde estes moram, buscando envolvê-los na realização dos programas, tenha ele cometido um ato infracional ou não, pois, se ele vive em situação de risco, esse *risco* significa que ele é um potencial infrator e/ou alvo de investimentos em capital humano. É outra configuração do controle que não é acidental e tampouco por acaso, mas adequada à nova forma transterritorial do capitalismo.

Os adolescentes que aderem a esse programa assistencial – de composição híbrida da atuação do Estado, da lei, das empresas e das ONGs – são convocados a participar como agentes dos projetos de aplicação e avaliação de medidas socioeducativas em meio aberto, o que indica uma maneira ardilosa de produzir consenso por adesão aos controles destinados à contenção e à expansão da suspeição sobre os jovens. Foi em meio à descrição do funcionamento desse projeto que encontrei acoplamentos de outras práticas que disseminam uma cultura do gueto e que configuram os *campos de concentração a céu aberto*[13] – trata-se de um novo fluxo do controle nas cidades, que monitora as pessoas em periferias assistidas e policiadas, por meio de práticas legais e ilegais, em casas, prédios, favelas e condomínios gravados e sitiados, para miseráveis, pobres, remediados e "bacanas".

Não se trata mais dos campos de concentração da sociedade disciplinar que existiram em quase todo o planeta na primeira metade do século XX, mas de um campo sob delimitação não territorial que opera em meio aberto, móvel, transterritorial e elástico, produzindo não só a contenção física por meio do uso e da ameaça da força, mas compondo práticas de *assujeitamentos*[14] que fazem com que cada um ame sua condição e idolatre o lugar onde nasceu – até mesmo quando esse lugar é a prisão ou o bairro de periferia onde vive, onde se produz sua morte em vida, sua apatia, sua mortificação cotidiana. E, por amor e compaixão, cuidam como policiais

---

[13] A respeito dos campos de *concentração a céu aberto*, ver: PASSETTI, 2003.

[14] A noção de assujeitamento elaborada por Michel Foucault indica que essa prática está relacionada a um "modo de realização do controle da subjetividade pela constituição mesma da individualidade, ou seja, da constituição de uma subjetividade dobrada sobre si e cindida dos outros" (Cf. CASTELO BRANCO, 2000, p. 326).

desses locais, desses ambientes, associados à própria polícia do Estado, de farda e revólver e, também, aos pastores laicos que se multiplicam em ONGs, fundações empresariais que atualizam a prática da filantropia como compaixão cívica, obtendo, no Brasil, largo campo de atuação pela imensa miséria e pelas leis de incentivo fiscal que possuem sua versão mais acabada na lei das parcerias público-privadas.[15]

Essa adesão à prática policial chega a tal ponto que os aplicadores dos questionários destinados aos *adolescentes* que cumpriram liberdade assistida em 2005 eram os mesmos *adolescentes* que cumpriam a mesma medida em 2006. Dessa maneira, o controle sobre quem já estaria juridicamente livre é reiterado com a captura daquele que cumpre medida socioeducativa: um como suspeito constante e o outro como controlador policial, compondo um acoplamento adicional na atualização ininterrupta da prática policial contemporânea. Estamos diante da vida no campo de concentração em que todos são convocados a participar direta ou indiretamente e incluídos nos fluxos eletrônicos de produção e vigilância em procedimentos consensuais democráticos, caracterizando, como sugere Edson Passetti,[16] uma época de *conservadorismo moderado*.

Recusar a *apatheia*: abolir as punições e recusar ser um policial de si e dos outros

Uma relação de poder é uma relação em que um ou alguns homens são capazes de determinar a conduta de outros. Esse governo das condutas pode assumir formas distintas em determinadas épocas ou situações específicas de composição de forças. Dessa maneira, dos investimentos disciplinares nos corpos aos cuidados policiais da população, o que está em jogo é produzir o bem comum, a felicidade coletiva, o alcance de uma terra prometida, enfim, a salvação do rebanho. A questão do governo policial das condutas, do policiamento da população e das disciplinas

---

[15] A associação dos moradores locais à polícia de Estado, com farda e revólver, e, simultaneamente, as atribuições à corporação de políticas sociais de cuidados e recuperação dos ambientes classificados como de risco ou vulneráveis ficam mais evidentes com o recente sucesso das UPPs (Unidades de Polícia Pacificadora), instaladas nas favelas cariocas como parte do projeto de reurbanização desses locais ligado ao PAC. Para informações sobre a implementação das UPPs e seu sucesso na mídia, entre especialistas e moradores locais, ver: <http://www.upprj.com>.

[16] PASSETTI, 2007.

sobre o corpo é a produção da obediência, como agir de tal maneira para produzir obediência em um indivíduo ou em grupo de indivíduos para poder dirigir condutas e consciências, isto é, o governo.

A apropriação metamorfoseada da direção de consciência exercida pelo pastor é permanente e o exame de consciência feito pela ovelha é a abertura completa das profundezas de sua alma que deve ser confessada ao pastor. Essa relação individual de obediência, devoção, confissão e entrega total "tem um objetivo: levar os indivíduos a trabalhar por sua própria 'mortificação' neste mundo. [...] "Uma renúncia a este mundo e a si mesmo: uma espécie de morte cotidiana".[17] Mortificação expressa a obediência como virtude maior de cada membro do rebanho, denominada pelos cristãos como *apatheia*, característica que interessa na noção de poder pastoral apresentada por Foucault e que funciona como via de entrada para a análise da expansão da polícia como prática de governo na sociedade de controle.

Os programas como o *Pró-Menino*, da *Fundação Telefônica*, cumprem essa função de pastor-polícia no governo das condutas de jovens detidos por atos infracionais ou jovens classificados como vivendo em *situação de risco*. Inflam os jovens e os bairros onde moram de atividades culturais ou profissionalizantes, convocam a participar de programas e projetos sociais, fazem acreditar, a cada instante, que toda a parafernália tecnológica que levam até eles é um ato de benevolência de técnicos, aplicadores e empresas, para alimentar a esperança de que algo vai mudar ou melhorar em suas vidas. Assim, consomem de tal maneira suas vidas, seu espaço e seu tempo até levá-los ao cansaço, à apatia. Nesse momento, estão prontos para serem policiais de si mesmo, apáticos; estão com as vidas programadas, vivem *por dentro* e *para fora* das prisões-prédio, na servidão de assujeitados.

Mas essa tecnologia de poder individualizante e ao mesmo tempo totalizante toma outras dimensões hoje. As metamorfoses das tecnologias de poder indicam que o indivíduo na sociedade disciplinar, inserido em uma relação de mando obediência, no interior de instituições austeras, transmutou-se em *divíduo* habitante de uma infinidade de programas e bancos de dados. A produtividade a ser extraída dos corpos vivos e sãos insere-se nos velozes fluxos eletrônicos. A norma deixa de ser a referência para o adestramento dos corpos, e hoje "é possível encontrar o ajuste no desajustado, a retidão no desviante, a produtividade no zumbi, a potência

---

[17] FOUCAULT, 2003, p. 369.

de vida se afirma intrinsecamente vinculada a éticas de responsabilidades políticas e civis, a fraternidade".[18] Dessa maneira, o cidadão-policial é uma virtualidade de cada *divíduo* que se atualiza na conduta dos assujeitados nos infinitos fluxos dos programas-pastores; não interessa mais o indivíduo produtivo útil e dócil, mas a produtividade inteligente dessa virtualidade capturada nos programas.

Na sociedade de controle, as tecnologias de poder não esperam pela emergência do desvio, mas administram as várias possibilidades no sujeito. O indivíduo se torna *divíduo* segundo a flexibilidade para a administração dos programas. O jovem do projeto *Pró-Menino* é, a um só tempo e no mesmo lugar, o desviado que cometeu infração, o delinquente que participa das organizações criminosas ou partidos do crime e que frequenta sazonalmente as prisões, mas é, também, o dado estatístico do livro, a meta da *Fundação Telefônica*, o aplicador do questionário e o assujeitado que responde prontamente ao questionário. O programa-pastor extrai produtividade do contingente de zumbis que compõem os projetos de avaliação e aplicação de medidas socioeducativas sem procurar ajustá-lo a um molde, um modelo de normal, mas administrando as possibilidades desse *divíduo* incitando sua participação no programa, tenha ele cometido ou não um chamado ato infracional.

Se já cometeu esse ato, ele ainda pode colaborar com a aplicação dos questionários; se cumpriu medida socioeducativa e continua a viver em situação de risco, habitando áreas consideradas de risco, ainda pode colaborar respondendo ao questionário; se ainda participa dos chamados meios delinquentes, pode ter uma conduta correta delatando seus companheiros e ser premiado por isso. Essa variedade de inserções nos fluxos não busca apresentar esse jovem como um sujeito "recuperado", integrado à sociedade. Na administração desses *divíduos*, habitantes do *campo de concentração a céu aberto*, estão todos incluídos, todos interessam. Responder à convocação à participação para elaboração e aplicação dos programas, das ações comunitárias no bairro, da justiça local nos conselhos tutelares ou dos tribunais *ad hoc* das empresas do tráfico, das ações sociais do governo e do exercício da *compaixão cívica* de empresas multinacionais é a condição de existência desses *divíduos* de vida programada; eles existem nos programas que administram os fluxos de *normalização do normal*.[19]

---

[18] PASSETTI, 2003, p. 260.

[19] Noção elaborada por Edson Passetti (2007).

É dessa maneira que esse jovem, transformado em *adolescente*, dissimula que viver na periferia é bom; ele ama a área em que habita, mesmo com seus problemas, que podem ser administrados por eles mesmos. Dissimula que está tudo certo, que ele não irá mais cometer um ato infracional e que sua vida irá melhorar. E acredita na própria dissimulação que desempenha. Todos acreditam nisso: é preciso dissimular, colaborar e acreditar para que o programa funcione. Eu não preciso ser piloto de avião para pilotar um, ou piloto de carro de corrida para dirigir um, já que há uma infinidade de programas de simulação que existem e podem ser instalados em qualquer computador ou *videogame*, fazendo com que qualquer um que jogue seja um piloto, com a segurança de não morrer caso o avião caia ou o carro se espatife contra a parede. Qualquer um pilota, simula e dissimula, mas quem governa é o programa.

A atividade de avaliação das ONGs responsáveis pela aplicação de medida socioeducativa em meio aberto que apresentei aqui dividia a tarefa dos avaliadores em duas etapas: na primeira, o avaliador recebia o jovem que voluntariamente se dirigia até a ONG responsável pela administração de sua mediada socioeducativa para responder ao questionário, aplicado por outro jovem cumprindo medida socioeducativa, e ser entrevistado por um jovem avaliador que formaria as histórias posteriormente publicadas no livro *Vozes e olhares*.[20] A segunda etapa era um pouco mais complicada e invasiva: o jovem avaliador, acompanhado daquele que aplicava os questionários na ONG e conhecia o bairro, buscava outros que não atenderam ao telegrama e os convocava para participar da avaliação em suas próprias casas ou nos arredores, situação constrangedora para o jovem a ser encontrado e para o jovem avaliador, que se embrenhava em vielas e becos das periferias do Guarujá, Jandira, Campinas e Guarulhos. Apesar do constrangimento, o jovem avaliador, em nome do projeto, da melhoria da vida dos jovens ou mesmo pelo dinheiro que estava ganhando, cumpria seu papel. Aquele a ser entrevistado, pelo brinde que ganharia, pelo medo de ter problemas com a justiça ou por inércia, respondia.

O programa precisa funcionar, e quem participa dele precisa colaborar, aderir e acreditar. Assim não se corre risco; é participando que os jovens autores de ato infracional e os jovens avaliadores se embrenham nas vielas de bairros de periferia para completar a realização do projeto de avaliação. Colaboram, porque acreditam que estão fazendo sua parte,

---

[20] INSTITUTO FONTE, 2008.

mesmo que mínima, para que algo em meio ao lixo e à sujeira, em meio à miséria e à violência, às lucratividades e às mortes, mude. E não precisa mudar tudo: esses jovens do *Pró-Menino*, os chamados infratores e os ocasionalmente avaliadores, não sonham mudar a sociedade e muito menos criar desordens, distúrbios, revoluções, revolta. Operam pelo desejo de mudar suas vidas, dizem gostar da periferia, do lugar onde vivem e dos amigos que têm, mas agem como quem não suporta mais a repetição do mais do mesmo e, nessa busca, entregam-se à mínima possibilidade de realizar os seus desejos, servem aos programas das empresas, dirigem-se às assistências do governo, são recrutados pelas empresas do tráfico, realizam a *polícia da vida* e vivem uma vida policiada. Uma coisa de cada vez ou tudo ao mesmo tempo, pois acreditam que em alguma delas encontrarão uma saída. São os habitantes dos *campos de concentração a céu aberto*.

A analítica genealógica das tecnologias de poder, que emerge a partir das sugestões de Michel Foucault, indica que não há relação de poder sem resistências. Indica, também, que o enunciado de uma tecnologia de poder opera pelos efeitos móveis que produz em meio uma relação de luta. Nesse sentido, pouco importa se programas como o *Pró-Menino* realizam a proposta para a qual foram criados. O que importa é a maneira que ele se desdobra, alimentando esse sonho de realização dos desejos de cada jovem tomado como adolescente infrator, de cada jovem avaliador, de cada cidadão, de cada habitante da cidade, fazendo desses trabalhadores livres consumidores participativos, jovens cidadãos que, em meio a tanta liberdade, tantas possibilidades de realização de seus desejos, vivem como escravos, servos amorosos, assujeitados.

Cabe ao analista estar atento à criança livre e ao jovem revoltado, que, ao realizarem seu prazer no presente, anunciam resistências e experimentações de liberdade surpreendentes. Como afirma Gilles Deleuze, o devir revolucionário coletivo na sociedade disciplinar cedeu espaço ao devir revolucionário individual na sociedade de controle. E se hoje, como acontece entre os jovens avaliados e avaliadores do *Pró-Menino*, "muitos jovens pedem estranhamente para serem 'motivados' e solicitam novos estágios e formação permanente, cabe a eles descobrir a que estão sendo levados a servir, assim como seus antecessores descobriram, não sem dor, a finalidade das disciplinas".[21]

---

[21] DELEUZE, 2000, p. 226.

Abolir a cultura do castigo, prática de uma sociabilidade autoritária que se explicita no suplício privado e diário de crianças, apontando para a interceptação da internação de jovens em prisões-prédio no Brasil, é uma proposta que nunca foi aceita, colocada há mais de 10 anos pelos abolicionistas libertários.[22] A atualidade dessa proposta segue consistente como uma possibilidade, hoje, de colocar em questão não só abolição das prisões-prédios, mas também dos *campos de concentração a céu aberto*, em que se tornaram as periferias das grandes cidades, nessa nova maneira de acoplar e metamorfosear política e polícia. Simultaneamente, é preciso voltar-se contra o tanto de punição que há em si, interceptar o quanto de si não está entregue a outros mesmos programas que forjam uma subjetividade policial e que não se resumem aos programas assistenciais para jovens em *situação de risco*, basta pensar na sua relação com seu lattes, seus colegas na universidade e os incontáveis programas que a governam.

Se polícia e política se encontram, se mesclam e metamorfoseiam as tecnologias de poder e processos de subjetivação na sociedade de controle, devemos lembrar, com Michel Foucault, que "não há outro ponto, primeiro e último, de resistência ao poder político se não na relação de si para consigo".[23]

Referências

CASTELO BRANCO, Guilherme. Considerações sobre ética e política. In: PORTOCARRERO, Vera; CASTELO BRANCO, Guilherme. *Retratos de Foucault,*. Rio de Janeiro: Nau, 2000, p. 310-27.

DELEUZE, Gilles. Post-scriptum sobre as sociedades de controle. In: *Conversações*. Tradução de Peter Pál Pelbart. São Paulo: Ed. 34, 2000.

FOUCAULT, Michel. A governamentalidade. In: *Microfísica do poder*. Tradução de Roberto Machado e Angela Loureiro de Souza. Rio de Janeiro: Graal, 1979.

FOUCAULT, Michel. *Ommes et singulatim*: uma crítica da razão política. In: *Ditos e escritos, estratégia, poder-saber*. Tradução de Vera Lúcia Avellar Ribeiro. Manuel B. da Motta (Org.). Rio de Janeiro: Forense, v. IV, 2003.

---

[22] Aqui me refiro aos estudos de Edson Passetti, especialmente a pesquisa *Violentados: crianças, adolescentes e justiça*, coordenada por ele, e aos estudos de Salete Oliveira e à extensa produção do Nu-Sol sobre o tema, que pode ser acessada em www.nu-sol.org.

[23] FOUCAULT, 2004, p. 306.

FOUCAULT, Michel. *Hermenêutica do sujeito*. Tradução de Salma Muchail e Márcio Fonseca. São Paulo: Martins Fontes, 2004.

FOUCAULT, Michel. *Nacimiento de la biopolítica*. Buenos Aires: Fondo de Cultura Económica, 2007.

FOUCAULT, Michel. *Segurança, território, população*. Tradução de Eduardo Brandão. São Paulo: Martins Fontes, 2008.

INSTITUTO FONTE. *Vozes e olhares:* uma geração nas cidades em conflito. São Paulo: Fundação Telefônica, 2008.

OLIVEIRA, Salete. *Política e peste:* crueldade, plano Beveridge e abolicionismo penal. São Paulo: PUC-SP, 2002. (doutorado)

PASSETTI, Edson. *Anarquismos e sociedade de controle*. São Paulo: Cortez, 2003.

PASSETTI, Edson. Poder e anarquia. Apontamentos libertários sobre o atual conservadorismo moderado. *Revista Verve*. São Paulo: Nu-Sol, v. 12, 2007.

Governamentalidades, neoliberalismo e educação

Alfredo Veiga-Neto

O meu objetivo aqui é mostrar e problematizar algumas das possíveis articulações entre a governamentalidade, o neoliberalismo e a educação, no marco das rápidas, múltiplas, profundas e amplas transformações sociais, econômicas e culturais que vêm acontecendo em escala global.[1] Uma questão que me parece da maior relevância é conhecermos os modos pelos quais somos governados e nos governamos, bem como os limites em que se dão as ações de governo – ou, como prefiro dizer, se dão tais governamentos. Ainda que não seja condição suficiente, saber como nos governam e como nos governamos é condição necessária para qualquer ação política que pretenda colocar minimamente sob suspeita aquilo que estão fazendo de nós e aquilo que nós estamos fazendo de nós mesmos, justamente num mundo em constantes transformações, onde tudo isso se torna mais difícil e perturbador.

Na primeira parte, farei uma discussão panorâmica acerca do liberalismo e do neoliberalismo, segundo a perspectiva foucaultiana; isso servirá como base para as articulações posteriores. Na segunda parte, comentarei algumas ressonâncias não só entre as transformações que hoje vivemos e os principais *topoi* que Foucault tematizou ao longo de sua obra, como também entre a Razão Política desenvolvida pelo filósofo e outros autores que, mais ou menos inspirados nele, continuam interessados em levar adiante a história do presente. Na terceira parte, farei três comentários de ordem educacional, no escopo de tais transformações e ressonâncias.

---

[1] Aqui, um alerta: é claro que tais articulações não devem ser pensadas como simples conexões mecânicas de causa e efeito, mas, como complexas e inextricáveis relações de causalidade imanente, nos termos propostos por Deleuze (1991, p. 46) – causa imanente é aquela "que se atualiza em seu efeito. Ou melhor, a causa imanente é aquela cujo efeito a atualiza, integra e diferencia, [havendo uma] correlação, pressuposição recíproca entre a causa e o efeito, entre a máquina abstrata e os agenciamentos concretos".

Do liberalismo para o neoliberalismo

Graças aos instigantes *insights* que Foucault propôs e desenvolveu nos cursos do *Collège de France*, a partir de meados da década de 1970 – aliás, cursos que só recentemente foram publicados na íntegra –, está bem claro que, ao invés de compreendermos o liberalismo e o neoliberalismo como ideologias de sustentação e justificação do capitalismo e do capitalismo avançado (respectivamente), é mais produtivo compreendê-los como modo de vida, como *ethos*, como maneira de ser e de estar no mundo. Em termos educacionais, isso é da maior importância, na medida em que ao invés de a escola[2] ser vista como um lugar onde se ensinam e se aprendem ideologias, ela, bem mais que isso, passa a ser entendida como uma instituição encarregada de fabricar novas subjetividades.

Escorados nas contribuições de Foucault, recorramos aos contrastes entre o liberalismo e seu sucedâneo, o neoliberalismo, de modo a caracterizá-los melhor. Aqui, mais um alerta: quando falo em sucedâneo, não me refiro a um processo propriamente de substituição de uma forma mais antiga por uma mais nova, mas a um recobrimento parcial e em vários aspectos conservativo de uma forma pela outra, isto é, a um recobrimento que nem se dá em todos os âmbitos nem atinge com uma mesma "intensidade" os diferentes estratos sociais, seja em termos econômicos, culturais, políticos etc.

Como detalhadamente mostrou Foucault (2008a), o liberalismo – como forma de vida inventada no século XVIII – deslocou-se para o neoliberalismo a partir de meados do século XX. A diferença mais marcante entre ambos, e que aqui nos interessa, é bem conhecida: enquanto no liberalismo a liberdade do mercado era entendida como algo natural, espontâneo, no sistema neoliberal a liberdade deve ser continuamente produzida e exercitada sob a forma de competição. Eis aí o ponto fulcral que irá fazer da escola uma instituição do maior interesse para o neoliberalismo. Na medida em que, para o neoliberalismo, os processos econômicos não são naturais, eles não devem ser deixados livres, ao acaso, nas mãos

---

[2] Se às vezes uso escola (no singular) e outras vezes uso escolas (no plural) é porque, mesmo reconhecendo a multiplicidade de configurações que a educação escolarizada pode assumir, entendo que tais configurações se desenvolvem sobre um fundo que é comum a todas elas, independentemente de classe social, de nível de escolarização, de faixa etária dos alunos, de dependência administrativa, de localização etc. Em outras palavras, parece-me indiferente usar a palavra no singular ou no plural.

de Deus; ao contrário, tais processos devem ser continuamente ensinados, governados, regulados, dirigidos, controlados.

O princípio de inteligibilidade do liberalismo enfatizava a troca de mercadorias num ambiente socioeconômico o mais livre e espontâneo possível. Ao contrário, o princípio de inteligibilidade do neoliberalismo passa a ser a competição: a governamentalidade neoliberal intervirá para maximizar a competição, para produzir liberdade para que todos possam estar no jogo econômico. Dessa maneira, o neoliberalismo constantemente produz e consome liberdade. Isso equivale a dizer que a própria liberdade transforma-se em mais um *objeto de consumo*.

O deslocamento de uma governamentalidade centrada na naturalidade do mercado, que enfatizava o livre comércio, para uma governamentalidade centrada na competição está indissoluvelmente imbricado com boa parte daquelas transformações a que me referi anteriormente. Um primeiro efeito de tal deslocamento vem a ser a passagem de uma sociedade de produtores para uma sociedade de consumidores (BAUMAN, 2008). Isso não significa que no liberalismo não houvesse consumidores ou que no neoliberalismo não haja produtores. Evidentemente, a produção se faz para o consumo, e o consumo só é possível pela existência da produção. O que acontece é uma mudança de ênfases. Enquanto o foco esteve sobre a troca de mercadorias, a ênfase esteve do lado da produção; quando o foco se desloca para a competição, a ênfase deixa de estar na produção de bens, passando para o consumo. O que importa agora não é ter muitas mercadorias para vender, mas ter elementos que façam vencer a competição pela conquista dos consumidores e pela criação de novos nichos de consumo. O que importa é inovar, é criar novos mundos porque, segundo Lazzarato (2006), consumir não significa mais comprar e destruir, como rezava a cartilha da economia clássica, mas pertencer a um mundo, a um novo mundo. E esse pertencimento deve ser o mais fugaz possível, pois na sociedade de consumidores a concorrência para captura da atenção é incessante. Segundo Bauman (2008, p. 126), "para uma sociedade que proclama que a satisfação do consumidor é seu único motivo e seu maior propósito, um consumidor satisfeito não é motivo, nem propósito, mas uma ameaça mais apavorante".

Nesse contexto, a centralidade da fábrica, instituição fundamental na produção das mercadorias, é deslocada para a empresa. A empresa não se centra mais em reproduzir artigos manufaturados, mas em criar novos mundos (LAZZARATO, 2006). A empresa é a catalisadora da inovação, da invenção. É justamente por isso que entre as atividades mais importantes e características da empresa, destacam-se a pesquisa e o desenvolvimento, a comunicação e o *marketing*, a concepção e o *design*. É claro que a ascendência da empresa como modelo do capitalismo contemporâneo não faz desaparecer a fábrica. Ao contrário, muitas vezes ambas se unem em um único grupo empresarial. A diferença é que agora se inverte a relação de subordinação, assim como acontece com a relação entre produção e consumo. Se na modernidade sólida a fábrica era o modelo dominante – sendo que as atividades da empresa lhe eram subordinadas –, hoje ocorre o contrário. Na lógica atual, o fluxo moderno produção-venda inverte-se e se torna venda-produção. O ciclo inicia-se com a venda de um mundo pela empresa e pela sua posterior materialização em produtos e em serviços.

A fábrica, como instituição paradigmática da economia capitalista, situa-se do lado da modernidade sólida. Ela pertence a uma economia com base em máquinas e prédios, com uma presença espacial marcante. A empresa situa-se do lado da modernidade líquida: as pesadas máquinas termodinâmicas dão lugar aos elegantes equipamentos digitais, dispostos em conjuntos comerciais que impressionam mais pela arquitetura imponente – "mas decididamente não acolhedores, [...] destinados a serem admirados a distância" (BAUMAN, 2007, p. 99) – do que pelas dimensões. Enquanto a fábrica mantinha um vínculo forte com a localidade onde estava, principalmente por sua forte dependência em relação aos trabalhadores que aí habitavam, a empresa como que flutua no ciberespaço, tendo apenas uma frágil ancoragem num ponto do espaço material.

A globalização – um fenômeno tipicamente contemporâneo –, ao mesmo tempo que enfraquece as fronteiras físicas, multiplica os bloqueios. As empresas, alojadas em arrojados prédios inteligentes totalmente informatizados, descolam-se dos locais onde se situam, criando lugares[3] voláteis, cuja entrada só é permitida para aqueles que possuam a necessária senha de acesso.

A fábrica moderna era local de trabalho de um grande número de operários, distribuídos em equipes fortemente hierarquizadas. O regime

---

[3] Aqui estou fazendo uma distinção forte entre *espaço* e *lugar*, entre *espacialização* e *lugarização*, conforme propus em outro momento (VEIGA-NETO, 2007, p. 256), para quem "a lugarização [é] essa capacidade diferencial de criar lugares no espaço ou de trocar as posições relativas de modo mais ou menos controlado, com o fim de maximizar as vantagens por ocupar essa ou aquela posição".

de trabalho era bastante homogêneo: todos contratados por tempo indeterminado, recebendo salários semelhantes aos outros de mesmo nível hierárquico. O tipo de trabalho que ocupava posição privilegiada na Modernidade sólida, servindo como modelo e atravessando-se em todas outras atividades produtivas, era o trabalho fabril. Tratava-se de um trabalho especializado, que colocava cada operário em seu posto, a executar uma atividade rotineira. Tal rotina era pouco modificada ao longo do tempo. Para a fábrica, importava o corpo do trabalhador. "Seu espírito, por outro lado, devia ser silenciado e [...] logo desativado" (BAUMAN, 2008, p. 72). O trabalho fabril era um trabalho com um recorte bem definido no tempo e no espaço: acontecia integralmente no ambiente da fábrica e dentro da jornada de trabalho.

Nas empresas, esse cenário muda muito. O número de trabalhadores é drasticamente reduzido e o regime de trabalho é bastante heterogêneo: trabalhadores formais, prestadores de serviço, terceirizados, sócios minoritários etc. Cada um parece constituir-se em um caso particular, com uma forma de contrato, cargas horárias e funções diferenciadas, dificultando organizações trabalhistas (como os sindicatos). Está-se diante de um trabalho que já não prioriza o corpo e seus movimentos mecânicos, mas a alma e o seu poder criativo. Esse tipo de trabalho – que cada vez ocupa mais destaque e se torna um modelo desejável – é aquilo que Lazzarato e Negri (2001) chamaram de trabalho imaterial. Trata-se de um trabalho intangível; que já não pode ser mensurado em termos de hora-homem; que já não está limitado ao espaço da empresa nem à jornada de trabalho. Segundo esses autores (LAZZARATO; NEGRI, 2001, p. 30), nessa modalidade de trabalho "é quase impossível distinguir entre o tempo produtivo e o tempo de lazer". Contudo, o modelo do trabalho imaterial não se restringe à empresa e às atividades de produção intelectual que elas desenvolvem. O modelo do trabalho imaterial também chega ao chão de fábrica e reorganiza a atividade do operário contemporâneo. O trabalho é agora realizado não mais por um autômato altamente especializado, mas por um sujeito flexível, capaz de ser realocado em funções diversas dentro da fábrica. Ainda segundo Lazzarato e Negri (2001, p. 25), "é a alma do operário que deve descer na oficina". Sua subjetividade deve ser transformada, dotando-o de poder de gestão das informações e de tomada de decisões. O trabalho imaterial atravessa e modifica todas as atividades da cadeia produtiva, seja na agricultura, na indústria, no comércio ou nos serviços. Na modernidade sólida, a fábrica disciplinar, com sua rotina monótona e seu futuro previsível, bloqueava o acontecimento.[4] Na modernidade líquida – ou, se quisermos, na contemporaneidade –, o acontecimento está presente em todas as atividades. "Trabalhar é estar atento ao acontecimento, quer este se produza no mercado, quer seja produzido pela clientela ou no escritório" (LAZZARATO, 2006, p. 109)

A reorganização do trabalho, a partir do modelo do trabalho imaterial, tem também trazido mudanças na maneira de controlar a produtividade do trabalhador. Na fábrica moderna, o controle era realizado por meio da vigilância sobre o corpo, utilizando como instrumento o cronômetro. O operário da produção fabril deveria ser treinado para executar a atividade para o qual estava designado com a maior precisão e rapidez possíveis. A disciplina da fábrica exigia um corpo treinado no detalhe. A comunicação entre os operários devia ser evitada. Colocava-se em funcionamento uma tecnologia celular pelo quadriculamento do espaço, o que isolava os indivíduos e facilitava o controle de sua localização. Desatenção e interrupções do trabalho deveriam ser severamente punidas. As equipes cooperavam a partir da divisão do trabalho. Seus membros tinham funções bem definidas, dispunham-se e relacionavam-se hierarquicamente.

No trabalho imaterial, a comunicação não é apenas admissível, mas necessária. O trabalho imaterial tem por pressuposto a cooperação entre cérebros, uma cooperação que já não é uma divisão do trabalho como na fábrica; não é, nem mesmo, organizada pela empresa. A cooperação entre cérebros realiza-se por uma ação mútua e voluntária entre diferentes indivíduos e significa "agir sobre as crenças e sobre os desejos, sobre as vontades e inteligências, ou seja, agir sobre os afetos" (LAZZARATO, 2006, p. 32). Ainda segundo Lazzarato (2006, p. 110), "a organização do trabalho nas empresas poderíamos dizer que passou [...] do trabalho em equipe à atividade em rede". Porém, mesmo que essa seja a organização da empresa, a rede não está circunscrita a ela.

Virtualmente, a rede abrange toda a multidão[5] de indivíduos. Os membros da rede constituem-se em uma indefinição funcional e suas

---

[4] O acontecimento é o inesperado, o imprevisível, o singular. Segundo Foucault (1979, p. 15), no campo da pesquisa genealógica, é indispensável "marcar a singularidade dos acontecimentos, longe de toda finalidade monótona; espreitá-los lá onde menos se os esperava".

[5] A multidão, segundo Hardt e Negri (2005, p. 140), "designa um sujeito social ativo, que age com base naquilo que as singularidades têm em comum. A multidão é um sujeito social internamente diferente e múltiplo cuja constituição e ação não se baseiam na identidade ou na unidade (nem, muito menos, na indiferença), mas naquilo que tem em comum".

relações não estão estruturadas por hierarquias. Bem em consonância com a metáfora de Bauman, enquanto as equipes tinham uma estrutura estática, a rede é dinâmica e constantemente reconfigurada.

O trabalho imaterial não pressupõe a reprodução, mas a invenção. Por estar muito fracamente limitado no tempo e no espaço e por mobilizar principalmente o cérebro, faz com que a vigilância sobre o corpo perca importância. Contudo, isso não significa a ausência de controle, mas apenas sua transformação. O cronômetro é substituído pelos indicadores e a visibilidade se desloca do corpo para o cumprimento das metas. Desqualificação da vigilância sobre o corpo, ênfase no controle sobre as almas. A localização instantânea dos *colaboradores* da empresa mantém-se em evidência. Reinventa-se a tecnologia celular por meio de um controle acionado a distância através de tecnologias digitais. Essa nova estratégia é colocada em funcionamento, utilizando recursos tecnológicos tais como mensageiros instantâneos e telefones celulares, o que permite alcançar cada um com maior eficácia, sem restrições espaçotemporais significativas. "Os trabalhadores, assim, trocam uma forma de submissão ao poder – cara a cara – por outra, eletrônica" (SENNETT, 2003, p. 68).

O deslocamento da ênfase em uma instituição de (re)produção de mercadorias – a fábrica – para uma instituição de inovação – a empresa –, de um trabalho centrado no uso do corpo para um trabalho que privilegia o uso do cérebro, sinalizaria a passagem do capitalismo industrial, também chamado de capitalismo fordista, para o capitalismo cognitivo (CORSANI, 2003). No capitalismo industrial, a inovação era exceção. Seu funcionamento baseava-se na reprodução de mercadorias padronizadas. No capitalismo cognitivo, a invenção torna-se um processo continuado, a exceção torna-se regra. O acontecimento, antes neutralizado, domina e organiza o capitalismo cognitivo.

No capitalismo cognitivo, o modo de o capital valorizar-se é radicalmente diferente de como acontecia no capitalismo industrial. Enquanto neste último o capital multiplicava-se pela expropriação de trabalho material de seus empregados, para o capitalismo cognitvo isso é irrelevante. No atual sistema, a multiplicação do capital está muito mais relacionada com a criação, com a geração de idéias. Contudo, a criação nunca está circunscrita à empresa. A criação e nunca é criação de um sujeito, pois aquele que estaria desempenhando a função de autor é apenas um ponto de catalisação dos diversos fluxos que nele se cruzam. Conhecimentos, opiniões, ideias circulam pela sociedade e são a matéria-prima da criação. A empresa apropria-se de bens comuns, de bens intangíveis, de bens inconsumíveis que são uma produção do social (LAZZARATO, 2006).

Segundo Corsani (2003), o tempo do capitalismo industrial era um tempo contínuo, linear, sempre repetindo o mesmo processo. A memória era corporal. Já o tempo do capitalismo cognitivo é um tempo descontínuo, marcado pela invenção. Ou, para usar a expressão de Maffesoli (2003), é um tempo pontilhista, marcado por rupturas e descontinuidades, isto é, pelo ritmo das inovações, pela irrupção do acontecimento. A invenção torna o tempo descontínuo, rompe o vínculo entre dois pontos. O que se experimenta é um eterno presente, pois a invenção nos desconecta do passado e não permite que se preveja com alguma clareza o futuro. A isso, costuma-se chamar *presentificação*.

Assim, a sociedade de consumidores, em que se desenvolve o capitalismo cognitivo, é uma sociedade do acontecimento. Nela, o longo prazo já não parece fazer sentido. Vive-se no curto prazo, numa cultura do instantâneo. Na sociedade dos produtores, o principal propósito para a aquisição de bens – e consequente geração e acúmulo de capital – era guardá-los. Durabilidade e solidez era a qualidade desejável para esses bens. De certa maneira, a satisfação era adiada. Ela não residia na realização imediata dos desejos, mas na vontade de garantir segurança em longo prazo. Na sociedade de consumidores, assiste-se à "negação enfática da virtude da procrastinação e da possível vantagem de se retardar a satisfação" (BAUMAN, 2008, p. 111). O que importa agora é a satisfação imediata dos desejos, que tão logo satisfeitos se transformam em outros novos desejos a satisfazer. Uma característica imperdoável nos bens de consumo é a durabilidade. Procuram-se produtos leves, voláteis, descartáveis. Nosso entendimento é que passamos de uma sociedade que se projetava na caderneta de poupança para uma sociedade que se projeta no cartão de crédito.

Mas não apenas a satisfação é de curto prazo. Em uma sociedade organizada em torno do acontecimento e da invenção, já não é mais possível falar de futuro, entendido como um tempo vindouro previsível, passível de ser planejado. Ainda que a previsibilidade do futuro sempre tenha tido boa dose de ilusão, na sociedade do capitalismo industrial ainda se pensava possível exercer um relativo domínio sobre o futuro. Na sociedade do capitalismo cognitivo, o futuro abre-se para o devir. Um tempo vindouro inescrutável, imprevisível. Nesse cenário de incertezas, qualquer tipo de plano de longo prazo, seja para as empresas, seja para o poder público, torna-se, no mínimo, muito arriscado.

Aqui nos parece possível traçar uma distinção entre as palavras *gestão* e *administração*. Embora muitas vezes tomadas como sinônimas, percebemos nuances que as diferenciam. Podemos, em um primeiro momento, observar que nos últimos anos a palavra *administração* vem perdendo espaço para a palavra *gestão*, seja nos discursos da mídia, seja na nomenclatura dos cursos acadêmicos, seja nos programas de planejamento empresarial, seja na esfera pública.

Essa diferenciação pode ser entendida se recorrermos à metáfora baumaniana. Na modernidade sólida, o futuro era visto como administrável. A administração, tanto no âmbito público quanto no privado, consistia num conjunto de técnicas seguras, bem desenhadas e com *embasamento científico*, que deviam ser aplicadas de modo a construir um futuro sob medida em função das nossas expectativas. Na modernidade líquida, já não se acredita ser possível administrar *o* e *para o* futuro, isso é, prever e garantir, com segurança, o futuro. Agora, só parece ser possível fazer a gestão dos processos em um ambiente de incerteza. Segundo Sennett (2006, p. 52), "a estrutura da empresa não constitui um sólido objeto passível de estudo, seu futuro não pode ser previsto". A *gestão* apresenta-se como uma forma muito mais aberta do que a *administração*. É marcadamente interdisciplinar e flexível, mutável e adaptativa, de modo a substituir as técnicas seguras e mais ou menos rígidas e fechadas por metodologias de soluções de problemas abertas e contingentes, e que incorporam um maior número de elementos em sua formulação e análise (Dias, 2002). De modo simplificado, parece-nos possível dizer que, enquanto a administração tem seu funcionamento ligado a cenários mais estáveis, com menor nível de incerteza, a gestão tem maior capacidade de lidar com a instabilidade. Enquanto a administração pensa no futuro, a gestão lida com o devir.

O deslocamento do foco do longo para o curto prazo parece ser algo bastante recente. Ele se reflete nos comportamentos em relação aos bens, em relação ao planejamento das empresas e, também, em relação ao comportamento dos profissionais, conforme mostra Sennett (2006) ao comentar uma pesquisa que comparou os planos de carreiras de jovens profissionais, na década de 1970 e hoje.

Para Richard Sennett, estaria acontecendo uma corrosão da ética protestante weberiana. Esses novos profissionais – cuja carreira parece impossível planejar e que funcionam segundo a lógica do trabalho imaterial – são bastante diferentes daqueles de décadas atrás. Enquanto o trabalho material fabril constituiu-se no modelo de atividade, eram necessários corpos dóceis, moldados para a tarefa que deveriam executar. Uma vez moldados, esses corpos poderiam se enrijecer, poderiam se tornar refratários a reconfigurar suas próprias formas; e nem isso seria necessário, dado que sua função não mudaria. Agora que o trabalho imaterial torna-se o modelo, já não interessa uma moldagem definitiva do corpo. É preciso, antes de tudo, um cérebro flexível, readaptável às condições cambiantes. E não apenas flexível, mas também articulado, composto de segmentos interligados, nos quais se possa não apenas encaixar novos módulos e abandonar antigos, mas, também, que possam ser articulados com outros cérebros. Enfim, a passagem do capitalismo industrial para o capitalismo cognitivo marca a passagem da ênfase nos corpos dóceis para a ênfase nos cérebros flexíveis e articulados, que, por sua vez, comandam corpos que também têm de ser flexíveis (VEIGA-NETO; MORAES, 2008).

Ressonâncias foucaultianas

Para nós, acostumados com os estudos foucaultianos, é fácil identificar inúmeras ressonâncias entre muitos dos pontos que resumi anteriormente e as contribuições que o filósofo nos deixou, principalmente quando tratou do poder disciplinar, da vigilância, do controle, da subjetivação, da espacialização e temporalização microfísicas, do biopoder, da norma, do governamento, das instituições, da governamentalidade etc.

Talvez mais importante do que isso seja buscar, naqueles cursos aos quais já me referi,[6] as ferramentas que, no âmbito da Razão Política, nos permitam compreender melhor e problematizar com mais força as transformações que hoje estamos vivendo. É fácil ver como tais transformações estão imbricadas com as mudanças no diagrama de forças e no modo como se constitui a governamentalidade. Num primeiro momento, foi Deleuze (1988, 1992) que assumiu a constituição daquilo que Foucault havia denominado *sociedade de controle*. Na esteira de Foucault, Deleuze argumentou que estaríamos passando de uma sociedade em que a ênfase estava nos *dispositivos de segurança* – ancorados no poder disciplinar e no

[6] FOUCAULT, 1999, 2008, 2008a.

biopoder – para outra em que a ênfase estaria nos *dispositivos de controle*. Mais recentemente, Lazzarato (2006) mostrou que, já no final do século XIX, Gabriel Tarde sinalizava essa mudança. Segundo Tarde, emergia então um novo grupo social, o que equivale a dizer um novo modo de recortar as multiplicidades. Tratava-se do público, ou melhor, dos públicos. Para Tarde, os públicos diziam respeito à mídia: o público de um jornal. Cada indivíduo pode pertencer a um sem-número de públicos, de mundos. Hoje, os públicos parecem se multiplicar ao infinito: públicos de jornais, de TV, de bandas de *rock*, de uma marca de tênis, de comida *vegan*. Virtualmente, tudo pode se tornar objeto de um público. Talvez seja possível dizer que, enquanto os dispositivos de seguridade multiplicam a fabricação de riscos, os dispositivos de controle multiplicam a fabricação de públicos.

O público é uma multiplicidade que não está unida pelo espaço, mas pelo tempo. O poder que age na formação do público não é da ordem da disciplina: não existem corpos enclausurados, corpos a serem vigiados. Também não é da ordem do biopoder: não está contido sobre um território, não importa para sua constituição o controle dos fenômenos da vida. O poder que forma o público não tem por alvo nem o corpo do indivíduo nem o corpo da espécie. Seu alvo é a alma, diretamente a alma. Essa nova forma de poder incide sobre a vida, mas não a vida no sentido de *bios* nem de *zoé*, dos fenômenos biológicos, mas a vida conforme definem Tarde e Bergson: a vida como memória. Lazzarato (2006) toma o prefixo grego *nous*, como a parte mais elevada da alma, para nomear essa modalidade emergente de poder e cria o neologismo: *noopoder*. O noopoder atua modulando os cérebros, capturando a memória e a atenção. O noopoder não substitui a disciplina nem o biopoder, mas se articula a eles, entrando na composição de um novo diagrama de forças. Ainda que o noopoder não faça desaparecer as outras modalidades de poder, ele parcialmente as recobre e as modifica. Assim, o noopoder reorganiza os jogos de poder.

Esse novo diagrama de poder, segundo Lazzarato (2006), constitui as sociedades de controle. A partir de Tarde, Lazzarato enumera as seguintes características dessas sociedades: cooperação entre cérebros, por meio de redes; dispositivos tecnológicos arrojados, que potencializam a captura da memória e da atenção; processos de sujeição e de subjetivação para formação de públicos. O noopoder age sobre as mentes com o objetivo de formar aquilo que se conhece por opinião pública; o noopoder se exerce pela modulação da memória e da atenção.

Os dispositivos de seguridade, privilegiados no liberalismo, consistiam em efetuações do biopoder, que era exercido predominantemente pelo Estado. Desse modo, na modernidade sólida, mesmo com o liberalismo pregando um Estado que governasse menos para governar mais (Foucault, 2008), a governamentalidade estava predominantemente nas mãos do Estado. A entrada do noopoder e de seus dispositivos de controle correlatos redistribuem a governamentalidade, fazendo com que as empresas estejam a desempenhar, hoje, um papel possivelmente maior que o papel do Estado.

Três comentários

Os três comentários a seguir podem ser tomados como exemplos e como elementos para uma possível agenda de pesquisas e de ações políticas e educacionais futuras.

O *primeiro comentário* diz respeito aos dispositivos de controle e ao noopoder. A entrada desses novos elementos na governamentalidade estaria deslocando o privilégio da escola na produção das subjetividades. Antes do aparecimento de tecnologias capazes de promover a cooperação entre cérebros à distância, as estratégias para produção da subjetividade mobilizadas nos encontros face a face tinham pouca concorrência. Agora, a situação parece estar se modificando rapidamente. Os dispositivos capazes de atingir cérebros à distância vêm disponibilizando, especialmente a jovens e crianças, um novo repertório de valores e de comportamentos, muitas vezes conflitantes com aqueles que são apresentados nos ambientes escolares. O noopoder é extremamente positivo, ativando o desejo e funcionando pelo exemplo. Sua sutileza e ubiquidade o tornam muito forte. Nesse contexto, a escola talvez não apenas esteja deixando de ser uma instituição centralmente disciplinar como, ainda, esteja se transformando num lugar de produção de novas subjetividades. Assim, por exemplo, muitos dos comportamentos que hoje proliferam nas escolas e que são entendidos como indisciplinares talvez estejam encobrindo novas práticas de subjetivação (Moraes, 2008).

Ainda que não tenha lançado mão das ferramentas foucaultianas, os resultados empíricos relatados por Costa (2008) – que mostram de que maneira elementos do mundo do consumo, da música e da TV fazem-se presentes na escola, inscrevendo-se sobre os corpos infantis – parecem corroborar esse primeiro comentário. Conforme mostra Lazzarato (2006), se na modernidade apenas um mundo poderia se efetuar, na contemporaneidade efetuam-se infinitos mundos incompossíveis, ou seja, que não poderiam existir simultaneamente. Os jovens e as crianças que estão na escola hoje transitam por esses muitos mundos, parecendo não se importar com tal impossibilidade.

O *segundo comentário* está relacionado às transformações da noção de tempo. A escola que hoje conhecemos, apesar das muitas transformações, ainda mantém um forte vínculo com a lógica disciplinar moderna. Essa escola disciplinar está alinhada à ética de adiamento da satisfação da sociedade de produtores. A escola moderna não foi pensada para ser uma escola de prazer, ou para atender os desejos imediatos das crianças e dos jovens. O funcionamento da maquinaria escolar não era movido pelo desejo, mas pela vontade e pelo esforço. Um dos grandes ensinamentos era justamente este: dominar o desejo, desenvolver a vontade. A satisfação prevista pela escola disciplinar era adiada para o final do ano, o final do ciclo, o final da infância, a vida adulta, o futuro. A sala de aula era um lugar de trabalho. O único prazer admissível era o de aprender aquilo que estava sendo ensinado. A escola moderna pensava no longo prazo, em uma temporalidade linear e contínua.

Nos últimos anos, com a progressiva entrada das pedagogias psicológicas, ativas e outras congêneres, assistimos a uma reorganização da temporalidade. Ainda que a ética da procrastinação continue muito presente, as teorias e as metodologias que vêm orientando o trabalho pedagógico cada vez buscam mais a satisfação imediata. Isso pode ser percebido na importância hoje concedida ao interesse dos alunos.

Para ilustrar essa situação, podemos tomar o caso da pedagogia de projetos. O ponto de partida para os projetos são os interesses dos alunos, interesses devidamente direcionados, adequadamente produzidos. Afinal, os alunos podem escolher os temas dos projetos, mas sempre nos limites daquilo que a escola determina como aceitável. A noção de interesse, como nos mostra Foucault, é bastante importante para o liberalismo e permanece no neoliberalismo. A diferença é que, no segundo caso, o interesse é entendido como algo a ser produzido por intervenções sobre o meio. Na pedagogia de projetos, a decisão do tema pode até ficar a cargo dos alunos, mas deve encaixar-se no recorte estabelecido pelo professor. A vinculação dos projetos ao currículo não permite uma escolha assim tão livre, de modo que o interesse da criança é produzido por intervenções do professor. Lembramos o que Lazzarato (2006, p. 101-2) escreve sobre as relações de consumo – e que *coincidentemente* parece caber muito aqui –; para ele, "nossa 'liberdade' é exercida exclusivamente para escolher entre possíveis que outros instituíram e conceberam. Ficamos sem o direito de participar da construção dos mundos, formular problemas e inventar soluções, a não ser no interior de alternativas já estabelecidas".

Os projetos de aprendizagem visam transformar o longo prazo (de recebimento da recompensa) em curto prazo, produzindo satisfação imediata. O tempo contínuo da escola disciplinar torna-se assim um tempo pontilhista, marcado pela sucessão de projetos e mais projetos.

No *terceiro comentário*, penso focar uma possível articulação entre as transformações do mundo do trabalho e a educação. Conforme comentei antes, o modelo de trabalho privilegiado na modernidade é o trabalho imaterial, focado na cooperação entre cérebros e capaz de produzir as inovações que mobilizam o capitalismo cognitivo. A segurança da rotina da fábrica moderna foi substituída pela impermanência e pelos acontecimentos. O conhecimento torna-se ultrapassado quase no mesmo momento em que é produzido. Conforme Sennett (2006, p. 91), "quando adquirimos uma capacitação, não significa que dispomos de um bem durável". Esse cenário aponta para dois sentidos diferentes, mas não excludentes (eles talvez até mesmo se complementem): um diz respeito às novas configurações do trabalho docente; o outro, às concepções sobre o papel da educação escolar nos dias de hoje.

No primeiro caso, é mais que evidente a necessidade de repensar o trabalho docente em termos de sua crescente flexibilização, desprofissionalização, *substituibilidade*, desqualificação, marginalização social, desvalorização salarial, esvaziamento político, enfraquecimento associativo e sindical. Cada um desses *topoi*, por si só, já se coloca como uma questão cuja problematização me parece importante e urgente. As escolas, transformadas, segundo Varela (1996), em *alucinados parques de diversão*, parecem prescindir da figura docente, substituindo-a por um "gestor de competências", conforme anúncio de um curso de extensão voltado para professores (FUNDATEC, 2008).

No segundo caso, abre-se um amplo conjunto de entendimentos os mais variados, dentre os quais escolhi a noção que está muito ligada à pedagogia de projetos e que pode ser assim formulada: mais importante do que aprender um determinado conteúdo, é aprender a aprender. "As empresas de ponta e as organizações flexíveis precisam de indivíduos capazes de aprenderem novas capacitações" (SENNETT, 2006, p.107). Um sujeito em permanente processo de aprendizagem, em permanente reconfiguração de si, é o que se estaria pretendendo que a escola formasse a partir dessa estratégia pedagógica. Entendemos que o *aprender a aprender* significaria tornar-se empresário de si, colocando-se num processo de gestão daquilo que, segundo Foucault (2008a), é chamado de capital humano pelo neoliberalismo. Gerir seu capital humano é buscar estratégias de multiplicá-lo. À escola caberia ensinar essas técnicas de gestão.

Os três comentários acima servem como exemplos, no campo da educação, das transformações sociais que hoje vivemos; servem, também, como indicações da potencialidade das novas ferramentas teóricas que os Estudos Foucaultianos e de outros autores correlatos oferecem-nos para a pesquisa educacional. Em cada um desses comentários há provocações e há elementos que podem ser desdobrados e podem ser combinados entre si. Procurei deixar claro que é impossível superestimar a importância daquelas transformações e deslocamentos, bem como daquelas ferramentas, para o entendimento do que vem ocorrendo hoje na educação. Entender como o mundo está se constituindo e permanentemente se reconstituindo, como os modos de governar os outros e a si mesmo estão se modificando, me parece de grande relevância para (re)pensarmos tanto as práticas escolares quanto as teorizações educacionais a elas relacionadas.

Referências

BAUMAN, Zygmunt. *Modernidade líquida*. Rio de Janeiro: J. Zahar, 2001.

BAUMAN, Zygmunt. *Vida líquida*. Rio de Janeiro: J. Zahar, 2007.

BAUMAN, Zygmunt. *Vida para o consumo*. Rio de Janeiro: J. Zahar, 2008.

CORSANI, Antonella. Elementos de uma ruptura: a hipótese do capitalismo cognitivo. In: GALVÃO, Alexander; SILVA, Gerardo; COCCO, Giuseppe. *Capitalismo cognitivo*. Rio de Janeiro: DP&A, 2003, p.15-32.

COSTA, Marisa. Cartografando a gurizada da fronteira: novas subjetividades na escola. In: ALBUQUERQUE JÚNIOR, Durval; VEIGA-NETO, Alfredo; SOUZA FILHO, Alípio. *Cartografias de Foucault*. Belo Horizonte: Autêntica, 2008, p. 269-94.

DELEUZE, Gilles. *Conversações*. Rio de Janeiro: Ed. 34, 1992.

DELEUZE, Gilles. *Foucault*. São Paulo: Brasiliense, 1988.

DIAS, Emerson. Conceitos de administração e gestão: uma revisão crítica. *Revista Eletrônica de Administração*. Franca, SP: FASEF, v. 1, jul./dez.2002. Disponível em: <http://www.facef.br/rea/ edicao01/ed01_art01.pdf>. Acesso em: 21 dez. 2008.

FOUCAULT, Michel. Nietzsche, a genealogia e a história. In: *Microfísica do poder*. Rio de Janeiro: Graal, 1979. p. 15-39.

FOUCAULT, Michel. *Em defesa da sociedade*. São Paulo: Martins Fontes, 1999

FOUCAULT, Michel. *Segurança, território, população*. São Paulo: Martins Fontes, 2008.

FOUCAULT, Michel. *Nascimento da biopolítica*. São Paulo: Martins Fontes, 2008a.

FUNDATEC. *O professor como gestor na perspectiva de competências e habilidades*. Disponível em: <http://www.fundatec.com.br/home/folders/ted/2008.08_emkteducacao.html>. Acesso em: 23 dez. 2008.

LAZZARATO, Maurizio. *As revoluções do capitalismo*. Rio de Janeiro: Civilização Brasileira, 2006.

LAZZARATO, Maurizio; NEGRI, Antonio. Trabalho imaterial e subjetividade. In: *Trabalho imaterial*. Rio de Janeiro: DP&A, 2001. p. 25-42.

MAFFESOLI, Michel. *O instante eterno*. Porto Alegre: Zouk, 2003.

MORAES, Antonio Luiz. *Disciplina e controle na escola:* do aluno dócil ao aluno flexível. Canoas/RS: ULBRA/PPGEDU, 2008. (Dissertação de Mestrado).

SENNETT, Richard. *A corrosão do caráter*. Lisboa: Terramar, 2003.

SENNETT, Richard. *A cultura do novo capitalismo*. Rio de Janeiro: Record, 2006.

VARELA, Julia. Categorais espaçotemporais e socialização escolar. In: COSTA, Marisa V. (Org.). *Escola Básica na virada do século*. Porto Alegre: UFRGS, 1996. p. 37-56.

VEIGA-NETO, Alfredo. As duas faces da moeda: heterotopias e "emplazamientos" curriculares. *Educação em Revista*. Belo Horizonte, n. 45, jun. 2007. p. 249-64.

VEIGA-NETO, Alfredo; MORAES, Antônio Luiz de. Disciplina e controle na escola: do aluno dócil ao aluno flexível. In: *Resumos do IV Colóquio Luso-Brasileiro sobre Questões Curriculares*. Florianópolis: UFSC, 2008, p. 343.

Foucault e a governamentalidade
genealogia do liberalismo e do Estado Moderno

André Duarte

A introdução da governamentalidade (*gouvernamentalité*) no léxico de Foucault

Após ter proposto o conceito da biopolítica para descrever e analisar as novas formas de exercício de poder sobre a vida da população, tomando o nazismo e o stalinismo como seus casos mais extremos, a pesquisa de Foucault sofreu interessantes deslocamentos a partir do curso de 1977-1978, *Segurança, território, população*.[1] Certamente, a análise das novas formas de exercício de poder sobre os problemas político-vitais da população continuava sendo o foco de sua reflexão. No entanto, ao discutir os "dispositivos de seguridade" que se constituíram a partir de meados do século XVIII, Foucault referiu-os ao conceito de *governamentalidade* (*gouvernamentalité*), termo ausente até então de seu léxico. Com a noção de *governamentalidade* entendida como um conjunto de *técnicas de governamento*, isto é, como novas formas de implemento da ação administrativa de governo da população, Foucault encontrou uma terminologia adequada para designar e analisar "a atividade que consiste em reger a conduta dos homens em um contexto e por meio de instrumentos estatais", sem ter de recorrer a qualquer conceito de Estado ou mesmo à "instituição do governo" em seu sentido mais usual.[2] O emprego de noções como Estado e governo frequentemente traz consigo ou implica a ideia de estruturas políticas altamente institucionalizadas, prontas e acabadas, organizadas para visar fins claramente determinados e hierarquicamente coordenados,

---

[1] FOUCAULT, M. *Securité, territoire, population*. Paris: Seuil/Gallimard, 2004.

[2] FOUCAULT, M. *Dits et Écrits*. v. III. Paris: Gallimard, 1994, p. 819.

concentrando em si todo o exercício do poder, concepções que Foucault criticara e recusara desde o início dos anos 1970. Ora, com a noção de governamentalidade, Foucault podia referir-se a políticas administrativas estatais e, ao mesmo tempo, reiterar a importância de deixar de lado a figura do Estado e de seu poder, onipotente e onipresente, capaz de controlar todos os recantos da vida social, recusando-a em nome da ideia de que os poderes se exercem por meio de técnicas difusas e discretas de governamento dos indivíduos em diferentes domínios. Uma vez mais, portanto, reforçava-se a destruição do mito do Estado: "[...] o Estado, tanto atualmente quanto, sem dúvida, ao longo de sua história, jamais teve esta unidade, esta individualidade, esta funcionalidade rigorosa e, eu até diria, esta importância; ao final das contas, o Estado talvez não seja senão uma realidade composta, uma abstração mitificada, cuja importância é muito mais reduzida do que se crê".[3]

A noção geral de *governo*, entendida em sentido amplo como a arte de conduzir e comandar as condutas humanas – governo das crianças pelos adultos, dos alunos pelo mestre, das almas pelo sacerdote, do rebanho pelo pastor, do povo pelo príncipe etc. – já havia sido objeto de interesse de Foucault no curso *Os anormais*, de 1974-1975.[4] A partir do curso de 1977-1978, a noção de governo desempenhará um papel decisivo na transformação do pensamento foucaultiano: por um lado, ela servirá como guia de suas pesquisas sobre a hermenêutica do sujeito, sobre o cuidado de si e sobre a estética da existência, orientando suas pesquisas sobre as práticas de si na Antiguidade; por outro lado, ela também permitirá suas reflexões tardias sobre as novas formas de subjetivação no presente, enquanto criação de novas formas de relação, de sociabilidade e de amizade, entendidas como resistência aos poderes de controle e objetivação da liberdade dos sujeitos.[5] Parte das aulas do curso *Segurança, território, população* dedica-se

---

[3] FOUCAULT. *Securité, territoire, population*, p. 112.
[4] FOUCAULT, M. *Os anormais*. São Paulo: Martins Fontes, 2001.
[5] Foucault relaciona o tema da governamentalidade ao "governo de si por si mesmo em sua articulação com as relações para com o outro (como as encontramos na pedagogia, nos conselhos de conduta, na direção espiritual, na prescrição de modelos de vida etc.)" num texto dos *Dits et Écrits*, v. IV. Paris, Gallimard, 1994, p. 214. Em outro texto do mesmo volume, p. 785, ele afirma: "Eu denomino 'governamentalidade' o encontro entre as técnicas de dominação exercidas sobre os outros e as técnicas de si". No curso *Hermenêutica do sujeito*, Foucault afirma: "Relações de poder-governamentalidade-governo de si e outras relações de si a si, tudo isso constitui uma cadeia, uma trama, e é aí, em torno dessas noções, que deve ser possível, penso eu, articular a questão da política

à discussão da noção de governo desde o platonismo até a constituição do poder pastoral cristão. No entanto, com a introdução da noção de *governamentalidade*, Foucault privilegiava, naquela oportunidade, um sentido específico da noção de governo: "por governo, compreendo o conjunto das instituições e práticas por meio das quais se guiam os homens desde a administração até a educação".[6] Trata-se, portanto, de um "conjunto de procedimentos, técnicas e métodos que garantem a condução dos homens", os quais são entendidos e discutidos em sua racionalidade infinitesimal e descentrada. O neologismo da governamentalidade opera, portanto, como instrumento heurístico para a investigação da racionalidade das práticas de controle, vigilância e intervenção governamental sobre os fenômenos populacionais, funcionando, ademais, como recurso analítico para a discussão das práticas de governamento de tipo especificamente liberal. Foucault finalmente encontrara o caminho para discutir as políticas administrativas liberais em sua racionalidade própria, segundo o modelo genealógico das estratégias sem estrategista.

Foi no curso dessas análises que visavam explicar como se constituiu a articulação entre biopolítica e população que Foucault passou a examinar genealogicamente as práticas de governamento ocidentais desde o século XVI até o século XX, ou seja, desde o princípio da razão de Estado até as formas de governamento liberal e neoliberal em seus formatos norte-americano e alemão, especificamente discutidos no curso *Nascimento da biopolítica*.[7] No transcorrer dessas análises, quase a título de efeito colateral, Foucault também acabou por abordar o problema da constituição do Estado moderno, o qual foi avaliado a partir da formação da racionalidade de seus próprios mecanismos internos de atuação. A respeito do caráter minucioso e detalhista dessas análises genealógicas, é sintomático que Foucault tenha recorrido aos pequenos manuais de instrução das ações do príncipe e não aos grandes tratados de filosofia política renascentista e moderna. Nessa reflexão sobre o detalhe do exercício das práticas de governamento, os pequenos tratados relativos ao ensino das artes de governar mostraram-se

---

à questão da ética". Cf. *Herméneutique du sujet*. Paris: Gallimard/Seuil, 2001, p. 242. Sobre isso, veja-se Fonseca, M. A. Para pensar o público e o privado: Foucault e o tema das artes de governar. In: *Figuras de Foucault*. Belo Horizonte: Autêntica, 2006, p. 157.

[6] FOUCAULT, M. *Dits et Écrits*, v. IV, p. 93.

[7] FOUCAULT, M. *Naissance de la biopolitique*. Paris: Gallimard Seuil, 2004.

mais importantes que a questão maquiavélica – como conquistar, unificar e perseverar no domínio político de um principado, evitando a perda do poder político? – ou a questão hobbesiana – como se constituiu o poder soberano? Na mesma linha de raciocínio, mais importante que uma análise filosófica ou científica dos diferentes regimes políticos ou uma reflexão sociológica sobre os diferentes tipos de Estado era a análise genealógica das diferentes formas históricas e complementares de condução da população, pois o que importava a Foucault era pensar o Estado a partir da noção de governo das coisas e das pessoas. Como afirmou Michel Senellart, a governamentalidade constitui uma "figura original do poder, articulando técnicas específicas de saber, de controle e de coerção", as quais somente se tornaram possíveis segundo uma "racionalização, historicamente definida, das relações de poder".[8]

Com relação à aula de conclusão de *Em defesa da sociedade*, centrada na discussão do nazismo e do stalinismo, o curso *Segurança, território, população* retrocede historicamente aos séculos XVI-XVIII a fim de compreender as transformações no modo de exercício do poder que possibilitaram a constituição plena da biopolítica nos séculos XIX e XX. Com relação a *Vigiar e punir*, são propostos novos objetos de investigação, como os dispositivos de seguridade, os quais, inclusive, determinaram retificações conceituais quanto à hipótese anterior a respeito da constituição da modernidade e do sujeito moderno, anteriormente abordados exclusivamente segundo a terminologia da sociedade disciplinar. Até então, a modernidade fora pensada por Foucault segundo o modelo da contraposição entre o princípio clássico da soberania e os princípios panópticos da sociedade disciplinar. Com a discussão dos dispositivos de seguridade e a introdução da noção de governamentalidade, o esquema foucaultiano de compreensão da modernidade tornou-se mais complexo, pois agora era preciso abordar também as práticas de governamento do mercantilismo, do cameralismo, do liberalismo clássico e do neoliberalismo. No decorrer dessas análises, Foucault discutiu a implementação governamental de uma série de medidas discretas, socialmente disseminadas e capilarizadas, as quais não buscavam exercer um controle explícito e excessivo sobre os fenômenos próprios à população. Em suas novas pesquisas, Foucault se dera conta

---

[8] SENELLART, M. A crítica da razão governamental em Michel Foucault. In: *Tempo Social*. Revista de Sociologia da USP, v.7 (1-2), out. 1995, p. 2.

da existência de novas técnicas de governamento ao longo da segunda metade do século XVIII, as quais buscavam encontrar soluções para os problemas da população almejando um ponto de equilíbrio "natural" entre funcionalidade e desfuncionalidade, de modo que no enfrentamento de tais problemas as estratégias administrativas visavam controlá-los de maneira flutuante. Esse é o contexto teórico no qual Foucault ensaia sua análise genealógica do governamento liberal, entendido como "princípio e método de racionalização do exercício do governamento – racionalização que obedece, e esta é a sua especificidade, a regra interna da máxima economia."[9] A partir daí, a grande questão que orientou sua pesquisa foi saber como pôde se dar o fenômeno da gestão dos problemas da população no contexto do liberalismo, o qual "se ocupa em respeitar os sujeitos de direito e a liberdade de iniciativa dos indivíduos."[10] Se a governamentalidade liberal não pode ser exercida senão sob o peso da desconfiança de que se "governa demasiado", ela se constitui enquanto técnica de racionalização do exercício do poder sobre a população tendo como fim não a sua própria maximização, mas a exigência de governar a partir da sociedade e para a sociedade.

Foucault introduziu o conceito de governamentalidade na aula de 1 de fevereiro de 1978. Ao fazê-lo, ele impôs um deslocamento no eixo da pesquisa que vinha desenvolvendo sobre a relação entre poder soberano, território e dispositivos de segurança, a qual, a partir de então, se converteu numa discussão das relações entre Estado, economia política e os problemas da população. Como de costume, ele iniciou a análise dando um passo atrás, a fim de explorar os diversos significados da noção de governo, sobretudo, a partir do surgimento e dos desdobramentos da chamada teoria da "razão de Estado," na passagem do século XVI para o século XVII. Distintamente do modo como Platão ou o cristianismo medieval haviam pensado a noção de governo, Foucault entendeu que a razão de Estado constituía o surgimento de uma nova matriz de racionalidade no exercício do poder, segundo a qual o soberano deveria exercer seu poder sobre os súditos governando-os de maneira meticulosa, combinando as técnicas de vigilância policial das condutas humanas ao controle da atividade econômica dos produtores

---

[9] *Dits et écrits*, v. III, p. 819.

[10] *Dits et écrits*, v. III, p. 818.

e comerciantes, visando tornar o Estado forte e competitivo em meio aos conflitos políticos europeus da época. Tratava-se então de avaliar a "formação de uma 'governamentalidade' política: ou seja, a maneira como a conduta de um conjunto de indivíduos esteve implicada, de modo cada vez mais marcado, no exercício do poder soberano".[11] Para isso, era preciso dominar a dinâmica das forças e das técnicas racionais que permitiriam a intervenção estatal junto aos súditos tanto no plano de suas condutas cotidianas quanto no plano de seu desenvolvimento econômico. A governamentalidade orientada pelo princípio da razão de Estado conjugava as forças vigilantes da polícia às técnicas mercantilistas e cameralistas de controle da atividade econômica e tinha por meta "fazer crescer, do interior, as forças do Estado".[12] Cabe observar que, no contexto histórico dos séculos XVII e XVIII, os conceitos de polícia e de ciência policial dizem respeito não a uma instituição específica do aparelho do Estado, mas a uma técnica de governo visando "codificar o conjunto das relações sociais que reclamavam a intervenção, a um tempo racionalizadora, reguladora e regulamentadora, do Estado."[13] Em suma, cabia à ciência da polícia vigiar o conjunto das atividades humanas em um dado território, englobando suas relações sociais, econômicas, comerciais e de saúde.

Uma vez mais, a mudança de ênfase em relação às análises anteriores a respeito do exercício do poder soberano era clara. Foucault compreendera que, ao longo do século XVII, o exercício do poder soberano não se limitara à imposição de leis e proibições aos súditos, mas dera-se, de maneira complementar, por meio de técnicas diversas de governamento policial que visavam conquistar uma adequada disposição dos homens e das coisas, isto é, almejavam o controle microscópico das condutas humanas, das riquezas e das condições de subsistência. Para isso era preciso avaliar e cuidar das condições climáticas do território, explorar racionalmente seu potencial econômico, avaliar os riscos e tomar medidas necessárias para garantir a segurança, não apenas do território enquanto tal, mas das diversas atividades que aí se desenvolviam. Em suma, a polícia não

---

[11] *Dits et écrits*, v. III, p. 720.

[12] *Dits et écrits*, v. III, p. 721.

[13] RAMOS DO Ó, J. Notas sobre Foucault e a governamentalidade. In: *Michel Foucault – perspectivas*. Rio de Janeiro: Achiamé, 2005, p. 18.

governava por meio da vigilância amparada na lei, mas pela intervenção ativa e contínua na conduta dos indivíduos. As técnicas de controle policial (ciência da polícia) das condutas cotidianas, a estatística como ciência estatal e as técnicas cameralistas, mercantilistas e liberais de controle da atividade econômica foram as instâncias governamentais que antecederam o pleno aparecimento dos novos poderes biopolíticos a partir do século XIX. Para Foucault, ao longo do século XVIII, "começa a aparecer, de maneira derivada em relação à tecnologia da 'polícia' e em correlação com o nascimento da reflexão econômica, o problema político da população".[14]

Assim, Foucault impôs uma correção a suas observações anteriores sobre a dinâmica de atuação do poder soberano. Ao longo dos séculos XVI e XVII, o que caracterizaria o soberano em sua capacidade de governo não seria apenas e exclusivamente seu direito de impor a morte, mas sua "sabedoria" e "diligência", isto é, seu adequado conhecimento e gestão pragmáticos dos homens e das coisas, visando ao fortalecimento do Estado por meio do bom exercício do governamento. Porém, para que a governamentalidade biopolítica se constituísse de maneira plena, foi também preciso que antes se operasse o desbloqueio e a emancipação das artes de governamento anteriormente ensaiadas pelo mercantilismo, pela estatística e pela ciência policial. A biopolítica somente se constituiu de maneira plena a partir do momento em que as técnicas de governamento foram projetadas para além do universo mental e institucional da soberania em seu sentido clássico e centralizador, o qual limitava a atuação governamental. Esse desbloqueio se deu justamente pela emergência dos chamados dispositivos de segurança, entendidos enquanto técnicas de governamento aptas a lidar com os fenômenos variáveis da população – crescimento, mortes, casamentos, reprodução –, os quais se tornaram mais bem conhecidos a partir de meados do século XVIII, com a constituição da ciência estatística. Foi apenas a partir de então que a família deixou de constituir o modelo ideal do bom governo, como no período medieval, para se transformar na instância e alvo do bom governamento da população. Igualmente, foi apenas desde então que a população pôde aparecer como primeiro objetivo do governo, o qual deveria melhorar suas condições de vida por meio de sua atuação governamental, constituindo-se, a partir daí, a economia política:

[14] *Dits et écrits*, v. III, p. 722.

A constituição de um saber de governo é absolutamente indissociável da constituição de um saber de todos os processos que giram em torno da população em sentido amplo, daquilo que chamamos precisamente de 'economia'. A economia política pôde se constituir a partir do momento em que, entre os diferentes elementos da riqueza, apareceu um novo objeto, a população. Apreendendo a rede de relações contínuas e múltiplas entre a população, o território, a riqueza, se constituirá uma ciência chamada 'economia política' e, ao mesmo tempo, um tipo característico de intervenção do governo, que será a intervenção no campo da economia e da população. Em suma, a passagem de uma arte de governo para uma ciência política, a passagem de um regime dominado pelas estruturas da soberania para um regime dominado pelas técnicas de governo, deu-se no século XVIII em torno da população e, consequentemente, em torno do nascimento da economia política.[15]

Ao fazer tais afirmações, Foucault não pretendia negar que o problema da soberania continuava a se impor, mas demonstrar que ele agora se modificara em conjunto com a introdução de novas técnicas de governamento assentadas em tecnologias de regulação e autorregulação dos fenômenos populacionais. Foucault reforçava sua ideia de que o problema político moderno não residia na dedução das artes liberais de governar a partir de uma teoria filosófica da soberania, mas em encontrar os fundamentos jurídicos e institucionais adequados para técnicas de governamento já existentes e operantes, as quais, justamente, haviam dado consistência à atuação do Estado, fortalecendo-o. Análises ascendentes e não descendentes, portanto, competiam ao procedimento genealógico. No curso dessas reflexões, tampouco a questão da vigilância disciplinar desapareceria em meio à constituição da nova racionalidade na gestão estatal dos problemas sanitários e econômicos da população. Pelo contrário, Foucault afirma que nunca a disciplina foi tão importante e valorizada quanto a partir do momento em que se procurou gerir a população, pois tal gestão não se deu apenas no nível de seus resultados globais, mas também no de profundidade, isto é, com a minúcia do detalhe.[16] Para Foucault, as descobertas relativas àquelas novas tecnologias de governo eram compatíveis com suas análises precedentes a respeito do surgimento e desenvolvimento das disciplinas, ao mesmo tempo que também indicavam certa mutação na sua maneira de compreender a forma de exercício do poder soberano já a

---

[15] *Securité, territoire, population*, p. 109.
[16] *Securité, territoire, population*, p. 110.

partir do século XVII. Por isso, ele então afirmou que o processo histórico da modernidade não poderia ser entendido em termos de "substituição de uma sociedade de soberania por uma sociedade disciplinar e desta por uma sociedade de governo. De fato, temos um triângulo: soberania, disciplina e gestão governamental, cujo alvo principal é a população e cujos mecanismos essenciais são os dispositivos de segurança".[17] A partir de então, o que lhe interessava era uma análise histórica do surgimento e desenvolvimento da governamentalidade, entendida como o substrato variado de múltiplas tecnologias de governamento, as quais deram consistência e realidade concreta ao Estado moderno. Esse aspecto é sintetizado na sua definição extensiva da noção de governamentalidade:

> Com a palavra "governamentalidade" eu quero dizer três coisas. Entendo por ela o conjunto constituído pelas instituições, pelos procedimentos, análises e reflexões, os cálculos e as táticas que permitem exercer essa forma bem específica, ainda que bastante complexa, de poder que tem por alvo principal a população, por forma maior de saber a economia política, por instrumento técnico essencial os dispositivos de segurança. Em segundo lugar, entendo por "governamentalidade" a tendência, a linha de força que no Ocidente não deixou de conduzir, desde há muito tempo, na direção da preeminência deste tipo de poder que podemos denominar como o "governo" sobre todos os outros, como a soberania, a disciplina, e que conduziu, por um lado, ao desenvolvimento de toda uma série de aparelhos específicos de governo e, por outro lado, ao desenvolvimento de toda uma série de saberes. Enfim, creio que seria preciso entender por "governamentalidade" o processo ou, antes, o resultado do processo pelo qual o Estado de justiça da Idade Média, tornado Estado administrativo nos séculos XV e XVI, encontrou-se pouco a pouco "governamentalizado".[18]

A governamentalização do Estado moderno

Valendo-se do conceito de governamentalidade, Foucault contornou as concepções marxistas e weberianas do Estado, que o pensam como a instituição responsável pela garantia da reprodução da dominação ou como o detentor legítimo dos meios da violência. Por meio desse novo recurso conceitual, ele também se colocou na contramão do tradicional temor liberal frente a uma suposta e crescente estatização da sociedade,

---

[17] *Securité, territoire, population*, p. 111.

[18] *Securité, territoire, population*, p. 111-112.

bem como recusou a nítida oposição entre Estado e sociedade civil. Segundo tal oposição, o Estado concentraria a figura do mau poder ao passo em que a sociedade civil encarnaria as potências da boa liberdade humana, concebida seja numa chave econômica – a liberdade de iniciativa dos agentes econômicos –, seja numa chave jurídico-política, isto é, a sociedade civil dos bons cidadãos, portadores de direitos e em luta com o Estado pelo reconhecimento de novos direitos. Em vez de fazer da distinção entre Estado e sociedade civil um invariante ou um universal histórico-político, pensou Foucault, melhor seria enxergar nessa dicotomia uma "forma de esquematização própria a uma tecnologia particular de governamento", o governamento liberal.[19] Certamente, o próprio Foucault advertiu que não se propunha a elaborar uma definição "exaustiva" do liberalismo, mas que o entendia como um tipo de racionalidade "posto em obra nos procedimentos pelos quais a conduta dos homens é dirigida por meio de uma administração estatal".[20] Para ele, o liberalismo não tinha seu fundamento numa concepção jurídica da sociedade, entendida a partir do laço contratual, nem portanto supunha o Estado como ponto de partida e o governo como o meio adequado para a realização dos seus próprios fins estatais. Antes o liberalismo, entendido como tecnologia específica de governamento, toma como ponto de partida os movimentos econômicos da sociedade, a qual, por sua vez, mantém uma relação que é simultaneamente de interioridade e exterioridade com o Estado.[21] Essa ideia a respeito das relações de exterioridade e interioridade entre Estado e sociedade civil, ambos perpassados por diferentes tecnologias governamentais de condução dos homens, pode parecer excessivamente abstrata, mas não se trata disso. Pelo contrário, como se explicita nessa afirmação de Foucault:

> Se de fato colocarmos a questão do poder em termos de relações de poder, se admitirmos que há relações de 'governamentalidade' entre os indivíduos, numa multidão, se admitirmos uma trama bastante complexa de relações, então as grandes formas de poder no sentido estrito do termo – poder político, poder ideológico etc. – são relações necessariamente desse tipo, ou seja, são relações de governo, de condução, que podem se estabelecer

---

[19] *Dits et écrits*, v. III, p. 820.

[20] *Dits et écrits*, v. III, p. 823.

[21] *Dits et écrits*, v. III, p. 820-2.

entre os homens. E se não há certo tipo de relações como aquelas, então não pode haver certos outros tipos de grandes estruturações políticas. De maneira geral, a democracia, se a tomamos como forma política, não pode existir de fato senão na medida em que existem, no nível dos indivíduos, das famílias, do cotidiano, se se quer, relações governamentais, certo tipo de relações de poder que se produzem. É por isso que uma democracia não pode existir em qualquer lugar. [...] Dito isso, não nego em absoluto a heterogeneidade daquilo que se poderia chamar de diferentes instituições de governamento. Quero dizer que não podemos localizá-las simplesmente nos aparelhos de Estado ou derivá-las totalmente do Estado, quero dizer que a questão é muito mais complexa.[22]

Enquanto tecnologia de governamento dos movimentos econômicos da sociedade, o liberalismo apela a regulações de caráter jurídico por meio de leis, mas se ele assim procede não é porque a instituição jurídico-político da soberania estivesse em sua base de nascimento, mas apenas porque encontra no aparato jurídico legal a melhor forma de proceder no controle, regulação e intervenção sobre a conduta da população, tanto mais que "a participação dos governados na elaboração das leis, num sistema parlamentar, constitui o modo mais eficaz de economia governamental".[23] Em vez de considerar o liberalismo como uma doutrina fechada e coerente, dotada de metas e meios bem definidos, Foucault o entendeu como uma prática e uma "reflexão crítica" sobre o governamento, isto é, analisou-o a partir da multiplicação pragmática de um conjunto heterogêneo de mecanismos políticos, econômicos, jurídicos, os quais perpassam o Estado e a sociedade e podem "se apoiar sobre tal teoria econômica ou se referir a tal sistema jurídico sem qualquer liame necessário e unívoco".[24] Ou, como Foucault se exprimiu em outra oportunidade, em vez de proceder teoricamente por meio de análises centradas sobre o "princípio geral da lei" e sobre o "mito do poder", melhor seria dar curso a uma analítica "das práticas complexas e múltiplas de uma 'governamentalidade' que supõe, de um lado, formas racionais, procedimentos técnicos, instrumentos através dos quais ela se exerce e, de outro lado, jogos estratégicos que tornam instáveis e reversíveis as relações de poder que elas devem assegurar".[25]

---

[22] *Dits et écrits*, v. IV, p. 751-752.
[23] *Dits et écrits*, v. III, p. 822.
[24] *Dits et écrits*, v. III, p. 822.
[25] *Dits et écrits*, v. IV, p. 582.

Rejeitando os pressupostos de teorias políticas marcadas pela fascinação ou pelo horror diante do Estado, Foucault afirmou que o aspecto realmente "importante para nossa modernidade, para nossa atualidade, não é tanto a estatização da sociedade, mas a 'governamentalização' do Estado".[26] Com a noção de governamentalidade, a análise genealógica do poder conquistava interessantes ganhos teóricos, pois agora era possível a Foucault empreender uma analítica dos múltiplos mecanismos de atuação administrativa do Estado moderno sem ter de comprometer sua investigação com qualquer conceito do Estado em geral e, portanto, sem ter de engessar a multiplicidade das lutas políticas cotidianas em um único foco privilegiado e centralizado, determinado previamente pelo universo normativo de categorias jurídicas como legalidade e legitimidade. O processo de governamentalização do Estado é aquele por meio do qual se refinam os mecanismos de gestão administrativa da conduta das populações, em torno dos quais se definem os embates e lutas políticas dos agentes que se enfrentam com esses processos difusos. Para Foucault, a própria existência atual do Estado depende do ajuste contínuo e dos embates entre diferentes táticas de governo, isto é, entre diferentes formas de governamentalidade, "simultaneamente interiores e exteriores ao Estado". Afinal, é no enfrentamento cotidiano dessas instâncias governamentais heterogêneas que se determinam, a cada instante, "o que deve ou não competir ao Estado, o que é público e o que é privado, o que é estatal e o que não é estatal. Portanto, o Estado, em sua sobrevivência e em seus limites, deve ser compreendido a partir das táticas gerais da governamentalidade".[27]

Ademais, a introdução da noção de técnicas de governamento teve o mérito de enriquecer a compreensão foucaultiana do exercício do poder sobre a população, modificando sua anterior compreensão do fenômeno do poder estatal, definido anteriormente, sobretudo, segundo o critério da interdição legal e da repressão violenta. Evidentemente, tais descobertas afetaram o curso de suas pesquisas genealógicas sobre o poder na modernidade, modulando e matizando o impacto das teses nietzschianas que, poucos anos antes, haviam levado Foucault a afirmar que "o fundamento da relação de poder é o enfrentamento belicoso das forças", concepção então designada sob

---

[26] *Securité, territoire, population*, p. 112.

[27] *Securité, territoire, population*, p. 112-3.

o título de "hipótese de Nietzsche".²⁸ Aqui é preciso observar que, naquele contexto, não havia muito espaço nas reflexões de Foucault para considerar a questão da liberdade e sua relação com o fenômeno da resistência. Agora, no ponto de chegada de sua genealogia dos poderes modernos, o aspecto que Foucault queria ressaltar é que "toda relação humana é, até certo ponto, uma relação de poder. Nós evoluímos em um mundo de relações estratégicas perpétuas. Nem toda relação de poder é má em si mesma, mas é um fato que sempre comporta perigos".²⁹ Temos aqui mais um exemplo do caráter móvel e livre de seu pensamento, descomprometido com qualquer exigência de sistematicidade e totalização. Mais importante que formular uma teoria geral do poder era manter-se aberto à experiência vibrante e móvel do pensamento e da investigação, herança nietzschiana profunda e que transpassa a reflexão foucaultiana do começo ao fim.³⁰

Não penso que tais mutações teóricas tenham feito de Foucault um pensador finalmente "reconciliado" ou "fascinado" com o liberalismo, como dá a entender Jean-François Kervégan. Para ele, os cursos de 1977-1978 e 1978-1979 testemunhariam "uma evidente fascinação por esse objeto novo que é o discurso neoliberal. Tudo se passa aqui, ou falta pouco, como se a genealogia se fizesse apologia"!³¹ Para Kervégan, haveria uma "afinidade profunda entre Foucault e seu objeto" no sentido de que seu pensamento seria "autenticamente liberal", visto que ele teria feito a opção por um conceito de liberdade que se assume enquanto "'via radical', que é a via liberal", distinta e contraposta à "'via revolucionária' ou 'jurídico-normativa' de tipo rousseauniano [...], que é também a via do direito e do Estado". Segundo a leitura de Kervégan, para Foucault "não haveria, pois, outra escolha que a via liberal, o que quer dizer, sobretudo, substituir a concepção jurídica da liberdade, ilustrada pela temática revolucionária dos direitos do homem, por uma concepção que se pode dizer tecnológica e agonística da liberdade".³²

---

²⁸ FOUCAULT, M. *Em defesa da sociedade*. Tradução de Maria Ermantina Galvão. São Paulo: Martins Fontes, 2000. p. 24.

²⁹ *Dits et écrits*, v. IV, p. 374.

³⁰ Sobre o caráter de experiência do pensamento de Foucault, ver *Dits et écrits*, v. IV, p. 40-54. E também Giacóia Jr., O.: "De Nietzsche a Foucault: impasses da razão?" In: *Foucault-Kafka. Sem medos*. São Paulo: Ateliê, 2004.

³¹ KERVÉGAN, J. F.: Aporia da microfísica. Questões sobre a governamentalidade. In: *Tensões e passagens. Filosofia crítica e modernidade. Homenagem a Ricardo Terra*. São Paulo: Esfera Pública, 2008, p. 82.

³² Aporia da microfísica, p. 83.

Contudo, como caracterizar como liberal um conceito de liberdade que se afirma agonístico, isto é, que se reconhece como embate no exercício de relações estratégicas de poder e que, como o próprio Kervégan o admite, "tem ao menos o mérito de deixar aberta a possibilidade de conquistar novos espaços de liberdade, sem, contudo, iludir-se quanto ao fato de que essa conquista se inscreve ela mesma num dispositivo de poder"?[33] Ademais, a correção da análise de Kervégan a respeito da proximidade entre as concepções do "político" em Foucault e Carl Schmitt, para os quais "o Estado é secundário em relação ao político e este só pode ser pensado em termos de conflito, talvez, de guerra"[34] depõe justamente contra sua caracterização do pensamento foucaultiano como liberal. Como pode ser liberal um pensamento que não toma como seu objeto os temas clássicos da defesa do indivíduo e de sua liberdade por meio do recurso ao direito e à questão dos limites constitucionais do poder legitimamente constituído, ou, então, o tema do exercício da soberania no quadro jurídico-político do poder estatal constituído? Como observou Senellart, Foucault não assumiu a concepção liberal do indivíduo e de sua liberdade como entidades anteriores ou mesmo contrárias ao Estado. Antes, o indivíduo e sua liberdade são pensados justamente enquanto efeitos e produtos da atuação governamental do Estado, de sorte que para se compreender a constituição da figura do indivíduo moderno, portador de liberdade e autonomia, seria preciso situá-lo no contexto do desenvolvimento histórico das práticas de governamentalização do Estado moderno.[35] Se em sua análise da governamentalidade liberal Foucault não empreendeu uma discussão da instituição "Estado" e de sua intrínseca relação com a normatividade jurídica, isso não se deu porque ele teria esposado um liberalismo "paradoxal", cego para o fato de que o liberalismo, desde sua origem, sempre compreendeu o direito como um "elemento essencial da ordem social", visto que "não há mercado sem regras, sem normas e tampouco sem instituições," como afirmou Kervégan.[36] Porém, como observou Ricardo Marcelo Fonseca, Foucault estabeleceu uma "inversão de análise importante: não é o Estado

---

[33] Aporia da microfísica, p. 83.

[34] Aporia da microfísica, p. 78.

[35] SENELLART. A crítica da razão governamental em Michel Foucault, *op. cit.*, p. 2. Veja-se também Jorge Ramos do Ó, Notas sobre Foucault e a governamentalidade, *op. cit.*, p. 17.

[36] Aporia da microfísica, p. 85.

moderno que funda e regula as formas de poder, mas estratégias constituídas historicamente antes do Estado liberal são por ele estrategicamente abarcadas com fins de normalização."[37]

A despeito de terem permanecido embrionárias, de certo modo as análises foucaultianas sobre a governamentalidade demonstram que suas análises genealógicas do poder não permaneceram alheias ou desinteressadas com relação ao exercício do poder estatal, como poderia parecer antes da publicação recente de seus cursos. A esse respeito, Gérard Lebrun observou, em um artigo de 1979 sintomaticamente denominado "O microscópio de Michel Foucault", que se o amigo não se furtara a introduzir "entidades macroscópicas como a burguesia e o capitalismo" em sua discussão das práticas infinitesimais do poder disciplinar, nunca privilegiara em suas análises, porém, o modo de atuação do próprio Estado, o qual teria sido submetido "a um constante descrédito metodológico. [...] Observaremos que, em *Vigiar e punir*, o aparelho do Estado limita-se, quando muito, a retomar por sua conta um maquinário disciplinar que se constitui por baixo dele. [...] Essa minimização do papel do Estado é um pressuposto que me parece, de fato, contestável."[38] Em seu artigo, Lebrun afirmava que tal recusa foucaultiana bem podia ser estratégica, isto é, uma maneira de evitar o retorno do princípio filosófico metafísico de subordinação do Múltiplo ao Uno, o que, por sua vez, exigiria recorrer a uma *arché* que conferiria inteligibilidade e substancialidade às práticas heterogêneas do exercício do poder: "Se Foucault recusa reconhecer o poder em sentido próprio no Estado soberano, é porque pretende dissolver a representação política hegeliana em vez de invertê-la".[39] Ao afirmar um suposto descrédito metodológico de Foucault quanto ao exercício do poder estatal, Lebrun certamente desconhecia o conteúdo dos cursos de seu amigo no *Collège de France* no exato momento em que seu comentário era formulado. Nada disso significa que Lebrun estivesse totalmente enganado ou que Foucault tenha mudado os pressupostos de seu pensamento, pois, ao empreender sua análise da crescente governamentalização do Estado moderno, ele próprio frisou que não estava propondo nem uma mudança de método nem de objeto. Contudo, ao proceder a uma

---

[37] Cf. FONSECA, Ricardo Marcelo. Foucault, o direito e a 'sociedade de normalização'. In: *Crítica da modernidade. Diálogos com o direito*. Florianópolis: Fundação Boiteux, 2005, p. 123.

[38] LEBRUN, G. Passeios ao léu. São Paulo: Brasiliense, 1983, p. 82-3.

[39] LEBRUN. Passeios ao léu, p. 83.

análise genealógica da governamentalidade liberal, Foucault esclareceu que uma análise microfísica do poder não dizia respeito às dimensões do objeto analisado (macro ou micro), mas ao modo mesmo de proceder na análise, de maneira que não haveria contradição no seu intento de proceder a uma investigação microfísica dos poderes que perpassam o Estado moderno em suas formas múltiplas de atuação:

> Em suma, o ponto de vista de todos aqueles estudos [genealógicos; AD] consistia em tentar extrair as relações de poder das instituições para analisá-las sob o ângulo das tecnologias; extraí-las também da função para retomá-las em uma análise estratégica; liberá-las em relação ao privilégio do objeto para tentar ressituá-las no ponto de vista da constituição dos campos, domínios e objetos do saber. Se esse triplo movimento de passagem ao exterior foi ensaiado com relação às disciplinas, no fundo, é mais ou menos isso, é essa possibilidade que eu gostaria de explorar agora em relação ao Estado. Será que podemos passar ao exterior do Estado, como nós o fizemos [...] com relação àquelas diferentes instituições? Será que existe, com relação ao Estado, um ponto de vista global, como o ponto de vista das disciplinas o era em relação às instituições locais e definidas? [...] Será possível passar para o exterior [do Estado; AD]? É possível ressituar o Estado em uma tecnologia geral de poder que tenha assegurado suas mutações, seu desenvolvimento, seu funcionamento? Pode-se falar de uma "governamentalidade" que seria para o Estado o que as técnicas de segregação foram para a psiquiatria, o que as técnicas da disciplina foram para o sistema penal, o que a biopolítica foi para as instituições médicas?[40]

Em vez de assumir o Estado como instituição dada e desde sempre conhecida em suas funções e características próprias, as quais seriam, supostamente, sempre as mesmas ao longo da história, Foucault procurou compreender a governamentalidade como o princípio geral de orientação das práticas de governamento relativas aos fenômenos da população, tal como elas se mostraram operativas a partir da atuação capilar e discreta do próprio governo. Foi por meio da noção de governamentalidade, entendida justamente como o ponto de vista geral ou princípio global de orientação das práticas e mecanismos de intervenção estatal e não estatal sobre a população, que Foucault pôde analisar a governamentalização do Estado, situando-o no interior de uma nova tecnologia de exercício do poder, ao mesmo tempo que mantinha inconteste sua recusa da figura do Estado como "monstro frio" e onisciente.

---

[40] *Securité, territoire, population*, p. 122; p. 124; as observações entre colchetes são minhas.

Referências

FONSECA, Ricardo Marcelo. Foucault, o direito e a 'sociedade de normalização'. In: *Crítica da modernidade. Diálogos com o direito*. Florianópolis: Fundação Boiteux, 2005, p. 109-28.

FOUCAULT, Michel. *Dits et écrits*, v. III. Paris, Gallimard, 1994.

FOUCAULT, Michel. *Securité, territoire, population*. Paris, Seuil/Gallimard, 2004.

FOUCAULT, Michel. *Naissance de la biopolitique*. Paris: Gallimard Seuil, 2004.

FOUCAULT, Michel. *Os anormais*. SP: Martins Fontes, 2001.

FOUCAULT, Michel. *Dits et Écrits*, v. IV. Paris, Gallimard, 1994.

FOUCAULT, Michel. *Herméneutique du sujet*. Paris: Gallimard/Seuil, 2001.

FOUCAULT, Michel. *Em defesa da sociedade*. Tradução de Maria Ermantina Galvão. São Paulo: Martins Fontes, 2000.

GIACOIA Jr., Osvaldo. De Nietzsche a Foucault: impasses da razão? In: *Foucault-Kafka. Sem medos*. São Paulo: Ateliê, 2004, p. 89-102.

KERVÉGAN, J. F.: "Aporia da microfísica. Questões sobre a governamentalidade". In: *Tensões e Passagens. Filosofia Crítica e Modernidade. Homenagem a Ricardo Terra*. SP: Esfera Pública, 2008.

LEBRUN, G. *Passeios ao léu*. São Paulo: Brasiliense, 1983.

Ó, Jorge R. Notas sobre Foucault e a governamentalidade. In: *Michel Foucault – Perspectivas*. Rio de Janeiro: Achiamé, 2005.

SENELLART, Michel. A crítica da razão governamental em Michel Foucault. *Tempo Social*. Revista de Sociologia da USP, 7 (1-2): out. 1995.

A governamentalidade nos cursos do professor Foucault

Carlos Ernesto Noguera-Ramírez

Agradeço o convite dos organizadores deste evento, particularmente ao professor Guilherme Castelo Branco por ter aceitado a sugestão que fizera o professor Alfredo Veiga-Neto do meu nome para participar desta mesa-redonda. E claro, agradeço, igualmente, ao professor Alfredo por tal sugestão.

Desde que cheguei ao Brasil há três anos, soube da existência deste colóquio e desde então segui suas diferentes versões e sempre fiquei muito surpreso com o volumoso número de participantes e de assistentes interessados na produção de Michel Foucault. No meu país, percebi algo similar, mas antes pelos pesquisadores envolvidos, pela intensa assistência de jovens às conferências que programamos em Bogotá como parte da comemoração dos vinte anos da morte do filósofo. Durante as várias sessões ao longo de quase um mês, a ampla sala onde programamos os encontros permaneceu lotada e até foi preciso adaptar, como aqui, equipamentos de som para que desde o primeiro andar e ao longo das escadas os jovens pudessem assistir às conferências. Alguém, talvez da embaixada francesa, disse que esse mais parecia um encontro de fãs de um músico famoso de rock que de um filósofo. Não sei se na França o entusiasmo seja parecido (creio que não), mas independentemente desse fato, através destes eventos podemos perceber o entusiasmo que gera o pensamento de Foucault; sobretudo no que concerne à apropriação e à utilização da obra do filósofo francês, nessas nossas latitudes. Seria interessante, depois deste VI Colóquio, realizar um balanço sobre este aspecto. Mas deixo essa ideia para consideração de vocês, pois acredito que contribuirá para enriquecer estas reuniões que já formam parte das suas agendas acadêmicas.

Para iniciar minha apresentação, gostaria de salientar que esse entusiasmo que percebo pelo trabalho de Foucault parece-me ter sido acrescentado ou, pelo menos, renovado com a recente publicação dos seus cursos ministrados – ao longo de quase 15 anos – no Collège de France. Em outro texto que escrevi sobre essa questão, assinalei a importância desse acontecimento editorial e enfatizava a necessidade de ler tais publicações como cursos e não como livros, na perspectiva de perceber, como diria o professor Alfredo Veiga-Neto, a "oficina" de Foucault. Mas a questão mais importante ligada à publicação dos seus cursos tem a ver com a possibilidade que isso nos oferece para perceber uma face, digamos assim, "menor" ou pelo menos muito pouco conhecida e reconhecida de Foucault. Os cursos nos mostram um rosto ou perfil não só de um filósofo ou de um historiador, mas, sobretudo, de um professor. E é parte desse semblante que eu quis explorar ao elaborar este texto. Quero partilhar com vocês essa face oculta e "menor" que não tem sido salientada suficientemente, talvez devido aos prejuízos que o mundo acadêmico das Ciências Humanas e da Filosofia tem com a Pedagogia e a Educação. Tais temas parecem ser assuntos menores e de pouca importância e, portanto, não merecem atenção.

Aqui tentarei mostrar que, abandonando os preconceitos, podemos encontrar muitas contribuições conceituais e metodológicas no trabalho pedagógico de Foucault nesse seu papel de professor. Vale a pena aqui lembrar que foi nesses espaços acadêmicos "menores" das aulas onde se produziram grandes obras do pensamento. Lembremos que os famosos *seminários* de Lacan não foram livros escritos por Lacan senão precisamente a publicação das suas aulas. Também lembremos que o *Curso de linguística* de Saussure não foi um livro, mas justamente um curso. O mesmo aconteceu com a publicação do filósofo britânico John Austin, em *Como fazer coisas com palavras*. Enfim, poderíamos lembrar as palavras de Juan Luis Vives, o notável humanista espanhol, colega de Erasmo de Rotterdam, que dizia não haver nada melhor para aumentar a erudição, para despertar o engenho (poderíamos dizer em termos contemporâneos, para provocar o pensamento) que o ensino. Claro, não qualquer ensino, mas aquele praticado pelo professor Foucault.

Para fechar esta pequena introdução, gostaria de dizer que o descobrimento do Foucault professor, das aulas do professor Foucault, foi possível graças a outro acontecimento pedagógico: as aulas do professor Alfredo

Veiga-Neto, no curso de pós-graduação em Educação da UFRGS. Tivemos ali um cenário privilegiado, no qual estudamos, em detalhe e uma a uma, as aulas de Foucault dos seus cursos *Segurança, território, população* e *nascimento da biopolítica*. E sei que, bem antes disso, o mesmo havia sido feito com os cursos *Em defesa da sociedade* e *Os anormais*. Por esse motivo, dedico este meu texto ao professor Alfredo Veiga-Neto.

★ ★ ★

A comunicação que apresentarei a seguir tem um duplo propósito. Em primeiro lugar, quero mostrar que a *governamentalidade* é uma noção metodológica elaborada por Foucault como parte das necessidades da sua atividade de ensino e pesquisa, e, nesse sentido, é preciso lembrar que pesquisa e ensino constituem dois elementos ou momentos indissociáveis na tentativa de *pensar de outro modo*, tarefa a que o professor Foucault sempre se propôs. Em segundo lugar, mostrarei que a *governamentalidade*, enquanto noção metodológica, levou Foucault a realizar um triplo deslocamento no seu trabalho de pesquisa e, portanto, no seu pensamento; esse triplo deslocamento, por um lado, marcou a passagem da problematização das relações de poder/saber para a problematização das relações governo/verdade e, por outro lado, constituiu um exercício filosófico ao modo antigo, isso é, utilizando os termos de Pierre Hadot, constituiu um "exercício espiritual" ou uma "conversão".

★ ★ ★

Vamos então ao primeiro propósito.

Aqui é preciso esclarecer o que entendo por uma "noção metodológica": trata-se de um instrumento para trabalhar sobre um problema, de uma ferramenta para pensar. Nesse sentido, a ferramenta metodológica não deve confundir-se com o objeto de pesquisa ou com o objeto de ensino. Segundo minha perspectiva, a governamentalidade não é o objeto de estudo de Foucault, pois funciona como um instrumento, como uma ferramenta, como lentes que Foucault cria para trabalhar sobre um problema; no caso do curso *Segurança, território, população*, tratava-se do problema do Estado, do governo do Estado. Para estudar o Estado sob uma perspectiva diferente da perspectiva da Ciência Política e do Direito, para estudar o problema do governo de uns pelos outros e o problema da condução das condutas, Foucault criou essa noção que chama com esse estranho nome de governamentalidade. Ele a criou, então, para poder explicar-se e para explicar aos seus ouvintes as transformações que ele percebe nos dispositivos de saber/poder entre os séculos XVI e XVIII, assunto que constitui seu, digamos assim, objeto de pesquisa.

Aqui é importante salientar que a noção de governamentalidade aparece no contexto dos cursos de Foucault e não como um conceito ou categoria utilizada em um dos seus livros. Esse é um aspecto que considero particularmente importante, pois devemos levar em consideração que seus cursos, ainda que publicados, não são propriamente livros: não se trata de livros; não foram escritos para serem publicados como tal. Trata-se de palestras cujo destino, ainda que tivessem um apoio escrito, era o numeroso auditório que cada quarta-feira lotava a sala de aula para escutar o professor apresentar os desenvolvimentos das suas pesquisas. Nesse sentido, ler seus cursos como livros é reduzir as possibilidades de apreciar a riqueza do trabalho do professor Foucault.

Mas em que consiste tal riqueza? Na sua possibilidade de observar a oficina do pensamento foucaultiano. Nos livros, não é possível observar tão claramente esse aspecto, pois eles têm uma formatação específica: trata-se de escritos dirigidos para um público anônimo, mais ou menos especializado, muito amplo, desconhecido em grande parte; além disso, os livros devem manter uma coerência e certa linearidade; eles devem apresentar conclusões, resultados, implicando um trabalho bem delimitado e finalizado. Pelo contrário, as aulas são mais livres; ainda que sejam planejadas, encontramos um Foucault mudando de ideia entre uma e outra aula, anunciando um tema para a aula seguinte que depois não é retomado; várias coisas são abandonadas, esquecidas, e outras, acrescentadas, criadas no próprio transcurso da aula. Se lermos os cursos levando em conta essa diferenciação, será possível apreciar neles questões como: as estratégias de apresentação dos avanços da pesquisa; alguns conceitos e noções utilizados como ferramentas explicativas ou elaborados no desenvolvimento da pesquisa, mas não retomados nas publicações; assinalamentos ou esboços, rascunhos (às vezes, implícitos) de possíveis problemas para aprofundar e de temáticas para pesquisar.

As estratégias de apresentação constituem elaborados esquemas didáticos que permitem visibilizar o funcionamento da estratégia metodológica utilizada nas pesquisas. Falo de "esquemas didáticos" porque a estrutura de cada aula é cuidadosamente desenhada em função do problema escolhido para apresentar: a entrada, os exemplos, as ênfases, as referências documentais, a sequência e o percurso não são assuntos improvisados ou deixados ao acaso; eles ocupam um lugar dentro de um esmerado esquema cuja intenção é mostrar, ilustrar, visibilizar, expor. Trata-se de uma composição, de um quadro cujos traços e linhas fundamentais dependem tanto do trabalho da pesquisa quanto dos propósitos didáticos do pesquisador. E é nessa relação – na passagem dos problemas, conceitos e noções da pesquisa para o esquema didático – que é possível a elaboração de novos problemas, conceitos e noções. Assim, a estratégia didática não é só – como se poderia pensar – uma simplificação das elaborações da investigação: é um processo de criação de novos problemas, conceitos e noções. É nesse sentido que se pode afirmar que os esquemas didáticos do professor Foucault fazem parte das ferramentas metodológicas da pesquisa, ou seja, são momentos da própria pesquisa, e não uma etapa posterior e de ordem diferente. Os esquemas não só permitem mostrar para os outros; também tornam visíveis, para o próprio pesquisador, certos problemas, questões, falhas ou potencialidades do trabalho. E isso fica evidente quando o professor Foucault, no ínterim de uma e outra aula, abandona uma linha assinalada quando se "esquece" de uma promessa de ampliar algum aspecto, quando, enfim, modifica o percurso, a direção e as ênfases das aulas e até do próprio curso.

A aula de 1º de fevereiro de 1978 (do seu curso *Segurança, território, população*) é um bom exemplo: nela, o professor Foucault introduz, pela primeira vez, a noção de governamentalidade e afirma que o título mais exato do curso seria "história da governamentalidade", e não "Segurança, território, população". Essa afirmação mostra como o professor Foucault não tem pronto o "curso" nem concluída a pesquisa: ela está em andamento ao longo do curso. A publicação dessa aula como texto isolado, descontextualizado em coletâneas de outros textos de diversa natureza (conferências, entrevistas etc.), ou seja, sua publicação (e leitura) como texto escrito impede observar sua procedência, suas condições de aparecimento, seu uso no marco da pesquisa desenvolvida por Foucault naquele momento; "congela", enfim, a noção, fazendo invisível seu caráter provisório e sua importância metodológica no movimento da pesquisa e do pensamento.

Priva-se, desse modo, a riqueza do conceito como criação (digamos) didática e metodológica. Na aula seguinte, do dia 8 de fevereiro, o professor Foucault mostrará mais amplamente as condições teóricas, metodológicas e didáticas que lhe permitiram ou o levaram, na aula anterior, à criação desse estranho conceito de governamentalidade. Para começar, ele lança uma pergunta a partir da qual articulará sua exposição na perspectiva de possibilitar uma melhor compreensão, por parte do auditório, do problema trabalhado na pesquisa; mas, ao mesmo tempo, tal pergunta servirá para mostrar as características principais do enfoque metodológico que ele utilizava nas suas pesquisas. Pergunta Foucault: por que estudar esse domínio definitivamente inconsistente, brumoso, recoberto por uma noção tão problemática e artificial como governamentalidade? E, para respondê-la, Foucault retomará seu trabalho sobre as disciplinas e mostrará como acabou efetuando um triplo deslocamento ou passagem do interior para o exterior: 1) passar do ponto de vista interior da instituição (hospital, por exemplo) para o ponto de vista exterior das tecnologias de poder (a ordem psiquiátrica); 2) substituir o ponto de vista interior da função (a função da prisão, por exemplo) pelo ponto de vista exterior das estratégias e táticas (a sociedade disciplinar); 3) do interior de um objeto pré-fabricado (doença mental, delinquência ou sexualidade) para o exterior das tecnologias de poder móveis através das quais se constitui um campo de verdade com objetos de saber (FOUCAULT, 2006).

No caso do Estado, Foucault propõe-se, então, a realizar o mesmo deslocamento: sair do interior da instituição (Estado) para o exterior das tecnologias de poder; sair do interior dos discursos estabelecidos (Ciência Política, Sociologia, História) que definem um objeto de saber, o Estado, para o exterior das tecnologias de poder através das quais é possível a constituição desse objeto. Realizar esse deslocamento implicou a construção daquela noção "problemática e artificial" (FOUCAULT, 2006, p. 140) que chamou com "o feio nome de *governamentalidade*" (*idem*, p. 139) e que só utilizou a partir dessa aula, como se houvesse sido construída justamente no momento de preparação da aula. Assim, a estratégia didática para explicar a introdução daquela noção oferece, por sua vez, a possibilidade de perceber tanto a estratégia metodológica utilizada nas suas pesquisas sobre as disciplinas (passar do interior para o exterior) quanto as condições de criação de tal conceito.

★ ★ ★

Agora passemos para o segundo propósito desta minha comunicação, isto é, mostrar que a construção, a criação da governamentalidade enquanto noção metodológica levou o professor Foucault a um triplo deslocamento. O primeiro deles poderíamos qualificá-lo como circunstancial e corresponderia ao deslocamento que, a partir da terceira aula do seu curso *Segurança, território, população*, o levou da biopolítica para a governamentalidade; trata-se de deslocamento que continuará ou se confirmará em seu curso seguinte, intitulado *Nascimento da biopolítica*, no qual, apesar do título, o assunto central continua a ser a governamentalidade.

O segundo deslocamento tem a ver com a utilização da governamentalidade que levaria Foucault a passar do interior do Estado e da ideia da estatização, como ele mesmo disse, para o exterior das tecnologia de governo enquanto tecnologias políticas. O terceiro deslocamento foi mais radical e aconteceu a partir do curso de *Do Governo dos vivos* (1979-1980), quando na sua aula inaugural o filósofo deixou claro o assunto do qual ele trataria:

> O curso deste ano se ocupará em elaborar a noção de governo dos homens pela verdade. Essa noção de governo dos homens pela verdade eu já falei um pouco nos anos precedentes. O que significa elaborar essa noção? Trata-se de deslocar um pouco as coisas em relação ao tema atualmente utilizado e repetido do saber-poder, tema que foi ele mesmo apenas uma maneira de deslocar as coisas em relação a um tipo de análise no domínio, digamos, da história do pensamento; um domínio de análise que foi mais ou menos organizado ou que girou em torno da noção de ideologia dominante. Grosso modo, se vocês quiserem dois deslocamentos sucessivos: um da noção de ideologia dominante para essa noção de saber-poder e, agora, um segundo deslocamento da noção poder-saber para a noção do governo pela verdade. (FOUCAULT, 2010, p. 41-42)

Esse novo deslocamento levará o professor Foucault para um trabalho de longa duração em direção à Antiguidade grega, romana e cristã, em que a própria noção de governamentalidade será reformulada no sentido de constituir já não só um problema político mas também ético. Nessa trajetória que seguiram as suas pesquisas indo para bem antes da nossa Modernidade, a noção de governamentalidade – elaborada inicialmente para a análise dos problemas do governo na passagem do dispositivo de soberania para os dispositivos de disciplina e de segurança – sofre uma reorganização em função da análise da dimensão ética do sujeito, definido pela sua relação consigo mesmo. A partir dessa perspectiva, a questão da política e da ética estarão entrelaçadas em uma corrente constituída pelos seguintes elementos: relações de poder – governamentalidade – governo de si e dos outros – relação consigo mesmo. Assim, fica claro o deslocamento da análise da arte de governar, centrada no problema da governamentalização do Estado moderno entre os séculos XVI e XIX, para a análise do governo como problema ético na constituição do sujeito através de práticas de si.

Esse deslocamento na direção da ética, na direção das práticas de si, não foi só um assunto de transformação do objeto de pesquisa: foi, ao mesmo tempo, uma prática de si, um exercício filosófico a partir do qual o professor Foucault pretendia desembaraçar-se do seu próprio pensamento. Naquela aula inaugural do curso *Do governo dos vivos*, Foucault nos lembra que com os conceitos de saber/poder havia tentado desembaraçar-se da ideia de ideologia dominante e agora, com os conceitos de governo pela verdade, tentava desembaraçar-se dessa noção de saber/poder:

> Dir-se-ia que sou perfeitamente hipócrita porque é evidente que não se desembaraça de seu próprio pensamento como se desembaraça do pensamento dos outros. Por consequência, serei certamente mais indulgente com a noção de saber-poder do que com a noção de ideologia dominante, mas cabe a vocês me reprovarem. Na incapacidade, portanto, de tratar a mim mesmo como eu trataria os outros, eu diria que se trata essencialmente, passando da noção de saber-poder para a noção de governo pela verdade, de dar um conteúdo positivo e diferenciado a esses dois termos – saber e poder. (FOUCAULT, 2010, p. 43).

Desembaraçar-se do próprio pensamento; iniciar, então, uma conversão,[1] uma olhada em outra direção para pensar novamente. Só assim vale a pena a pesquisa (e o ensino). Essa é a confidência do professor Foucault, que nessa aula inicial de janeiro de 1980, dois anos depois de ter ministrado seu curso sobre a biopolítica, nos permitirá compreender por que tantos circunlóquios, tantos deslizamentos, tantos inícios, tentativas e distanciamentos:

> E isso, se vocês quiserem, me conduz a qualquer coisa como um tipo de confidência e que seria essa: é que para mim, após tudo, o trabalho teórico não consiste, e eu não faço isso por orgulho ou vaidade, mas por sentimento profundo de uma incapacidade: para mim, o trabalho teórico não consiste em estabelecer e fixar um conjunto de posições sobre as quais eu me manteria e de cuja ligação entre essas diferentes posições, na sua suposta ligação coerente, se formaria um sistema. Meu problema, ou a única possibilidade teórica que sinto, seria a de deixar somente o desenho

---

[1] A palavra latina *conversio* corresponde, de fato, a dois termos gregos de diferentes sentidos: por uma parte, *episthrophe*, que significa "mudança de orientação" e que implica a ideia de retorno (retorno à origem, retorno a si mesmo), e, por outra parte, a *metanoia*, que significa "mudança de pensamento', "arrependimento', sugerindo a ideia de mutação e renascimento. Produz-se, portanto, dentro do conceito de conversão, certa oposição interna entre a ideia de volta à origem e a de renascimento (HADOT, 2006, p. 177).

o mais inteligível possível, o traço do movimento pelo qual eu não estou mais no lugar onde eu estava agora há pouco. Daí, se vocês quiserem, essa perpétua necessidade de realçar, de algum modo, o ponto de passagem que cada deslocamento arrisca modificar, senão o conjunto, pelo menos a maneira pela qual se lê ou pela qual se apreende o que pode ter de inteligível. Essa necessidade, portanto, não aparece jamais como um plano de um edifício permanente; não é preciso lhe reclamar e impor as mesmas exigências como se tratasse de um plano; trata-se, ainda uma vez, de traçar um deslocamento, ou seja, traçar não edifícios teóricos, mas deslocamentos pelos quais as posições teóricas não cessam de se transformar. Após tudo, existem teologias negativas: digamos que sou um "teórico negativo". Então, uma nova curva, um novo traço e, uma vez mais, um retorno sobre ela mesma, sobre o mesmo tema (Foucault, 2010, p. 58-59).

Certamente, não é possível ser hipócrita e pretender que podemos nos desembaraçar completamente do nosso pensamento. Porém, podemos ser infiéis com nós mesmos sem deixar de ser fiéis: um retorno aos mesmos problemas que nos ocupam, mas de jeito diferente, a ponto de que possam aparecer como novos problemas. E então a pesquisa e o ensino valem a pena, pois não se trata da produção de conhecimento, mas da vontade de saber, ou melhor, de uma vontade de poder, porém, sobre nós mesmos, uma ética do trabalho intelectual que se volta sobre si, que tem no si mesmo seu objeto. E aqui, nessa mudança de direção do olhar, nessa virada do século XX para a Antiguidade greco-romana, o professor Foucault atualiza o modo antigo de filosofar. Há uma conversão que é, por sua vez, um retorno a e da filosofia antiga, porém, um retorno diferente ou da diferença. Partindo da construção dessa estranha noção de governamentalidade, o professor Foucault percorre um longo caminho que leva, finalmente, a encarnar o que ele mesmo denominou de "espiritualidade", isto é:

> O conjunto dessas buscas, práticas e experiências que podem ser as purificações, as asceses, as renúncias, as conversões, do olhar, as modificações da existência etc. que constituem não para o conhecimento, mas para o sujeito, para o ser mesmo do sujeito, o preço a pagar por ter acesso à verdade [...] A espiritualidade postula que a verdade nunca se dá ao sujeito com pleno direito. A espiritualidade postula que, enquanto tal, o sujeito não tem direito, não goza da capacidade de ter acesso à verdade. Postula que a verdade não se dá ao sujeito por um mero ato de conhecimento, que esteja fundado e seja legítimo porque ele é sujeito e tem esta ou aquela outra estrutura de tal. Postula que é preciso que o sujeito se modifique, se transforme, se desloque, se converta, em certa medida e até certo ponto,

em distinto de si mesmo para ter acesso à verdade. A verdade só é dada ao sujeito a um preço que coloca em jogo o ser mesmo deste [...] Creio que esta é a fórmula mais simples, ainda mais fundamental, mediante a qual se pode definir a espiritualidade (FOUCAULT, 2002, p. 33).

O retorno à longínqua Antiguidade não é, então, um mero exercício acadêmico: é uma conversão que se atualiza no mesmo processo de pesquisa e ensino. É ir na direção da Filosofia Antiga utilizando a própria Filosofia Antiga como ferramenta. Digamos que para o professor Foucault – e esse é o seu maior ensinamento – o objeto de pesquisa é seu próprio pensamento enquanto o procedimento de pesquisa e a atividade de ensino são como exercícios espirituais, práticas de si (buscas, experiências, conversões), através das quais ele vai se desembaraçando do que pensa, em silêncio, para poder pensar de novo.

Referências

FOUCAULT, Michel. *La hermenéutica del sujeto*. Buenos Aires: Fondo de Cultura Económica, 2002.

FOUCAULT, Michel. *Seguridad, territorio, población*. Buenos Aires: Fondo de Cultura Económica, 2006.

FOUCAULT, Michel. *Do governo dos vivos*. Curso no College de France, 1979-1980 (excertos). Tradução, transcrição, notas e apresentação de Nildo Avelino. São Paulo: Centro de Cultura Social; Rio de Janeiro: Achiamé, 2010.

HADOT, Pierre. *Ejercicios espirituales y filosofía antigua*. Madrid: Siruela, 2006.

Cuidado da vida e dispositivos de segurança a atualidade da biopolítica

Cesar Candiotto

A emergência da problematização do biopoder em Foucault

A problematização da biopolítica é tardia na investigação de Foucault. Ela somente adquiriu as proporções atualmente conhecidas em função da recepção crítica dos cursos *Il faut défendre la société* (1997); *Sécurité, territoire, population* (2004a); e *Naissance de la biopolitique* (2004b), que, sob muitos aspectos, redimensionaram a avaliação do Foucault político ou do Foucault preocupado com a política.

Se quisermos fazer a genealogia da biopolítica em Foucault, será necessário começar pela explanação de algumas hipóteses de suas pesquisas anteriores, principalmente daquelas desenvolvidas na década de 1970, muitas vezes agrupadas genericamente em torno da expressão *analítica do poder*.

Ao se referir à analítica do poder, Foucault sempre frisou que pouco se importava com a definição do poder, mas com sua operacionalização, os campos que ele produz e os efeitos que ele suscita. O poder não procede de uma fonte única ou de uma instância transcendente que parte do Estado e se dirige aos súditos ou cidadãos; antes, ele se materializa horizontalmente no conjunto das práticas discursivas e não discursivas dos diferentes tecidos societários. Igualmente insuficiente é pensar que o poder encontra-se atomizado no sujeito como se ele o possuísse por cessão, herança ou contrato; o sujeito é sempre efeito de relações de poder, seja nos mecanismos disciplinares que o normalizam permanentemente em razão de uma ortopedia moral vigente, seja quando ele se toma como objeto para si próprio nos diferentes processos de subjetivação a partir do embate agonístico entre as forças do querer e as potências da liberdade. Analogamente circunscrito, o poder opera como se fosse um campo elétrico em que diferentes circuitos ou forças provocam efeitos específicos, como a constituição de determinado sujeito, a formação específica de um modelo de Estado ou a cristalização de uma moralidade singular.

Foucault ficou deveras conhecido – e por isso também criticado – desde meados dos anos 1970 por ter trabalhado a problemática do poder não a partir de uma teoria, de uma análise do Estado moderno ou das atribuições daquele que ocupa a representação política. Em contrapartida, sua análise incide sobre as relações de forças atuantes nas práticas sociais que concernem à constituição do anormal, do delinquente, do incorrigível e assim por diante, correspondente ao nascimento de saberes modernos como psiquiatria, criminologia e educação. Ele mostrou que não houve um progresso do conhecimento em relação a uma compreensão melhor dos indivíduos; na verdade, aqueles saberes, vinculados a estratégias de poder capilares e infinitesimais, construíram os critérios de normalidade em relação ao indivíduo moderno ao custo da problematização de identidades tornadas marginais, de corpos otimizados indissociáveis da despotencialização da vontade e da docilização da alma. Desnecessário é detalhar aqui o modo de operacionalidade do poder, marcadamente presente nas técnicas disciplinares. Essas técnicas se ocupam da vigilância, da punição e do exame do indivíduo tomado a partir da sua constituição maquínica e corporal, como nos mostra o livro *Surveiller et punir* (1975).

A partir da última aula de *Il faut défendre la société* (1997) e do capítulo final de *Histoire de la sexualité I* (1976), as técnicas disciplinares são redimensionadas e reconfiguradas. Elas são compreendidas como anatomopolítica do corpo humano que procura *controlar* e *disciplinar* detalhadamente a multiplicidade dos homens na medida em que esta multiplicidade resulte em corpos individuais que devem ser vigiados, treinados, utilizados e eventualmente punidos (FOUCAULT, 1997, p. 216).

Paralelamente à operacionalidade das disciplinas na fabricação do corpo útil e da alma dócil nas diferentes instâncias institucionais constituintes da ortopedia moral burguesa ocidental europeia, Foucault faz a genealogia de outra tecnologia de poder que se ocupa em *regular* e *gerir* a multiplicidade dos homens, mas com uma ligeira diferença. Essa multiplicidade é pensada em termos de "massa global afetada por processos de conjunto que são próprios da vida". Essa tecnologia que gira em torno dos processos vitais que incidem sobre o ser humano como espécie, é nomeada por Foucault de biopoder.

A *individualização*, resultante da atuação do poder disciplinar sobre os corpos, é complementada pela constituição de uma *população* biologicamente regulada[1] por parte do biopoder. Trata-se sempre de *normalizar* multiplicidades: se sobre os corpos opera a disciplina de modo a torná-los produtivos, aptos e adaptados às diferentes práticas sociais, na regulação da população o biopoder se torna eminentemente uma técnica política que funciona a partir das diferentes instâncias estatais e institucionais encarregadas da gestão da vida.

Por essa razão, é importante frisar por que foi tão importante para Foucault ter problematizado o domínio do sexo ou da conduta sexual. Nesse domínio encontram-se concomitantemente as duas tecnologias de poder: as disciplinas e o biopoder. Pode-se até postular que ele chegou à problematização do biopoder como desdobramento da análise do dispositivo da sexualidade. Somente mais tarde Foucault teria pensado o biopoder a partir da guerra entre raças, como ilustra o curso *Il faut défendre la sociéte* (1997).

Em determinado momento de suas pesquisas, Foucault percebeu que o sexo, como efeito do dispositivo da sexualidade, tornou-se objeto de poderes e saberes que não visavam somente ao controle dos corpos individualizados, mas também a um domínio a partir do qual seria possível regular, planificar, manipular, estimular macroacontecimentos como taxas de natalidade, morbidade, longevidade, mortalidade e fluxos migratórios.

O biopoder investe no sexo, não somente para disciplinar as condutas individuais, mas principalmente para administrar e regular a vida de todo o corpo social. Entende-se então o porquê da conjugação entre biopoder e disciplina entre as "sexualidades marginais",[2] como a sexualidade infantil. Nesta, a aplicação do poder ocorreu em função das exigências de regulação, mas obteve efeitos ao nível das disciplinas. Em termos de regulação, pensava-se que o controle da masturbação infantil impediria que essa prática viesse a se constituir um vício na idade adulta e, em

---

[1] Convém sempre lembrar que Foucault emprega aqui o termo *população* não como o número de pessoas constituinte de uma unidade geográfica, mas como um agrupamento de indivíduos biologicamente definidos e que demanda uma atuação específica por parte das políticas de gestão do Estado e de suas diferentes instâncias.

[2] Foucault chama de sexualidades marginais todas as condutas sexuais situadas no exterior dos limites do matrimônio monogâmico heterossexual.

decorrência, houvesse o enfraquecimento da vontade e das forças vitais para o desempenho no trabalho produtivo. Contudo, o efeito dessa regulação é de ordem disciplinar; seria impossível evitar uma *população* viciada nessa prática sexual em termos de regulação se as instâncias disciplinares da família e da escola não prestassem atenção ao corpo da criança, aos seus gestos mais ínfimos a partir de uma nova distribuição de espaços e do controle do tempo de suas atividades.

O fato é que o sexo tornou-se objeto de disputa política. A partir dele as disciplinas vigiam, punem e normalizam os corpos de acordo com os padrões morais e privados de uma sociedade; já o biopoder se encarrega da regulação da vida da espécie de acordo com os interesses políticos do estado. Em 1976, Foucault já percebia a dupla faceta dos mecanismos modernos de poder em relação aos corpos e à vida de uma população: a individualização e a totalização. Situada entre o corpo e a vida da espécie humana, a preocupação em torno da planificação dos efeitos da conduta sexual resultou no surgimento de novos saberes como a estatística, a demografia e a medicina social que, muitas vezes, estão a serviço das instituições políticas modernas, como o Estado e seu aparelho.

Ao situar no sexo a disputa política em torno da vida administrada e dos corpos disponíveis, Foucault chegou à problematização do estado. A preocupação em torno da vida individual e coletiva alterou a nova conformação das políticas quando da formação dos estados nacionais desde o final do século XVIII, na medida em que seu foco se torna a segurança da vida da população. Se nas disciplinas operam os dispositivos de repartição espacial dos indivíduos e controle minucioso de seu tempo, no biopoder atuam os dispositivos de segurança estatais que administram os perigos em relação à vida da espécie. Por essa razão, o biopoder logo se cristaliza na forma de biopolítica.

Biopoder e biopolítica

Foucault enfatiza no curso *Naissance de la biopolitique* que os dispositivos de segurança postos em prática pelo biopoder são inassimiláveis aos dispositivos jurídicos da teoria clássica da soberania, cuja função principal consistia em manter a "segurança do território" (FOUCAULT, 2004b, p. 66-7) em relação aos perigos externos. Na modernidade, os dispositivos utilizados pelo biopoder velam principalmente pela "segurança do conjunto em relação aos seus perigos internos" (FOUCAULT, 2004b, p. 216); ou seja, eles atuam no interior da população.[3]

Regular e administrar o ser humano como membro de uma espécie biologicamente constituída caracterizam as funções dos dispositivos de segurança por parte do biopoder. Ademais, esses dispositivos reavaliam a função soberana clássica do Estado.

No *ancien regime*, o princípio da soberania está situado na figura do soberano. Prevalece seu direito de *causar* a morte ou de *deixar* viver. *Fazer* morrer não constitui problema político porque se acredita que os súditos mortos pelo Estado passam de uma soberania terrena a outra, espiritual. Além disso, o direito de morte é exercido pelo soberano em razão de uma concepção específica de Estado. Quando um crime é cometido contra alguém privado, o lesado é o próprio Estado, mormente materializado no corpo do rei. Este é investido de poder divino, razão pela qual o crime tem um caráter moral e religioso, associado ao sacrilégio. A punição para o sacrilégio é o suplício público e teatral que representa, ao mesmo tempo, a verdade do crime cometido e a superioridade da força real (ver FOUCAULT, 1975, p. 75-105).

Foucault estabeleceu a triangulação entre disciplina, soberania e biopoder, mas não levou a termo a reavaliação proporcionada pelos dispositivos de segurança em relação às soberanias modernas. Essa tarefa, conduzida ao extremo por Giorgio Agamben, foi recentemente destacada por Oswaldo Giacóia Júnior (2008), em seu artigo *Sobre os direitos humanos na era da biopolítica*.

No entender de Agamben, a partir do século XVIII o princípio de qualquer soberania deixa de remeter à personagem do soberano; ele é

---

[3] Evidentemente, não foi o século XIX que inventou dispositivos para proporcionar segurança a uma coletividade em relação aos seus perigos internos, mas foi nessa época que eles adquiriram novo significado. Três dispositivos de segurança são historicamente diferenciados: a exclusão dos leprosos na Idade Média, em virtude da qual a sociedade é dividida entre aqueles com quem se pode conviver e aqueles que devem ser excluídos mediante um conjunto jurídico de leis, regulamentos e rituais religiosos; em seguida, a quarentena da peste entre os séculos XVI e XVII, durante a qual um conjunto de indivíduos é isolado num espaço específico e submetido a práticas de vigilância e de controle de tipo disciplinar; e as práticas de vacinação e inoculação para o controle da varíola no final do século XVIII, que, à diferença do caso da lepra que resulta na exclusão ou do período da quarentena da peste que atua mediante mecanismos de controle e de vigilância disciplinar, supõe a adoção de medidas em relação a um grupo de indivíduos que conformam uma *população* a partir de técnicas de governo que visam à regulação estatística da natalidade e da mortalidade, da saúde e da doença etc.

deslocado para a figura da Nação. Além disso, a nova legitimidade da soberania não é conferida pela ideia de cidadania, derivada da concepção formal de sujeito de direitos, mas o fato de pertencer a uma nação, possuir uma nacionalidade, porque se nasceu em determinado território. A governamentalidade biopolítica é a que ressignifica a soberania e precede o estatuto jurídico do estado. A razão aduzida por Agamben é histórico-filológica: a soberania da nação tem como princípio imediato o *nascimento*. Significa que a vida, na sua configuração biológica, se torna o novo elemento político fundamental a partir do qual se desdobra o ordenamento jurídico moderno.

> Não é possível compreender o desenvolvimento e a vocação "nacional" e biopolítica do Estado moderno nos séculos XIX e XX se esquecemos que em seu fundamento não está o homem como sujeito político livre e consciente, mas, antes, a sua vida nua, o simples nascimento que, na passagem do súdito ao cidadão, é investido como tal pelo princípio da soberania (AGAMBEN, 2002, p. 135).

A vida natural não somente é constituída em novo princípio ordenador dos Estados soberanos modernos, mas também o ponto limite de sua própria atuação. Quando Foucault afirma que a reconfiguração moderna do poder implica *fazer* viver significa também dizer que o soberano não pode mais *fazer* morrer, eliminar a vida e legitimar tal ato pelo direito divino. Entretanto, o desdobramento negativo do *fazer* viver é o *deixar* morrer por parte das soberanias nacionais modernas.

Não raramente, a afirmação da vida natural é correlata da sua própria suspensão, no sentido de que o princípio originário do investimento político e jurídico da vida natural que regula a relação entre cidadãos e soberanos é inseparável do *deixar* morrer.

No entender de Agamben, o *deixar* morrer a que se refere Foucault pode ser caracterizado a partir do relacionamento político-jurídico originário do *bando*. Giacóia Jr. (2008, p. 283) ressalta que ser devolvido ao *bando* significa *abandonar* ao perecimento aquele considerado desnecessário ou ameaçador da vida que se pretende positivar, ao modo de uma "inclusão excludente". Porém, também pode designar o direito do Estado nacional de *banir* determinados indivíduos, no sentido de que, após abandonados, sejam suspendidas suas garantias previstas no ordenamento jurídico vigente. Abandonado, o indivíduo volta a ser capturado por quem o abandona a partir do exterior (*ex capere*) dos limites legais, ao modo de uma "exclusão includente".

Para Agamben (2002, p. 116), "o que foi posto em *bando* é remetido à própria separação e, juntamente, entregue à mercê de quem o abandona, ao mesmo tempo excluso e incluso, dispensado e, simultaneamente, capturado".

Como é de conhecimento, esse processo Agamben chamou de estado de exceção. A figura da qual ele se vale para ilustrar a vida abandonada e ulteriormente sacrificável é a do *homo sacer*, emprestada de Festo:

> Homem sacro é, portanto, aquele que o povo julgou por um delito; e não é lícito sacrificá-lo, mas quem o mata não será condenado por homicídio; na verdade, na primeira lei tribunícia se adverte que "se alguém matar aquele que por plebiscito é sacro, não será considerado homicida." Disso advém que um homem malvado ou impuro costuma ser chamado de sacro (AGAMBEN, 2002, p. 196).

Agamben considera que jamais, anteriormente à nossa época, observou-se tanto a intensificação dos procedimentos paradoxais de defesa da vida como algo sagrado e ao mesmo tempo seu abandono e captura pelos mecanismos de inclusão e exclusão do ordenamento jurídico por parte das soberanias.

Como pensar a vida, postulada como insacrificável, e ao mesmo tempo convertida em algo descartável, capturada como vida nua? Parece ser uma das agruras das soberanias democráticas modernas a indefinição em torno de quem é *homo sacer*. Indefinição a ser estimulada já que, para defender o valor sagrado e imprescritível de determinadas vidas, outras são deixadas de lado e destituídas de proteção jurídica.

Foucault não se cansou de mostrar que para fazer viver, para incrementar o cuidado purificador da vida – lembre-se que o darwinismo social esteve presente em boa parte do pensamento político do século XIX –, pode-se e, em algumas situações, permite-se deixar morrer. Essa situação paradoxal é plenamente compatível com o biopoder no seu paroxismo, observável no racismo político.

> De uma parte, de fato, o racismo vai permitir estabelecer, entre a minha vida e a morte do outro, uma relação que não é uma relação militar e guerreira de enfrentamento, mas uma relação do tipo biológico: "quanto mais as espécies inferiores tenderem a desaparecer, quanto mais os indivíduos anormais forem eliminados, menos degenerados haverá em relação à espécie, mais eu – não enquanto indivíduo, mas enquanto espécie – viverei, mais forte serei, mais vigoroso serei, mais poderei proliferar". A morte do outro não é simplesmente a minha

vida, na medida em que seria minha segurança pessoal; a morte do outro, a morte da raça ruim, da raça inferior (ou do degenerado, ou do anormal) é o que vai deixar a vida em geral mais sadia e mais pura (FOUCAULT, 1997, p. 228).[4]

O exercício do poder estatal de deixar morrer nos limites legais ou de atuar de maneira homicida em estado de exceção tem como pretexto a multiplicação da vida, a purificação daqueles em relação aos quais se deve fazer viver. Não se trata necessariamente de fortalecer a própria raça pela eliminação da raça adversa, mas de regenerar a raça a partir dela mesma. "Quanto mais numerosos forem os que morrerem entre nós, mais pura será a raça a que pertencemos" (FOUCAULT, 1997, p. 230). Entende-se aqui tirar a vida "o fato de expor à morte, de multiplicar para alguns o risco de morte ou, pura e simplesmente, a morte política, a expulsão, a rejeição etc." (FOUCAULT, 1997, p. 228-9).

A especificidade do racismo moderno não é o ódio das raças umas pelas outras, mas Estados nacionais que, a partir da operacionalidade do biopoder, utilizam o discurso paradoxal da purificação da raça para justificar a eliminação da própria raça. Nesse contexto, os estados mais assassinos têm sido os mais racistas, como é o caso do Estado nazista.

> Afinal de contas, o nazismo é, de fato, o desenvolvimento até o paroxismo dos mecanismos de poder novos que haviam sido introduzidos desde o século XVIII. Não há Estado mais disciplinar, claro, que o regime nazista; tampouco há Estado onde as regulamentações biológicas sejam adotadas de uma maneira mais densa e mais insistente. [...] Não há sociedade a um só tempo mais disciplinar e mais previdenciária que a que foi implantada, ou em todo caso, projetada pelos nazistas [...]. Mas, ao mesmo tempo que se tinha essa sociedade universalmente previdenciária, universalmente seguradora, regulamentadora e disciplinar, através dessa sociedade, desencadeamento mais completo do poder assassino, ou seja, do velho poder soberano de matar. Esse poder de matar, que perpassa todo o corpo social da sociedade nazista, se manifesta, antes de tudo, porque o poder de matar, o poder de vida e de morte é dado não simplesmente ao Estado, mas a toda uma série de indivíduos, a uma quantidade considerável de pessoas (sejam os AS, os SS etc.). No limite, todos têm o direito de vida e de morte sobre o seu vizinho, no Estado nazista, ainda que fosse pelo comportamento de denúncia, que permite efetivamente suprimir, ou fazer suprimirem,

---

[4] Utilizamos aqui a tradução para o português: FOUCAULT, 1999, p. 305.

aquele que está a seu lado. [...] Apenas essa exposição universal de toda a população à morte poderá efetivamente constituí-la como raça superior e regenerá-la definitivamente perante as raças que tiverem sido totalmente exterminadas ou que serão definitivamente sujeitadas. (FOUCAULT, 1997, p. 230-231)[5]

Essa longa citação mostra que Foucault já visualizava o paroxismo do Estado nazista e a relação entre biopoder e direito soberano de matar. Entretanto, a radicalidade de sua hipótese consiste em afirmar que tal relação está inscrita no funcionamento de boa parte dos estados modernos (liberais ou socialistas) que precederam e sucederam o nazismo (FOUCAULT, 1997, p. 232).[6]

Em entrevista concedida em 1978, declara:

> Decerto, fascismo e stalinismo produziram seus efeitos em dimensões desconhecidas até então e que podemos esperar, se não pensar racionalmente, que não as conhecemos mais de novo. Fenômenos singulares, por conseguinte, mas não se deve negar que em muitos pontos fascismo e stalinismo simplesmente prolongaram toda uma série de mecanismos que já existiam nos sistemas sociais e políticos do ocidente. Afinal, a organização dos grandes partidos, o desenvolvimento de aparelhos policiais, a existência de técnicas de repressão como os campos de trabalho, tudo isso é uma herança realmente constituída das sociedades ocidentais liberais que o stalinismo e o fascismo só tiveram de fazer deles. (FOUCAULT, 1994a, p. 535-6)

Provavelmente, para boa parte dos teóricos da filosofia política essa hipótese é insustentável. Como justificar a mesma operacionalidade do biopoder nos Estados liberais e socialistas que antecederam e sucederam as grandes "doenças" do poder, que são o fascismo (nazista) e o stalinismo? Em 1982, Foucault afirmou:

> O fascismo e o stalinismo utilizaram e ampliaram os mecanismos já presentes na maioria das outras sociedades. Não somente isso, mas, apesar de sua loucura interna, eles utilizaram, numa larga medida, as ideias e os procedimentos de *nossa* racionalidade política. (FOUCAULT, 1994b, p. 224, grifo nosso)

---

[5] Utilizamos a tradução para o português: FOUCAULT, 1999, p. 309-10.

[6] Foucault chega a dizer que esse jogo "está inscrito efetivamente no funcionamento de todos os Estados". Mas logo recua: "De todos os Estados modernos, de todos os Estados capitalistas? Pois bem, não é certo" (FOUCAULT, 1997, p. 232).

Evidentemente Foucault não pretende afirmar que quaisquer estados modernos sejam, desde logo, fascistas e nazistas. Somente postula que tanto os estados totalitários quanto os estados democráticos liberais valeram-se e ainda se valem da mesma prerrogativa soberana do biopoder para legitimar, em nome do cuidado da vida, seu paradoxal abandono e exposição à morte. Depreende-se que já para Foucault o *deixar morrer* implica também *fazer morrer*; que os estados liberais ou socialistas, que as democracias modernas e contemporâneas não somente abandonam determinados indivíduos, mas também os capturam desde fora mediante a suspensão das suas garantias constitucionais.

A questão é que Foucault assinalou essa hipótese política, mas não a levou às últimas consequências. Agamben percebeu com perspicácia essa intuição inconclusa a partir da qual propõe uma de suas teses fundamentais: a conjugação entre biopoder e direito soberano de matar nos Estados modernos liberais ou socialistas faz da "exceção" a "regra". O estado de exceção torna-se assim o paradigma político atual, que nada mais é que a metamorfose do velho direito soberano de matar.

A Biopolítica nos Estados de bem-estar social

A atuação recorrente dos dispositivos de segurança nos estados modernos e contemporâneos mediante aparelhos encarregados da segurança pública e políticas de seguridade social, constitui um exemplo da sedimentação do biopoder na *forma* de biopolítica.[7]

Neste item tentaremos compreender a afirmação contundente de Foucault de que os mecanismos utilizados pela biopolítica, na sua forma paroxística do fascismo e do totalitarismo, *seguem* presentes nas ideias e procedimentos de *nossa* racionalidade política. Para isso esboçaremos – já que uma análise detalhada mereceria outro estudo – o desdobramento da biopolítica contemporânea nos estados liberais securitários. A hipótese é que esses estados liberais figuram como sedimentação do biopoder na forma de biopolítica, posto que neles a vida é ponto

---

[7] Foucault não deduz o poder da política institucional e estatal. Pelo contrário, a política estatal é uma das sedimentações, codificações e estratégias de conjunto dos focos locais do poder, entendido como autoafetação de forças. Se esse raciocínio pode ser aplicado à distinção entre biopolítica e biopoder, então a biopolítica é uma das *formas* terminais das *forças* germinais do biopoder (Cf. CANDIOTTO, 2010, p. 89).

tangencial e objeto de inflexão a partir do qual muitas das políticas estatais são direcionadas.

Diante da fobia do Estado, muito comum entre as duas grandes guerras e no período que imediatamente as seguiu a adjetivação de "Bem-estar"[8] passa a ser atribuída ao Estado. Ao contrário da monstruosidade dos estados totalitários, o *Welfare State* trata de *evitar* a morte e de *fazer viver*; ele será encarregado de cuidar da vida completa da população, a começar pela infância, por meio de políticas de inclusão educacionais e nutricionais; em seguida, serão criadas políticas de empregabilidade e de seguro-desemprego, de qualificação profissional e de previdência social em vistas da majoração da qualidade de vida dos indivíduos; ser-lhes-á garantido o acesso à moradia, ao lazer e à cultura; serão priorizadas ainda a implementação de planos de saúde governamentais, políticas estatais e privadas de aposentadoria que visem assegurar a longevidade saudável e a manutenção dos padrões de vida e de consumo dos indivíduos, posteriormente à sua vida economicamente produtiva.

Esse modelo de Estado não subverte o paradoxo das biopolíticas contemporâneas pelo qual o fazer viver é correlato do deixar morrer e, no limite, do fazer morrer? Os Estados de bem-estar social não representariam o fim dessa dinâmica da biopolítica quando buscam positivar a vida, tornando-a mais segura e qualificada? Pelo contrário, seria possível pensar os *Welfare States* como a ressignificação contemporânea da biopolítica, na sua dupla atribuição de fazer viver *e* deixar morrer?

---

[8] Os estados de bem-estar social foram influenciados pelas teorias de John M. Keynes (1883-1946). Devido aos níveis crescentes de desemprego e ao baixo crescimento produtivo no período entre as duas guerras mundiais no século passado, Keynes propõe a substituição da política da autorregulação do mercado pela política do pleno emprego; atribui importância central ao Estado no planejamento racional das atividades econômicas; elabora uma teoria alternativa à economia do livre mercado, principalmente pela sua *Teoria geral do emprego, do juro e da moeda*, de 1936, oferecendo meios para salvar o liberalismo de sua crise. Trata-se da mais ousada tentativa de reformulação macroeconômica do liberalismo mediante a vinculação do consumo à função de renda. O aumento do nível de renda estimularia a propensão a poupar e a diminuir o consumo. Tal lógica daria ao capitalismo um modelo de equilíbrio em que a micro e a macroeconomia funcionariam pelo predomínio da economia privada. Keynes defendia ser possível superar as crises cíclicas do capitalismo pelo crescimento e manutenção dos empregos e pelo incremento dos gastos públicos com políticas sociais adequadas. A consolidação do Estado de bem-estar a partir de um novo pacto social entre o empresariado, os sindicatos de trabalhadores e o Estado torna-se a condição para a superação da crise do capitalismo mundial no começo do século XX, principalmente a partir dos anos 1930.

Pensamos que a *racionalidade* que faz dos estados de bem-estar a nova configuração da dupla face da biopolítica é a consolidação de um novo *pacto de segurança* entre as instituições políticas e os cidadãos. A partir desse pacto, as instituições reguladas pelo Estado tentam garantir que a vida está protegida diante das mais diversas incertezas, acidentes, prejuízos e riscos. Se o indivíduo está doente, ele tem a seguridade social; se ele não tiver trabalho, pode ser beneficiado pelo seguro desemprego; se houver muitos delinquentes na sociedade, é garantida sua correção e uma boa vigilância policial (Ver FOUCAULT, 2010, p. 172s).

Não obstante, o desdobramento desse pacto é a governamentalidade pela biopolítica, posto que, se formal e juridicamente ele é garantido pelo Estado, na racionalidade de seu *modus operandi* por vezes ele é rompido, seja por parte dos cidadãos, seja por parte das próprias instituições políticas. Nos dois casos, são acionados os dispositivos estatais de segurança e sua intervenção na trama da vida cotidiana sempre que houver um acontecimento excepcional.

Quando o pacto é desobedecido por parte dos cidadãos, o Estado extrapola os limites jurídicos e intervém sobre a vida a partir de mecanismos extralegais, sem demonstrar com isso que é arbitrário ou exerce um poder excessivo. O argumento recorrente é de ordem biopolítica: o Estado usa de meios extraordinários, como eliminar indivíduos potencialmente perigosos em razão do cuidado da vida e da segurança da população. A proteção da vida é delegada às políticas estatais de defesa que utilizam da exceção para combater inimigos internos, reais ou virtuais.

Como efeito do pacto, a vida natural torna-se o "curto-circuito" de atuação do poder. De um lado, o Estado dela se apropria ou simplesmente a descarta; de outro, as resistências a essa atuação extralegal também ocorrem no plano da vida naturalmente operante. Práticas terroristas que desconsideram vidas inocentes e ignoram quem são essas vidas, rebeliões presidiárias nas quais as vítimas fatais são escolhidas a esmo e arbitrariamente, execuções sumárias de cidadãos comuns tomados como reféns da violência urbana operam no mesmo nível de atuação das biopolíticas de exceção empreendidas pelo Estado.

A imanência entre exercício do poder e resistências, postulada por Foucault, encontra sua mais sórdida comprovação. O poder soberano sobre a vulnerabilidade da vida natural se defronta com seu limite no mesmo ponto de aplicação. Em sociedades como as nossas, cuja presença da biopolítica estatal ainda é recorrente, qualquer vida humana pode se tornar desqualificável e, portanto, abandonada, descartável, sem razão. Se o excesso estatal raramente é colocado em questão quando vidas são eliminadas em comunidades com índices altíssimos de violência, igualmente aqueles que resistem a esse poder excessivo mediante "leis" próprias e arbitrárias a partir das quais a vida natural é facilmente matável dificilmente são punidos. Os limites da postulação do valor universal da vida ainda são observáveis na biopolítica dos estados securitários que continuam a operar a partir do estabelecimento de cesuras entre a vida a ser protegida e a vida a ser abandonada ou exposta ao perigo.

Mas o que acontece quando o Estado securitário não consegue cumprir o pacto? Os cidadãos dispõem de mecanismos extralegais, porém justificáveis, para romper com ele? No entender de Foucault, também neste caso opera a lógica da biopolítica. Inicialmente, emerge a desconfiança da população em relação à garantia de proteção da vida propalada por parte do Estado; ao mesmo tempo, porém, tem-se a sensação de que a vida continua a ser regulada pelas instituições políticas. Em seguida, ocorre o desconforto dos indivíduos em relação a todas as instituições que até então afirmavam protegê-lo, o que coloca em jogo a continuidade da adesão ao pacto e os sacrifícios que ele exige, como altos impostos, obediência e assim por diante.

O cuidado da vida nas biopolíticas liberais planificadoras parece, de um lado, insistir na dificuldade de sua proteção e, de outro, na necessidade de sua permanente regulação.

Se do ponto de vista jurídico uma das funções precípuas do estado liberal é garantir a manutenção da ordem ou restituí-la quando é severamente ameaçada pela criminalidade, da perspectiva da racionalidade governamental esses Estados atuam não para preservar o pacto e proteger as garantias individuais, mas para fortalecer sua soberania mediante o mecanismo da *administração da desordem*.[9] A impossibilidade de cumprir o pacto por parte

---

[9] Foucault mostrou como funciona a segurança como paradigma de governo. Para Quesnay, Turgot e os ministros fisiocratas, não se tratava de prevenir as grandes penúrias, mas de deixá-las ocorrer para, em seguida, dirigi-las e orientar os modos de atravessá-las. A segurança como paradigma de governo não nasce para instaurar a ordem, mas para governar a desordem. Nesse sentido, a segurança, juntamente com o estado de exceção, é o paradigma fundamental da política mundial. Como disse um funcionário da política italiana durante as investigações judiciárias que se seguiram às mortes na manifestação antiglobalização em Gênova: "O Estado não quer que imponhamos a ordem, mas que administremos a desordem" (AGAMBEN, 2005, p. 6).

do Estado é o argumento para o reforço e a reconfiguração de sua soberania e de seu poder excessivo de deixar morrer (e, legalmente, poder matar).

Nas sociedades liberais securitárias, governar é antes administrar a desordem. Estimula-se a produção da delinquência pela circularidade da reincidência como forma de combater os ilegalismos e enfraquecer tentativas de desobediência civil. Não se busca eliminar a violência urbana decorrente da disputa pelo controle do tráfego de armas e de drogas, justamente para que sintamos a necessidade de um aparato policial reforçado.

Foucault mostrou no livro *Surveiller et punir* (1975) que os ilegalismos e a circularidade da delinquência não eram incompatíveis com a sociedade democrática e burguesa; igualmente ressaltou que a figura do indivíduo delinquente fora fabricada pelas técnicas de disciplina aplicadas no sistema prisional, sistema esse que há muito tempo demonstrara sua ineficácia na ressocialização do indivíduo. Em contrapartida, o crescimento da reincidência e o anseio populacional por mais prisões, a demanda pela rigidez cada vez maior do aparelho policial e demais mecanismos de repressão do Estado, não leva em consideração que essa sensação de insegurança por parte da população pode ter sido produzida em vista da manutenção de um poder soberano que, para ser legitimado de *fato* e se reproduzir, deixa que a desordem aconteça e que a delinquência circule para melhor governá-las.[10]

As pessoas abandonadas, tolhidas de alternativas e escolhas compatíveis com as atribuições da cidadania, são transformadas em ameaças iminentes para o restante da sociedade. Em virtude disso, os dispositivos de segurança estatais são acionados. Em nome da vida a ser protegida, elimina-se a ameaça e é fortalecido e justificado o poder soberano.

---

[10] Assim também acontece na administração da "desordem" em razão da desigualdade social. No Brasil, a tênue fronteira entre pobreza absoluta, pobreza extrema e miséria é assaz utilizada politicamente. Recorrentemente, a passagem de contingentes significativos de miseráveis para a situação de pobres é celebrada como progresso pelos governantes. Frequentemente essa passagem tem sido efetivada ao modo de justiça ressarcitiva pelo mecanismo da discriminação positiva. Somente em segundo plano parece ser contemplada a justiça distributiva a partir da qual a igualdade de acesso a bens como educação, saúde e moradia permitiria, de fato, a transposição da situação de pobreza rumo a uma possível transformação social. Se a justiça ressarcitiva for utilizada como principal política de Estado com prazo indefinido; se a justiça distributiva é praticamente ignorada, quando é observado que o acesso aos bens constituídos pela saúde, educação e seguridade social continuam a ser discrepantes em razão das diferentes classes sociais; e, ainda mais, quando as reformas estruturais necessárias para minimizar a desigualdade são permanentemente postergadas ou maquiadas pelo poder estatal, por todas essas constatações, não é difícil concordar que nos Estados "liberais" predomina a arte de governar a desordem e, a partir dela, a reconfiguração do caráter paradoxal da biopolítica.

A parcela da população que é objetivada e se autossubjetiva como normal e politicamente correta diante do seu outro – a população dos delinquentes ou dos miseráveis, não importa – é a mesma que confere legitimidade a esse processo. Desse modo, ao invés de a população exigir do Estado o cumprimento do pacto, ela passa a demandar sua atuação extralegal e excessiva em relação ao delinquente, reforçando, assim, a soberania estatal.

O cuidado da vida como objetivo dos estados liberais securitários está assentado num sistema de proteção permanentemente em razão do pacto social. Mas como este pacto está constantemente ameaçado, são legitimadas as intermitentes intervenções reguladoras da vida por parte da soberania estatal. Não se deixa morrer ou se faz morrer para fazer viver; na verdade, permite-se e administra-se a desordem expondo a vida ao perigo e à insegurança para poder regulá-la melhor e controlá-la em seu dinamismo cotidiano.

Referências

AGAMBEN, G. *Homo sacer. O poder soberano e a vida nua I*. Tradução de Henrique Burigo. Belo Horizonte: Editora UFMG, 2002.

AGAMBEN, G. A Política da profanação. Entrevista concedida a Vladimir Safatle. In: Folha de S. Paulo, *Caderno Mais!* [São Paulo, 2005, 18 de setembro].

CANDIOTTO, C. *Foucault e a crítica da verdade*. Belo Horizonte/Curitiba: Autêntica/Champagnat, 2010. (Coleção Estudos Foucaultianos 5)

FOUCAULT, M. *Surveiller et punir. Naissance de la prison*. Paris: Gallimard, 1975.

FOUCAULT, M. *Histoire de la sexualité, I*: la volonté de savoir. Paris: Gallimard, 1976.

FOUCAULT, M. *Il faut défendre la société. Cours au Collège de France, 1975-1976*. Édition établie par François Ewald et Alessandro Fontana, par Mauro Bertani e Alessandro Fontana. Paris: Seuil/Gallimard, 1997.

FOUCAULT, M. *Em defesa da sociedade*. Tradução de Maria Ermantina Galvão. São Paulo: Martins Fontes, 1999.

FOUCAULT, M. *Sécurité, territoire, population. Cours au Collège de France, 1977-1978*. Édition établie par François Ewald et Alessandro Fontana, par Michel Senellart. Paris: Gallimard/ Seuil, 2004a.

FOUCAULT, M. *Naissance de la biopolitique. Cours au Collège de France, 1978-1979*. Édition établie par François Ewald et Alessandro Fontana, par Michel Senellart. Paris: Gallimard/Seuil, 2004b.

FOUCAULT, M. *Dits et écrits, III*. Édition établie sous la direction de Daniel Defert e François Ewald, avec la collaboration de Jacques Lagrange. Paris: Gallimard, 1994a.

FOUCAULT, M. *Dits et écrits, IV*. Édition établie sous la direction de Daniel Defert e François Ewald, avec la collaboration de Jacques Lagrange. Paris: Gallimard, 1994b.

FOUCAULT, M. *Ditos e escritos:* Repensar a política. Organização e seleção de textos de Manoel Barros da Motta; Tradução de Ana Lúcia Paranhos Pessoa. Rio de Janeiro: Forense Universitária, 2010. V. VI.

GIACÓIA JR, O. Sobre os direitos humanos na era da biopolítica. *Kriterion*, v. XLIX, n. 118, jul./dez. 2008. p. 267-308.

Um silêncio de Foucault sobre o que é a política[1]

Diogo Sardinha

Dois mestres, dois métodos: Canguilhem e Althusser

Em 1988, quatro anos após a morte de Foucault, um colóquio reuniu em Paris alguns dos melhores e mais atentos leitores da sua obra (entre eles Roberto Machado, a cujo trabalho nunca é demais prestar homenagem). O resultado do encontro foi publicado no ano seguinte com o título *Michel Foucault philosophe*, e a apresentação do livro coube a um dos seus mestres, Georges Canguilhem. Este indica então uma via para quem no futuro se interessar pela herança teórica de Foucault: segundo ele, chegou o tempo de aplicar aos seus livros os mesmos métodos de que ele se serviu para estudar e reinventar a história dos sistemas de pensamento, isto é, os métodos arqueológico e genealógico (CANGUILHEM 1989, p. 12). Significa que, para apresentá-lo de forma muito esquemática, caberia pesquisar o *a priori* histórico que teria tornado possível o trabalho de Foucault, combinando-o com uma história das práticas e dos conceitos cujo objetivo seria entender como tais conceitos mudaram ao longo dos tempos, até terem adquirido a forma que ganharam nos seus escritos.

Apesar de nenhum leitor de Foucault ficar indiferente a essa sugestão, que parece tão justa e promissora quando (confesse-se) difícil de realizar, ela talvez nem sempre constitua a via metodológica mais apropriada.

---

[1] Versões preliminares deste texto foram apresentadas na Universidade Federal do Rio de Janeiro (VI Colóquio Internacional Michel Foucault, entre 19 e 22 de outubro de 2009) e na Universidade Federal de Santa Catarina (a convite do Programa de Pós-Graduação em Filosofia, sobretudo por iniciativa de Alessandro Pinzani, em 4 de novembro de 2009). Toda a minha gratidão vai para os colegas que me dirigiram os respectivos convites e para aqueles que, com suas perguntas e observações críticas, me incentivaram a aprofundar e corrigir certas análises, das quais este ensaio está longe de constituir a versão definitiva.

Note-se o seguinte problema, que constituirá o tema da minha análise. As últimas palavras do curso *Nascimento da biopolítica*, dado por Foucault no Collège de France em 1979, estabelecem o seguinte quadro teórico, no interior do qual é consagrada uma definição de política: "E são todas essas diferentes artes de governar, esses diferentes tipos de modos de calcular, de racionalizar, de ajustar a arte de governar que, na medida em que se sobrepõem entre si, constituirão, de modo geral, o objeto do debate político desde o século XIX. O que é a política, afinal, senão ao mesmo tempo o jogo dessas diferentes artes de governar com seus diferentes índices, e o debate que essas diferentes artes de governar suscitam? Parece-me ser aí que nasce a política. Bom, é isso aí. Obrigado" (FOUCAULT, 2004, p. 316-7). Todavia, quando lemos seu curso do ano precedente, intitulado *Segurança, território, população*, vemos que o seu editor, Michel Senellart (2004, p. 409), encontrou "numa série de pequenas folhas manuscritas sobre a governamentalidade, inseridas entre duas lições", algumas frases que Foucault renunciou a proferir, entre elas as seguintes, que veiculam uma definição bem distinta da primeira: "A análise da governamentalidade [...] implica que 'tudo é política'. [...] Melhor seria dizer: nada é política, tudo é politizável, tudo pode tornar-se política. A política não é outra coisa senão – ela não é nada menos do que – o que nasce com a resistência à governamentalidade, a primeira sublevação, o primeiro enfrentamento". Ora, não apenas essas duas definições implicam perspectivas divergentes, mas, acima de tudo, elas estão separadas por uma escolha real: Foucault optou por apresentar uma delas, calando a outra. Por quê?

Para responder a essa pergunta, a sugestão de Canguilhem parece demasiado indireta e de difícil aplicação. Trata-se de um silêncio de Foucault sobre o que é a política, quando com toda a evidência a política constitui, nesse momento, o quadro geral da sua reflexão. Quer isso dizer que não se trata de um silêncio qualquer, nem no plano histórico-filosófico da pesquisa que ele está realizando, nem (para recordar o contexto da época) no plano prático das expectativas dos inúmeros auditores que acorrem ao Collège de France, muitos deles com preocupações e engajamentos políticos e sociais ativos. Ora, se é para eles que fala Foucault, por que motivo prefere uma das definições em vez da outra? É aí que nos lembramos de outro método que não o de Canguilhem. Ele não é arqueológico nem genealógico, mas sintomal (de sintoma), e transporta consigo a marca de um segundo mestre de Foucault, Louis Althusser.

Em *Ler o capital*, livro de 1965 consagrado ao *Capital* de Marx, Althusser *et al.* (1996, p. 22) explica em que consiste essa maneira de proceder: em vez de se interessar antes demais pelo que um texto diz, trata-se de chamar a atenção para o que ele não diz. Claro que devemos ouvir nessa ideia o eco da psicanálise e da distinção fundamental que ela faz entre o que um discurso revela explicitamente e o que nele fica por enunciar: o plano manifesto não é mais que a instância na qual a interpretação deve saber desbravar os caminhos que a conduzirão ao plano latente, este sim verdadeiramente determinante do discurso. Daí o termo escolhido por Althusser, indicando que ele considera o dito como sintoma, como indício de algo mais profundo, algo não dito que cabe à leitura trazer à superfície, por isso mesmo designada sintomal. Porém, a referência à psicanálise não basta para compreender os princípios deste método, pois ele não visa de modo algum curar uma doença, nem mesmo corrigir um desvio, como a psicanálise pode pretender fazer. Em filosofia, tais objetivos tomariam a forma da localização de um erro que seria necessário conhecer e circunscrever para melhor eliminá-lo. Ora, tal não é a meta da leitura sintomal, pelo contrário: os silêncios não são indícios de disfunções, mas pistas para novos achados, graças aos quais poderemos fazer avançar a história do pensamento.

Parafraseando Althusser e a elegância que lhe é reconhecida, poderíamos declarar que o princípio orientador da nossa leitura é o de que algo está presente nas descobertas declaradas de Foucault – todavia presente por uma estranha ausência (ALTHUSSER et al., 1996, p. 257). O desafio que lanço aqui é então o de abarcar, com respeito à política, o que está presente e o que está ausente no discurso de Foucault; e o de perguntar quais as razões que explicam essa presença ausente. Em outras palavras, não é meu propósito criticar Foucault por um silêncio que seria um erro – e espero mostrar que esse silêncio é tudo menos um erro, pois ele é na verdade uma descoberta crucial –, meu propósito é antes assumir explicitamente essa descoberta para extrair dela algumas consequências.

(Durante o debate que seguiu à apresentação do meu texto, Salma Tannus Muchail propôs que fosse considerada outra possibilidade de interpretação do silêncio de Foucault: essa possibilidade não se inspiraria de Althusser, mas de Maurice Merleau-Ponty. Neste último caso, em vez de *sintomas*, o esforço hermenêutico buscaria *indícios*, tentando compreender, como explica Salma Tannus Muchail, "o impensado que leva a pensar". Para um prosseguimento dessa linha interpretativa, que na minha análise fica provisoriamente inexplorada, ela sugere dois artigos de Merleau-Ponty que seriam particularmente pertinentes: "Partout et nulle part", sobretudo sua primeira seção intitulada "Le philosophe et son dehors", e "Le philosophe et son ombre".)

O agonismo do jogo contra o antagonismo do enfrentamento

Uma fina leitora de Foucault, a historiadora francesa Déborah Cohen, serve-se de uma expressão interessante para designar a relação de Foucault com as lutas que atravessaram a história da sociedade e do pensamento. Lendo os já referidos dois cursos do Collège de France, ela fala de uma agonística mascarada ou de uma agonística disfarçada (*agonistique masquée*).[2] O que ela quer dizer? Que, em suas reconstituições históricas, Foucault nos dá muitas vezes indícios de batalhas teóricas e de contendas verbais e corporais cujo alcance ele estranhamente hesita em assumir explicitamente e de forma radical.

As duas definições de política são, desse ponto de vista, eloquentes. Se puder expressar-me por uma metáfora, direi que a primeira definição, sobre o jogo das diferentes artes de governar, é civilizada, compatível com a existência e o funcionamento regulado, ordenado, de instituições que administram a coisa pública. À vista dela, a segunda definição seria mais apropriadamente considerada, ainda que na mesma linguagem metafórica, como selvagem, na medida em que, sendo uma subtração às normas da governamentalidade, ela se opõe ao jogo das artes de governar e não obedece mais às regras desse jogo. Por isso Foucault emprega as palavras *sublevação* e *enfrentamento*: aqui, a política não é mais jogo, ela é embate, choque. Ele nos proporciona assim uma definição institucional e uma anti-institucional e, até mesmo, extrainstitucional. No primeiro caso, os atos políticos são lances executados sobre o tabuleiro das artes de governar, ao passo que no segundo caso eles são irrupções que põem em causa a própria estabilidade desse tabuleiro e, com ela, também a dos jogadores que se posicionam de uma forma ou de outra no interior do espaço por ele circunscrito.

Poderíamos talvez esclarecer a diferença entre o jogo e o enfrentamento com o auxílio de outro par conceitual, o de agonismo-antagonismo.

---

[2] COHEN, 2005.

Recorrerei aqui à forma como a politóloga belga Chantal Mouffe equaciona a relação entre esses dois polos. No seu livro de 2000 intitulado *O Paradoxo da democracia* (2000, p. 13), ela considera que "a oposição entre o amigo e o inimigo não é a única forma que pode adquirir o antagonismo", o qual

> pode manifestar-se por outra via. Por isso [propõe] distinguir duas formas de antagonismo, o antagonismo propriamente dito – que ocorre entre inimigos, isto é, entre pessoas que não possuem qualquer espaço simbólico comum – e o que [chama] de "agonismo", que é um modo diferente de manifestação do antagonismo, porquanto implica uma relação não entre inimigos, mas entre "adversários", sendo estes definidos de maneira paradoxal como inimigos amigáveis, isto é, pessoas que são amigas por partilharem um espaço simbólico comum, mas também inimigas por quererem organizar este espaço simbólico comum de maneira distinta.

Até certo porto, essa relação entre agonismo e antagonismo coincide com a que se estabelece entre as definições foucaultianas da política como jogo ou sublevação. De fato, no terreno de jogo não existem inimigos, mas adversários: ou eles aceitam as regras, nem que seja para tentar subvertê-las a partir do interior, ou então não poderão jogar. É o que sucede no espaço de debate político tal como Foucault o descreve, debate que por isso mesmo releva de um terreno simbólico partilhado. Em contrapartida, na definição silenciada, a resistência toma a forma da sublevação e do enfrentamento, por conseguinte do embate violento que precisamente vem pôr em causa a existência de um terreno comum.

É, contudo, nesse ponto que o vocabulário do amigo e do inimigo revela os seus limites: na verdade, esses termos são menos naturais do que parecem, visto que *amigo* e *inimigo* – para mais, uma oposição intimamente ligada à lógica guerreira – são qualificações atribuídas por um agente a outro agente, de maneira muitas vezes estratégica e, sobretudo, desigual. Foucault dá-nos um bom exemplo dessa realidade, que não o engana: quando ele escolhe a expressão "em defesa da sociedade" como título de um de seus cursos, ele almeja situar todo um discurso mantido pelos supostos defensores da sociedade sobre o "inimigo" ou os "inimigos" contra o(s) qual(is) seria necessário defendermo-nos. Não me deterei aqui sobre se o inimigo é exterior como no caso de um país que ameaça outro, por exemplo; ou interior, disfarçado de "um dos nossos". É importante alcançar quanto essa oposição pode induzir em erro, tanto sob o aspecto da declaração de guerra de um pequeno grupo que se apresenta como inimigo de um país, de uma classe ou de uma religião ("nós somos seus inimigos"), quanto sob o aspecto da defesa de uma sociedade cujos dirigentes declaram que outra força ou outro grupo são seus inimigos. (Repare-se que todas essas relações adquirem novos contornos no mundo contemporâneo, bastando para isso pensar no problema do terrorismo, com o vocabulário que o tem acompanhado de "eixo do bem", "eixo do mal" ou, ainda, dos terroristas que "estão no meio de nós".) Assim, tudo leva a crer que o vocabulário da amizade e da inimizade seja impróprio para compreender o que Foucault chama de enfrentamento. Com efeito, por que razão aceitaríamos que uma sublevação popular que se opõe violentamente a certa arte de governar seja considerada uma manifestação "inimiga"? A menos que tomemos o partido daqueles que veem nesta sublevação uma ameaça à estabilidade do jogo que estavam jogando de forma mais ou menos tranquila e que é o jogo da política na primeira acepção de Foucault.

Em todo o caso, isto é certo: a política do enfrentamento é a mais antagônica das duas. Mais precisamente, ela é antagônica, ao passo que a política do jogo (ou, se quisermos, por uma inversão reveladora, o jogo da política) é agônica. Vemos então que, ao suspender a via do antagonismo, ao preferir não dar voz à política como sublevação, Foucault mascara ou disfarça o que nos parece ser um componente essencial do seu trabalho, precisamente aquele que consiste em abrir espaços para a rebelião na ação e no pensamento. Em outras palavras, ao calar a definição da política como sublevação, Foucault recusa dar o passo para o terreno do antagonismo, isto é, para o não terreno da diferença radical. Foucault, que tantas provas deu de ousadia, recua afinal diante da conclusão a que a sua própria lógica de trabalho o conduzira. Mais uma vez: por quê?

Talvez o motivo não é tão misterioso quanto poderíamos julgar. O próprio Foucault dá-nos a resposta a essa pergunta, com o seguinte detalhe: a resposta data de seis anos mais tarde e é fornecida em outro contexto. Numa entrevista de 1984, intitulada "A ética do cuidado de si como prática da liberdade", Foucault (1994b, p. 709-10) explica ter sido sempre

> [...] um pouco desconfiado a respeito do tema geral da libertação, na medida em que [...] ele corre o risco de reenviar à ideia de que existe uma natureza ou um fundo humano que, na sequência de certo número de processos históricos, econômicos e sociais, se encontrou mascarado, alienado ou aprisionado dentro de mecanismos e por mecanismos de repressão. Nessa hipótese, bastaria fazer rebentar os grilhões repressivos para que o homem se reconciliasse consigo mesmo, regressasse à sua natureza

ou retomasse contato com a sua origem e restaurasse uma relação plena e positiva consigo mesmo. [...] Por isso, insisto mais sobre as práticas de liberdade que sobre os processos de libertação.

Tal como elas são introduzidas, é suposto essas palavras darem conta de todo um percurso: Foucault *sempre terá desconfiado* do tema geral da libertação. Sabemos quanto ele tem motivos para desconfiar: a libertação como etapa ao alcance da humanidade serviu, na história, de pretexto para injustiças e crimes. Porém, ele também concede na mesma entrevista (1994b, p. 711) que "a libertação é por vezes a condição política ou histórica para uma prática de liberdade", como no caso da sexualidade, em que "foi preciso certo número de libertações em relação ao poder masculino" (*ibid*.) para que novas perguntas e práticas tenham podido ganhar forma. Que conclusão tirar daqui? No rosto da medalha lemos a desconfiança quanto ao tema da libertação em geral. No seu reverso encontramos o reconhecimento da importância de libertações concretas. Bem entendido, não existe entre esses dois aspectos contradição alguma, antes uma compatibilidade fácil de entender. Mas o essencial não está aí. Essencial é reconhecer que a política entendida como enfrentamento não tem inelutavelmente de retomar o projeto de uma libertação geral, como num choque em que se travasse uma luta definitiva. Ora, parece ser precisamente esse o obstáculo contra o qual debate Foucault: se ele declara que a política não é mais jogo, mas enfrentamento, então alguém poderá sugerir que de suas lições resulta a necessidade de que seja feita "grande política", ou seja, a "grande sublevação"; numa palavra, a revolução. Quem sabe até se, por momentos, ele não terá pensado assim? Seria esse um dos motivos que o fizeram partir para o Irã como repórter para dar conta da revolução dos aiatolás? Infelizmente, tudo o que sabemos é que esses pensamentos, caso tenham existido, permaneceram tão silenciados quanto a ideia de que a política é sublevação.

A esse respeito, aproveito para me referir a um interessante artigo de Leon Farhi Neto, intitulado "1978: Foucault e a insurreição iraniana", no qual o autor opõe a falta de entusiasmo de Foucault pela *revolução* a seu entusiasmo pela *insurreição*: "Foucault não se entusiasmou com a revolução, mas com a insurreição", escreveu (NETO, 2010, p. 38), para logo em seguida relançar uma pergunta dramática: "Em seu último artigo sobre o Irã, escrito já no período revolucionário, Foucault se pôs a questão fatídica – seria uma lei histórica os desdobramentos das revoluções negarem os princípios das insurreições?".

Mas voltemos agora ao discurso pronunciado por Foucault no Collège de France em finais da década de 1970. Quem o ler hoje não pode deixar de sentir como os tempos mudaram. Essa mudança não invalida a lição de Foucault, que permanece justa: o sonho da grande libertação é um pesadelo na prática e um erro na teoria. Mas tal mudança obriga-nos também a olhar novamente para as sublevações e repensar a definição da política como enfrentamento. Por isso somos sensíveis ao que Foucault escreveu, mesmo que ele não o tenha dito. Uma vez mais, ao raciocinarmos desse modo, não estamos de forma alguma contrariando Foucault. Por um lado, não voltaremos à concepção de uma libertação geral do homem, como se tal concepção não pertencesse às quimeras do passado. Por outro lado, foi o próprio Foucault quem respondeu pela negativa à pergunta se é inútil sublevar-se: para ele, a sublevação é útil e ela é mesmo um dever quando a dignidade de mulheres e homens é espezinhada.[3] Além disso, nós mais não fazemos que levar a sério sua intuição explícita, embora nunca desenvolvida, da política como sublevação. Contudo, levá-la a sério implica declarar o seguinte: há política quando há sublevação e, inversamente, quando não existe sublevação não existe política, mas somente jogo e debate entre artes de governar. Então, de acordo com a definição secreta que nos cumpre revelar, a política não é nem esse jogo, nem a governamentalidade em torno do qual o jogo se desenrola. Política é o que acontece quando se diz "não" ao jogo, quer este "não" venha de dentro do terreno de jogo, pronunciado por aqueles que assim rompem com ele, quer ele venha de fora do terreno, dito por aqueles que assistem apenas, sem poder ou sem querer entrar nele.

A esse respeito, não seria descabido voltar a uma distinção estabelecida por Kant em seu livro *Antropologia de um ponto de vista pragmático* e à qual Foucault não ficou por certo indiferente (visto, como sabemos, ele ter traduzido e comentado essa obra). Com efeito, Kant (1968, p. 120) separa "*conhecer* o mundo" de "*possuir* o mundo". No primeiro caso, aquele que conhece "apenas *compreende* o jogo a que assistiu", ao passo que aquele que possui o mundo "*também entrou no jogo*". Poderíamos assim sugerir que, para ser cidadão do mundo (*Weltbürger*) não basta conhecer as regras do jogo do mundo, que permitem compreender aquilo a que está se assistindo, mas é preciso também jogar o jogo, nem que seja para subvertê-lo mais eficazmente ou até para violá-lo.

---

[3] FOUCAULT, 1994a.

O enfrentamento como princípio de uma nova orientação filosófica

Antes de concluir, gostaria de convocar outro filósofo, que é simultaneamente um herdeiro e um crítico tanto de Althusser quanto de Foucault. Penso em Jacques Rancière, que ofereceu há algum tempo uma teoria da dissensão.[4] É notório que esses três autores tenham tratado nos seus livros, com ênfases e graus de elaboração distintos, da dimensão do enfrentamento. Assim, Althusser (*op. cit.*, p. 100) define a filosofia como, "em última instância, luta de classes na teoria", e Foucault termina *Vigiar e punir* (1975, p. 315) com a imagem sonora do rugido da batalha. No entanto, Rancière parece ser o único dos três a fazer desse tema o princípio de uma nova orientação filosófica. Para ilustrar o que pretendo dizer, vejamos a distinção que ele estabelece num instigante artigo de 1997, intitulado "Sentidos e usos da utopia".[5]

Segundo Rancière (2001, p. 73-4), existem "três ordens de constituição da comunidade": a ordem da dominação, a ordem da política e o projeto utópico. Eis como ele apresenta cada um: "Há primeiro a ordem da dominação, a ordem que dispõe os corpos nos lugares determinados em função do que eles têm de fazer, em função de suas atribuições e destinos". "Há, segundo, a ordem política que vem rasgar o tecido da primeira. O ato político vem interromper a ordem policial ao impor uma conta supranumerária dos incontados que perturba a distribuição das funções ao suspender as formas de percepção e atribuição que lhe davam a sua evidência sensível e a sua maneabilidade linguística. O projeto utópico vem então em terceiro [...]." Essas três ordens de constituição da comunidade são complementares. Porém, apenas uma delas merece com propriedade ser chamada de ordem porque, como vemos, o vocabulário de Rancière desliza rapidamente da ordem para o ato e do ato até ao projeto: se a utopia é desde o início tratada como projeto, a ordem política transforma-se por sua vez em *ato* político. Deixando de lado a utopia, que não corresponde ao meu objeto principal, e concentrando-me sobre a política e a dominação, direi que tudo leva a crer que apenas esta última é, no rigor da palavra, uma ordem de constituição da comunidade. Com

---

[4] RANCIÈRE, 1995.

[5] RANCIÈRE, 2001.

efeito, nenhuma comunidade pode ser constituída e conservar-se sobre a base do simples ato político. Na linguagem de Foucault, diríamos que uma sociedade perdura por via do jogo entre governamentalidades, mas, apesar disso, ela reserva um espaço e um tempo para os enfrentamentos políticos que vêm perturbar ou até mesmo interromper esse jogo. Assim, o ato que afeta atua sobre o que está presente como jogo que se desenrola: o *ato* que faz a *atualidade* é o acontecimento que importuna o jogo *presente*, isto é, a ordem que pretende *manter-se*. Contudo o ato político é isto mesmo: um ato precário, por conseguinte efêmero.

Não pense que, fazendo esse desvio pelas categorias de Rancière, estou me afastando do nosso tema. Pelo contrário, estou prolongando-o por outras vias, tentando dar-lhe um novo alcance. A prova de que, nesse recurso a conceitos não imediatamente foucaultianos, continuamos explorando as vias desbravadas por Foucault é que Rancière expôs a sua intuição, quiçá pela primeira vez, no mesmo colóquio *Michel Foucault philosophe* a que aludi no início do meu artigo. Durante o debate que se sucedeu à exposição de Paul Veyne, Rancière insistiu sobre a impossibilidade de fundar, no sentido mais estrito desta palavra, a democracia e a liberdade, que são dois nomes daquilo a que mais tarde chamará o ato político.[6] Mais ainda, acrescenta nessa ocasião apenas a dominação precisa de um fundamento e, na verdade, ela é a única que não pode dispensar um plano fundamental. Nesse sentido, a ordem da dominação apresenta-se como base que requer solidez e o ato político, como acontecimento perturbador dessa estabilidade. Uma tradução possível no vocabulário de Foucault seria esta: o jogo e o debate entre artes de governar precisam de certa constância, a qual vem ser posta em causa pela sublevação e o enfrentamento, isto é, pela política. Em certo sentido, podemos encontrar neste movimento um equivalente da tarefa que se propõem *As palavras e as coisas*, de devolver ao solo do nosso saber "suas rupturas, sua instabilidade, suas falhas" (FOUCAULT, 1966, p. 16).

★ ★ ★

Iniciei minha pesquisa distinguindo as vias de Canguilhem e Althusser. Fi-lo para sugerir em que medida uma leitura por sintomas seria neste caso mais profícua, primeiro no revelar de um conteúdo que ficara em

---

[6] Ver os relatos da discussão em AAVV (1989, p. 402-3).

silêncio e, segundo, no extrair, deste conteúdo, de pelo menos algumas de suas consequências. Porém, uma vez compreendido que a sublevação pode ser o espaço e o tempo da política, a forma de proceder sugerida por Canguilhem (que no fundo mais não é que a de Foucault, só que, desta feita, aplicada reflexivamente, ou seja, a quem primeiramente a aplicou a outros) revela-se adaptada a uma nova fase de trabalho. Essa fase consiste em fazer a genealogia da sublevação e de seus laços com o exercício da governamentalidade.

A governamentalidade – e este é um ponto capital na mudança do paradigma foucaultiano de pensar a política – não se confunde com o poder nem corresponde, de forma alguma, ao poder-saber, termos que tinham sido recorrentes até há pouco tempo, tanto em *Vigiar e punir* quanto na *Vontade de saber*, mas que simplesmente desaparecem nos dois cursos *Segurança, território, população* e *Nascimento da biopolítica*. Lendo bem, a governamentalidade também não é a simples governação, entendida como administração dos assuntos correntes. Ela é antes uma nova dimensão, revelada a Foucault pelo estudo do liberalismo, estudo através do qual ele descobre – ou pelo menos integra seriamente em suas reflexões – a possibilidade de os seres humanos fazerem coletivamente algo de si mesmos *enquanto seres de livre atividade*, isto é, suscetíveis de desencadear e integrar processos de agenciamento (nos quais eles são agentes) em vez de apenas sofrerem atos de assujeitamento (por meio dos quais são reduzidos ao estatuto de sujeitos). Recordo que até a descoberta da governamentalidade, as manifestações políticas classicamente entendidas mais não eram que acontecimentos de superfície, incapazes de tocar as cordas íntimas do funcionamento dos micropoderes, de onde estava excluída toda mudança segundo "a lei do tudo ou nada", como ele escrevia em *Vigiar e punir* (FOUCAULT, 1975, p. 32). Em contrapartida, no novo paradigma, fazer a genealogia da sublevação e de seus laços com o exercício da governamentalidade significa examinar de que modo as rupturas no jogo político, enquanto elas decorreram de resistências ativas, permitiram iniciar novos jogos, com regras e participantes diversos dos que existiam até então.

Por vezes, temos a impressão de que os jogos da política são incansavelmente os mesmos. No entanto, sabemos que a tarefa do pensamento não é apenas constatar regularidades e permanências, mas também, sob o manto das continuidades, trazer à luz as diferenças de cada regime e época. A genealogia seria aqui então orientada por esta pergunta: Que novas formas de governação (incluindo de governação de si mesmo) foram inventadas, e em que circunstâncias o foram e por quem, para que certas sublevações tenham sido possíveis e, mais ainda, para que a mudança do jogo político tenha sido obrigatória na sequência destas sublevações? Como se imagina, abre-se aqui um terreno vastíssimo, suscetível de ser investido da maneira como propôs Canguilhem, isto é, numa tradição arqueogenealógica. Não seria de admirar que uma pesquisa deste gênero conferisse, enfim, à noção de política como sublevação (noção que é bem de Foucault, porém até agora desconhecida) toda a amplitude que ela merece e revelasse toda a sua pertinência para pensar a nossa atualidade.

Referências

Compte rendu des discussions. In: AAVV. *Michel Foucault philosophe:* rencontre internationale, Paris, 9, 10, 11 janvier 1988. Paris: Seuil, 1989. p. 402-4.

AAVV. *Michel Foucault philosophe:* rencontre internationale, Paris, 9, 10, 11 janvier 1988. Paris: Seuil, 1989. p. 402-4.

ALTHUSSER, Louis et al. *Lire le Capital.* Paris: PUF, 1996.

ALTHUSSER, Louis et al. *Éléments d'autocritique.* Paris: Hachette, 1974.

CANGUILHEM, Georges. Présentation. In: AAVV. *Michel Foucault philosophe:* rencontre internationale, Paris, 9, 10, 11 janvier 1988. Paris: Seuil, 1989. p. 11-2.

COHEN, Déborah. La population contre le peuple: l'agonistique masquée des cours de Foucault au Collège de France, 1977-1979. *Labyrinthe,* n. 22, Paris, 2005. p. 67-76.

FOUCAULT, Michel. *Les mots et les choses.* Paris: Gallimard, 1966.

FOUCAULT, Michel. *Surveiller et punir.* Paris: Gallimard, 1975.

FOUCAULT, Michel. Inutile de se soulever? In: FOUCAULT, Michel. *Dits et écrits,* v. III, n. 269. Paris: Gallimard, 1994a.

FOUCAULT, Michel. L'éthique du souci de soi comme pratique de la liberté. In: FOUCAULT, Michel. *Dits et écrits,* v. IV, n. 356. Paris: Gallimard, 1994b.

FOUCAULT, Michel. *Naissance de la biopolitique.* Paris: Seuil/Gallimard, 2004.

KANT, Immanuel. Anthropologie in pragmatischer Hinsicht. In: *Kants Werke,* v. VII. Berlim: Walter de Gruyter, 1968.

MOUFFE, Chantal. *The Democratic Paradox.* Londres/Nova York: Verso, 2000.

NETO, Leon Farhi. 1978: Foucault e a insurreição iraniana. *Peri*, v. 2, n. 1, 2010, p. 23-40.

RANCIÈRE, Jacques. *La Mésentente: politique et philosophie*. Paris: Galilée, 1995.

RANCIÈRE, Jacques. Sens et usages de l'utopie. In: RIOT-SARCEY, Michelle (Org.). *L'Utopie en questions*. Saint-Denis: Presses Universitaires de Vincennes, 2001, p. 65-78.

SENELLART, Michel. Situation des cours. In: FOUCAULT, Michel. *Sécurité, territoire, population*. Paris: Gallimard, 2004.

Cogitus interruptus
diálogo entre Juan Goytisolo e Michel Foucault sobre o estatuto histórico do presente ou sobre onde veio dar as Luzes

Durval Muniz de Albuquerque Júnior

> Manhã de dezessete de março de 1938, minha mãe empreendeu a viagem como de costume. Saiu de casa ao romper da aurora e, ainda que conheça as armadilhas da memória e suas reconstruções fictícias, conservo viva a lembrança de ter-me assomado à janela de meu quarto enquanto ela, a mulher daí em diante desconhecida, caminhava com seu abrigo, chapéu, bolsa, em direção à ausência definitiva de nós e dela mesma: a abolição, o vazio, o nada. Sem dúvida parece suspeito que me despertara precisamente naquele dia e prevenido da partida de minha mãe por seus passos ou pelo ruído da porta, houvesse me levantado da cama para segui-la com a vista. No entanto, a imagem é real e me encheu por algum tempo de um amargo remorso: não tê-la chamado aos gritos, exigido que renunciasse à viagem. Provavelmente foi fruto de um posterior mecanismo de culpa: uma maneira indireta de reprovar-me por minha inércia, por não tê-la advertido do iminente perigo, por não ter esboçado um gesto que, em minha imaginação, poderia tê-la salvado.[1]

É assim que o escritor espanhol Juan Goytisolo narra um dos acontecimentos que marcaram decisivamente sua vida e que repercutirá não só em sua maneira de ser, como em sua maneira de pensar e de escrever: a morte de sua mãe durante um bombardeio ao centro de Barcelona pela aviação franquista durante a Guerra Civil, quando ele tinha apenas sete anos. Preocupada com seus pais que haviam permanecido na capital catalã, Julia Gay, esposa de José María Goytisolo, engenheiro químico, sócio-gerente de uma empresa de fabricação de colas e simpatizante dos nacionalistas, ia visitá-los regularmente, saindo do povoado de Viladrau, onde a família fora se refugiar, tomando o trem e retornando à noite

---

[1] GOYTISOLO, Juan. *Coto vedado*. Madrid: Alianza, 1999. p. 73-4.

com as compras que aproveitava para fazer. Neste dia, no entanto, é surpreendida pelas bombas que caem dos aviões fornecidos por Mussolini ao Generalíssimo Franco e que atingem de cheio o mercado central da cidade. Seu corpo é encontrado estendido no chão, agarrado à bolsa ainda cheia dos presentes que levaria para cada um dos quatro filhos. A pretexto de poupar as crianças de um trauma ainda maior, seu enterro se faz na cidade condal, sem a presença deles. Para Juan Goytisolo, a mãe passa a ser apenas alguém que saiu e nunca mais voltou, uma ausência, um vazio, um nada, um luto que se prolongava indefinidamente por não contar com um objeto concreto que pudesse dar a ele um sentido. A mãe passa a ser uma memória bruscamente interrompida, uma voz silenciada, um corpo que se distanciou no horizonte e sumiu para sempre: a desconhecida, a olvidada.

Mais tarde, quando começa a se interessar pela política, quando passa a ler testemunhos e livros sobre a história da Espanha, toma conhecimento de outras versões sobre o que ocorrera no país naqueles anos. Percebe que a versão dos fatos que levara à morte de sua mãe, apresentada por seu pai e por aqueles que circulavam em seu entorno, significava uma segunda morte para ela e para tantos que tombaram como ela naqueles acontecimentos. Começa a se estabelecer, para ele, o vínculo entre o significado daquela morte e o significado da própria guerra civil. A educação religiosa e as versões domésticas sobre a história do país haviam conseguido romper o vínculo entre os acontecimentos. Por um lado, todo dia, após o jantar, rezava de forma mecânica e rotineira os três Pais Nossos destinados à alma da ausente; por outro lado, era levado a aceitar sem reservas a versão oficial da contenda exposta pelo rádio, pelos jornais, pelos professores e pela família e por quantos o rodeavam: uma Cruzada empreendida por homens patriotas e sãos contra uma República manchada com toda classe de abominações e crimes. A realidade inegável de que sua mãe fora vítima da estratégia de terror do bando a que pertencia sua própria família, dos bombardeios indiscriminados que os nacionalistas realizaram contra a população civil que apoiava os republicanos, de que ela fora vítima do cálculo frio das hostes franquistas, era escamoteada por seu próprio pai e, de resto, por toda família. Os descalabros que o próprio pai sofrera: as prisões, a enfermidade e a viuvez se deviam, segundo ele, a uma caterva de inimigos genericamente apelidados de vermelhos. A morte de sua mãe era retirada assim de seu contexto, a memória desse acontecimento era limpa, desinfetada, o que a transformava numa espécie de abstração que se eximia de responsabilidade aos verdadeiros culpados, acentuava em Juan Goytisolo a sensação de irrealidade e de confusão sobre aquele evento. Embora essa operação de lavagem da memória pudesse parecer suspeita, o núcleo cerrado e conservador no qual vivia, o silêncio cúmplice do meio, a dificuldade em encontrar informações levava a essa aceitação acrítica dos fatos passados. Somente ao entrar na Universidade, ao se relacionar com um companheiro de ideias hostis ao Regime e conhecer, graças a ele, os livros que expunham a Guerra Civil do ponto de vista contrário, foi que a venda lhe caiu dos olhos. Embora, segundo ele, tenha se imbuído então de toscos princípios marxistas, hostis aos valores reacionários de sua classe, estes lhe permitiram ver os eventos que lhe aconteceram em sua infância e aquele acontecimento chave em sua vida de uma perspectiva muito diferente: as bombas de Franco, não a maldade ingênita dos republicanos, eram as responsáveis diretas da destruição de sua família.[2]

Essa experiência-limite o leva a questionar os limites da experiência, como a experiência individual e coletiva é articulada no campo da memória, como ela é entramada no plano da linguagem, como ela é racionalizada por dadas instâncias ou instituições sociais que constroem, para ela, dadas significações, dadas versões que precisam ser submetidas ao trabalho da crítica. Juan Goytisolo vai dedicar sua obra literária, suas atividades de escritor, seus escritos de viagens, suas reportagens, seus escritos memorialísticos a recordar o suprimido pelo que considera ser uma instituição de Estado: a amnésia. Tentará impedir o que nomeia de memoricídio, ou seja, o assassinato racional, meticuloso, calculado e persistente das memórias individuais e coletivas, o assassinato da história empreendida pelas instituições socialmente hegemônicas: o Estado, a Igreja, a Imprensa, a Família e a Lei. Por isso, embora ao se exilar na França, em 1956, tenha se tornado um homem de partido e tentado criar instituições que amparassem sua fala de dissidente, de inconformado, termina por descobrir que o melhor era ser um escritor sem mandato, que não fala em nome de ou por ninguém, que fala em nome próprio, mas num nome próprio que, ele mesmo, está em constante mutação. Decide fazer em seus escritos aquilo que já gostava de fazer na vida: viajar, nomadizar, errar. Decide fazer da vida uma eterna errância nos planos físico, cultural

---

[2] GOYTISOLO, *op. cit.*, p. 77-8.

e moral. Rejeitado por sua pátria e rejeitando tudo o que ela significava, os valores e tradições que a definiam, recusando o seu passado de potência colonial, as mitologias colonialistas, militaristas e cristãs que alimentavam e davam sentido ao ser espanhol, Juan Goytisolo opta por viver e escrever na permanente condição de estrangeiro, de estranho. Opta por adotar um olhar de fora, de periferia, que acusa e recusa a história e a sociedade que o produziu. Faz de sua literatura uma luta contra a linguagem ocupada, a linguagem sitiada por estas mitologias, por estas versões do passado e da vida social espanholas forjadas pelas centrais de distribuição de sentido em seu país e até fora dele. Decide dedicar sua vida e obra a pensar e narrar contra as metanarrativas que constroem a identidade nacional espanhola, as metanarrativas historiográficas que obliteram personagens, eventos, acontecimentos que seriam incômodos para esta empresa de lavagem das memórias realizadas em seu país. Faz de sua vida e de seus escritos uma constante busca de desidentificação, de ruptura com o pensamento identitário, com a racionalidade presidida pela busca da semelhança e da identidade.

Sendo apenas cinco anos mais novo que Michel Foucault, Juan Goytisolo partilhou com o filósofo francês experiências e acontecimentos que fizeram com que, por caminhos diversos e sem que tenham tido qualquer proximidade pessoal, tenham convergido para maneiras de pensar e formas de pensamento muito próximas. Filho de família burguesa como Foucault, tal como aquele se recusou a seguir o caminho previsto para pessoas desta classe social. Assim como Foucault, teve uma difícil relação com o seu pai, um homem de posições políticas conservadoras, um homem religioso, um homem enérgico, autoritário e ao mesmo tempo frágil, doente, incapaz de corresponder à imagem de um pai protetor. Como Foucault, Goytisolo viveu, por muito tempo, de forma envergonhada e conflitiva, a sua condição de homossexual, tendo sido casado por muitos anos com a escritora Monique Lange, a quem admirava e de quem gostava muito, ao mesmo tempo em que mantinha aventuras homossexuais clandestinas, notadamente com imigrantes árabes, desejo nascido, quem sabe, freudianamente falando, pelo retorno do reprimido em sua história, em sua cultura e em seu país. Como Foucault, por causa da homossexualidade, mas também, no seu caso, para fugir da censura política, Goytisolo resolve abandonar seu país e viver uma experiência de autoexílio. Foucault também, como sabemos, admirava os árabes e diz ter vivido os melhores anos de sua vida na Tunísia. Juan Goytisolo, após a morte de Monique e de ter assumido sua homossexualidade, passa a residir permanentemente na cidade de Marrakesh, no Marrocos, que fica do outro lado do Mediterrâneo, apenas a alguns quilômetros da costa espanhola. Marrocos, de onde saíram os mouros que conquistaram a Península Ibérica, onde a Espanha mantém até hoje os enclaves de Ceuta e Melilla, de onde partiram os generais golpistas que iniciaram a Guerra Civil contra a República espanhola, que foi protetorado espanhol durante toda a Segunda Guerra Mundial, serve para que Goytisolo olhe a Europa contemporânea e a chamada civilização ocidental, com outro olhar, o olhar de exílio e de periferia, com o olhar da outra margem. Como Foucault, Goytisolo foi despertado para a causa árabe a partir da guerra da Argélia, que assiste estarrecido desde a França. Como Foucault, após ter passado pelos quadros do Partido Comunista, ter se interessado pelo marxismo, ter sido admirador dos regimes cubano e soviético, Goytisolo, ao viajar a esses países, conhecer de perto sua realidade, verificar o que significavam de empobrecimento cultural e censura a grandes escritores e artistas, passa à dissidência e à crítica que terminam por levá-lo, diante dos patrulhamentos que passa a sofrer, à ruptura completa com essa tradição, da qual faz um bem humorado retrato no livro *A Saga dos Marx*.[3] Como Foucault, se interessa pela psicanálise lacaniana, pelo estruturalismo, pela semiótica e pela semiologia. Assim como Foucault, guarda enorme admiração por Jean Genet, de quem foi amigo pessoal, em quem reconhece sua principal referência no campo literário. Com Genet, teria aprendido a não se submeter ao aprisionamento que significa a sociabilidade entre literatos, as honrarias e tertúlias oferecidas pela instituição literária, a pensar a literatura, como também pensava Foucault, como a busca incessante da transgressão dos limites da linguagem, a procura por uma nova forma de expressão, a busca de um estilo próprio.[4]

Como Foucault, me parece que Goytisolo passa a pensar, a partir dos anos 1980, em dar a sua própria vida um sentido ético e estético e procurar tanto na escrita como na vida um modo próprio de estar no mundo. Goytisolo é considerado um dos expoentes do *Noveau Roman*, admirado por Foucault, por fazer da literatura este lugar onde ainda vem se alojar tudo aquilo que a ordem rejeita, que é considerado anormal,

---

[3] GOYTISOLO, Juan. *A Saga dos Marx*. São Paulo: Companhia das Letras, 1996.
[4] Ver: MACHADO, Roberto. *Foucault, a filosofia e a literatura*. 3. ed. Rio de Janeiro: J. Zahar, 2005.

abjeto, imoral, exótico, estranho, estrangeiro, irracional, inconsciente, mítico e místico, por fazer da literatura esta experiência das margens, de transgressão dos limites da linguagem e dos significados instituídos.[5]

Essa proximidade que encontramos entre muitos aspectos da trajetória de vida de Juan Goytisolo e Michel Foucault também podemos encontrar em seus escritos, naquilo que pensaram e produziram como obra. Embora nas narrativas de suas memórias seja até surpreendente que, vivendo na França durante todos os anos 1960-1970, participando ativamente da movimentação política e intelectual daqueles anos na capital francesa, Goytisolo nunca faz referências à figura de Michel Foucault, que também jamais se referiu ao autor espanhol, mas há entre o que pensaram e fizeram uma grande ressonância. Basta lermos o livro publicado por Goytisolo em 1999, um conjunto de ensaios intitulado *Cogitus interruptus*,[6] para nos darmos conta de que compartem algumas problematizações, uma atitude intelectual e política marcada pela realização daquilo que Foucault chamou de ontologia do presente. Tanto Foucault quanto Goytisolo vão dedicar seus escritos a problematizar as imagens que temos do presente, as interpretações que fazemos do nosso tempo, a leitura que somos capazes de fazer de nossa atualidade, recorrendo, para isso, à história, à realização de uma arqueologia dos saberes e uma genealogia dos poderes que fizeram ser como somos. Assim como a experiência iraniana de Foucault, Goytisolo viverá de perto e escreverá ensaios e artigos para jornais, depois enfeixados em livros, sobre os conflitos e o genocídio ocorridos na antiga Iugoslávia, sobre o conflito árabe-israelense, sobre os palestinos e a guerra na Chechênia. Os ensaios enfeixados no livro *Cogitus interruptus* operam com sete categorias que servem para pôr em questão a nossa relação com o presente e com o passado, mas também como fazem as obras de Foucault, a nossa relação com a verdade, investigando como essas verdades foram construídas e que racionalidades as sustentam. O uso das noções de memória, esquecimento, amnésia, recordação, memoricídio, desmemória e nostalgia serve para que Goytisolo ponha em questão verdades estabelecidas sobre a história espanhola, sobre a história ocidental, denunciando, ao mesmo

---

[5] Para os dados biográficos de Michel Foucault ver: ERIBON, Didier. *Michel Foucault:* uma biografia. São Paulo: Companhia das Letras, 1990 e *Michel Foucault e seus contemporâneos*. Rio de Janeiro: J. Zahar, 1996. Para os dados biográficos de Juan Goytisolo ver: GOYTISOLO, Juan. *Coto vedado*. Madrid: Alianza, 1999; *En los Reinos de Taifa*. Madrid: Alianza, 1999.

[6] GOYTISOLO, Juan. *Cogitus interruptus*. Barcelona: Seix Barral, 1999.

tempo, as racionalidades que presidiram a construção dessas memórias. Como para Foucault, interessa a Goytisolo fazer uma arqueologia dos silêncios, descrever através de quais operações de racionalização dados esquecimentos foram produzidos e fabricados. Partindo da experiência dolorosa do silenciamento, da desmemória, do memoricídio realizado por sua família em relação à morte de sua mãe, estendendo-a para pensar a racionalidade que esteve na base da aceitação pela sociedade espanhola da versão franquista da história da Guerra Civil e, por extensão, da versão católico-nacionalista sobre a história da Espanha, Goytisolo vai usar sua obra para, como também faz Foucault, inquirir sobre os liames entre discursos, práticas e poder, para pôr em questão o vínculo inextricável entre verdade e razão, para pensar a relação inseparável entre lembrança e esquecimento, fala e silêncio, memória e amnésia. Seus ensaios críticos sobre os acontecimentos contemporâneos, sobre a intolerância crescente na Europa com os estrangeiros, que ressoa a intolerância espanhola com os árabes e os judeus no passado, sobre o recuo conservador trazido pelo neoliberalismo, sobre a derrocada do socialismo real e as matanças genocidas que este ocasionou, além do deslumbramento com a sociedade de consumo, levam Goytisolo a se interrogar sobre onde veio dar as Luzes, ou a avaliar criticamente a herança das Luzes tal como fará Foucault.[7]

Em *Cogitus interruptus*, Goytisolo faz uma espécie de arqueologia dos discursos que constituíram a versão nacional-católica da história da Espanha, construindo uma visão irônica e desapiedada das metanarrativas que sustentam a identidade nacional espanhola. Combate a interpretação puritana, retrógrada e provinciana que os autores da geração de 1898 fizeram dos clássicos espanhóis. Revalorizando aqueles que foram nomeados por Menéndez Pelayo de heterodoxos espanhóis, Goytisolo tenta fazer uma literatura aberta para o outro, o diferente, para aqueles que, como os árabes e os judeus, deram uma contribuição inestimável à história, à cultura e à língua espanholas, mas cuja memória e presença são negadas, apagadas das versões do passado e que, no presente, continuam sendo tratados como incômodos, com preconceito, indiferença e repúdio. Nesses artigos, denuncia o fato da existência na cultura espanhola de toda uma tradição de pensamento que se opõe às Luzes, que nega o racionalismo,

---

[7] Foucault avalia a herança das Luzes no ensaio *O que são as Luzes?* Ver: FOUCAULT, Michel. O que são as Luzes. In: *Ditos e escritos*. v. II. 2 ed. Rio de Janeiro: Forense Universitária, 2005. p. 335-51.

que se opõe ao que seria o cientificismo e à própria modernidade, que praticaria o *cogitus interruptus*, mas que, contraditoriamente, representa uma dada versão da Razão, uma dada racionalidade, histórica e culturalmente situada, uma dada versão do cogitar com a qual sua obra quer romper, quer interromper relações. Ele quer que sua obra gere frutos fora dessa tradição, que ela signifique um jorro de ideias que se verta fora do ambiente estreito e viscoso permitido para o intelectual na sociedade espanhola, quer fazer de seus textos a semente que se dispersa se esparge fora das fronteiras do que seria a literatura nacional da Espanha. Como Foucault, Goytisolo nos deixa entrever que aquilo que normalmente chamamos de irracional ou irracionalista, obedece a uma dada racionalidade estratégica e ética, que é preciso investigar e submeter à crítica.

Esse livro de Goytisolo, assim como boa parte de sua obra e de sua própria vida, pode ser lido e interpretado à luz de dois ensaios escritos por Michel Foucault: o ensaio publicado em 1963, em que aborda a obra de Georges Bataille, *Prefácio à transgressão*,[8] e o ensaio publicado em 1984, em que dialoga com Kant e Baudelaire, *O que são as Luzes?* No ensaio que dedica a Bataille, Foucault vai tratar da relação entre sexualidade e linguagem na modernidade, relação que vai ser tematizada e vai ser o estímulo, segundo o próprio Goytisolo, para sua escrita literária. Se Foucault questiona o fato de que a sexualidade teria encontrado na modernidade, desde Sade até Freud, a linguagem que revelaria a sua natureza, a sua razão mais secreta, advogando que a modernidade, ao colocar a sexualidade na linguagem, só faz lançá-la num espaço vazio onde só encontra a forma tênue do limite, Goytisolo parece fazer da sua linguagem, de seus escritos e de sua vida a experimentação desse limite, o exercício dessa condição de fronteira, ao tentar articular a multiplicidade e a variedade de suas experiências sexuais e sua produção literária. É ele mesmo que afirma:

> A irrupção do gozo viril em meu âmbito me impunha a entrega de corpo e alma ao abismo da escritura; não só uma convergência ou ajuste entre esta e aquela senão algo mais complexo e vasto: introduzir o universo pessoal e a experiência de mundo, zonas até então recatadas, no texto da obra que vislumbrava, até integrá-los como elementos a mais [...].[9]

---

[8] Ver: FOUCAULT, Michel. Prefácio à transgressão. In: *Ditos e escritos*. v. III. Rio de Janeiro: Forense Universitária, 2001. p. 28-46.

[9] GOYTISOLO, Juan. *Coto vedado*, p. 230.

> Conjugando de uma só vez sensualidade e escritura, podia forjar uma nova linguagem elaborada, decantada, na dura e pugnaz expressão do desejo, um longo e seminal processo iniciado com o aleatório encontro com o pedreiro árabe.[10]

A escritura, assim como a sexualidade, é este abismo que não cessa de se escavar em busca da verdade, da razão, do ser. Foucault enuncia que na modernidade não liberamos a sexualidade, mas a levamos ao limite: ao limite de nossa consciência, já que ela ditaria a única leitura possível para nossa consciência e de nossa inconsciência; ao limite da lei, já que ela aparece como o único conteúdo universal do interdito; ao limite da nossa linguagem, já que ela traçaria o limite de espuma do que é possível atingir sobre a areia do silêncio.[11] Juan Goytisolo faz de sua escritura e de sua vida este jogo dos limites, de profanação daquilo que se considera sagrado. Assim como pensa Foucault, Goytisolo, ao romper com o Deus que dava sentido e explicava a vida e a história para a maioria das pessoas em seu país, ao se livrar do peso deste Deus que o vigiava e o deixava culpado desde as suas primeiras masturbações, do Deus que servia para legitimar os descalabros do regime franquista e teria servido de bandeira para a Cruzada que vitimou o seu país, Deus espanhol da Inquisição e da tragédia, Deus ensanguentado e furioso, inimigo da diferença do Islã e de Israel, vai fazer da sexualidade e da escritura, que inspira, um ato de profanação que ao mesmo tempo a designa, a dissipa, se esgota nela mesma. A transgressão das regras da linguagem ao escrever se articula com a transgressão às normas sociais, a experiências de ultrapassagem dos limites do próprio corpo com o uso de plantas alucinógenas orientais, os limites de sua condição social ao se envolver sexualmente ou ter amizades preferencialmente com rapazes ou homens das classes trabalhadoras, rústicos, iletrados, transgredindo também os limites de gênero e entre etnias, ao manter relações amorosas e sexuais com rapazes magrebís. Tal como proposta por Foucault em suas últimas obras, Goytisolo parece se propor a realizar uma ascese, que passa pela coragem de dizer, de tornar literatura, de pôr escrito aquilo que seriam os eventos e as regiões mais obscuras de sua existência, como um parresiasta assume o compromisso de dizer a verdade e de viver conforme esta verdade, elaborando obras de

---

[10] GOYTISOLO, Juan. *Coto vedado*, p. 226.
[11] FOUCAULT, Michel. Prefácio à transgressão. In: *Ditos e escritos*. v. III, p. 28.

arte ao mesmo tempo que se elabora como uma obra de arte.[12] Tomando a vida e a obra de Jean Genet e a doutrina sufi como inspiração, ele se propõe a instalar sua vida e sua obra no espaço da transgressão, aquele que, segundo Foucault, só se abre no gesto que atravessa o limite e que se esgota neste atravessar, afirmando um ser limitado que no ilimitado se lança. Diz Goytisolo:

> Meu ideal literário: o derviche errante sufi. Um homem que foge da vaidade, que despreza as regras e formas exteriores de convivência, que não busca discípulos, que não tolera homenagens. Suas qualidades são recatadas e ocultas, e, para torná-las ainda mais secretas, as reforça na prática do depreciável e do indigno: assim não só concita a reprovação dos seus, mas provoca seu ostracismo e sua condenação. Por trás das máscaras e das nebulosidades da escritura, a meta é o desdém: o rechaço à simpatia ou a admiração alheias será o requisito indispensável à alquimia indispensável operada por baixo do disfarce.
>
> Propor-se como difícil ideal literário e humano a moral genetiana do malamatí: praticar abertamente o que as leis e costumes reprovam, infringir normas de recato e prudência, admitir com impavidez o escárnio, as alfinetadas da murmuração: renunciar ao prestígio de uma conduta fundada no compromisso ou no conformismo e na bondade oficial.[13]

Se sua vida familiar, se a morte de sua mãe, se a convivência com seu pai, se a própria história de seu país foram atravessadas pela mentira, pela hipocrisia, pela fuga em se dizer a verdade, em dado momento, o seu casamento, a sua vida de militante político, a sua vida de intelectual também eram sustentadas por uma grande mentira, pela negação da verdade de seu desejo, pela covardia em assumir publicamente sua homossexualidade. Juan Goytisolo resolve, então, romper com este silêncio, resolve como um parresiasta falar publicamente, resolve, como um gesto de amor, dizer à sua companheira sobre a sua vivência clandestina das práticas homoeróticas. Não tendo coragem, no entanto, de encará-la de frente, arma um estratagema quando estão se preparando para uma viagem à União Soviética. Diz à esposa que partiria na frente e que ela o iria encontrar posteriormente em Moscou. Hospeda-se, então, num hotel em Paris e escreve-lhe uma carta contando toda a verdade. Só então embarca para Moscou, onde

---

[12] Para a discussão em torno da noção de *parrhesía* na cultura grega antiga ver: FOUCAULT, Michel. *A hermenêutica do sujeito*. São Paulo: Martins Fontes, 2004. p. 449-99.

[13] GOYTISOLO, Juan. *Paisajes despues de la batalla*. Barcelona: Montesinos, 1982. p. 183-4.

aguarda ansioso durante uma semana o desembarque de Monique, sem saber sequer se ela iria, qual seria sua reação após saber da verdade de suas práticas sexuais. No texto da carta, a confissão da fraqueza de não tê-lo feito antes, mas também a coragem e a imposição de fazê-lo, de ser verdadeiro, de falar e viver, a partir daí, conforme o que considera ser sua verdade: o seu desejo pelos homens:

> Faz tempo que tinha o propósito de te escrever para te confiar algo que me toca no vivo, porém a impressão de internar-me em um caminho sem saída e uma mistura de medo e rubor foi adiando a decisão dia após dia. Temia numa conversação me pôr nervoso, não me expressar do modo justo e exato, carecer do necessário sangue frio, me fazer entender mal. Não obstante, resolvi tentar por saber – pois agora estou seguro disso – do autêntico afeto que me tens, dos laços fortes e duradouros que nos unem. Sei quais são teus sentimentos e também eu te quero de certo modo muito mais que antes: com uma intensidade que não conhecia nem voltarei a conhecer; quando digo "de certo modo", falo de amor moral, apreço a tua pessoa e a umas qualidades sem dúvida únicas, ao quanto tens representado para mim nestes nove anos e representas lindamente hoje em tua necessidade de amor: generosidade, ternura, amizade sem limites aos que te rodeiam. Queria poder acrescentar "fisicamente", da maneira com que te amei durante anos – em que pese te querer bem menos do que te quero hoje – mas não posso mentir no momento em que me esforço em ver com clareza e tento adequar à realidade minha conduta a respeito de ti e dos demais. Sei que não te surpreenderás ao ler esta carta: tu mesma havias roçado o tema, sobretudo nas últimas semanas, a respeito de (nome suprimido). Teu instinto não te enganava a respeito do interesse profundo que desde há algum tempo sinto por um tipo muito concreto de homens – interesse manifesto, suponho, apesar das minhas evasivas embaraçadas. A certeza do nosso amor e o desejo de preservá-lo impediam-me de falar contigo como queria. Nos três últimos meses havia me decidido a fazê-lo, sem que encontrasse a ocasião. Não me jogue em rosto eu não tê-lo feito antes. Vacilei muito antes de dar o passo e foi preciso para isso reunir todo meu valor. A ideia do dano que te causarei o peso e o sopeso com angústia. Será duro para ti, porém ainda mais para mim. Sinto-me ligado totalmente a ti e minha carta é a confissão de uma derrota e desdita profundas. Preferiria não ter que escrevê-la nunca, porém não posso seguir sem escrevê-la. Tenho que te explicar por que e como comprovei sem lugar para dúvidas a minha inclinação por homens e a razão pela qual não havia revelado até hoje.[14]

---

[14] GOYTISOLO, Juan. *Em los reinos de taifa*, p. 282-3.

Assim como Bataille, Goytisolo coloca, assim, a sua própria existência, a que levara até então em causa. Ele quer colocar tudo em causa, sem repouso admissível, praticando aquela experiência filosófica que teria sido aberta no Ocidente por Kant, no momento em que, segundo Foucault, ele articulou de maneira ainda bastante enigmática o discurso metafísico e a reflexão sobre os limites de nossa razão. É disso que trataria a resposta dada por Kant à pergunta feita por um jornal alemão sobre o que seriam as Luzes, tema do segundo texto de Foucault que trago aqui. O próprio Kant teria fechado as portas a essa reflexão no campo da filosofia ao reduzi-la a uma questão antropológica, a questão pelo ser do homem. A resposta trágica nietzschiana teria nos feito acordar do sono confuso da dialética e da antropologia, mas a abertura que seu pensamento significou como que se fechou novamente, indo esta abertura se refugiar na literatura com autores como Bataille, Blanchot, Klossowski e, por que não dizer, Goytisolo. É na literatura que se experimenta os limites da própria razão e onde se pode simular a experiência erótica, onde se pode buscar o sentido do delírio no delírio dos sentidos. Nela se define um espaço de experiência onde o sujeito que fala, em vez de se exprimir, se expõe, salta à arena, vai ao encontro da própria finitude, da própria morte, o que faria do gesto de escritura um gesto de tauromaquia nas palavras de Leiris,[15] expressão bastante adequada ao se tratar de um autor espanhol, embora abomine touradas e festejos taurinos.

A literatura de Goytisolo, assim como a obra filosófica de Foucault, quer ser essa pergunta pelo ser da razão em sua historicidade, em seu exercício, em suas relações com os poderes, com a memória, com os eventos que lhe dão sentido. A obra literária de um e a filosófica do outro pode ser pensada como aquele chifre taurino que vaza e arranca o olho do toureiro Simone no livro de Bataille.[16] Como a faca que revira o olho e desvela sob a fonte da luz, da iluminação, da visibilidade, da realidade, da verdade, o buraco negro, o vazio assustador que se abre para um interior onde já se assanham os vermes que pouco a pouco irão destruir aquele corpo mortalmente ferido. Não que Foucault ou Goytisolo sejam contra ou a favor das Luzes, como dirá o filósofo francês no texto de 1984. Trata-se de não se deixar paralisar pela chantagem moralista e

---

[15] LEIRIS, Michel. *Espelho da tauromaquia*. São Paulo: Cosac Naify, 2002.

[16] BATAILLE, Georges. *História do olho*. São Paulo: Cosac Naify, 2003.

maniqueísta de que só se pode estar a favor ou contra, dentro ou fora da Razão, das Luzes. Não se trata de interromper ou romper com o cogito, mas de em nome das próprias Luzes, assumindo o desafio lançado por Kant de deixarmos a menoridade, de caminharmos em busca da construção da autonomia, de lutar em busca da liberdade, de interromper ou romper com dadas versões do cogito, praticar o *cogitus interruptus*, sempre que este for uma ameaça à adoção de uma atitude de modernidade, esta que não deixa de interrogar, de submeter à crítica permanente tudo aquilo que se diz verdadeiro, tudo o que se afirma racional, tudo o que se coloca conforme a razão, tudo o que se proclama indiscutível, inquestionável, irrecorrível. Como Goytisolo dolorosamente descobrirá em sua vida, nem sempre o olho que te mira de frente te trará a luz, às vezes é no sombrio reverso do seu globo arrancado, dilacerado, que irá bruxulear pequenas cintilações, pequenos fogos fátuos que deixarão divisar outras paisagens, outras configurações da história, da memória, da sociedade. Às vezes, é no escuro que se dão as maiores revelações, às vezes é nas sombras que vêm se desvelar os maiores segredos. Às vezes, embora os olhos estejam fechados, outras partes do corpo, normalmente tão desprezadas e desqualificadas pelo discurso racionalista, é que vêm convocar a razão para que busque explicação, para que procure entender, racionalizar o que se passa. Muitas vezes é nas sombras do passado que se encontra a iluminação do presente. A feérica luminosidade de nossos dias pode nos cegar mais que nos abrir os olhos para o que acontece ao nosso redor. Foi escavando as zonas sombrias de sua vida e de sua história, as zonas escuras da história de seu país, foi abrindo insistentemente o álbum de fotografias amareladas que pretendiam narrar epicamente a trajetória de sua progênie que Goytisolo encontrou as manchas negras, a presença dos negros, que esta narrativa tratara de ocultar,[17] foi a contrapelo da narrativa ufanista da história de seu país que encontrou a lenda negra que a percorre e a significa. Assim como enunciara Foucault a respeito da relação de uma história arqueogenealógica com a busca das origens, Goytisolo só encontrou na escavação de sua vida e da vida da sua sociedade a dispersão, o disparate, a dor, o acontecimento que no gume do seu instante pede significação,

---

[17] Quando adulto, Goytisolo vai descobrir que a épica história de seu bisavô, que fizera a América e se tornara um rico proprietário de engenhos em Cuba, tantas vezes ouvida na infância, não podia ser separada da escravidão, da exploração e dos terríveis castigos que este infringia aos negros.

muda uma vida, começa a tecer um sujeito. No princípio, o verbo que delatou seu avô, que delatou o acontecimento que instaurou o seu ser como dúvida, como incerteza, como suspeita de inautenticidade, este ser que, como a literatura, se diz sempre de forma distinta, aparece sempre na incerteza de si mesmo:

> Eu dormia sozinho na biblioteca-escritório, numa cama turca imprensada entre um móvel e a parede: ao deitar-me, via meus avós deslizarem para seu quarto e escutava seus murmúrios e orações até que apagavam a luz. Uma noite, quando a casa inteira estava às escuras, recebi uma visita. Meu avô, com seu largo camisão branco, se aproximou da cabeceira da cama e se acomodou na borda do leito. Com uma voz que era quase um sussurro, disse que ia me contar uma estória, porém começou em seguida a beijar-me e me fazer cócegas. Eu estava surpreso com esta aparição insólita e, sobretudo, do caráter furtivo da mesma. Vamos brincar, dizia meu avô e, após apagar a lamparina com que às vezes eu lia antes de dormir, acesa por mim ao perceber seus passos, se estirou ao meu lado no catre e deslizou suavemente a mão por baixo do meu pijama até me tocar o sexo. Seu contato me era desagradável, porém o temor e confusão me paralisavam. Sentia meu avô inclinado em meu regaço, seus dedos primeiro e logo seus lábios, a sensação viscosa de sua saliva. Quando ao cabo de uns minutos que pareceram intermináveis pareceu acalmar-se e voltou a sentar na borda do leito, meu coração batia apressadamente. O que significava todo aquele jogo? Por que, depois de tocar-me, havia emitido uma espécie de gemido? As perguntas ficaram sem resposta e, enquanto o inoportuno visitante voltava na ponta dos pés ao quarto contíguo onde dormia minha avó, permaneci um tempo desperto, sumido em um estado de inquieta perplexidade.[18]

Experiência-limite vivida em sua própria carne, que resultou num misto de remorso por ter contado ao irmão o que lhe passara e ver a partir daí seu avô odiado, tratado como um pária por seu pai, que não perdia oportunidade para humilhá-lo e demonstrar seu desprezo aos homossexuais e de revolta com a própria passividade do avô que a tudo aceitava, que vivia sua homossexualidade com vergonha e desespero, dois seres dos quais se afastava por repulsa e pena. Foi dessas experiências limite de que falou toda a obra de Foucault, experiência com as quais a Razão iluminista não soube lidar, a não ser arremessando-as para as margens, para a anormalidade, para o campo da desrazão. Para Foucault, a literatura no Ocidente

---

[18] GOYTISOLO, Juan. *Coto vedado*, p. 121-2.

foi o lugar possível para se falar das experiências limites, assim como faz Goytisolo. A experiência indizível, transgressora, que para se expressar busca a palavra ainda não dita, busca escavar na linguagem as figuras que possam materializá-la é a matéria-prima da literatura; na ciência ou na filosofia só encontraram a repressão e a negação. Esta experiência do fora do sentido, experiência do fora da qual falava Foucault e Blanchot,[19] que convoca a razão para que dê resposta às interrogações que com elas se abrem e que só assim retira o sujeito da perplexidade. Talvez tenha sido nesta experiência de um coito não desejado, de um coito interrompido, coito a se perguntar por sua razão de ser, que o ser da razão de Goytisolo começa a desabrochar e, ao mesmo tempo, mostrar o seu limite. Ao cogitar dos motivos daquele coito que desejava tanto interromper, talvez Juan Goytisolo tenha aprendido que nem sempre a razão dos acontecimentos são facilmente racionalizáveis, que nem sempre a razão é razoável, que nem sempre o cogito domina aquilo que cogita, às vezes interromper o cogitado esteja mais conforme a razão do que realizá-lo. *Cogitus interruptus* para não cegar com as Luzes, para com elas melhor poder enxergar a escuridão e as sombras que estas tornaram e tornam opacas, *cogitus interruptus* para que *fiat lux*.

---

[19] BLANCHOT, Maurice. *Conversa infinita 2:* a experiência limite. São Paulo: Escuta, 2007.

Ecopolítica
procedências e emergência

Edson Passetti

> *Somos ingovernáveis. Nosso único senhor propício é o*
> *Relâmpago, que ora nos ilumina, ora nos fende.*
>
> RENÉ CHAR

1

Acompanhar Foucault, andar com Foucault, seguir suas sugestões e dele se apartar, em silêncio. Um silêncio na caminhada. Retomar Foucault sem pretender a exegese e proceder por conta própria. Acompanhar um texto, uma genealogia e avançar. Em uma entrevista a Roger Pol-Droit, ele instigava a produção de "alguma coisa que serve, finalmente, para um cerco, uma guerra, uma destruição". Dizia: "não sou a favor da destruição, mas sou a favor de que se possa passar, de que se possa avançar, de que se possa fazer caírem os muros". Uma entrevista, um texto, um livro pode ser como "um vento verdadeiramente material", um vento "que faz estourar as portas e as janelas... um explosivo eficaz como uma bomba e bonito como fogos de artifício".[1]

Em outras ocasiões aproximei-me de Foucault para problematizar os anarquismos. Como ele afirmava em entrevistas, aulas, textos e livros, tinha algo com a anarquia. As conexões são várias e não foram poucas as vezes que tentaram identificá-lo inutilmente diante de seus pronunciamentos sobre a anarquia, os anarquistas e o pensamento anarquista.

---

[1] POL-DROIT, Roger. *Michel Foucault, entrevistas*. Tradução de Vera Portocarrero e Gilda G. Carneiro. Rio de Janeiro: Graal, 2006, p. 69, 75.

Suas leituras sobre a anarquia são raramente dirigidas a uma ou outra concepção da anarquia como o individualismo e o coletivismo. Não fala de autores anarquistas, mas de suas práticas de liberdade, inquietações diante da ética como estética da existência, e onde quis ser mais preciso, aproximou Max Stirner do pensamento anarquista sem localizá-lo, provocando mais rangeres estranhos no próprio pensamento anarquista. Talvez, por isso mesmo, ele seja tido como nocivo ao interceptar as utopias anárquicas, suas proposições louváveis e humanistas, suas disposições para novas totalizações, até mesmo involuntárias.

Penso que Foucault é um profanador da anarquia. E aqui tomo a noção de profanação de Giorgio Agamben[2] como uma possibilidade de tornar mais precisa essa atitude dessacralizadora de Michel Foucault. Profanação como restituição do humano diante do sagrado e rompimento com a sua articulação por meio do sacrifício: profanar também o anarquismo no que ele tem de doutrina e sacerdotes. Ao mesmo tempo, fica a pergunta: é possível reconstituir a anarquia como uma invenção diante da máquina de governo contemporânea?

Isso não é irrelevante ao seu leitor afeito a inventar espaços de liberdade. Ao considerarmos as práticas anarquistas no âmbito das heterotopias históricas, estamos diante dos impasses atuais propiciados pela crença disseminada na democracia que apanha e imobiliza não só os anarquismos.

Foucault, atento às resistências, situava os espaços de liberdade como possibilidade de interrupção dos dispositivos pela produção de *antidispositivos*, como destaca, incisivamente, Agamben. Os dispositivos não estão imbricados apenas com processos de subjetivação pelos quais produzem *seu* sujeito e vinculam um novo direito. "Para dizer a verdade", sublinha Foucault em seu curso *Em defesa da sociedade*, "para lutar contra as disciplinas, ou melhor, contra o poder disciplinar, na busca de um poder não disciplinar, não é na direção do antigo direito da soberania que se deveria ir; seria antes na direção de um direito novo, que seria antidisciplinar, mas que estaria, ao mesmo tempo, liberto do princípio da soberania".[3] Indicava o esgarçamento na relação

---

[2] AGAMBEN, Giorgio. *O que é o contemporâneo? E outros ensaios.* Tradução de Vinícius Nicastro Honesko. Chapecó/SC: Argos, 2009, p. 25-51.

[3] FOUCAULT, Michel. *Em defesa da sociedade:* Curso no Collège de France (1975-1976). Tradução de Maria Ermantina Galvão. São Paulo: Martins Fontes, 2000, p. 47.

posicionamento-contraposicionamento própria da sociedade das disciplinas, o que implicava também rompimento com as relações de poder em *rede*. Preparava uma análise sobre o que já existia e no qual se deteve, com especial atenção, em *Nascimento da biopolítica*, ao problematizar os efeitos da teoria do capital humano no neoliberalismo estadunidense.

Foucault nos colocava diante do possível na ultrapassagem da sociedade disciplinar e do inevitável decorrente das novas institucionalizações em aberto ou inacabadas da atual sociedade de controle. Voltar-se a outros espaços é lidar com um impasse que ao mesmo tempo é um incômodo. Não há como negar a importância da democracia para expandi-los, numa sociedade em que os controles são contínuos e de comunicação instantânea, onde não cessa a produção de misérias, como indicou Gilles Deleuze em sua breve e preciosa apresentação inicial da sociedade de controle. Foucault leva qualquer um, e principalmente os anarquistas, a revirar-se diante de uma era de moderações e conformismos. Os efeitos do neoliberalismo propiciam novas relações de poder e direitos que nos levam também a discutir, mesmo que brevemente, aspectos da atitude de profanar na formulação de *antidispositivos*.

Encontra-se aqui, também, o efeito de captura sobre os anarquismos contemporâneos. Quando os anarquistas parecem não querer mais vincular desejo à realidade, o que dizer dos democratas?

2

Foucault revirou *as luzes* para afirmar a urgência de nos voltarmos contra o que somos. Reparou para além da isonomia (direitos de todos os cidadãos perante a lei) e da isegoria (o direito legal de cada um pronunciar sua opinião) gregas, a atitude do parresiasta, aquele que pronuncia uma verdade e para quem não há proteção institucional para a vingança sobre quem a proferiu. Se não era nada fácil pronunciar uma verdade, sabendo dos riscos diante de um superior, também não foi difícil à democracia facilitar a acomodação do parresiasta em demagogo. Procede daí o "fale por mim" do rebanho e ao mesmo tempo o mundo das opiniões conduzidas por um pastor.

Vivemos certo contentamento com a democracia. E isso é salutar, principalmente quando nos lembramos dos horrores e temores dos tempos autoritários e ditatoriais. Contudo, a queda de uma ditadura atrai forças de oposição para uma específica organização, que mais tarde se ajusta apartada de muitos combatentes, compondo uma técnica de poder que separa e imobiliza. Na sociedade de disciplinas ela fazia funcionar as exclusões e ampliava a potência de revolta, mas agora, na sociedade de controle, opera pela captura, preparando a anulação de resistências e pretendendo dar um fim não só nos revolucionários, mas ao impulso da revolta.

Hoje em dia, a democracia se consolida por meio de uma constante renovação que ultrapassa o âmbito do governo do Estado ou dos confrontos bélicos entre Estados. As guerras são rápidas em função da institucionalização da democracia, e os regimes ditatoriais encontram maneiras de ampliar o *consumo* governando, em parceria e interface com a sociedade civil, para uma futura democracia política. As intervenções externas em nome da democracia não mais funcionam apenas pela intervenção de Estados nos regimes políticos adversários ou inimigos. O caso da China não é uma surpresa; é o indício da mudança de uma tecnologia de poder ampliada.

A democracia se transformou num dispositivo de captura, em uma nova máquina de governar por meio de programas, estabelecendo os novos protocolos, transitando por diplomacias, convocando a participar, criando conexões. Cada um deve ser tomado como capital humano e se ver como tal. Não há mais sínteses para a oposição capital/trabalho, nem superação emancipadora pela dissolução das relações de sujeição entre trabalho intelectual e trabalho manual. O neoliberalismo tragou a tese da emancipação humana pela economia computo-informacional que funciona pela intensificação produtiva e política das energias inteligentes e redimensionou a democracia representativa em um ritual que depende das mais diversas participações na produção e nos governos da vida social.

O controle do monopólio legítimo da violência e da educação pouco tem a ver com os benefícios da liberdade de mercado por si só ou pela pletora de direitos daí advindos como ampliação de liberdades. Ele pode estar nas mãos de um ditador ou de um democrata. A diferença se encontra na produção dos direitos, mas estes oscilam, segundo as maneiras de confinar a céu aberto, com mais ou menos liberdades.

Há uma programação para atrair não cidadãos, segundo uma acomodação nas negociações configurando o mundo dos gestores. Há também uma programação a fazer vista grossa para a imigração e a segregação de etnias, ao mesmo tempo que aciona protocolos para as suas capturas noutros territórios. Instaura-se um paradoxo: de um lado, o cidadão transterritorial vive as hospitalidades cosmopolitas, e de outro os apartados e os *ilegais* trabalham sob regimes de produção, análogos aos princípios do capitalismo industrial, como os bolivianos e coreanos no Brasil, os chineses na Itália e nos Estados Unidos, os desgarrados do leste oriental pelo Estado Europa.

Há uma programação para ampliação de direitos que se reconhece não mais na declaração de um universal do homem e do cidadão, mas em maneiras para conter desigualdades sociais e administrar a situação ambiental do planeta. Volta-se para as minorias e os direitos são regulamentados por protocolos internacionais agendados em organismos próprios. Estamos diante da possibilidade de intensificar o pluralismo não só político, pois um empregado não se restringe mais a um contrato de trabalho. É a combinação de sua ocupação constante com a simultaneidade de empregos a exigir a dedicação de suas inteligências flexíveis para desempenhar de maneira colaborativa tanto na produção da riqueza como na administração de sua área de habitação por meio de condutas tolerantes voltadas à ampliação da qualidade de vida do local ao planeta.

Vivemos uma era de composição do dispositivo de segurança que atrai investimentos privados para a proteção do Estado, da sociedade, do morador, do escolar, com as funções remanescentes das forças armadas e da polícia repressiva. Nem mesmo os exércitos dispensam a segurança privada como medida de proteção, redução de riscos e garantias ao efetivo intervencionista nas guerras de intervenção rápida e imediata. Combinam-se mercenários por todos os lados como agentes de segurança acoplados às inovadoras tecnologias de vigilância por satélites, câmeras e até mesmo telefonia celular.

Vivemos uma *conexão* entre sociedade disciplinar e sociedade de controle. A disposição do corpo como máquina útil e dócil sob controle da espécie por biopolíticas e uma governamentalidade que conduzia condutas cedem espaço à captura das energias inteligentes a serem ocupadas nas conformações computo-informacionais, sob o controle do planeta por ecopolíticas e uma governamentalidade das novas condutas. As relações de poder que se articulavam em redes passam a acontecer por fluxos constantes que culminam um no outro, produzem virtualidades, revestem mobilidades e posicionam monitoramentos em espaços contínuos de comunicação ininterrupta.

Os espaços próprios à disciplina e os de reclusão não são mais os mesmos. Tomemos o caso do Brasil. Nem mesmo chegou ao fim o desvencilhar da prisão, do manicômio, dos espaços de exclusão e constatamos viver sob novos controles, agora a céu aberto. Porém, isso não significa que as instituições disciplinares tenham desaparecido; ao contrário, elas se conectam quando necessário, criando a sensação de que vivemos em constante aperfeiçoamento e com uma capacidade, até então inimaginável, de estabelecermos composições. A prisão fechada se amplia com o Regime Disciplinar Diferenciado e se ajusta ao fluxo caudaloso de combate às mais ínfimas infrações, inaugurado por penas alternativas, tribunais de pequenas causas e medidas socioeducativas para jovens em meio aberto. As penalizações aumentam assim como a crença na punição imediata a qualquer infração e a todas as corrupções. Introduzem-se as novas práticas de delação como a denúncia do cidadão contra o mau uso da lei ou como delação premiada, maneira pela qual o sistema penal alivia os chamados crimes dos financistas. Os manicômios se revestem de centros de atendimentos psi, administrando os novos efeitos da psiquiatria biológica. As escolas se transformam em centros de confluência dos problemas das redondezas e aparecem os Conselhos Tutelares "jurisdicializando" a vida dos escolares e das famílias pobres. Multiplicam-se as polícias e se estimula em cada cidadão sua vocação para policial.

Uma *polícia da vida* começa a tomar vulto quando cada cidadão está convocado a participar, cuidando dos vivos em sua área, das condutas de cada um, dos infratores em *liberdade assistida*, e buscando medicação para conter os inúmeros transtornos que passam a fazer parte de sua vida diária. Enfim, a doença e a cura se dissolvem em cuidados com os transtornos com os quais devemos aprender a conviver. Estamos compelidos ao emprego, à ordem, à democracia, à ecologia, à saúde, ao melhor dos mundos, ainda que imperfeito. Ser tolerante e responsável é o que se espera de cada um, e que cada um seja capaz de aprender a conviver com diferenças em função de uma nova uniformidade democrática.

Estamos todos incluídos, graças às novas tecnologias de poder em fluxo que encontram nas conquistas da neurociência, das nanotecnologias e da biologia molecular (ciência entre a bioquímica e a genética) as justificativas para o imenso investimento em empregos, contenção de levantes, administração de *zonas* com déficits sociais ou em situações de riscos em torno das populações vulneráveis. É preciso conhecer minuciosamente a mente humana, suas capacidades e armazenamentos, da mesma maneira que se acumulam conhecimentos específicos derivados da chamada conquista espacial, tanto em função da longevidade plástica do corpo quanto das possibilidades de ocupar sua inteligência. Não está mais em jogo como conter energias políticas de um corpo útil exaurido pela mecânica, mas como expandir suas energias inteligentes dedicadas a provocar inventividades programáticas.

Policiar condutas se coaduna como a condição favorável para a exibição de nossas intimidades, também pela via eletrônica das comunicações. A sociedade de controle, enfim, escancara em cada um a realização da utopia da transparência, seja pela imagem disseminada a todos pela internet, seja pela exposição da vida por *blogs*, *twitter* ou *orkut* e derivados de comunidades virtuais, até mesmo pelos programas de comunicação contínua como os *Live Messengers*. Todos devemos e podemos participar, nos exibir por dentro e por fora: estamos convocados a participar. Nesta era, não se governa somente a população. Há um novo alvo: o planeta e a vida dentro e fora dele. Emerge uma ecopolítica de controle do meio ambiente, com sustentabilidade, combinada com a biopolítica herdada da sociedade disciplinar. Estamos na era da combinação da estatística como saber de Estado com a propriedade de informações minuciosas sobre pessoas e seus espaços interiores, flora e fauna, superfície e profundidade, a partir de um deslocamento da perspectiva para o espaço sideral. Sob essas condições, como inventar um *antidispositivo*? O que profanar? Há um humano a ser restituído?

3

Foucault mostrou uma atenção especial para essa reconfiguração dos controles ao notar a presença marcante da teoria do capital humano desde os anos 1970. O nascimento da biopolítica, título do curso que toma outro rumo a partir da problematização do liberalismo, também já indica a ultrapassagem da biopolítica em outro controle mais abrangente e sutil que envolve população e meio ambiente.

O que pode ser visto como uma reação conservadora é, ao mesmo tempo, o transbordamento que rompe com relações de poder em rede, com posicionamentos e contraposicionamentos, e introduz uma nova máquina de governo que articula desde o local ao transterritorial, os fragmentos do indivíduo e seu corpo à emergência de divíduos, suas inteligências e novos direitos. A reação conservadora desmontou ou assujeitou o socialismo e redimensionou as potências de liberações que emergiram nos anos 1960, sob a forma de direitos de minorias, políticas de ação afirmativa e rebaixamento da chamada *grande* política do Estado, com parlamento e partidos, a uma combinação, jamais vista, com micropolíticas de ONGs e institutos financiados em grande parte por empresas voltadas à administração de populações vulneráveis, com responsabilidades sociais, envolvidas com a qualidade de vida e impulsionadas pelo espírito ecumênico. É o neoliberalismo como restauração da família, punições e religião. Seus raros e principais reveses vieram com terroristas e os demais perdedores radicais, configurando extremismos dentro da própria ordem, como o terrorismo religioso e os jovens *serial killers*. O *resto* se deixa atrair ou até mesmo se atira para o interior das tecnologias de poder em fluxos.

Sociedade de controle requer confiança, tolerância e segurança nos programas, em protocolos, diplomacias, negociações, em condutas voltadas para a *melhoria* das condições de vida. O Homem cede seu lugar à Vida. Está em questão não mais apenas o governo das populações, mas da vida de cada um, não mais como indivíduo consumidor e cidadão, mas como divíduo, articulando modos de estar vivo. Perante condicionantes democráticos generalizados, ele deve conduzir-se para *melhorar* sua vida mental e biológica, obtendo acesso aos investimentos farmacológicos e de administração de transtornos em função de uma *melhoria* da saúde mental e do corpo em academias; promover o agenciamento de si mesmo como polícia da vida no emprego, nas redondezas de sua moradia, atuando em *políticas públicas*, governando em parcerias público-privadas de favelas, minorias vulneráveis e escolas; sustentar os seus direitos de minoria, *melhorar* o ar e até mesmo governar as florestas em parceria com o Estado ou organismos internacionais; participar de uma ampla relação entre protocolos e programas que sinalizam para soluções num futuro imediato ou distante, porém certeiramente agendado.

Mas, como não há capitalismo sem tráfico, financiamentos, monopólios e guerras, sobram no interior desses campos de concentração a céu aberto em que se recomenda viver em segurança, mesmo sob combates constantes, os resquícios de campos de refugiados, de populações isoladas, de reservas ecológicas e indígenas, de favelas repaginadas como comunidades em que lideranças locais, ONGs e Estado governam a administração da miséria. Estamos comunicados transterritorialmente, produzimos assim e cremos numa moderação necessária que atinge as mais diversas tendências políticas de outrora, inclusive os anarquismos.

Como emergem os direitos antidisciplinares? Como direitos de minorias da sociedade de controle? Não me parece ter sido essa a preocupação ou a solução antevista por Michel Foucault. Toda a descentralização provocada pelas novas relações de poder em fluxo permanece vinculada a centralidades e às soberanias. No passado, não se imaginava que descentralizações e diversificação do uso da energia intelectual, que redefiniriam o trabalho, dariam em algo tão moderado! Ou será que a dissolução da relação trabalho intelectual e manual, propagada pelos socialistas, esperavam mesmo moderação?

4

Quero me deter brevemente em três fluxos: a convocação à participação, as conexões em aberto e o ingovernável. É possível equacionar a profanação como restituição do humano diante do controle da vida?

Voltemos a uma observação de Foucault em "Anti-Édipo: uma introdução à vida não fascista", tema de nosso colóquio passado. "Libere-se das velhas categorias do negativo (a lei, o limite, a castração, a falta, a lacuna) que o pensamento ocidental por tanto tempo manteve sagrado enquanto forma de poder e modo de acesso à realidade. Prefira o que é positivo e múltiplo, a diferença à uniformidade, os fluxos às unidades, os agenciamentos móveis aos sistemas; considere que o que é produtivo não é sedentário, mas nômade. Não imagine que precise ser triste para ser militante, mesmo se o que combatemos é abominável. É o elo do desejo à realidade (e não sua fuga nas formas de representação) que possui uma força revolucionária. Entre o que se chama, grosseiramente, de anarquia, anarquismo e o método que eu emprego, existe certamente qualquer coisa como uma relação, mas as diferenças são igualmente claras. Em outras palavras, a posição que eu assumo não exclui a anarquia".[4]

A convocação à participação na sociedade de controle não rompe com a representação, mas a transfigura em práticas disseminadas pela sociedade em ritual eleitoral, com a ampliação da participação combinada com ação

---

[4] "Anti-Édipo: uma introdução à vida não fascista". Tradução de Fernando José Fagundes Ribeiro. In: *Cadernos de Subjetividade*. PELBART, Peter Pál; ROLNIK, Suely (Orgs.). *Gilles Deleuze*. São Paulo: Núcleo de Pesquisa de Subjetividade. Programa de Estudos Pós-Graduados em Psicologia Clínica da PUC-SP, 1993, v. 1, p. 199-200.

organizada em direção ao Estado e controle das pessoas e das substâncias. Quanto à representação e à participação, sabemos que elas foram fundamentais tanto à democracia representativa e participativa quanto aos regimes totalitários, funcionando para mantê-los atualizados e capazes de capturar ou exterminar forças adversárias e inimigas. Todavia, foi o aparecimento do Estado de massas que levou ao impasse liberal: como restituir o indivíduo diante da massa? Antonio Negri e Michael Hardt, mais recentemente, tentaram dar uma resposta situando a recomposição do indivíduo na multidão e dando nova coloração à noção de biopolítica de Foucault. Deixado de lado os contrastes, recolocavam a questão da vida, mas não articulavam o que o regime dos programas e protocolos tem de mais eficiente: a incontestável eficácia da teoria do capital humano e a articulação entre protocolos de inteligência para fora do humano como reprodução da energia inteligente produtiva, ou seja, as diversas maneiras de tornar uma vida sã e acomodada na espera anunciada.

A convocação à participação implica controlar o querer e um novo governo da verdade. Dessa maneira, o humano não se funda mais na reflexão, mas na programação. A convocação à participação funciona reiterando ou modificando o regime político pelas variadas maneiras de conectar. No passado, a função primordial da participação era responsável por manter ou inaugurar uma relação da parte com o todo, uma nova metafísica, para compensar a falta, estabelecer certo acesso, ainda que condicionado à tomada de decisão, e até mesmo estabelecer uma comunicação aos demais. Participar era tomar parte. Estava no jogo das relações que envolviam posicionamentos e contraposicionamentos. Conectar, por sua vez, exige ligar uma ação comum, uma coisa na outra coisa, combinar dispositivos e explicitar a dependência de um em relação ao outro: exige coerência. Convocar à participação é conectar. Por conseguinte, se a profanação deve ser uma atitude de rompimento com o sagrado para restituir o humano, ela assume, também, contornos próprios ao *ingovernável* (princípio da política e da linha de fuga) quando contrapuser humano e o novo sagrado, o inumano pela máquina de governo democrática.

Vivemos no espaço outras expectativas geradas pelo famoso verso de Fernando Pessoa: "navegar é preciso, viver não é preciso". Agora, para viver, é preciso navegar. E é neste ponto que se situa novamente um possível confronto entre o parresiasta e o demagogo, pois as relações de poder em fluxo incitam a cada um fazer-se, antes de mais nada, um demagogo.

Se o humano não procede mais da reflexão, isso significa ocultação, encobrimento, esconderijos? Uma sociedade de controle de comunicação instantânea e contínua se pretende transparente. Mas, por ser a transparência impossível, assistimos aos efeitos das dissimulações, ou seja, dos mascaramentos, omissões e sonegações propiciados pelo dispositivo de contenção neural do nervoso, do impaciente, do agitado, do irritado. A neurastenia deve ser contida para gerar calma, serenidade, tranquilidade, e para a qual contribuem, em especial, as neurociências e, mais precisamente, a neurodiversidade, oriunda do estudo da criança autista, firmando pela ciência a continuidade da pletora de direitos em torno de como ocupar as energias inteligentes. A transparência favorece a propagação da simulação de situações para futuras negociações, aplicação de simulados preparativos para exercer funções, exercícios teatralizados de disfarces para que não se esconda o efeito buscado, ou seja, a negociação como programa. Programar é delinear, esboçar, entremostrar, desenhar-se, além de projetar e planejar. Requer que as conexões sejam intensificadas e seguras. Exige a participação de cada um no zelo e no aprimoramento, por dentro e por fora da vida computo-informacional: a vida em programação. Segundo Foucault,[5] a sociedade disciplinar procurava conjugar a obsessão de Bentham com o lirismo revolucionário de Rousseau, pretendendo a sociedade visível e legível; a sociedade de controle concretiza o sonho de Rousseau quando cada vigia se torna um camarada (na atualidade, as empresas já investem em técnicas de fortalecimento da amizade entre seus empregados como maneira de administrar a solidão dos dissimulados em meio à variedade de simulações).

Isso significa que ocorreu um esgotamento da prudência, o exercício próprio da reflexão? Também não. A prudência requer meditação, e, para o divíduo solitário e participativo, é preciso modulações de meditações que vão do ecumenismo aos manuais de autoajuda, como maneiras eficazes de redimensionarem o cuidado de si, não mais impelindo o *sujeito* para o ato livre de governar-se e que supõe exercícios surpreendentes do ingovernável, como o nomadismo, o positivo e múltiplo, a diferença, os fluxos, os agenciamentos móveis, a insurreição, para constituir ou

---

[5] FOUCAULT. O olho do poder. In: *Microfísica do poder*. Organização e tradução de Roberto Machado. Rio de Janeiro: Graal, 1979, p. 215.

reconstituir uma ética e uma estética do eu. Foucault realçava: "que preço e a que condições?". E dizia: "Não há outro ponto, primeiro e último, de resistência ao poder político senão na relação de si para consigo".[6] É claro que são tantos poderes, em fluxos, por conexões, que apartam o eu em muitos de mim. Está claro também que é preciso liberar a diferença da uniformidade, mas e os fluxos? Voltemos ainda à prudência. Esta requer o entendimento, outra capacidade de juízo livre dos universais para se enfrentar os protocolos, esta nova forma da harmonia que se pretende contínua e aperfeiçoável pelos quais se registram os acessos sob convenções, ou seja, uma diplomacia da *inteligência* que se funda na astúcia no trato de negócios melindrosos, mas também em capturar restos, fragmentos, lapsos, resíduos de inteligências a vagar.

O parresiasta pronuncia o ingovernável, se mostra como um navegador libertário. Não mais refletir como espelhar, representar, ecoar, desviar, retroceder ou ponderar. Esse é o papel do demagogo que se encontra em cada divíduo. É assim que ele participa buscando capturar resistências. Todavia, sua melhor tarefa se realiza quando colabora para anular as resistências ou simplesmente se assujeita. Estamos longe da sociedade das disciplinas, mesmo que nesta sociedade de controle não se abra mão de dispositivos disciplinares e de soberania. Mais que isso, produzem-se fluxos para "qualquer coisa que tenha de algum modo a capacidade de capturar, orientar, determinar, interceptar, modelar, controlar, assegurar os gestos, as condutas, as opiniões e os discursos dos seres viventes",[7] ou seja, um dispositivo, um dito e não dito que produz positividades de poder.

Profanar o inumano é profanar um novo sagrado. Prosseguir ainda em silêncio com Michel Foucault a respeito da importância de lutarmos contra o que somos. Talvez seja por isso que os anarquistas imobilizados nesta democracia, que traga rapidamente a multidão, considerem apropriadamente Foucault insuportável. Talvez, por isso mesmo, ele tenha declarado tantas vezes que a posição que assumia não excluía a anarquia. Mas, diante da busca por um direito *anticontrole*, talvez precisemos invadir os programas, menos como vírus e mais como produtores de vacúolos. Os vírus são mapeáveis, os *hackers*, convocados a trabalhar para os programas

---

[6] FOUCAULT, Michel. *Hermenêutica do sujeito*. Tradução de Salma Muchail & Marcio Fonseca. São Paulo: Martins Fontes, 2004, p. 306.

[7] AGAMBEN, *op. cit.*, p. 40.

– vide mais recentemente a convocação Supremo Tribunal Eleitoral para testar sua programação para as eleições de 2010 no Brasil –, e, rapidamente, todos são apanhados por novos direitos que acentuam a transparência nessa nova democracia.

5

Aos profanadores, o inferno. Ou não? Prefiro o parresiasta. Mas é imprescindível profanar e abolir o sacrifício. Profanar o sagrado de anarquistas e o inumano. Não para restituir o humano, mas para permanecer longe dos niilismos, mesmo sem deixar de despender as atenções aos seus efeitos. Não há mais a ilusão da não captura ou das louváveis atitudes de contraposicionamentos.

Um antiposicionamento em busca de um direito anticontrole e diante da vida como alvo remete ao ingovernável. E esse espaço é o espaço da revolta, de trazer incômodos para os moderados e bloquear capturas às existências dividuais. Não se trata de recompor o indivíduo, o humano, dissolver massas ou simplesmente aderir à multidão. Livre de soberania está um direito estabelecido dois a dois em torno de um objeto, de um produto, do propício para uma associação. Ele se exercita pela possibilidade de acontecer e se desvencilhar das *melhorias*.

Estamos diante da profusão de pastores que vivem nas salvações, pedem sacrifícios ao próprio rebanho, cuidam de cada um em especial e precisam conhecer a mente das pessoas. Estamos na confluência de ciência com a religião, promovendo novos pastores em muitos demagogos. Não há mais lugar para a grande política, mas, agora, a crença se combina com o poder jurídico, o poder do soberano e está vinculada à produção da verdade do divíduo. Ocorreu uma ampliação do pastor cristão quando se capta a sua eficácia ao combinar maneiras de assegurar o rebanho neste mundo com a crença noutro mundo (e aqui se explicita como o islamismo ainda está distante do ecumenismo). As funções de *polícia da vida* reintroduzem articulações entre o aparelho de Estado, filantropias, famílias, e a nova medicina aparece ativada pelas neurociências. A articulação entre um saber individualizante, analítico, concernente ao indivíduo combinado com um globalizador e quantitativo relativo à população é apanhado pela dissolução de ambos por meio da programação e da convocação à participação: todos e cada um colaboram para todos e cada um.

A questão colocada por Foucault em "O sujeito e o poder" permanece. Talvez, o objetivo hoje em dia não seja descobrir o que somos e nos livrarmos do "duplo constrangimento" provocado pela individualização e a totalização. "A conclusão", segundo Foucault, "seria que o problema político, ético, social e filosófico de nossos dias não consiste em liberar o indivíduo do Estado nem das instituições do Estado, porém nos liberarmos tanto do Estado quanto do tipo de individualização que a ele se liga".[8] Recusar o que somos e não mais perguntar o que somos nós?

Foucault, em certa ocasião, disse que "cabe àqueles que batem e se debatem encontrar, eles mesmos, o projeto, as táticas, os alvos de que necessitam. O que o intelectual pode fazer é fornecer os instrumentos de análise [...]. Trata-se, com efeito, de ter do presente uma percepção densa, de longo alcance, que permita localizar onde estão os pontos frágeis, onde estão os pontos fortes, a que estão ligados os poderes [...] Em outros termos, fazer o sumário topográfico e geológico da batalha... Eis aí o papel do intelectual. Mas de maneira alguma dizer: eis o que vocês devem fazer".[9] Talvez eu devesse acrescentar: e também dar mais atenção ao mapeamento sideral.

Para John Cage, o silêncio não se confunde com ausência de som. Andar em silêncio com Foucault, nestes dias de moderação e capital humano, talvez seja para pronunciar uma revolta até mesmo contra o sono dos anarquistas. E, se este silêncio não os despertar, que pelo menos se transforme em pesadelo aos dispostos a colaborar. Para lembrar René Char, neste silêncio de uma amizade estelar, encerro com "Contrevenir", que traduzo livremente por "Transgressão": *Obedeça aos seus porcos que existem. Eu me submeto aos meus deuses que não existem. Permanecemos gente de inclemência.*

Nota

Reproduzo, a seguir, a nota que encaminhei a Guilherme Castelo Branco para ser noticiada no *site* do V Colóquio Internacional Michel Foucault, no Rio de Janeiro, em outubro de 2009:

---

[8] FOUCAULT, Michel. O sujeito e o poder. In: RABINOW, Paul; DREYFUS, Hubert. *Michel Foucault. Uma trajetória filosófica (para além do estruturalismo e da hermenêutica)*. Rio de Janeiro: Forense Universitária, 1995, p. 239.

[9] FOUCAULT, Michel. Poder-Corpo. In: *Microfísica do poder*. Tradução de José Thomaz Brum Duarte e Déborah Damowski. Rio de Janeiro: Graal, 1979, p. 151.

"Meu interesse é por um Foucault libertário que propicia problematizar os anarquismos contemporâneos e os desdobramentos históricos dessas lutas por liberdades. Entre os momentos das pesquisas, os *Ditos e escritos* e as reflexões em aulas de Michel Foucault mostravam a presença anarquista em suas inquietações de maneira distinta da aversão de Nietzsche. Indicou, no curso *O governo dos vivos*, que fazia uma anarcoarqueologia, ao introduzir matérias sobre a relação governo e verdade. A relação entre Foucault e a anarquia é apenas um possível a quem esteja interessado em romper com as formalidades e as restaurações. No momento, mantenho conversação com os aspectos ético-políticos do parresiasta contemporâneo, na convivência entre disciplinas e controles, e que levam a biopolítica a se desdobrar em ecopolítica. Michel Foucault está presente nas pesquisas do *nu-sol*, em nossos cursos na universidade, nos ensaios em vídeos, nas aulas-teatro que realizamos semestralmente no Teatro Tucarena de São Paulo (incluindo uma especial dedicada ao Foucault-libertário, no primeiro semestre de 2008, e publicada no número 14 da revista autogestionária *Verve*), em nossos artigos e livros. Expomos as inquietações de Foucault quando repercutem nas nossas. Participo destes instigantes Colóquios *Foucault* no Brasil e organizei um brevíssimo encontro, em 2005, chamado *Kafka-Foucault, sem medos*, publicado pela editora Ateliê."

Biopolítica e judicialização das práticas de direitos
conselhos tutelares em análise

Estela Scheinvar

As práticas de governo na sociedade de direitos operam afirmando a defesa da legalidade. Foucault anota – no curso *Nascimento da biopolítica* (2008a, p. 288) – que a lei, como dispositivo econômico, dá sustentação ao *Homo penalis*, um *Homo oeconomicus*, que vive sob o efeito ameaçador do policiamento mútuo. Em uma economia de mercado estruturada sob a condição de liberdade, em nome da circulação da mão de obra modernizam-se também as formas de controle. Articulada aos confinamentos disciplinares, a subjetividade penal oferece garantias de vigilância contínua, valendo-se não só dos equipamentos de sequestro dos corpos, mas, sobretudo, da ameaça da pena. Trata-se menos de punir que de temer à punição. O "*Homo penalis* é um *Homo oeconomicus*" na medida em que "é a lei a que permite, justamente, articular o problema da pena ao problema da economia" (*op. cit.,* p. 288). A economia capitalista não é possível sem o Estado penal. A lei, enquanto instrumento de codificação das relações, tem contribuído com a cristalização destas, afirmando formas opressivas de operar em todas as escalas institucionais. O efeito ameaçador e inibidor da lei produz, ao mesmo tempo, um efeito de policiamento mútuo em nome da defesa da legalidade. Não há homem livre sob a mira de uma lei universal.

Em épocas em que os confinamentos disciplinares demonstram-se insuficientes, a subjetividade penal é disseminada com maior intensidade, apelando à participação coletiva na vigilância, no julgamento e na punição, como condição para a garantia dos direitos: a subjetividade penal presente nas práticas de governo emerge, em nome da defesa dos direitos, afirmando a defesa da legalidade. Práticas anteriormente entendidas como do âmbito da justiça, transpõem-se de forma atualizada para o campo da assistência social, cuja reforma associa-se à ideia de assistência em forma contínua, disseminada, acompanhando a vida no capitalismo avançado. "[...] o *Homo penalis* foi sendo derivado do *Homo criminalis* por uma inflação discursiva da psicologia, sociologia e da antropologia criminais que substitui a mecânica da aplicação da lei" (TÓTORA, 2009). Todos, o tempo todo, nos apoiamos "ajudando", "protegendo", vigiando-nos, julgando-nos e exigindo penas: uma biopolítica orientada pela crença em castigos, sobretudo quando respaldada na promessa de garantia dos direitos. Trata-se da convocação extensa, intensa e ininterrupta à participação, em nome da democratização dos espaços, da intervenção da sociedade civil na esfera do Estado para transformá-lo.

O clamor à participação popular cotidiana torna premente a análise sobre a idealização da sociedade civil enquanto portadora do bem e oposição ao Estado, em uma perspectiva dicotômica. Debate próprio da sociedade liberal, na qual a sociedade civil é um segmento relevante para a implementação da democracia participativa. Discussão não só apropriada, mas fundamental para a análise de um equipamento social definido em lei federal (BRASIL, 1990), com ação nacional disseminada em todos os cantos do país (a lei prevê pelo menos um em cada município), sob a gestão da sociedade civil: o conselho tutelar (CT).

Este conselho é constituído por cinco conselheiros escolhidos pela comunidade com a atribuição de zelar pela garantia dos direitos da criança e do adolescente estabelecidos no Estatuto da Criança e do Adolescente, Lei 8069 de 1990. Os direitos são definidos na Lei. Mas o que é uma violação de direitos? Quem viola os direitos? Constata-se que praticamente todos os movimentos dos conselheiros são orientados ao controle das pessoas, das famílias, e raramente destinados ao Poder Público como um possível violador de direitos. Ou seja, de acordo com as práticas dos conselhos tutelares, quem viola os direitos é a população. A sociedade civil como parte constituinte do Estado moderno é produzida no processo de ampliação das formas de governo, como uma estratégia de controle político da população, pela própria população. No curso *Segurança, território, população*, Foucault (2008b) coloca em análise a população como objeto e sujeito político: objeto na medida em que a população passa a ser aquilo sobre o que são dirigidos os mecanismos de controle e sujeito na medida em que cabe a ela comportar-se em nome de uma ordem fundamental ao bom funcionamento da instituição política.

A conduta dos homens é central ao discurso político e o seu controle, de acordo com Foucault, passa por transformações quando, da condição de um pastorado que seguia a ordem religiosa, passa a ser um pastorado que se dispersa dos olhos dos religiosos, tornando-se alvo e problema de governo. Uma população disseminada, já não necessariamente ou não somente confinada, faz proliferar espaços de controle de formas as mais espontâneas, sentindo-se todos os cidadãos, aqueles amparados pela condição de direitos, no *dever* de corresponder a essa condição, zelando pela ordem pública, fortalecendo os mecanismos institucionais. Mais que isso, os controles espontâneos também se institucionalizam.

> Um delegado de polícia surpreende-se quando uma conselheira tutelar entra na delegacia e pede a aplicação de uma medida socioeducativa de uma adolescente de cerca de 14 anos, alegando que ela vendia balas na rua tendo ao seu lado um primo de uns 4 anos. Diz a conselheira que a adolescente comete crime de exploração do primo. O delegado contrapõe-se ao encaminhamento da conselheira, afirmando tratar-se de um caso de proteção e não de infração penal.[1] (Diário de Campo, 2010)[2]

Os confinamentos disciplinares demonstram-se insuficientes em face da disseminação dos julgamentos e das condenas. A governamentalidade colocou-se a partir do pastorado como problema político. Malgrado a ideia de que a dimensão do político está localizada nas grandes estruturas que definem a regulamentação, com a produção da população como sujeito coletivo e político, o controle das pessoas, das suas condutas, da sua moral, é uma dimensão fundamental ao funcionamento da sociedade. Mecanismos e instrumentos encarregados de vigiar e conduzir a população são criados, e é nesse contexto que, em sua versão contemporânea, contam-se no Brasil, dentre outros, com os conselhos tutelares.

A garantia de direitos, razão da criação dos conselhos tutelares, tem significado o controle da conduta da população, entendido o problema da conduta como um problema político. A dimensão política da conduta das pessoas está dada pela condição cidadã, que é outorgada hoje no Brasil de modo universal às pessoas livres, de acordo com o ideário liberal. Segundo

---

[1] De acordo com o ECA, as medidas socioeducativas são aplicadas às pessoas de 12 a 18 anos, em caso de infração penal.

[2] Os relatos incluídos fazem parte de um diário de campo que produzo a partir das experiências de conselhos tutelares, com as quais tenho algum tipo de contato ou sobre as quais tenho conhecimento.

os princípios burgueses, a condição cidadã é dada às pessoas que nascem livres por decreto legal. Assim, a condição cidadã é conquistada por meio de leis que concedem direitos, dentre os quais o de liberdade, cuja garantia está subordinada, entretanto, ao cumprimento de deveres. Ou seja, a condição cidadã não é natural nem libertária, pois está condicionada a uma série de regras e lógicas assentadas na boa conduta, entendida tanto como o ato de bem comportar-se como de fazer com que os outros se comportem em conformidade com as leis. Essa uma condição para que as relações, no contexto do Estado e da sociedade, possam funcionar devidamente. O comportamento indevido e inesperado é considerado um elemento fundamental à crise do político, tornando cada indivíduo um guardião do bem comum. Um espírito salvacionista em favor do bem público alastra-se como herdeiro do guia religioso que orienta o pastorado. A população e, com ela, os problemas sociais, deixam de ser uma questão de um grupo religioso e passam a ser uma questão ética e política que requer a dedicação e o sacrifício de cada um dos cidadãos para garantir a salvação coletiva. A recusa a qualquer forma instituída é vista e vivida como uma conduta de resistência que requer ser governada. A governamentalidade advém como um imperativo à existência da população, tendo como princípio a intensificação da liberdade na ordem.

A ordem prevalece como lógica de vida. Os conselheiros tutelares, de acordo com o Estatuto da Criança e do Adolescente, são autônomos. Seu funcionamento, ou seja, o exercício de autonomia supõe o suporte dos recursos municipais (também de acordo com a lei federal) que são administrados pelo governo do município, que condiciona a garantia de recursos à obediência às suas regras. Como propor algum movimento inventivo se os conselheiros tutelares, ditos autônomos, são por princípio subordinados às regras e temem as regras? Ou então, por que temem à regra e não a enfrentam? Ou ainda, como se ajustam ao controle da população?

> A discussão no conselho tutelar tinha dois focos: de um lado, o fato de a equipe de estágio não aceitar trabalhar sem participar das reuniões coletivas. Recusava o ideal da competência técnica individualizada e afirmava que uma prática institucional tem de potencializar a sua dimensão coletiva, sobretudo em um lugar que discute a garantia de direitos; que entende que estes estão diretamente articulados ao jogo das políticas. Por outro lado, alguns conselheiros temiam o Ministério Público, que defendia a diretriz municipal segundo a qual reunião coletiva não pode ser feita em horário de trabalho, ameaçando processá-los. Entretanto, como o pagamento dos

conselheiros em Niterói depende das atas de reuniões de colegiado, estas teriam de ser feitas após seu horário regular de funcionamento. (Diário de Campo, 2008)

A ordem prevalece em uma sucessão de instâncias que aprisionam os movimentos, mesmo aqueles ditos autônomos. O conselho tutelar é um "órgão autônomo", de acordo com a lei (BRASIL, 1990, art.131),[3] mas, para funcionar, tem de se enquadrar em uma estrutura cuja lógica não oferece condições de autonomia, apenas a representa. Paradoxalmente, o medo à autonomia leva os que propõem o exercício da autonomia ao seu aprisionamento. Essa é a mesma lógica a partir da qual se fala em autonomia do cidadão e a partir da qual se propõe um conselho de defesa dos direitos como condição para que o cidadão seja autônomo, operando por meio da tutela e de dispositivos de controle. A lei, enquanto instrumento de codificação das relações, tem contribuído com a cristalização destas, afirmando formas opressivas de operar em todas as escalas institucionais.

Conselheiros tutelares têm medo de serem processados pelo Ministério Público, que seus salários sejam cortados pelo governo municipal, que sua prática seja questionada na Justiça, que os encaminhamentos sejam divulgados (e questionados) pela mídia, e acabam agindo mais por adesão a uma ordem assumida como maior que por adesão ao preceito legal que concede autonomia. Muitas das práticas dos conselheiros pautam-se no temor de serem processados, da mesma forma que a população diz temer os conselheiros. "Como fazer para não vir a ser fascista mesmo (sobretudo) quando se crê ser um militante revolucionário? Como desembaraçar nossos discursos e nossos atos, nossos corações e nossos prazeres do fascismo? Como caçar o fascismo que se incrustou em nosso comportamento?" (FOUCAULT, 2010, p. 105).

É a lógica da fiscalização, do julgamento e da punição, segundo a qual uns fiscalizam os outros em uma cadeia interminável sustentada no temor e no terror, tendo como base o sistema judiciário: a prática de julgar/condenar, que constitui uma biopolítica orientada ao clamor por castigos.

As hierarquias estabelecidas por uma política de Estado definem claramente até que ponto vai qualquer autonomia. Ou seja, não há uma

---

[3] "Art. 131. O Conselho Tutelar é órgão permanente e autônomo, não jurisdicional, encarregado pela sociedade de zelar pelo cumprimento dos direitos da criança e do adolescente, definidos nesta Lei" (BRASIL, 1990).

lógica libertária, mas uma estrutura pautada na obediência garantida pelo temor aos superiores. Foucault entende que o terror é fundamental para a obediência generalizada, "[...] porque o terror não é quando alguns comandam os outros e os fazem tremer: há terror quando mesmo aqueles que comandam tremem, porque sabem que de qualquer modo o sistema geral da obediência os envolve tanto quanto àqueles sobre os quais exercem seu poder" (2008b, p. 265).

Tal lógica faz com que a alegada autonomia do conselho tutelar seja posta sob questão quando os municípios decidem leis e regulamentos que coagem a sua prática e, muito aquém da promulgada autonomia, sequer há espaços para as práticas de autogestão. Em geral, a adesão à normalização é generalizada na crença de estar todo mundo controlando a ação do outro. Não se articula a prática de controle aos seus efeitos coativos e restritivos à própria pretensão de autonomia. Ao mesmo tempo que sua concessão jurídica é celebrada, sua castração também jurídica é defendida. Em Niterói, no Rio de Janeiro, construiu-se um regulamento para definir como deve ser a rotina do conselho tutelar. Reuniões coletivas, na gestão da Secretaria Municipal de Assistência Social de 2008, não foram consideradas trabalho. Deliberar coletivamente sobre os procedimentos que dizem respeito à garantia de direitos não entrou no rol das rotinas consideradas necessárias para funcionar. De acordo com um regulamento local, estas teriam de ser práticas não remuneradas. Da mesma forma, o plantão de 24 horas que os conselheiros têm de fazer na sua cidade é definido por um regulamento como trabalho "fora do seu horário", pois seu contrato é de trinta horas de serviço e, segundo a interpretação dos que pagam aos conselheiros e dos que os fiscalizam, eles têm de assumir algumas tarefas fora desse contrato, e esse "fora" passa a ser também parte do contrato. Portanto, trata-se de um trabalho não remunerado obrigado por um contrato de trabalho remunerado ou de uma remuneração menor proporcionalmente ao tempo de trabalho. Em todo caso, muitos conselheiros e muitas das pessoas que dão suporte à sua prática não concordam com a determinação de não fazer reuniões no horário regular de funcionamento do CT, mas a fiscalização pautada na prática jurídica os coage e eles aceitam.

O cuidado com a obediência requer todo um aparelho pautado em técnicas aplicadas tanto em estabelecimentos fechados quanto em espaços de circulação aberta, mas controlados. Esse controle é fundamental ao fortalecimento do Estado, que, por sua vez, é correlativo à ampliação de suas forças, constituídas por agentes corporativos (polícia, justiça, profissionais de diversas áreas) e por cidadãos obedientes e vigilantes da ordem. Desde cedo, educação e obediência são associadas na crença de ser esta a base para a convivência entre as pessoas. Disciplina e obediência são exaltadas como qualidades e, portanto, fundamentos das corporações guardiãs da ordem pública como a polícia e o exército. Serão essas também qualidades exigidas para a população e a sociedade civil que compõe e dá sustentação ao Estado. Seguindo tal perspectiva, os representantes da sociedade civil que observarão os direitos cidadãos de crianças e adolescentes terão de ser, acima de tudo, obedientes às normas. Enfim, controlados.

A forma de controle operada pela sociedade civil para com a sociedade civil, ou seja, dos conselheiros tutelares para com os usuários do conselho tutelar, é minuciosa. Cada comportamento, fala, movimento e desejo passa a ser objeto de julgamento. É uma prática sumária entre o julgar e o encaminhar, a partir dos critérios do conselheiro. Algumas demandas chegam ao conselho tutelar por denúncia, mas outras chegam de forma espontânea pedindo controle, em nome da segurança, como os inúmeros casos de familiares pedindo auxílio porque os jovens não querem mais ir à escola, gastam muito dinheiro, são usuários de drogas, participam do comércio de entorpecentes, namoram pessoas que as famílias consideram inadequadas, chegam muito tarde à casa sem avisar à família... É uma forma de gestão política inusitada, pois vai além da prática policial. Parece ser menor que a prática da polícia, mas é mais minuciosa, mais incisiva, mais inesperada e tão violenta quanto. Tudo pode ser entendido como violação de direitos: a maneira de falar, os desejos sexuais, as atividades, a maneira da família se organizar, e, em nome do bem do outro e do bem coletivo, a própria sociedade civil, cada cidadão pode ser indicado para controlar a população.

A sociedade civil emerge como uma estratégia para o fortalecimento do Estado. Nos termos de Foucault (*op. cit.*), "a sociedade civil é o que o pensamento governamental, as novas formas de governamentalidade nascidas no século XVIII fazem surgir como correlativo necessário do Estado [...] O Estado tem a seu encargo uma sociedade, uma sociedade civil, e é a gestão dessa sociedade civil que o Estado deve assegurar" (p. 470).

O Estado e a sociedade civil, por meio do conselho tutelar enquanto dispositivo de governo, operam na gestão política como uma positividade, à diferença dos órgãos de repressão, como a polícia. Ele é um aparelho a ser gerido pela própria sociedade civil "para o seu bem", sustentado no discurso de ser uma maneira de evitar que se chegue a desvios que requeiram intervenção da repressão explícita da polícia ou do aparelho de julgamento do Poder Judiciário. A arte de enquadrar como uma prática natural da população passa a ser entendida como questão de sobrevivência. A ameaça não está fora da população, mas nela própria, que, livre, tem de instituir e defender mecanismos que assegurem uma conduta regrada. Segurança, portanto, é uma condição produzida como essencial à convivência e existência da espécie e, nessa medida, uma governamentalidade.

O conselho tutelar pode ser pensado como um prisma para entender a governamentalidade construída após o século XIX: "Podemos fazer a genealogia do Estado moderno e dos seus diferentes aparelhos a partir de uma história da razão governamental. Sociedade, economia, população, segurança, liberdade são os elementos da nova governamentalidade [...]" (*op. cit.*, p. 476). São esses conceitos presentes nos debates que propõem a criação dos conselhos tutelares e que fundamentam a sua prática. As tensões colocadas por eles são vividas nos paradoxos próprios das relações subordinadas ao poder do Estado, cujo princípio fundamental é a obediência.

A luta por direitos de crianças e adolescentes e a proposta de direitos fundamentais e dos mecanismos para garanti-los é a proposta da vida subordinada à lógica do Estado, aprisionada nos seus limites, definindo tudo que escapa ao seu controle como desviante e ilegal. Sob essa lógica, a reunião coletiva dos conselheiros tutelares foi ameaçada em Niterói, pelos aparelhos do Estado. A sociedade civil é declarada autônoma, mas sua autonomia é cerceada por outro espaço de poder que em uma escala hierárquica coloca-se de forma superior. Autonomia em escala hierárquica não é autonomia. Sequer se pode falar em autonomia, mas somente em subordinação.

Diz Foucault (*op. cit.*) que "quer se oponha a sociedade civil ao Estado, quer se oponha a população ao Estado, quer se oponha a nação ao Estado, como quer que seja, esses elementos é que foram postos em jogo no interior dessa gênese do Estado e do Estado moderno" (p. 480). Porém, também adverte o autor: "no dia em que a sociedade civil puder se emancipar das injunções e das tutelas do Estado [...] o tempo do Estado terminará" (p. 478). Pensar em uma forma de organização fora de um modelo, de uma lógica de uma razão preestabelecida, será este o desafio? Talvez, mas, segundo Foucault, "[...] a verdade do Estado, a razão de Estado, não cabe mais ao próprio Estado detê-las, é à nação inteira que cabe ser titular delas" (p. 479).

Desterritorializar. Lutar contra a opressão, a exploração e o autoritarismo significa desterritorializar as formas políticas que instrumentalizam tais práticas. Sair da lógica do Estado é uma aposta tensa, quando os braços participantes da sociedade civil cada vez mais cerceiam a população em nome dos seus direitos. A razão de Estado se amplia por meio da proteção, da assistência que todos têm o dever de oferecer, sobretudo àqueles que não têm garantidos os seus direitos. Lugares fixos para os desajustados, os dependentes, os insubordinados, os famintos, os incultos, os desarraigados; guetos aprisionados porque controlados: sempre julgados e ameaçados de punição. A lógica do justo, do Estado justo nas mãos da sociedade civil organizada, disputando eficiência e mercado. Desterritorializar é uma forma ambulante de funcionar, nômade, aberta à invenção de relações que não recaiam na opressão – em nome da luta contra a opressão – mas no processo de desconstrução dos fundamentos, das lógicas que afirmam o julgamento e a punição em nome da liberdade.

Referências

BRASIL. *Lei Federal 8069, Estatuto da Criança e do Adolescente*, 1990.

FOUCAULT, Michel. *Nascimento da biopolítica*. São Paulo: Martins Fontes, 2008a.

FOUCAULT, Michel. *Segurança, território, população*. São Paulo: Martins Fontes, 2008b.

FOUCAULT, Michel. Prefácio ao Anti-Édipo. In: *Repensar a política*. Rio de Janeiro: Forense Universitária, 2010. p. 103-6. (Coleção Ditos & Escritos VI)

TÓTORA, Silvana. *Foucault:* Democracia e governamentalidade neoliberal. Seminário Pensar a Democracia no Contemporâneo: contribuições de Foucault e Deleuze. Rio de Janeiro, Programa de Pós-Graduação em Políticas Públicas e Formação Humana da UERJ, 2009.

Agonística e palavra
as potências da liberdade

Guilherme Castelo Branco

A relação entre palavra e cidadania recebe as mais diversas abordagens teóricas, e ela está diretamente envolvida com a questão da democracia e do exercício do poder, temas maiores e incontornáveis da Filosofia Política. Michel Foucault (1926-1984), filósofo francês contemporâneo, traz contribuições a esses temas centrais da filosofia política. Foucault define o exercício do poder como um modo de ação sobre as ações dos outros, como uma espécie de "governo", em sentido amplo, dos homens uns sobre os outros, em que está presente um elemento importante, que é a liberdade. O poder e a liberdade não se excluem. "O poder se exerce apenas sobre 'sujeitos livres' e enquanto são 'livres', entendendo por isso sujeitos individuais ou coletivos que têm diante de si um campo de possibilidades no qual podem ter lugar muitas condutas, reações e diversos modos de se comportar" (FOUCAULT, 1994, v. IV, p. 237).

Onde inexiste a prática da liberdade não há relações de poder: "A escravidão não é uma relação de poder quando o homem está acorrentado (trata-se então de uma relação física constrangedora), mas somente quando ele pode se movimentar e, no limite, fugir" (FOUCAULT, 1994, v. IV, p. 238). A força e a ênfase dessa passagem devem ser levadas em consideração: a condição de exercício do poder é sempre e acima de tudo a liberdade. Sem liberdade, que pode acontecer durante qualquer tempo, curto ou longo, de opressão e/ou de subordinação pela violência, não há possibilidade de relação ou exercício de poder. Todo poder, por ser relacional, requer confronto entre os envolvidos, uma rivalidade que somente pode vigorar na disputa de perspectivas e de pontos de vista. Na ausência de liberdade, o que ocorre é a relação autoritária, totalitária, em condições onde existem estruturas de poder para as quais não são desejadas mudanças sociais e intelectuais, ou artísticas.

O exercício de poder autoritário pode durar algum tempo, em certos casos muito tempo, mas nunca para sempre e nunca de modo absolutamente homogêneo, uma vez que é impossível que os conflitos e as agonísticas nas relações de poder cessem de existir. Para Foucault, a potência da liberdade pertence ao conteúdo ontológico do homem histórico moderno. A modernidade nada mais é que a conquista real de crescente liberdade por parte dos homens, no efetivo exercício de suas potencialidades nesse momento histórico determinado em que se exprimem a coragem e a vontade de pensar e agir de modo independente. Como os campos de exercício do poder são determinados pelas múltiplas relações entre homens livres, eles decorrem sempre de uma tensão inevitável entre a diversas potências do agir humano, entre os diferentes interesses e entre as diversas formas de vida. Foucault ressalta também que a liberdade só existe de modo agonístico, na luta com tudo e todos que possam ser percebidos como obstáculos à sua determinação específica e seus desígnios históricos. A questão que surge do confronto entre liberdade e poder é:

> [...] a relação de poder e a insubmissão da liberdade, desse modo, não podem ser separadas. O problema central do poder não é o da "servidão voluntária" (como poderíamos desejar ser escravos?): no cerne da relação de poder, "provocando-a" incessantemente, temos a reatividade do querer e a "intransigência" da liberdade. Mais que de um "antagonismo" essencial, seria melhor falar de uma "agonística" – de uma relação que é, ao mesmo tempo, de incitação recíproca e de luta; trata-se menos de uma oposição termo a termo que os bloqueia um em face do outro e mais de uma provocação permanente (FOUCAULT, 1994, v. IV, p. 238).

A agonística entre liberdade e poder não é uma questão simples. A liberdade é tanto condição para o exercício do poder quanto da resistência a ele. A agonística ou, em outros termos, toda luta individual e social pró ou contra a efetivação da liberdade torna-se, assim, uma questão política incontornável, "tarefa política inerente a toda existência social" (FOUCAULT, 1994, v. IV, p. 239).

Para Foucault, pensar a política é o mesmo que observar os afrontamentos nas relações de poder, com ênfase nas resistências e estratégias postas em jogo para ampliar o campo da liberdade. Um processo de libertação, portanto, não se limita ao campo das lutas das minorias e de classes, mas põe também em cena o estatuto da liberdade individual, uma vez que a liberdade pessoal culmina no universo da comunidade e do mundo social.

Em outros termos, trata-se de reconhecer, partindo da constatação fundamental dos procedimentos postos em ação pelos Estados modernos, para conhecer e dirigir a vida das pessoas, a começar por suas vidas subjetivas – o que Foucault denomina "governo por individuação" –, os modos pelos quais certos indivíduos realizam, com êxito, um deslocamento ou uma subtração em face dos saberes-poderes e das múltiplas técnicas de poder utilizadas pelas instituições e pelo Estado. A identidade pessoal pode ser – e é, em boa parte e para a maioria das pessoas – o resultado de uma ação institucional e estatal bem-sucedida (do ponto de vista dos dispositivos de poder, é claro). Nesse caso, o que temos é uma subjetividade assujeitada, normalizada, controlada pelas técnicas do poder. Contrapondo-se a esses processos individualizadores, por meio dos quais são internalizados certos padrões socialmente desejáveis de vida subjetiva, Foucault toma para si a palavra de ordem da recusa das formas de subjetivação que nos foram impostas durante os últimos séculos, uma recusa que se desdobra na elaboração posterior de efetivos espaços de liberdade. Cabe a nós mesmos deliberar, criar e experimentar novas formas de subjetivação.

O que está em jogo, bem entendido, são processos subjetivos e objetivos de autonomização que se opõem às técnicas de individuação e normalização dos dispositivos de poder e controle. Sob certas condições, podemos ultrapassar os limites postos de nós. Foucault é categórico: toda liberdade é conquistada e vem da superação de algum limite, como resultado de um combate calculado e estrategicamente bem-sucedido. Tem de estar em jogo uma razão estratégica libertária contrária a uma razão estratégica normalizadora, disciplinar ou biopolítica. Isso está muito distante de certa ideia equivocada de que ele estaria falando de transgressão, do caráter transgressor da liberdade. Ele antes está pondo em cena o enfrentamento estratégico agonístico em constante reatualização, isto é, sem termo e sem conciliação. A luta pela autonomia não traz descanso, repouso, consolação – ou o prazer do fruto proibido, como na transgressão. Por essa razão, as resistências ao poder executadas por subjetividades distintas, com questões específicas e bastante distintas em níveis, gêneros e graus de complexidade inerentes à diversidade de faixas etárias e condições sociais, pressupõem combates agonísticos de diferentes matizes e gradações. Para Foucault, do ponto de vista filosófico o ponto máximo ou mais acabado de resistência ao poder está na *ontologia crítica do presente*.

O conceito de ontologia histórica ou crítica do presente está diretamente vinculado a esse campo de atuação política iniciado na subjetividade e que incide necessariamente na vida coletiva e social, para além de toda e qualquer ideia de transgressão. No célebre texto *Qu'est-ce que les Lumières* (1984), após tematizar (e inverter, como Kant) as noções de razão pública e razão privada, Foucault define a questão do *Aufklärung* como "uma reflexão filosófica que diz respeito apenas ao modo de relação reflexiva com o presente" (FOUCAULT, 1994, v. IV, p. 572). Em primeiro lugar, esse campo de atuação é definido como um *êthos*, uma atitude. Essa atitude, por sua vez, define-se como uma *atitude-limite*, ou seja, a transformação de uma "crítica sobre a forma de limitação necessária [transmutada] em uma crítica prática na forma de uma ultrapassagem possível" (FOUCAULT, 1994, v. IV, p. 574).

A ontologia crítica do presente não é uma tarefa fácil: tem como condição o diagnóstico, mais claro e racional possível, do mundo que cerca os indivíduos e, de maior ou menor forma, interfere em suas formas de ser e agir. Pressupõe a decisão sobre o campo a ultrapassar, os meios estratégicos dos quais os indivíduos podem dispor e também a superação de limites, que acaba repondo limites ao campo de superação já realizado. Desse modo, a luta pela ampliação da liberdade consiste em uma espécie de trabalho de Sísifo, no qual recomparece a todo momento a tarefa sempre inacabada de levar a liberdade a seu limiar. Cabe aos homens livres, a cada instante, reinventar suas formas de vida, seus valores autônomos, seus procedimentos e seus modos de agir e de conduzir suas vidas.

É digna de nota a homenagem que Foucault faz a Kant ao abordar o exercício da liberdade na modernidade. O *Aufklärung*, percebido não como um período da história, mas como uma *atitude* de modernidade que demanda um diagnóstico do presente histórico e das tarefas de libertação possíveis, implica um processo de autonomização no qual estão frente a frente, de maneira agonística, as formas possíveis de liberdade e o peso das relações de poder que fixam os sujeitos em campos de normalização e acomodação social. Se um indivíduo cria, de si para si, uma ética ou uma estética da existência, somente pode fazê-lo dando forma paciente à impaciência da liberdade.

A heterotopia de Foucault seria a governabilidade, entendida como o autogoverno de indivíduos livres e autônomos. Uma noção absolutamente paradoxal, uma vez que solicita alguma instância reguladora capaz de impedir que os combates agonísticos se convertam em guerra ou em outro modo de interferência na vida dos indivíduos, como as técnicas e os dispositivos de controle em ação na atualidade. Desse modo, a governabilidade tem sua contradição na governamentalidade. Na verdade, a governamentalidade é a forma de exercício do poder em sua versão liberal, burguesa, no qual cada cidadão é responsabilizado pelo comportamento dos outros e convocado ao exercício cotidiano do controle sobre si e sobre os demais membros da sociedade, em nome da segurança e da biopolítica.

Foucault estava atento ao fato de que o governo de homens livres uns em face dos outros comporta, em seus próprios fundamentos, a ameaça decorrente do caráter furtivo das relações de poder:

> [...] não creio que o único ponto de resistência possível ao poder político – compreendido, de maneira exata, como situação de dominação – esteja na relação de si para si. Digo que a governamentalidade implica a relação de si para consigo mesmo, o que significa dizer, exatamente, que nessa visão de governamentalidade estou falando do conjunto das práticas pelas quais é possível constituir, definir, organizar, instrumentalizar as estratégias que os indivíduos, em sua liberdade, podem ter uns perante os outros. São indivíduos livres os que procuram controlar, determinar, delimitar a liberdade dos outros e que, ao fazer isso, dispõem de certos instrumentos para governar os outros. Isso repousa tanto na liberdade quanto na relação consigo mesmo, assim como na relação com os outros (FOUCAULT, 1994, v. IV, p. 728-9).

A liberdade, desse modo, pode trazer consigo as raízes de seu contrário. É por esse motivo que Foucault afirma que as lutas da modernidade são aquelas que têm diante de si a contramodernidade.

Em seu projeto libertário, no entanto, nessa combinação peculiar de livre decisão e estratégia, muitos podem ter acesso comum, coletivo e solidário a patamares de autonomia considerados em uma esfera de sociabilidade não mais restritiva, na dependência inegável do grau de libertação realizado por cada um dos membros da comunidade. Libertação que, nos termos de uma ética de inspiração kantiana, pressupõe limites advindos da própria realização da autonomia. Afinal, um homem que articula razão pública e privada no exercício de sua existência é aquele que delibera inicialmente consigo mesmo, tendo de vencer-se pela força da argumentação com a qual procura persuadir a si e aos demais, e, desse modo, ajudar a transformar o campo social.

A liberdade, em seu exercício crítico e autônomo, não é plena e sem restrições: implica obediência às máximas ditadas por sua tarefa crítica, advindas da reflexão sobre as ações possíveis criadas pelo presente histórico e político com o qual o indivíduo livre é obrigado a lidar e lutar. A hipótese que sustentamos é a de que, para que existam relações de poder nas quais os indivíduos sejam livres, tem de existir condições pessoais, sociais e políticas possíveis, sobretudo, na modernidade, que Foucault, em seus últimos cursos, mostrou que tinham raízes na Grécia clássica.

A filosofia, que desde seu começo decorre de uma preocupação política,[1] não nasceu sob o signo da pacificação nem se desenvolveu num mundo social em harmonia absoluta. Oriunda de uma precária e frágil experiência democrática na Grécia antiga, a tarefa maior da filosofia, desde sua origem, foi buscar constituir argumentos consistentes do ponto de vista da lógica do discurso e que, além disso, fossem socialmente aceitos, ao menos para uma parcela significativa do mundo social. Desde então, o pensamento luta para fazer valer as intelecções que realiza. Não é uma tarefa fácil empreender um campo de luta na teoria. Pedem-se tomada de posição, capacidade persuasiva, espírito combativo e ligeiro.

Deleuze alerta que é característica da filosofia, desde a Grécia clássica, possuir esta dimensão agonística: "se a filosofia tem uma origem grega, como é certo dizê-lo, é porque a cidade, ao contrário dos impérios ou dos Estados, inventa o *agôn* como regra de uma sociedade de 'amigos', a comunidade dos homens livres enquanto rivais (cidadãos). É a situação constantemente descrita por Platão: se cada cidadão aspira a alguma coisa, ele encontra necessariamente rivais [...]"(DELEUZE; GUATTARI, 1992, p. 17). Nesse aspecto, Deleuze partilha da mesma visão sobre o papel da agonística que Foucault enxerga na vida social e política.[2] Eu acrescentaria ainda que, se pensamento e luta fazem um par, decorre disso que inexiste filosofia sem beligerância, rivalidade, disputa, com a ressalva de que o inimigo maior da filosofia, assim, não é a luta argumentativa,

---

[1] Os livros de Jean-Pierre Vernant sustentam essa hipótese, em especial a última parte de seu livro *Mito e pensamento entre os gregos*, quando aborda a passagem do mito à razão, de maneira que concorda, em muito por sinal, com as hipóteses sustentadas por Detienne, expostas n' *Os mestres da verdade na Grécia arcaica*.

[2] Por esse motivo, torna-se engraçado ler intérpretes que veem em Deleuze um partidário do multiculturalismo. Para o filósofo, filosofia e luta são parceiros indissociáveis.

nem o combate teórico, tampouco o adversário da filosofia é a *doxa*.³ Nosso maior adversário não é da ordem do pensamento, no qual existe e deve existir certo grau de tolerância e rivalidade entre distintos modos de perceber as coisas. O grande inimigo da filosofia, na verdade, é a violência cega, é a pura e simples truculência, são armas apontadas para as pessoas sem qualquer diálogo ou respeito, é todo constrangimento físico sem tirar nem pôr, é a pura arbitrariedade. A agonística entre ideias e formas de vida diferentes não é a verdadeira inimiga da filosofia e da democracia, mas o lugar natural e ponto de partida de seu exercício. Pensar e travar combates com outras ideias, pessoas e grupos sociais são uma necessidade. O que não pode acontecer é a paralisia das relações agonísticas, pois isso representaria falta de mobilidade social e humana e privação de vivacidade democrática.

Foucault estava ciente da força desse novo modo de questionar a realidade social e de praticar a política, a partir de seu cotidiano:

> [...] se se quer verdadeiramente criar algo de novo ou, em todo caso, se se quer que os grandes sistemas se abram, finalmente, para certo número de problemas reais, deve-se procurar os dados e as questões ali onde eles estão. Assim, eu não penso que o intelectual possa, apenas a partir de suas pesquisas livrescas, acadêmicas e eruditas, levantar verdadeiras questões a respeito da sociedade na qual vive. Pelo contrário, uma das primeiras formas de colaboração com os não intelectuais está exatamente em escutar seus problemas e trabalhar com eles para formulá-los: O que dizem os loucos? O que é a vida num hospital psiquiátrico? Qual é o trabalho de um enfermeiro? Como eles reagem? (FOUCAULT, 1994, v. IV, p. 84).

Quem tem e deve ter a palavra, quem deve discutir e propor mudanças são as pessoas diretamente concernidas nas questões que os mobilizam, lá onde atuam. São as pessoas comuns, são os diversos profissionais que estão envolvidos numa rotina de trabalho e nas relações de poder que ocorrem onde atuam, somente eles podem falar sobre seus problemas e sobre o que deve ser modificado. Ninguém pode falar no lugar dos outros, pois são os profissionais e os militantes que sabem e conhecem o meio no qual estão e os fatos que ocorrem no seu cotidiano. A vida participativa decorre disso,

---

³ Neste aspecto, certamente Chatelet discordaria de minha hipótese, pois ele, no *Logos e práxis*, sustenta que o homem da *doxa* afirma suas certezas, não quer discutir e tende, portanto, ao conflito (CHATELET, 1972, p. 89 e ss.)

é uma experiência que se faz no dia a dia, que é desafiadora e repleta de questões, de todas as ordens de grandeza, a serem resolvidas, todas resultado da participação de todos os que fazem uso da palavra e partem para novas ações. Como lembra Philippe Artières, do Centre Michel Foucault: "Esta vinculação com a palavra das pessoas decorre, em Foucault, do mesmo questionamento que o levou a escrever a *História da loucura*: 'O que é falar?'.O que afeta Foucault nas agitações de após maio de 1968 é a tomada da palavra que se opera no movimento."[4] Depois de gerações de silêncio, para Artières, as pessoas começaram, há poucas décadas, a fazer uso da palavra, falar de seus problemas, fazer reivindicações, diminuir as distâncias, exercer uma vida e uma palavra contestadora.

Neste novo modo de pensar e fazer política, não há como acreditar, como antes, em projetos unitários e gerais. O conceito de povo e o da palavra do povo passa a ser plural, o que implica, para muitos, vários riscos. Mas não vimos que a palavra e a política sempre trouxeram e ainda trazem o perigo e o risco? O risco, temos de ter este fato sempre diante de nós, é signo da liberdade, da qual Foucault partilhava: "Eu creio solidamente na liberdade humana" (FOUCAULT, 1994, v. IV, p. 693). E essa era a motivação do teórico e pensador: "eu não creio que realizo minhas pesquisa para dizer: eis como as coisas são, vocês estão dominados. Eu só falo estas coisas à medida em que considero que isso permite transformá-las. Tudo o que faço é para que isto aconteça" (FOUCAULT, 1993, v. IV, p. 93).

Referências

ARTIÈRES, P. *Une politique du mineur*, 2009, mimeo.

CANDIOTTO, C. Subjetividade e verdade no último Foucault. In: Trans/Form/Ação, v. 31, 2008. p. 87-103.

CASTELO BRANCO, G. Foucault. In: PECORARO, Rossano (Org.). *Os filósofos*. Clássicos da Filosofia, v. III. Rio de Janeiro: PUC-Rio, Vozes, 2009.

CASTELO BRANCO, G. Anti-individualismo, vida artista: uma análise não fascista de Michel Foucault. In: RAGO, Margareth; VEIGA-NETO, Alfredo. *Para uma vida não fascista*. Belo Horizonte: Autêntica, 2009.

CASTELO BRANCO, G. Agonística, relações de poder, liberdade. In: MARTÍNEZ, Horácio (Org.). *Poder e política. Horizontes de antagonismo*. Curitiba: CRV, 2010.

---

[4] ARTIÈRES. *Une politique du mineur*, 2009, mimeo.

CHATELET, F. *Logos e práxis*. Rio de Janeiro: Paz e Terra, 1972.

DELEUZE, G.; GUATTARI, F. *O que é a filosofia?* São Paulo: Ed. 34, 1992.

DETIENNE, M. *Les Maîtres de la verité dans la Grèce archaïque*. Paris: La Decouverte, 1990.

DUARTE, A. Foucault e as novas figuras da biopolítica: o fascismo contemporâneo. In: RAGO, Margareth; VEIGA-NETO, Alfredo. *Para uma vida não fascista*. Belo Horizonte: Autêntica, 2009.

FOUCAULT, M. *Dits et écrits*. 1954-1988. Orgizado por D. Defert, F. Ewald e J. Lagrange. Paris: Gallimard,1994.

FOUCAULT, M. *L'herméneutique du sujet*. Paris: Du Seuil, 2001.

FOUCAULT, M. *Les anormaux*. Paris: Du Seuil, 2001.

FOUCAULT, M. *Naissance de la biopolitique*. Paris: Du Seuil, 2004.

VERNANT, J.-P. *Mito & pensamento entre os gregos*. Rio de Janeiro: Paz e Terra, 2008.

Michel Foucault no Brasil: presença, efeitos e ressonâncias
Aproximações preliminares[1]

Heliana de Barros Conde Rodrigues

Cenas introdutórias

Primeira cena

No V Colóquio Internacional "Por uma vida não fascista", realizado na UNICAMP em 2008, Margareth Rago realizou uma singular cerimônia de abertura. Dizia ela então, caminhando pelo auditório, em tom entre o sério e o jocoso: "Dizem que só falo de Foucault... Se falo da Nova História, estou falando de Foucault. Se me refiro às mulheres, também estou falando de Foucault?!". E prosseguia, deslizando entre o provocativo ("Acho que não falo só de Foucault!") e o ensimesmado ("Será mesmo que só falo dele?"), gerando surpresa na plateia de conferencistas convidados e alunos da Universidade, que esperavam, para o colóquio, uma abertura formal.

Segunda cena

Sou uma das convidadas ao evento da UNICAMP. Entre idas e vindas pelos caminhos do *campus*, companheiros "foucaultianos" (dirão também que só falam de Foucault?) apontam-me discretamente alguns professores da Universidade, sussurrando: "Não frequenta o colóquio, hoje só critica Foucault" ou "Escreveu tal coisa, que o(a) tornou conhecido(a), usando Foucault, mas hoje nem quer ouvir falar ou só fala mal dele...".

---

[1] Foi mantido, no presente artigo, o tom e conteúdo da apresentação realizada no Colóquio. Uma versão ampliada e com algumas modificações foi encaminhada para publicação na revista *Verve*, do Nu-Sol da PUC-SP, sob o título *Michel Foucault no Brasil. Esboços de história do presente*.

Terceira cena

De volta ao Rio, digito no Google: "Foucault no Brasil". Uma das primeiras referências para acesso, o que indica (e promove) sucesso – o "mundo do Google" incita a consultar o mais consultado –, não provém da academia. Trata-se do *blog* de Reinaldo Azevedo, colunista de *Veja*, cujo texto transcrevo parcialmente: "Nunca antes neste país um produto cultural foi objeto de cerco tão covarde como *Tropa de Elite*. [...]. Sequestrado pelo Bonde do Foucault [...], Padilha foi libertado pelo povo.[...] Numa incursão à favela, o Bope mata um traficante. No grupo de marginais, há um 'estudante'. Aos safanões, Nascimento lhe pergunta [...]: 'Quem matou esse cara?'. [...] Alguns tapas na cara depois, acaba respondendo: 'Foram vocês'. E ouve do capitão a resposta que mais irritou o Bonde do Foucault: 'Não! Foi você, seu maconheiro'. [...] Já empreguei duas vezes a expressão 'Bonde do Foucault' [...]. 'Bonde', talvez vocês saibam, é como se chama, no Rio de Janeiro, a ação de bandidos quando decidem agir em conjunto para aterrorizar os cidadãos". Há mais nesse texto – Foucault seria um "incompreendido" porque "picareta", "lixo" –, mas basta por ora.

Quarta cena

Em momento impreciso, leio na web: "Uma brincadeira boba praticada por três estudantes da UNB acabou no presídio da Papuda. Jogados em uma cela [...], os filhos da classe média foram recebidos com as inevitáveis perguntas: Quem são vocês e por que estão aqui? Quando um deles respondeu que era estudante de Filosofia, a gargalhada foi geral. E o que tem a dizer a filosofia sobre a cadeia, perguntou um detento, entre a curiosidade e a ironia. Sim, a filosofia tem muito a dizer sobre as prisões, respondeu o estudante. E então começou a falar de Michel Foucault [...]. A aula cativou a atenção de todos [...]. A conversa foi tão interessante que os prisioneiros convidaram os estudantes a voltar à Papuda para falar deste cara legal, este tal de Michel Foucault".

★ ★ ★

Tantos amores revelados e tantos ódios, contidos ou brutais, desprendem-me do presente, em certo sentido plácido, em que me via mergulhada – estudando Foucault, ministrando aulas sobre ele na Universidade, aguardando ansiosa a publicação dos cursos do *Collège de France* que, de tempos em tempos, o ressuscitam. Qual sacudidelas surdas, essas cenas favorecem uma problematização: o que é, afinal, não o sujeito Michel Foucault, mas, à maneira nominalista, o conjunto de saberes e práticas sintetizado por seu nome? Em que consiste, particularmente no Brasil, esse singular agregado?

O que (ainda) sou – alguém que só fala de Foucault –, mas começo (talvez) a deixar de ser – melhor dizendo, o abalo do presente pelo atual –, engendra assim um convite a fazer passar pelo crivo da história essa presumida obviedade: a presença, os efeitos e as ressonâncias de Michel Foucault em nosso país. Porém, como só falo de Foucault (ou já não tanto?), a suas palavras recorro para dimensionar esse projeto: "[...] nunca escrevi nada além de ficções. Com isso não quero dizer que elas estejam fora da verdade. Parece-me plausível fazer um trabalho de ficção dentro da verdade, introduzir efeitos de verdade dentro de um discurso ficcional e, de algum modo, fazer com que o discurso permita surgir, fabrique, algo que ainda não existe, portanto ficcione algo. Ficciona-se a história partindo de uma realidade política que a torna verdadeira; ficciona-se uma política que ainda não existe partindo de uma verdade histórica".[2]

Jogos ficcionais sempre no "entre", portanto: entre presente e atual, entre a política e a história... entre Foucault e o Brasil? Preocupo-me, de início. Pois, a despeito da relevância adquirida, entre nós, pelo pensamento de Michel Foucault em uma enorme variedade de campos disciplinares, profissionais e de militância política ser circunstância sobejamente conhecida, poucos se têm dedicado a investigá-la. Mesmo as biografias elaboradas por Didier Eribon[3] e David Macey,[4] assim como a cronologia apresentada por Daniel Defert[5] referem-se a tal temática de maneira bastante sucinta.

Nessa procura de referências, o problema da verdade me assedia. Nas buscas preliminares, inclusive coisa aparentemente tão precisa como as cinco presenças (1965, 1973, 1974, 1975 e 1976) de Foucault no Brasil eventualmente transforma-se em duas, três, quatro... Tranquilizo-me, uma vez mais, lendo-o: "De certa maneira, sei muito bem que o que digo não é verdade [...]. Sei muito bem que o que fiz é, de um ponto de

---

[2] FOUCAULT, 1980, p. 75.
[3] ERIBON, 1990.
[4] MACEY, 1993.
[5] DEFERT, 2002.

vista histórico, parcial, exagerado [...]. Tento provocar uma interferência entre nossa realidade e o que sabemos de nossa história passada. Se sou bem-sucedido, essa interferência produzirá efeitos reais sobre nossa história presente. [...] Espero que a verdade de meus livros esteja no futuro".[6]

Partilho dessa expectativa e decido-me, não sem receios, a dar início ao projeto. Nesse sentido, o que aqui apresento consiste no que os norte-americanos denominam *work in progress* (trabalho em curso) ou, talvez melhor dizendo, no que Philippe Artières chama de *rêves d'histoire* (sonhos de história) e assim descreve: "O momento em que um novo projeto emerge é semelhante a uma embriaguez: dizemo-nos subitamente que seria preciso fazer a história de tal ou qual acontecimento, trabalhar sobre tal ou qual noção, inquirir sobre tal ou qual figura, empreender tal ou qual arqueologia. Os interditos caem, [...], deixamo-nos ir em direção a alhures".[7]

Vigas frágeis

Mesmo embriagada, divisei algumas escoras para essa pesquisa. A primeira me foi, mais uma vez, sugerida por Artières. Entre seus sonhos de história, ele vislumbra uma *audiografia* de Foucault. Nada mais apropriado. No Brasil, muitos já foram os títulos atribuídos a eventos: Imagens de Foucault, Foucault hoje, Foucault vivo, Cartografias de Foucault etc. O mais óbvio, entretanto, nunca foi utilizado: Foucault *fala*. Pois quanto falou esse filósofo, a ponto de ser difícil estabelecer, em meio a seus *Ditos e escritos*, se mais existe ali de dito (e transcrito) ou de diretamente posto em papel e tinta. Nas ocasiões em que vem a nosso país, diferem as conotações dos convites; mas invariavelmente se espera... que fale!

No artigo "Prendre la parole. Élements pour une audiographie de Michel Foucault", diz Artières: "Michel Foucault não parou de se interrogar sobre o poder da palavra ao longo de seus trabalhos: na história dos discursos que propõe, sublinha quanto, nas sociedades ocidentais, o exercício da palavra é político. Ora, em todas as suas intervenções na atualidade, do Grupo de Informação sobre as Prisões à Polônia, o intelectual Foucault não mais procurou responder à pergunta 'O que é falar?', mas subverter a ordem do discurso".[8]

---

[6] FOUCAULT, 1994a, p. 805.

[7] ARTIÈRES, 2006a, p. 8.

[8] ARTIÈRES, 2006b, p. 165.

Foucault esteve no Brasil, como assinalamos, por cinco vezes: em 1965, 1973, 1974, 1975 e 1976. São anos, bem o sabemos, do regime militar, e comportam nuances bastante particulares quanto à tentativa de gestão da palavra mediante dispositivos sintetizáveis pela expressão "Estado ditatorial". A sugestão de uma audiografia do filósofo constitui uma das ferramentas a utilizar na análise da *tomada da palavra*, por parte de Foucault, nas ocasiões em que partilhamos sua presença.

A segunda (instável) escora provém de um contraste. Ao passo que Deleuze, tão próximo de Foucault em outros aspectos, não parecia ver com bons olhos as viagens – "Não viajo. Por que não? Porque [...] as viagens dos intelectuais são uma palhaçada"–,[9] Foucault foi incansável andarilho, para quem, aparentemente, as viagens constituíam experiências desestabilizadoras, passíveis de contribuir para que forjasse novas problemáticas, conceitos e diagramas analíticos. Nessa direção, a apresentação que figurava na capa de *História da loucura* quando de seu lançamento, em 1961, força a pensar: "Este é o livro de alguém que se surpreendeu [...], frequentou os hospitais psiquiátricos (do lado em que as portas se abrem), conheceu na Suécia a felicidade socializada (do lado em que as portas não se abrem mais), na Polônia, a miséria socialista e a coragem necessária, na Alemanha, não muito longe de Altona, as novas fortalezas da riqueza alemã [...]. Tudo isso o fez refletir, com seriedade, sobre o que é um asilo...".[10]

Uma terceira viga, finalmente, provém do próprio Foucault. Em 1975, Franco e Franca Basaglia organizaram uma coletânea denominada *Os crimes da paz*, composta de textos cedidos por intelectuais críticos do controle psiquiátrico sobre a vida. Foucault contribuiu com um artigo intitulado "A casa dos loucos". Já na primeira linha, assevera: "No fundo da prática científica existe um discurso que diz: 'Nem tudo é verdadeiro; mas em todo lugar e a todo momento existe uma verdade a ser dita e vista, uma verdade talvez adormecida, mas que, no entanto, está somente à espera de nosso olhar para aparecer, à espera de nossa mão para ser desvelada".[11]

O texto maneja uma estratégia discursiva muito presente na pena de Foucault: inicia-se por uma aparente obviedade, por algo com que, exagerando um pouco nas tintas, todos concordamos e em que nos

---

[9] DELEUZE apud GONDRA; KOHAN, 2006, p. 9.
[10] FOUCAULT apud ERIBON, 1996, p. 41.
[11] FOUCAULT, 1979, p. 113.

reconhecemos enquanto sujeitos lúcidos, normais, saudáveis, trabalhadores – homens de nosso tempo, em suma. Nos livros do filósofo, essa armadilha costuma prolongar-se por muitas e muitas páginas, chegando a convencer o eventual leitor de que está diante de um companheiro de ordem, de um semelhante. Somente depois dessa longa viagem através de naturalizações arraigadas vem o desvio inesperado de percurso, a inversão das regras. No texto cedido aos Basaglia, contudo, o tombo é rápido. Eis o seguimento imediato: "Mas achamos também [...] essa ideia que repugna à ciência e à filosofia: que a verdade, como o relâmpago, não nos espera onde temos a paciência de emboscá-la e a habilidade de surpreendê-la, mas que tem instantes propícios, lugares privilegiados, não só para sair da sombra como para realmente se produzir".[12] E Foucault ainda acrescenta: "Se existe uma geografia da verdade, é a dos espaços onde reside, e não simplesmente a dos lugares onde nos colocamos para melhor observá-la. Sua cronologia é a das conjunções que lhe permitem se produzir como um acontecimento, e não a dos momentos que devem ser aproveitados para percebê-la, como por entre duas nuvens".[13]

Lição de contrametodologia? Poderíamos seguir por esse caminho, que nos adverte quanto às ilusões presentes em nosso próprio projeto de pesquisa. Preferimos, porém, acompanhar Foucault em sua oferta de uma direção, não para alcançar (ou descartar em definitivo) a verdade, mas para nos acercarmos de suas *condições de existência*: "Poderíamos encontrar em nossa história toda uma 'tecnologia' desta verdade: levantamento de suas localizações, calendário de suas ocasiões, saber dos rituais no meio dos quais se produz".[14]

Presença de Michel Foucault, presença de Michel Foucault no Brasil dos militares: que geografia é essa, que ocasião, que temporalidade e que rituais terá comportado, ou mesmo exigido? Será esta a nossa visada.

Incursões possíveis

Exposto o percurso crítico, cumpre apresentar algumas positividades felizes. Oscilo entre as coisas de que poderia falar: da passagem de Foucault

---

[12] *Idem*, p. 113.
[13] *Ibidem*, p. 113.
[14] *Ibidem*, p. 113.

em 1965 pela FFCL da USP, à Rua Maria Antônia – curso dito "malogrado" em função do recrudescimento da ação dos militares, mas que redundou em comentário do filósofo, talvez irônico, sobre o centro de excelência criado em 1934 para nos retirar do "atraso colonial" em que estaríamos imersos: "Já são vocês, então, um bom departamento francês de Ultramar [...]";[15] de seu retorno à mesma USP, em 1975, já então "despejada" para os barracões do *campus* do Butantã – momento em que o assassinato de Vladimir Herzog o leva a interromper seu curso, declarando não ensinar em países em que se torturam jornalistas nas prisões; da passagem por Belo Horizonte, em 1973, quando, qual uma estrela de cinema, é alvo de fofocas jornalísticas, ao passo que, nas conferências em hospitais psiquiátricos, abandona a mesa para se sentar no chão junto aos estudantes e, ao invés de falar, ouvir experiências das "casas dos loucos" mineiras; de 1974, no Rio de Janeiro, quando uma série de seis conferências no Instituto de Medicina Social abala em definitivo a dicotomia até então inquestionada entre uma medicina curativo-individual-capitalista-reacionária e uma medicina preventiva-social-socialista-libertária, além de criar as condições para que os primeiros trabalhos historiográficos sob a "marca da pantera"[16] provenham, em nosso país, não de historiadores, mas de profissionais "psi"; ou mesmo do ano de 1976, quando, achando-se vigiado pelas forças de segurança desde o "Caso Herzog", Foucault contorna os ditos grandes centros e se dirige a Salvador, Recife e Belém, onde ministra conferências e cursos, além de intensificar contatos com a imprensa "nanica". Não haveria tempo, porém, para tudo isso.

Sendo assim, apoiando-me um pouco na geografia, se não da verdade, ao menos da fala – estamos no Rio de Janeiro –, bem como no "cronos" instituído – pois tenho 20 minutos –, limito-me a algumas considerações sobre 1973, no Rio de Janeiro.

Mas isso não prova que Édipo é universal...

Quando volta, já é outro! – exclamariam aqueles que, na forma de elogio ou reprovação, acusam o impacto provocado pelas inflexões na vida e obra de Michel Foucault. Enquanto em 1965 preparava *As palavras*

---

[15] RIBEIRO, 2005, p. 463.

[16] A expressão é de Rago (1993) para caracterizar o efeito Foucault sobre a historiografia brasileira.

e as coisas, livro maldosamente chamado por Sartre de "última barreira que a burguesia ainda pode levantar contra Marx",[17] conta-nos Eribon que um professor do *Collège de France*, num belo dia de 1971, telefona a Georges Dumézil para expressar seu medo: "O que fizemos? Meu Deus, o que fizemos?". O assustado acadêmico em muito contribuíra para a eleição de Foucault à prestigiada instituição francesa e não se contém ao vê-lo, ao lado de Sartre e dos *gauchistes*, à testa de passeatas em defesa dos imigrantes ou à frente de presídios. Não obstante, ainda nas palavras do biógrafo, Dumézil tenta tranquilizar seu interlocutor – "Nós agimos muito bem", ele responde –, a cada encontro semanal que tem com Foucault, com quem partilha intensa amizade, sai-se com a seguinte tirada: "Mas o que é que você foi fazer de novo na porta de uma prisão?".[18]

São, hoje o sabemos bem, os tempos do Grupo de Informação sobre as Prisões (GIP) – movimento cujos aportes às estratégias micropolíticas e à pesquisa-intervenção de caráter crítico ainda não foram suficientemente debatidos. Longe do Brasil há oito anos, muitas razões e ocasiões teria Foucault, aqui, para se manifestar. Em 1972, o *Report on allegations of torture in Brazil*, publicado em Londres pela Anistia Internacional, relacionara 1.076 vítimas de tortura. Provavelmente está informado da situação, ainda mais sabendo-se que grande parte dos atingidos provém do meio estudantil, acerca do qual declarara, a *La presse de Tunisie*, em 12 de abril 1967: "Provavelmente terá sido apenas no Brasil e na Tunísia que eu encontrei, entre os estudantes, tanta seriedade e tanta paixão, paixões tão sérias e, o que me encanta mais que tudo, a avidez absoluta de saber".[19]

Não o convidam, é claro, a se juntar à guerrilha, mas à partilha da vontade de saber. Entre 21 e 25 de maio, chamado por iniciativa de Affonso Romano de Sant'Anna, então diretor do Departamento de Letras e Artes da PUC-RJ, deve ministrar cinco conferências. Diferentemente do ocorrido em 1965, sua fala não malogra. O auditório está sempre repleto de gente interessada em assistir à sequência intitulada "A verdade e as formas jurídicas", em meio à qual se desenrola uma mesa-redonda contando, entre outras, com as presenças de Helio Pellegrino, Chaim Katz, Roberto Machado, Luis Costa Lima, Luiz Felipe Baeta Neves, Rose Marie

---

[17] SARTRE, 1966.
[18] ERIBON, 1990, p. 237.
[19] FOUCAULT, 1994b, p. 584.

Muraro, Marcio Tavares do Amaral, Luís Alfredo Garcia Rosa, Magno Machado Dias, Roberto Osvaldo Cruz e Affonso Romano de Sant'Anna.

A mídia não o ignora. Em 26 de maio, o Caderno B do *Jornal do Brasil* estampa, sob a chamada "Em torno de Édipo", extratos dessa mesa-redonda.[20] Também *Opinião*, publicação da imprensa alternativa, divulga reportagens e artigos sobre a presença de Foucault na Universidade e acerca do efeito de *História da loucura* na despsiquiatrização da vida.[21]

Mas não só na imprensa sua palavra será posta em papel e tinta. Em 1974, em uma edição que hoje diríamos "mambembe", os *Cadernos da PUC* lançarão *A verdade e as formas jurídicas*,[22] em tradução de Roberto Machado – ex-aluno, amigo e, a partir de então, inseparável companheiro de viagem, além de estudioso e divulgador do pensamento foucaultiano – e Eduardo Jardim de Morais. Desta feita, evocando com malícia o "departamento francês de Ultramar", a Europa se curva ante o Brasil: apenas em 1994, quando da publicação de *Dits et écrits*, o público francês terá acesso a esse belíssimo curso.[23]

Nada é tão simples, no entanto. Porque se nele Foucault se afirma como historiador de domínios de saber formados a partir de práticas sociais, faz referência a formas jurídicas (articuladas a regimes de verdade), como o exame, sem as quais não se poderia conceber a instalação da sociedade capitalista; e, em especial, convida a conceber um "sujeito a cada instante fundado e refundado pela história",[24] é o *Édipo* – melhor dizendo, a Psicanálise – que prolifera na conversa cotidiana que prolonga suas palavras, já que se trata do momento do *boom* da cultura psicológica (hegemonicamente psicanalítica) nas grandes cidades brasileiras. Em 1972, *O Anti-Édipo* fora lançado na França e Foucault está, à época, muito próximo de Deleuze e Guattari. Sendo assim, tornou-se inesquecível o diálogo travado com Helio Pellegrino – intelectual admirado tanto como terapeuta quanto na qualidade de militante de esquerda –, em que a verve de Foucault provoca risadas ao atingir uma conclusão, fundada na mais pura lógica, sobre a presumida universalidade da estrutura edipiana. Eis parte desse diálogo:

---

[20] FOUCAULT, 1973, p. 4.
[21] COUTINHO, 1973, p. 21; SANTOS, 1973, p. 19-20.
[22] FOUCAULT, 1974.
[23] FOUCAULT, 1994c, p. 538-646.
[24] FOUCAULT, 1996, p. 7-12.

Helio – Qual é o outro fundamental do desejo?

Foucault – Não há outro fundamental do desejo. Há todos os outros. O pensamento de Deleuze é profundamente pluralista [...].

Helio – Ele fala como homem adulto de uma criança. A criança, por definição, não pode ter esse pluralismo [...] Ela, por uma questão de dependência inexorável, tem como objeto primordial a mãe [...].

Foucault – [...] Se o senhor diz que o sistema de existência familiar, de educação, de cuidados dispensados [...] leva a criança a ter por objeto primeiro – primeiro cronologicamente – a mãe, acho que posso concordar. [...] Mas se o senhor diz que a mãe é o objeto primordial, [...] essencial, [...] fundamental, que o triângulo edipiano caracteriza a estrutura fundamental da existência humana, eu digo não.

Helio – Há umas experiências hoje de um psicanalista muito importante chamado René Spitz. Ele mostra o fenômeno hospitalístico. As crianças que não têm *maternização* simplesmente perecem, morrem por falta de "mãe materna".

Foucault – Compreendo. Isso só prova uma coisa: não que a mãe é indispensável, mas que o hospital não é bom.[25]

Futuramente, referindo-se aos "psi" brasileiros em um debate publicado na revista *Change*, Foucault deixará de lado essa batalha em torno da "estrutura" – defendida não por ele, mas por Helio Pellegrino –, preferindo ressaltar as diferentes práticas ético-políticas que permeavam o campo "psi". Vale a pena reproduzir suas palavras para concluir nossa breve incursão sobre 1973, no Rio de Janeiro. Elas talvez nos ajudem a escapar ao fascínio pelas teorias (e pelo debate sobre as teorias) que se querem totalizantes: "Conheço um pouco o Brasil. Lá a situação é bem complexa. Porque é absolutamente verdadeiro que, por um lado, os médicos do Brasil participam dos interrogatórios que tomam a forma de tortura. Eles dão conselhos [...] E é certo que existem psiquiatras que participam disso. Creio poder afirmar que há um psiquiatra, ao menos, no Rio, que é conselheiro da tortura. [...] Por outro lado, é absolutamente certo que lá existem psicanalistas e psiquiatras que são vítimas da repressão política e que vieram a tomar a iniciativa de ações em sentido contrário, na oposição. À testa de uma manifestação muito importante contra a repressão, no decorrer dos anos 1968-1969, se achava um psicanalista do Rio".[26]

---

[25] *Idem*, p. 132-134.
[26] FOUCAULT, 1994d, p. 345.

Considerações finais

De presença, efeitos e ressonâncias de Michel Foucault no Brasil, como prometia o título da presente comunicação, falei (e pouco) apenas da primeira, ou seja, de um Foucault-corpo entre nós.

Quanto a efeitos e ressonâncias, embora planeje estabelecer futuramente o que apelidei *geoepistemologia* e *cronobibliografia* das ideias de Foucault em nosso país, convido-os, no momento, a olhar à volta e relembrar as cenas com que dei início à exposição.

Pois, diz-se, depois de 1976 ele não mais regressou ao Brasil.

Indago: ou será que nunca partiu?

Referências

ARTIÈRES, Philippe. *Rêves d' histoire – pour une histoire de l' ordinaire*. Paris: Las Prairies ordinaires, 2006a.

ARTIÈRES, Philippe. Prendre la parole. Élements pour une audiographie de Michel Foucault. *Sociologie et sociétés*. v. 38, n. 2, 2006b.

COUTINHO, Wilson Nunes. O contestador na universidade. *Opinião*, n. 32, 11 jun. 1973.

DEFERT, Daniel. Cronologia. In: FOUCAULT, Michel. *Ditos e escritos 1. Problematização do sujeito, psicologia, psiquiatria e psicanálise*. Rio de Janeiro: Forense Universitária, 2002.

ERIBON, Didier. *Michel Foucault:* uma biografia. São Paulo: Companhia das Letras, 1990.

ERIBON, Didier. *Michel Foucault e seus contemporâneos*. Rio de Janeiro: Zahar, 1996.

FOUCAULT, Michel. Em torno de Édipo. *Jornal do Brasil*. Caderno B. 26 de maio de 1973.

FOUCAULT, Michel. A verdade e as formas jurídicas. *Cadernos da PUC*, n. 16, 1974.

FOUCAULT, Michel. A casa dos loucos. In: *Microfísica do poder*. Rio de Janeiro: Graal, 1979.

FOUCAULT, Michel. Interview with Lucette Finas. In: MORRIS, M.; PATTON, P. (Eds.). *Michel Foucault:* power, truth and strategy. Sydney: Federal Publications, 1980.

FOUCAULT, Michel. Foucault étudie la raison d'État. In: *Dits et écrits* III. Paris: Gallimard, 1994a.

FOUCAULT, Michel. La philosophie structuraliste permet de diagnostiquer ce qu'est aujourh'hui. In: *Dits et écrits I*. Paris: Gallimard, 1994b.

FOUCAULT, Michel. La vérité et les formes juridiques. In: *Dits et écrits II*. Paris, Gallimard, 1994c.

FOUCAULT, Michel. Entretien avec Michel Foucault. In: *Dits et écrits* IV. Paris: Gallimard, 1994d.

FOUCAULT, Michel. *A verdade e as formas jurídicas*. Rio de Janeiro: Nau, 1996.

GONDRA, José; KOHAN, Walter Omar. Apresentação. Foucault 80 anos. In: *Foucault 80 anos*. Belo Horizonte: Autêntica, 2006.

MACEY, David. *The lives of Michel Foucault*. New York: Vintage Books, 1993

RAGO, Margareth. As marcas da pantera: Foucault para historiadores. *Resgate*, n. 5, 1993.

RIBEIRO, Renato Janine. Filósofos franceses no Brasil: um depoimento. In: Martins, Carlos Benedito (Org.) *Diálogos entre França e Brasil. Formação e cooperação acadêmica*. Recife: Fundação Joaquim Nabuco, 2005.

SANTOS, Laymert Garcia. *Para despsiquiatrizar a loucura*. Opinião, n. 47, 1 out. 1973.

SARTRE, Jean Paul. Jean Paul Sartre répond. *L' Arc*, n. 30, 1966.

Tecnologias de subjetivação no processo histórico de transformação da criança em aluno a partir de finais do século XIX

Jorge Ramos do Ó

O objetivo deste artigo é mostrar que a chamada descoberta do aluno pelo campo da ciência psicopedagógica, com a consequente defesa da diferenciação e de uma *escola por medida* – a grande bandeira dos educadores modernos –, conduziu a infindáveis reportórios sobre a subjetividade infantojuvenil nos quais a análise particularizada de tendências, hábitos, desejos e emoções dos escolares se ligou sempre à moldagem da sensibilidade moral. Defendo que, desde finais do século XIX, a conduta do aluno passou a constituir o problema pedagógico maior e a cultura de si foi imaginada pelas sucessivas autoridades científicas e escolares como a ocupação mais importante a desenvolver pelo aluno. Ora, o conhecimento das chamadas leis psicológicas implicou cedo uma passagem da compreensão da estrutura da inteligência para a análise dos chamados "temperamentos desviantes". Esses processos dão-nos conta de uma fiscalização múltipla, num permanente desdobramento das situações em que o corpo, a mente, o rendimento escolar e interação social passaram a ser observados caso a caso, num cenário essencialmente terapêutico.

Ora, para executar essa tarefa propriamente política, começou a ganhar corpo uma forma de saber que associou políticos, médicos, pedagogos e psicólogos, entre outros *experts* da profilaxia social. A escola pública fez-se eco das teses da educação "integral" do educando. Claramente influenciadas pelas dinâmicas do higienismo escolar e do movimento internacional da *Educação Nova*, as diferentes autoridades escolares nacionais não deixaram de produzir sempre novos *registros* nos quais a atenção ao aluno se refletia ora na mediação e análise das capacidades intelectuais e criativas, ora na inventariação e descrição das formas de conduta ou das suas aspirações mais íntimas.

O *arquivo educacional* passou a conter, desde os alvores do século XX, séries de fontes que espelham um raciocínio de tipo populacional, mas onde, *et pour cause*, cada ator educativo era alvo de um olhar particularizado, diferenciador, microfísico. Os processos de governo do aluno na escola pública no século XX mostram uma fiscalização multilinear e uma variação constante das situações em que o corpo, a mente e a performance escolar passaram a ser observados caso a caso, aluno a aluno.

Vinculação teórica

Os processos de expansão das situações educativas são, aqui, lidos à luz de uma problemática teórica muito delimitada. Procuro fazer eco da enorme repercussão que os últimos escritos de Michel Foucault, produzidos no contexto da publicação dos três volumes da sua *História da sexualidade*, têm tido na comunidade educativa, e não só. Ainda que em traços bastante gerais, vale a pena esboçar os limites dessa perspectiva interpretativa, que ficou definida em torno do termo *governamentalidade* e da expressão *tecnologias do eu*. Foucault definiu aí um espaço analítico que permite ao investigador cruzar permanentemente os domínios da ética com os da política e determinar-se em estabelecer as bases sobre as quais as modernas práticas da subjetivação têm vindo a ser construídas na modernidade. Efetivamente, o objetivo daquelas duas tópicas é gerar toda uma aparelhagem conceitual que possa tornar explícitas tanto uma visão micro, tomando o indivíduo no seu próprio universo, quanto uma visão macro do tecido social, revelando uma preocupação de governo da população no seu conjunto. Como se as dinâmicas da individualização e da totalização correspondessem a um só processo – e nós devêssemos falar de identidade como um problema essencialmente relacional –, os textos de Foucault mobilizam-se para inventariar os mecanismos de poder desenvolvidos, a partir do século XVI e na Europa ocidental, no sentido de administrar e supervisionar as condições de vida dos cidadãos, de todos e de cada um em particular. Os seus textos finais procuram desvendar a emergência de todo um novo exercício do poder soberano ligado à Razão de Estado.

O modelo *biopolítico* terá conhecido uma enorme aceleração a partir do século XVIII. Com efeito, o Estado moderno foi-se afirmando através de formas de notação, coleção, representação, acumulação, quantificação, sistematização e transporte de informação, alimentando-se ainda do propósito de reinventar permanentemente novas modalidades de divisão do espaço e do tempo social. Essas operações de *poder-saber* terão paulatinamente configurado um dispositivo ágil para o governo da nação no seu conjunto e disponibilizaram, da mesma maneira, critérios para o aperfeiçoamento ético (FOUCAULT, 1978a, 1978b, 1980, 1984a). Quando falava em *tecnologias do eu*, Foucault referia-se a todo este conjunto de técnicas performativas de poder que incitaram o sujeito a agir e operar modificações sobre a sua alma e corpo, pensamento e conduta, vinculando-o a uma atividade de constante vigilância e adequação aos princípios morais em circulação na sua época. A subjetivação, tal como a apresenta o autor de *Vigiar e punir*, envolve, portanto, exercícios de inibição do eu, ligados às dinâmicas políticas de governo e ao desenvolvimento de formas de conhecimento científico. A sociedade moderna ter-se-á, por essa via, transformado numa sociedade essencialmente disciplinar. É exatamente essa preocupação geral que anima a investigação foucaultiana dos últimos anos: analisar a formação do homem moderno através dos mecanismos por intermédio dos quais cada um deve passar a se relacionar consigo mesmo e a desenvolver toda uma autêntica arte de existência destinada a reconhecer-se a si como determinado tipo de sujeito cuja verdade pode e deve ser conhecida. A ética torna-se unicamente inteligível como um domínio da prática (FOUCAULT, 1891, 1984b, 1984c, 1988a, 1988b, 1988c).

Estou persuadido de que esse posicionamento intelectual traz agregado um conjunto de ferramentas que permitem compreender as racionalidades, as técnicas e as práticas que historicamente foram envolvendo o cálculo e a formatação das capacidades humanas. O modelo de aluno autônomo que a escola tem vindo há muito promover, e sob tradições político-culturais as mais diversas, entronca por inteiro na tecnologia de governo explicitada por Michel Foucault. A minha investigação relaciona-se, aqui, com a análise de um vocabulário ético-científico em que o aluno e a sua subjetividade foram concebidos como recursos políticos e realidades governáveis. Mas, talvez, o mais importante esteja em compreender que as tecnologias utilizadas pela escola não foram inventadas *ab initio*; são híbridas, heterogêneas, constituindo um autêntico complexo de relações entre pessoas, coisas e forças. Essa intencionalidade programática obriga, pelo menos, à definição de dois grandes problemas teóricos.

O primeiro se relaciona ao entendimento e à utilização do conceito *poder*. Aqui será trabalhado não como uma propriedade, qualquer coisa que se detenha, mas, fundamentalmente, como uma composição. Quando falo de poder, valorizo a circulação, a difusão, as redes, o consumo e, sobretudo, a posse. A compreensão dos jogos de poder obriga-nos a verificar que nas sociedades modernas o domínio da moralidade foi remetendo cada vez menos para sistemas universais de injunção e proibição e mais para um quadro de *liberdade regulada* (SILVA, 1998). Cada singularidade passou a ser vista como um ponto de passagem objetivada de princípios e forças de poder. A modernidade será, assim, caracterizada pelo permanente desígnio de governar sem governar, de ampliar o poder até os limites mais distantes, ou seja, às escolhas de sujeitos autônomos nas suas escolhas. De acordo com essa perspectiva, é possível enquadrar a coisa educativa e as próprias práticas de socialização das crianças e dos jovens à luz da dinâmica maior da liberdade. As estratégias que temos desenvolvido a partir de finais do século XIX, ou seja, desde que se constituiu o campo das Ciências da Educação, parecem poder de fato explicar-se como fazendo coincidir a direção e a condução de sujeitos livres com os objetivos de governo da população. Os padrões e respectivos incentivos à reflexão-ação do aluno configuraram um modelo no qual a autonomia e o autocontrole surgiam como as marcas da identidade e da relação interpessoal. Todos os mecanismos de submissão ética desenvolvidos, ao menos de um século até hoje, têm suposto sempre que ele possa tomar as suas próprias decisões. Na escola, há muito que a palavra *moral* se traduz por *vontade* e *governo de si*.

Um segundo problema relaciona-se aos *regimes de inteligibilidade*. Governar será sempre aqui entendido como agir de acordo com certa descrição. As zonas de governo veem-se confundindo cada vez mais com operações intelectuais e com a circulação de discursos científicos suscetíveis de refletir toda uma massa de fenômenos. A população no seu conjunto passou a ser objeto de conhecimento, reclamando a presença de novos especialistas. O Estado viu-se a produzir e a sofisticar legislação, estatísticas, índice etc., com o fim de simultaneamente explicar e conformar o funcionamento da economia e a sociedade. Estamos falando de todo um *regime de enunciação* que, em nome de um conhecimento racional, permitiu a diferentes autoridades, públicas e privadas, reclamar a possibilidade do seu governo dos homens e das coisas. Nesse quadro, a pedagogia foi, também ela, em grande medida, construída sob as categorias e divisões definidas pela ciência e absorvidas pelos sistemas de ensino estatais. Toda a relação educativa moderna tem uma raiz "psi", o que significa que passou a depender de diagnósticos, orientações teóricas, divisões e formas de explicação que a Psicologia concebeu para indexar e reelaborar os imperativos éticos. Podemos então falar de uma regulação psicológica do eu como derivada daquela ciência da alma em franca expansão há mais de um século. Apontando para as capacidades e aptidões, saúde e doenças, virtudes e perversões, normalidade e patologias do escolar, a Psicologia está na base, de fato, de todas as técnicas e dispositivos relativos à identidade e à conduta.

Império terapêutico e emergência da criança-problema

O olhar individualizado lançado pela ciência psicológica viria a configurar crescentemente, ao longo dos anos 1900, um quadro disciplinar inteiramente novo em que jamais se deixou de defender que só a vontade do aluno poderia superar os seus desejos mais primários e impulsos agressivos. A ciência psicopedagógica afirmou, a uma só voz, que era possível obter-se uma eficaz regulação dos comportamentos individuais deslocando o trabalho normalizador para o interior do aluno e para as profundezas da sua mente. Para desvincular o educando dos vários perigos que o rodeavam, afastando-o das múltiplas solicitações *viciosas* do mundo, o educador podia contar, apenas, com o caráter e a força do querer do primeiro. Na verdade, nenhum poder externo, nenhuma barreira disciplinar se poderia erguer contra a espontaneidade infantil, posto que era exatamente aí que residia a marca distintiva de cada criança que urgia preservar. No breviário da pedagogia moderna, o exercício moral encontrava na autonomia e na vontade livre do aluno as suas duas traves mestras. Nesses termos, o longo processo de ortopedia das almas infantojuvenis não reclamava para o adulto mais que um papel de facilitador e de mediador terapêutico. E, aqui, os pedagogos modernos erguiam uma nova fratura relativamente ao modelo de educação tradicional. O velho espírito autoritário, alicerçado por uma tradição milenar, afirmavam, procurara o apoio para a obra civilizadora *fora da criança*, sendo, nessa medida exata, absolutamente condenável. O seu erro estivera em não aceitar que nada poderia salvar o homem senão unicamente o próprio homem. Se o mais importante, na tarefa civilizadora de humanização da criança, era que se contasse com ela mesma, tudo, portanto, se ganharia conseguindo uma obediência consentida e dócil, mas que não colidisse com a energia pessoal de cada uma delas. O argumento enunciava-se assim: a verdade, a justiça, a bondade, o dever e o sacrifício seriam treinados como correspondentes a uma lei inscrita na própria consciência da criança. Evidentemente encontramo-nos aqui nas antípodas da ação repressiva. A coerção não podia, em caso algum, passar de um incidente e seria até considerada como a manifestação de um fracasso da relação educador-educando.

"*La liberté ou la contrainte?*", interrogava-se Claparède (1922, p. 18). A pergunta era evidentemente retórica e servia para introduzir a matéria mais consensual desta geração de psicólogos educacionais, a da fusão simbiótica dos desejos e motivações pessoais com a disciplina interior. A capacidade espontânea da criança não podia, em caso algum, ser suprimida pelo educador. Onde a escola tradicional viu esforço, atenção forçada, pressão externa, disciplina imposta, a Educação Nova encontrava agora *interesse*. Direção e controle seriam as palavras mágicas da primeira; liberdade e iniciativa pessoal, as da outra. "É absurdo supor que uma criança conquiste mais disciplina mental ou intelectual ao fazer, sem querer, qualquer coisa, do que fazê-la desejando-a de todo o coração"; "interesse e disciplina são coisas conexas e não opostas" como sucedia no passado, afirmava John Dewey (1959, p. 84; 1936, p. 170).

Dewey caracterizaria, ainda, os interesses infantis como essencialmente móveis e transitórios, consubstanciando nesse sentido uma *função de tipo propulsivo*. A tarefa do educador podia então clarificar-se: deveria considerar os interesses ora como signos reveladores das necessidades profundas, ora como virtualidades de funções novas na criança. Eram, portanto, mais um *sintoma genético* que permitiria fundar a educação como uma dinâmica alicerçada sobre as tendências inatas. O professor via-se assim investido do papel de intérprete desses sinais manifestos ou de criador das condições favoráveis ao seu trânsito e livre eclosão na situação da sala de aula. Essa outra qualidade de avaliador dos sintomas, dos processos internos que procuravam transmutar-se em assuntos externos, faria dele essencialmente um *terapeuta* (CLAPARÈDE, 1922, p. 19). Essa seria a última faceta, espécie de imagem-limite do professor ao longo do último século.

A lógica do império terapêutico começa por nos devolver a figura do professor como um auxiliar-facilitador de processos criados inteiramente pela natureza. Quando se propôs responder de frente à questão "O que é a Escola Ativa", Ferrière falou naturalmente, e à cabeça das suas considerações, da aplicação das leis da psicologia genética à criança, do necessário conhecimento das aptidões, do equilíbrio individual. Mas o que procurou essencialmente sublinhar foi a possibilidade da ação educativa, confundindo-se já com o *alimento espiritual* que cada criança necessitaria vir a atingir, a esfera por excelência mais indomável da sua alma: o quadro que traçou desvenda o desígnio de expandir a arte de governo dos alunos até os domínios do seu *inconsciente*. Os objetivos que a visão de Ferrière perseguia seriam expressamente os da produção de cidadãos amantes da ordem, mas esse desígnio remetia-o para a autonomia, conceito este que traduziu por equilíbrio e harmonia das manifestações pulsionais. Eis como o discurso pedagógico regressou às temáticas do domínio de si. Só que agora o âmbito em que elas se viram inscritas pelos psicólogos era o da *formação social de sentimentos inatos*. Nessa perspectiva, a "Escola Ativa" agia não sobre os sintomas exteriores do "Bem e do Mal", mas sobre a sua "origem profunda". Procurava, fundamentalmente, "conhecer o subconsciente: instintos, tendências, impulsos, intuições e interesses espontâneos, a fim de os utilizar, canalizar e de os fazer servir o progresso espiritual da criança". Era por essa via que "a Razão e a Vontade" predominariam sobre "o Coração e a Intuição". "De outro modo", afirmava Ferrière, "o espírito toma posse das tendências subconscientes: é a isso que se chama o domínio de si próprio". Dessa maneira, a "Escola Ativa" estava segura de se conformar com os ideais sociais da "Ciência moderna", formando personalidades "equilibradas e harmoniosas" que, longe de serem egoístas, teriam o "sentido inato da solidariedade" e seriam, assim, "obreiros ativos e construtivos da Justiça e da Paz no mundo" (FERRIÈRE, 1965, p. 218).

Em minha perspectiva, é exatamente nesse contexto de um trabalho sobre a *interioridade profunda* que tem sentido colocar o problema da normalização e de disciplina no interior da escola moderna. Gustave Le Bon, autor de *Psychologie de l'éducation*, que foi um caso de assinalável sucesso editorial nos anos 1920, defendia que o princípio psicológico fundamental de todo o ensino se podia resumir numa fórmula que não se cansava de repetir: "*toute l'éducation consiste dans l'art de faire passer le conscient dans l'inconscient*"; por seu turno, "*la morale n'est sérieusement constituée que quand elle est devenue inconscient*" (LE BON, 1924, p. 216-7). A máxima não seria mais a do conhece-te a ti mesmo, mas a do domina-te a ti mesmo. Importava, assim, encontrar os meios que permitissem rebuscar o inconsciente da criança como uma esfera espiritual com vida autônoma. Passou a se defender a tese de que o inconsciente podia ser desenvolvido através da *formação artificial* de reflexos resultantes da repetição de certas associações.

O Dr. Freud fez por aqui a sua entrada no campo educativo. Vejamos como foram lidas na comunidade educativa lusófona algumas das suas ideias centrais. De acordo com o médico português Vítor Fontes, por exemplo, a lição da psicanálise, segundo a qual "os desvios da normalidade" eram motivados por "erupções do inconsciente", deveria impor-se no interior de qualquer instituição escolar (1924b, p. 315). Para isso, era imperioso partir das teses contidas na teoria da sexualidade proposta por Freud. Este havia postulado que sexualidade e reprodução não coincidiam, posto que a vida sexual começaria de forma muito ativa antes do primeiro ano de vida criança. Vista do prisma freudiano, a sexualidade teria um papel primordial na própria constituição dos complexos, isto é, da afetividade. Os pedagogos defendiam nessa linha que uma abordagem cientificamente adequada deveria ser realizada logo a partir da primeira infância e não apenas na puberdade, como antes se tinha dito e feito. A adequação do princípio do prazer ao princípio da realidade far-se-ia no espírito da criança, segundo a teoria psicanalítica, através da perseguição, da moderação e até da censura do desejo. Era fatal que "essa necessidade tirânica nunca livremente realizada" crescesse com o passar dos anos. Da luta feroz entre aqueles dois princípios resultaria, portanto, não uma anulação, mas apenas um armazenamento, no inconsciente, "de todas as tendências instintivas, contrariadas, censuradas, *refoulées* pelas condições do meio". Ora, essas forças, isto é, essa *libido*, deslocada para o subsolo do inconsciente, permanecia aí apenas meio adormecida, num estado de permanente latência. Um simples desequilíbrio nervoso ou um ligeiro enfraquecimento da vigilância e da censura poderiam ser bastantes para que esse material irrompesse, brutal, na consciência, dando origem a perturbações psíquicas mais ou menos graves. E, acrescente-se, todo esse desarranjo das psicoses e das nevroses ocorreria sem que o indivíduo pudesse perceber sua verdadeira origem. Na situação de distúrbio emocional, o inconsciente transferia ou generalizava o que, a princípio, era apenas pessoal, assim se explicando os estados obsessivos, as antipatias bruscas que brotavam da vida psíquica da criança ou até mesmo as suas agressões registradas nos estabelecimentos educativos. Quantas faltas dos alunos não teriam a sua origem e justificação nessas chamadas perturbações do psiquismo? Vítor Fontes traçava um quadro de ocorrências possíveis.

> Esta criança que, apesar dos esforços próprios e do professor, não consegue tomar a indispensável atenção aos trabalhos escolares; aquela que tem uma aversão acentuada pela leitura não consegue uns minutos de imobilidade

na carteira; ainda aquela aparece-nos de repente a gaguejar, estacando em determinadas palavras ou sílabas, que lhe vão bulir no complexo afetivo que a domina; esta, que na era regular à escola, começa a faltar inesperadamente no ditado, apesar de todos os seus esforços, comete sempre erros, ou na mesma palavra ou nas que começam pela mesma letra, ou nas palavras que têm o mesmo sentido da ideia que preside à interiorização de determinado complexo; aquele fica sempre colado a certas ideias ou formas, que desenha ininterruptamente no caderno (FONTES, 1924b, p. 313-4).

Todos esses sintomas indicariam sempre a existência no espírito da criança de um problema *não resolvido*. O professor teria de passar a avaliar e interpretar esse conflito interno. É aqui que se fixa a outra componente da sua figura de terapeuta. O professor via assim ampliada a paleta de temas e problemas a lhe merecer consideração. A sua ação desta feita seria inspectiva e indagadora. Esperava-se dele que fosse capaz de desvendar, no inconsciente do aluno, qual o complexo afetivo que motivava as suas atitudes desviantes. Já Binet, em *Les idées modernes sur les enfants*, achava igualmente que ao professor não lhe bastaria saber aplicar uns quantos *mental tests*. Teria de, dentro e fora da sala de aula, nos corredores e recreios, observar a conduta dos seus alunos e, ao mesmo tempo, desenvolver estratégias de aproximação, capazes de conquistar a sua confiança para obter deles confidências íntimas espontâneas (BINET, 1911, p. 14). Estamos já também de regresso à velha lógica confessional e da sua associação direta ao moderno *talking cure* disponibilizado pela psicanálise. Vítor Fontes falava, também de outro novo ramo da *pedotécnia* – a "psicopedanálise" – exatamente como sendo "a aplicação da psicanálise à pedagogia". O professor, pela observação dos fenômenos do inconsciente e dos complexos nele interiorizados, deveria torná-los conscientes à criança em observação: podia corrigir "desarranjos psíquicos já em evolução, evitar, como meio profilático, outros que tendessem a se estabelecer, ajudando a formar o caráter da criança" (FONTES, 1924b, p. 316). Se, apesar desse novo tipo de relação professor-aluno, a origem do distúrbio pudesse ficar clara no espírito da criança, *regularizada pela conversa e incorporada pelo raciocínio a causa do desejo não realizado*, então essa *libido* poderia tomar proporções normais, perdendo a sua força perturbadora.

Mas foi através do brasileiro Artur Ramos que as possibilidades de comunicação entre as novas conquistas da psicologia experimental e o freudismo foram levadas mais adiante. A argumentação desse médico e catedrático de Antropologia e Etnologia da Universidade do Brasil descreve um arco completo entre a dimensão conceitual, as tecnologias quantitativas de conhecimento da população escolar e o isolamento e tratamento clínico dos casos desviantes. Importa, por isso, conhecê-la com algum detalhe. Em 1934, publicou o livro *Educação e psicanálise*, dando aí a conhecer as grandes linhas da sua intervenção. Partia da "noção fundamental em toda a pedagogia contemporânea" de que, para conhecer o homem seria sempre preciso descer "até os extremos da individualização psicológica". Quando fixava os objetivos da "autonomia do aluno" e da "adaptação do ensinamento a cada caso particular", o "movimento educacional moderno" teria de reclamar o contributo da psicanálise, pois ela forneceria os instrumentos necessários para orientar o melhor possível as "tendências individuais" e "reorganizar a experiência". Conceitos tão importantes como os de "interesse", "tendências", "atividade" é que dariam fatalmente à psicanálise "um lugar de extraordinário destaque" na paisagem da escola moderna (RAMOS, 1934, p. 12-5).

Artur Ramos insistiu muito nesta ideia de que a tecnologia criada pela psicologia experimental, designadamente através dos testes, não permitiria resolver os múltiplos e contraditórios fenômenos da vida psíquica infantojuvenil. "Os pedagogos", explicava, "são levados geralmente a classificar os escolares em duas categorias, os que possuem aptidões intelectuais e os que as não possuem", esquecendo, dessa forma, "o dinamismo emocional subjacente a cada criança", ou melhor, "o papel formidável do inconsciente, verdadeiramente o motor das ações humanas" (RAMOS, 1934, p. 82). Só a psicanálise estava em condições de denunciar e resolver o conflito "contido nos sistemas dualistas entre as potências demoníacas dos desejos, das tendências, dos apetites malditos, e as altas sublimadas forças divinas de repressão, de restrição e de castigo" (RAMOS, s.d., p. 73-4). Para esse médico, existiriam três grandes eixos sobre os quais deveria girar o movimento de uma educação de base e orientação psicanalíticas: (i) "o recalcamento excessivo e as suas consequências pedagógicas; (ii) "o exato conhecimento da sexualidade infantil"; (iii) "o papel da sublimação" (RAMOS, 1934, p. 21).

À semelhança do seu colega português Vítor Fontes, foi a questão da sexualidade que mais considerações mereceu a Artur Ramos. Parecia-lhe que sobre ela recaía, ainda, uma enorme "conspiração de silêncio" com as mais nefastas consequências para o desenvolvimento do escolar. A vida sexual da criança e os seus problemas não haviam sido tomados em consideração quer "pela escola clássica", quer pelos "educadores contemporâneos". As atitudes continuavam a oscilar entre dois polos, igualmente errôneos: "Ou a negação sistemática das manifestações da sexualidade infantil, ou a condenação, pelo horror, daquelas manifestações" (RAMOS, 1939, p. 262). A única maneira de ultrapassar velhos e novos preconceitos, e de se admitir a existência de uma sexualidade infantil, passava por esclarecer a confusão corrente entre o que seria o domínio sexual e o genital: Sublinhava o médico brasileiro: "*Sexual* é um termo infinitamente vasto, que abraça toda a sensualidade esparsa no ser e suas aspirações à satisfação"; "genital é o instinto já agrupado, como ele o é mais tarde, sob o primado da zona genital em vista da reprodução". Freud mostrara como a "energia do instinto sexual" fazia a sua aparição na criança logo após o nascimento, de uma maneira "difusa em toda a superfície corpórea", ligada a necessidades básicas, e identificou igualmente na criança as suas "zonas erógenas, primeiras fontes de atividade da libido". A manutenção do velho ponto de vista adulto da sexualidade, negando esta evidência, trazia os maiores problemas para o campo educativo onde não se via quase ninguém capaz de responder sequer à "curiosidade e indagação sexual", quanto mais às "fantasias infantis da sexualidade, a masturbação, as perversões pré-genitais etc." (RAMOS, 1934, p. 91, 92, 96). A pedagogia deveria, no entender de Artur Ramos, zelar para que a fase da latência e da sexualidade não se hipertrofiasse em mecanismos perigosos para o equilíbrio da criança. O problema da masturbação, a principal queixa dos educadores, condensava em si todos os equívocos e falhas da moral tradicional:

> A lição da escola nos esclarece como devemos agir no particular. A pedagogia antiga fechou-se ao eco das manifestações do sexo. E o resultado foi o mais desastroso possível. Coibiu-se, com atitudes de horror e de ameaças, a sexualidade infantil. As crianças se tornaram quietas, amedrontadas, inibidas, dando a aparência de "inocentes" e tranquilas, mas a ruminação interior da angústia e dos desvios psíquicos estão se processando lentamente [...]. O adulto "desconheceu" o mundo da sexualidade infantil, na Escola, e, no entanto, como ele é vasto! Aí estão os fatos de observação diária, nas classes, nos jogos. As práticas do onanismo, as ligações homossexuais, as leituras e as conversas clandestinas, as frases e desenhos de caráter sexual, e outras atividades ligadas ao sexo.
>
> O onanismo é a primeira dessas manifestações universais da sexualidade [...]. Autores clássicos, médicos e educadores espalharam a lenda do onanismo como aberração, pintando-nos um quadro teórico das consequências que ele provoca. E, no entanto, as estatísticas feitas com critério

> científico rigoroso demonstraram que homens ou mulheres que jamais praticaram o onanismo em qualquer fase da sua existência são em número reduzidíssimo [...]. Os perigos apontados, as consequências funestas para a saúde, as ameaças, os castigos, tudo isso exprime uma atitude tradicional dos adultos em face da masturbação infantil [...]. Os meios de cura e correção são também incríveis: punição corporal, amarrar as mãos no leito, ameaça de cortar os órgãos genitais, ou mesmo, na reincidência, a execução de pequena operação [...].
>
> Mas, na grande maioria dos casos, o onanismo infantil está ligado a uma atividade espontânea da vida sexual, incrementada muitas vezes por causas afetivas do ambiente familiar e social (onanismo de consolação, onanismo de desgosto, onanismo de jogo...). Nesses casos, convém fazer o exame de todas as situações de desajustamento porque está largamente provado que infinitamente mais prejudicial que o ato em si é a atitude dos adultos. Na correção do onanismo infantil, o principal é, pois, a correção inicial da atitude dos adultos. São as ameaças e castigos dos pais e educadores que vão determinar angústias, muitas vezes terríveis, na alma infantil. O que poderia passar como uma atividade precursora da sexualidade adulta é condenado brutalmente, produzindo repercussões graves no psiquismo infantil [...]. A pretensa nocividade do onanismo não reside na atividade fisiológica, mas nos conflitos psíquicos provocados pelas ideias morais e religiosas impostas pelos educadores (RAMOS, 1939, p. 264-267, 277-8).

Dever-se-iam estabelecer práticas e rotinas inteiramente divergentes para conter e disciplinar o impulso sexual infantojuvenil. No lugar de desencorajar, ameaçar, proibir e reprimir intempestivamente a masturbação, havia que "observar" atentamente "todos os estados de evolução da libido". Artur Ramos considerava que só uma "fixação excessiva a um estado, a um modo de satisfação ou, ainda, a um excesso de onanismo" deveriam despertar a atenção do educador esclarecido e, aí, o importante era que conseguisse encontrar "a raiz psíquica da anomalia". Se o caso fosse considerado grave, empregaria a "única terapêutica causal" que tinha à sua disposição: "uma psicanálise infantil". No entanto, e para a maioria dos casos de patologia sexual "leve", bastaria "esclarecer convenientemente" – falar da sexualidade abundantemente, substituindo o "mistério do sexo pela verdade do sexo" – para evitar que "criados perversos ou companheiros inexperientes de escola" influíssem negativamente na criança com "noções falsas e malsãs das coisas". De todo modo, a instrução, por si só, não era suficiente para superar todas as inibições e desvios sexuais. A moral moderna não reclamava apenas a necessidade de preleções e racionalizações intelectuais; impunha, sobretudo, formas práticas de condução da conduta. "A educação sexual não deve ser concebida em seu sentido estreito", continuava aquele médico brasileiro. Havia, então, que fazer "derivar" a energia libidinal para outras atividades. Na última etapa de análise e de orientação disciplinar do escolar, ter-se-ia, já se vê, de "conceder um lugar de importância ao processo de sublimação": uma "função instintiva inferior" daria lugar a "uma função mais elevada" fora dos limites sexuais. Artur Ramos pensava essencialmente nas "atividades de jogo". Era nessa operação, nessa exata operação de anulação positiva das *forças instintivas* que o processo de disciplinação seria concluído e se poderia, portanto, reclamar o seu contributo para a vida em sociedade. Dessa forma, e a partir dos seus interesses e aptidões pessoais, o escolar passaria a se dedicar a atividades de trabalho e, com estas, estava a conter de modo decisivo a sua agressividade, habituando-se a protagonizar sempre "novas conquistas morais", novas vitórias sobre si próprio (RAMOS, 1934, p. 156).

Ao valorizar o dinamismo emocional da criança e do jovem escolar, Artur Ramos deixou, ainda, um conjunto de importantes reflexões sobre a complexidade que envolvia a distinção dos territórios da normalidade e da normalidade. Mais uma vez, a psicanálise e o contexto terapêutico que ela transportava permitiam ultrapassar a rigidez e o caráter taxativo do conhecimento serial da população escolar. Como assinala a investigadora Maria Helena Sousa Patto em *A produção do fracasso escolar: histórias de submissão e rebeldia*, a "incorporação de alguns conceitos psicanalíticos" veio mudar, nos anos 1920, "não só a visão dominante da doença mental como as concepções correntes sobre as causas das dificuldades de aprendizagem". Na verdade, "a consideração da influência ambiental sobre o desenvolvimento da personalidade nos primeiros anos de vida e a importância atribuída à dimensão afetivo-emocional na determinação dos comportamentos e seus desvios" vieram provocar uma "mudança terminológica" no discurso educacional. Em vez do adjetivo *anormal*, tal como ficou circunscrito no início do século XX pela avaliação médica e pela investigação psicológica sobre a inteligência, passou a utilizar-se o conceito de *criança-problema* ou *criança difícil* para designar toda aquele escolar que apresentava problemas de encaixe social ou de aprendizagem. Ora, substituir o discurso sobre as anormalidades genéticas e orgânicas por instrumentos conceituais retirados da psicologia clínica de raiz psicanalítica equivaleu a ampliar significativamente "as causas" que estariam na base do insucesso da criança na escola: os problemas "emocionais" passaram a ganhar primazia sobre as dificuldades físicas e intelectuais, e, nessa medida, "a nova palavra de ordem" da modernidade pedagógica passou a ser a "higiene mental escolar" (PATTO, 1993, p. 43-4).

Artur Ramos consagrou o essencial da sua obra pedagógica ao demonstrar as virtualidades dessa mudança na abordagem do desvio. Em 1939, publicou *A criança problema*, livro em que procura fundamentar teoricamente – e também exemplificar com análises de casos observados na clínica – a tese segundo a qual havia que "inverter os dados clássicos da criança chamada 'anormal'". A designação, que de resto lhe surgia "imprópria em todos os sentidos", englobava o grosso dos alunos "que por várias razões não podiam desempenhar os seus deveres de escolaridade, em paralelo com os outros companheiros, os 'normais'". Ora, parecia-lhe fato incontestável que "somente uma percentagem insignificante dessas crianças mereceria, a rigor, a denominação 'anormais', isto é, aqueles escolares que, em virtude de defeitos constitucionais hereditários ou de causas várias que lhes produzissem um desequilíbrio das funções neuropsíquicas, não poderiam ser educados no ambiente da escola comum". A larguíssima maioria da população escolar assim classificada – arriscaria mesmo afirmar: "90% das crianças tidas como 'anormais'" – eram, na realidade, "crianças difíceis, 'problemas', vítimas de uma série de circunstâncias adversas" e não de qualquer "anomalia mental". Elas sofreriam a influência e a ação de "causas extrínsecas". A chamada enfermidade psíquica não passaria, pois, da "perturbação da capacidade de adaptação social". Nesses termos, defendia que a imensa multidão formada pelas crianças "cauda de classe nas escolas, insubordinadas, desobedientes, instáveis, mentirosas, fujonas" não eram portadoras de qualquer "anomalia moral, no sentido constitucional do termo; elas foram 'anormalizadas' pelo meio". Apenas o "aspecto social" deveria definir a noção de "desvio" e, em vez de se falar de uma posição social num Quociente de Inteligência, dever-se-ia, na opinião de Artur Ramos, utilizar palavras como "ajustamento" ou "desajustamento social". O conceito de "criança-problema", substituindo "o termo pejorativo e estreito de criança 'anormal'", permitiria, numa palavra, que o educador lançasse o seu olhar terapêutico a todos os casos de "desajustamento caracteorológico e de conduta da criança ao seu lar, à escola e ao currículo escolar" e não se fixasse, apenas, naqueles quantos "casos-limite do distúrbio mental constitucional" (RAMOS, 1939, p. 13-4, 18-9).

Terá sido o movimento em favor da higiene mental das crianças e adolescentes, sobretudo nos Estados Unidos – deslocando decididamente o "eixo do estudo da criança 'normal' para o da criança 'normal' – que mais influenciou Artur Ramos no sentido de entender como, em "medicina orgânica e mental", todas as fronteiras e limites eram "imprecisos". O conceito de "sanidade física e mental", fundado sobre a noção quantitativa de "média", surgia-lhe então como fenomenológico, "relativo" e, nessa medida, nada operacional. O "moderno higienista mental das escolas" devia fugir "às classificações rígidas" e, em alternativa, adotar uma estratégia de *exame completo da criança*, o qual impunha a presença de vários especialistas e deveria atingir concretamente: (i) no plano psicológico, o "fundo mental" e as "aptidões pedagógicas"; (ii) no plano médico, o "fundo orgânico"; (iii) no plano psiquiátrico, análise mais larga de todos os "desajustamentos emocionais e psicológicos, desde os casos fronteiriços até os aspectos mais graves da neurose e da psicose" (RAMOS, 1939, p. 18-21). Era este aparato de escrutínio exaustivo da alma e do corpo que permitia desenhar uma estratégia capaz de disciplinar o escolar desviado. Vulgarizado a partir do primeiro quartel do século XX, o movimento da higiene mental insistiu numa intervenção normalizadora no plano do inconsciente e tomou-se da maior ambição possível: a de conhecer o modo de produção do *habitus*. Só através de uma análise que atendia às várias disposições à prática, e dando um enfoque especial nas situações involuntárias do psiquismo infantil, Artur Ramos acreditava que podiam ser criadas *novas estruturas objetivas de comportamento*.

A minha narrativa não pode encerrar-se sem que se façam referências diretas ao conceito maior da modernidade. No discurso pedagógico, também a *liberdade* passou a ser entendida melhor se associada ao contexto explicativo fornecido pela psicanálise. Esta ajudaria a demonstrar-se, com grande clareza, mais uma vitória na relação educativa da ciência da alma e das tecnologias morais do autocontrole sobre as tendências psicofisiológicas do educando. As dinâmicas do inconsciente permitem-nos retomar, e agora pela mão do psicólogo português Faria de Vasconcelos (1934, p. 20), as teses do ideal pessoal liberal, precisando-as como uma (i) elevação sobre si mesmo e do seu triunfo dos instintos e tendências inferiores, uma (ii) sujeição à dura disciplina do dever e da verdade, uma (iii) irradiação do eu para os outros na utilidade fraternal, dando com o coração a justiça que todos me merecem. Em suma, liberdade equivalia também à *sublimação*. Essa perspectiva ecoou de maneira idêntica no Brasil e não apenas em Artur Ramos. No livro *Temperamento e caráter sob o ponto de vista educativo*, de Henrique Greenen, publicado em 1929, um capítulo inteiro foi consagrado às relações entre a "autoeducação e o caráter". Regressava a linguagem do governo e do cuidado de si mesmo mas em relação direta com um clima institucional de inteira liberdade. "É apanágio do homem", começava por explicar este professor de Filosofia do Ensino Fundamental II de Ribeirão Preto, "que só ele possa modelar a si mesmo; na ordem moral só há *self-made-men*, homens que se fizeram por si". Greenen estava igualmente seguro, seguindo Dewey, de que se a uma educação externa não soubesse respeitar "as tendências naturais do educando", seria completamente "improfícua". Era mister que existisse uma forte cooperação pessoal do educando, pois não se podia poupar a ninguém "o nobre encargo de tomar sobre si a responsabilidade de seus atos, de se tornar dono de si e formar o seu próprio caráter. A antiga máxima do "conhece-te a ti mesmo" deveria ser de novo exaltada junto dos alunos por todo aquele educador que não quisesse "desperdiçar em vão" as suas forças e "tornar baldados" os seus esforços. E para a magna tarefa de educação da vontade – a única que poderia "conformar os nossos atos aos ditames de uma consciência reta", tornando o aluno capaz de se "dominar a si mesmo" – havia que não ter medo do uso da liberdade. Só num ambiente escolar dominado pela liberdade "o recalcamento e a sublimação" poderiam levar à "aplicação da energia dinâmica em benefício da cultura moral e intelectual" e, assim, fortalecer o caráter individual do escolar (GREENEN, 1929, p. 67, 120-9).

Conclusão

A moderna escola de massas, em processo de consolidação progressivo desde o último quartel do século XIX, pode perfeitamente, à luz do que estou a afirmar, ser discutida como uma – e exatamente como mais *outra* – expressão prática das tecnologias do governo da alma. Efetivamente, o nosso modelo escolar está intimamente associado, por um lado, aos programas de uma administração política e disciplinar do tecido social e, por outro, às dinâmicas que, através da formação de cidadãos amantes dos valores da liberdade e do progresso, continuam o projeto das Luzes. Nikolas Rose (1996, p. 121) vê indistintamente a escola moderna ora como uma tecnologia humana, ora como uma tecnologia moral (1990,

p. 223), mas sempre numa linha de continuidade direta com as práticas clínicas de observação psicológica das crianças e, ainda, com a prisão, a fábrica e o exército. Os fins educativos estão, portanto, estruturalmente associados a dinâmicas sociais tão diversas como as do *ajustamento* social, do castigo, da produtividade, da vitória. Foi desta sorte que as crianças começaram a ser igualmente um dos alvos privilegiados dos programas de individualização levados a cabo pelos *experts* do particular, os psicólogos e os pedagogos. O seu trabalho disciplinar sobre a idiossincrasia consolidou-se nos inúmeros registros criados para classificar, categorizar e calibrar as aptidões e peculiaridades das crianças em risco, a ponto de uma das mais criativas novidades do século XIX, e à qual as autoridades dariam a mais ampla visibilidade, ter sido a fixação, por um investigador brasileiro, do conceito de *criança-problema*. Consequentemente, toda uma panóplia de registros, dos processos policiais às multímodas categorias estatísticas, localizaria a fonte do problema social na família e no ambiente que rodeava esses menores: os pais haviam falhado em toda a linha na tarefa de inculcar princípios sadios, lacuna esta que era agravada nas cidades onde os maus hábitos e exemplos de degradação moral se contagiavam com enorme rapidez. Nesse contexto, é então possível afirmar, sem que se esteja a ser excessivo, que o desenvolvimento do aparato psicopedagógico, em espaços institucionais próprios, devidamente isolados das tais influências deletérias do meio, esteve diretamente associado aos programas de intensificação do treino moral das crianças e jovens marginais. Ian Hunter (1996, p. 143) localiza a expansão da escola elementar no quadro do desenvolvimento desse tipo de *topografias morais* das populações perigosas ou em perigo eminente; as tecnologias propriamente educativas e destinadas já ao treino massivo das crianças são ainda por esse historiador vistas como uma mera improvisação sobre o tema maior da regulação moral.

Tal proveniência e encaixe histórico permitem, certamente, situar a escola pública, e a consequente generalização de uma relação pedagógica à infância, como mais um elo institucional desenvolvido pelo Estado moderno em ordem à realização do seu objetivo central de origem essencialmente disciplinar. Os sistemas estatais de ensino foram sendo, portanto, constituídos de acordo com a regra da governamentalidade: o treino moral da população jovem fez-se tendo em vista o objetivo mais geral do aumento da força e prosperidade do Estado, mas teve pressuposta a reivindicação do bem-estar de cada um dos cidadãos.

Referências

BINET, Alfred. *Idées modernes sur les enfants*. Paris: Ernest Flammarion, 1911.

CLAPARÈDE, Edouard. Introduction. In: DEWEY, John. *L'École et l'enfant*. Neuchatel: Delachaux & Niestlé, 1922.

DEWEY, John. [1916, 1ª edição em inglês]. *Democracia e educação*. São Paulo: Companhia Editora Nacional, 1936.

DEWEY, John. [1902, 1ª edição em inglês]. *Vida e educação*. São Paulo: Companhia Editora Nacional, 1959.

DONZELOT, Jacques. *La police des familles*. Paris: Les Éditions du Minuit, 1977.

DONZELOT, Jacques. *L'autonomie des écoliers:* L'art de former des citoyens pour la nation et pour l'humanité. Neuchatel: Delachaux & Niestlé, 1921.

DONZELOT, Jacques. Educação nova e o congresso de Locarno. *Educação Social*, v. 89-90 n. 4, 257-9, 1927.

DONZELOT, Jacques. [1931, 1ª edição em francês]. *A escola por medida pelo molde do professor*. Lisboa: Educação Nacional, 1934.

DONZELOT, Jacques. [1921, 1ª edição em francês]. *A escola ativa*. Lisboa: Aster, 1965.

FONTES, Vítor. Psicopedanálise. *Educação Social*, v. 67-68 n.1, 305-15, 1924a.

FONTES, Vítor. Da importância da psicanálise em pedagogia. *Educação Social*, v. 17-18 n.1, 313-16. 1924b.

FOUCAULT, Michel. La 'gouvernementalité. In: *Dits et écrits (1976-1979)*. V. III. Paris: Gallimard, 1978a, p. 635-57.

FOUCAULT, Michel. Securité, territoire et population. In: *Dits et écrits (1976-1979)*. V. III. Paris: Gallimard, 1978b, p. 719-23.

FOUCAULT, Michel. Naissance de la biopolitique. In: *Dits et écrits (1976-1979)*. V. III. Paris: Gallimard, 1979, p. 818-825.

FOUCAULT, Michel. Du gouvernement des vivants. In: *Dits et écrits (1980-1988)*. V. IV. Paris: Gallimard, 1980, p. 125-8.

FOUCAULT, Michel. 'Omnes et singulatim': vers une critique de la raison politique. In: *Dits et écrits (1980-1988)*. V. IV. Paris: Gallimard, 1981, p. 134-61.

FOUCAULT, Michel. Le sujet et le pouvoir. In: *Dits et écrits (1980-1988)*. V. IV. Paris: Gallimard, 1981, p. 222-43.

FOUCAULT, Michel. Preface à l'Histoire de la sexualité. In: *Dits et écrits (1980-1988)*. V. IV. Paris: Gallimard, 1984a, p. 578-84.

FOUCAULT, Michel. L'éthique du souci de soi comme pratique de la liberté. In: *Dits et écrits (1980-1988)*. V. IV. Paris: Gallimard, 1984b, p. 708-29.

FOUCAULT, Michel. L'intellectuel et les pouvoirs. In: *Dits et écrits (1980-1988)*. V. IV. Paris: Gallimard, 1984c, p. 747-52.

FOUCAULT, Michel. Vérité, pouvoir et soi. In: *Dits et écrits (1980-1988)*. V. IV. Paris: Gallimard, 1988a, p. 777-82.

FOUCAULT, Michel. Les techniques de soi. In: *Dits et écrits (1980-1988)*. V. IV. Paris: Gallimard, 1988b, p. 783-813.

FOUCAULT, Michel. La technologie politique des individus. In: *Dits et écrits (1980-1988)*. V. IV. Paris: Gallimard, 1988c, p. 813-828.

FOUCAULT, Michel. [1968, 1ª edição em francês]. Politics and the study of discourse. In: BURCHELL, G.; GORDON; C.; MILLER, P. (Eds.). *The Foucault effect: studies in governmentality*. London: Harvester Wheatsheaf, 1991, p. 52-72.

FOUCAULT, Michel. [1976, 1ª edição em francês]. *História da sexualidade:* a vontade de saber. V. I. Lisboa: Relógio d'Água, 1994a.

FOUCAULT, Michel. [1984, 1ª edição em francês]. *História da sexualidade*: o uso dos prazeres. V. II. Lisboa: Relógio d'Água, 1994b.

FOUCAULT, Michel. [1984, 1ª edição em francês]. *História da sexualidade:* o cuidado de si. V. III. Lisboa: Relógio d'Água, 1994c.

GREENEN, Henrique. *Temperamento e caráter sob o ponto de vista educativo*. São Paulo: Melhoramentos, 1929.

HUNTER, Ian. Assembling the school. In: Barry Osborne, Rose (Eds.) (1996). *Foucault and political reason:* liberalism, neo-liberalism and rationalities of government. Chicago: The University of Chicago Press, 1996, p. 143-166.

LE BON, Gustave [1911 a 1ª edição em francês]. *Psychologie de l'éducation*. Paris: Ernest Flammarion, 1924.

Ó, Jorge Ramos do. *O governo dos escolares:* uma aproximação teórica às perspectivas de Michel Foucault. Lisboa: Educa/Prestige, 2001.

Ó, Jorge Ramos do. *O governo de si mesmo:* modernidade pedagógica e encenações disciplinares do aluno liceal. Lisboa: Educa, 2003.

PATTO, Maria Helena Souza Patto. A produção do fracasso escolar: histórias de submissão e rebeldia. São Paulo: T. A. Queiroz, 1993.

RAMOS, Artur. *Educação e psicanálise*. São Paulo: Companhia Editora Nacional, 1934.

RAMOS, Artur. *A criança problema: A higiene mental na escola primária*. Rio de Janeiro: Livraria Editora da Casa do Estudante do Brasil, 1939.

RAMOS, Artur. *Freud, Adler, Jung:* Ensaios de psicanálise ortodoxa e herética. Rio de Janeiro: Guanabara, s.d.

ROSE, Nikolas. *Inventing ourselves:* psychology, power and personhood. Cambridge: Cambridge University Press, 1996.

VASCONCELOS, Faria de. *A inteligência e a sua medição:* psicologia aplicada. Lisboa: Clássica, 1934a.

A governamentalidade como plataforma analítica para os estudos educacionais
a centralidade da problematização da liberdade

Julio Groppa Aquino

Tenho um amigo, cujo nome, por muitas razões, não posso dizer, conhecido como o mais *dark*. *Dark* no visual, *dark* nas emoções, *dark* nas palavras: *darkésimo*. Não nos conhecemos há muito tempo, mas imagino que, quando ainda não havia *darks*, ele já era *dark*. Do alto de sua *darkice* futurista, devia olhar com soberano desprezo para aquela extensa legião de paz e amor, trocando flores, vestida de branco e cheia de esperança. Pode parecer ilógico, mas o mais *dark* dos meus amigos é também uma das pessoas mais engraçadas que conheço. Rio sem parar do humor dele – humor *dark*, claro. Outro dia esperávamos um elevador, exaustos no fim da tarde, quando de repente ele revirou os olhos, encostou a cabeça na parede, suspirou bem fundo e soltou essa: "Ai, meu Deus, minha única esperança é que uma jamanta passe por cima de mim...". Descemos o elevador rindo feito hienas. Devíamos ter ido embora, mas foi num daqueles dias gelados, propícios aos conhaques e às abobrinhas. Tomamos um conhaque no bar. E imaginamos uma história assim: você anda só, cheio de tristeza, desamado, duro, sem fé nem futuro. Aí você liga para o Jamanta Express e pede: "Por favor, preciso de uma jamanta às 20h15, na esquina da rua tal com tal. O cheque estará no bolso esquerdo da calça". Às 20h14, na tal esquina (uma ótima esquina é a Franca com Haddock Lobo, que tem aquela descidona), você olha para a esquina de cima. E lá está – maravilha! – parada uma enorme jamanta reluzente, soltando fogo pelas ventas que nem um dragão de história infantil. O motorista espia pela janela, olha para você e levanta o polegar. Você levanta o polegar: tudo bem. E começa a atravessar a rua. A jamanta arranca a mil, pneus guinchando no asfalto. Pronto: acabou. Um fio de sangue escorrendo pelo queixo, a vítima geme suas últimas palavras: "Morro feliz. Era tudo que eu queria...". Dia seguinte, meu amigo *dark* contou: "Tive um sonho lindo. Imagina só, uma jamanta toda dourada...". Rimos até ficar com dor de barriga (Abreu, 1996, p. 24-5).

Nesse que é um de seus raros textos divertidos, intitulado sugestivamente *Deus é naja*, Caio Fernando Abreu traz à baila a estratégia-limite no jogo com a vida, com o que Foucault certamente assentiria. Mesmo diante de situações em que as relações de poder são totalmente desequilibradas, é preciso admitir, com o pensador francês, que "[...] um poder só pode se exercer sobre o outro à medida que ainda reste a este último a possibilidade de se matar, de pular da janela ou de matar o outro" (2004a, p. 277).

Se o fluxo vital é, em última instância, a matéria-prima das relações de poder, dele abdicar despontaria como uma estratégia de resistência plenamente factível, fazendo cessar, lá nos estertores do poder, sua vontade de sangue – aquilo de que, afinal de contas, ele se nutre.

Tendo em mente que uma espécie de campo de força sob regulação contínua é aquilo a que as relações de poder aspiram, será apenas essa mesma força, vetorizada em outra direção e segundo outra intensidade, que poderá porventura alquebrá-las – a começar pelo riso desbragado de que fala o escritor gaúcho.

Aos que restam sem ao menos cogitar a cessação da própria existência, outras possibilidades de resistência se afigurarão, desde que salvaguardado o princípio do livre querer que o projeto foucaultiano requer: insurgência e obstinação. Eis o preço não apenas de prosseguirmos vivos, mas de oferecer a própria existência ao *trabalho infinito* da liberdade (FOUCAULT, 2000).

Com Foucault, a noção de resistência assume contornos políticos precisos. Em primeiro lugar, não é possível submetê-la à lógica clássica do contrapoder, visto que "[...] não há mais 'Palácio de inverno' a ser tomado, mas há outras formas de lutas e conflitualidades a serem colocadas em prática" (REVEL, 2006, p. 61). A resistência remeteria, segundo Foucault (1995), a lutas *transversais* (não restritas a uma forma política e econômica particular), bem como *imediatas* (o alvo são os efeitos próximos do poder, no presente) e, de modo específico, a lutas que questionam o estatuto da subjetividade quanto à sua ligação a uma identidade fixa; lutas que se opõem aos regimes de saber e seus privilégios, bem como às formas de individualização sedimentadas pela razão econômica, ideológica, científica ou administrativa em voga.

Em segundo lugar, as estratégias de resistência deverão desdobrar-se na própria interioridade espessa das relações de poder em circulação no campo social. De acordo com Judith Revel (2006, p. 61), "de nada serve procurar o lugar de uma resistência ao poder numa pretendida exterioridade ao poder. [...] Trata-se, ao contrário, de agir nossa liberdade em *um dentro* do poder".

Em terceiro lugar, e mais importante talvez: a resistência só se justificará na medida em que estiver atrelada ao exercício constante da (auto)criação. Sem isso, seu caráter reativo pode tornar-se prevalente e, paradoxalmente, abafar a natureza generativa da liberdade que lhe é imanente. Ou seja, a resistência desponta como uma condição fática da liberdade, isto é, uma das polaridades de uma equação que requer necessariamente, de um lado, a recusa a modos de viver atados a determinados diagramas de poder e, de outro, a invenção de modos intensivos de viver.

Ocupação de monta, esculpir uma existência entusiasta da exploração de novas paragens existenciais, furtando-se, portanto, às relações de poder/saber que tiveram historicamente, no terreno educacional, não apenas uma guarida, mas um braço forte, tornar-se-á uma questão de vida ou de morte − morte entendida não como sinônimo daquela subtração súbita ansiada pelo personagem de Caio Fernando Abreu, mas como rendição paulatina a modos franzinos de existir nesse quadrante.

Eis aqui, em linhas gerais, o norte argumentativo deste texto: a propositura de um plano ético-político específico quanto ao enfrentamento dos jogos de poder/saber em curso na atualidade pedagógica, apontando para a justeza da governamentalidade como plataforma analítica para os estudos educacionais e, em particular, para a problematização do exercício da liberdade em tais coordenadas.

O efeito Foucault nos estudos educacionais brasileiros

No início da década de 1990, José Mário Pires Azanha apontava uma dupla marca da produção acadêmico-educacional brasileira que parece ecoar nas modalidades de pesquisa na área no presente: de um lado, um afã cientificista, com base na aposta no progresso tecnológico como redenção dos males educacionais, por meio do emprego de procedimentos de ensino supostamente mais adequados e eficazes, desembocando no praticismo pedagógico; de outro, a partir de uma forte motivação politizante entremeada ao que o autor denomina *indigência descritiva*, um apego a análises denunciadoras das contradições educacionais do país, redundando no abstracionismo pedagógico, designado por Azanha (1992) como um modo de ajuizar o estado de coisas na educação que "tenta dar conta do real, não a partir de um princípio, mas *instalando-se* nele e desprezando a própria realidade, como se 'a verdade fosse uma moeda cunhada'" (p. 51).

Para além da encruzilhada praticismo/abstracionismo, o autor convocava os estudos voltados à cotidianidade escolar como uma tendência promissora de conceber e efetivar o trabalho investigativo na área, sem que isso significasse obrigatoriamente um aval de véspera às pesquisas com esse timbre. A seu ver, o divisor de águas seria a coerência descritivo-explicativa do estudo, e não sua afiliação formal, tanto menos seus fins pragmáticos ou suas intenções de desvelamento ideológico.

Logo em seguida, duas outras publicações, organizadas, respectivamente, por Tomaz Tadeu da Silva (1994) e Alfredo Veiga-Neto (1995), tornar-se-iam emblemáticas de uma inquietação semelhante, mas não coincidente à de Azanha, legando ao campo educacional outro patamar de problematização da pesquisa e da prática aí levadas a cabo.

Tratava-se, então, de formular os pilares político-filosóficos daquilo que se convencionou nomear genericamente tendência *pós-crítica* (ou *pós-estruturalista*) em educação, a qual teria a obra de Foucault como uma de suas fontes primeiras de sustentação teórica; mais tarde, viriam se somar também a de Gilles Deleuze (e Félix Guattari) e, mais esporadicamente, a de Jacques Derrida.

Estavam delineadas, então, as condições inaugurais para uma superação possível tanto dos ditames epistemológicos impostos pela tradição científico-iluminista hegemônica quanto dos crivos político-ideológicos determinados pelas vertentes críticas, que não mais encontrariam guarida irrestrita no universo da pesquisa educacional. Estava dada a largada para uma interpelação sem precedentes dos saberes típicos do campo pedagógico, quer de natureza cientificista, quer de ordem salvacionista – ambos padecendo, a rigor, da mesma intencionalidade doutrinária e intervencionista.

Não obstante a inegável contribuição de Azanha, o deslocamento operado pelos teóricos *pós-críticos* em relação aos seus questionamentos remete à obrigação autoimpingida de problematizar não apenas os limites e lacunas epistemológicas das pesquisas educacionais, mas as afiliações político-filosóficas de tais produções e, particularmente, as relações de poder/saber aí subjacentes. Trata-se, pois, de focalizar não apenas a lógica argumentativa dos estudos em pauta, mas de circunscrevê-los segundo sua articulação intrínseca com os regimes de verdade correntes e, em particular, seu nexo governamentalizador.

Com efeito, a designação *pós-crítico* não expressaria um sentido de negação, mas de ultrapassagem do pensar e do agir críticos. Segundo novamente Tomaz Tadeu da Silva (2002), haveria um esgotamento das teorias críticas em circulação desde a década de 1970; esgotamento materializado em certa reiteração imobilista das ideias aí em tela, sem que com isso estejamos autorizados a menosprezar o impacto e o significado que elas tiveram no cenário educacional até o início da década de 1990.

Em que pese seu valor histórico, é inegável que a entrada em cena dos pensadores franceses de orientação pós-estruturalista abalaria indelevelmente as fundações dogmáticas e, em especial, os horizontes redentores do pensamento crítico.

Segundo Marlucy Alves Paraíso (2004), os estudos pautados na perspectiva *pós-crítica*, a despeito de sua dispersão e multiplicidade, teriam em comum: 1) a abertura e a multiplicação dos sentidos atribuídos a certas temáticas educacionais canônicas; 2) a refração a explicações totalizadoras dos fenômenos educativos; 3) o desinteresse por conhecimentos pretensamente mais legítimos ou por modos mais adequados de ensinar; 4) o questionamento de determinados pressupostos presentes nos estudos a cargo dos pesquisadores alinhados à tendência crítica; 5) enfim, a desnaturalização de certos regimes de verdade que, historicamente, teriam encontrado no campo pedagógico um terreno fértil para sua sedimentação e proliferação.

Disso decorre que as linhas temáticas mais exploradas nessa vertente, de modo ora isolado, ora articulado, têm tomado diversos caminhos, desde o embate metodológico com os modos consagrados de levar a cabo a pesquisa acadêmica em educação até a análise de diferentes objetos teóricos, dentre eles: as teorias pedagógicas; as reformas educacionais; a mídia educativa; as relações de gênero; além do próprio currículo, este desconstruído e ressignificado de incontáveis maneiras. Daí ser possível assumir que o campo dos estudos curriculares foi um dos mais alvejados pela investida *pós-crítica*.

Assim, pode-se deduzir que tal perspectiva apresenta-se como uma resposta mais que consistente aos espectros aplicacionista e abstracionista, diagnosticados por Azanha, que parecem persistir na pesquisa educacional, tendo em vista a performatividade dos saberes aí em curso que, não obstante sua contingência e arbitrariedade, tornam-se catalisadores de determinadas práticas de poder/saber, as quais exigem ser interrogadas caso estejamos dispostos a conferir outros horizontes ético-políticos ao presente educacional.

Nesse sentido, advogamos aqui em favor de uma extensiva problematização dos processos de governamentalização presentes na atualidade pedagógica. Mais especificamente, caber-nos-ia trafegar num intervalo teórico preciso: entre o segundo e o terceiro domínio da obra de Foucault; um intervalo ruidoso, prenhe de possibilidades de apropriação e, portanto, território propício à aventura intelectiva, à propulsão ao impensado – ao gosto foucaultiano, diga-se de passagem.

Quanto aos estudos educacionais, Alfredo Veiga-Neto e Clarice Traversini (2009) ressaltam a relevância da tematização da governamentalidade nesse âmbito. Com e por meio dela, pode-se compreender, por exemplo, as razões de a escolarização ter-se tornado uma das principais linhas históricas de sustentação do próprio Estado moderno. Além disso, "na medida em que a escola tornou-se a instituição capaz de melhor e mais vigorosamente articular a genealogia do sujeito com a genealogia do Estado, também se compreende que a escola tem um papel preponderante nas transformações do mundo contemporâneo" (p. 16).

Se é bem verdade que as práticas educacionais contemporâneas têm sido objeto de deslocamentos múltiplos em relação ao quadro normativo/normalizador dos usos e costumes sociais, é verdade também que o enfrentamento de tal conjuntura – a partir do plano analítico da governamentalidade – seria potencialmente fecundo para a exploração de matizes múltiplos da materialidade normativa do campo pedagógico. Uma das possibilidades, para tanto, é a da focalização das estratégias psicopedagogizantes de governamento da alma tanto discente quanto docente, as quais atuariam principalmente via convocação ao exercício de uma liberdade intimizada e autorregulatória por parte dos sujeitos envolvidos. Adentremos a questão.

Governamentalidade e educação: aproximações

O conceito de governamentalidade é tomado como cerne do presente texto, a despeito de, na maior parte das vezes, preferirmos a expressão *processos de governamentalização*. Isso porque, a nosso ver, se trata de uma marcha contínua, uma sequência prolongada de operações, sempre a se refazer; mais precisamente, uma *tecnologia* sempre em ação.

Em que pesem os deslocamentos do conceito efetuados por Foucault, operamos aqui com a definição posterior por ele oferecida: "Esse contato entre as tecnologias de dominação sobre os outros e as tecnologias de si, eu chamo de governamentalidade" (2004b, p. 324).

Olena Fimyar (2009) relembra que o neologismo foucaultiano presta-se exatamente a articular as práticas de governamento social às mentalidades que as sustentam. Assim, política e moralidade encontrar-se-iam amalgamadas no duplo movimento da formação do Estado moderno e da construção da subjetividade de seus partícipes, convertidos em cidadãos. Daí "o esforço de criar sujeitos governáveis através de várias técnicas desenvolvidas de *controle*, *normalização* e *moldagem* das condutas das pessoas" (p. 38).

Dessa feita, o conceito de governamentalidade consistiria numa espécie de dobradiça articuladora dos domínios *ser-poder* e do *ser-consigo*, de acordo com a terminologia adotada por Veiga-Neto (2003) acerca dos três grandes domínios analíticos em Foucault.

Ademais, por meio da tematização da governamentalidade, torna-se possível ultrapassar a dicotomia emblemática das investigações – a do determinismo social *versus* a subjetividade – sob a rubrica das chamadas *ciências humanas/sociais*, legando um tipo de perspectiva não reducionista, não causal, nem finalista dos acontecimentos em análise.

Nem estruturas anônimas, nem entidades atávicas, mas relações de poder em ato, cuja apreensão abarcaria tanto o plano individual quanto o campo social. Segundo Jorge Ramos do Ó (2005), o que aí está em causa é a gestão normalizadora dos modos de vida das populações, por meio das dinâmicas tanto de individualização quanto de totalização, sendo ambas correspondentes a um único processo de governamento. As relações de poder sob a égide da governamentalidade seriam consoantes aos "[...] modos como, numa dinâmica em que a autonomia e liberdade estão cada vez mais presentes, se produzem cidadãos. Estes não são mais destinatários, mas intervenientes nos jogos e nas operações de poder" (p. 17).

Com o fito de arregimentar tanto os mecanismos de manutenção do próprio Estado quanto as múltiplas formas de (auto)governamento dos cidadãos, tal urdidura valer-se-á de uma série de mecanismos de normalização espraiados nas mais variadas práticas sociais que, a despeito de lhe serem contingentes, serão alçadas à condição de necessidade e suficiência, quiçá universalidade – com destaque para a educação.

Deparamo-nos, desse modo, com a razão inerente entre as intervenções de base educativa e o âmbito da governamentalidade, uma vez que elas seriam encarregadas, em sua processualidade cotidiana, de materializar e, ao mesmo tempo, levar adiante uma normalização coextensiva – porque flexível e autoarbitrada – das condutas individuais, valendo-se, para tanto, de um jogo ininterrupto com a liberdade dos sujeitos envolvidos.

Os protagonistas escolares – em particular, o professorado – despontarão, então, como um segmento populacional amplamente visado quanto à exaltação e à incorporação contínuas de missões de cunho governamentalizador. Isso significa que o cotidiano educacional faz espraiar certas modulações normativas por meio, sobretudo, de uma espécie de clamor psicopedagogizante incrustado nas ações corriqueiras. Vejamos como isso se dá.

Claudia Van der Horst e Mariano Narodowsky (1999) ponderam que a educação contemporânea parece operar sobre os escombros do ideário pedagógico tradicional, este centrado na tarefa de diagnosticar e corrigir as anomalias humanas, bem como, dependendo das circunstâncias, de eliminá-las. Agora, tratar-se-ia de uma pedagogia da multiplicidade, segundo a qual a intervenção escolar não mais se firmaria pelo conflito, mas pelo consenso; não mais pela imposição, mas pela participação; não mais pela exclusão, mas pela incorporação. Daí o veredicto de uma transmutação sensível no diagrama das relações de poder/subjetivação nas escolas.

Na contemporaneidade pedagógica, não se trataria de *vigiar e punir* a anormalidade, mas de convertê-la em diversidade biopolítica por meio de uma espécie de inclusão preventiva da diferença (VEIGA-NETO, 2001). Dito de outro modo, os fazeres escolares visariam não à segregação dos diferentes, mas à adesão voluntária de todos; não à coerção do disciplinamento, mas à cooptação do controle; não à contenção física dos corpos, mas à incitação da coletividade rumo a ideais consensuais.

Donde uma educação intensamente psicopedagogizante, donatária de um projeto humanista de melhoramento das pessoas e das coisas. Educação que não mais se restringiria a remediar danos, mas que se voltaria à antevisão dos riscos, a fim de preveni-los. Estaríamos, assim, enredados em um complexo de estratégias cada vez mais difusas de (auto)controle da conduta, agora em suas dimensões mais recônditas, por meio da disseminação de uma pletora de comandos de teor autogestionário.

Segundo Luis Fuganti (2008), a eficácia de tal processo deve-se a uma extração de energia secundada por uma separação radical do corpo e do pensamento daquilo que eles podem, por meio da instauração de uma desqualificação interior e, imediatamente, de uma requalificação externa, redundando em aderência subjetiva aos regimes de verdade aí disseminados – acrescentaríamos – pela voz da autoridade psicopedagógica.

Trata-se precisamente do *governo da alma*, na acepção de Nikolas Rose (1998), o autor que se dedicou com argúcia à problematização das formas de governamento perpetradas pelos regimes do eu em operação na contemporaneidade, via o emprego de tecnologias de si orientadas por saberes psicologizantes. Ouçamo-lo.

> Na vida política, no trabalho, nos arranjos domésticos e conjugais, no consumo, no mercado, na publicidade, na televisão e no cinema, no complexo jurídico e nas práticas da polícia, nos aparatos da medicina e da saúde, os seres humanos são interpelados, representados e influenciados como *se fossem eus* de um tipo particular: imbuídos de uma subjetividade individualizada, motivados por ansiedades e aspirações a respeito de sua autorrealização, comprometidos a encontrar suas verdadeiras identidades e a maximizar a autêntica expressão dessas identidades em seus estilos de vida. As imagens de liberdade e autonomia que inspiram nosso pensamento político operam, da mesma forma, em termos de uma imagem do ser humano que o vê como foco psicológico unificado de sua biografia, como o lócus de direitos e reivindicações legítimas, como um ator que busca "empresariar" sua vida e seu eu por meio de atos de escolha (ROSE, 2001, p. 140).

Na trilha aberta por Rose, seria necessário reconhecer a existência de um complexo de ações operando à distância e em larga escala sobre os atos de escolha dos cidadãos; atos amiúde subscritos às normas científicas, aos valores políticos dominantes e aos padrões de consumo vigentes, não obstante reclamem para si a chancela de neutralidade e de livre-arbítrio. É o governamento da alma decretando a própria experiência subjetiva, regulando cada passo individual, perpetrando modos de ser tão estereotipados quanto idiossincráticos a sujeitos que se creem autônomos, ainda que (e porque) ininterruptamente governados. Regulação social da liberdade, portanto.

Daí a imperiosa atenção crítica à saturação intimizante da liberdade, esta funcionando como diapasão dos processos de governamentalização social. No caso educacional, a conclamação diuturna ao exercício de uma liberdade *esclarecida* e *responsável* apresentar-se-á como o efeito imediato da lógica emancipacionista que anima as práticas pedagógicas, por meio da associação entre conhecimento e verdade (de si), esta com base, por sua vez, no imperativo categórico de um eu supostamente autêntico, espontâneo, seminal, o qual viria à tona ao fim e ao cabo da intervenção educativa.

Nesse sentido, Sandra Mara Corazza e Tomaz Tadeu (2003) delatam o espectro subjetivista – embalado por um manto de eficácia corretiva e, por extensão, de submissão livremente arbitrada – que parece tomar de assalto os discursos educacionais na atualidade, seja em sua tendência cientificista, seja em sua versão criticista, ambas imantadas a semelhante concepção fundacionista de sujeito (da consciência). Vejamos.

> Nenhuma das pedagogias modernas – das humanistas e tradicionais às construtivistas e liberais, passando pelas críticas e emancipatórias – subsistiria sem a noção de interioridade. O mito da interioridade é essencial aos diversos avatares do sujeito que povoam os territórios das pedagogias contemporâneas: o cidadão participante, a pessoa integral, o indivíduo crítico (p. 11).

A evocação constante de uma *interioridade* esotérica como fundamento da ação pedagógica e do despertar de uma *consciência de si* igualmente esotérica como sua finalidade – fixando, de contrapeso, os sujeitos em identidades predeterminadas pelos ditames da época – redundará numa acirrada tutela psicopedagogizante desses mesmos sujeitos; tutela embalada, paradoxalmente, pelo refrão obstinado de ensiná-los a se atualizar, se desenvolver, se superar, em direção a certo estado de bem-estar, felicidade ou, quando não, redenção.

Ora, o problema ético-político que aqui se coloca é o seguinte: estariam aqueles ligados à educação condenados a uma espécie de fascismo brando, consubstanciado numa tutela identitarizante, normalizadora e, por isso, apequenadora da existência alheia? O fascismo de dizer do outro, pelo outro e, ademais, contra o outro?

Fascismo, na acepção foucaultiana, significará não apenas aquele perpetrado por contextos tirânicos, mas também o que "está em nós todos, que martela nossos espíritos e nossas condutas cotidianas, o fascismo que nos faz amar o poder, desejar esta coisa que nos domina e nos explora" (FOUCAULT, 2006b, p. 231). Fascismo cujas formas compreendem "desde aquelas, colossais, que nos rodeiam e nos esmagam até aquelas formas pequenas que fazem a amena tirania de nossas vidas cotidianas" (p. 233) – o que remete, no caso do escopo deste artigo, a todas aquelas atividades historicamente encarregadas de (e amplamente autorizadas a) falar em nome alheio, cujo exemplo magno talvez seja a própria educação.

Aqui desponta um dos nortes da ética foucaultiana: *a dignidade de não falar pelos outros* (DELEUZE, 1988), a fim de que não apenas se faça preservar, mas também fomentar a heterogeneidade e a multiplicação de formas e modos de vida distintos dos nossos – o que costuma ser solapado no reino das ciências humanas/sociais por uma vontade de verdade sobre *essências* alheias, agora dissecadas, esquadrinhadas e categorizadas segundo uma métrica descritiva qualquer.

Daí a tarefa ético-política irredutível de qualquer tipo de intervenção social que não se pretenda fascista: a prontidão à experiência de um encontro com uma alteridade sempre movente e, portanto, em estado de recomposição constante; encontro compreendido não como militância de uma causa transcendente qualquer, mas como prática intensificadora de uma arte geral do convívio marcada por nenhuma volúpia governamentalizadora e alguma porosidade à diferença e à variância que esse tipo de acontecimento possa nos provocar, ou ao que quer que a alteridade nos afete e nos faça deslocar. Descaminhos da experiência de si, portanto.

A liberdade como questão fulcral da educação

Se plausível for nosso percurso de pensamento até o momento, a eleição analítica da governamentalidade tornar-se-á indispensável àqueles que rumam ao enfrentamento do acosso psicopedagogizante sobre os processos de subjetivação sediados no território educacional. Daí que operar em tal plano analítico implicaria orbitar em torno do ponto exato de confluência das noções de governo e de liberdade: porta de entrada para o tangenciamento do plano ético, compreendido como o cenário de lutas em favor de modos potentes de (con)viver ou, como o queria Foucault, lócus de um jogo vital com base num "mínimo possível de dominação" (2004a, p. 284).

Assim, àqueles que tomam a governamentalidade não como ferramenta interpretativa, mas como *leitmotiv* analítico da atualidade educacional, impor-se-ia uma urgência ético-política consubstanciada na tarefa inarredável de problematização dos jogos retóricos acerca da questão da liberdade nesse quadrante, tomando-a jamais como promessa emancipatória das formas e modos de vida aí dispostos. Ao contrário, cumprir-lhes-ia deflagrar a crescente racionalidade governamentalizadora em circulação, esta operando com vistas à edificação de um homem renovado, expandido, sempre mais consciente de si e, por essa razão, sempre mais capturado pelo reconhecimento de uma incompletude congênita; um homem marcado por um misto de voluntarismo e vulnerabilidade, culminando no desconcerto e na melancolia de jamais lograr vir a ser o que é; em suma, um homem cada vez mais (auto)governável porque cada vez mais poroso ao eterno recomeço de um trabalho normativo sisífico sobre si próprio – o que, sem hesitar, ele reputará como prerrogativa de usufruto de uma *sua* liberdade, ora confundida com a reivindicação da soberania de sua vontade individual.

Novamente, Nikolas Rose esmiuçará analiticamente tal processo:

> [...] as técnicas contemporâneas de subjetivação operam por meio do agenciamento, em toda uma variedade de locais, de uma interminável hermenêutica e de uma relação subjetiva consigo mesmo: um constante e intenso autoexame, uma avaliação das experiências pessoais, das emoções e dos sentimentos em relação a imagens psicológicas de realização e autonomia (2001, p. 194).

É o apogeu do empresariamento de si, este tomado como um capital semelhante a outro qualquer. Empresariamento cujo objetivo principal será o emprego eficaz de uma liberdade intimizada e, no mesmo golpe, massificada. Liberdade customizada, não obstante ditada pelos chavões convergentes e reiterativos da ciência, do mercado, da mídia e, por fim, da educação. Liberdade frenética, vertiginosa e implacável, frente à qual muito pouco restaria além de, segundo Zygmunt Bauman (2005, p. 77), "seguir adiante, mas uma opção que não temos a liberdade de fazer é parar de nos movimentar. [...] Se você está esquiando sobre o gelo fino, a salvação está na velocidade". Liberdade refreada apenas pelo *basta das vísceras*, na designação certeira de Jurandir Freire Costa (1998). Liberdade profética, autossustentável e à disposição para consumo tão instantâneo quanto interminável, também nas salas de aula, nos gabinetes do *staff* escolar, nos currículos, nos espaços pedagógicos como um todo.

Disso decorre que, se a arena do sujeito livre é tanto a matéria-prima quanto o produto mais refinado dos processos de governamentalização correntes, é nessa mesma arena que as lutas ético-políticas principiariam, por meio do enfrentamento dos regimes de verdade que aí se aninham e pedem proliferação; sem pressupor que, com isso, se pudesse conquistar uma reconciliação do sujeito consigo mesmo; antes, um afastamento do que a restituição de uma suposta essencialidade, outrora liberta e agora aprisionada pelas circunstâncias. Daí o sujeito como forma instável e variante, e não uma substância idêntica a si mesma que exigiria ser desvelada para, então, ser (re)conquistada.

Ora, partindo da premissa de que "[...] nós somos todos não somente o alvo de um poder, mas também seu transmissor ou o ponto de onde emana um certo poder" (FOUCAULT, 2006a, p. 95), defrontar-se com os processos de governamentalização na atualidade educacional exige um esforço ético-estético tão dissonante quanto despudorado, tão intensivo quanto inusitado, sempre com vistas a uma aproximação desobstruída à capacidade tanto de resistir quanto de reinventar(-se) continuamente. Para tanto, é à problematização da colonização psicopedagogizante da liberdade, e não à sua defesa abstrata e genérica, que se deveria proceder analiticamente.

Retomemos, com Foucault, a tópica da liberdade. Segundo Edgardo Castro (2009, p. 246), "a noção foucaultiana de liberdade se situa, em primeiro lugar, no abandono desse mito humanista de uma essência do homem. A liberdade foucaultiana não é da ordem da liberação, mas da constituição".

Foucault (1995) é explícito ao propor uma apreensão das relações entre poder e liberdade segundo a qual o exercício do primeiro jamais implicaria a neutralização ou a supressão da segunda. Ao contrário, tratar-se-ia de um jogo de retroalimentação e de mútua provocação entre ambos, partindo-se da premissa de que

> [...] a liberdade aparecerá como condição de existência do poder (ao mesmo tempo sua precondição, uma vez que é necessário que haja liberdade para que o poder se exerça, e também seu suporte permanente, uma vez que se ela se abstraísse inteiramente do poder que sobre ela se exerce, por isso mesmo desapareceria). [...] A relação de poder e a insubmissão da liberdade não podem, então, ser separadas (p. 244).

Que não se imagine, portanto, que entre poder e liberdade estabelecer-se-ia um nexo de antagonismo, o qual precisaria ser desbaratado a fim de que a liberdade raiasse no horizonte. Longe disso. Emancipação de véspera aí não há. Trata-se, na contramão, de conceber a liberdade e sua insubmissão característica desde sempre aí, jogando incessantemente com o poder na própria superfície dos acontecimentos cotidianos.

Para Foucault (2000), cabe-nos precisamente uma atitude ontológico-histórica sobre o presente, a fim de evitar o *sonho vazio* da liberdade consubstanciado em projetos peremptórios e grandiloquentes, uma vez que "a pretensão de escapar ao sistema da atualidade para oferecer programas de conjunto de outra sociedade, de outro modo de pensar, de outra cultura, de outra visão do mundo apenas conseguiu reconduzir às mais perigosas tradições" (p. 348).

Se o alerta foucaultiano estiver correto, far-se-á imprescindível, no caso educacional, um reposicionamento cabal da questão da liberdade nesse âmbito, usualmente encurralada pela investida pastoral de assegurar as condições de emergência de um presumido *progresso do homem* – assim como o querem tanto as teorias ditas, não por acaso, *progressistas* quanto aquelas *desenvolvimentistas*.

Em vez, portanto, de sonhar com a melhoria, o avanço ou a superação – via reformas ou revoluções, tanto faz – das rotinas e protocolos pedagógicos, tratar-se-ia de enfrentá-los sempre no limite que a liberdade de seus protagonistas decreta, esta vetorizada nas e pelas próprias relações concretas entre eles, e não necessária ou exclusivamente às suas margens. Uma experiência arriscada, decerto pontilhada por perigos, mas plenamente factível e da qual não se poderia abrir mão, sob pena de, assim, dar vazão a outras forças intervenientes ainda mais implacáveis, porque incensadas por palavras de ordem de época e suas arbitrariedade e ingerência características.

Dito de outro modo, a prática da liberdade no âmbito pedagógico sobreviria não a reboque da forja de relações de poder quimericamente isentas, assimétricas e afins, mas à custa de um modo de (auto)condução em íntima consonância e mútua implicação com o ensejo menos de glorificar e mais de contestar o que nos foi legado a título de memória seletiva da humanidade ou de clarividência oriunda da *consciência libertária* de alguns; prática que, se exercida com afinco e algum entusiasmo, seria potente o bastante para interceptar os regimes de verdade usuais do campo pedagógico e, quiçá, transtorná-los, fazendo-os vergarem.

Contudo, é preciso ter mente que o universo educacional oferece, na melhor hipótese, sua engenhosidade à análise crítica, jamais sua cumplicidade ou simpatia. Trata-se, portanto, de estar constantemente atento à admoestação de Veiga-Neto (2003), segundo a qual

> [...] a crítica implica uma analítica que não acusa nem lastima, uma vez que isso significaria pressupor, de antemão, uma verdade, um mundo melhor, em relação à qual e ao qual a análise se daria. Se quisermos um

mundo melhor, teremos de inventá-lo, já sabendo que, conforme vamos nos deslocando para ele, ele vai mudando de lugar (p. 30-1).

Se assim ajuizada a prática da liberdade no perímetro educacional, abrir-se-ia a possibilidade de encarnarmos o ofício educativo como obra infinitamente aberta; um ofício comprimido, decerto, por quatro paredes seculares, mas igualmente sequioso pela intensificação das forças nômades que o obrigam a se deslocar rumo à eterna novidade que lhe é requisito.

O ofício educativo ver-se-ia convertido, então, em ocasião e abrigo de existências minoritárias, as quais não conhecerão "nem saciedade, nem desgosto, nem lassitude, nem declínio" (VEYNE, 2009, p. 50); existências materializadas em meio ao fogo cruzado entre poder e liberdade, precisamente no intervalo infinitesimal do encontro entre ideias e corpos turbulentos, destemperados, errantes; encontro sobre cuja superfície poder e liberdade irmanam-se, distinguem-se e embatem-se sem cessar.

Liberdade disposta logo ali, feito uma epifania que se nos oferece sem reserva e sem alarde, mas não sem combate. Liberdade que, para vicejar, reclama não apenas uma atitude de fúria, mas um apreço inquebrantável à delicadeza, à inocência e, mais que tudo, à coragem afeitas ao pensar e ao agir diferentes – e, então, diferentes do diferente, indefinidamente.

Liberdade bruta, sinuosa, escarpada, mas também desarmada, exuberante, criança. Liberdade desgovernada, desesperançada, desgraçada. Liberdade livre, talvez.

Referências

ABREU, Caio Fernando. *Pequenas epifanias*. Porto Alegre: Sulina, 1996.

AZANHA, José Mário Pires. *Uma ideia de pesquisa educacional*. São Paulo: EDUSP, 1992.

BAUMAN, Zygmunt. *Identidade*. Rio de Janeiro: J. Zahar, 2005.

CASTRO, Edgardo. *Vocabulário de Michel Foucault*: um percurso pelos seus temas, conceitos e autores. Belo Horizonte: Autêntica, 2009.

CORAZZA, Sandra Mara; TADEU, Tomaz. *Composições*. Belo Horizonte: Autêntica, 2003.

COSTA, Jurandir Freire. Não mais, não ainda: a palavra na democracia e na psicanálise. *Revista USP*, n. 37, p. 108-20, 1998.

DELEUZE, Gilles. *Foucault*. São Paulo: Brasiliense, 1988.

FIMYAR, Olena. Governamentalidade como ferramenta conceitual na pesquisa de políticas educacionais. *Educação & Realidade*, v. 34, n. 2, p. 35-56, 2009.

FOUCAULT, Michel. Eu sou um pirotécnico. In: POL-DROIT, Roger. *Michel Foucault, entrevistas*. São Paulo: Graal, 2006a. p. 67-100.

FOUCAULT, Michel. Introdução à vida não fascista. *Comunicação & Política*, v. 24, n. 2, p. 229-33, 2006b.

FOUCAULT, Michel. A ética do cuidado de si como prática da liberdade. In: *Ética, sexualidade, política*. Rio de Janeiro: Forense Universitária, 2004a, p. 264-87 (*Ditos e escritos* V).

FOUCAULT, Michel. Tecnologias de si. *Verve*, n. 6, p. 321-60, 2004b.

FOUCAULT, Michel. O que são as Luzes? In: *Arqueologia das ciências e história dos sistemas de pensamento*. Rio de Janeiro: Forense Universitária, 2000. p. 335-51. (*Ditos e escritos* II).

FOUCAULT, Michel. O sujeito e o poder. In: DREYFUS, Hubert; RABINOW, Paul. *Michel Foucault, uma trajetória filosófica*. Rio de Janeiro: Forense Universitária, 1995. p. 231-49.

FUGANTI, Luis. *Saúde, desejo e pensamento*. São Paulo: Hucitec, 2008.

Ó, Jorge Ramos do. Notas sobre Foucault e a governamentalidade. In: FALCÃO, Luis Felipe; SOUZA, Pedro de (Orgs.). *Michel Foucault*: perspectivas. Florianópolis: Achiamé, 2005. p. 15-39.

PARAÍSO, Marlucy Alves. Pesquisas pós-críticas em educação no Brasil: esboço de um mapa. *Cadernos de Pesquisa*, v. 34, n. 122, p. 283-303, 2004.

REVEL, Judith. Nas origens do biopolítico: de Vigiar e Punir ao pensamento da atualidade. In: KOHAN, Walter Omar; GONDRA, José (Orgs.). *Foucault 80 anos*. Belo Horizonte: Autêntica, 2006. p. 51-62.

ROSE, Nikolas. Inventando nossos eus. In: SILVA, Tomaz Tadeu (Org.). *Nunca fomos humanos*: nos rastros do sujeito. Belo Horizonte: Autêntica, 2001. p. 137-204.

ROSE, Nikolas. Governando a alma: a formação do eu privado. In: SILVA, Tomaz Tadeu (Org.). *Liberdades reguladas*: a pedagogia construtivista e outras formas de governo do eu. Petrópolis: Vozes, 1998. p. 30-45.

SILVA, Tomaz Tadeu da. Mapeando a [complexa] produção teórica educacional. *Currículo sem fronteiras*, v. 2, n. 1, p. 5-14, 2002.

SILVA, Tomaz Tadeu da (Org.). *O sujeito da educação*: estudos foucaultianos. Petrópolis: Vozes, 1994.

VAN DER HORST, Claudia; NARODOWSKI, Mariano. Orden y disciplina son el alma de la escuela. *Educação & Realidade*, v. 24, n. 1, p. 91-113, 1999.

VEIGA-NETO, Alfredo. *Foucault & a educação*. Belo Horizonte: Autêntica, 2003.

VEIGA-NETO, Alfredo. Incluir para excluir. In: LARROSA, Jorge; SKLIAR, Carlos (Orgs.). *Habitantes de Babel*: políticas e poéticas da diferença. Belo Horizonte: Autêntica, 2001. p. 105-118.

VEIGA-NETO, Alfredo (Org.). *Crítica pós-estruturalista e educação*. Porto Alegre: Sulina, 1995.

VEIGA-NETO, Alfredo; TRAVERSINI, Clarice. Por que governamentalidade e educação? *Educação & Realidade*, v. 34, n. 2, p. 13-9, 2009.

VEYNE, Paul. *Foucault, o pensamento, a pessoa*. Lisboa: Texto & Grafia, 2009.

O Sócrates do último curso de Foucault no Collège de France[1]

Luiz Celso Pinho

Sócrates e Asclépio

> Sócrates já se tinha tornado rijo e frio em quase toda a região inferior do ventre, quando [...] disse estas palavras, as derradeiras que pronunciou: Críton, devemos um galo a Asclépio; não te esqueças de pagar essa dívida. Assim farei, respondeu Críton. Mas vê se não tens mais alguma coisa para dizer-nos. A pergunta de Críton ficou sem resposta. Ao cabo de breve instante, Sócrates fez um movimento. O homem [que trouxe o veneno] então o descobriu. Seu olhar estava fixo. Vendo isso, Críton lhe cerrou a boca e os olhos (PLATÃO, *Fédon*, 118b).[2]

O breve comentário de Sócrates, acima reproduzido, ocorre exatamente nos instantes que precedem sua morte. O verdadeiro significado dessa espécie de *testamento filosófico* passou a desafiar estudiosos das mais diversas áreas do pensamento. Sabe-se que ao deus grego Asclépio (ou Esculápio, em latim) era atribuído o poder de debelar as enfermidades que afligiam as pessoas desde o século V a.C. Aqueles que "dormissem uma noite no seu santuário receberiam, através de um sonho, a receita que os curaria" (Dumézil, 1984, p. 143; ver, igualmente, p. 165). Daí encontrarmos a inscrição "Entra bom. Sai melhor" [*Bonus intra. Melior exi*] nas ruínas de um dos templos de Asclépio, localizado em Lambaesa, antiga cidade romana, onde atualmente se situa a Argélia. Esse lema

---

[1] Este artigo resulta do desdobramento da comunicação "Foucault, leitor de Sócrates". Nesta presente versão, modificada e ampliada, pretendemos aprofundar as análises do curso *A coragem da verdade* (1984) sobre o discurso socrático que antecede sua morte e discutir a posição de Nietzsche diante da menção feita a Asclépio nesse momento crucial da vida do filósofo ateniense.

[2] PLATÃO. *Fédon*. Tradução de Jorge Paleikat e João Cruz Costa. São Paulo: Abril Cultural, 1972, p. 132. (Coleção Os Pensadores)

indica justamente o caráter medicinal de um culto bastante disseminado no mundo mediterrâneo da época.

Nos últimos 130 anos, aproximadamente, as mais díspares interpretações foram elaboradas para dar conta da recomendação socrática de que um galo devia ser sacrificado após a sua partida deste mundo. Eis algumas: fala delirante resultante da ingestão do veneno (René Gautier, 1955); súplica para retornar ao mundo dos vivos (Jerome Eckstein, 1981); estilo "deliberadamente enigmático" (Arthur D. Nock, 1950); modo de "evitar infortúnios após a morte" (Monique Dixsaut, 1991); demonstração cabal da consciência "de sua própria imortalidade" (Nalin Ranasinghe, 2000) por ter considerado equivocados os argumentos contra a imortalidade (David White, 1989); retribuição pela cura da doença da vida (Friedrich Nietzsche, 1882, *A gaia ciência*, n. 340, "Sócrates moribundo"); tentativa de subornar a divindade "para evitar a morte" (Ronna Burger, 1984); estratégia para "libertar a si e a seus companheiros do Ciclo Órfico de reencarnação" (Douglas Stewart, 1972); espécie de refeição ritual (Stephen White, 2000); "dívida passada não quitada" (David Gallop, 1975); pelo restabelecimento do estado de saúde de Platão após "uma grave enfermidade" contraída nos momentos finais de vida do próprio Sócrates (Glenn Mosts, 1993); já que não será esquecido devido aos diálogos platônicos (Monique Dixsaut, 1991); menção, em tom de brincadeira, ao homossexualismo da divindade devido à excitação que sentiu quando foi tocado involuntariamente na região genital pelo responsável em verificar se ainda estava vivo (Eva Keuls, 1985); gratidão resultante de uma "morte indolor" (Joseph Cropsey, 1986); na qualidade de quem também realiza curas, homenagem a Apolo, "patrono dos curandeiros" e pai de Asclépio (Paul C. Santilli, 1990); tendo em vista que foi capaz de dissuadir Críton do plano de fuga da prisão (George Dumézil, 1984); substituição do rito de derramar uma gota da cicuta, pois a quantidade do líquido "foi exatamente calculado para resultar na execução" (Emma Edelstein, Ludwig Edelstein; 1945); foi capaz de dissipar a ameaça da doença inerente aos argumentos contra a imortalidade (Jamie Crooks, 1998); agradecimento por "falecer moralmente saudável, sem vícios" (Amihud Gilead, 1994); reconhecimento de que "foi bem cuidado ao longo da vida" (Richard Minadeo, 1971).[3]

---

[3] PETERSON, Sandra. An authentically socratic conclusion in Plato's *Phaedo*: Socrates' debt to Asclepius. In: RESHOTKO, Naomi (Ed.). *Desire, identity, and existence:* Essays in Honor of T. M. Penner. Edmonton: Academic Printing and Publishing, 2003, p. 33-52, p. 33-5.

Foucault e Dumézil

Em seu derradeiro curso no Colégio de França – *A coragem da verdade* (1984)[4] –, Foucault retoma, mais especificamente na segunda hora da aula de 15 de fevereiro, as últimas palavras de Sócrates: "Devemos um galo a Asclépio". Apesar de o porquê da dívida não ser enunciado diretamente, Foucault entende que se faz necessário procurar indícios que a esclareçam tanto na própria argumentação de *Fédon* quanto na obra platônica como um todo. Daí sua estratégia de articular passagens dos diálogos platônicos que retratam o "ciclo da morte" de Sócrates: *Apologia, Críton* e *Fédon*. Além disso, recusa uma longa tradição que se apoia na fórmula viver = estar doente. Desde os comentários do neoplatônico Olimpiodoro de Alexandria (século VI d.C.), passando pelos versos do poeta, romancista, historiador, dramaturgo e político francês Alphonse de Lamartine (1790-1869), até as interpretações tradicionais da história da filosofia (Léon Robin, Jean Burnet) e de estudiosos da cultura grega (Ulrich Von Wilamovitz-Moellendorff e Franz Cumont), prevalece a ideia de que Sócrates almeja curar-se da vida.

O ponto de apoio da leitura foucaultiana reside num livro de George Dumézil, publicado justamente em 1984. Trata-se de *Le moyne noir en gris dedans Varennes* [*O monge negro vestido de cinza em Varrenes*].[5] A primeira parte da obra comenta uma profecia de Nostradamus na qual o Rei Luiz XVI é preso disfarçado na cidade supracitada durante a Revolução Francesa. A segunda parte, por sua vez, se detém na promessa de sacrificar um galo para Asclépio. Para Dumézil, quanto a este episódio à beira da morte, prevaleceram, ao longo dos tempos, "explicações precárias" (1984, p. 143). Algumas otimistas (*ib.*, p. 134), outras irritantes (*ib.*, p. 136). Por isso, a declarada precaução de buscar "[se] precaver contra as assimilações precipitadas que causam tantos desgastes na história das ideias" (*ib.*, p. 133). É nesse sentido que sentencia: Sócrates "jamais retrata a vida como um mal em si, nem a morte como uma 'libertação'" (*ib.*, p. 145). Até porque ele "não era budista", afirma satiricamente; e complementa, de forma categórica: "a vida representava, para ele, um período de provação e castigos, mas também de oportunidades e alegrias" (*ib.*, p. 133).

---

[4] FOUCAULT, Michel. *Le courage de la vérité. Le gouvernement de soi et des autres, II* (Cours au Collège de France: 1984). Edição organizada por Frédéric Gros. Paris: Gallimard-Seuil, 2009.

[5] DUMÉZIL, Georges. *"Le moyne noir en gris dedans Varennes". Sotie Nostradamique; suivi d'un Divertissement sur les dernières paroles de Socrate*. Paris: Gallimard, 1984.

Foucault compartilha integralmente da insatisfação de Dumézil: associar vida e doença consiste num tema que em nada mantém relação com a cultura e as tradições gregas. E recorre a uma elaborada análise etimológica (que não será trabalhada aqui) de determinados vocábulos no intuito de reforçar a trilha aberta pela metodologia dumeziliana. Chega, inclusive, a sugerir que até mesmo Nietzsche – para quem a racionalidade socrática a todo custo espelha o "mais feio dos homens" – reconhece a nítida incoerência entre o modo como Sócrates conduziu sua própria existência e o que este profere antes de morrer. Isso se faz notar no já mencionado aforismo 340 de *A gaia ciência*, especificamente na seguinte passagem: "'Oh, Críton, devo um galo a Asclépio'. Essa ridícula e terrível 'última palavra' quer dizer, para aqueles que têm ouvidos: 'Oh, Críton, *a vida é uma doença*!'. Será possível? Um homem como ele, que viveu jovialmente e como um soldado à vista de todos – era um pessimista? Ele havia apenas feito uma cara boa para a vida, o tempo inteiro ocultando seu último juízo, seu íntimo sentimento! Sócrates, Sócrates *sofreu da vida*? E ainda vingou-se disso – com essas palavras veladas, horríveis, piedosas e blasfemas. Também Sócrates necessitou de vingança? Faltou um grão de generosidade à sua tão rica virtude?".[6] A esse ambíguo comentário nietzschiano – tanto "negativo" (revelação de um segredo que permaneceu oculto ao longo de toda a sua existência) quanto "positivo" (coerência entre o modo como viveu e o momento da morte) – retornaremos mais adiante.

Dumézil e Sócrates

Em *"Nous devons un coq à Asklépios..."* [*"Devemos um galo a Asclépio..."*],[7] Dumézil realiza um exame minucioso das "peças" que compõem a estrutura sintática do breve diálogo que encerra o *Fédon* combinado com um inusitado emaranhado de lembranças, devaneios e diálogos imaginários. Como ressalta Foucault, o método aplicado nessas análises para comentar simultaneamente discursos de cunho profético (Nostradamus) e filosófico (Platão) já havia sido anteriormente empregado "nos seus diversos trabalhos de análise das mitologias indo-europeias" (FOUCAULT, 2009, p. 111).[8]

---

[6] NIETZSCHE, Friedrich. *A gaia ciência*. Tradução, notas e posfácio de Paulo César de Souza. Rio de Janeiro: Companhia das Letras, 2001, p. 230 [Die fröhliche Wissenschaft, 1881-1882].

[7] DUMÉZIL, Georges. *"Nous devons un coq à Asklépios..."*, p. 129-70.

[8] Apesar de metodologicamente ficar circunscrito ao texto platônico, isso não impede Dumézil de buscar subsídios pontuais em Homero (*Ilíada*) e Sófocles (*Antígona*).

Inicialmente, do ponto de vista estritamente gramatical, Dumézil ressalta que o emprego de três pronomes pessoais e verbos no singular e no plural suscitam diversas ambiguidades. Senão, vejamos: "'Nós' é limitativo ou extensivo? 'Nós, ou seja, eu e tu, Críton, que acabo de interpelar' ou então 'Eu, tu e eles, todos nós que estamos aqui presente'? E 'vós', é o que parece ser, 'vós, aqueles que estão aqui presentes' ou então – tendo em vista que não pretendo excluir nada de antemão, nem mesmo a ideia de que esse 'vós' seja uma elegância do filósofo no seu último suspiro – 'vós, isto é, tu que eu subitamente encarrego de uma grande responsabilidade, tu, um dos mortais ainda vivos e através de ti, todos os semelhantes dos quais já me afastei..." (DUMÉZIL, 1984, p. 140).

Além disso, até que ponto o vocativo "Críton" sinaliza o primado de um indivíduo em relação ao grupo de amigos? A resposta é negativa, na medida em que não se trata de realizar uma tarefa na qual ele era "o único interessado" (*ib.*, p. 141). Basta atentarmos para o fato de que, no início do *Fédon*, Sócrates o imbui de retirar do ambiente quem pudesse "chorar com estardalhaço, as mulheres e as crianças" (*ib.*, p. 141). Igualmente, mas agora no desfecho do *Fédon*, é encarregado de convocar o responsável pela execução, pelo momento da cicuta.

Persistindo no âmbito do jogo das palavras, ou seja, dentro do contexto do que foi efetivamente dito, faz-se necessário perguntar: "Qual homem ou quais homens estavam enfermos e foram curados? (*ib.*, p. 143). Ora, tendo em vista que Sócrates está "presente no 'nós' e excluído do 'vós'" (*ib.*, p. 142), certamente a cura não remete a ele exclusivamente. Dumézil também descarta tanto a referência a uma "antiga enfermidade", pois seria artificial supor uma súbita recordação, quanto a uma "cura antecipada", pois Asclépio trata apenas dos "males atuais, manifestados" (*ib.*, p. 144). Então se poderia especular que o doente em questão é Críton. Sem dúvida, podemos lhe atribuir "outra forma de doença, do *logos*" (*ib.*, p. 145). Isso fica patente no caso da "opinião falsa", do "erro de julgamento" expresso através do plano de fuga elaborado por ele. Daí Sócrates ter utilizado a seguinte analogia: "A opinião errônea significa para a alma o que a doença representa para o corpo" (*ib.*, p. 148).[9]

---

[9] Ou ainda, no mesmo sentido: "A doença que deteriora o corpo é a irmã gêmea da opinião falsa que corrompe a alma" (*ib.*, p. 151).

Por fim, Dumézil admite – Foucault não menciona essa passagem – que "há o risco da tentação" (*ib.*, p. 167), mas enfatiza quanto "Sócrates é inteiramente virtuoso e 'conhece' o bem" (*ib.*, p. 165). No fundo, a "doença do espírito" que deve ser combatida a todo custo "encontra-se em plena virulência em Críton e seus amigos, em germe em Sócrates, como em todo homem" (*ib.*, p. 167-8). É nesse sentido que todos estão igualmente comprometidos com a dívida. A partir dessas considerações, as palavras finais de Sócrates podem ser entendidas da seguinte maneira: "Críton, noutra manhã, eu, tu e através de ti, nossos amigos, recebemos, através de um sonho meu, o anúncio que pôs fim à enfermidade de vossos espíritos e aos efeitos intelectuais e sentimentais que teria sido capaz ou correria o risco de se abater sobre mim. Temos a obrigação, pois, de oferecer ao deus curandeiro o galo das curas. Não te esqueças de pagar a dívida!" (*ib.*, p. 168-9).

Foucault e Sócrates

Numa das aulas de *A coragem da verdade* – a terceira das nove que ocorreriam –, Foucault se dedica a abordar minuciosamente o punhado de palavras que Sócrates pronuncia antes de morrer.[10] E, como já indicamos aqui, se ele recorre ao divertido ensaio de Dumézil é porque "nenhum dos historiadores da filosofia ou comentadores que, ao longo de dois mil anos, se debruçaram [sobre essa questão] jamais conseguiram explicá-la ou interpretá-la" (Foucault, 2009, p. 67-8).

O curso de 1984 tratava da *parresía*, ou seja, a coragem de dizer a verdade, independentemente de possíveis perigos ou do interlocutor, que poderia ser, como assinala Thomas Flynn, "outro filósofo, um professor, um amigo, um parceiro sexual ou um sábio" (p. 103).[11] Desde o curso de 1982, Sócrates invariavelmente faz parte do rol dos parresiastas. A diferença

---

[10] A apologia foucaultiana do discurso socrático não se esgota na aula de 15 de fevereiro de 1984, através do resgate da lição vitalista consolidada no momento de sua morte. Ela se estende ainda pelas duas aulas seguintes: a de 22 de fevereiro (em sua integralidade) e a de 29 de fevereiro (em suas considerações iniciais).

[11] FLYNN, Thomas. Foucault as parrhesiast: his last course at the Collège de France (1984). In: BERNAUER, James; RASMUSSEN, David. *The final Foucault*. Cambridge, MA; Londres: MIT Press, 1988, p. 102-18. [Uma versão modificada e ampliada desse ensaio é publicada com o título "Foucault as parrhesiast: his last course at the College de France (An object lesson in axial history)", p. 260-82. In: FLYNN, T. *Sartre, Foucault, and historical reason: a poststructuralist mapping of history*. Volume 2. Chicago; Londres: University of Chicago Press, 2005, p. 260-82].

agora é que, na aula de 15 de fevereiro, ele não apenas assume uma posição privilegiada em relação à prática da *parresia* como também – e esses dois aspectos, como veremos, estão solidamente incrustados um no outro – sua fala no momento da morte retrata seu ensinamento mais valioso.

No entanto, faz-se necessário assinalar um importante deslocamento conceitual, pois, de acordo com Foucault, mais que recusar o desempenho de uma função política, o que lhe renderia, entre outros, a ocupação de cargos, Sócrates abdica do direito de exercer a *parresia* política, no caso, de denunciar o funcionamento inadequado das instituições democráticas atenienses. Isso não ocorre por ele temer a morte, como ele próprio ressalta. Sua motivação é de outra ordem, salienta Foucault, e envolve um fator "útil, positivo e benéfico" (FOUCAULT, 2009, p. 74), tendo em vista que consiste num "outro dizer-verdadeiro, que é o da filosofia" (*ib.*, p. 75) e que decorre do que lhe prescreve a voz do seu deus interior. Trata-se, em suma, de outra forma de se dirigir aos seus interlocutores: "incompatível com a tribuna e com as formas retóricas típicas do discurso político" (*ib.*, p. 83). Essa nova faceta da *parresia* socrática o leva, "ao cuidar de si mesmo, a cuidar dos outros, mas a cuidar dos outros de tal maneira que possa lhes mostrar que eles devem, por sua vez, cuidar deles mesmos" (*ib.*, p. 83). Como Foucault assinala, o lema que o move é este: "Sou útil à cidade inteira ao incitá-los a se ocuparem de vocês mesmos" (*ib.*, p. 83).

Ora, é a partir dessa relação consigo e com os outros que leva a análise foucaultiana a concluir que não se pode afirmar que a existência física representa um mal em si. Além disso, recorre a três exemplos para reforçar sua hipótese. Primeiro: tendo em vista que os deuses zelam pelos homens, seria incorreto considerar a vida uma prisão ou considerar que os deuses nos vigiam como prisioneiros; ao contrário, mantém em relação aos homens uma atitude positiva, análoga à de um pai de família diante de seus filhos – o que definitivamente não justifica o suicídio (*ib.*, p. 91). Segundo: tendo em vista que Sócrates simboliza nos escritos de Platão a vida filosófica, a vida pura, como poderia, então, ele encontrar-se doente? (*ib.*, p. 92). Terceiro: é o mais direto dos argumentos: "Tendo em vista que os deuses se interessam pelos assuntos do homem sábio [Sócrates está aqui diante de seus juízes e se refere a si mesmo], consequentemente não há dano possível para este, nem nesta vida nem na outra" (*ib.*, p. 93). Em suma: "não é necessário evadir-se [deste] mundo, porque estamos protegidos pelos deuses" (*ib.*, p. 102).

Quanto à digressão de Dumézil, Foucault também ressalta que nos últimos momentos de Sócrates a alusão a uma doença é inequívoca. Contudo, sua fala "afirma o que representava para ele *o mais essencial* e o mais manifesto em seu ensinamento" (*ib.*, 94, grifos meus), isto é, o "cuidado de si" [*epimeleia heautou*].[12] Por que, então, Sócrates se refere a Críton dizendo "*nós devemos*" em vez de falar "*tu deves*"? Ou ainda: "vós deveis", o que se aplica a Críton e aos demais discípulos. Graças à leitura de Dumézil, Foucault se dá conta que "entre Sócrates e seus discípulos existe um vínculo de simpatia e de amizade que, quando um dentre eles sofre de uma doença, os demais convalescem também da doença do outro" (*ib.*, p. 100).

Mas isso não é tudo. Sócrates, por obedecer rigorosamente ao princípio de *homologia* – "se o bom discurso triunfa, todos são vencedores" (*ib.*, p. 100), considera que "sacrifício deve ser feito para agradecer a cura [de Críton], em nome de todos" (*ib.*, p. 101). Foi Críton quem planejou a fuga de Sócrates da prisão, o que violaria o que prescrevem as Leis e a vontade dos deuses. Em termos foucaultianos, o sacrifício que Sócrates recomenda com veemência é uma forma de agradecer e mostrar que eles e seus discípulos não deixaram de lado o imperativo de "ocupar de si mesmo". De modo simbólico, trata-se de lembrar "o cuidado que os deuses têm em relação aos homens, para que estes cuidem deles mesmos, através do sacrifício a Asclépio" (*ib.*, p. 105). É nesse sentido que ingerir a cicuta ilustra a *parresia* ética de Sócrates: "a coragem deve se exercer até a morte" (*ib.*, p. 105).

Nietzsche e Sócrates

Na aula de 15 de fevereiro de 1984, Foucault, num primeiro momento, relaciona Nietzsche entre aqueles que interpretam Sócrates em função do anseio – budista – de deixar este mundo para trás. Porém, logo em seguida, afirma: "Nietzsche poderia perfeitamente ter visto que entre essa palavra que Sócrates pronunciou no derradeiro momento de sua vida e todo o resto que ele disse, fez ou foi ao longo de sua existência,

---

[12] A rigor, Dumézil considera, numa vertente oposta às analises foucaultianas, que o "cuidado" evocado por Sócrates não possui "ressonâncias [ou] vínculos com outras palavras da mesma raiz que *epimeleia*" (p. 86). ALLO, Eliane. Entretien avec Georges Dumézil a propos de l'interpretation de Michel Foucault (juin 1985). In: *Actes de la recherche en sciences socials*, 1986, n. 61, p. 86-8.

havia uma contradição. E ele resolve a contradição dizendo que, em suma, Sócrates sucumbiu, que revelou um segredo, um segredo obscuro que ele jamais havia pronunciado, desmentindo, assim, no derradeiro momento, tudo o que havia dito e feito" (FOUCAULT, 2009, p. 90-1).

Essa leitura a princípio não totalmente surpreendente, pois consiste em aproximar o Nietzsche *afirmador da vida*, anunciador do primado "ontológico" da *vontade de potência* [*Wille zur Macht*] do Sócrates parresiasta, para o qual nada é mais importante que uma vida filosófica autêntica. Numa perspectiva foucaultiana, trata-se de expressões singulares da Estética da Existência. Contudo, não se pode deixar de lado outras passagens do *opus* nietzschiano, notadamente *O crepúsculo dos ídolos*.[13] No capítulo "O problema de Sócrates", por exemplo, temos a seguinte afirmativa, logo na primeira parte: "Mesmo Sócrates estava farto [da vida]" (p. 17); e sugere ironicamente na quinta e última parte: "'Sócrates não é um médico', disse para si em voz baixa, 'apenas a morte é médico aqui'[...] Sócrates apenas esteve doente por longo tempo[...]" (p. 23).

Supor a afinidade Nietzsche-Sócrates não é propriamente uma novidade. Kaufman, em 1968,[14] enfatiza que "um exame de todas as passagens nas quais Nietzsche aborda Sócrates [levará] a uma nova compreensão [...] da filosofia inteira [dele]" (p. 391). O ensaio "A atitude de Nietzsche em relação a Sócrates" recorre, assim, a passagens de material precoce, como *Os filósofos pré-platônicos*, até textos das *Considerações intempestivas*, de *Humano, demasiado humano*, de *A gaia ciência*, de *Assim falou Zaratustra*, de *Além do bem e do mal*, da *Genealogia da moral*, de *Ecce homo* e, inclusive, de *A vontade de potência*. Mas, para ilustrar o procedimento de Kaufman, nos deteremos na obra que nos parece a mais hostil em relação ao pensamento socrático: *O nascimento da tragédia*.[15] Vejamos alguns casos:

- Parágrafo 13: "aquele impulso lógico que aparece em Sócrates [...] só encontramos [...] nas maiores de todas as forças instintivas" (p. 86).

---

[13] NIETZSCHE, Friedrich. *Crepúsculo dos ídolos, ou como se filosofa com o martelo*. Tradução, notas e posfácio de Paulo César de Souza. São Paulo: Companhia das Letras, 2006 [Die Götzen-Dämmerung – oder wie man mit dem Hammer philosophiert, 1888].

[14] KAUFMANN, Walter. *Nietzsche:* philosopher, psychologist, antichrist. 4. ed. Princeton, NJ: Princeton University Press, 1974 (Capítulo 13: "Nietzsche's Attitude toward Socrates", p. 391-411).

[15] NIETZSCHE, Friedrich. *O nascimento da tragédia* [*no espírito da música*], *ou helenismo e pessimismo*. Tradução, notas e posfácio de J. Guinsburg. Rio de Janeiro: Companhia das Letras, 1992 [Die Geburt der Tragödie aus dem Geist der Musik, oder Griechentum und Pessimismus, 1872].

- Parágrafo 14: existe "uma tendência antidionisíaca atuante antes de Sócrates" (p. 90). Ou ainda: "a arte não é [...] um correlativo necessário e um complemento da ciência"? (p. 91).
- Parágrafo 15: "a influência de Sócrates [...] compeliu sempre à recriação da *arte* – e, na verdade, da arte no sentido mais profundo e lato, já metafísico (p. 91). E mais: "Sócrates [representa] um ponto de inflexão e um vértice da [...] história universal" (p. 94). Por fim, há uma alusão ao "*Sócrates musicante*" (p. 96).

Esses exemplos se repetem ao longo dos escritos de Nietzsche. Mas até que ponto eles retratam, de fato, uma proximidade filosófica? Cabrera sugere, de um ponto de vista existencial, que "o cuidado de si não é uma 'descoberta' de quem alguém é, mas uma invenção a partir do que alguém pode ser; por isso [...] que o retrato desse último Sócrates insinua essa familiaridade com Nietzsche, enquanto arquiteto de sua própria vida, que Foucault vislumbra" (p. 36).[16] Se da perspectiva de uma estilística da existência é possível superpor o projeto ético de ambos, certamente o mesmo não pode ser afirmado em relação a um plano epistemológico. Mas não podemos esquecer que estamos atravessando o campo apenas esboçado em suas grandes linhas da História da Ética foucaultiana.

Foucault e o "Último Foucault"

O intento foucaultiano de situar a morte de Sócrates noutro contexto ético-filosófico sem dúvida está solidamente ancorado na leitura de Dumézil. Porém, faz parte de um projeto maior (e inegavelmente em construção). E falamos "maior" em duas dimensões distintas: uma *extensiva*, outra *intensiva*. No primeiro caso, além da nítida contribuição de Dumézil, seria necessário incluir o nome de outros referenciais teóricos, como o do filósofo tcheco Jan Patočka (1907-1977), cujo interesse no livro *Platão e a Europa*[17] Foucault manifesta sucintamente, porém de modo

---

[16] CABRERA, Mónica. El último Sócrates de Foucault. In: ABRAHAM, Tomás (Org.). *El último Foucault*. Buenos Aires: Sudamericana, 2003, p. 17-38.

[17] PATOČKA, Jan. *Platon et l'Europe:* seminaire prive du semestre d'ete 1973. Quatro anexos: "La fin de la philosophie est-elle possible?"; "Démocrite et Platon, fondateurs de la métaphysique"; "L'âme chez Platon"; "L'origine et le sens de l'idée d'immortalité chez Platon". Tradução de Erika Abrams. Lagrasse: Verdier, 1983, 316p.). *Plato and Europe*. Califórnia: Stanford University Press, 2002, 223 p. Tradução e introdução de Petr Lom. Sobre os pontos de encontro entre Foucault

entusiasmado, na aula de 22 de fevereiro (além da breve menção na aula de 8 de fevereiro, na qual também se refere a Bruno Snell).

No segundo caso, faz-se imprescindível delinear o campo no qual Foucault percorria, a saber: de um trabalho meticuloso e interminável de esculpir a si mesmo. Aqui Sócrates desponta como fonte de inspiração na medida em que "consagra toda a última lufada de ar" (DUMÉZIL, 1984, p. 169) para zelar pela "saúde" de sua "alma" e de todos os seus companheiros. Essa lição – de cunho epicurista – é evocada em *A hermenêutica do sujeito* (1982) e *O cuidado de si* (1984): nunca é tarde para filosofar. Dito de outro modo, nas palavras de Kohan, "a filosofia é, para o Sócrates de Foucault, uma espécie de atitude de vida, diante de si, dos outros e do mundo; é também uma preocupação especial com o próprio pensamento e, finalmente, é um conjunto de práticas pedagógicas pelas quais se deve passar para transformar a si e ter acesso à verdade" (p. 115).[18]

A questão é que essa apologia de Sócrates não pode ser considerada o ponto de chegada de Foucault. Ele vai mais além ao ressaltar o modo de vida dos cínicos. A concepção de uma *parresia* cínica ultrapassa a esfera discursiva e prática e vai se inscrever na materialidade corporal. Chega mesmo a afirmar, na segunda sessão da aula de 29 de fevereiro de 1984, ao retomar algumas considerações a respeito de Sócrates no *Laques*, que o *estilo* cínico, em relação à *parresia* socrática, consiste num modo "mais denso [*cerré*]", "mais específico [*précis*]" (FOUCAULT, 2009, p. 159) de conduzir a existência.

---

e Patočka: cf. Szakolczai, Arpád. Thinking beyond the East-West divide: Foucault, Patočka, and the Care of the Self. *Social Research*, v. 61, n. 2, 1994, p. 297-323. Lom considera que na noção de "cuidado com a alma", investigada por Patočka, reside "o pilar de todos os grandes pensadores da antiguidade" (*op. cit.*, p. xv), o que vai ao encontro da ideia foucaultiana de "cuidado de si". Ainda nesse sentido, Szakolczai chega a considerar que de todas as conexões que se pode estabelecer entre Foucault e outros referenciais teóricos nenhuma "é mais forte, direta e desconcertante quanto a afinidade eletiva que existe entre o trabalho de Foucault [especificamente nos anos 1980] e Pato čka" (*Loc. cit.*, p. 299).

[18] KOHAN, Walter. Saber, cuidado de sí y formación. El último Sócrates en el último Foucault. *Ensayo y Error*, v. 17, n. 34, Caracas, jun. 2008, p. 93-118.

Um "Campo de Experimentação"

Magda Maria Jaolino Torres

No âmbito de um Encontro que visa Foucault, filosofia e política, cientes das relações poder-verdade, parece-nos da maior pertinência introduzir uma discussão sobre a abertura de espaços institucionais de produção de saber, dentro e fora de nossa Universidade, para pensar Foucault e que incluam a História nesta interação. Parece-nos uma proposta conforme um pensamento que jamais se descolou da História, muito embora com sérias ressalvas. Assim, apresentamos neste fórum um "campo de experimentação" que aceitou os seus desafios e lhe propõe novos. *Experimentação e hetorotopia?*[1] *Ou seria* melhor dizer *espaços heterotópicos e campos de experimentação?*

O grupo de pesquisa (GP),[2] *Campo de experimentação: Michel Foucault e a História*, se formou com o objetivo de abrir espaço, inclusive institucional, para mapeamento, reflexão e estudo das proposições e das problematizações apresentadas por Foucault, as quais abalaram e continuam a sacudir os fundamentos da História. Além disso, constitui-se cotidianamente como um espaço heterotópico[3] (o espaço existe, mas parece estar fora do lugar e nos obriga a um exercício de pensamento. *Só se pensa quando se é forçado...*, como diria Deleuze.). Permite, assim, experimentações diversas (teóricas, metodológicas, culturais e subjetivas) possíveis *a partir* e *com* as

---

[1] As heterotopias são lugares reais, mas elas parecem estar em oposição em relação aos lugares comuns em que vivemos. Desse modo, as heterotopias confundem a linguagem e perturbam nosso entendimento, mas, ao mesmo tempo, abrem a possibilidade de novos pensamentos, novas representações e novos *insights* acerca do mundo que nos rodeia.

[2] Assumimo-nos como tal para poder existir na ordem do discurso que instituiu o CNPq.

[3] Deslocamento ou colocação fora do lugar.

inquietações de Foucault. Apresenta, para além de um caráter interdisciplinar, um caráter interinstitucional, congregando estudiosos da UFRJ e de outras universidades, bem como investigadores em diversas etapas de formação. Reuniu-se pela primeira vez em 29 de maio do corrente ano, quando passou a ocupar, no IFCS, a sala 208, onde promove reuniões semanais e quinzenais. Visamos *experimentar* os seus ditos em nossas próprias *experiências* de pesquisadores.

Como assinala Macherey, ao apresentar o escrito de Foucault sobre Roussel, a noção de *experiência* tem papel relevante na reflexão de Foucault e explica-se pela função muito particular que aí preenche:

> a de uma dobra, diria Deleuze, [...] que se situa na interseção das teorias e das práticas, dos discursos e das instituições, do subjetivo e do objetivo, do normal e do patológico, do verdadeiro e do falso [...]: neste sentido, pensar experiências é compreender sua relação com o impensado que não constitui absolutamente um para além da experiência, mas representa a maneira complexa e distorcida pela qual a experiência retorna sobre si mesma e se efetua no dizer (p. XI-XII).

Ao longo de nosso percurso iniciado recentemente, buscamos ativar noções construídas por Foucault e verificar em que medida podem constituir-se em ferramentas úteis para potencializar nosso pensamento e as nossas práticas de escrita da História, inclusive aquela que se apresenta como História Comparada, metodologia definidora de um espaço maior ao qual se vincula o grupo, o Programa de Pós-Graduação em História Comparada (PPGHC da UFRJ).

Portanto, no GP, instituiu-se também o projeto de "Seminários permanentes: História *comparada* para reflexão", um espaço de interlocução mais amplo e denso, cuja primeira edição ocorreu no dia 23 de junho próximo passado, quando foi lançado o seu "manifesto", inspirado no encontro de Campinas do ano passado, Por uma vida não fascista,[4] tema transmutado (reapropriado) pelo grupo numa proposta de um exercício *não fascista* da História, considerada como aquele que, identificando entre as condições de emergência dos fascismos a crença e instituição de verdades sempiternas tomadas por evidências e justificativas de ação, dele se afasta e desconfia. Na ocasião, foi realizada a palestra de Guilherme

---

[4] V Colóquio Internacional Michel Foucault: por uma vida não fascista. Campinas: UNICAMP, 2008.

Castelo Branco, tendo por debatedores os historiadores Francisco Carlos Teixeira da Silva e Norma Cortes, então, respectivamente, o coordenador do PPGHC e a chefe do Departamento de História. O grupo é o fruto da competência e determinação de colegas historiadores que conosco estão nesta empreitada: os historiadores Marilene Rosa Nogueira da Silva da UERJ (colíder), Fabio Henrique Lopes da USS, Neyde Thelm da UFRJ e Silvio de Almeida Carvalho Jr., também da UFRJ, além de nossos alunos doutorandos, mestrandos e graduandos, por enquanto, predominantemente de nossas Universidades.

Refletir sobre Foucault e a História foi a matéria de alguns dos colegas reunidos neste evento, sendo este um dos principais objetivos do grupo. Apresentar o nosso "campo de experimentação", entretanto, é apresentar também inquietudes e partilhar pensamentos, certos de ser este o fórum para que se testem a pertinência e a urgência da empreitada que propomos.

As epígrafes escolhidas por Rago e Funari, no livro que coordenaram sobre subjetividades antigas e modernas, revelam a importância da reflexão de Foucault e também de Deleuze para um trabalho que resultou de um exercício de *história comparada*.[5]

Diz Foucault:

> [...] a história tem por função mostrar que aquilo que é nem sempre foi, isto é, que é sempre na confluência de encontros, acasos, ao longo de uma história frágil, precária, que se formaram as coisas que nos dão a impressão de serem as mais evidentes. Aquilo que a razão experimenta como sendo sua necessidade, ou aquilo que antes as diferentes formas de racionalidade dão como sendo necessárias, podem ser historizadas e mostradas as redes de contingências que as fizeram emergir [...]

Diz Deleuze:

> Mas os modos de existência ou possibilidades de vida não cessam de se recriar, e surgem novos. Se é verdade que essa dimensão foi inventada pelos gregos, não fazemos um retorno aos gregos quando buscamos quais são aqueles que se delineiam hoje, qual é nosso querer-artista irredutível ao saber e ao poder.

---

[5] RAGO, Margareth; FUNARI, Pedro Paulo A. (Orgs.). *Subjetividades antigas e modernas*. São Paulo: Annablume, 2008. Trata-se do resultado do projeto temático, intitulado "Gênero, subjetividades e sexualidade na Antiguidade e na (pós) modernidade: pesquisa em História Comparada", desenvolvido na área de História Cultural do PPGH do IFCH da UNICAMP, apoiado pelo CNPq, desenvolvido entre 2006 e 2008. Cf. p. 10.

Desconfiar das evidências, retornar aos gregos, não em busca de supostas *origens, influências, tradições, continuidades* ou *evoluções* – todas essas noções que *diversificam, cada uma à sua maneira, o tema da continuidade* –,[6] mas, isto sim, para confrontá-los para marcar a diferença, a ausência do suposto referente e, deste modo, analisar a irrupção do *acontecimento* no jogo de sua instância. Foucault sugere a descontinuidade e a dispersão do objeto ao alertar que uma história de um suposto *mesmo* objeto na sua *evolução* acaba por ignorar que este não é mais o mesmo. O *acontecimento*, como quer Foucault, está na *reaparição*. A novidade do novo se desvela em sua própria repetição, em sua reproposição, em sua invenção.

Como realizar esse percurso, a não ser ativando, experimentando, dando vida às noções e às práticas que, entre outros, Foucault desenvolveu no seu próprio trabalho, em que não cessou de comparar: temporalidades e espacialidades diversas, *corpora* documentais para a construção de *séries*, assim como enunciados entre si, muitas vezes em recortes sincrônicos na busca de *regularidades, repetições* e rompimentos bruscos, *cortes* e *descontinuidades*? Como trilhar esse caminho a não ser investigando métodos que podem dar suporte a uma proposta de prática histórica comparada, assim entendida?

> O horizonte ao qual se dirige a arqueologia não é, pois, *uma* ciência, *uma* racionalidade, *uma* mentalidade, *uma* cultura; é um emaranhado de interpositividades cujos limites e pontos de cruzamentos não podem ser fixados de imediato. A arqueologia: uma análise comparativa que não se destina a reduzir a diversidade dos discursos nem a delinear a unidade que deve totalizá-los, mas a repartir a sua diversidade em figuras diferentes. A comparação arqueológica não tem um efeito unificador, mas multiplicador.[7]

Dessa forma, por um lado, podem surgir novos problemas e abordagens a partir da configuração de objetos muitas vezes não previstos e que, em alguns casos, só puderam ser iluminados pela força do método. Por outro lado, ler e produzir a História em uma perspectiva comparada pode permitir o desvelamento das próprias redes que criamos e nas quais nos vemos enredados – a possibilidade de desvelar a nossa própria relação com o passado.

---

[6] ARQUEO, p. 23.
[7] ARQUEO, p. 183.

Tal possibilidade é bem enunciada por Rago e Funari:

> [...] não se trata de estabelecer quadros comparativos estanques entre um momento histórico e outro, mas de perguntar pelas múltiplas formas de apropriação do passado, pelos vários modos de hierarquização, inclusão e exclusão que atravessam as narrativas históricas, pelas relações que cada sociedade estabelece consigo mesmo e com o seu passado, esse muitas vezes visado como o seu Outro sombrio, mais atrasado e primitivo, ou, ao contrário, como a origem supostamente tranquila e enobrecedora.[8]

Mas, afinal, existiria alguma possibilidade de se complexar a História e suas escritas, a partir de Foucault, no interior de um Programa que se autodefine como de História Comparada, a partir de alguns postulados por este aceitos entre os quais se destaca, por exemplo, aqueles enunciados pelo *Centre de Recherches Comparées sur les Sociétés Anciennes* (CRCSA)?

Lembro que, em meados dos anos 1960, foi criado o *Centre de Recherches Comparées sur les Sociétés Anciennes* (CRCSA) por Jean Pierre Vernant, Marcel Detienne e outros pesquisadores.[9] Esta equipe tornou-se um grupo de pesquisa bastante ativo e seus estudos comparativos marcaram uma série de mudanças nas abordagens das sociedades antigas. Foi esta atividade que lhes valeu o chamado para participar da *École des Hautes Études en Sciences Sociales* (EHESS).

Os pressupostos do grupo no exercício da comparação foram expostos por Marcel Detienne em um livro que ele intitulou *Comparer l'incomparable* (2000).[10] Rompia-se com o senso comum de que só era possível a comparação entre comparáveis e, de certa forma, com as práticas historiográficas que nele se apoiavam e, até então, eram reconhecidas como a única maneira comparada de se produzir a História.

Segundo ele, uma sociedade é formada por um conjunto complexo e infinito de elementos, pertencentes à dinâmica das relações e das práticas sociais pelas quais homens e mulheres se articulam uns aos outros,

---

[8] RAGO; FUNARI, *op. cit.*, p. 11.

[9] Para maiores detalhes sobre a história da formação do CRCSA, ver: VERNANT, Jean Pierre. Entre mito e política. Tradução de C. Murachco. São Paulo: EDUSP, 2001; e o artigo THEML, Neyde; BUSTAMANTE, Regina. História comparada: olhares plurais. Revista de História Comparada v. 1, n. 1, jun./2007. Todas as observações a seguir sobre os postulados e ação do CRCSA reportam a este artigo.

[10] DETIENNE, M. *Comparer l'incomparable*. Paris: Seuil, 2000. Há tradução deste livro por Ivo Storniolo. Aparecida, SP: Ideias & Letras, 2004.

produzindo, em determinado tempo e espaço, variáveis também infinitas de combinações e ações sociais. Assim sendo, o exercício da comparação poderá percorrer tanto as sociedades antigas quanto as atuais, as simples e as complexas, colocando em perspectiva as singularidades, as repetições, o tempo e o espaço. Portanto, é necessário afastar-se de todo o tipo de hierarquização de culturas e sociedades, de níveis de realidades estanques ou de supremacia de um domínio sobre o outro, pois existem diversas redes de imbricações quando se tratam de fenômenos sociais. Enquanto redes, estas não são lineares, causais e evolutivas e têm mais condições de serem percebidas e elucidadas quando se tornam objeto de uma abordagem comparativa pela construção de um *conjunto de problemas*, que perpassam as pesquisas da equipe disposta a trabalhar comparativamente. Logo, para Detienne, não há preocupação com hierarquias, pois não se visa formular modelos abstratos, leis gerais, relações de causalidades, origem nem essência dos fenômenos, mas descobrir formas moventes e múltiplas com as quais as sociedades se depararam, se representaram e se transformaram.[11]

Tais postulados, formulados a partir de pressupostos diversos, em sua maneira de praticar a comparação – *comparar os incomparáveis* – e o exercício da História a partir da instituição de *campos de experimentação* poderiam ser aproximado à Foucault? Ou melhor, uma leitura de Foucault poderia oferecer instrumentos para viabilizar, ou mesmo dar mais consistência aos estudos comparados, conforme se entrevê no proposto por Detienne?

Uma pista pode ser o que ele visa com esta experiência. Esses campos seriam o lócus privilegiado da pesquisa, espaço de reunião de pesquisadores em torno de *conjuntos de problemas* e no qual se exerce a comparação visando produzir o *estranhamento*. Ele diz: "não essências", "não modelos", mas a "multiplicidade".[12] Em outras palavras, talvez se pudesse dizer: "desnaturalização" e "desuniversalização" de práticas e de objetos para flagrá-los em sua historicidade. Segundo Theml,[13] uma das fundadoras do PPGHC e integrante de nosso grupo, o *campo de exercício de experimentação comparada* é um conceito metodológico. Expressa uma

---

[11] THEML; BUSTAMANTE, *op. cit.*

[12] Veja-se, particularmente, em Detienne, *op. cit.*, o subtítulo "O choque do incomparável". Cap. 2, p. 49-67. Jean Pierre Vernant. Entre mito e política. Tradução de C. Murachco. São Paulo: EDUSP, 2001.

[13] THEML; BUSTAMANTE, *op. cit.*, p. 13.

atividade acadêmica regular de debates entre os pesquisadores, na qual se apresentam os resultados das pesquisas individuais que são confrontadas diante de *conjuntos de problemas* formulados pelo grupo, que todos se propuseram a observar durante as suas pesquisas.

Dessa forma, interrogamos as propostas que possam concorrer, muito especialmente, para aquela prática apontada por Detienne como das mais fecundas para instituir uma História Comparada deste novo tipo – a que postula a "comparação dos incomparáveis". Tal postulado, como se viu, leva-a muito além da literalidade da "comparação dos [supostos] comparáveis" para mergulhar fundo em uma postura [teórico-metodológica] que se possa sustentar na *comparação*, para desvelar *multiplicidades*. Isso porque a *monnayage conceptuel* (amoedação[14] – prefiro *cunhagem* – conceitual) desenvolvida nesse trabalho de Detienne talvez ainda possa revelar sua perplexidade ante aquilo que ele mesmo intitula *le choc de l'incomparable* (o choque do incomparável) (p. 44-9). Parece que se trata ainda de uma busca pela precisão, ou melhor, de certa hesitação e incerteza na formulação de noções, o que ele chamou de *l'art de monnayer* (a arte de amoedar) (p. 47-52). Percebemos certa precariedade e dificuldade para a aplicação das noções assim cunhadas no exercício das pesquisas. Exemplificamos com algumas das noções que aparecem em alguns trechos por nós selecionados. [...] *Le monnayeur comparativiste s'aperçoit quil'est em train d'analyser des mécanismes de pensée* (o *cunhador* comparativista percebe que está a ponto de analisar mecanismos de pensamento) (p. 50-6), o quê, quais seriam e como analisá-los? A noção de *des plaques localisées d'enchaînement quasi causal* (placas de encadeamento quase causal), que Detienne tomou a Lenclud e reelabora em, aparentemente, outra noção, a de *des plaques de cohérence* (*placas de coerência*) (p. 51-7), como defini-las e operar com elas? A noção de *configuração* e *sistema* na afirmação, *il faut que cette configuration fasse um peu système* (é preciso que essa configuração se torne um pouco sistema) (p. 51), como torná-la *um pouco* sistema? Ou como, *lisant par-dessus mon épaule* (lendo por cima de [seu] ombro), sugeriu-lhe o mesmo Lenclud, [...] *dans chaque microconfiguration, il y a comme une orientation* (em cada microconfiguração há uma espécie de orientação) (p. 52-8), do que se

---

[14] De *amoedar*, termo usado pelo tradutor do livro de Detienne (*op. cit.* p. 50, 56). O número da página aparece duas vezes em todas as citações que se seguem: o primeiro refere-se à edição em português e o segundo à edição francesa)

trata: sentido ou *ordem*? Talvez possamos contribuir no exercício de nossas pesquisas, no interior de nosso "campo de experimentação", para lapidar, tomar ou imaginar noções que possam de maneira mais precisa constituir-se em ferramentas de trabalho. E, quando o próprio Detienne se coloca *sous le regard sévère de la généalogie* (sob o olhar severo da genealogia) (p. 20-1) para pensar a *procedência* (ele não utiliza esse termo) da abordagem comparativista, experimentar Foucault pode ser um bom começo.

Em seu curto tempo de vida, apresentamos aqui apenas uma das questões, entre outras, que o nosso grupo está formulando e da qual começa a se ocupar. Uma questão que emergiu como primeira, pela própria percepção de que o PPGHC é o lugar institucional que mais se adapta às nossas inquietações, um lugar de *olhares plurais*, como este se define. Damos os primeiros passos no sentido de contribuir para uma prática histórica que se possa adjetivar como comparada, para além da necessidade de se trabalhar com no mínimo "pares de objetos" supostamente comparáveis. Não se trata de manter ou estabelecer novos paradigmas que a engessem, mas de pesquisar horizontes cada vez mais amplos para a sua afirmação. Desde já fique claro que a entendemos como rica e, portanto, múltipla. Não postulamos a forma *correta* de exercê-la. Ao contrário, gostaríamos de refletir consistentemente sobre uma das picadas que estamos procurando abrir e que talvez venha a alargar ainda mais as nossas trilhas.

Que não restem dúvidas, portanto: o nosso campo de experimentação deve ser entendido como tal, *uma dobra*, conforme o dito de Macherey, *na interseção das teorias e das práticas*, um espaço de experimentação. Espaço para testar e não para atestar um *autor* ou uma *teoria*. Essa afirmação ganha contornos mais fortes e indubitáveis quando se escolhe pensar a partir de Foucault. De fato, é difícil falar em "obra" e destacar um "autor" cuja contribuição maior talvez tenha sido exatamente a de problematizar essas noções. Mais difícil ainda atribuir-lhe uma *teoria* da qual se esquivou por entendê-la como indesejável. Assim sendo, visa-se à leitura de seus escritos não para cristalizá-los ou aprisioná-los à circunstância de uma biografia ou de uma teoria, mas para questioná-los e criar as condições para que se possa vir a construir novas reflexões e novos enunciados a partir deles. A instituição do nosso grupo pode ser entendida como a criação de uma dessas condições de produção de enunciados novos. Não se visa produzir *foucaultianos*, porque é um total contrassenso dizer-se foucaultiano – ao potencializar nosso próprio pensamento, seus escritos talvez nos aproximem muito mais de saídas singulares, que serão as nossas.

Da mesma forma, que fique claro que também não se quer criar simplesmente uma erudição em Foucault, como *uma reserva de saber que garantiria a verdade sobre todas as questões*; o que se visa é experimentá-lo. Como lembra Suely Rolnik, aquela concepção de erudição levaria Deleuze a afirmar que não gostava dos "intelectuais" que se acham portadores de tal reserva de saber de que se servem para falar de qualquer coisa, em qualquer lugar e a qualquer momento. Para ele, não se tratava de formar uma reserva desse tipo mas, isto sim, de ler os textos em função *da elaboração de problemas específicos* para depois esquecê-los.[15] Desse modo, o que Rolnik destaca em Deleuze é uma posição que, mais que metodológica ou epistemológica, é ética, estética e política:

> *Ética*, porque o que a define não é um conjunto de regras tomadas como um valor em si para se chegar à verdade (um método), nem um sistema de verdades tomado com um valor universal: ambos são da alçada de uma posição de ordem moral. O que define essa posição é o rigor com que escutamos as diferenças que se fazem em nós e afirmamos o devir a partir dessas diferenças. As verdades que se criam com este tipo de rigor, assim como as regras que se adota para criá-las, só têm valor se conduzidas e exigidas por problemas colocados por diferenças que nos desassossegam.
>
> *Estética*, porque não se trata de dominar um campo de saber já dado, mas de criar um campo no pensamento que seja a encarnação das diferenças que nos inquietam, fazendo do pensamento uma obra de arte.
>
> *Política*, porque se trata de uma luta contra as forças em nós mesmos, dentro de nós, que obstruem as nascentes do devir, o novo: forças reativas, forças reacionárias.[16]

Tomamos para nós essa tríplice postura ao afirmar que o nosso propósito é somente o de *experimentar* Foucault, e é neste sentido que apresentamos o nosso GP no âmbito de um colóquio que mira Foucault: Filosofia e Política.

Para finalizar esta breve apresentação de um "campo de experimentação", recordo ainda mais alguns trechos tomados a Deleuze que

---

[15] ROLNIK, Suely. Entrevista a Claire Parnet em 1988, para o canal Arte da televisão francesa (Gilles Deleuze de A a Z).

[16] *Id.*

nos tocaram profundamente e podem muito bem dizer o ponto em que nos encontramos:

> [...] Buscamos aliados. Precisamos de aliados. E temos a impressão de que esses aliados já existem, que eles não esperaram por nós, que tem muita gente que está farta, que pensa, sente e trabalha em direções análogas: não é questão de moda, mas de um "ar do tempo" mais profundo, em que pesquisas convergentes estão sendo realizadas em domínios muito diversos [...].
> [...] não vale a pena protestar de antemão contra os contrassensos, não se pode prevê-los nem lutar contra eles quando já estão feitos. Mais vale fazer outra coisa, trabalhar com aqueles que vão no mesmo sentido. Quanto a ser responsável ou irresponsável, não conhecemos esses termos, são noções de polícia ou de psiquiatria forense[17].

Convido-os a experimentar-nos.

---

[17] Entrevista sobre o Anti-Édipo: com Félix Guattari. In: *Conversações*: 1972-1990. Tradução de Peter Pál Pelbart. São Paulo: Ed. 34, 1992. p. 34 e 36, respectivamente.

Pensar a democracia

Márcio Alves da Fonseca

Por diversas vezes, o vínculo do pensamento de Foucault com a atualidade foi explicitado pelo próprio filósofo que, situando-se numa vertente crítica do pensamento kantiano, definiria sua filosofia como uma "ontologia crítica de nós mesmos" (FOUCAULT, 1994a, p. 577).[1] Mais de uma década após a morte de Foucault, no artigo intitulado "Foucault e a atualidade", François Ewald apresentaria uma síntese interessante daquilo que então considerava ser as principais atualidades daquela filosofia, compreendida como uma ontologia do presente histórico (EWALD, 1997). Ewald iria referir-se, primeiramente, à sua atualidade enquanto diagnóstico – o diagnóstico prospectivo, presente nos escritos de Foucault, acerca de aspectos relevantes do mundo tal como hoje o conhecemos. Em seguida, viria a atualidade da problematização realizada pelo filósofo acerca de tudo aquilo que se reportava à norma, entendida como critério de medida, dotado de um caráter médico-jurídico-técnico-político, relativamente ao qual seria possível identificar os mecanismos de saber-poder que determinam as formas de objetivação e de subjetivação do indivíduo moderno. Em terceiro lugar, estaria a atualidade das abordagens realizadas em torno da medicina, na medida em que explicitariam talvez aquele que seria o processo mais importante em curso nas sociedades atuais, a saber,

---

[1] Relativamente ao sentido atribuído por Foucault à sua filosofia enquanto uma ontologia do presente histórico, considerar, em especial, as duas versões do comentário realizado pelo filósofo ao ensaio kantiano *O que são as Luzes?* Uma dessas versões constitui a aula de 5 de janeiro do curso do *Collège de France* de 1983 (*O governo de si e dos outros*), tendo sido objeto de uma primeira publicação em 1984 (sob uma forma concisa) na Revista *Magazine Littéraire* e, posteriormente, publicada também em *Dits et écrits* (v. IV, 1994, p. 679-88). A outra versão foi publicada originariamente em inglês, com o título *What is Enligthenment?*, em obra coletiva organizada por Paul Rabinow, tendo sido posteriormente publicada também em *Dits et écrits* (v. IV, 1994, p. 562-84).

o processo de medicalização generalizada da existência humana, segundo a forma da medicalização dos corpos, dos processos simbólicos e da vida. Por fim, a quarta atualidade do pensamento de Foucault referir-se-ia às abordagens acerca da ética, refletida como matriz fundamental da subjetivação e pensada segundo a perspectiva das noções de cuidado, decisão e responsabilidade.

Ora, a leitura dos dois últimos cursos proferidos pelo filósofo no *Collège de France*, em 1983 e 1984, parece revelar a emergência de outro importante lugar de atualidade do seu pensamento. Tal atualidade consistiria precisamente na reflexão sobre algumas das dimensões essenciais da democracia. Com efeito, inseridos no contexto das abordagens do pensador acerca da ética e do cuidado de si na Antiguidade, ao se debruçarem especificamente sobre os significados da noção de *parresia* na cultura clássica e helenística, os cursos *O governo de si e dos outros* (FOUCAULT, 2010) e *A Coragem da verdade* (FOUCAULT, 2009), ao mesmo tempo que empreendem uma instigante análise da democracia antiga, sugerem vias, senão inéditas, certamente pouco exploradas para a consideração de impasses e desafios com os quais se confronta a democracia moderna.

Se, por um lado, a pluralidade de sentidos e de formas da democracia moderna expressa apenas longinquamente o sentido e a forma histórica da democracia antiga, por outro, o retorno à democracia dos antigos realizado por Foucault – a partir da noção de *parresia* – é capaz de indicar algumas das dimensões fundamentais a serem consideradas pela reflexão atual acerca do tema.[2]

Guiadas por este que pode ser considerado um dos desafios maiores do pensamento político contemporâneo, a filosofia política e as teorias sociais erigem diversos modelos ético-políticos da democracia, indicativos da diversidade, dos limites e da urgência de um pensamento renovado a esse respeito. É neste cenário que se situa, por exemplo, a concepção habermasiana da democracia que, buscando superar a alternativa entre

---

[2] A distinção conceitual e histórica entre a democracia antiga e a democracia moderna deve ser o ponto de partida para qualquer estudo que, de algum modo, contraponha as duas realidades. Não se trata aqui, entretanto, de realizar este estudo, cabendo apenas alertar o leitor para o vasto campo teórico-conceitual que distingue a democracia dos antigos das significações que atualmente correspondem ao termo *democracia*. Como uma referência inicial – e também incontornável – para a consideração de tais distinções, indicamos o conhecido discurso de Benjamin Constant: *Da liberdade dos antigos comparada à dos modernos* (CONSTANT, 1980).

uma "democracia representativa" – cujos limites são conhecidos – e uma "democracia direta" – inviabilizada pelas condições sociais da modernidade –, propõe o modelo de uma "democracia radical", guiado pelo princípio da auto-organização da sociedade, apoiada na crítica historicamente informada e normativamente fundada das situações sociais, na qual se privilegia o papel essencial do direito, compreendido como um direito autônomo e altamente diferenciado, capaz de constituir um modo de ação moralmente legítimo da sociedade sobre ela própria (HABER, 1999).[3] É esse mesmo contexto de diversidade e urgência de um pensamento atual sobre o tema que dá lugar, segundo uma perspectiva bastante diversa, à concepção multiculturalista de Charles Taylor ao propor um modelo de democracia essencialmente associado àquilo que deveria ser uma "política do reconhecimento" das diferenças.[4] Assim como esses, outros exemplos do amplo esforço do pensamento contemporâneo em torno da democracia poderiam se suceder.

Nossa hipótese consiste em que, em seus últimos cursos, Foucault sugere, por um viés próprio e em geral distinto daqueles dos principais modelos teóricos consolidados, novos caminhos para a reflexão atual acerca da democracia. Buscando tão somente indicar alguns desses caminhos, realizaremos a seguir uma breve referência às primeiras aulas do curso de 1983, considerando-as como o marco inicial de uma possível e fértil investigação sobre a democracia na atualidade, sugerida pelos escritos de Michel Foucault.

O tema da democracia em *O governo de si e dos outros*

É no âmbito de uma história do preceito filosófico-moral do cuidado de si, iniciada no curso de 1982 (FOUCAULT, 2004), que a noção de *parresia* se apresentará a Foucault, permanecendo no centro de suas pesquisas a partir de então. Em *A hermenêutica do sujeito*, ela é então caracterizada como o dizer-verdadeiro do mestre de existência que, dirigindo-se ao discípulo, incitava-o à prática do cuidado de si (GROS, 2010). No âmbito

---

[3] Sobre o tema da democracia em Habermas, ver principalmente a obra *Direito e democracia* (HABERMAS, 1997).

[4] Para uma localização inicial do tema da democracia em Taylor, ver *Multiculturalisme. Différence et démocratie* (TAYLOR, 1994).

deste curso, terão lugar as distinções entre a *parresia* e as formas de discurso consistentes na lisonja e na retórica, abrindo caminho para um longo e detalhado estudo sobre a prática do dizer-verdadeiro realizado nos anos seguintes. Conforme acertadamente indica Frédéric Gros, o conjunto das aulas do curso de 1983 será assim inteiramente consagrado à problematização histórica da noção de *parresia* (GROS, 2010).

Com efeito, em *O governo de si e dos outros*, Foucault apresentará a *parresia* como a expressão pública e arriscada de uma convicção própria do sujeito que se encontra ontologicamente engajado no ato de enunciação da verdade (GROS, 2010). Para sua caracterização inicial será preciso, então, diferenciá-la de outros tipos de enunciados. A forma de discurso consistente na *parresia* não se confundiria, por exemplo, com os chamados "atos de linguagem", tais como definidos pelos pragmáticos ingleses. Distinguir-se-ia também dos enunciados compreendidos como sequências de combinações de uma linguagem possível cujas regras de produção se procuraria definir, tais como estudados pela filosofia analítica. Ou, ainda, se diferenciaria igualmente dos enunciados compreendidos como sequências inscritas de fato em determinado arquivo cultural cujas condições de realidade se procuraria conhecer, assim como são estudados os enunciados pela arqueologia.

Desse modo, demarcando sua diferença relativamente a essas três outras formas de enunciação, Foucault procurará reconstituir, no curso de 1983, ao menos em parte, a história da noção de *parresia*, compreendida como o dizer-verdadeiro dirigido ao público e que expressaria um vínculo essencial entre o sujeito da enunciação e a verdade por ele enunciada. Ao fazê-lo, pode-se dizer que *O governo de si e dos outros* dá lugar a uma análise da *"parresia* política" praticada na cultura antiga. E enquanto tema central do curso, a *parresia* política será estudada, tal como a compreende Foucault, em suas duas formas principais. As cinco primeiras aulas do curso dedicam-se à primeira dessas formas, a *"parresia* democrática". Ela consistiria no dizer-verdadeiro do indivíduo particular que, por convicção, dirigia-se ao conjunto dos cidadãos a fim de lhes expor o que pensava acerca dos interesses da cidade. A análise dessa forma de *parresia* será apoiada especialmente na leitura das tragédias de Eurípides e dos escritos de Tucídides sobre a guerra do Peloponeso. Nas cinco aulas restantes, dá-se o estudo da *"parresia* autocrática", compreendida como o discurso de verdade proferido pelo filósofo que se endereçava ao governante a fim de incitá-lo a bom governo de si mesmo, condição para que bem governasse a cidade. Para tanto, a análise se apoiará notadamente na leitura de Platão, em especial das *Cartas* V, VII e VIII, bem como dos diálogos *Apologia de Sócrates*, *Fedro* e *Górgias*.

A leitura de Eurípides

Com a análise da tragédia *Íon*, de Eurípides, Foucault procura identificar aquele que considera o momento da fundação mítica da *parresia* democrática ateniense. O personagem Íon será, então, o paradigma lendário do cidadão que faz uso da palavra livre e verdadeira para intervir na cidade (cf. GROS, 2010, p. 347).

No início da segunda hora da aula de 19 de janeiro, dirá que, com o intuito de reconstituir uma parte da história da noção de *parresia* segundo a perspectiva de suas significações políticas, dentre os textos clássicos em que a noção estaria presente e que poderiam servir-lhe de referência, teriam chamado sua atenção, de modo especial, os escritos de Eurípides, sobretudo, o *Íon* (cf. FOUCAULT, 2010, p. 71).

E isso se dá por diversas razões. Primeiro, por entender que a referida tragédia se consagra quase inteiramente ao tema da *parresia*. Trata-se ali da pesquisa da verdade sobre o nascimento de Íon, a fim de validar o discurso verdadeiro que este poderia dirigir aos cidadãos de Atenas. A rigor, é a possibilidade da *parresia* de Íon que está em jogo na peça. Uma segunda razão se refere ao "pano de fundo" histórico da peça. Datada provavelmente de 418 a. C., ela se situaria no breve período da chamada "Paz de Nícias" (421-414 a.C.), que separa o primeiro e o segundo momento da Guerra do Peloponeso. Durante esse período, as duas cidades envolvidas procurarão fortalecer suas respectivas alianças. No caso de Atenas, em especial, tenta-se constituir uma aliança com os iônios, que se mostrava fundamental para garantir seu domínio sobre Esparta. O momento era propício também para um apaziguamento das relações entre Atenas e Delfos que, na primeira parte da Guerra, havia tomado partido dos lacedemônios (cf. FOUCAULT, 2010, p. 73-75).

Ora, a peça se passa justamente em Delfos. Seu personagem principal é Íon, ancestral dos iônios, que teria chegado a Atenas como imigrante, mas viria a assumir, naquela cidade, o papel lendário de realizar a primeira grande reforma da constituição ateniense, promovendo uma "nova fundação" da cidade, a partir das quatro tribos. Esse papel lendário de Íon, entretanto, não pode ser aceito facilmente. A indeterminação que paira sobre a origem do personagem que dá nome à tragédia euripidiana é o grande obstáculo a ser superado, pois, diferentemente das outras cidades gregas, Atenas reivindicava uma autoctonia originária, ou seja, só admitia ser constituída por indivíduos nascidos em seu solo.

Como admitir, então, que um imigrante tivesse assumido um papel tão fundamental em sua fundação? Foucault bem precisará que é nesse quadro que se situa a tragédia *Íon,* de Eurípides. Sua trama deveria dar conta de atribuir uma significação aceitável para a lenda de Íon, conservando a função ancestral do personagem relativamente aos iônios, mas, acima de tudo, inscrevendo legitimamente a história de Íon na história de Atenas. As análises sobre a legitimação do dizer-verdadeiro de Íon na cidade é que conduzirão Foucault à definição da *parresia* democrática.

Para acompanharmos adequadamente parte dessas análises retomemos, brevemente, o enredo da tragédia. Ela se inicia com a entrada em cena de Hermes, mensageiro dos deuses, irmão do deus Apolo. Caberá a Hermes explicar o que se passa. O deus revela que o rei Erecteu, nascido em Atenas, tivera uma filha chamada Creusa, também ateniense de "pura cepa". Esta havia sido seduzida por Apolo, aprisionada pelo deus nas grutas da Acrópole, onde havia sido possuída por ele, vindo a conceber um filho. Temendo o ódio de seu pai devido àquela união ilícita, ao dar à luz, Creusa teria abandonado o menino na gruta, com a esperança de que Apolo dele se apiedasse. De fato, Apolo não deixaria a criança totalmente desamparada. Pediria a Hermes – que trafegava invisível entre o céu e a terra – para apanhar o cesto no interior do qual o menino se encontrava e levá-lo para Delfos, deixando-o na porta de seu templo. Ali, no templo de seu pai, o menino seria criado. Assim foi feito. Durante a noite, Hermes depositaria o cesto com o menino nas portas do oráculo de Apolo em Delfos. Na manhã seguinte, a sacerdotisa do templo encontraria o cesto e, quando estava prestes a afastar a criança da porta sagrada, teria sido tocada em seu coração por Apolo. Apiedando-se então do menino, ela o acolheria. Ali, Íon cresceria junto ao altar de seu pai, sem saber que era filho do deus. Anos se passariam e Creusa, que não mais estivera com Apolo, acreditava que ele tivesse dela se esquecido, assim como de seu filho, que certamente deveria ter perecido. Creusa, então, viria a se casar com Xuto, um estrangeiro da Acaia, que teria ajudado bravamente os atenienses em sua batalha contra a Eubeia. Apesar de não ser ateniense, Xuto recebera Creusa como esposa pelas mãos do rei Erecteu, em agradecimento por sua ajuda à cidade. Deste casamento deveria depender a descendência real de Atenas. Entretanto, o casal não era abençoado com filhos. Assim, Creusa e Xuto partiriam em peregrinação a Delfos a fim de pedirem ao oráculo de Apolo a dádiva de conceberem um filho (cf. FOUCAULT, 2010, p. 75-6).

A partir desse ponto, a trama da peça consistirá no relato dos caminhos tortuosos pelos quais será descoberta a verdade do nascimento de Íon. Ela irá revelar que o órfão, que era servo em Delfos, fora concebido e nascido em Atenas – e não num lugar qualquer da cidade, mas nas grutas da Acrópole. Revelará que Íon era filho de sangue de Creusa, herdeira do trono ateniense e que, portanto, poderia retornar legitimamente à cidade para concluir a missão histórica e política de reorganizá-la.

Segundo a interpretação de Foucault, o desenrolar hesitante dos fios dessa trama será conduzido por uma questão central, que consiste precisamente na questão da *parresia* de Íon – de sua *parresia* política – enquanto expressão paradigmática da *parresia* democrática na época clássica. Isso porque o que estaria em jogo na tragédia não seria apenas a descoberta de que Íon era o filho que Creusa e Xuto vinham reclamar ao oráculo. Mais que isso, nela estaria em jogo, pela determinação da verdade do nascimento de Íon, a legitimação do seu regresso a Atenas, para que ali pudesse exercer a prerrogativa fundamental que lhe cabia: a prerrogativa da palavra, na forma do dizer-verdadeiro, dirigida ao conjunto dos cidadãos, a fim de bem conduzir a cidade. O que estaria em jogo na tragédia seria, assim, a prerrogativa do exercício legítimo da *parresia* democrática em Atenas.

Essa interpretação permitirá a Foucault afirmar que a tragédia *Íon* se consagra, quase inteiramente, ao tema da *parresia*. E será pela sutileza de alguns dos seus movimentos internos que poderá reconhecer-lhe este importante lugar entre os textos antigos que tratam da *parresia* em sua forma democrática. Tomemos, pois, a título de exemplo, dois desses movimentos.

Íon não aceita a paternidade de Xuto como suficiente para
legitimar o exercício da *parresia* democrática.[5]

Ao chegarem a Delfos – Creusa, Xuto e sua comitiva –, é Creusa quem entra em cena. Ela está diante do templo de Apolo e se depara

---

[5] Para as descrições que se seguem, considerar como referência o texto de *O governo de si e dos outros*, p. 81-98.

com o jovem Íon, que lhe pergunta o que fazia ali. Creusa responde que desejava consultar o deus, mas, ao dizer do que se tratava, o faz através de uma meia-verdade. Afirma que sua irmã – e não ela própria – teria cometido uma falta com um deus e que dessa ligação ilícita teria nascido um filho, desejando saber o que tinha acontecido com a criança. Diante do problema apresentado, Íon afirma que certamente a mulher não teria uma resposta do deus, uma vez que este estaria envolvido nela.

Posteriormente, é Xuto quem se dirige ao templo, endereçando sua questão ao deus de forma direta: "Eu terei um filho?", pergunta. Ao que o deus responde: "Assim que sair do templo, o primeiro jovem que encontrar é o seu filho, reconhece-o enquanto tal". Ao sair do templo, Xuto encontra-se com Íon, abraça o jovem e afirma que ele, Íon, era seu filho, tal como havia determinado Apolo. Xuto se contenta com a solução dada pelo deus. Aceita Íon como filho e afirma que levaria o jovem para Atenas, para que ali Íon pudesse exercer o poder que asseguraria uma continuidade à dinastia da cidade.

Íon, entretanto, é bem mais reticente. Se Xuto era seu pai, quem seria sua mãe? Xuto era estrangeiro em Atenas e, desse modo, se regressasse à cidade levando consigo um filho de uma mulher qualquer – um filho de pai e mãe estrangeiros; como esse filho poderia ser aceito na cidade e exercer ali o papel a que Xuto se referia? Dando-se conta de tais impedimentos, Íon declara não poder ir para Atenas sem saber de que mãe havia nascido, e que igualmente não pode receber de Xuto o poder que aquele lhe propunha nem assentar-se no trono e receber o cetro, do mesmo modo que não poderia tomar e exercer a palavra de comando na cidade, pois não sabia quem era sua mãe e, acima de tudo, não sabia se essa mulher era ateniense.

Desse modo, Íon não se satisfaz com o jogo de meias-verdades que até aquele momento da peça tinha se manifestado: a meia-verdade representada pela pergunta de Creusa e aquela contida na resposta de Apolo a Xuto não lhe bastavam. Ele necessitava de toda a verdade sobre o seu nascimento. E por quê? Porque desejava fundar – na verdade de sua origem e desde que ela confirmasse sua ascendência de raiz ateniense – o seu direito político em Atenas. Direito político que se expressaria na forma maior do discurso verdadeiro dirigido à assembleia dos cidadãos. Tal direito só estaria fundado se sua mãe fosse uma mulher ateniense. Daí a solução proposta por Xuto não lhe convir. Se a aceitasse e se dirigisse com Xuto para Atenas, que lugar ocuparia ali? Questão essencial que o permitirá declarar: "Afirma-se que o povo autóctone e glorioso de Atenas é puro de toda mistura estrangeira. Ora, é aí que eu caio, afligido por uma dupla desgraça, por ser filho de um intruso e, ademais, bastardo. Estigmatizado por essa fama, se não tiver poder, serei o *Nada, filho de Nada* [...]" (*apud* FOUCAULT, 2010, p. 92).

Ainda que, por algum acaso, chegasse a ocupar um lugar entre os primeiros da cidade, seu destino certamente seria trágico. Ele estaria diante de três categorias de cidadãos e, perante cada uma delas, não encontraria respeito e reconhecimento. Na cidade, havia aqueles que, mesmo sendo cidadãos de direito, por serem incapazes, jamais poderiam exercer a autoridade e a liderança política. Perante Íon, esses só poderiam então manifestar inveja, uma vez que pessoas daquele tipo sempre detestavam os mais fortes. Outra categoria de cidadãos corresponderia aos indivíduos cujos nascimento, riqueza e status os habilitavam a exercer a liderança política, mas porque também eram sábios, muitas vezes preferiam não se ocupar da política, calando-se diante dos negócios da cidade. Estes, perante a liderança de Íon na cidade, certamente manifestariam desprezo por aquele intruso bastardo, que almejava ocupar o lugar que eles próprios poderiam ter e não o faziam, situação que lhes pareceria simplesmente absurda. Por fim, a terceira categoria de cidadãos com a qual Íon se veria confrontado seria composta por aqueles que, possuindo todas as condições e sendo sábios, teriam escolhido ocuparem-se dos negócios da cidade. Perante estes, que conjugavam a razão e a política, ocupando-se ao mesmo tempo do *logos* e da polis, Íon seguramente encontraria verdadeiramente a rivalidade. Na medida em que não suportariam que aquele estrangeiro os colocasse sob sua sombra, certamente o perseguiriam e condenariam.

Diante de qualquer das três categorias de cidadãos, Íon seria sempre um excedente. Não teria lugar em Atenas. Na casa dos soberanos, seria odiado por Creusa por ser filho bastardo de Xuto, obrigando a este tomar partido entre ele e a sua própria esposa. Na cena pública, pela rejeição que encontraria dos demais cidadãos, o único poder que lhe restaria exercer seria um poder tirânico. Ele seria como aqueles tiranos que se impuseram do exterior às cidades gregas. Assim, Íon recusa-se a aceitar tal papel. Preferia permanecer junto ao templo de Apolo, onde podia ter uma existência tranquila.

Xuto, porém, não desistiria. Ao insistir levar o jovem para Atenas, propõe que, ao chegarem na cidade, nada revelariam sobre Íon ser seu filho e herdeiro do trono. A verdade poderia revelar-se aos poucos, aguardando-se o momento certo para ser apresentada a Creusa.

Íon acaba por ceder à proposta de Xuto, mas não sem reafirmar sua condição, retomada por Foucault a partir de diversos fragmentos do texto da tragédia: "eu vou, mas o destino ainda não me deu tudo"; "se não encontro a que me gerou, a vida será impossível para mim"; "e, se me fosse permitido fazer um voto, gostaria que essa mulher fosse ateniense, para que eu herde de minha mãe o direito de falar livremente"; "se um estrangeiro entra numa cidade em que a raça não tem mácula, ainda que a lei faça dele um cidadão, sua língua continuará sendo serva" (*apud* FOUCAULT, 2010, p. 96).

A reticência de Íon revelada em tais afirmações permite a Foucault concluir que aquilo que Íon desejava – a prerrogativa do discurso verdadeiro proferido na cidade, a prerrogativa da *parresia* democrática, portanto – não se confundiria com o mero exercício do poder. Tal exercício, Xuto o possuía e já havia assegurado que o transmitiria àquele a quem recebia como filho. Pela mesma via, será possível concluir que a *parresia* não se confundiria igualmente com o mero status de cidadão, pois também esse status fora assegurado a Íon.

Que forma teria, pois, a *parresia* democrática encontrada por Foucault no texto de Eurípides? Ora, para o filósofo, ela consistia na palavra que exerce o poder no domínio da cidade, mas o exerce em condições essencialmente não tirânicas. Tratava-se da palavra que exerce o poder, mas que, ao mesmo tempo, permitia a liberdade de discursos que lhes eram diversos, mantidos por aqueles que, possuindo também a prerrogativa de um exercício de poder semelhante, faziam parte do jogo agonístico da política ateniense. Ela seria, portanto, a palavra verdadeira proferida no domínio público que, assumindo os efeitos da liberdade que aceitava e na qual se inseria, colocava-se na posição de ser continuamente contestada.

Ora, caracterizá-la dessa forma, para Foucault, não é diferente de afirmar que a *parresia* consistia na forma pela qual o *logos* – enquanto palavra verdadeira, palavra sensata, palavra de persuasão, palavra capaz de se confrontar com palavras diversas e que só vencia devido ao peso da sua verdade – podia efetivamente agir na polis: "fazer agir essa palavra verdadeira, sensata, agonística, essa palavra de discussão no campo da polis, é nisso, que consiste a *parresia*" (FOUCAULT, 2010, p. 98).

O desfecho da tragédia e a passagem do dizer-verdadeiro oracular ao dizer-verdadeiro político[6]

Na segunda parte da tragédia, na qual tem lugar o seu desfecho, se dará a passagem do dizer-verdadeiro oracular – que até então deixara a verdade em suspenso – ao dizer-verdadeiro humano, revelador da verdade sobre o nascimento de Íon, fundando, enfim, seu direito de exercer a *parresia* democrática em Atenas.

Tendo aceitado, ainda que não incondicionalmente, a solução de Xuto, Íon concordaria em participar com ele de um banquete em agradecimento a Apolo. Ao deixar a cena para dirigir-se ao banquete, é Creusa quem volta a ocupá-la. Assim que a mulher entra em cena, o coro – que era composto por seus servos e que havia assistido a tudo – não demora a lhe revelar o que ali havia se passado. Assim, Creusa toma conhecimento de que Xuto encontrara um filho e que planejava conduzi-lo a Atenas, intencionando persuadi-la a aceitá-lo.

Perante tal revelação, Creusa encoleriza-se. Herdeira de uma linhagem legítima, não bastasse ser casada com um estrangeiro, vê-se agora humilhada pela imposição traiçoeira de um filho que não é seu e que seu marido pretende instalar em sua casa, destituindo-a de seus direitos. Movida pela revolta, Creusa irá dizer toda a verdade que conhece. E o fará sob a forma de duas confissões. Primeiro, uma confissão acusatória dirigida a Apolo. Em seguida, uma confissão contrita, realizada em privado ao ancião que a acompanhava a Delfos.

A confissão feita a Apolo é pública e possui caráter blasfematório, pois se trata de acusar o deus pela omissão e covardia, causadoras da infelicidade de Creusa. Ela acusa Apolo por tê-la seduzido e depois abandonado, o que fez com que ela, por medo, também abandonasse o filho que tivera; além disso, agora, sem nada dever ao seu marido, aquele deus covarde teria concedido a Xuto um filho, que seria colocado em sua casa, destituindo-a dos seus direitos de senhora da casa e de mãe.

Após a confissão recriminatória ao deus, Creusa faz, então, uma segunda confissão. Esta possui o caráter de uma narrativa culpada e se dá perante o ancião que a acompanhava. Ao escutar toda a infelicidade da

---

[6] Para as descrições que se seguem, considerar como referência o texto de *O governo de si e dos outros*, p. 99-136.

mulher, o ancião propõe que se ponha fim àquele sofrimento: era preciso matar Íon. Planejam, então, envenená-lo.

A cena se desloca para o banquete oferecido por Xuto, em agradecimento ao deus por ter-lhe concedido um filho. Ali, o ancião põe-se a servir os convivas, distribuindo-lhes as taças de vinho. Após derramar uma gota de um veneno mortal na mais esplêndida delas, oferece-a a Íon. Nesse momento, um servo ali presente faz um gesto blasfematório, que é percebido por Íon. Como ordenavam os costumes do templo, todo o vinho dos copos destinado à libação ritual deveria ser então versado no chão, pois não se podia bebê-lo após aquele sinal de mau agouro. Nesse mesmo instante, um bando de pombas, que usualmente vinha se alimentar no templo de Apolo, entra na tenda, pondo-se a bebericar ao lado das poças do vinho derramado no chão. Nada acontece a nenhuma delas, exceto àquela que bebericava na poça do vinho que caíra da taça de Íon: esta morre instantaneamente.

Íon dá-se conta, assim, de que o ancião havia tentado matá-lo. Assustado, o ancião confessa o seu crime, afirmando ter sido Creusa a sua mandante. Perseguida por Íon e pelos notáveis de Delfos, Creusa se refugia no templo de Apolo. Íon e a multidão pretendem apedrejá-la.

Nesse momento tem lugar, ainda que tímida, outra importante intervenção divina. Tocada por Apolo, a pitonisa – cuja função é sempre dizer a verdade – abre as portas do templo, trazendo nas mãos o cesto no qual Íon fora encontrado, ainda bebê, diante das portas daquele mesmo templo. Ao reconhecer o cesto, Creusa entende imediatamente toda a verdade. De um salto, deixa o altar em que se refugiava e vai de encontro a Íon, a quem chama de filho. Perante a surpresa de Íon, Creusa contaria por que havia abandonado seu filho logo após seu nascimento, passando também a descrever os objetos rituais que ainda se encontravam no interior do cesto: o colar – que se costumava colocar no pescoço das crianças atenienses para proteção – com imagens de serpentes que continham os símbolos da dinastia de Erecteu; o ramo de oliveira de Atena que jamais murchava e que havia sido usado para coroar a cabeça do menino; uma tapeçaria, que ela mesma havia começado a tecer e que ficara inacabada.

Diante daqueles objetos humanos ali reencontrados e que serviam de prova da verdade proferida por Creusa, caberá a esta exclamar que aquilo tudo "valia como um oráculo" (*apud* FOUCAULT, 2010, p. 134). No lugar do oráculo mudo do deus, dirá Foucault, é ao trabalho dos homens, à sua voz e suas mãos que se deve apelar para que a verdade apareça.

Nesse momento, a deusa Atena pousa sobre o templo de Apolo, sobrepondo sua autoridade à do deus que se recusou a falar. Ela aconselha Íon a aceitar Xuto por seu pai, retornar com ele para Atenas e lá receber o poder. Naquela cidade, ele deveria fundar a democracia, reestruturando a cidade, enquanto descendente legítimo de Erecteu e de Apolo, sob a proteção de Xuto. Assim se instauraria "a ordem em que a palavra que comanda poderá ser uma palavra de verdade e de justiça, uma palavra livre, uma *parresia*" (FOUCAULT, 2010, p. 136).

A *parresia* dos antigos como abertura para pensar a democracia moderna

A longa análise da tragédia *Íon*, que ocupa a maior parte das aulas iniciais do curso *O governo de si e dos outros*,[7] terá a função de inscrever o problema central do dizer-verdadeiro no próprio surgimento da democracia ateniense. Desse modo, Foucault indicará o pertencimento necessário, mas ao mesmo tempo difícil, entre a *parresia* e a democracia dos antigos.[8] Retomemos esquematicamente tal pertencimento, a partir da perspectiva encontrada na tragédia euripidiana.

Em primeiro lugar, caberia apontar para a circularidade existente entre a democracia antiga e a *parresia* em seu sentido político – o dizer-verdadeiro proferido no âmbito dos negócios da cidade. Com efeito, de um lado, a *parresia* pode ser compreendida como o próprio fundamento da democracia, pois, segundo a trama da tragédia, a condição para que Íon regressasse a Atenas e pudesse ali "fundar" a democracia era deter a prerrogativa do exercício da *parresia*. Em contrapartida, para que a *parresia* política de Íon pudesse ter lugar e se realizar plenamente na cidade era necessário contar com algo já dado da democracia, consistente no espaço em que a palavra livre de um cidadão poderia adquirir sentido e ter efeitos

---

[7] A análise do *Íon* é realizada nas aulas de 19 de janeiro, 26 de janeiro e na primeira hora da aula de 2 de fevereiro.

[8] Como já mencionamos, o curso de 1983 continuará investigar as implicações entre a democracia e a *parresia* na segunda hora da aula de 2 de fevereiro e na primeira hora da aula de 9 de fevereiro, a partir da referência aos discursos de Péricles ao povo ateniense, relatados por Tucídides em sua *Guerra do Peloponeso* e a partir da leitura das *Cartas*, *Apologia de Sócrates*, *Fedro* e *Górgias*, de Platão. Apoiado nesses estudos, o filósofo discutirá, então, novos aspectos da implicação entre a democracia antiga e a *parresia*.

perante a palavra livre dos demais cidadãos. Desse modo, seria na estrutura dinâmica e agonística da democracia, no embate de posições propiciado pela liberdade democrática – estrutura essencialmente distinta, portanto, daquela que prevalecia na tirania – que a *parresia* encontraria não apenas seu lugar possível, mas a condição necessária à realização plena de seu significado.

O segundo aspecto que sobressai da análise da tragédia de Eurípides refere-se ao problema do jogo político constitutivo da democracia. Como sabemos, na democracia antiga, o direito estatutário de falar – como, por exemplo, o direito pelo qual o cidadão podia manifestar seu ponto de vista na assembleia ou se defender no tribunal – constituía-se na *isegoria*. Assim, para que fosse possível o exercício da *parresia*, era preciso estar formalmente estabelecida a *isegoria*. Entretanto, como Foucault bem percebe em sua leitura do *Íon*, a *parresia* não se confundia com a *isegoria*, na medida em que não se configurava apenas como o direito constitucional de tomar a palavra perante a assembleia, mas era antes a forma do dizer-verdadeiro livre e corajoso de alguns que, tomando a palavra com o fim de bem dirigir a cidade, assumiam todos os riscos que sua palavra de verdade poderia ensejar. Desse modo, segundo Foucault, na tragédia de Íon já aparecem vinculados dois conjuntos de problemas que estariam inexoravelmente ligados à democracia antiga. De um lado, o conjunto dos problemas relativos à estrutura formal, ao quadro institucional e aos direitos que compunham a cidade. De outro lado, o conjunto dos problemas relativos ao exercício efetivo do poder, ao jogo político que tinha lugar na cidade democrática e ao qual estava referido o dizer-verdadeiro que visava dirigi-la. Esse segundo conjunto de problemas, tão essencialmente implicado com a *parresia* e o grupo dos problemas formais, referia-se mais precisamente aos procedimentos e às técnicas pelas quais o poder, chamado democrático, efetivamente se exerceria. Em outros termos, ele se referiria ao *ethos* do homem político, correspondendo à política em sua dimensão propriamente prática. Desse modo, Foucault identifica, em torno da noção de *parresia*, o outro grupo dos problemas políticos essenciais que, ao lado daquele constituído pelas condições formais, atravessavam continuamente a democracia: a questão da racionalidade política do próprio governo democrático, do *ethos* que definia o funcionamento concreto daquele governo, de sua implicação, enfim, com a verdade.

Ora, tal caracterização da democracia antiga, apoiada na leitura do *Íon*, parece-nos sugerir algumas questões que, realizadas as devidas mediações, poderiam ser dirigidas à atualidade do tema democracia. Caberia, por exemplo, perguntar pelo significado – se é que ele ainda existe e é pertinente para a atualidade da democracia – da circularidade existente entre a democracia e o dizer-verdadeiro. Caberia perguntar também pelo significado e o valor atuais da implicação entre a condição formal de liberdade – representada pela democracia – e o reconhecimento efetivo da importância da palavra de verdade que poderá ser proferida no interior desse quadro formal. Seria igualmente relevante perguntar, então, se a condição formal ou jurídica da liberdade seria suficiente para caracterizar a democracia uma vez que o discurso verdadeiro proferido no domínio público se configurasse como algo circunstancial ou tão somente aparente. Pertinente ainda seria a pergunta pelo lugar a ser atribuído à palavra verdadeira no jogo político que, ao lado das condições formais, constitui a trama concreta das práticas democráticas. Em outros termos, seria o mesmo que perguntar pelos critérios de legitimação e pelos limites deste jogo político confrontados com o papel a ser reconhecido, na democracia, ao dizer-verdadeiro. Nessa medida, caberia então interrogar se o discurso verdadeiro – a que os antigos denominavam *parresia* – teria ainda a função de crivo para se julgar o exercício do jogo político praticado na democracia.

Ao que parece, considerando-se a leitura de Foucault sobre a *parresia* grega, todas essas questões acerca da democracia são bem antigas. Em certo sentido, entretanto, ao retomá-las, seu pensamento novamente se encontra investido de grande atualidade.

Referências

CONSTANT, Benjamin. *De la liberte chez les modernes*. Paris: Hachette, 1980.

EWALD, François. Foucault et l'actualité. In: FRANCHE, D. et al. (s. dir.) *Au risque de Foucault*. Paris: Éditions du Centre Georges Pompidou, 1997, p. 203-12.

FOUCAULT, Michel. Qu'est-ce que les Lumières? In: *Dits et écrits IV*: 1980-1988. Paris: Gallimard, 1994a, p. 562-578.

FOUCAULT, Michel. Qu'est-ce que les Lumières? In: *Dits et écrits IV*: 1980-1988. Paris: Gallimard, 1994b, p. 579-688.

FOUCAULT, Michel. *A hermenêutica do sujeito*. Tradução de Márcio Alves da Fonseca e Salma Tannus Muchail. São Paulo: Martins Fontes, 2004.

FOUCAULT, Michel. *Le gouvernement de soi et des autres. Cours au Collège de France. 1982-1983*. Paris: Gallimard/Seuil, 2008.

FOUCAULT, Michel. *Le courage de la vérité. Cours au Collège de France. 1984*. Paris: Gallimard/Seuil, 2009.

FOUCAULT, Michel. *O governo de si e dos outros. Curso no Collège de France (1982-1983)*. Tradução de Eduardo Brandão. São Paulo: Martins Fontes, 2010.

GROS, Frédéric. Situação do curso. In: FOUCAULT, M. *O governo de si e dos outros. Curso no Collège de France (1982-1983)*. Tradução de Eduardo Brandão. São Paulo: Martins Fontes, 2010, p. 341-56.

HABER, Stéphane. Les voies de la démocratie radicale. Paris, *Magazine Littéraire. Le Renouveau de la philosophie politique*, n. 380, 1999, p. 52-3.

HABERMAS, Jürgen. *Droit et démocratie*. Paris: Gallimard, 1997.

TAYLOR, Charles. *Multiculturalisme. Différence et démocratie*. Paris: Flammarion, 1994.

Escritas de si, *parresia* e feminismos

Margareth Rago

Em *Le Courage de la Verité. Le gouvernement de soi et de autres* v. II, Foucault faz reflexões surpreendentes sobre o modo de ser dos cínicos, destacando a "escolha da vida como escândalo da verdade", o "viver verdadeiramente", o fazer da própria vida um testemunho da construção de uma vida artista, despojada e livre. Em inúmeras passagens, constata os ecos dessa aposta radical na vida crítica, combativa e próxima da animalidade primitiva, nos séculos seguintes. Observa com que força essas concepções atravessaram a história do Ocidente, chegando à prática da militância revolucionária, no século XIX, especialmente naquilo que caracteriza a ruptura com o instituído, com os valores e hábitos sociais, com a busca de um modo de vida singular e com a coragem da verdade (FOUCAULT, 2009, p. 169; p. 261).

Se Foucault destaca três aspectos da militância revolucionária, a socialidade secreta, a organização instituída e visível, é a terceira que lhe interessa mais de perto: aquela que busca construir um estilo de existência, assegurando o testemunho pela própria vida. Interessa-lhe a escolha da vida revolucionária como escândalo da verdade, como estilo de existência em que se destaca a coragem de lutar radicalmente pela verdade, correndo o risco da morte, se necessário, isto é, envolvendo a parrésia como prática política e constituição ética. Segundo ele:

> Este estilo de existência próprio do militantismo revolucionário, que assegura o testemunho pela vida, está em ruptura, deve estar em ruptura com as convenções, hábitos, valores da sociedade. E deve manifestar diretamente, por sua forma visível, pela sua prática constante e por sua existência imediata, a possibilidade concreta e o valor evidente de outra vida, que é a verdadeira vida (FOUCAULT, 2009, p. 170).

As reflexões de Foucault sobre o cinismo e os seus ecos na construção de novos estilos de vida nos movimentos revolucionários, desde o século XIX, inspiram-me a perguntar pelas práticas feministas de subjetivação, na atualidade. Especialmente instigantes são as suas considerações quando afirma que, se o cinismo foi esquecido na tradição filosófica e se incorporou vários dos temas já existentes anteriormente, inovou radicalmente na importância conferida à vida filosófica como outra possibilidade e exigência de vida. "Pouca importância na história das doutrinas. Uma importância considerável na história das artes de viver e na história da filosofia como modo de vida" (FOUCAULT, 2009, p. 289). Essa construção de vida outra, diz ele, tem como condição de possibilidade não a libertação do corpo, ou o exercício do poder, mas "a constituição por cada indivíduo de uma relação de vigilância/cuidado consigo mesmo" (2009, p. 289).

Cuidado de si, subjetividade, transformação social, as pontes estão construídas para abordar os feminismos contemporâneos. Para tanto, focalizo as narrativas vivenciais de algumas feministas, produzidas em livros e em entrevistas recentes, em que rememoram experiências traumáticas de ruptura, combate e rebeldia na afirmação de outros modos de viver. Não é demais notar o silêncio sobre a produção autobiográfica feminina, área ainda recente, já que a teoria da autobiografia focalizava apenas os homens, de Santo Agostinho a Montaigne, de Rousseau a Roland Barthes (SMITH, 1998). Aos poucos, surgem novas reflexões sobre a subversão desse gênero literário tomado no feminino, já que as mulheres, ao narrar, borram as fronteiras entre público e privado, ficção e realidade, intimidade e política, o eu e o mundo, especialistas que são na arte da transgressão e do questionamento dos mecanismos de sujeição. Com os feminismos, as mulheres passam a desconstruir as narrativas que controlavam as suas vidas e buscam produzir novas cartografias existenciais.

Longe de relatos confessionais, essas narrativas de si não buscam uma revelação do que se oculta na consciência culpada, não visam à decifração de um eu supostamente alojado no coração, nem a autovalorização heroica de si mesmas; antes, questionam a força e os modos da linguagem estabelecida social e culturalmente, linguagem que tem o masculino branco como referência e norma. Focalizo, então, esses relatos autobiográficos como "escritas de si", na chave aberta por Foucault (1994), como aberturas para o outro, como espaços intersubjetivos em que se buscam a constituição de subjetividades éticas e a transformação social.

O conceito da "escrita de si" amplia-se com o da parrésia, como práticas constitutivas das artes da existência e são fundamentais para entendermos como as mulheres aqui apresentadas ousam mergulhar nas profundidades íntimas de suas experiências vividas e reinterpretá-las, como questionam as marcas do poder e da violência impressas em seus corpos, recusando o destino supostamente biológico que lhes foi imposto para se construírem autonomamente em sua singularidade. Instaladas em novos territórios, apontam para a exposição de vivências que precisam ser grafadas, ditas e esclarecidas como atitude crítica aos valores morais e às verdades instituídas, apontando tanto para um trabalho sobre si quanto para a luta política em defesa da dignidade, da justiça social e da ética. Escrever-se é marcar sua própria temporalidade e afirmar sua diferença na atualidade.

Diz Starobinski que uma autobiografia supõe uma ruptura subjetiva, supõe o deslocamento do eu atual em relação ao eu passado, pois "trata-se de descrever a gênese da situação atual, os antecedentes do momento a partir do qual se constitui o 'discurso' presente. A cadeia de episódios vividos traça um caminho, uma via (às vezes sinuosa) que leva ao estado atual de conhecimento retroativo." (FOUCAULT, 1970, p. 261).

Outro importante teórico da autobiografia, Georges Gusdorf, afirma, por sua vez, que a decisão de escrever sobre si exprime um desejo de pôr em questão a existência, sob o efeito de uma necessidade íntima, de um desacordo do sujeito com a sua própria vida (1991). Exprime a necessidade de parar repentinamente, repensar a própria trajetória, avaliar suas ações e perguntar se valeu a pena, se o tempo não foi perdido em coisas inúteis, a ansiedade ou angústia suscitando a necessidade da revisão com um desejo latente de justificação.

Nos textos aqui analisados, se constato um distanciamento crítico em relação a um antigo modo de ser, a releitura do passado também traduz o desejo de renovação interna e de afirmação da liberdade de existir diferentemente no presente. Se, como observa Leonor Arfuch, "a narração de uma vida não vem 'representar' algo já existente, mas impõe sua forma (e seu sentido) à própria vida" (2002, p. 30), a escrita de si impõe-se como necessidade de ressignificação do passado pessoal, mas também coletivo, desde outra perspectiva, já que se inscreve num momento dramático da história brasileira, o período da ditadura militar e das décadas seguintes.

Ao contrário da necessidade de purificação pela escrita que desenrola o filme da vida, como nas autobiografias clássicas masculinas, que visam zerar o passado e aliviar a alma, essas narrativas femininas visam romper o isolamento feminino na vivência da dor; portanto, acentuam a dimensão do testemunho, apontando para a denúncia das violências sofridas pelo terrorismo do Estado, pelo autoritarismo do partido político, pela Igreja ou pelos preconceitos sociais. Ao contrário de um *mea culpa*, afirmam a necessidade das rupturas subjetivas realizadas e buscam legitimá-las, apesar das diferenças que caracterizam a maneira como olham para si mesmas e redesenham suas trajetórias pessoais.

A coragem feminina da verdade

Diz Foucault que a *parresia*, ao contrário da retórica, pode ser definida como dizer a verdade, o falar francamente, não importa para quem, mas que não se trata de qualquer enunciação da verdade, mas daquela que comporta um risco. O parresiasta não é um professor, nem um sábio ou profeta. "Para que haja parresia, é preciso que, dizendo a verdade, abra-se, instaure-se, afronte-se o risco de machucar o outro, irritá-lo, deixá-lo em cólera e suscitar de sua parte certo número de condutas que podem ir até a mais extrema violência. É, portanto, a verdade, no risco da violência" (FOUCAULT, 2009, p. 12).

É inevitável lembrar de Ivone, Amelinha, Criméia e Gabriela. Nos anos 1990, a filósofa e teóloga feminista Ivone Gebara é enviada para a Bélgica pela Arquidiocese do Recife por falar demais. Por ocasião de uma entrevista à revista *Veja* publicada em 1994, posiciona-se favoravelmente à descriminalização do aborto. Por essa ocasião, já era bem conhecida por sua militância política e já havia trabalhado, por 17 anos, ao lado de Dom Helder Câmara, no Instituto de Teologia do Recife, fechado em 1989. Mas é o seu feminismo, que denuncia o poder patriarcal e a hierarquia nas instituições religiosas, que contesta o nefasto poder da tradição nas interpretações teológicas da Bíblia e questiona a existência de Deus, que deve ser calado. Impedida de continuar ensinando e de manifestar-se publicamente, ela é designada a aprofundar seus conhecimentos em teologia no exterior. Diz ela:

> Eu tive de escolher entre sair da Congregação ou ir para um processo de reeducação, e eu escolhi ir para um processo de reeducação. Eu ainda hoje sou da Congregação Irmãs de Nossa Senhora Cônegas de Santo Agostinho. Aí fiquei um ano inteiro, gostei da Bélgica, porque já havia

> estado lá. Digo que os dois primeiros meses foram ruins, porque fui obrigada, tive de largar o meu trabalho, depois eu não sabia o que ia fazer, não tinha vontade de voltar, de sentar em banco de Universidade, estava ruim. (GEBARA, entrevista, fita I, p. 24)

No início da década de 1970, Maria Amélia de Almeida Teles e Criméia Alice Schmidt de Almeida são encarceradas nas celas da ditadura militar por sua militância política no PCdoB. Produzindo panfletos e textos políticos subversivos numa gráfica clandestina em São Paulo, Amelinha e seu companheiro Cesar são presos e silenciados pelos bárbaros métodos da violência policial. Quanto a Criméia, ela consegue escapar do extermínio na guerrilha do Araguaia, ao contrário dos 69 companheiros de luta mortos, dentre os quais o seu próprio companheiro André Grabois, mas é obrigada a calar-se nas "solitárias" da OBAN de São Paulo, onde é confinada grávida, entre 1972 e 1973.

Mas também não havia sido fácil ser militante de um grupo de esquerda marcadamente masculino. No seu discurso autobiográfico, que é também uma forma de testemunho, as críticas se lançam contra as exigências do partido revolucionário, do qual fez parte por muitos anos, no qual as mulheres eram destinadas a posições secundárias e precisavam lutar para provar sua capacidade de luta. Tendo participado ativamente da luta revolucionária no Araguaia, para onde se desloca em 1969, ela afirma:

> Eu comecei a perceber que ser mulher era mais complicado bem antes de ser feminista. Porque quando eu fui para o Araguaia, o João Amazonas virou pra mim e me disse o seguinte: "vai depender de você se virão outras mulheres, depende de como você..." porque eu fui a primeira. [...] Então "vai depender de você". Os companheiros acham que os guerrilheiros têm de ser homens, porque as mulheres não dão conta, porque não sei o quê [...] "Vai depender de você". Aí eu falei assim: "Olha, eu não aceito porque eu posso dar certo ou posso não dar e isso não quer dizer que a mulher pode dar certo ou não, está certo? Eu não represento as mulheres, eu sou uma mulher" (ALMEIDA, 2009).

A luta continua na "abertura política". Nos inícios dos anos 1980, tendo fundado a *União de Mulheres de São Paulo*, Amelinha e Criméia rompem definitivamente com a militância no PCdoB por afrontarem e irritarem os líderes, ao afirmarem as suas verdades feministas e, dentre estas, a luta contra a violência doméstica e pelo direito ao aborto. Segundo Amelinha, referindo-se ao autoritarismo do partido:

> Quando a gente falava em discutir a legalização do aborto, o Partido dizia que não era o momento, que eles não eram contra. [...] eles eram contra a legalização do aborto, nessa época eles sofriam muita influência da Igreja católica. Havia muitos ex-seminaristas, cheio de padres e freiras também, por isso que nós temos cara de freira, a gente pegou daquele tempo [...]. Aí nós vimos a dificuldade, os metalúrgicos estavam em greve, a gente trabalhava muito na zona sul, na região de Santo Amaro, e eu juntei um monte de mulheres para discutirem o aborto, porque ia ter o Congresso das Mulheres. Olha só a nossa preocupação, passou um homem que olhou nossa reunião; no outro dia, a direção do Partido me chama e me pergunta: "que negócio é esse de reunir as mulheres para discutir aborto? A classe operária no embate contra o capitalismo, fazendo greve, e você discutindo o aborto!", quer dizer, as mulheres morriam de aborto, tinha uma mulher que estava muito mal, tendo hemorragia, para eles a menor preocupação (Amelinha, Entrevista, 2006).

Situando-se em outro espaço de contestação, a paulistana Gabriela Silva Leite, atual líder do movimento das prostitutas, fundado em 1987, é expulsa da casa e da cidade, a partir do momento em que rompe com os códigos normativos da sexualidade feminina, no final dos anos 1960. Nas duas autobiografias que escreve, *Eu, mulher da vida*, em 1992 e *Avó, mãe, filha e puta,* em 2009, examina as formas da exclusão e estigmatização que sofre por se assumir prostituta alto e bom som.

Gabriela fixa na escrita os momentos de ruptura que demarcaram o tortuoso curso de sua existência. No primeiro livro, publicado pela editora feminista *Rosa dos Tempos*, cartografa o momento de sua crise existencial, destacando a passagem em que Otília, estudante do curso de Ciências Sociais da Universidade de São Paulo, opta pela mudança radical, constatando que em sua vida "não cabiam mais cartões de ponto, nem amores do tipo: 'bom dia, meu bem'" (LEITE, 1992, p. 9).[1]

Num contexto de insatisfação pessoal, Otília depara-se com uma figura feminina sensual e atraente, com a qual se identifica imediatamente, associando-a à imagem literária da famosa personagem do romance de Jorge Amado, *Gabriela, cravo e canela,* de 1958. Aos poucos, Otília sai de cena, substituída por Gabriela. Na mudança de nome, o ato simbólico da liberação da identidade Mulher, construída pelos discursos vitorianos da

---

[1] Referindo-se à escolha do nome Délia pela escritora Maria Benecdita Borman, Norma Telles diz: "O devaneio é uma estrela que irradia de um centro e provoca repercussões, ressonâncias que sugerem nuanças de linguagem que são nuanças do ser" (TELLES, "Intuição do Instante", 1997).

Medicina, da Igreja e do Direito, desde o século XIX, ensaiando outra "hipótese de vida" (TELLES, 1997, p. 2). Gabriela inverte a narrativa tradicional dos romances do século XIX, ao romper com os cânones masculinos em que, no final, a prostituta regenera-se, convertendo-se em "boa mãe-esposa-dona-de-casa", quando não morre. Aliás, marcando a sua própria multiplicidade e inaugurando uma reconciliação interna, ela registra logo na apresentação da autobiografia: "Este livro é um presente amoroso de Gabriela para Otília. Um duelo de vida entre as duas. Uma ponte incoerente, um teimoso passaporte que atravessa as alfândegas do meu pensamento. Uma autobiografia não autorizada de mins mesmas" (sic) (LEITE, 1992, p. 11).

Discutindo o "estilo autobiográfico", Starobinski explica que é necessário diferenciar nessa narrativa o eu passado do eu atual, que pode afirmar-se plenamente e reler o passado desse outro que foi, desse eu recusado. Não será contado apenas o que se passou naquele outro tempo, mas "sobretudo, como, de outro que se era, a pessoa se tornou ela mesma" (1970, p. 261). Trata-se, ainda, de contrapor às imagens que o poder impõe sobre o indivíduo, outra imagem de si, aquela pela qual se quer ser percebido.

Assim como em determinado momento Gabriela sente a necessidade de reler e publicizar a sua interpretação do passado, o resultado do exílio forçado de Ivone é um registro de si, que assume a forma de uma tese, sugestivamente intitulada *Le mal au féminin – Réflexions Théologiques à partir du féminisme* (GEBARA, 1999). No livro, traduzido como *Rompendo o silêncio. Uma fenomenologia feminista do mal*, Ivone diferencia o sentido do "mal" para os homens, considerado como um "fazer", que sempre pode ser desfeito, daquele atribuído às mulheres, constitutivo de seu próprio ser. "Ser mulher já é um mal ou, pelo menos, um limite. Nesse sentido, o mal que elas fazem se deve a seu ser mau, um ser considerado mais responsável pela queda ou desobediência do ser humano a Deus. Há, portanto, uma questão antropológica de base que trai um conflito na própria compreensão do ser humano" (2000, p. 31).

Ivone observa como nos textos sagrados, mas também no imaginário social, a palavra *feminina* é sempre escândalo, sendo o sangue masculino o único que "resgata e restaura a vida", enquanto o feminino é percebido como sujo, impuro e perigoso. Embora este livro se dedique a examinar as experiências femininas da dor e do sofrimento na vida cotidiana, dando espaço aos discursos de inúmeras mulheres, a filósofa também se insere explicitamente no texto, entendendo que refletir sobre a sua própria experiência do mal é uma forma de "solidariedade com as mulheres marginalizadas" (2000, p. 84). A relacionalidade na escrita feminina de si ganha evidência, em detrimento do privilégio do sujeito unitário. "Minha palavra sobre o 'meu mal' é portanto, uma palavra que se busca no meio das lembranças e das interpretações. Ao expressar-me, revelo-me e me oculto ao mesmo tempo. Mostro alguma coisa e oculto tantas outras! Não tenho controle total sobre os acontecimentos que escrevo e sobre minha análise" (2000, p. 85).

Em sua dimensão autobiográfica, o livro nos apresenta o olhar que a narradora constrói sobre si mesma, a partir de uma distância capaz de reavaliar os difíceis momentos de luta pela afirmação do elementar, a existência como mulher. A desvalorização do feminino revela-se nas primeiras páginas, que avaliam a presença do mal na vida das mulheres e na sua própria, tornando visíveis as marcas biopolíticas da produção da identidade e dos estigmas:

> Os homens, sim, eles valem por eles mesmos, por seu esforço de autonomia [...]. E eu, sem ser um homem, buscava meu valor, isto é, queria valer por mim mesma. Por isso era muitas vezes acusada de rebeldia e recriminada por perder meu tempo com livros, conferências, coisas absolutamente inúteis para as mulheres. Tornar-me eu mesma, valer por mim mesma foi uma forma de prazer e de orgulho, de desafio e de aventura, mas ao mesmo tempo uma cruz às fezes difícil de carregar, porque era preciso remar sempre contra a corrente (GEBARA, 2000, p. 87).

Em 2005, Ivone publica uma autobiografia intitulada *As águas do meu poço*, em que avalia a sua trajetória, marcando e justificando os momentos de ruptura radical.

> Creio que o encontro com o feminismo, como crítica de uma história e de um pensamento masculino dogmático, abriu-me as portas para pensar minha vida de outra maneira. Atrevo-me a sair, não sem temor, da admirável perfeição do dogmatismo filosófico e teológico masculino no qual fui formada. Atrevo-me a sair das definições a que preciso adaptar-me, porque, segundo dizem, elas constituem a ordem do mundo, do mundo certo, justo, do mundo desejado por Deus. Ouso duvidar do que foi proclamado como verdade e liberdade. [...] sinto-me desbravadora de um caminho (2005, p. 26).

O abandono das referências anteriores, dos antigos modelos de construção da subjetividade e de atuação também são evidenciados em seu texto: "Atualmente sinto-me em uma perspectiva de 'fim de modelos'", deixando para trás os códigos de conduta que vinham de fora e que lhe eram impostos por alguma autoridade reconhecida. Nesse contexto, ganha força o sentimento de ser estrangeira também na transgressão:

> Aprendera tão bem que o pensamento era uma prerrogativa dos homens que por vezes sentia-me estrangeira em minha vocação de mulher filósofa. Mas tal sentimento nunca durava muito.[...] Gostava das pessoas fora do comum, fora da norma reconhecida pela sociedade. (GEBARA, 2005, p. 30)

Ivone é vista como contestadora, radical e transgressora, sobretudo dentro da Igreja, já que, até a década de 1980, havia muito poucas *parresiastas* feministas, ousando dizer e subverter publicamente o regime das verdades religiosas. A luta que aí se trava é das mais extraordinárias, porque questiona diretamente a figura e a autoridade divinas e lança uma crítica contundente aos modos tradicionais, masculinos e hierárquicos das instituições religiosas.

> Critico o que faz da religião um espaço de dominação e domesticação das mulheres. Senti na carne a exclusão da liberdade devido à minha condição de mulher que escolheu pensar a vida, pois pensar é, sim, perigoso neste mundo hierarquizado onde só nos pedem que obedeçamos. (GEBARA, 2005, p. 68)

Nos últimos momentos do curso de 1984, Foucault examina brevemente a passagem da parresia pagã para a cristã, destacando como francamente falar em situação de risco, passa-se no cristianismo a um polo negativo, antiparresiástico, segundo o qual a relação com a verdade não pode se estabelecer sem a obediência amedrontada e a reverência à verdade divina. Diz ele: "Ali onde há obediência não pode haver parresia. Encontramos o que já havia dito há pouco, a saber, que o problema da obediência está no coração desta inversão dos valores da parresia" (FOUCAULT, 2009, p. 307). Gostaria de sugerir, aqui, que se Ivone desafia o poder patriarcal, é porque não acredita num conhecimento de si fundado no medo e na submissão à vontade divina. Feminista, questiona aquilo mesmo que funda, nas palavras de Foucault, a desqualificação da antiga parresia, ousando defender a constituição de um novo modo de experiência de si e do mundo, corajoso, ousado, ético.

Essa crítica vai longe ao denunciar "a cumplicidade das religiões na produção da violência, particularmente contra as mulheres e a natureza" e sua obediência à lógica do sistema e a traição dos fundamentos que serviram de base para sua organização (GEBARA, 1997, p. 90). Estende-se, ainda, à Teologia da Libertação, que, se de um lado, teve o mérito de "recuperar a situação dos pobres como uma questão teológica fundamental e a partir daí alimentar uma espiritualidade de libertação das diferentes opressões", de outro não rompeu com o androcentrismo da Teologia tradicional, aristotélico-tomista, responsável pela identificação do universal com o masculino e, portanto, pela exclusão das mulheres.

> O medo de sua força, de seu corpo e capacidades vitais contribuiu para o desenvolvimento de diferentes formas de dominação, de revanchismo, de controle e de inferiorização. Basta lembrar do quanto a moral cristã enfatizou o fato de que as mulheres eram mais inclinadas ao pecado que os homens, defendendo sua superioridade espiritual. (GEBARA, 1997, p. 84)

Em entrevista de 2008, ela afirma, reforçando suas posições contestadoras:

> Porque o socialismo da Igreja nunca criticou as imagens masculinas; criticou a propriedade, mas não criticou a propriedade masculina; todas as teologias falaram da libertação, mas não criticaram a escravização das mulheres, por uma imagem masculina de Deus-pai-todo-oderoso, que se reproduzia na família, no casamento, no controle do corpo. (GEBARA, Entrevista, Fita II, 2008, p. 22)

Cuidado de si, cuidado com o mundo

A trajetória de vida de cada uma dessas mulheres, embora seguindo caminhos tão singulares, conflui em duas direções: na luta para romper o isolamento do enunciado feminino da dor e para se inscrever no contexto comum das questões sociais e políticas, marcadas pela violência de gênero. A ditadura militar coloca-as do lado dos movimentos de resistência, e ao mesmo tempo, as dificuldades para encontrarem espaços adequados de expressão pública levam-nas a abrir seus próprios territórios. Assim, em ruptura com os grupos políticos de esquerda, pouco abertos para as demandas femininas, elas criam outras frentes de manifestação na resistência ao regime ditatorial, especialmente nas lutas feministas que se prolongam no período da redemocratização.

Amelinha começa cedo a militância política, em parte herdada do convívio com o pai e, posteriormente, com a adesão ao feminismo. Saindo da prisão em 1973, engaja-se em trabalhos políticos com as mulheres da periferia de São Paulo, ainda vinculada ao PCdoB, mas logo as insatisfações com as posições autoritárias do partido radicalizam-se. Coloca-se a criação de um espaço próprio, feminista, à parte do partido político:

> A União é fundada em 1981. Em 1980, São Paulo cria uma rede municipal de creches, pela primeira vez na história. A gente tinha esse grupo de mulheres nessa discussão de creches e pensamos que a gente tinha de ter um grupo para discutir os nossos problemas, porque no Movimento de rua por creches havia a discussão de implantar, onde, comissão para acompanhamento de implantação da creche, de estabelecer os critérios de quais crianças vão para as creches, as mães como terão relacionamento. Porque quando vinha o pai, vinha armado com revólver, porque vinham para brigar, para matar. A discussão ficou muito voltada para a criança e a creche e dizíamos: "e nós, mulheres?", então fizemos esses grupos, as mulheres vão discutir nossa sexualidade, a questão do aborto, a questão da violência [...] Aí fizemos esse grupo de mulheres e foi um parto, uma coisa duríssima, porque o Partido queria ser dono da União de Mulheres. (Amelinha, Entrevista, 2006)

Enquanto Ivone e Gabriela escrevem autobiografias, marcando os momentos de ruptura subjetiva, em busca de uma reconciliação interna e da posse do próprio eu, Amelinha e Criméia produzem testemunhos, com seus depoimentos e entrevistas, pois visam nesse ato da escrita de si denunciar as violências políticas, os traumas vividos, a dor e sofrimento causados pela tortura e pelo terrorismo de Estado a todo um grupo social. Reescrever o passado, reconstruir sua própria história adquire, portanto, um sentido político vital. A escrita de si, como lembra Foucault, não visa apenas garantir uma tranquilidade interior pelo reconciliamento consigo mesmo, mas é uma tarefa política. E, como diz Gagnebin, "a rememoração também significa uma atenção precisa no presente, pois não se trata somente de não se esquecer do passado, mas também de agir sobre o presente" (2006, p. 55).

A memorização do vivido e a construção de um arquivo pessoal são modos de subjetivação que possibilitam o encontro de um lugar no presente, um abrigo para se instalar e organizar a própria vida, especialmente no caso das experiências traumáticas, como a da clandestinidade e a do confinamento prisional. Permitem a afirmação da própria identidade, especialmente para quem lutou para garantir o direito ao próprio nome, como Criméia e Amelinha, obrigadas a se ocultar na clandestinidade, mas também como Gabriela, que opta pela mudança do nome.

Relembrar o passado, especialmente quando traumático, traduzi-lo em palavras para o outro é uma maneira de processar a experiência, viver o luto, redimensionar o acontecimento, atribuindo-lhe novos sentidos, organizando aquilo que parece confuso, caótico e que insiste em ser lembrado. Na trajetória de Criméia, essa experiência dilacerante é reforçada pelas condições adversas da maternidade na prisão e da infância do filho João Carlos, mas também o é na de Amelinha, separada dos filhos Edson e Janaína e do companheiro Cesar, que permanece encarcerado por mais cinco anos.

Contudo, como ensina Foucault, o cuidado de si não é uma prática solitária, mas também um cuidado com o outro. Criméia, Amelinha, Ivone e Gabriela buscam, a partir da cartografia do próprio eu, refazer as pontes de conexão entre experiências pessoais e aquilo que Stern denomina "memória emblemática", referindo-se ao passado coletivo que se torna referência para a população (STERN, 2000). No caso de Amelinha e Criméia, reler o passado transforma-se em gesto de luta pelo direito à memória e à verdade, em especial, em relação a episódios trágicos de nossa história que o Estado gostaria de silenciar definitivamente, como os do Araguaia. Nesse sentido, Criméia afirma:

> As primeiras matérias (sobre a Guerrilha do Araguaia) saem em 1978, 79, mas é o seguinte: qual o tamanho dessa guerrilha? Quais são os desaparecidos? Quem eram as pessoas? "Ah, não sei por que eu não sabia os nomes." "Era o Zezinho, o Piauí, o Joca, o Juca." O que é que é isso? Isso é história? Isso só vai se recompondo na medida em que você encontra o familiar do Joca, o familiar do Piauí, o familiar do Juca, aí você começa a saber que essas pessoas têm nome, que essas pessoas têm história. (ALMEIDA, 2009)

Portanto, ela empreende um trabalho detetivesco junto a outros militantes e familiares para reconstruir a história dos mortos e desaparecidos políticos, partindo dos pequenos rastros deixados pelo Exército ou pelos dados da lembrança dos familiares e amigos. Na década de 1980, Criméia integra a caravana constituída pelos membros da *Comissão dos mortos e desaparecidos políticos,* que, durante dez dias, parte em busca dos vestígios das histórias silenciadas no sul do Pará. Nos municípios de Marabá, São João do Araguaia e Conceição do Araguaia, procuram os testemunhos dos moradores que presenciaram ou ouviram falar dos acontecimentos. Os elos com o passado são dolorosamente refeitos.

No Instituto de Medicina Legal da Universidade de São Paulo (IML), a Comissão encontra fotos de corpos abatidos e dilacerados, registros policiais, estranhos rabiscos sobre essas pessoas brutalmente eliminadas e classificadas como "membros do Terror". Trava-se uma luta coletiva e pessoal, em que refazer as trajetórias de outras vidas conduzem imediatamente à sua própria história, à memorização pessoal e a um fortalecimento emocional. Criméia avalia esse trabalho político, subjetivo e ético, em que se mesclam sentimentos de raiva, indignação e desejo de justiça:

> São vários fatores, por um lado, você reconstitui a sua própria memória, que está fragmentada. Por outro lado, eu sempre me coloquei o seguinte: eu poderia ser um dos desaparecidos, então eu sei mais deles do que qualquer outra pessoa, desses, pelo menos, então eu tenho responsabilidade com a reconstituição dessa história, ela não é só minha, é a deles que perderam o direito de falar. Então eu acho que tem muitas coisas que vão interligando umas com as outras, que é memória. No fundo, o que é a história de um país? É isso, só que, vamos dizer, essa história que eu estou contando é muito traumática, é de muita dor, de muita perda, de muito sofrimento, mas a história do Brasil é isso, a história do mundo é isso (Criméia, Entrevista, 2008).

Nesse caso, são histórias pessoais e coletivas ameaçadas de desaparecimento, que os militares gostariam de calar e pelas quais é preciso lutar, impedindo o esquecimento.

> É preciso primeiro lembrar que, entre todas as virtudes, a da justiça é a que, por excelência e por constituição, é voltada para outrem. [...] O dever de memória é o dever de fazer justiça, pela lembrança, a um outro que não o si. [...] O dever de memória não se limita a guardar o rastro material, escrito ou outro, dos fatos acabados, mas entretém o sentimento de dever a outros, que não são mais, mas já foram. (RICOEUR, 2008, p. 101)

Assim, enquanto Criméia dedica seu tempo a lutar para que a verdade seja dita e escrita, para que a transmissão do passado seja garantida para as novas gerações – em 2009 é publicada a segunda edição do livro *O direito à verdade. Os mortos e desaparecidos políticos* –, Amelinha afirma sua luta pelos direitos das mulheres, dedicando-se, na UMSP, entre outras atividades, ao projeto das "Promotoras Legais Populares" (RICOLDI, 2005). Neste, ensinam-se às mulheres pobres da periferia da cidade como cuidarem de si mesmas e das outras, como defenderem-se da violência doméstica e conjugal, como perceberem que merecem muito mais e que podem falar e agir num mundo pouco acolhedor para as mulheres.

Gabriela, por sua vez, dedica-se à luta pelos direitos das prostitutas, em geral, mulheres pobres, que até então viviam em condições de absoluto abandono social. Fundada em 1992, a ONG "DaVida" afirma-se como respeitado espaço de luta e reivindicação dos seus direitos. Publica o jornal "Beijo da Rua", dirigido pelo jornalista Flávio Lenz, e cria recentemente a grife "DASPU", em irônica alusão à confecção de alta costura "Daslu", denunciada por corrupção. Assim, as prostitutas são levadas a desfilar como modelos nos palcos da "Bienal de São Paulo", ou em novelas de grande audiência, ou ainda em *fashion shows*, abrindo-se espaço para que se percebam diferentemente, entendendo que também podem exercer outras atividades, já que a prostituição não é uma essência alojada nos órgãos genitais, derivada do tamanho do quadril, do formato da testa ou dos dedos, como afirmavam os cientistas do passado.

Ivone, por sua vez, não teme suas contundentes declarações e críticas, que fazem parte do seu exercício cotidiano da liberdade e da sua invejável autonomia:

> Toda essa vivência, bastante pesada, leva-me a pensar ou sonhar com outra coisa: e se Deus não fosse poderoso, mas apenas prazeroso!? E se o prazer fosse a constituição fundamental de nosso ser? E se estivéssemos neste mundo para gozar a existência? No começo, não estávamos todos no paraíso, segundo o mito relatado no Gênese? O paraíso e a felicidade não seriam constitutivos de nossa origem? [...] E não somos dotados da nostalgia do paraíso perdido? (GEBARA, 2005, p. 185)

Concluindo

Na última aula que profere Foucault, em 24 de março de 1984, o foco de sua análise aponta para a passagem de um grande investimento na construção da subjetividade ética no cinismo para o ascetismo cristão que, condenando a coragem da verdade em favor da desconfiança de si mesmo, afirma a relação temerosa a Deus e a ideia da obediência ao outro. De Epiteto, dessa matriz do cinismo que se refere à ideia de uma forma de vida que é tanto reforma dos indivíduos quanto de todo o mundo, Foucault registra uma inflexão pela qual se chega ao princípio da obediência ao outro, no cristianismo, como condição de acesso à outra vida, à verdadeira vida (FOUCAULT, 2009, p. 293), ponto capital de perda da autonomia e de destruição da tradição filosófica.

Foucault pondera que a transfiguração do mundo, segundo a matriz filosófica do cinismo, não poderá realizar-se se o mundo não reencontrar a sua própria verdade, movimento que passa pelo cuidado de si e pela alteração completa da relação de si para consigo. "E é nesse retorno de si a si, é nesse cuidado de si que se encontra o princípio da passagem a este mundo outro prometido pelo cinismo" (FOUCAULT, 2009, p. 289).

Assim, se ele visa enraizar o cinismo na tradição filosófica, devolvendo-lhe o lugar honroso que merece, viso enraizar as nossas práticas feministas numa tradição libertária, capaz de repensar o político e desfazer os nós cristalizados que perpetuam a naturalização da violência de gênero sobre os corpos femininos. Quando analisa a militância filosófica dos cínicos, Foucault afirma que, para eles, a verdadeira atividade política não se encontra na discussão de temas como a guerra e a paz, os impostos, taxas e rendas da cidade, mas na consideração de temas essenciais como "felicidade e infelicidade, boa e má fortuna, servidão e liberdade", enfim, no cuidado com o outro (FOUCAULT, 2009, p. 277). A meu ver, em nosso tempo, são as feministas aquelas que tomam esse trabalho nas próprias mãos, pois os feminismos ultrapassam os limites instituídos entre público e privado, corpo e alma, razão e emoção, essência e acidente, centro e periferia, importante e fútil, limites que as esquerdas infelizmente respeitaram. Daí que os homens militantes jamais poderiam enxergar como ação política o trabalho do cuidado de si, menos ainda que este significasse inclusive zelar pela paz doméstica, como diz Foucault, a respeito da militância cínica (2009, p. 277). Parafraseando Epiteto, Foucault afirma: "guardião universal, ele deve cuidar de todos, de todos os que são casados, de todos os que têm filhos. Ele deve observar aqueles que tratam bem suas mulheres e os que as tratam mal, ver 'quais são as pessoas que têm diferenças entre si, quais são as casas que desfrutam da paz ou que não a desfrutam'" (FOUCAULT, 2009, p. 277).

Como não admirar a imensa coragem dessas mulheres que proferem discursos da verdade que lhes são próprios e que lhes custaram tão caro, não só correndo o risco da perda da própria vida mas também as dos seus filhos? Como não perceber o cuidado que dispensam a outras mulheres e também aos homens, cuidado que é ao mesmo tempo um cuidado de si e um grande amor pelo mundo, num esforço de construção de uma vida outra, como quer Foucault, como crítica permanente do mundo? Em nossos dias, o missionário da verdade, benfeitor, médico de todo o mundo, cuidador universal pode bem ser traduzido no feminino.

Referências

ALMEIDA, Criméia Alice Schmidt. *Entrevistas a Margareth Rago*. São Paulo, 2009.

ARFUCH, L. *El espacio biográfico. Dilemas de la subjetividad contemporánea*. Buenos Aires: Fondo de Cultura Económica de Argentina S/A, 2002.

ARFUCH, L. Mujeres que narran. Memória y Trauma. *LABRYS, estudos feministas*, n. 15, 2009.

DOSSIÊ DITADURA. *Mortos e desaparecidos políticos no Brasil, 1964-1985*. São Paulo: Instituto de Estudos sobre a Violência do Estado, Imprensa Oficial, 2009.

FOUCAULT, M. *Le courage de la vérité. Le gouvernement de soi et des autres*, v. II. Paris: Gallimard/Seuil, 2009.

FOUCAULT, M. L'écriture de soi. *Dits et écrits*. v. IV. Paris: Gallimard, 1994, p. 415-30.

GAGNEBIN, J-M. *Lembrar, escrever, esquecer*. São Paulo: Ed. 34, 2006.

GEBARA, Ivone. *Teologia ecofeminista*. São Paulo: Editora Olho d'Água, 1997.

GEBARA, Ivone. *Rompendo o silêncio. Uma fenomenologia feminista do mal*. Rio de Janeiro: Vozes, 2000.

GEBARA, Ivone. *As águas do meu poço. Reflexões sobre experiências de liberdade*. São Paulo: Brasiliense, 2005.

GEBARA, Ivone. *Entrevista a Margareth Rago*, 2008.

GEBARA, Ivone. *Le mal au féminin. Réflexions Théologiques à partir du féminisme*. Paris: L'Harmattan, 1999.

GUSDORF, G. *Les écritures du moi. Lignes de vie I*. Paris: Odile Jacob, 1991.

LEITE, Gabriela Silva. *Eu, mulher da vida*. Rio de Janeiro: Rosa dos Tempos, 1992.

LEITE, Gabriela Silva. *Avó, mãe, filha e puta*. Rio de Janeiro: Objetiva, 2009.

RICOEUR, P. *Memória, história e esquecimento*. Campinas: Ed. UNICAMP, 2008.

RICOLDI, A. M. *A experiência das promotoras legais populares em São Paulo:* Gênero e Cidadania, Dissertação de Mestrado, USP, 2005.

SAPRIZA, G. Cuerpos bajo sospecha. Um relato de la dictadura em Uruguay desde la memória de las mujeres. *LABRYS, estudos feministas*, n. 15, 2009.

STAROBINSKI, J. Le style de l'autobiographie. *Poétique*. Revue de théorie et d'analyse littéraire, n. 3. Paris: Seuil, 1970, p. 257-65.

SMITH, S. *Women, Autobiography, theory: a reader*. Madison: University of Wisconsin Press, 1998.

STERN, S. De la memória suelta a la memória emblemática: hacia el recordar y el olvidar como proceso histórico (Chile, 1973-1998). In: GARCÈS, M. *et al.* (Org.). *Memória para um nuevo siglo. Chile, miradas a la segunda mitad del siglo XX*. Santiago: LOM, 2000.

TELES, Maria Amélia de Almeida. *Entrevista a Margareth Rago*. São Paulo, 2006, 2008.

As novas práticas de governo na escola
o corpo e a sexualidade entre o centro e as margens

Maria Rita de Assis César

A sexualidade e a chegada do século XIX

Em seu romance *Orlando*, de 1923, a escritora Virginia Woolf narrou a entrada do século XIX como uma "grande nuvem suspensa [...] sobre todo o território das Ilhas Britânicas" [...] Chovia frequentemente [...]. O sol brilhava, naturalmente, mas tão circundado de nuvens, e o ar estava tão saturado de água, que os seus raios eram descoloridos, e púrpura, alaranjados e vermelhos nevoentos substituíram as paisagens mais nítidas do século XVIII. Sob esse dossel magoado e melancólico, o verde dos repolhos era menos intenso, e o branco da neve, enlameado".[1] A umidade penetrou nas casas e as pessoas sentiam frio, o que produziu transformações em suas habitações, móveis, vestimentas e alimentação. "O café suplantou o porto, depois do jantar; e como o café conduz a um salão onde bebê-lo, e o salão a redomas, e as redomas à flores artificiais, e as flores artificiais às lareiras [...] à inúmeros cãezinhos, tapetes e adornos de porcelana, o lar – se tornara extremamente importante".[2] A chegada dessa bruma úmida e fria, contra a qual foi preciso proteger-se no interior das casas, das salas e dos quartos aquecidos, inventou a domesticidade e a intimidade, além de modificações intensas nos modos de se relacionar com o sexo oposto.[3] A importância do casamento, da fidelidade, dos filhos, o novo papel da mulher, a esposa devotada e a mãe cuidadosa, tudo isso foi exposto por Virginia Woolf de maneira a interrogar os novos sujeitos nascidos sob o 'dossel magoado

---

[1] WOOLF, 2003, p. 152.
[2] WOOLF, *op. cit.*
[3] WOOLF, *op. cit.*, p. 151.

e melancólico' do século XIX. A autora narra o surgimento de 'novos territórios' que trazem consigo outras formas de entender o corpo, o sexo e o desejo. Nesse mundo em transição, a personagem *Orlando* atravessa os séculos e, em algum momento um pouco incerto do século XVIII, se transforma em mulher. Assim, *Lady Orlando* atravessa o século XIX chegando às primeiras décadas do século XX na tentativa de encontrar lugares para seu próprio corpo e desejo, enquanto mulher e escritora.[4]

No volume I da *História da sexualidade*, Michel Foucault narrou a mesma história dos corpos, dos sexos e dos desejos formatados por novas formas discursivas e institucionais do século XIX, isto é, os saberes médico, psiquiátrico, pedagógico, entre outros. Na narrativa foucaultiana: "Um rápido crepúsculo se teria seguido à luz meridiana, até as noites monótonas da burguesia vitoriana. A sexualidade é, então, cuidadosamente encerrada. Muda-se para dentro de casa. A família conjugal a confisca. E absorve-a, inteiramente, na seriedade da função de reproduzir".[5] Em certo sentido, Foucault e Woolf elaboraram uma história das nossas misérias, da sexualidade à subjetividade, isto é, o surgimento da sexualidade como objeto de controle do corpo e também social. No entanto, Virginia Woolf olhou sua Inglaterra vitoriana com olhos de dúvida e ironia desnaturalizando as verdades do corpo e do sexo ao criar *Orlando*. Foucault, por sua vez, também desnaturalizou tais verdades produzindo uma analítica da sexualidade que se lançou para além da tese corrente da repressão do sexo, demonstrando na sua *História da sexualidade* não um sexo silenciado e reprimido, mas o sexo posto em discurso, à exaustão. Isto é, um sexo e uma sexualidade que são a chave de entrada para o controle de corpos e populações, além de produzir verdades sobre o sexo e sobre si mesmo.

Na história foucaultiana, os corpos de crianças, mulheres, rapazes e casais foram esquadrinhados para o estabelecimento da fronteira entre normalidade e patologia. Tal operação fundiu os discursos médico, pedagógico, jurídico e de governo, visando ao controle não só dos corpos individuais, como de toda a população.[6] A nominação dos sujeitos se deu por uma engenharia conceitual e institucional em vista da qual os corpos

---

[4] Uma interrogação de Virginia Woolf a mulher e, sobretudo, sobre a mulher na literatura encontra-se especialmente na obra *Um teto todo seu*.

[5] FOUCAULT, 1984, p. 9.

[6] FOUCAULT, *op. cit.*, p. 26.

foram separados e escrutinados, ademais da minuciosa classificação das práticas sexuais, distinguidas entre normais e anormais.

Na narrativa de Virginia Woolf, no raiar do século XIX *Orlando* já não podia mais brincar com as roupas, ora de rapaz, ora de moça, seduzindo indistintamente homens e mulheres em seus passeios noturnos, como fizera outrora. Não era mais possível que durante o dia tomasse chá vestida de tules e brocados e, durante a noite, vestisse sua capa sobre as calças, que lhe davam mais agilidade para correr e saltar nas ruas da cidade. Com o raiar do século XIX, *Lady Orlando* haveria de se casar e constituir família, como convém a qualquer mulher de sua classe, ou de seu tempo.

Foi no interior do dispositivo da sexualidade que passou a operar o sistema sexo-corpo-gênero, conferindo um destino biológico específico para dois corpos distintos: homem e mulher, dois gêneros e o desejo a eles correspondentes.[7] Com o dispositivo da sexualidade operando o sistema sexo-corpo-gênero, através da limitada equação do dimorfismo sexual, isto é, dois sexos e dois gêneros, foram produzidos os novos sujeitos que habitaram os espaços sombrios e marginais dos séculos XIX e XX.[8]

Em sua investigação sobre sujeitos das margens do dispositivo da sexualidade, Foucault menciona o artigo de 1879, escrito pelo médico alemão Westphal, sobre as "sensações contrárias", inscrito em uma literatura médica nascente sobre as patologias sexuais ou perversões. Para Foucault: "Como são espécies todos esses pequenos perversos que os psiquiatras do século XIX entomologizaram atribuindo-lhes estranhos nomes de batismo: há os exibicionistas de Lasègue, os fetichistas de Binet, os zoófilos e zooerastas de Krafft-Ebing [...]".[9] Com o artigo de Westphal tem-se uma certidão com a data de nascimento do "sujeito homossexual", descrito como uma categoria psicológica, psiquiátrica e médica. Segundo Foucault: "A homossexualidade apareceu como uma das figuras da sexualidade quando foi transferida, da prática da sodomia, para uma espécie de androginia inferior, um hermafroditismo da alma. O sodomita era um reincidente, agora o homossexual é uma espécie".[10]

---

[7] Sobre a invenção do dimorfismo sexual, veja: LAQUER, 1990.
[8] FOUCAULT, *op. cit.*, p. 47.
[9] FOUCAULT, *op. cit.*, p. 44.
[10] FOUCAULT, *op. cit.*, p. 43-4.

No curso *Os anormais*, Foucault analisou a literatura sobre os hermafroditas entre os séculos XVI e XIX. As descrições são ricas no detalhamento dos exames dos corpos. Procuram-se órgãos, fisiologias e atribuem-se-lhes funções e disposições, além do sistema de penalidades aplicadas em relação ao exercício da sexualidade em um gênero inconcluso. No transcurso daquele período, especialmente entre os séculos XVIII e XIX, Foucault percebeu um importante deslocamento, isto é, o (a) hermafrodita deixou de ser percebido como monstro para ser concebido como caso médico, como anormalidade anatômica e fisiológica e, sobretudo, como uma monstruosidade de caráter que o (a) aproximava da criminalidade.[11] Nesse movimento de transformações que originaram o dispositivo da sexualidade, partir do século XVIII e, especialmente, no século XIX, produziu-se a necessidade da reintegração ao "sexo verdadeiro". Assim como *Orlando*, que no decorrer do século XIX teve seu verdadeiro sexo declarado, os hermafroditas do passado, assim como os *intersex* do presente, aguardavam, depois de prolongados exames corporais, o veredicto sobre seu sexo verdadeiro. O verdadeiro sexo de Herculine Barbin foi declarado masculino. Ela/ele teve seu nome e suas roupas modificadas, suicidando-se algum tempo depois. Herculine até os 20 anos viveu como uma mulher. Entretanto, em vista de os exames físicos da sua genitália, os médicos concluíram de se tratava 'verdadeiramente' de um homem.[12]

Escola e modernidade

A escola moderna também nasceu sob esse mesmo 'dossel magoado e melancólico'. Com alguma criatividade, *Orlando* pode ser o mestre de cerimônia que nos conduz ao aparecimento das instituições, dentre estas, a escola. "A cidade foi iluminada. Cofres de ouro foram depositados, cerrados, em caixas de vidro. [...] Criaram-se hospitais. Inauguraram-se clubes de diversões".[13] A narrativa certamente poderia discorrer sobre as tentativas de colocar várias crianças sentadas, de ouvidos atentos, recebendo castigos e recompensas em vista de uma letra bem soletrada ou de um riso fora de hora. Sob o novo signo da família e da intimidade, por um lado, e do

---

[11] FOUCAULT, 2001, p. 93.
[12] FOUCAULT, 1983.
[13] WOOLF, 2003, p. 170.

progresso e da urbanidade, por outro lado, as crianças deveriam agora se afastar de seus lares para serem educadas. Deveriam deixar as ruas, locais de perigo, e partir para as recém-criadas instituições escolares. Lá, um novo conjunto de técnicas atingiria seus corpos, também conduzidos por regulações específicas produzidas por ações de um governo da infância. Na nova conjuração de saberes e poderes, governar a infância foi uma função da instituição escolar moderna.[14]

Para Foucault, a instituição escolar constituiu o paradigma moderno da disciplinarização e do governo dos corpos, pois foi o lugar privilegiado de medidas educacionais, higiênicas e morais destinadas a garantir a saúde física e moral de jovens e crianças. Ao longo do processo de universalização da instituição escolar, configuraram-se diversos processos de intervenção disciplinar e governamental no corpo e na alma das crianças, produzindo-se novas formas de *governamento* dessa população específica.[15] Ao se transformar em forma de *governamento* específico, a educação acabou por configurar o Estado como um ente educador.[16] A educação enquanto ação de *governamento* se deu também por meio do controle arquitetônico das edificações escolares; do disciplinamento dos saberes e pelo desenho dos currículos; além da profissionalização da docência. Na configuração da instituição educacional moderna, conjugaram-se a tarefa da instrução e as medidas higiênicas, além da preocupação com a educação do sexo da criança visando à sua saúde física e moral. Assim, não houve educação escolarizada que não fosse também uma 'educação sexual'. Esta sempre esteve em curso no interior da instituição escolar e foi um instrumento fundamental do dispositivo da sexualidade, pois colocou o sexo em discurso e produziu a verdade do sexo.[17]

As primeiras preocupações explícitas em relação à educação do sexo de crianças e jovens no Brasil, sempre orientada pelo dispositivo da sexualidade, tiveram lugar nos anos 1920-30 do século XX. Em 1922, Fernando de Azevedo respondeu a um inquérito promovido pelo *Instituto de Higiene da Faculdade de Medicina e Cirurgia de São Paulo* sobre educação sexual. Naquela ocasião, destacava a importância do ensino da matéria

---

[14] VEIGA-NETO, 2000; NARODOWSKI, 2006.

[15] VEIGA-NETO, 2002.

[16] PINEAU, 2005.

[17] CESAR, 2009a.

para o "interesse moral e higiênico do indivíduo", além do "interesse da raça". Em 1933, foi fundado na cidade do Rio de Janeiro o *Círculo Brasileiro de Educação Sexual*, que editou um periódico denominado *Boletim*, de 1933 até 1939, o qual foi distribuído regularmente como encarte nos importantes jornais de circulação nacional.[18]

A partir de dados revelados em pesquisas recentes sobre a educação sexual nas escolas brasileiras, o discurso da sexualidade, e não o seu silêncio, constitui elemento importante do discurso educacional. Esses dados mostram o processo de escolarização a partir de um conjunto de dispositivos de *governamento* e de disciplinarização dos corpos de crianças e jovens, visando à produção de uma sujeição específica, de modo que o "sexo bem educado" foi parte fundamental do processo de escolarização. Se os séculos XVIII e XIX trouxeram novidades melancólicas acerca do governo dos corpos de mulheres, crianças e jovens, produzindo a separação entre normalidade e patologia, a escola foi a instituição que governou os corpos e desejos dessas crianças em jovens em nome da saúde, da higiene e da moral.

Ora "proibida" e "ameaçada", como no período da ditadura militar brasileira, ora nomeada nos currículos, a educação do sexo sempre esteve presente nas escolas brasileiras, nas aulas de ciências, biologia, puericultura e planejamento familiar, como demonstram as pesquisas sobre currículos e diretrizes curriculares desde os anos 1950.[19] Mais recentemente, com as aulas de educação sexual, a presença da educação do sexo, em diversas formas e modelos pedagógicos, correspondeu ao *governamento* de corpos de crianças e jovens, ora em nome da moral higiênica e eugenista, ora pela ideia do 'sexo feliz'.

A pedagogia do controle e a sexualidade

No contexto da escola contemporânea ou em tempo da *Pedagogia do controle* se observam uma série de transformações em relação à docência, ao ensino e ao exame.[20] Além de novas práticas, novas sintaxes e novos sujeitos, observa-se também uma intervenção direta nos currículos e

[18] VIDAL, 2002.
[19] BORDINI, 2009; XAVIER FILHAR, 2009.
[20] CESAR, 2004.

na distribuição dos saberes no interior da instituição educacional, com a introdução de 'novos' temas para serem distribuídos transversalmente pelo currículo. No desenho curricular brasileiro, essa transformação materializou-se em um documento da segunda metade da década de 1990, os *Parâmetros Curriculares Nacionais*. Temas como cidadania, ética, sexualidade, gênero, saúde, meio ambiente, entre outros, apareceram na instituição escolar, como se lá estivessem pela primeira vez. Se os festejados temas não eram novidades no interior da instituição escolar, a forma transversal de sua condução, seu impacto e suas promessas no interior de uma escola agonizante foram elementos que ajudaram a produzir fissuras no *governamento* disciplinar da escola moderna. Analisando-se aqueles documentos a partir dos conceitos de biopoder e de *governamentalidade*, pode-se afirmar que a introdução transversal desse conjunto de práticas e saberes nas instituições escolares configurou novas formas de *governamento* da infância e juventude, talvez não mais centradas exclusivamente na disciplina, mas segundo um conjunto de técnicas de controle que Foucault chamou de biopolítica neoliberal,[21] isto é, um conjunto de técnicas orientadas para gerir e administrar a vida da população escolar, as quais também podem ser compreendidas a partir do conceito de sociedade de controle de Gilles Deleuze.[22]

Quase um século após as primeiras tentativas de organizar um programa de educação sexual nas escolas brasileiras, o "sexo bem educado" não pertence mais ao universo positivista e eugênico das primeiras décadas do século XX. A partir dos anos 1980, o não tão novo "sexo bem educado" passou a ocupar territórios vizinhos aos controles higiênicos e morais, segundo a nomenclatura do 'sexo responsável', do 'sexo saudável' e do 'sexo seguro'. À primeira vista, a ênfase na saúde, na responsabilidade e no binômio risco/segurança vem produzindo uma educação sexual definida pela singela ideia do "bem viver". Entretanto, uma análise mais atenta demonstra os desdobramentos do biopoder definindo o "sexo não educado" como aquele que poderá trazer riscos e descontrole para a população em geral – patologias sexuais, gravidez indesejada e práticas sexuais às margens da heterossexualidade normativa ou da heteronormatividade.[23]

---

[21] FOUCAULT, 2004.

[22] DELEUZE, 1996.

[23] Sobre o conceito de heteronormatividade veja: BUTLER, 2006.

Uma análise dos documentos educacionais que abordam a sexualidade na escola, amparada por uma reflexão sobre o dispositivo da sexualidade, a biopolítica e a *governamentalidade*, demonstra a insistência dos textos metodológicos em produzir a incitação do sexo ao discurso para melhor controlá-lo e geri-lo. Nos documentos oficiais propõe-se que "a orientação sexual [educação sexual] deve impregnar toda a área educativa".[24] A nova "verdade do sexo" produzida no âmbito da pedagogia do controle por meio de técnicas de *governamento* engendra formas idealizadas de viver a sexualidade, ao mesmo tempo que administra os corpos de crianças e jovens. Dentre as tecnologias que asseguram um modelo ideal de sexualidade para crianças e jovens escolares, além da prevenção dos riscos do sexo – doenças e gravidez –, também se apresenta uma preocupação com as identidades sexuais e gênero. Nos textos, essas identidades são exemplificadas por meio de características ou estereótipos que deverão ser questionados. Assim, na distribuição das tais características e sensações entre os dois sexos, meninos podem ser "meigos" e "sensíveis", assim como garotas podem ser "objetivas" e "agressivas", sem que as fronteiras da identidade sexual sejam ultrapassadas ou abaladas. Sutilmente, a instituição escolar garante assim a preservação da heterossexualidade como norma, embora afirme que este é um trabalho que caracteriza uma preocupação com as identidades de gênero. É importante ressaltar que, nessa perspectiva, alunos e alunas gays, lésbicas, travestis e transexuais permanecem nas margens do ambiente normativo da escola.[25]

Mesmo que algumas experiências educacionais específicas já tenham abordado as experiências homoeróticas e homoafetivas, a heterossexualidade permanece como o centro organizador do governo da sexualidade na escola. Quando algumas barreiras são ultrapassadas, o "tratamento pedagógico" terá base no problemático e intolerável conceito de tolerância.[26] Em pesquisas recentes com alunos e alunas de escolas brasileiras, uma porcentagem considerável de jovens, professores e pais declararam não querer conviver com colegas homossexuais.[27] Se a presença de

---

[24] BRASIL, 2000.
[25] ALTMAN; MARTINS, 2007; CESAR, 2009b; SANTOS, 2010.
[26] SKLIAR, 2004.
[27] JUNQUEIRA, 2009.

alunos e alunas homossexuais dentro da escola já representa grande incômodo, as experiências da travestilidade e da transexualidade se tornam insuportáveis do ponto de vista da instituição escolar, pois, diante de seus corpos transformados, a instituição não vê esperança de retorno à norma heterossexual.

Mais de uma década após o lançamento dos documentos que, segundo eles próprios, "definitivamente introduziu a educação sexual nas escolas brasileira",[28] as sexualidades permanecem como território conflagrado. No presente, além da presença de médicos, psicólogos, enfermeiros e até mesmo dentistas como sujeitos autorizados a proferir a "verdade" sobre o "sexo bem educado" na instituição escolar, novos sujeitos também são convocados a atuar, como as ONGs. Se até bem pouco tempo havia somente um conjunto de vozes possíveis no interior da escola disciplinar, com o advento da escola contemporânea, organizada pelos novos agenciamentos da pedagogia do controle, instaura-se a polifonia na tentativa de se fazer ouvir a "verdade sobre o sexo". Agora, coletivos e organizações sociais, que abarcam desde coletivos LGBT (Lésbicas, Gays, Bissexuais, Travestis e Transexuais) até organizações religiosas são convidados a adentrar os muros esburacados das escolas para proferir alguma verdade sobre o sexo.

É preciso analisar com cuidado essa relação entre instituições escolares e ONGs e coletivos sociais. As primeiras, infinitamente mais bem paramentadas tecnicamente que os diversos coletivos sociais, vêm se configurando como importante segmento na área educacional. Através de projetos de grande porte, financiados algumas vezes por editais públicos, estas representam os novos agenciadores e produtores de técnicas difusas para governar os indivíduos e populações em diferentes domínios. Certamente, as redes de saber-poder, antes inerentes às instituições, agora são engendradas nas diversas ramificações flexíveis que configuram tais organizações. As organizações afirmam realizar as ações que os governos e/ou instituições não são mais capazes de empreender, como, por exemplo, educar. Temos aí novos agentes biopolíticos do *governamento* contemporâneo.

Em se tratando da sexualidade, essas organizações estão presentes desde os anos do pós-guerra, ensinando as populações pobres a planejar

[28] BRASIL, 2000.

suas famílias, diminuindo o número de filhos e praticando o controle da natalidade. Nas escolas, são também as organizações que realizam as ações de saúde e prevenção da gravidez e de doenças sexualmente transmissíveis, em nome da "vida feliz". Recentemente, ONGs britânicas defenderam que a educação sexual deveria ser ministrada a crianças a partir dos 4 anos de idade e que a educação sexual deveria ser obrigatória para todas as crianças. Segundo Simon Blake, diretor da ONG *Brook*: "Todas as provas indicam que, quando começam a ter educação sexual e a aprender sobre relacionamentos cedo, antes da puberdade, antes de sentirem atração sexual, os adolescentes começam a vida sexual mais tarde. Além disso, eles tendem a usar contraceptivos e a praticar o sexo seguro." [29]

Para as ONGs, a educação sexual eficiente é essencial para que jovens façam escolhas saudáveis e seguras sobre suas vidas, previnam a gravidez precoce e as doenças sexualmente transmissíveis. "Muitos jovens acabam tendo relações sexuais porque eles querem saber o que é, porque estão bêbados ou porque o parceiro está bêbado", disse Blake. "Isso não é bom o suficiente para os jovens. Temos de ter expectativas maiores para eles, para que eles mesmos tenham expectativas maiores sobre si."[30] Na sua fala, Blake reitera o pressuposto central do conceito da biopolítica neoliberal, a produção de si como um sujeito viável e como capital humano.[31] Assim, adiar a vida sexual, não transar bêbado, não engravidar e ficar saudável são atributos do capital humano da juventude saudável. No Brasil, a associação entre ONGs e educação sexual data dos anos 1990. Membros de organizações participaram da elaboração dos *Parâmetros Curriculares Nacionais do MEC*, em 1997 e 1998, respondendo pela elaboração do tema transversal *Orientação Sexual*. Em 2003 e 2004, o mesmo grupo implantou o trabalho de *Orientação Sexual na Escola* em toda a rede municipal de ensino para a Secretaria de Educação da Prefeitura Municipal de São Paulo.[32]

---

[29] EDUCATIONAL GUARDIAN.

[30] *Idem.*

[31] FOUCAULT, *op. cit.*, 2004.

[32] É importante ressaltar que este trabalho não visa realizar uma análise exaustiva das ações das organizações e sua atuação no âmbito da instituição escolar. O objetivo de trazer essa discussão sobre a relação entre as organizações e a escola é justamente para que se possa pensar a natureza dessa relação em um momento importante sobre a instituição escolar.

No século XIX, para que a instituição escolar se tornasse um lugar por excelência do governo da infância, houve um grande movimento de descredenciamento da família em relação à educação de suas crianças. Para que as crianças deixassem suas casas e seus afazeres e passassem o dia em um salão escuro e empoeirado, aprendendo a sentar, a ouvir, a ler, escrever e contar foi preciso grande esforço de convencimento e de desautorização da família em relação à infância.[33] Dois séculos depois, novo deslocamento: com o enfraquecimento e a crise da educação institucionalizada, próprio da crise das instituições modernas, as organizações não governamentais empreendem uma tarefa parecida. As organizações agem demonstrando que professores e escolas não são mais os lugares e sujeitos credenciados para produzir e transmitir conhecimentos verdadeiros sobre o sexo das crianças e jovens, indicando que ambos estão deixando de ser um lugar de *governamento* da infância e da juventude. Na lacuna produzida pela crise institucional, entram novos agentes, as organizações. Novas formas de *governamento*? Certamente! Novos gerenciamentos de saberes e poderes? Sim, sobretudo a partir da compreensão das novas formas de exercício da biopolítica no mundo contemporâneo.

Finalizo esse texto perguntando sobre que "dossel" estaríamos abrigados. Certamente não mais o "dossel magoado e melancólico" descrito por Virginia Woolf e que abrigou o nascimento do dispositivo da sexualidade, da instituição escolar, entre outros artefatos disciplinares. *Orlando* certamente não poderia ser uma habitante da nossa contemporaneidade. Entretanto, se estivesse conosco também estaria esperando laudos médicos e psiquiátricos que definiriam sua "verdadeira identidade sexual". Se *Orlando* fosse nossa contemporânea, estaria lutando para permanecer na escola que, ainda hoje, não suporta a dubiedade em relação ao corpo e a norma heterossexual. *Orlando*, assim como outras (os) transexuais, travestis e intersex, certamente ainda ocuparia as margens de nosso mundo. O "dossel" que emoldura a contemporaneidade, sob o qual estamos abrigados, sem dúvida é reluzente, como uma luz brilhante e fria que faz com que não saibamos exatamente onde estamos: num *shopping center*, num aeroporto, numa escola ou num hospital. Se estivermos em um hospital, pode ser que estivéssemos na sala de espera do centro cirúrgico, que estaria realizando a cirurgia de "devolução" do "verdadeiro sexo" de *Orlando*.

---

[33] QUERRIEN, 1994, p. 37.

Referências

ALTMANN, Helena; MARTINS, Carlos. Políticas da sexualidade no cotidiano escolar In: CAMARGO, Ana Maria Faccioli; MARIGUELA, Márcio (Orgs.) *Cotidiano escolar. Emergência e invenção.* Piracicaba: Jacinta Editores, 2007. p. 131-150.

BORDINI, Santina Célia. *Discursos sobre sexualidade nas escolas municipais de Curitiba.* Dissertação de Mestrado. Curitiba: PPGE/UFPR, 2009.

BRASIL. Secretaria de Educação Fundamental. *Parâmetros Curriculares Nacionais: pluralidade cultural e orientação sexual* / Secretaria de Educação Fundamental. 2. ed. Rio de Janeiro: DP&A, 2000.

BUTLER, Judith. *Deshacer el género.* Barcelona: Paidós, 2006.

CÉSAR, Maria Rita de Assis. *Da escola disciplinar à pedagogia do controle.* Tese de Doutorado. FE – UNICAMP, 2004.

CÉSAR, Maria Rita de Assis. Gênero, sexualidade e educação: notas para uma 'epistemologia'. *Educar em Revista*, n. 35. Curitiba: Editora UFPR, 2009a; p. 37-52.

CÉSAR, Maria Rita de Assis. Um nome próprio: travestis e transexuais nas escolas brasileiras. In: XAVIER-FILHA, Constantina (Org.). *Educação para a sexualidade, para a equidade de gênero e para a diversidade sexual.* Campo Grande: Editora UFMS, 2009b. p. 143-55.

DELEUZE, Gilles. *Conversações.* Rio de Janeiro: , 1996.

EDUCATIONAL GUARDIAN. Disponível em:

<http://www.guardian.co.uk/education/2007/apr/16/schools.uk>. Acesso em: 5 abr. 2010.

FOUCAULT, Michel. *A história da sexualidade I:* a vontade de saber. 5 ed. São Paulo: Graal, 1984.

FOUCAULT, Michel. *Herculine Barbin:* o diário de um hermafrodita. Rio de Janeiro: Francisco Alves, 1983.

FOUCAULT, Michel. *Naissance de la biopolitique.* Paris: Gallimard, 2004.

FOUCAULT, Michel. *Os anormais.* São Paulo: Martins Fontes, 2001.

JUNQUEIRA, Rogério Diniz (Org.). *Diversidade sexual na educação:* problematizações sobre a homofobia nas escolas. Brasília: Ministério da Educação/UNESCO, 2009.

LAQUEUR, Thomas. *Making sex.* Body and gender from greeks to Freud. Cambridge: Harvard University Press, 1990.

NARODOWSKI, Mariano; BAEZ, Luján. La reconfiguración de los sistemas educativos: modo de salida del monopólio estatal. In: NARODOWSKI, Mariano;

BAEZ, Luján; BRAILOVSKY, Daniel. *Dolor de escuela*. Buenos Aires: Prometeo Libros, 2006. p. 33-48.

PINEAU, Pablo. Por qué triunfo la escuela? La modernidad dijo: 'Esto es educación', y la escuela respondió: 'Yo me ocupo' In: PINEAU, Pablo; DUSSEL, Inês; CARUSO, Marcelo. *La escuela como máquina de educar:* três escritos sobre um proyecto de la modernidad. Buenos Aires: Paidós, 2005. p. 27-52.

QUERRIEN, Anne. *Trabajos elementales sobre la escuela primaria*. Madrid: La Piqueta, 1994.

SANTOS, Dayana Brunetto Carlin. *Cartografias da transexualidade: a experiência escolar e outras tramas*. Dissertação de Mestrado. Curitiba: PPGE/UFPR, 2010.

SKLIAR, Carlos. A materialidade da morte e o eufemismo da tolerância. Duas faces, dentre milhões de faces, desse monstro (humano) chamado racismo In: GALLO, Sílvio; SOUZA, Regina Maria de (Orgs.) *Educação e preconceito*. Ensaios sobre poder e resistência. Campinas: Alínea, 2004. p. 69-90.

VEIGA-NETO, Alfredo. Coisas de Governo. IN: RAGO, Margareth; ORLANDI, Luis B. Lacerda; VEIGA-NETO, Alfredo. *Imagens de Foucault e Deleuze*. Ressonâncias nietzschianas. Rio de Janeiro: DP&A, 2002. p. 13-34.

VEIGA-NETO, Alfredo. Educação e governamentalidade neoliberal: novos dispositivos, novas subjetividades. In: BRANCO, Guilherme Castelo; PORTOCARREIRO, Vera (Orgs.) *Retratos de Foucault*. Rio de Janeiro: Nau, 2000. p. 179-217.

VIDAL, Diana Gonçalves. Educação sexual: produção de identidades de gênero na década de 1930. In: SOUZA, Cinthia Pereira (Org.). *História da Educação*. Processos, práticas e saberes. São Paulo: Escrituras, 2002.

XAVIER-FILHA, Constantina. Sexualidade(s) e gênero(s) em artefatos culturais para a infância: práticas discursivas e construção de identidades. In: _____ (Org.). *Educação para a sexualidade, para a equidade de gênero e para a diversidade sexual*. Campo Grande: Editora UFMS, 2009b. p. 71-100.

WOOLF, Virginia. *Orlando*. 2. ed. Rio de Janeiro: Nova Fronteira, 2008.

WOOLF, Virginia. *Um teto todo seu*. Rio de Janeiro: Nova Fronteira, 1985.

Norma, inclusão e governamentalidade neoliberal

Maura Corcini Lopes

Este texto aborda práticas que constituem as atuais políticas de inclusão. Ao partir do entendimento de que a inclusão é um imperativo de Estado, que deve atingir a todos sem distinção e independentemente dos desejos dos indivíduos, fazer uma crítica radical a ela exige de antemão que se coloquem algumas balizas. A primeira baliza e, talvez, a mais importante para aqueles entusiasmados com as políticas de inclusão em franca expansão em nosso país é dizer que fazer uma crítica radical a tais políticas não significa ser contra elas. A segunda baliza é deixar claro o uso que aqui faço do conceito de *inclusão*, ou seja, não o entendo como um mobilizador de um lugar de salvação nem, tampouco, como uma conquista política da direita ou da esquerda. Trata-se, a meu ver, de entender a inclusão como uma invenção que é deste mundo, ou seja, uma invenção da modernidade que está constantemente sendo modificada, atualizada e, portanto, ressignificada a partir de diretrizes globais. Uma terceira e última baliza é explicitar o entendimento de que a inclusão opera através de práticas de governamento do Estado sobre a população e através de práticas de subjetivação. A produtividade do cruzamento dessas formas de operação está na constante capacidade de atualização da norma, ou seja, a norma é mais produtiva porque, cada vez mais, na contemporaneidade, ela é plural e "pluricriteriosa".

Feitas as primeiras sinalizações que, além de caracterizar o ponto de partida de meu exercício analítico sobre a inclusão, também caracterizam os limites da abordagem que dou ao tema, passo, então, a desenvolvê-lo explicitando as ferramentas foucaultianas que me são úteis para a realização de uma crítica radical à inclusão: *governamentalidade* e *norma*. Decorrentes da norma, estão os conceitos de *normação* e de *normalização*; o primeiro é muito típico da modernidade e o segundo, da contemporaneidade.

Inclusão: uma crítica radical

> A crítica consiste em desentocar o pensamento e em ensaiar a mudança; mostrar que as coisas não são tão evidentes quanto se crê, fazer de forma que isso que se aceita como vigente em si não o seja mais em si. Fazer a crítica é tornar difíceis os gestos fáceis demais. Nessas condições, a crítica – e a crítica radical – é absolutamente indispensável para qualquer transformação (FOUCAULT, 2006, p. 180).

Fazer uma crítica radical à inclusão pressupõe o compromisso em descrevê-la, analisá-la e problematizá-la com a finalidade de desnaturalizar verdades tomadas a priori, ou seja, antes da história e da experiência. Como já me referi na introdução deste artigo, fazer uma crítica radical à inclusão não significa ser contra ela, nem mesmo ignorar ou subestimar os muitos movimentos econômicos, políticos, comunitários, educacionais e identitários pró-inclusão aos quais assistimos proliferar no Brasil. Também não significa tratá-la simplificadamente dentro do esquema do "ser contra" ou "ser a favor" dela; tampouco se trata de esquematizá-la politicamente em discursos de direita e de esquerda, dos dominantes e dos dominados, dos exploradores e dos explorados e, nem mesmo, de representá-la a partir da luta das minorias ou dos grupos sociais em relação aos seus direitos de cidadãos ou de pessoas. Por fim, não se trata de negar ou rejeitar as políticas de inclusão em nome de uma qualidade do que é espontâneo ou de uma naturalidade imanente às relações entre os indivíduos. Trata-se de tomá-la como um imperativo, forjado na modernidade a partir da noção de exclusão; ou seja, trata-se de entendê-la como uma invenção de um tempo moderno que se potencializa nos dias de hoje. Para entendê-la, trata-se, portanto, de se afastar das investidas revolucionárias, individualistas liberais e salvacionistas/libertadoras que determinam muitos dos discursos que constituem o campo das ciências humanas.

Para pensar a inclusão, proponho olhá-la em diferentes recortes históricos; isso não é feito com a finalidade de exercitar uma suposta defesa dos sentidos primeiros e nem mesmo com a finalidade de buscar pela origem do termo; esses seriam exercícios que não têm sentido no referencial que aqui adoto. Busco somente fragmentos de usos históricos da palavra *inclusão* e suas correlatas, a fim de mostrar as insuficiências para a sua abordagem, quando não se usa a palavra *exclusão*; também pretendo mostrar a produtividade de usarmos o conceito de in/exclusão – grafado dessa forma –, de modo a indicar o caráter relacional e subjetivo da própria inclusão.

Tanto a *inclusão* quanto a *exclusão* são invenções deste mundo. Seus usos estão registrados desde os séculos XVI e XVII. Pela etimologia, sabemos que *inclusão* foi usada na Academia dos Singulares de Lisboa já em 1665. Os seus usos, então, eram diferentes daqueles que vimos circular bem mais tarde, principalmente se colocarmos como marco a Conferência Mundial de Educação para Todos, ocorrida em 1990, em Jontiem, na Tailândia.

Atualmente assistimos a uma notável proliferação da palavra *inclusão*. No seu sentido mais usual, ela é usada para caracterizar distintas condições de vida e de participação na sociedade, nas distintas culturas, no mercado, nas redes de consumo, nas comunidades, nas políticas de assistência, na educação, na saúde etc. A força política atribuída a essa palavra parece ter se enfraquecido, em meio aos seus usos tão variados e, muitas vezes, tão pouco cuidadosos quanto ao seu potencial articulador da governamentalidade.

Na mesma medida da banalização ou do uso pouco rigoroso de *inclusão* está o uso de *exclusão*, palavra que vem da forma latina *exclusiōnis*, significando a ação de afastar, de deixar fora, tratar como exceção, dar fim a; o verbo *excludĕre* (excluir) vai no mesmo sentido. Salvaguardando as especificidades linguísticas, a noção de afastamento implicada na ação de excluir o outro pode ser visualizada desde a Idade Média com as práticas de exclusão dos leprosos, como mostra Foucault em dois de seus cursos – *Os anormais* (1975) e *Segurança, território, população* (1978) – bem como nas conferências ministradas no Rio de Janeiro, em 1973, e reunidas em *A verdade e as formas jurídicas,* publicado, no Brasil, em 1996. Tais práticas de exclusão, embora apresentem outras facetas mais atuais e coerentes com as dificuldades e limites de nosso tempo, ainda podem ser vistas nos dias atuais, porém articuladas com outras formas de vida, afinadas com a racionalidade neoliberal.

Em outro texto, eu e outras pesquisadoras que compõem o Grupo de Estudo e Pesquisa em Inclusão (GEPI/CNPq/UNISINOS) escrevemos que, até recentemente, estar excluído "era ser ignorado pelo Estado" (LOPES *et al.*, 2010, p. 5). Até os últimos anos do século passado, "não havia conhecimentos do Estado sobre parte da população que se caracterizava pelo analfabetismo, pela raça/etnia, pela pobreza absoluta, pela falta de previdência, pela deficiência etc." (*idem*).

Ainda de forma modesta, mas sem dúvida anunciando deslocamentos nas formas de vida e de educação da população, desde meados da última década do século XX assistimos a altos investimentos do Estado nos levantamentos demográficos e na criação de políticas voltadas à assistência social e à educação. Tais levantamentos visam mapear as condições de vida da população brasileira, reconhecendo grupos sociais que representam, devido às condições de vida que possuem, risco para si mesmos e para o Estado. É o Estado que deve arcar com os custos econômicos e moral, quando não responde por qualquer tragédia com os indivíduos que vivem condições precárias de vida e de educação. Há exigências internacionais sobre o Estado para que este – se quiser integrar o bloco dos ditos países em desenvolvimento – aja sobre a população, refinando seus mecanismos de regulação e de controle tanto das condições de vida de seus habitantes quanto das condições de vida de cada indivíduo em particular.

Diante do visível investimento do Estado nos censos populacionais, atingindo até mesmo os indivíduos que são considerados de risco,[1] fica cada vez mais difícil apontar quem são mesmo os excluídos. Logicamente, para fazer tal afirmação, estou entendendo exclusão como uma prática *desligada* de qualquer ação ou reconhecimento pelo Estado. Estou entendendo como excluído também aquele que não existe para o Estado, ainda que exista materialmente como um indivíduo.

Com tantos investimentos sobre a população, aqueles excluídos a que fiz referência tendem cada vez mais a desaparecer como efeito da inclusão. Portanto, pela ótica do Estado, diminuem os excluídos; mas, simetricamente, aumenta o número dos desfiliados, dos reclusos, dos que são vistos como problema social etc. Nesse processo, fica implícita uma certa "cidanização" operada pelo Estado.[2]

A partir desse argumento, quero dizer que nem todos aqueles que chamamos de excluídos são propriamente excluídos, pois estão incluídos na dimensão política do reconhecimento de sua existência por parte do Estado. Claro que ser reconhecido como incluído pelo Estado não é suficiente para indicar que houve uma mudança efetiva nas condições de vida dos indivíduos (chamados incluídos). Vê-se, assim, que uma mesma

---

[1] Entre os indivíduos considerados de risco, ocupam lugar de destaque os moradores de rua, os que vivem abaixo da linha de pobreza e aqueles que se situam fora de qualquer tipo de registro em alguma instituição do Estado.

[2] Temos um bom exemplo dessa cidanização o próprio eufemismo, de uso cada vez mais amplo: "cidadãos em situação de morador de rua".

palavra pode abarcar diferentes ordens de situações, condições de vida, de indivíduos e de gradientes de participação social e econômica.

Como resultado disso, uma mesma palavra, *exclusão*, é usada para referir e caracterizar um número enorme de indivíduos que vivem sob condições históricas de miséria e de discriminação negativa, bem como para caracterizar um número cada vez maior de indivíduos que não trazem consigo histórias de discriminação negativa, mas que, pontualmente, vivem situações de discriminação.

Castel (2007) nos possibilita pensar e fazer uma análise dos usos das palavras *inclusão* e *exclusão*. Esse autor afirma que, na maior parte dos casos em que apontamos para alguns sujeitos e usamos para caracterizá-los a palavra "excluído", estamos falando de "desfiliados", expurgados, ou seja, estamos nos referindo àqueles que sofrem desligamentos tanto no campo do trabalho quanto no âmbito das relações sociais. Visando à mais rigor no uso das palavras *desigualdade* e *exclusão*, Castel (2007) salienta a importância de mantermos a vigilância ao tentarmos conjurá-los. Para tanto, ele aponta três cuidados fundamentais que trago para este artigo como uma alerta e para mostrar que, junto aos três cuidados apontados por Castel, soma-se um quarto: o de não desconsiderarmos o caráter subjetivo das atuais relações de in/exclusão. Para Castel, portanto, o primeiro cuidado é não chamar de exclusão qualquer disfunção social; o segundo é não permitir que as políticas de discriminação positiva se degradem em status de exceção; o terceiro é investir em prevenção para evitar os fatores de desregulação social.

Como invenções deste mundo, *inclusão* e *exclusão* estão associadas a uma gama de situações muito distintas entre si. Por exemplo: podem fazer referência à situação, cada vez mais rara, de não reconhecimento daquele que vive completamente ignorado pelo Estado; podem fazer referência àquele que, por ter perdido o emprego ou a casa, vive uma condição de desfiliação; podem fazer referência àqueles que, por razões diferentes, sofrem por discriminação negativa; por fim, podem fazer referência àqueles que são processual e historicamente discriminados pelo Estado e pela sociedade. Na contemporaneidade, diante dessa miríade de possibilidades de usos da exclusão – e, por extensão, o uso do outro do par binário: a inclusão, – o risco parece ser a despotencialização política das palavras e a banalização da precariedade das condições de vida de parte da população, daqueles que sofrem historicamente a discriminação negativa (CASTEL, 2007).

Tal despontencialização pode estar atrelada à norma e à inversão dos processos de normação (típicos da sociedade disciplinar moderna), para os de normalização (típicos da sociedade de controle ou de seguridade contemporânea). A partir de Ewald (1993), Veiga-Neto e Lopes (2007) afirmam que a norma, ao operar como uma medida e um princípio de comparabilidade, age no sentido de incluir todos, segundo determinados critérios que são construídos no interior e a partir dos grupos sociais. Prescritivamente, ela age tanto por meio da homogeneização das pessoas quanto por meio da exaltação/banalização das diferenças identitárias que caracterizam os sujeitos dentro de suas comunidades; ela age tanto na definição de um modelo geral prévio frente ao qual todos devem ser referidos (VEIGA-NETO, LOPES, 2007) quanto na pluralização dos modelos frente aos quais todos devem ser chamados a se posicionarem uns em relação aos outros.

Portanto, a norma funciona de formas distintas, mas não excludentes, nos dispositivos disciplinares e nos dispositivos de seguridade. Ambos os dispositivos são entendidos por Foucault (2008a) como técnicas que emergem nas artes de governar. Enquanto os dispositivos disciplinares (modernos) emergem no século XVIII para descrever, posicionar e controlar os corpos, os dispositivos de seguridade (contemporâneos) operam como "estratégias para governar a população a partir do jogo entre liberdade e segurança" (LOPES et al. 2010, p. 12). Mesmo com funções e emergência em momentos distintos, o dispositivo de seguridade não exclui o dispositivo disciplinar, ou seja, eles coexistem em um jogo permanente de forças.

Nos dispositivos disciplinares, a norma opera na população por normação. Ela é constituída a partir de um normal universal, ou seja, primeiro se define a norma para depois se distinguirem os indivíduos de uma população (em normais e anormais). Nas sociedades disciplinares, a norma é o que se estabelece primeiro; a partir dela, demarcam-se o normal e o anormal, o incluído e o excluído. Foucault (2008a), na aula de 25 de janeiro de 1978 do curso *Segurança, território, população*, afirma que nas técnicas disciplinares a operação se trata muito mais de uma normação que de uma normalização. Para estabelecer a distinção entre *normação* – ação típica de uma sociedade disciplinar – e *normalização* – ação típica de uma sociedade de seguridade –, o autor dá o exemplo da varíola e da variolização no século XVIII. Ele mostra que há taxas mais elevadas de mortalidade, de incidência da doença em alguns grupos que, por condições de vida e de faixa etária, ficam mais expostos à doença. Com esse cálculo, explicita que há índices de mortalidade que são normais para alguns grupos. Explicita, também, a necessidade de desmembrar as condições que delimitam a normalidade e que definem as normalidades mais desfavoráveis e desviantes em relação à distribuição normal.

Diferentemente da normação, nos dispositivos de seguridade a norma opera na população por normalização. É a partir do normal, determinado em cada grupo, que a norma é constituída. Portanto, enquanto nos processos de normação as relações são polarizadas, nos processos de normalização elas são pluralizadas. O que vamos denominar operação de normalização consistirá em "fazer essas diferentes distribuições de normalidade funcionarem umas em relação às outras [...]. A norma está em jogo no interior das normalidades diferenciais. O normal é que é o primeiro, e a norma se deduz dele [...]" (FOUCAULT, 2008a, p. 83).

Nas operações de normalização – que implicam tanto trazer os desviantes para a área da normalidade, essa cada vez mais plural e alargada, quanto naturalizar a presença de todos no contexto social mais amplo –, devem ser minimizados certos traços, certas dificuldades. Devem ser, também, minimizado e (de preferência) evitado o impedimento da participação de todos em toda e quaisquer instâncias e espaços sociais, políticos, de consumo e culturais. Para isso, vê-se a criação, por parte do Estado, de estratégias políticas que visam à normalização das irregularidades presentes na população. Entre as estratégias criadas para que a normalidade se estabeleça dentro de quadros onde surge a ameaça do perigo, está justamente a criação de políticas de assistência e de inclusão social e educacional (LOPES, 2009).

Portanto, tanto a norma disciplinar quanto a norma da seguridade operam conjuntamente sobre a população, capturando os indivíduos, disciplinando-os, ordenando-os, descrevendo-os, diagnosticando-os, educando-os, mobilizando-os para outras práticas de vida consideradas de menores riscos, seja no âmbito social, seja no âmbito individual. Na medida em que as identidades são declaradas e celebradas, mesmo que em uma relação tensa e agonística com o Estado, elas são muito "úteis" para as ações de governamento da população de que fazem parte tais identidades. São nos processos sobre a população que ambas as normas articulam a inclusão como uma estratégia de governar menos e mais.

Inclusão e governamentalidade

Na argumentação desenvolvida até aqui, ficou claro que problematizar a inclusão inscreve-se na problematização do governamento e da governamentalidade. Entender a inclusão como conjunto de práticas que subjetivam os indivíduos de modo que eles passem a olhar para si e para o outro – sem necessariamente ter como referência fronteiras que delimitam o lugar do normal e do anormal, do incluído e do excluído, do empregado e do desempregado etc. – é uma condição para entender a articulação da inclusão com a governamentalidade. É uma condição para entender, também, como a inclusão se torna, na contemporaneidade, um imperativo sobre a população (Lopes, 2009).

Aqui faço um parêntese de cunho etimológico. O verbo *governar* deriva do francês (*gouverner*), cujos primeiros registros datam de meados do século XII.[3] Inicialmente usado no sentido de orientar ou conduzir um navio, ações alheias ou qualquer outra coisa que pudesse ser conduzida, a palavra somente tomou conotação política no final do século XVI, quando a noção de Estado e de população começou a ser esboçada. Foucault (1995, p. 247) escreve que tal estreitamento do significado da noção de governo decorreu do entendimento de que "as relações de poder foram progressivamente governamentalizadas, ou seja, elaboradas, racionalizadas e centralizadas na forma ou sob a caução das instituições do Estado". Para Veiga-Neto (2002, p. 19), "é daí que se coloca uma nova questão política para a modernidade: a relação entre a segurança, a população e o governo". Tal questão política exigiu que a arte de governo se tornasse ciência política. Portanto, a passagem de uma arte de governo para uma ciência política ocorre no século XVIII, em torno da noção de população e da emergência da economia política.

Na língua portuguesa, o uso indistinto da palavra *governo*, seja para designar a instância político-institucional, seja para designar a ação direta de uns dirigirem as ações dos outros, acabou gerando alguma dificuldade para compreendermos as especificidades das práticas e das ações de governo. Por isso, por mais que a palavra *governamento* em português esteja em desuso, Veiga-Neto (2002) sugere que a palavra *governo* passe a

---

[3] *Gouverner*, por sua vez, deriva da forma latina *gubernare* e essa, do grego *kubernan*, sempre com o sentido de conduzir, ou guiar, ou levar.

ser substituída por *governamento* nos casos em que ela estiver sendo usada para designar ação ou ato de governar e não uma instância política maior.

Ao afirmar que vivemos, desde o século XVIII, a era da governamentalidade, Foucault destaca a governamentalização do Estado. Enfim, o que o filósofo denomina governamentalidade é o "encontro entre as técnicas de dominação exercidas sobre os outros e as técnicas de si." (FOUCAULT, 2001, p. 1.604).

Conforme Ó (2003), a governamentalidade em Foucault não se revela na imposição de leis aos homens, mas na esperteza de as leis serem utilizadas como técnicas para conduzir a conduta dos homens. A esse conjunto de técnicas, processos, meios e instrumentos para condução da conduta humana Foucault chamou de tecnologia de governamento. As tecnologias de governamento – tanto aquelas que agem no âmbito mais amplo da população quanto aquelas que agem diretamente sobre o indivíduo (regulando-o a partir de sua ação sobre si mesmo) – interessam para pensar a inclusão tomada aqui como um imperativo de Estado. Trata-se de um imperativo porque o Estado toma a inclusão como um princípio que – por ser assumido como autoexplicativo e por guardar em si mesmo as razões que o justifique como uma necessidade imperiosa – é bom para todos (LOPES, LOCKMANN, HATTGE, KLEIN, 2010).

A inclusão como imperativo nos conduz a entender que as muitas práticas de governamento da população convergem em ações que visam trazer aqueles discriminados negativamente para participarem de espaços e da convivência social, juntamente com aqueles considerados não discriminados. A inclusão operada na aproximação física dos sujeitos não permite mais que falemos de exclusão de Estado e nem mesmo de exclusão física e de acesso; porém, possibilita entender outra forma de alguns continuarem sutilmente experimentando a discriminação negativa. O Grupo de Estudo e Pesquisa em Inclusão (GEPI/CNPQ/UNISINOS) tem denominado essas outras formas de experiências devido ao seu caráter perversamente excludente das inclusões, de *in/exclusão*. Se na modernidade a exclusão se constituía no oposto binário da inclusão, na contemporaneidade elas passam a operar devido aos processos subjetivos implicados nas relações interpessoais à não delimitação de fronteiras territoriais, de forma imanente. A inclusão está, inseparavelmente, contida na exclusão, por isso a não separação de ambas as palavras para podermos problematizar as experiências típicas contemporâneas.

Dessa maneira, além daqueles cuidados alertados por Castel e já citados anteriormente, acrescenta-se a partir das pesquisas desenvolvidas no GEPI o cuidado para não desconsiderar o caráter subjetivo das práticas de in/exclusão que são típicas na atualidade. Os pesquisadores do GEPI assumem tanto a compreensão de Castel (2004, 2007, 2008) sobre inclusão e exclusão quanto a compreensão de in/exclusão pensada a partir dos cursos que Michel Foucault ministrou no Collège de France – especialmente os cursos *Segurança, território e população* (1977-1978), *Nascimento da Biopolítica* (1978-1979), *Os anormais* (1974-1975), *O governo de si e dos outros*, *Do governos dos vivos* (1979-1980), *A coragem da verdade* (1983-1984) – e a sua conferência *Tecnologias do eu*. Por isso, para fazerem uma crítica radical à inclusão tomam como ponto de partida os conceitos de *governamentalidade, normação, normalização* e *subjetivação*.

Aqueles pesquisadores salientam que as atuais formas de in/exclusão caracterizam um modo contemporâneo de operação que não opõe a inclusão à exclusão, mas as articulam de tal modo que uma só opera na relação com a outra e por meio do sujeito, de sua subjetividade. Na visão do GEPI, então, in/exclusão seria uma expressão criada para marcar as peculiaridades de nosso tempo, ou seja, "atender à provisoriedade determinada pelas relações pautadas pelo mercado e por um Estado neoliberal desde a perspectiva do mercado" (Lopes *et al.*, 2010, p. 6). Dessa forma marcadamente relacional, a in/exclusão se caracteriza pela presença de todos nos mesmos espaços físicos e pelo convencimento dos indivíduos de suas incapacidades e/ou capacidades limitadas de entendimento, participação e promoção social, educacional e laboral.

Diante, então, dos quatro cuidados citados anteriormente para manejarmos o presente e para problematizarmos as práticas de inclusão, exclusão e in/exclusão vistas hoje em circulação, é fundamental que sejam, neste artigo e a título de exemplo, historicizadas tais práticas a partir de manifestações políticas e sociais observáveis atualmente.

Há mais de 40 anos, as nações do mundo reafirmaram na Declaração Universal dos Direitos Humanos que "toda pessoa tem direito à educação". Todavia, apesar de esforços empreendidos por diferentes países para garantir uma "educação para todos", ainda persistem situações de risco de exclusão que nutrem estatísticas preocupantes para todas as nações. É nesse cenário que em 1990, na cidade de Jontiem (Tailândia), foi aprovada, na Conferência Mundial sobre *Educação para todos*, um plano de ação para satisfazer as necessidades básicas de aprendizagem daqueles que se encontravam privados de condições de igualdade de participação e de acesso à escola.

Em assembleia realizada em 1994 na cidade de Salamanca (Espanha), durante a *Conferência Mundial de Educação Especial*, o compromisso com a *Educação para todos* foi reafirmado por delegados que representavam 88 governos e 25 organizações internacionais. A *Educação para todos* foi reconhecida como uma necessidade que demandava urgência na criação de ações que providenciassem a educação de crianças, jovens e adultos com *necessidades educativas especiais*,[4] dentro do sistema regular de ensino.

Além das ações desencadeadas a partir de Jontiem e Salamanca, é possível visualizar, no Brasil, várias políticas de ação social. Entre elas, destaca-se a *Política Nacional de Assistência Social e Combate à Fome*, de 2004, que busca "transformar em ações diretas os pressupostos da Constituição Federal de 1988 e da Lei Orgânica da Assistência Social – LOAS –, por meio de definições, princípios e diretrizes que nortearão sua implementação, cumprindo nova agenda para a cidadania no Brasil" (BRASIL, 2004, p. 4).

Atualmente, é possível perceber que tais políticas mobilizadas pelo imperativo da inclusão (LOPES, 2009) proliferaram notavelmente. Muitos são os benefícios para pessoas carentes e muitas são as famílias que, direta ou indiretamente, se beneficiam de programas sociais por possuírem seus filhos em idade escolar obrigatória. No Brasil, em 2002, tínhamos o equivalente a 8,2 milhões de famílias beneficiadas pelo *Programa Bolsa Escola* que, em 2003, foi ampliado para o *Programa Bolsa Família*. Atualmente, o número de famílias beneficiadas por esse programa ultrapassa 12 milhões de pessoas. Além do *Bolsa Família*, há uma variedade de outros benefícios existentes, tais como o *Pró-Jovem*; *Pró-Uni*; *Vale Gás*; *Fome Zero*; *Salário-Desemprego*; *Bolsas para Egressos da FASE*; *Vale-Cultura*; *Auxílio-Reclusão*; *Bolsa Copa*; *Bolsa Olímpica* etc. Todos esses programas, junto com outras ações governamentais incentivadas pelo Banco Mundial, visam assegurar as necessidades básicas de sobrevivência desses sujeitos; mas, ao mesmo tempo, visa incluí-los na escola e nos jogos de mercado, gerenciando e minimizando os riscos que aqueles cobertos por tais políticas representam para si mesmos, para os outros e para o Estado.

---

[4] Naquele documento, usou-se a expressão "pessoas com necessidades educativas especiais" para designar as pessoas com qualquer tipo de deficiência.

Conforme escrevi em outro artigo (LOPES, 2009), garantir para cada indivíduo uma condição econômica, escolar e de saúde pressupõe fazer investimentos para que a situação presente de pobreza, de alta carência de educação básica e de ampla miserabilidade humana, se modifique em curto e médio prazos. A promessa de mudança de status dentro de relações de consumo – uma promessa que chega até aqueles que vivem em condições de pobreza absoluta –, articulada ao desejo de mudanças de condição de vida, é fonte que mantém a inclusão como imperativo do próprio neoliberalismo. Afinal, no jogo do mercado, o *Homo œconomicus* e a sociedade civil fazem parte de um mesmo conjunto de tecnologias da governamentalidade (FOUCAULT, 2007).

A partir da perspectiva em que o GEPI trabalha a inclusão, é possível desnaturalizar as ações de Estado que visam à inclusão; desse modo, questiona-se o "ar benevolente de respeito, aceitação e tolerância à diversidade, que povoa a maioria dos discursos que circula na atualidade sobre inclusão escolar ou social" (LOPES *et al.*, 2010, p. 6). Tais discursos materializam-se em documentos oficiais do Ministério da Educação, em políticas de assistência social, nas lutas identitárias, nas práticas escolares, nas avaliações de autoescala etc.

Inclusão e neoliberalismo

A inclusão é uma potente estratégia para que uma racionalidade política (neo)liberal se estabeleça. No Brasil, especialmente na última década, pode parecer uma heresia ou uma postura de direita e de "alienação" fazer tal afirmação. Porém, cada vez mais é possível percebermos e sentirmos os efeitos do neoliberalismo como "um princípio e um método de racionalização do exercício de governo" (FOUCAULT, 1997, p. 90) sobre nós mesmos. Portanto, o neoliberalismo não se apresenta como algo que se articula fora do Estado nem como uma teoria política, nem como uma ideologia, mas como uma nova arte de governar que conduz o próprio Estado.

Foucault (2008b) dedica-se a fazer um mapa geral da emergência do liberalismo e a sua flexão para o neoliberalismo. O liberalismo, inventado no século XVIII (ROSE, 1996), perpassou o século XIX como um conjunto de práticas privilegiadas no Ocidente, com destaque na Europa e nos Estados Unidos, como um sistema de governamento que abarcava o político, o econômico, o social, o educacional, o cultural. Marcadamente, uma de suas características era a intervenção mínima do Estado na economia; a outra era a liberdade dada ao mercado para impulsionar o desenvolvimento do Estado. Nessa concepção, o livre mercado determinaria, com naturalidade, a regulação interna do mercado e do próprio Estado. Tal entendimento foi modificado na segunda metade do século XX, propiciando a mobilização de práticas determinadas por uma intervenção estatal mais forte nos Estados de base capitalista. Nesse momento, na Europa, mais especificamente durante a Segunda Guerra mundial, o *welfare state* (estado de bem-estar) se destacava por prometer a oferta aos trabalhadores de serviços públicos que garantissem a eles condições de saúde pública, aposentadoria, seguro-desemprego, entre outros benefícios concedidos pelo Estado.

No auge do *welfare state*, a preocupação central era dar condições de produção para os que tinham condições de trabalho, ou seja, era preciso assegurá-los de uma forma previdente para que a produção não fosse ameaçada. A previdência era acionada não por uma consciência desenvolvida sobre a necessidade de garantir os diretos dos trabalhadores ou de efetivar a inclusão, mas em virtude da necessidade de manutenção da produção. No final da década de 1980, acontece uma grande virada no cenário promissor do *walfere state*. Estados capitalistas e comunistas enfrentam uma crise que gera desemprego e enfraquece as condições de os Estados investirem na segurança social. Os Estados capitalistas diminuem os investimentos nas condições de segurança social, passando a incorporar práticas do neoliberalismo; os Estados comunistas do leste europeu se curvam ao capitalismo.

A necessidade de formar sujeitos para serem livres dentro de uma lógica de mercado se impunha como condição de vida. Liberdade usada no sentido de livre mercado se estabelecia como regra para a produção, assim como para o consumo. Diante de práticas neoliberais, o Estado deve ser mínimo quanto aos processos econômicos e financeiros. Ele deve, também, garantir condições para que os sujeitos se sintam interpelados pela onda de concorrência típicas das ações de livre mercado, bem como deve educar a população para que essa se mobilize para empreendimentos de caráter social e solidário. Cada vez mais os sujeitos devem se ocupar de si mesmos, com a finalidade de garantirem para si as condições que antes eram garantidas pelas políticas sociais de Estado.

Foucault (2008b) mostra o mercado como um jogo que necessita estabelecer regras para seu funcionamento e participação de todos. É possível apontar pelo menos duas grandes regras do neoliberalismo para que todos se mantenham no jogo econômico. A primeira regra é manter-se sempre em atividade e a segunda é que todos devem estar incluídos, mas em diferentes gradientes de participação (LOPES, 2009). Para tanto, são três as condições de participação: ser educado para entrar no jogo; permanecer no jogo; desejar permanecer o jogo.

Para garantir o jogo neoliberal, é preciso educar a população para que ela possa integrar uma nova forma de vida que exige de cada sujeito dedicação e constante busca de formação para poder empreender-se. Desse modo, para aqueles que não possuem condições de aderirem às novas práticas educativas empreendedoras é preciso garantir condições mínimas para que entrem no jogo.

> Garantir para cada indivíduo uma condição econômica, escolar e de saúde, compatível com seu nível e sua rede de relações, pressupõe fazer investimentos para que a situação presente de pobreza absoluta, de falta de educação básica e de saúde talvez se modifique em curto e médio prazos. De igual modo, pressupõe fazer investimentos para a situação daqueles já beneficiados por uma cultura econômica e social local e global permaneça em condições de empreendimento em suas redes de relações (LOPES et al., 2010, p. 7).

Desse modo, deve-se prover recursos mínimos para que todos possam entrar no jogo do mercado. Promessas de mudanças de status dentro das relações de consumo, articulada ao desejo de mudança de condição de vida, é fonte que mantém o Estado na parceria com o mercado e que mantém a inclusão como um imperativo do próprio neoliberalismo (LOPES, 2009). As políticas de inclusão pensadas para essa forma de vida passam a ser investimentos temporários que visam educar e formar autossuficiência e autonomia nos indivíduos.

As muitas estratégias de governamento vistas hoje em operação sobre a população e, mais especificamente, sobre segmentos da população que são considerados de "risco", são investimentos típicos de uma racionalidade política que prima tanto pelas ações de proteção social quanto pelas ações de autogoverno/autogovernamento. Ações de governamento e de autogoverno (portanto, de subjetivação) entram em operação no sujeito, articulando nele mesmo experiências capazes de o mobilizarem a, cada vez mais, empreender esforços para a busca por outras condições de vida para si e para aqueles que o cercam e que o fazem corresponsável pelas suas vidas.

Ao voltar a atenção para as práticas do Estado brasileiro, mais especificamente, de expansão do Estado, é possível ver muitas formas de materialização do neoliberalismo. Cada vez mais temos um Estado mais onipresente e mais articulado às relações de mercado como um investidor em políticas que frisam a importância do empresariamento de si, incentivador de políticas sociais de assistência e de inclusão social e educacional.

Há uma rede de sequestro que opera intraestatalmente (Foucault, 1996), ou seja, as funções do aparelho de Estado passam por toda e qualquer instituição em que nos encontramos fixados como sujeitos morais, econômicos e educacionais.

Referências

BRASIL. Ministério do desenvolvimento social e combate à fome. *Política Nacional de Assistência Social*. Secretaria Nacional de Assistência Social. MDS/SNAS, 2004.

CASTEL, Robert. *A discriminação negativa*. Cidadãos ou autóctones? Petrópolis: Vozes, 2008.

CASTEL, Robert. As armadilhas da exclusão. In: CASTEL, Robert; WANDERLEY, Luiz Eduardo; BELFIORE-WANDERLEY, Mariângela. *Desigualdade e a questão social*. 2 ed. São Paulo: EDUC, 2007. p. 17-50.

CASTEL, Robert. *Las trampas de la exclusión. Trabajo y utilidad social*. Buenos Aires: Topía, 2004.

EWALD, François. *Foucault, a norma e o direito*. Lisboa: Veja, 1993.

FOUCAULT, Michel. *Segurança, território, população*. São Paulo: Martins Fontes, 2008a.

FOUCAULT, Michel. *Nascimento da biopolítica*. São Paulo: Martins Fontes, 2008b.

FOUCAULT, Michel. *Dits et écrits IV* (1980, 1988). Paris: Gallimard, 2006. p. 178-82.

FOUCAULT, Michel. *Os anormais* (1974-1975). São Paulo: Martins Fontes, 2001.

FOUCAULT, Michel. O sujeito e o poder. In: RABINOW, Paul; DREYFUS, Hubert. *Michel Foucault*, uma trajetória filosófica: para além do estruturalismo e da hermenêutica. Rio de Janeiro: Forense Universitária, 1995. p. 231-49.

LOPES, Maura Corcini. Inclusão como prática política de governamentalidade. In: LOPES, Maura Corcini. HATTGE, Morgana Domênica (Org.). *Inclusão escolar:* conjunto de práticas que governam. Belo Horizonte: Autêntica, 2009. p. 107-30.

LOPES, Maura Corcini *et al. Inclusão e biopolítica*. Cadernos IHU. São Leopoldo: Instituto Humanitas UNISINOS, 2010.

Ó, Jorge Ramos do. *O governo de si mesmo*. Modernidade pedagógica e encenações disciplinares do aluno liceal (último quartel do século XIX- meados do século XX) Lisboa: Educa, 2003.

ROSE, Nikolas. *El gobierno em las democracias liberales "avanzadas"*: del liberalismo al neoliberalismo. Archipiélago: cuadernos de critica de la cultura. Barcelona: Archipiélago, 1996. p. 25-41.

VEIGA-NETO, Alfredo. Coisas do governo. In: RAGO, Margareth; ORLANDI, Luiz. VEIGA-NETO, Alfredo (Org.). *Imagens de Foucault e Deleuze*: ressonâncias nietzschianas. Rio de Janeiro: DP&A, 2002. p. 13-34.

VEIGA-NETO, Alfredo; LOPES, Maura Corcini. Inclusão e governamentalidade. In: *Educação & Sociedade*. v.28, número 100 - especial, 2007. out, 2007. Campinas/SP: CEDES. 947-64.

Enunciação e política
uma leitura paralela da democracia – Foucault e Rancière

Maurizio Lazzarato

> *O discurso revolucionário, quando ele toma a forma de uma crítica da sociedade existente, desempenha o papel do discurso parresiástico.*
> MICHEL FOUCAULT

Jacques Rancière afirma que a subjetivação política "jamais interessou Foucault, pelo menos não no plano teórico. Ele se ocupa do poder".[1] Julgamento excessivamente rápido e desenvolto, uma vez que a subjetivação constitui o próprio objetivo da obra de Foucault. Na realidade, nós somos confrontados com duas concepções radicalmente heterogêneas da subjetivação política. Contrariamente a Rancière, para quem a ética neutraliza a política, a subjetivação política foucaultiana é indissociável da *ethopoiesis* (a formação do *ethos*, a formação do sujeito). A necessidade de articular a transformação do mundo (das instituições, das leis) com a transformação de si, dos outros e da própria existência constitui, de acordo com Foucault, o problema específico da política, tal como ela se configura a partir de 1968. Esses dois conceitos de subjetivação são a expressão de dois projetos políticos e de duas apreensões razoavelmente heterogêneas da atualidade, que podemos facilmente identificar na leitura divergente que esses autores propõem sobre as instituições e o funcionamento da democracia grega. Essas duas abordagens comportam diferenças notáveis não somente quanto à concepção da política, mas, também, da linguagem e da enunciação.

---

[1] Entrevista de J. Rancière no n. 1 da revista *Multitudes*.

Para Rancière, a democracia grega definitivamente demonstrou que a política tem por princípio exclusivo a igualdade e que na linguagem encontramos o mínimo de igualdade necessário para estabelecer a compreensão entre os seres falantes, permitindo assegurar o princípio da igualdade política. A palavra, seja ela da ordem do comando ou do problema, supõe o entendimento pela linguagem. A ação política deve majorar e efetuar essa potência de igualdade contida, mesmo que seja pouca, na linguagem.

Na leitura foucaultiana dessa mesma democracia grega, a igualdade constitui uma condição necessária, mas não suficiente da política. A enunciação (o dizer-verdadeiro – *parresia*) determina relações paradoxais na democracia, uma vez que o dizer-verdadeiro introduz a diferença (da enunciação) na igualdade (da língua). Isso implica, necessariamente, uma "diferenciação ética". A ação política acontece dentro do quadro das "relações paradoxais" que a igualdade mantém com a diferença, cujo fim é a produção de novas formas de subjetivação e de singularidade.

O "dizer-verdadeiro" (*parresia*)

A democracia é abordada por Foucault através do dizer-verdadeiro (a *parresia*), ou seja, através da tomada da palavra por aquele que se levanta na assembleia e que assume o risco de enunciar a verdade quanto que diz respeito aos assuntos da cidade. Foucault retoma, como analista da democracia, uma temática clássica em um de seus mestres, Nietzsche: aquela do valor da verdade, da vontade de verdade ou, ainda, de "quem" quer o verdadeiro? A relação entre verdade e sujeito não é mais colocada nos mesmos termos de como era em seus trabalhos sobre o poder: por meio de que práticas e de que tipos de discurso o poder tentou dizer a verdade do sujeito louco, delinquente, prisioneiro? Como o poder constituiu o "sujeito falante, o sujeito trabalhador, o sujeito vivente" como objeto de saber? A partir do fim dos anos 1970, o ponto de vista se deslocou e foi formulado nesses termos: qual o discurso de verdade que o sujeito é "suscetível e capaz de dizer sobre si mesmo"?

A interrogação que atravessa a leitura da democracia grega é orientada por uma questão tipicamente nietzschiana que concerne, de fato, à nossa atualidade: o que é o "dizer-verdadeiro" após a morte de Deus? Ao contrário de Dostoievski, o problema não é "tudo é permitido", mas, "se nada é verdadeiro", como viver? Se a preocupação com a verdade consiste na sua problematização permanente, que "vida", que poderes, que saberes e que práticas discursivas podem sustentá-la?

A resposta capitalista a essa questão é a constituição de um "mercado de vidas", no qual cada um pode comprar a existência que lhe convém. Não são mais as escolas filosóficas, como na Grécia antiga, nem a religião cristã, nem o projeto revolucionário dos séculos XIX e XX que propõem modos de subjetivação, mas as empresas, a mídia, a indústria cultural, as instituições do Estado de bem-estar, o seguro-desemprego.

No capitalismo contemporâneo, o governamento[2] das desigualdades está estritamente acoplado à produção e ao governamento dos modos de subjetivação. A "polícia política" contemporânea opera, ao mesmo tempo, pela divisão e distribuição dos papéis e pela repartição das funções e imposição dos modos de vida: cada renda, cada subsídio, cada salário remete a um "*ethos*", ou seja, a uma maneira de fazer e dizer, que prescreve e implica determinadas condutas. O neoliberalismo é, ao mesmo tempo, o restabelecimento de uma hierarquia fundada sobre o dinheiro, sobre o mérito, sobre a herança e uma verdadeira "feira de vidas", em que empresas e Estado, em substituição ao mestre ou ao confessor, prescrevem como se conduzir (como comer, como morar, como se vestir, como amar, como falar etc.).

O capitalismo contemporâneo, suas empresas e suas instituições prescrevem um cuidado de si e um trabalho sobre si ao mesmo tempo físico e psíquico. Um "bem viver", uma estética da existência que parece desenhar as novas fronteiras do assujeitamento capitalista e da valoração, marcando um empobrecimento sem precedentes da subjetividade.

Os últimos cursos de Foucault constituem uma ferramenta insubstituível para problematizar essas questões. O desenvolvimento da análise requer, antes de tudo, não tomar o ato político isoladamente, como o faz Rancière, pois, de acordo com Foucault, correríamos o risco de deixar escapar a especificidade do poder capitalista que agencia a política e a ética, a divisão desigual da sociedade, a produção de modelos de existência e as práticas discursivas. Foucault nos convida a unir a análise das formas de

---

[2] Aqui é usada a palavra *governamento* para designar a condução das condutas no âmbito dos indivíduos e não no sentido institucional de governo, em suas instâncias mais amplas, centrais, administrativas ou do Estado. Para mais detalhes, vide: VEIGA-NETO, Alfredo. Coisas do governo... In: RAGO, Margareth; ORLANDI, Luiz B. L.; VEIGA-NETO, Alfredo (Org.). *Imagens de Foucault e Deleuze:* ressonâncias nietzschianas. Rio de Janeiro: DP&A, 2002. p. 13-34. (N.T.).

subjetivação com a análise das práticas discursivas e das "técnicas e procedimentos por meio dos quais se pretende conduzir as condutas dos outros". Em suma: sujeito, poder e saber devem ser considerados conjuntamente em sua irredutibilidade e em sua necessária relação.

A *parresia*, ao se deslocar do modo de subjetivação política em direção à esfera da ética pessoal e da constituição do sujeito moral, oferece a possibilidade de pensar as relações complexas entre esses "três elementos distintos, que não se reduzem uns aos outros, [...] mas cujas relações são constitutivas de uns pelos outros".[3]

Parresia, politeia, isegoria, dunasteia

Nos dois últimos cursos, Foucault mostra que a *parresia* (o dizer-verdadeiro), a *politeia* (a constituição que garante a igualdade de todos os homens que detêm a cidadania) e a *isegoria* (o direito estatutário que todos têm de falar, não importando status social, privilégios de nascença, riqueza ou saber) estabelecem entre si relações paradoxais. Para que a *parresia* possa existir, para que o dizer-verdadeiro possa ser exercido, é necessário, ao mesmo tempo, a *politeia* (constituição) e a *isegoria* que afirmam que todos podem tomar a palavra publicamente e dar sua opinião sobre os problemas da cidade. Mas nem a *politeia*, nem a *isegoria* vão dizer quem vai realmente falar, quem vai efetivamente enunciar uma pretensão de verdade. Todos têm o direito de tomar a palavra, mas não é a distribuição igualitária do direito à palavra que faz falar efetivamente.

O exercício efetivo da *parresia* não depende nem da cidadania, nem de um estatuto jurídico ou social. A *politeia* e a *isegoria* e a igualdade que elas declaram constituem condições necessárias, mas não suficientes para a tomada pública da palavra. O que faz efetivamente falar é a *dunasteia*: a potência, a força, o exercício e a efetuação real do poder de falar que mobilizam relações singulares do enunciador consigo mesmo e do enunciador com aqueles a quem se dirige. A *dunasteia* que se exprime na enunciação é uma força de diferenciação ética, uma vez que se trata de uma tomada de posição em relação a si em relação aos outros e em relação ao mundo.

A *parresia*, ao tomar partido e dividir os iguais, levando a polêmica e o litígio para o interior da comunidade, constitui-se em uma ação arriscada

---

[3] FOUCAULT, *Le courage de la vérité*. Paris: Seuil, 2005. p. 10.

e indeterminada. Ela introduz o conflito, o agonismo, o embate no espaço público, podendo chegar à hostilidade, ao ódio e à guerra. O dizer-verdadeiro, a pretensão de verdade enunciada em uma assembleia (e aí podemos pensar nas assembleias dos movimentos sociais e políticos contemporâneos, uma vez que a democracia grega, ao contrário da democracia moderna, não era representativa), pressupõe uma força, uma potência, uma ação sobre si (ter coragem de correr o risco de dizer o verdadeiro) e uma ação sobre os outros, para lhes persuadir, guiar, dirigir suas condutas. É nesse sentido que Foucault fala da diferenciação ética, de um processo de singularização desencadeado e aberto pela enunciação *parresiástica*. A *parresia* implica que os sujeitos políticos se constituam a si mesmos enquanto sujeitos éticos, capazes de se arriscar, lançar um desafio, dividir os iguais pelas suas tomadas de posição, isto é, que sejam capazes de governarem a si mesmos e os outros em uma situação de conflito. No ato de enunciação política, na tomada pública da palavra, manifesta-se uma potência de autoposicionamento, de autoafetação, a subjetividade afetando a si mesma, como apropriadamente disse Deleuze a propósito da subjetivação foucaultiana. A *parresia* reestrutura e redefine o campo de ação possível tanto para si quanto para os outros. Ela modifica a situação, abre uma nova dinâmica, precisamente porque ela introduz algo novo. "A estrutura da *parresia*, mesmo se ela implica um estatuto, é uma estrutura dinâmica e uma estrutura agonística", que ultrapassa o quadro igualitário do direito, da lei, da constituição.

As novas relações que o dizer-verdadeiro exprime não estão contidas nem previstas pela constituição, pela lei ou pela igualdade. Entretanto, é somente por meio delas que uma ação política é possível e se efetua realmente. O dizer-verdadeiro depende, então, de dois regimes heterogêneos: do direito (da *politeia* e da *isegoria*) e da *dunasteia* (a potência ou a força). E é por essa razão que a relação entre enunciação (discurso) verdadeiro e democracia é "difícil e problemática". A *parresia*, ao introduzir a diferença na igualdade, exprimindo a potência de autoafetação e autoafirmação, determina um duplo paradoxo. Primeiro, "não é possível existir discurso verdadeiro senão pela democracia, mas o discurso verdadeiro introduz na democracia algo que é completamente diferente e irredutível à sua estrutura igualitária",[4] a diferenciação ética. Segundo, "a possibilidade da morte do discurso verdadeiro, a possibilidade de sua redução ao silêncio"

---

[4] FOUCAULT, Michel. *Le gouvernement de soi et des autres*. Paris: Seuil, 2008. p. 168.

se inscreve na igualdade, pois o embate, o conflito, o agonismo e a hostilidade ameaçam a democracia e sua igualdade. Foi o que efetivamente aconteceu com as democracias ocidentais, nas quais não há mais espaço para a *parresia*. O consenso democrático é a neutralização da *parresia,* do dizer-verdadeiro, da subjetivação e da ação que dela decorre.

Enunciação e pragmática

A diferença de posição entre Rancière e Foucault aparece de modo ainda mais claro se aprofundarmos a relação que a linguagem e a enunciação mantêm com a política e a subjetivação política. A tomada da palavra pelos "despossuídos" (*démos* ou proletariado), para Rancière, não remete a uma tomada de consciência, à expressão de algo próprio àquele que enuncia (seus interesses ou seu pertencimento a um grupo social), mas à igualdade do *logos*. A desigualdade da dominação pressupõe a igualdade dos seres falantes, pois, para que a ordem do mestre seja executada pelos subordinados, é necessário que o mestre e os subordinados se compreendam a partir de uma língua comum. O fato de falar, mesmo no caso de relações de poder fortemente assimétricas – o discurso de Menênio Agripa no monte Aventino, que pretendia legitimar as diferenças hierárquicas na sociedade –, supõe um entendimento pela linguagem, uma "comunidade cuja igualdade é a lei".[5]

Para que uma ação política seja possível, é necessário antes supor uma declaração de igualdade que funcione como medida e fundamento da argumentação e da demonstração do litígio entre a regra (a igualdade) e o caso (a desigualdade da organização política). Tendo sido a igualdade declarada em algum lugar, é necessário efetuar a sua potência. "Estando inscrita em algum lugar, é necessário ampliá-la, reforçá-la." A política igualitária encontra legitimação e argumento na lógica e na estrutura da língua. A política consiste na criação de uma "cena na qual estão em jogo a igualdade e a desigualdade das partes do conflito como seres falantes".[6] Para Rancière, existe uma lógica da linguagem, mas essa lógica é refutada pela dualidade do *logos*. A palavra é, ao mesmo tempo, o lugar de uma comunidade (palavra que exprime os problemas) e uma divisão (palavra que

---

[5] RANCIÈRE, Jacques. *Aux bords du politique*. Paris: La fabrique. 1998. p. 102.

[6] RANCIÈRE, Jacques. *La mésentente*. Paris: Galilée, 1955. p. 80.

dá ordens). A enunciação política deve argumentar contra essa dualidade e demonstrar que, ao contrário, "existe apenas uma linguagem comum" e estabelecer que, tanto o antigo *démos* quanto os proletários modernos são seres de razão e de palavra, pelo simples fato de falarem e argumentarem e, por isso, são iguais àqueles que os comandam.

"A controvérsia não diz respeito ao conteúdo da linguagem, mas à consideração dos seres falantes como tais".[7] Se Rancière joga com os universais e com a racionalidade discursiva – "O primeiro requisito da universalidade é o do pertencimento universal dos seres falantes à comunidade da linguagem" –,[8] Foucault diverge completamente ao descrever a subjetivação como um processo imanente de ruptura e de constituição do sujeito. Para utilizar uma fórmula de Felix Guattari, a *parresia* para Foucault seria "uma espécie de língua", mas também seria uma pragmática, tal como a considera a filosofia analítica. Não existe racionalidade ou lógica discursiva, porque a enunciação não está indexada a regras da língua ou da pragmática, mas ao risco da tomada de posição, à autoafirmação "existencial" e política. Não existe uma lógica da língua, mas uma estética da enunciação, no sentido de que a enunciação não verifica o que já estaria lá (a igualdade), mas se abre para algo novo que é dado pela primeira vez pelo próprio ato de fala.

A *parresia* é uma forma de enunciação muito diferente daquela proposta pela pragmática do discurso através dos performativos. Os performativos são fórmulas, "rituais" linguísticos, que pressupõem um status mais ou menos institucionalizado daquele que fala, sendo que o efeito que a enunciação deve produzir já está institucionalmente dado (quando aquele que está habilitado enuncia "a sessão está aberta", isto é, apenas uma repetição "institucional", cujos efeitos são conhecidos antecipadamente). A *parresia,* pelo contrário, não supõe nenhum status, ela é a enunciação de "não importa quem". Diferentemente dos performativos, ela "abre-se a um risco indeterminado", "possibilidade, campo de perigos, ou, pelo menos, eventualidade não determinada".[9]

A irrupção da *parresia* provoca uma fratura, uma agudização de uma situação e "torna possível certo número de efeitos" que não são conhecidos antecipadamente. Os efeitos da enunciação não são apenas singulares,

---

[7] *Ibidem*, p. 71.
[8] *Ibidem*, p. 86.
[9] FOUCAULT. *Les gouvernement de soi et des autres*, p. 61.

mas, sobretudo, afetam e engajam o sujeito enunciador. A reconfiguração do sensível diz respeito, antes de tudo, àquele que fala. No interior do enunciado *parresiástico* se estabelece um duplo pacto do "sujeito falante consigo mesmo": ele se liga a si mesmo pelo enunciado e pelo conteúdo do enunciado, pelo que ele disse e pelo fato de ter dito. Há uma retroação da enunciação sobre o modo de ser do sujeito. "Ao produzir o acontecimento do enunciado, o sujeito modifica, ou confirma, ou, ao menos, determina e precisa qual é seu modo de ser enquanto ele fala".[10]

A *parresia* manifesta a coragem e a tomada de posição daquele que enuncia a verdade, que diz o que pensa, mas manifesta também a coragem e a tomada de posição do "interlocutor que aceita receber como verdadeiro a verdade cortante que ele ouve".[11] Aquele que diz o verdadeiro, que diz o que pensa, "ratifica, de algum modo, a verdade que enuncia, liga-se a essa verdade e, por consequência, compromete-se com ela e por ela".[12] Mas ele também assume um risco, "que concerne à relação que ele tem com aqueles a quem se dirige". Se o professor possui um "saber de *tekne*" e não arrisca nada ao falar, o *parresiasta* assume o risco não apenas de causar polêmica, mas de enfrentar "a hostilidade, a guerra, o ódio e a morte". Ele assume o risco de dividir os iguais.

Entre aquele que fala e aquilo que ele enuncia, entre aquele que diz o verdadeiro e aquele que acolhe a palavra se estabelece uma ligação afetiva e subjetiva, a "convicção" que, como lembra William James, é uma "disposição para a ação".[13] A relação consigo mesmo, a relação com os outros e a convicção que liga ambas não podem ser contidas nem na igualdade nem no direito.

Crise da *parresia*

Rancière vê na crise da democracia grega uma simples pretensão dos aristocratas em restabelecer seus privilégios devidos ao nascimento, ao status e à riqueza, enquanto Foucault, sem negligenciar esse aspecto, vê a crise da democracia grega ligada a essa relação entre política e ética, entre igualdade e diferenciação.

---

[10] *Ibidem*, p. 66.
[11] FOUCAULT. *Le courage de la vérité*, p. 14.
[12] *Ibidem*, p. 14.
[13] JAMES. *La volonté de croire*. Paris: Seuil, 2005.

Os inimigos da democracia apontam um problema que aqueles que tomam a igualdade como o único princípio da política (Rancière, Badiou) não veem e que constitui um obstáculo contra o qual o comunismo dos séculos XIX e XX esboroou-se, sem consegui dar respostas efetivas. Como sustentam os inimigos da igualdade, se cada um pode dar sua opinião sobre as questões da cidade, haveria tantas constituições e governos quanto indivíduos. Se todos podem tomar a palavra, então os loucos, os bêbados, os insensatos estão autorizados a dar sua opinião sobre as questões públicas do mesmo modo que os melhores, que os competentes. Na democracia, o conflito, o embate, o agonismo e o conflito entre iguais, quando todos afirmam dizer o verdadeiro, degeneram na sedução dos oradores que adulam o povo nas assembleias. Se houver distribuição sem controle do direito de falar, "não importa quem pode dizer e não importa o quê". Então, como distinguir o bom do mau orador? Como produzir uma diferenciação ética? A verdade, afirmam os inimigos da democracia, não pode ser dita em um campo político definido pela "indiferença entre os sujeitos falantes". "A democracia não pode dar lugar à diferenciação ética dos sujeitos que irão falar, deliberar e decidir".[14]

Essas argumentações fazem lembrar, de imediato, as críticas neoliberais dirigidas ao igualitarismo "socialista" que reivindica aumentos salariais iguais para todos, direitos sociais iguais para todos: a igualdade impede a liberdade, a igualdade impede a "diferenciação ética", a igualdade prende a subjetividade à indiferença dos sujeitos de direito. Foucault, do mesmo modo que Guattari, previne que não podemos nos opor à "liberdade" neoliberal – que, em realidade, exprime uma vontade política de restabelecer as hierarquias, as desigualdades e os privilégios – somente com uma "política igualitária". Isso seria poupar o igualitarismo socialista de críticas que os movimentos políticos haviam feito muito antes dos liberais. Foucault não se limita a denunciar os inimigos da democracia, mas, por meio dos cínicos, inverte as críticas aristocráticas em seu próprio terreno: aquele da diferenciação ética, aquele da constituição do sujeito e do seu devir.

A partir da crise da *parresia*, desenha-se um "dizer-verdadeiro" que não se expõe mais aos riscos políticos. O dizer-verdadeiro desloca-se de sua origem política para a esfera da ética pessoal e da constituição do sujeito moral, mas de acordo com uma dupla alternativa: aquela da "metafísica da

---

[14] *Le Courage de la vérité*, p. 46.

alma" e aquela da "estética da vida"; a do conhecimento da alma, de sua purificação que dá acesso a outro mundo, e a das práticas e das técnicas para se colocar à prova, para a experimentação, para a transformação de si, da vida e do mundo, aqui e agora. A constituição de si não mais como "alma", mas como "bios", como modo de vida. Essa alternativa já constava no texto de Platão, mas foram os cínicos que a explicitaram e, ao politizá-la, a voltaram contra os inimigos da democracia. A oposição entre os cínicos e o platonismo pode ser resumida do seguinte modo: os primeiros articulam "outra vida"/"outro mundo" com outra subjetividade e outras instituições neste mundo enquanto o segundo trata, principalmente, do "outro mundo" e da "outra vida", agenciamento que se prolonga no cristianismo.

Os cínicos retomam o tema tradicional da "vida verdadeira" que migrou e se refugiou no dizer-verdadeiro. A vida verdadeira, na tradição grega, "é uma vida que se liberta da perturbação, das mudanças, da corrupção, da queda e se mantém sem modificação na identidade de seu ser".

Os cínicos invertem a "vida verdadeira" pela reivindicação e pela prática de uma "outra vida", "cuja alteridade deve conduzir à transformação do mundo. Uma outra vida para um outro mundo".[15] Eles invertem o tema da "vida soberana, tranquila para si e benéfica para os outros" em "vida militante, vida de combate e luta contra si e para si, contra os outros e pelos outros",[16] "combate no mundo contra o mundo". Os cínicos superam a "crise" da *parresia,* a impotência da democracia e da igualdade ao produzirem uma diferenciação ética, ligando de modo indissolúvel política e ética (e verdade). Eles dramatizam e reconfiguram politicamente a questão da relação consigo, desvinculando-a da vida boa, da vida soberana, conforme o pensamento antigo.

Dois modelos de ação política

Essas duas leituras da democracia grega são informadas por dois modelos muito diferentes de ação "revolucionária". Para Rancière, a política constitui-se como reparação de um dano à igualdade por meio do método da demonstração, da argumentação e da interlocução. Pela ação política, os "despossuídos" devem mostrar que eles não emitem ruídos,

---

[15] *Ibidem*, p. 264.
[16] *Ibidem*, p. 261.

mas falam. Eles devem mostrar, também, que não falam uma língua outra ou menor, mas que eles se exprimem e dominam a língua de seus mestres. Finalmente, devem demonstrar, pela argumentação e interlocução, que são, ao mesmo tempo, seres de razão e de palavra.

O modelo de ação revolucionária fundado na demonstração, na argumentação e na interlocução visa a uma inclusão, a um "reconhecimento" que mesmo sendo tão litigioso se parece muito com um reconhecimento dialético. A política institui a divisão em partes nas quais, ao mesmo tempo, "eles" e "nós" se opõem e se consideram mutuamente, o mundo se divide em dois, mesmo reconhecendo-se que todos pertencem a uma mesma comunidade. "Os que não contavam, ao exibir tal divisão e tomar de assalto a igualdade dos outros, podiam se fazer contar."

Se quisermos achar algo que se pareça com o modelo de Rancière, é necessário recorrer não à democracia política, mas à democracia social que se constitui a partir do *New Deal* e no pós-guerra. A democracia social, que ainda encontramos no paritarismo francês de gestão da Seguridade Social, é, sob sua forma reformista, o "modelo dialético" da luta de classes em que o reconhecimento e o litígio entre "nós" e "eles" constituem o motor do desenvolvimento capitalista e da própria democracia.

O que Jacques Rancière defende na democracia social do Estado-providência é uma esfera pública de interlocução na qual os operários – os sindicatos, sob a forma reformista – são incluídos como atores políticos e na qual o trabalho não é mais uma questão privada, mas pública.

> Fingimos tomar por concessões abusivas de um Estado paternal e tentacular as instituições de previdência e de solidariedade nascidas dos combates operários e democráticos, geridas e co-geridas pelos representantes dos cotistas. E, lutando contra este Estado mítico, atacamos precisamente as instituições de solidariedade não estatais que são lugar de formação e de exercício de outras competências, de outras capacidades para se ocupar do comum e do devir em comum, que não são aquelas das elites governamentais.[17]

---

[17] RANCIÈRE, Jacques. *O ódio da democracia*. Paris: La Fabrique, 2005. p. 91. Comprei esse livro no dia em que foi lançado (setembro de 2005), ao voltar de uma ação da Coordenação dos Intermitentes e Precários, que havia invadido e ocupado a sala onde acontecia uma dessas reuniões paritárias do Ministério da Cultura, reunindo Estado, sindicatos e os patrões que negavam o status de sujeitos políticos a todos, exceto a eles mesmos. À noite, ao folheá-lo, surpreendi-me de ler essa passagem. Não é porque os liberais atacam o Estado Previdência que devemos nos colocar numa atitude defensiva e calar as críticas que os movimentos políticos lhe fazem (produzir dependência, exercer o poder sobre os corpos etc.) e as críticas que os movimentos continuam a fazer (produção de desigualdades, exclusão social e política, controle sobre a vida dos indivíduos etc.).

O impasse na posição de Rancière – e na da esquerda em geral – reside na dificuldade de criticar e superar esse modelo que, certamente, ampliou os limites da democracia no século XX, mas que hoje é um verdadeiro obstáculo para a emergência de novos temas e novos atores na política, pois é constitucionalmente incapaz de incluir outros atores políticos além do Estado, dos sindicatos de assalariados e dos patrões.

Totalmente diferente é o modelo político de Foucault que emerge de sua análise da democracia grega. Por que ele vai escolher uma escola filosófica tal como os cínicos – uma escola "à margem", uma escola "minoritária", uma escola filosófica "popular", sem grande estruturação doutrinária – para problematizar a subjetivação política? Foucault parece sugerir o seguinte: nós saímos da política ao mesmo tempo dialética e totalizante do "*démos*". "Os despossuídos – os pobres antigos, o terceiro estado,[18] o proletariado moderno – não podem ter senão tudo ou nada".[19]

Temos dificuldade em imaginar os cínicos, assim como os movimentos políticos pós-1968 – do movimento das mulheres ao movimento dos desempregados –, afirmando "nós somos o povo", nós somos ao mesmo tempo "a parte e o todo". No modelo de Foucault, o problema não é levar em conta os despossuídos, demonstrar que eles falam a mesma língua de seus mestres. O problema é uma "transvaloração" de todos os valores, o que diz respeito também e principalmente aos despossuídos e a seu modo de subjetivação. Na transvaloração, a igualdade se articula com a diferença, a igualdade política com a diferenciação ética. Reencontramos Nietzsche por meio dos cínicos, que passaram à história da filosofia como os "falsificadores" de moedas, como aqueles que alteram o seu "valor".

O lema dos cínicos – "trocar o valor da moeda" – remete simultaneamente à alteração da moeda (*nomisma*) e à alteração da lei (*nomos*). Os cínicos não queriam reconhecimento, não queriam ser levados em conta ou se incluírem. Eles criticavam e questionavam as instituições e os modos de vida de seus contemporâneos por meio da experimentação, colocando à prova eles mesmos, os outros e o mundo. O problema da constituição de si como sujeito ético-político requer jogos de verdade específicos.

---

[18] O *terceiro estado* era a representação do povo, nos chamados Estados gerais (assembleias que aconselhavam o rei da França, no Antigo Regime). Tais assembleias eram constituídas por três estados: o clero, os nobres e o povo. (N.T.).

[19] *La mésentente*, p. 27.

Não mais o jogo da verdade da aprendizagem, da aquisição de proposição e de conhecimentos verdadeiros como no platonismo, mas um jogo de verdade apoiado no si mesmo, no que se é capaz de fazer, no grau de confiança atingido, nos progressos realizados [...]. Esses jogos de verdade não dependem das mathêmata, não são coisas que se ensinam e que se aprendem; são exercícios que fazemos sobre nós mesmos: exercícios, pôr a si mesmo à prova, combate neste mundo.[20]

Os jogos de verdade políticos, praticados para a constituição de outra vida e de outro mundo, não mais aqueles do reconhecimento, da demonstração, da lógica argumentativa, mas aqueles de uma política da experimentação que aliou direitos e formação do *ethos*. A oposição entre Platão e os cínicos nos fazem lembrar as diferenças entre Foucault e Rancière.

Logos e existência, teatro e performance

Para Rancière, a política só existe por meio da constituição de um cenário "teatral", na qual os atores representam o artifício da interlocução política por meio de uma dupla lógica da discursividade e da argumentação, ao mesmo tempo racional (uma vez que ela postula a igualdade) e desarrazoado (uma vez que essa igualdade não existe em parte alguma). Para que haja política, é necessário construir um cenário de "palavra e razão", interpretando e dramatizando, no sentido teatral do termo, a lacuna entre a regra e o fato, entre a lógica policial e a lógica da igualdade. Essa concepção de política é normativa. Toda ação que conceba o espaço público de outro modo que não seja de interlocução pela palavra e pela razão não é política. As ações dos moradores da periferia, em 2005,[21] que não respeitaram esse modelo de mobilização não são consideradas políticas por Rancière.

---

[20] *Le courage de la vérité*, p. 210.

[21] Em outubro de 2005, aconteceram, na periferia de algumas cidades francesas, violentas rebeliões protagonizadas por jovens pobres de diversas nacionalidades – imigrantes argelinos, marroquinos, tunisianos, norte-africanos, mas, também, cidadãos franceses –, protestando em relação a suas condições precárias de vida. Os protestos foram desencadeados no dia 27 de outubro, em Clichy-sous-Bois, pela morte de dois jovens de 15 e 17 anos de idade que, ao fugirem de uma perseguição policial, acabaram eletrocutados. Nas três semana de protestos, foram incendiados mais de 10.000 veículos, depredados diversos prédios públicos e escolas. O ministro do Interior da época, Nicolas Sarkozy (que veio a se tornar presidente em 2007) não aceitou qualquer forma de diálogo e reprimiu durante as revoltas, sem realizar qualquer avanço nas condições sociais.

> Não se trata de integrar as pessoas que, na maioria das vezes, são francesas, mas de fazer que sejam tratadas como iguais. [...] É necessário saber se eles são tomados como atores políticos, dotados de uma palavra comum. [...] Aparentemente, esse movimento de revolta não encontrou uma forma política, tal como eu entendo, de constituição de um cenário de interlocução, reconhecendo o inimigo como fazendo parte de uma mesma comunidade que você.[22]

Na realidade, os movimentos contemporâneos não negligenciam a atualização da lógica política descrita por Rancière, construindo um cenário de palavra e de razão para reivindicar a igualdade pela demonstração, argumentação e interlocução. Mas, ao lutarem para serem reconhecidos como novos atores políticos, eles não fazem dessa modalidade de ação a única que se possa definir como política. Além disso, o mais importante é que as lutas desenvolvem-se dentro de um quadro que não é mais o da dialética e da totalização do *démos,* que é simultaneamente parte e totalidade, "tudo e nada". Pelo contrário, para se imporem como novos atores políticos, eles são obrigados a romper as grades da política do "povo" e da "classe operária", tal como ela está encarnada na democracia política e na democracia social de nossas sociedades.

Os movimentos políticos jogam e fazem malabarismos com essas diferentes modalidades de ação política, mas segundo a lógica que não se limita à encenação da "igualdade e da sua ausência". A igualdade é condição necessária, mas não suficiente, do processo de diferenciação, no qual os "direitos para todos" são o suporte social de uma subjetivação que agencia a produção de outra vida e de outro mundo.

Os "selvagens" dos subúrbios franceses – como os nomeou um ministro socialista – parecem, em determinados aspectos, "bárbaros". Cínicos, que preferem deixar a cena teatral e inventar outro artifício que não tem muito a ver com o teatro a se lançar aos jogos ordenados e dialéticos do reconhecimento e da argumentação. Os cínicos nos lembram mais as performances da arte contemporânea que as cenas teatrais, em que a exposição pública – no duplo sentido de se manifestar e de se colocar em perigo – não se faz necessariamente nem pela linguagem, pela palavra, pelas semióticas significantes, nem pelas formas de representação de personagens da dramaturgia teatral, pela interlocução ou pelo diálogo.

---

[22] RANCIÈRE, Jacques. *La Haine de la démocratie. Chroniques des temps consensuels.* Paris: Libération, 2005.

Como se dão os processos de subjetivação que se abrem para "outra vida" e para "outro mundo"? Não é simplesmente pela palavra e pela razão. Os cínicos não são somente "seres falantes", mas também corpos que enunciam alguma coisa, mesmo que essa enunciação não passe pelas cadeias de significantes. Satisfazer suas necessidades (comer, defecar) e seus desejos (masturbar-se e fazer amor) em público, provocar, escandalizar, forçar a pensar e a sentir etc. são algumas técnicas "performativas" que convocam uma multiplicidade de significados.

O bastão, o saco, a pobreza, o nomadismo, a mendicância, as sandálias, os pés descalços etc. pelos quais se exprime o modo de vida dos cínicos são modalidades de enunciação não verbais. O gesto, o ato, o exemplo, o comportamento, a presença física constituem práticas e semióticas de expressão que se dirigem aos outros por vias que não aquela da palavra. Nas "performances" dos cínicos, a língua não tem apenas uma função denotativa e representativa, mas uma "função existencial". Ela afirma um *éthos* e uma política, ela concorre para construir territórios existenciais, para falar como Guattari. Na tradição grega, existem duas vias para a virtude: a via longa e fácil que passa pelo *logos,* ou seja, o discurso e suas aprendizagens escolares; e outra dos cínicos, curta, mas difícil, que é, "de algum modo, silenciosa". A via breve ou atalhada, sem discurso, é aquela do exercício e da experimentação.

A vida cínica é pública não somente pela linguagem, pela palavra, mas também por expor sua "realidade material e cotidiana". É uma vida "materialmente, fisicamente pública", que reconfigura de imediato as divisões constitutivas da sociedade grega: o espaço público da *polis,* por um lado, e a gestão privada da casa, por outro. Não se trata de opor "*logos*" e "existência", mas de se instalar na distância que existe entre ambos, para interrogar modos de vida e instituições. Para os cínicos, não pode haver vida verdadeira a não ser como outra vida que é, ao mesmo tempo, "forma de existência, manifestação de si, plástica da verdade, mas também um empreendimento de demonstração, convicção, persuasão através do discurso".[23]

Existe em Rancière, como na maior parte das teorias críticas contemporâneas (Virno, Butler, Agamben, Michon), um preconceito logocêntrico. Apesar das críticas que ele faz a Aristóteles, ainda estamos na

---

[23] *Le courage de la vérité,* p. 288.

dependência e no quadro das formulações do filósofo grego: o homem como único animal que tem a linguagem e que é um animal político por ter a linguagem. Ao contestar a "divisão" que o *logos* estabelece entre o homem e o animal, os cínicos contestam os fundamentos da cultura grega e ocidental.

> A animalidade desempenhava no pensamento antigo o papel de ponto de diferenciação absoluta para o ser humano. Era distinguindo-se da animalidade que o ser humano afirmava e manifestava sua humanidade. A animalidade era um ponto de repulsão para esta constituição do homem como ser racional e humano".[24]

Os cínicos não aprofundavam a distância existente entre igualdade e política, mas as práticas da "vida verdadeira" e suas instituições pela exposição de uma vida desavergonhada, de uma vida escandalosa, de uma vida que se manifesta como "desafio e exercício na prática da animalidade".

A partilha do sensível ou divisão e produção

A subjetivação política, para Rancière, implica tanto um *éthos* quanto jogos de verdade. Ela requer um modo de constituição do sujeito pela palavra e pela razão, praticando os jogos de verdade pela "demonstração", "argumentação" e "interlocução". Mesmo para Rancière, a política não pode se definir como uma atividade específica, pois ela se articula à ética (constituição de um sujeito de razão e de palavra) e à verdade (práticas discursivas que demonstram e argumentam). Não vemos como isso poderia ser diferente.

Mas, se é impossível fazer da política um modo de ação autônomo, é também impossível separar a política disso que Foucault chama de microfísica das relações de poder. A "partilha do sensível" de Rancière – ao organizar tanto a distribuição das partes (a divisão de classe entre os burgueses que têm a palavra e os proletários que se exprimem somente por meio de ruídos), como o modo de subjetivação ("eles/nós") – não parece deixar espaço a esse tipo de relação. A partilha do sensível é uma divisão de funções e de papéis, de modos de percepção e de expressão duplamente produzidos, e nessa dupla produção as relações micropolíticas desempenham um papel

[24] *Ibidem*, p. 244.

fundamental. A divisão da sociedade em "classes" (ou partes) é produzida pelo agenciamento das práticas discursivas (saberes), de técnicas de governamento das condutas (poder) e de modos de assujeitamento (sujeito). Mas essa partilha "dualista" não é somente o resultado da ação transversal desses três dispositivos (saber, poder, sujeito). Ela é atravessada por microrrelações de poder que a tornam possível e operacional. As relações homem/mulher, pai/filho na família, professor/aluno na escola, médico/doente nos sistemas de saúde etc., desenvolvidas por meio daquilo que Guattari chama de "equipamentos coletivos" de assujeitamento, são transversais e constitutivas da divisão em partes. Existe uma partilha do sensível "molecular", uma microfísica do poder que atravessa também os despossuídos (e que os divide segundo linhas diferentes daquelas da grande partilha dialética nós/eles). É impossível compreender o capitalismo contemporâneo sem problematizar a relação entre o molar – as grandes oposições dualistas capital e trabalho, ricos e pobres, aqueles que comandam e aqueles que obedecem, aqueles que detêm os títulos para governar e aqueles que deles são desprovidos – e a microfísica – as relações de poder que se apoiam, passam e se formam entre os próprios despossuídos.

O "*bios*", a "existência", a "vida" não são conceitos vitalistas aos quais se poderia opor os conceitos da divisão política do *démos*, mas domínios nos quais se exerce a microfísica do poder e sobre os quais existem lutas, litígios, assujeitamentos e subjetivações. As reflexões sobre o modo como os cínicos consideravam o *bios*, a existência e a vida podem fornecer armas de resistência aos poderes do capitalismo contemporâneo, que faz da produção de subjetividades a primeira e mais importante de suas produções. De certo modo, somos impelidos a utilizar a metodologia foucaultiana, porque no capitalismo contemporâneo é impossível separar "ética" de "economia" e de "política".

Foucault afirma que o deslocamento da *parresia* do domínio "político" para a ética individual "não é menos útil para a cidade. Ao incitar-nos a que nos ocupemos de nós mesmos, torno-me útil para toda a cidade. E se eu protejo minha vida é justamente no interesse da cidade".[25] As técnicas de formação do *bios* – as técnicas de governamento de si e dos outros –, integradas e reconfiguradas pelo poder pastoral da Igreja cristã, não cessam de ganhar importância por meio da ação do Estado Providência. No capitalismo, "a

[25] *Ibidem*, p. 83.

grande cadeia de cuidados e solicitudes", o "cuidado da vida", de que fala Foucault a propósito da Grécia antiga, são assumidos pelo Estado, ao mesmo tempo que ele envia a população sob seus cuidados para ser massacrada na guerra. Ocupar-se de si mesmo, realizar um trabalho sobre si e sobre sua própria vida significa cuidar das maneiras de fazer e de dizer necessárias para ocupar o lugar que nos é atribuído na divisão social do trabalho. Cuidar de si é uma imposição para se subjetivar como responsável pela função que o poder nos designou. Essas técnicas de constituição e de controle das condutas e das formas de vida são, primeiro, experimentadas pelos "pobres" contemporâneos (desempregados, vadios, trabalhadores pobres). A questão que os conceitos de *bios*, de existência e de vida colocam não é aquela do vitalismo, mas aquela de como politizar tais relações de poder micro por uma subjetivação transversal. Se nem tudo é política, como afirma Rancière, pois que "senão a política não estaria em parte alguma", tudo é "politizável", acrescenta Foucault.

Rancière parece negligenciar, no nível da definição teórica de política, aquilo que ele analisa do ponto de vista histórico: o trabalho sobre si, a formação do *ethos* que ele descreve, aliás, de modo magnífico em relação aos operários do século XIX. A formação do *ethos*, do *bios*, da existência que os cínicos praticavam não era uma variedade do "discurso moral". Ela não constitui uma nova pedagogia ou o veículo de um código moral. A formação do *ethos* é, simultaneamente, um "foco de experiência"[26] e uma "matriz de experiência" em que se articulam uns sobre os outros as formas de um saber possível, as "matrizes normativas de comportamento para os indivíduos" e os "modos de existência virtual para sujeitos possíveis".

Para Rancière, a política não é, a princípio, uma experiência: ela é, sobretudo, uma questão de forma. "O que caracteriza uma ação como política não é seu objeto ou o lugar onde ela acontece, mas unicamente a forma, aquela que inscreve a verificação da igualdade na instituição de um litígio, de uma comunidade que existe somente pela divisão".[27]

A problematização desses "focos de experiência" e as experimentações que se produzem a partir dos cínicos transmitem-se e atravessam toda a história do Ocidente, retomadas e renovadas pelos revolucionários do século XIX e do início do XX e pelos artistas da mesma época.

---

[26] *Le gouvernement de soi et des autres*, p. 4.

[27] *La mésantente*, p. 55.

* * *

A subjetivação foucaultiana não é somente uma argumentação sobre igualdade e desigualdade, uma demonstração do erro cometido em relação à igualdade, mas uma verdadeira criação imanente que se instala na distância existente entre igualdade e desigualdade e desloca a questão da política, abrindo o espaço e o tempo indeterminado da diferenciação ética, da formação de um si coletivo.

Se a política é indissociável da formação do sujeito ético, então a questão da organização torna-se central, mesmo que de modo diferente daquele do modelo comunista. A reconfiguração do sensível é um processo que deve ser objeto de um trabalho "militante" que Guattari, prolongando a intuição foucaultiana, define como um trabalho político "analítico". Para Guattari, o GIP – Grupo de Informação sobre as Prisões – pode ser considerado um agenciamento coletivo analítico e militante em que o objeto da "militância" se desdobra: ele está do lado do domínio de intervenção, mas ele também está do lado dos interventores. Trata-se de trabalhar, permanentemente, não apenas os enunciados produzidos, mas, sobretudo, as técnicas, os procedimentos, as modalidades de agenciamento coletivo de enunciação (da organização).

Rancière, ao contrário, não tem "interesse pela questão das formas de organização dos coletivos políticos". Ele considera somente as "alterações produzidas pelos atos de subjetivação política". Ou seja, ele vê o ato de subjetivação política unicamente na sua rara emergência, cuja duração se aproxima da instantaneidade. Ele recusa a se interessar "pelas formas de consistência dos grupos que as produzem", ainda que 1968 interrogue precisamente suas regras de constituição e funcionamento, sua modalidade de expressão e de democracia, uma vez que a ação política de intervenção é inseparável da ação de constituição do sujeito.

Se as relações paradoxais entre igualdade e diferença não podem ser inscritas nem em uma constituição, nem nas leis, se elas não podem ser aprendidas, nem ensinadas, mas somente experimentadas, então as modalidades de ação conjunta tornam-se fundamentais. O que se passa durante a tomada da palavra, o que se passa após a tomada da palavra, como esse ato de diferenciação retorna não apenas sobre aquele que a enuncia, mas também sobre aquele que a aceita? Isto é, como se forma uma comunidade ligada pela enunciação e pelo artifício, que não seja fechada sobre sua própria identificação, mas aberta à diferenciação ética?

O que é necessário experimentar e inventar em uma máquina de guerra que agencia o estar junto e o estar contra é o que Foucault afirma ser a especificidade do discurso filosófico e que, pelo esgotamento do modelo dialético do *démos,* tornou-se a condição da política hoje. Nunca levantar "a questão do *ethos* sem questionar, ao mesmo tempo, a verdade e a forma de acesso a essa verdade que poderá formar esses *ethos* e a estrutura política no interior da qual esse *ethos* poderá afirmar sua singularidade e sua diferença [...] nunca levantar a questão da *alêtheia* sem lançar, ao mesmo tempo, a respeito dessa mesma verdade, a questão da *politeia* e do *ethos*. O mesmo vale para a *politeia* e para o *ethos*".[28]

Para Rancière, somente a democracia, como dispositivo ao mesmo tempo de divisão e de comunidade, pode reconfigurar a partilha do sensível, enquanto Foucault é muito mais reticente e menos entusiasta em relação a esse modelo de ação política, uma vez que ele se dá conta de seus limites. A subjetivação política, apoiando-se na igualdade, vai além de seus limites. A questão política, portanto, é como inventar e praticar a igualdade nessas novas condições.

Tradução: Karla S. Saraiva
Revisão Técnica: Alfredo Veiga-Neto
e Guilherme Castelo Branco

---

[28] *Le courage de la vérité*, p. 63.

Uma política menor
o GIP como lugar de experimentação política

Philippe Artières

Permitam-me, em primeiro lugar, dizer o quanto estou feliz por estar aqui hoje com vocês, nesses encontros sobre Michel Foucault, e agradecer pela organização formidável que meus colegas da UFRJ prepararam para minha estadia no Rio. Obrigado.

Quando Guilherme Castelo Branco me propôs participar desta conferência, em um primeiro momento pensei em focar minha intervenção sobre um aspecto dos arquivos do século XIX, com os quais eu, como historiador, trabalho: esses arquivos que pertencem à mesma série das memórias de Pierre Rivière. Eu planejava mostrar como o interesse de Foucault por esses momentos de subjetivação caracteriza uma política foucaultiana menor. Mas me pareceu que existia no próprio trabalho de Foucault, nas suas intervenções, que muito frequentemente tendemos a desconsiderar como parte da obra foucaultiana, uma genuína proposição política. Este ensaio prático tem por contexto um aspecto pouco conhecido do que se chamava de agitação, nos anos 1970, mas que se reflete consideravelmente sobre nosso presente. Trata-se, em especial, das lutas nas prisões que aconteceram após 1968 e das expertises que elas produziram.

A fundação do *Grupo de informações sobre as prisões* (GIP),[1] em fevereiro de 1971, por Michel Foucault, Jean-Marie Domenach e Pierre Vidal Naquet, constitui uma ruptura na história das lutas do pós-guerra e mesmo daquelas de 1968.[2] Com certeza, o nascimento do grupo inscreve-se em

---

[1] Ver o capítulo que D. Eribon dedica a esse tema na biografia de Foucault.

[2] Sobre este ponto, ler o belo artigo de Michelle Perrot, *La leçon des ténèbres* (*A lição das trevas*), em *Actes, Cahiers d'action juridique*, verão de 1986.

uma dupla continuidade: em relação aos tribunais populares dos militantes ditos "esquerdistas", em particular aquele de Fouquière-lez-Lens, em que médicos do trabalho testemunharam contra as empresas carboníferas após a morte de mineiros;[3] e também como prolongamento das lutas dos maoístas presos, que reivindicavam um status político, por meio de uma série de greves de fome.

Mas este acontecimento foi também uma ruptura: por um lado, pela primeira vez a prisão torna-se local de lutas e os prisioneiros comuns, atores dessas lutas. Até aquele momento os presos comuns eram considerados um subproletariado não politizado e, por vezes, reacionários. Por outro lado, o GIP se distancia radicalmente da *demarche des etablis* (movimento de jovens intelectuais que vão trabalhar nas fábricas);[4] não se tratava de se colocar no lugar dos prisioneiros – nenhum de seus membros tentou ser encarcerado. O objetivo era recolher informações da detenção por meio de uma série de investigações realizadas utilizando questionários que circularam nos estabelecimentos penitenciários franceses, de modo a obter as informações junto à fonte.

Como eles procederam? O grupo, cujo funcionamento era muito flexível e não hierarquizado, foi concebido como transversal, segundo a fórmula de Gilles Deleuze: lá estavam jornalistas, advogados, intelectuais, ex-detentos. O objetivo do GIP seria permitir a emergência de um discurso próprio aos detentos que pudesse promover uma luta local. E de fato, a ação do GIP desencadeou um vasto movimento de revoltas nas prisões que levou à criação do *Comitê de ação dos prisioneiros*[5]. Ao longo do inverno de 1971-1972 – em especial após a edição da circular de René Pleven, suprimindo os indultos de Natal –,[6] não menos de 40

---

[3] No dia 4 de fevereiro de 1970, 16 mineiros morreram em um acidente ocorrido em uma mina de carvão na cidade de Fouquière-lez-Lens. Alguns dias depois, alguns partidários do proletariado de esquerda atacaram o escritório central da empresa com coquetéis Molotov, provocando um princípio de incêndio, mas sem deixar feridos. Cinco participantes foram presos e seriam julgados dia 14 de dezembro de 1970. Dois dias antes, foi organizado um tribunal popular no intuito de mostrar que a empresa carbonífera seria responsável pelo acidente e do qual participaram conhecidos intelectuais franceses, inclusive Sartre. Nesse tribunal não oficial, testemunharam os mineiros, seus familiares e, também, médicos que conheciam as condições de trabalho desses operários. Disponível em: http://fbaillot.blog.lemonde.fr/2009/09/09/resister-temoigner/. (N.T.).

[4] Trata-se do movimento que pregava a necessidade de se colocar no lugar do proletariado para uma adequada atuação política. Tradução literal: *procedimento dos estabelecidos*. (N.T.).

[5] Em 1972, por iniciativa de Serge Livrozet e ex-detentos, surgiu o *Comitê de ação dos prisioneiros* (CAP).

[6] Cf. circular de 12 de novembro de 1971.

revoltas aconteceram nos estabelecimentos penitenciários, entre as quais a da central penitenciária Ney, localizado em Toul, em dezembro de 1971,[7] e a da prisão Charles III, em Nancy, em janeiro de 1972, que seria seguida por uma mobilização sem precedentes tanto no exterior, como no interior das prisões.[8]

Por várias razões, como podemos ver, a ação do GIP marca consideravelmente a história das prisões e, de modo mais amplo, dos movimentos sociais dos anos 1970, pela originalidade de seus procedimentos. Trinta anos mais tarde, o que resta dessa experiência? O GIP ficou em uma época passada ou devemos ver em certo número de movimentos sociais atuais a sombra dos prisioneiros sob o teto da prisão durante o inverno de 1971-1972? Existiria uma herança política de Michel Foucault por esse lado?

Em dezembro de 1971, uma médica que trabalhava em uma prisão levantou sua voz. Essa médica, que se chamava Edith Rose, era psiquiatra na central penitenciária Ney, em Toul. Ela publicou uma carta aberta no jornal *A causa do povo*, denunciando uma série de fatos particularmente intoleráveis a seus olhos.[9] Foucault fez eco a essas palavras no "discurso de Toul".[10] O ato da Dra. Rose de tomar a palavra inscreve-se em um vasto movimento surgido não para exigir reformas nas prisões, mas para contestar a existência da reclusão. Quase um ano após a entrada da prisão em um campo de lutas, ela estava sendo reconhecida como "intolerável": "são intoleráveis as escolas, os asilos, as casernas, as prisões [...]".[11] O discurso da médica junta-se aos de outros atores: os dos detentos, mas também os dos assistentes sociais, como a Sra. d'Escrivain,[12] ou, ainda, os dos

---

[7] Cf. Comitê Verdade-Toul. *A Revolta da Central Ney*. Paris: Gallimard, La France Sauvage, 1973. Ver também o estudo de Claude Faugeron em *História dos banhos e das prisões*. Toulouse: Privat, 1991.

[8] Após o motim de Nancy, foram condenados seis prisioneiros; em muitas prisões, em especial em Melun e em Grenoble, os prisioneiros manifestaram sua solidariedade. Em Nancy, foi constituído um comitê formado principalmente por antigos membros da resistência, pessoas encarceradas por seu envolvimento com a FLN durante a Guerra da Argélia, que publicou um livro negro sobre os acontecimentos de Charles III.

[9] Seu testemunho será retomado na brochura publicada pelo GIP, intitulada *Caderno de reivindicações extraídas das prisões*, 1972.

[10] Texto reimpresso em *Dits et écrits*, v. II. Paris: Gallimard, 1995.

[11] Texto reimpresso em *Dits et écrits*, v. II. Paris: Gallimard, 1995.

[12] Assistente social na prisão de Fresnes, a Sra. d'Escrivains foi licenciada após as declarações que fez a respeito dos maus-tratos a um detento. Seu relato foi republicado no *Caderno de reivindicações saídas das prisões*, 1972.

advogados. A Dra. Rose participa, portanto, de uma palavra coletiva, fruto dos saberes individuais. Foucault e o GIP conseguiram obter informações sobre a detenção graças a uma série de investigações e também conseguiram fazer a prisão entrar no campo da atualidade. Ao longo dos anos 1970-73, investigações e artigos sobre a detenção apareceram às centenas na imprensa. Personalidades tão diversas como o intelectual Jean-Marie Domenach, o escritor Claude Mauriac e Gilles Deleuze participaram desse movimento. Foucault, no Manifesto do GIP, caracterizou a prisão como uma das "regiões ocultas", uma caixa preta de nossa sociedade que era necessário trazer à luz do dia.

Na esteira de *Vigiar e punir*, historiadores produziram uma série de trabalhos particularmente ricos nesses trinta anos. Michelle Perrot, Robert Badinter e, depois, Jacques-Guy Petit foram os principais responsáveis pelo desenvolvimento desse campo historiográfico.[13] A prisão tem uma história, e tal história está sendo escrita pelos historiadores há trinta anos.

Embora muitos dos que desvendaram a prisão tenham sido contemporâneos do GIP, três décadas depois a prisão ainda parece ser uma fortaleza ancestral, estranha à sociedade a que ela serve. As lutas dos prisioneiros, sejam aqueles do final do século XIX que se amotinavam em razão de suas más condições de trabalho,[14] sejam os detentos que pertenciam à FLN durante a Guerra da Argélia e que lutavam para obter o status de presos políticos ou, ainda, sejam os motins de Nancy que exigiam o fim dos castigos corporais, todas essas lutas hoje estão esquecidas. A prisão, com efeito, saiu do campo político; somente os sindicatos de carcereiros ainda se fazem ouvir. Ninguém mais contesta sua existência. Mesmo se um indivíduo ou outro, pela proximidade que mantém com a detenção, a tira episodicamente da sombra, devemos reconhecer que a situação dos prisioneiros não mobiliza mais. Um pequeno grupo trabalhando na obscuridade é a exceção: criado no começo dos anos 1990, o *Observatório internacional das prisões* (OIP)[15] dá continuidade ao trabalho do GIP.

---

[13] Um exemplo é o seminário de R. Badinter e M. Perrot na EHESS (*École des hautes études en sciences sociales*). Outro exemplo são os numerosos trabalhos no departamento de história da universidade Denis-Diderot-Paris VII. Ver também o trabalho realizado na Universidade de Angers por J. G. Petit (*Ces peines obscures*. Paris: Fayard, 1990).

[14] Cf *Ces peines obscures*, p. 494-5.

[15] O OIP (associação sem fins lucrativos – Rua d'Hauteville, 75010, Paris) publica, além de uma revista (*Dedans dehors*), diferentes guias práticos para os detentos.

Constituído, como fora o GIP, por um grupo transversal, o OIP visa acompanhar o dia a dia da vida no interior dos estabelecimentos. Produzindo relatórios e pequenos guias para informar os detentos sobre os seus direitos, o grupo tenta lutar contra a amnésia social. Existe, ainda, o *Grupo multiprofissional sobre as prisões* (GMP), que não deixou de se reunir desde sua criação no início dos anos 1970.[16]

Em suma, devemos ler o espanto e a surpresa atuais frente à prisão contemporânea como o resultado de uma falta de memória das sociedades. A prisão se revela como um dos lugares mais submetidos à amnésia social. Nesse sentido, podemos dizer que ela representa um buraco na memória. Do mesmo modo que um ex-detento deve mascarar em seu currículo os anos de encarceramento, nós também tentamos apagar, tanto quanto possível, o problema das prisões da vida social.

A experiência do GIP não constitui uma exceção na amnésia sobre as prisões, e sua marca está, também, cada vez menos perceptível. Paradoxalmente, a experiência do GIP produziu efeitos para além da prisão e, se existe uma herança dessa ação, ela é visível principalmente em outros campos. Foucault, comentando seu engajamento no GIP alguns anos após o seu término,[17] observava que a prisão nesse período pós-1968 tinha sido objeto de um formidável esforço de *fazer-saber*. Foi justamente esse "fazer-saber" que nos parece operar em certo número de lutas posteriores.

Uma política da informação

Nos meses seguintes à criação do GIP, outros grupos se constituíram com base no mesmo modelo. Propondo-se a reunir apenas indivíduos oriundos do mesmo setor, esses grupos tentaram conduzir outras lutas localizadas. Foram o *Grupo de informações de asilos* (GIA), o *Grupo de informações dos trabalhadores sociais* (GIST) ou, ainda, o *Grupo de informações da saúde* (GIS – incentivado principalmente pelos médicos Zitoun e Carpentier). Esses grupos visavam, mormente, à informação.

Para o GIP, a luta passava, antes de tudo e sobretudo, pela capacidade do grupo em produzir uma informação objetiva da situação. Não se tratava

---

[16] O GMP é incentivado principalmente por Antoine Lazarus.

[17] Cf. Les luttes dans les prisons, Table ronde, 1979. In: *Dits et écrits,* v. III. Paris: Gallimard, 1995.

de traçar um quadro aproximado do encarceramento. Convinha dispor de dados provenientes do maior número de pessoas e de estabelecimentos.

A investigação foi concebida por Foucault, J. C. I. Passeron, J. Donzelot e D. Defert não como um preâmbulo, mas como uma luta. Desse modo, o GIP colocava as lutas por informação no centro de sua ação, desenvolvendo desde sua criação uma série de investigações, chamadas "investigações intolerância", com base no modelo das investigações feitas no século XIX sobre a condição operária pelos próprios operários.[18]

> Essas investigações [...] são destinadas a atacar o poder opressivo lá onde ele se exerce sob outro nome – o da justiça, da técnica, do saber, da objetividade. Cada uma delas deverá, então, ser um ato político. Elas visam a alvos precisos: instituições que têm um nome e um lugar, gestores, responsáveis, dirigentes – que fazem vítimas e, também, suscitam revoltas entre aqueles que estão sob sua responsabilidade. Cada uma delas deve, então, ser o primeiro episódio de uma luta.

Assim, para o GIP, como afirma um de seus principais artífices, Daniel Defert, a informação era uma luta:[19] "A investigação é por si mesma uma luta. É assim que os detentos a percebem quando fazem circular as folhas do questionário pelas celas como se fossem panfletos, a despeito das ameaças e das punições. É assim que a compreendem aqueles que correm grandes riscos para fazer entrar e sair os questionários."

E mesmo no exterior:

> Entrar na fila de espera, discutir, distribuir os questionários, não falar por si. Isso não é sociologia. A polícia está lá e cerra fileiras: os jovens são logo tomados por esquerdistas, a lembrança da greve de fome não se apagou. Ou, ao contrário, aceitar o questionário, falar da prisão em voz alta – antes ou depois da visita –, participar das reuniões, não era um ato simples para as famílias dos detentos: era aceitar juntar-se com gente que não tinha pessoas próximas na prisão [...], aceitar com uma base política: isso era um ato político.[20]

Foi baseando-se nesses princípios que o GIP investigou – nas semanas seguintes ao motim de Nancy e, de modo ainda mais intenso, após

---

[18] GIP. *Enquête dans 20 prisons*. Paris: Champ Libre, maio de 1971.
[19] Quando a informação é uma luta, *La cause du peuple*, 24 de maio de 1971.
[20] *La cause du peuple*, 24 de maio de 1971, p. 6.

a condenação dos seis amotinados – o que realmente aconteceu em 15 de janeiro. O GIP não se propunha a julgar a ação dos detentos no ocorrido em Nancy: "O GIP não é um tribunal intelectual que julgaria a legitimidade dessas ações. Os prisioneiros têm idade suficiente".[21] Essa investigação foi feita pelos próprios detentos; o GIP apenas coordenou. É útil sublinhar que o GIP não era uma organização estruturada e hierarquizada. Em volta de um núcleo duro (Daniel Defert, Michel Foucault, Jean-Marie Domenach, Claude Mauriac, Danièle Rancière, Jacques Donzelot) e com intervenções pontuais de personalidade vindas de horizontes muito distintos (de Jean Genet a Jean Gattegno), o grupo, criado em Paris, expandiu-se depois para outras cidades da França. Os grupos que se formavam aqui e ali eram quase autônomos, produzindo relatórios extremamente bem documentados. Foram concebidas três investigações nacionais: uma com os detentos que resultou no primeiro número de *Intolerável*[22] sob o título *Investigação em 20 prisões* (Champ Libre, 1971), outra com as famílias e uma última com os advogados. Em seguida, o GIP interessou-se, particularmente, por um estabelecimento: a nova prisão de Fleury-Mégoris e por uma prática, o suicídio de detentos. Mas a informação não provinha apenas dessas investigações, ela resultava também do envio de documentos: o dossiê sobre o suicídio baseia-se, em particular, sobre a correspondência de um detento que se matou. Autobiografias e diários também chegaram ao grupo.

Uma vez coletada a informação, o papel do GIP consistia em servir de elemento de comunicação. Era necessário que esses dados fossem transmitidos e difundidos o mais rapidamente possível. A criação da *Agência de imprensa liberação (Agence de presse libération – APL)*, por Maurice Clavel, contribuiu para isso. Mas, principalmente pelo fato de suas investigações terem antecedido em algumas semanas as revoltas e suas constatações terem sido validadas (principalmente pelo relatório oficial do advogado geral Schlmek), o GIP tornou-se, em algumas semanas, um meio de a mídia obter informações sérias sobre as prisões. O GIP conseguiu, assim, fazer a prisão entrar na atualidade e, mais ainda, chamar a atenção da mídia e do poder público sobre objetos até então totalmente ignorados.

---

[21] Eu gostaria, em nome do GIP, de desfazer um mal-entendido, datilografado, arquivos do GIP/IMEC.

[22] *Intolérable* é o título de quatro publicações do GIP. Disponível em: http://detentions.files.wordpress.com/2009/03/chapitre-2.pdf. (N.T.).

> Era necessário fazer a prisão entrar na atualidade, não sob a forma de um problema moral ou de um problema geral de gestão, mas como um lugar onde se passa parte da história, do cotidiano, da vida, de acontecimentos da mesma ordem que uma greve em uma fábrica, um movimento de reivindicação em um bairro, etc.[23]

Por seu trabalho de informante, de "repassador", dando existência às coisas mais cotidianas, o grupo conseguiu torná-las objeto de luta. "Nós tentamos dar a conhecer o dia a dia dessa vida fervilhante da prisão", disse Foucault, que literalmente não existia, mesmo para aqueles que haviam escrito coisas muito boas sobre as prisões.[24]

Fazer da informação o centro de sua ação seria uma das presenças contemporâneas da experiência do GIP. Esta presença pode ser sentida particularmente na emergência desde o início dos anos 1980 de observatórios, ou seja, de organizações cuja função principal é investigar para ter condições de produzir a qualquer momento um quadro o mais exaustivo possível de uma situação: no campo dos direitos humanos, essas organizações se multiplicam. Elas preferem, como o GIP, a publicação de um relatório documentado em vez de petições ou mesmo manifestações. Certamente, esse desenvolvimento apoia-se no considerável crescimento dos meios de comunicação (principalmente a internet), mas encontramos aí os princípios editados pelo GIP. Entretanto, ocorre uma alteração: a investigação para o GIP tinha função denunciadora. Não se tratava de propor reformas:

> A noção de reforma é estúpida e hipócrita. Ou a reforma é elaborada por pessoas que se pretendem representativas e que dizem falar pelos outros, em nome dos outros, e isso é um arranjo de poder, uma distribuição de poder que se desdobra em um acréscimo de repressão, ou é uma reforma reclamada, exigida por aqueles aos quais ela concerne e ela, então, deixa de ser uma reforma. Seria uma ação que do fundo de seu caráter parcial questiona a totalidade do poder e de sua hierarquia.[25]

A mudança atual consiste precisamente na institucionalização desses observatórios e na posição de neutralidade que eles adotam.

Fazer da informação um objeto de luta é também uma das aspirações de movimentos como aqueles que lutam contra a Aids. Assim, tão logo

---

[23] Cf. *Dits et écrits*, v. III, p. 809.

[24] *Idem*.

[25] Cf. *Dits et écrits*, v. II, p. 309.

Daniel Defert, um dos principais artífices do GIP, criou a associação *Aides*, em 1986, ele retomou esse princípio.[26] Trata-se de produzir um saber coletivo a partir da soma dos saberes individuais. É assim que desde a implantação do auxílio domiciliar pede-se aos voluntários da associação que mantenham um diário e enviem cada um dos atendimentos para a organização a fim de que ela possa avaliar os problemas, mas também para que possa transmitir à imprensa as dificuldades que as pessoas atingidas pelo HIV encontram no dia a dia. A *Aides* não cessou de conduzir investigações junto aos doentes. Assim sendo, no biênio 1997-1998 foi realizada uma investigação sobre suas experiências com o tratamento. Um dos responsáveis pelo livro que a associação editou escreveu no Prefácio:

> Para ajudar as pessoas, defender seus direitos, ter uma palavra forte, se fazerem ouvir em prol de seu reconhecimento, é necessário conhecer suas necessidades. A investigação sobre os mil e um modos de vivenciar o tratamento faz parte desse trabalho de objetivação das informações que sustenta a ação da Aides. Desse modo, podemos avaliar, a partir do que dizem as pessoas contaminadas, a pertinência das atividades e de seus combates políticos.

E, de fato, desde o início da epidemia de HIV na França, as associações, principalmente a *Aides*, dispunham de dados empíricos que nem mesmo o poder público ou os jornalistas possuíam. São elas que informam esses dois últimos sobre a evolução dos problemas sociais ligados à epidemia. Nesse sentido, podemos evocar os slogans da *Act-up*:[27] "Silêncio = morte" ou "Conhecimento é uma arma".

Mas a produção de informação pela *Aides*, assim como pelo GIP, não tem como principal destinatário a imprensa. A publicação de brochuras de informação deve servir à luta e, em primeiro lugar, a seus atores. A investigação tem uma função interna: oferecer a cada um os meios de lutar, informando-se de seus direitos, mas também das lutas que são realizadas em outros lugares e por outras pessoas. Trata-se tanto de informar quanto de se informar, constituindo uma rede de circulação de informação eficaz e rápida. No caso da luta contra a Aids, este imperativo é central: a prioridade, e esta será a principal ação da *Aides* desde o dia de sua criação, é produzir publicações voltadas para a prevenção.

---

[26] Cf. entrevistas com D. Defert em *AIDES solidaire*. Paris: Le Cerf.

[27] ONG surgida nos EUA, mas disseminada pelo mundo, que representa as minorias sexuais. (N.T.).

Nós reencontraremos essa mesma preocupação de "fazer-saber", entendida como uma luta para produzir informação e difundi-la, entre outros movimentos sociais atuais. Consideremos, por exemplo, os coletivos contra a expulsão de pessoas com permanência irregular em um território que conseguiram fazer da expulsão de um indivíduo um acontecimento, enquanto por muito tempo isso acontecia sob silêncio.

Mas provavelmente a herança do GIP não se limita à retomada dessa luta por informação. Se a experiência do GIP é importante na história dos movimentos sociais é pela relação que decidiu estabelecer com os indivíduos relacionados com tal luta.

A tomada da palavra

Como observou de modo muito clarividente G. Deleuze, uma das maiores contribuições de Foucault por meio de seu engajamento com o GIP foi a de "nos ensinar a indignidade de falar pelos outros". Com efeito, um dos princípios da ação do GIP era dar a palavra aos detentos. "Trata-se de transferir aos detentos o direito e a possibilidade de falar das prisões. Trata-se do que os detentos querem fazer saber eles mesmos, dizendo-o eles mesmos. Dizendo aquilo que somente eles podem dizer".[28] Para Foucault, nada deveria ser acrescentado à palavra dos detentos e por essa razão o dossiê sobre o suicídio nas prisões, de 1972, será inteiramente constituído pelas correspondências dos prisioneiros. "A massa não precisa de intelectuais para saber", escreveu Foucault. "Eles sabem perfeitamente, claramente, muito melhor que os intelectuais e o dizem firme e bem claro. Mas existe um sistema de poder que barra, interdita, invalida esse discurso e esse saber".[29] Esse apego à palavra dos sujeitos decorre do mesmo questionamento que levou Foucault a empreender a história da loucura: "O que é falar?". O que mobiliza Foucault nas revoltas do pós-1968 é a tomada da palavra que aí se opera. Subitamente, ele estima que "[...] pessoas que estavam, há gerações e gerações, excluídas não somente do poder político, mas também do direito de falar, tinham redescoberto a possibilidade de falar e, ao redescobrir a possibilidade de falar, elas descobriram que de algum modo o poder está ligado à palavra".[30]

---

[28] Cf. Quando a informação é uma luta, *La cause du peuple/J'accuse*, maio de 1971.

[29] Cf. *Dits et écrits*, v. II, 1972, p. 308.

[30] Entrevista concedida à Radio-Canada, abril de 1971.

Com o GIP, Foucault levará ao extremo essa experiência de tomada da palavra porque ele tem consciência de que isso abala o poder. O objetivo do GIP, ao qual Defert e Foucault foram muito ligados, poderia, em suma, ser resumido por uma imagem: aquela dos detentos sobre o telhado da casa de detenção Charles III, em Nancy, em 15 de janeiro de 1972, em que amotinados agitavam uma bandeirola na qual se podia ler "Temos fome" e prisioneiros lançavam por sobre os muros panfletos apresentando suas reivindicações. A ação desses jovens detentos é exemplar desse momento foucaultiano por muitos motivos: primeiro pela posição que eles decidiram ocupar – o teto, único lugar da detenção onde se pode ver e ser visto. Depois, pelo que eles fazem: eles tomam pela primeira vez a palavra e dirigem-na àqueles que estão do lado de fora. A exemplaridade dessa cena está relacionada, também, ao modo como isso se dá: ninguém lhes deu a palavra, eles a tomaram. Nisso, esta tomada da palavra é bem diferente daquela dos operários nesse mesmo momento. É exemplar, enfim, pelo conteúdo de seu discurso: eles fazem de uma coisa bem cotidiana – comer – o objeto de uma ação política.

A sombra dos prisioneiros sobre os telhados parece-nos pesar sobre certo número de movimentos sociais atuais: a regra criada pelo GIP da recusa de falar em lugar do outro está presente, principalmente, na emergência dos movimentos dos *sem*-. O caso do movimento dos sem-documentos[31] da igreja de São Bernardo em 1998 consiste em um desses exemplos. A despeito de que organizações tais como o GISTI[32] estivessem presentes, foi sempre a palavra dos sem-documentos que promoveu avanços. O grupo tinha seus porta-vozes e ninguém mais os representava.

Mas o GIP foi também a experiência de uma palavra singular, e essa preocupação aparece com destaque nos movimentos sociais de três maneiras: a emergência de associações de usuários, o desenvolvimento de plantões telefônicos e a manutenção de estados gerais.[33] No GIP sempre houve uma atenção voltada para o particular, para o caso singular – como bem mostram os arquivos do grupo. A situação em cada estabelecimento,

---

[31] Tradução literal de *sans-papiers*, como são chamados os imigrantes ilegais na França. (N.T.).

[32] *Groupe d'information et de soutien des immigrés* (Grupo de informação e sustento dos imigrantes). (N.T.).

[33] *Estados Gerais* era a denominação das assembleias que aconselhavam o rei da França, formadas por três estados: o clero, os nobres e o povo. Com a queda da Bastilha, o terceiro estado (povo) funda a Assembleia Nacional. A expressão *Estados Gerais* remete à organização de assembleias para discutir temas importantes, em que todos os participantes estariam em pé de igualdade. (N.T.).

mas também a situação de cada detento, era tomada em sua especificidade. Nos movimentos de usuários – pacientes de hospitais, doentes em tratamento, usuários de droga – que surgiram depois de alguns anos, encontramos essa mesma preocupação com o singular. Mas o que melhor mostra essa herança do GIP de valorização da palavra é a implantação dos plantões telefônicos (os da *Aides* e depois os do *Serviço de informação sobre a Aids*, mas também aquele voltado para os usuários de drogas). O percurso de uma figura de luta contra a Aids tal como Pierre Kneip é exemplar sob esse ponto de vista. Por muito tempo professor de Letras, tendo participado da tomada da palavra nos anos 1970, Pierre Kneip, falecido em 1995, torna-se voluntário na *Aides* no final dos anos 1980 e será um dos que fará da palavra das pessoas contaminadas o centro da luta. Kneip desenvolve dentro da *Aides* um plantão telefônico para o qual pessoas aflitas podiam ligar para dar seu testemunho ou receber conselhos e informações.[34] No fim de sua vida, quando o *Serviço de informação sobre a Aids*, do qual era diretor, tornou-se um elemento central do dispositivo de prevenção colocado em funcionamento pelo poder público, Kneit lutou pela abertura de uma linha "da vida" reservada para as pessoas contaminadas. Esse militante, ele próprio contaminado pelo HIV, foi, aliás, um dos primeiros a dar seu testemunho ao decidir, junto com Frank Arnal, ter uma coluna na *Gaie-pied*[35] intitulada *os anos Aids*. Essa publicação era um periódico coletivo que durante dois anos publicou, além dos testemunhos desses dois autores, cartas e intervenções jornalísticas de outras pessoas contaminadas. Enfim, Kneip foi um dos artífices dos primeiros estados gerais de pessoas contaminadas que se reuniram no Bataclan, em Paris, em 17 e 18 e março de 1990. Esses encontros, organizados sob a forma de oficinas temáticas, visavam constituir um livro branco. Tratava-se de

> [...] não compactuar com o silêncio, a vergonha, a dissimulação. Ou seja, de se respeitar e de se fazer respeitar. É suficiente mensurar a importância, escreveu Pierre Kneip, do "dizer ou não dizer" para o conjunto do livro branco para apreender a questão ética (para não dizer política) dessa tomada da palavra.[36]

---

[34] Este plantão será retomado posteriormente pelo *Serviço de informação sobre a Aids*.

[35] *Gaie pied* foi uma revista, primeiro mensal e depois semanal, do movimento gay francês, fundada por Jean Le Bitoux em 1979 e encerrada em 1992. (N.T.)

[36] Cf. Apresentação. In: *Le livre blanc des états généraux du sida*. Paris, Le Cerf.

A sombra do GIP, por meio das práticas iniciadas por esse grupo, alcança, como podemos ver, os movimentos sociais contemporâneos. Poder-se-ia argumentar que tal filiação deve-se muito ao lugar que Daniel Defert ocupou no GIP e ocupa na luta contra a Aids desde os anos 1980. No entanto, o GIP continua à frente das pessoas, a inventividade do GIP influenciou profundamente os movimentos sociais ao propor novas práticas militantes, mas também uma nova relação entre teoria e prática, como mostra uma série de trabalhos recentes (ver Broqua).[37] É por isso que os arquivos dessas diferentes lutas nos parecem essenciais. Os arquivos do GIP foram constituídos desse modo e um livro foi publicado. Tratando-se da Aids, a associação *Memórias da Aids* dedicou-se a coletar o conjunto dos escritos autobiográficos das pessoas contaminadas, retomando a ideia de Foucault em 1973, quando da criação do diário *Libération*. "Existe na cabeça dos operários experiências fundamentais, motivos de grandes lutas [...] seria interessante agrupar em torno do jornal todas essas lembranças para contá-las e, sobretudo, para poder delas se servir e definir a partir disso instrumentos de lutas possíveis."[38]

Tradução: Karla S. Saraiva
Revisão Técnica: Alfredo Veiga-Neto
e Guilherme Castelo Branco

---

[37] Christophe Broqua, antropólogo, pesquisador e ativista de movimentos sociais na luta contra a Aids. (N.T.).

[38] Cf. *Dits et écrits*, v. II, p. 399.

Uma ontologia crítica da racionalidade política na atualidade

Rogério Luis da Rocha Seixas

Questionado em uma entrevista a respeito da noção sobre o que é um filósofo, Foucault responde citando Nietzsche como exemplo: "Para Nietzsche, o filósofo era aquele que podia diagnosticar o seu tempo presente".[1] Essa afirmação ilustra que a função da atitude filosófica é o de *diagnosticar* seu momento presente ou, em outros termos, o filósofo precisa exercer a tarefa de dizer o que se passa em sua atualidade. Alude-se à introdução da elucidação do sentido do *hoje* no campo da prática filosófica. Mais uma vez Nietzsche é citado por Foucault: "Que o que eu tenha feito se relacione com a filosofia é muito provável; sobretudo na medida em que, pelo menos após Nietzsche, a filosofia tem como função diagnosticar e não dizer uma verdade que possa valer para todos e para todo o tempo. Eu quero realizar um diagnóstico crítico do presente: dizer o que somos hoje e o que significa, hoje, dizer o que somos".[2]

Faz-se menção à filosofia nietzschiana como forma de problematização da atualidade a partir de uma crítica da cultura, diagnosticando e criticando os *valores* que embasam a constituição cultural de sua atualidade. A tematização sobre a origem da construção e a necessidade desses valores aparece a partir do texto *Assim falava Zaratustra* e, especialmente, em *Genealogia da moral*, nos quais Nietzsche procede a um desmascaramento da moral ao propor uma análise de seus valores. Nesse texto, o filósofo formula a questão: "Sob que condições o homem inventou para

---

[1] FOUCAULT, Michel. *Dits et écrits I*. Paris: Gallimard, 2001, p. 580.

[2] FOUCAULT, Michel. *Dits et écrits I*. Paris: Gallimard, 2001, p. 634.

si os juízos de valor 'bom' e 'mau'? E que valor têm eles?"[3] A expressão "sob que condições" sugere que existem diversas condições possíveis, mas que, especialmente sob algumas, o homem inventou os juízos de valor bom e mau. Observe-se que o homem os inventou, ou seja, não lhe foram dados, não estavam prontos, foram criados por ele, restando saber sob que condições. A problemática refere-se a alguém que cria e que o faz sob determinadas condições e, mais profundamente ainda, que valor possuem os valores criados. "Qual o valor da invenção humana do bom e do mau? Obstruíram ou favoreceram até agora o crescimento do homem? São um indício de miséria, de empobrecimento, de degeneração da vida? Ou, ao contrário, denuncia-se neles a plenitude, a força, a vontade de vida, seu ânimo, sua confiança, seu futuro?"[4] Ao diagnosticar a relevância desses valores como degeneradores da vida, Nietzsche leva-nos a criticar nosso modo de pensar e de agir, surgindo a necessidade da tentativa de transvaloração. Como acentuou Foucault, o diagnóstico filosófico crítico nietzschiano escava sob as bases mais profundas de nossa *cultura moderna*, colocando em questão a conformação e constituição das suas raízes para assim expor o que nos molda enquanto homens modernos. Foucault se alinha a essa postura de Nietzsche, descrevendo como atitude de filosofar o diagnóstico crítico de nossa atualidade, para assim dissecar aquilo que nos constitui no pensar e agir. Ainda de acordo com o autor francês: "Eu trato de diagnosticar, de realizar um diagnóstico do presente (*atual*): dizer o que nós somos hoje e o que significa hoje dizer o que somos. Esse trabalho de escavação sob os nossos pés caracteriza desde Nietzsche o pensamento contemporâneo. Nesse sentido, posso declarar-me filósofo".[5] Acrescente-se que essa descrição foucaultiana da atitude filosófica recusa a formulação de simples abstrações ou não se detém à teoria, apresentando um desafio à filosofia em buscar até onde seria possível pensar diferentemente do que se determina como pensado, ao invés de legitimar o que já se pensa. Destaque-se que, ao se recusar a pensar sempre como se é determinado a fazê-lo, abre-se a possibilidade de também não mais agir da mesma forma. Temos a opção de escolher o que se apresenta como

---

[3] NIETZSCHE, F. *Genealogia da Moral: uma polêmica*. Tradução Paulo César de Souza. São Paulo: Companhia das Letras, 1998, p. 9.

[4] NIETZSCHE, F. *Genealogia da Moral: uma polêmica*. Tradução Paulo César de Souza. São Paulo: Companhia das Letras, 1998, p. 10.

[5] FOUCAULT, M. *Dits et écrits I*. Paris: Gallimard, 2001, p. 606.

uma filosofia analítica da verdade geral ou podemos optar por um trabalho filosófico crítico, permitindo assim a formulação de questões como: "O que nós somos no momento presente?"; "O que estamos fazendo de nós?"; "Quais são as transformações que ocorrem em nossa volta?"; "E o que faço quando falo deste momento presente?". São questões essenciais para um modo de filosofar que identifica a problematização da atualidade e a interroga, instaurando o exercício de crítica que se oponha à formulação de soluções prontas. Desse modo, o *presente* ilustra-se não como um mero período histórico a ser abraçado ou recusado, mas aparece no âmbito ético-político como tarefa para a filosofia como uma atitude de diagnóstico de nós mesmos enquanto pertencentes à nossa atualidade. Quanto à referência feita a Nietzsche, cabe tomar cuidado contra a precipitação em se identificar um foucaultianismo animado por sua influência e assim tornando-se uma expressão simplesmente discipular do pensador alemão. Foucault estabelece um diálogo com os seus autores e, por respeitá-los, torna-se infiel ao escopo total de suas reflexões, pois, afinal, é Foucault retirando e interpretando o que é de Nietzsche para sua própria reflexão. Como afirma o pensador francês em 1975:

> Hoje fico mudo quando se trata de Nietzsche. No tempo em que era professor, dei frequentemente cursos sobre ele, mas não mais faria hoje. A presença é cada vez mais importante. Mas me cansa a atenção que lhe é dada para fazer sobre ele os mesmos comentários que fizeram ou faria sobre Hegel ou Mallarmé. Quanto a mim, os autores de que gosto, eu os utilizo. O único sinal de reconhecimento que se pode ter para com um pensamento como o de Nietzsche é precisamente utilizá-lo, deformá-lo, fazê-lo ranger. Que os comentadores digam se se é fiel ou não, isso não tem nenhum interesse.[6]

Pode-se colocar em questão a fidelidade ou a adesão comumente direcionada para alinhar pensadores como Foucault com algum tipo específico de linha de pensamento precursora. Dialoga-se com o pensamento, fazendo do pensar um acontecimento que permita nos direcionarmos para o diagnóstico crítico do que somos e o que fazemos conosco enquanto pertencendo à nossa atualidade. Podemos então nos indagar sobre a constituição de algum tipo de atitude crítica para a atualidade? Partindo desse ponto, é interessante ressaltar que, a partir de sua entrevista intitulada "O

---

[6] FOUCAULT, M. Les jeux du pouvoir. In: GRISON, D. (Org.). *Politique de la Philosophie*. Paris: Bernard Grasset, 1976, p. 173.

que é crítica?", datada de 1978 para a *Société Française de Philosophie*, Foucault afirma a necessidade de se avaliar uma crítica genealógica partindo da redefinição do próprio sentido de crítica e recusar sua significação apenas como uma forma de determinar julgamentos ou um tipo de denuncismo. Adverte o autor: "Uma crítica não consiste em dizer que as coisas não estão bem como estão. Consiste em ver em que tipo de pressupostos, de noções conhecidas de modos de pensar estabelecidos e não examinados, as práticas aceitas se baseiam".[7] Ainda nesse texto, traça-se uma relação direta dessa redefinição de crítica com a *Aufklarung*, deixando clara a necessidade de trabalhar um tema tão constante na filosofia, envolvendo a questão do que seria a crítica ou o significado do ser crítico. Em outros dois textos: "*Qu'est-ce que les Lumières?*", original dos cursos do *Collège de France* de 1983, e o texto apresentando o título "*What is Enlightenment?*", publicado no *The Foucault Reader* em 1984, o autor desenvolve uma forte análise sobre o texto kantiano "Wast ist Aufklärung?" (O que é o Iluminismo?). Neste opúsculo publicado em um jornal de 1784, Kant descreve o "Iluminismo como a saída do homem do estado de minoridade ou da dependência infantil, da qual o homem é o próprio culpado por sua incapacidade de não pensar por si mesmo".[8] Imputa-se ao próprio homem a responsabilidade por ser menos autônomo e assim se acomodar a diferentes tipos de tutelas. A *Aufklärung* se expressa como a oposição ao estado de menoridade ao qual a humanidade se mantém por não ser capaz de se servir do próprio entendimento de forma autônoma e livre, sempre necessitando da tutela de uma autoridade externa. Como aponta Kant: "É cômodo ser menor. Se eu tiver um livro que tem entendimento por mim, um diretor espiritual que tem em minha vez consciência moral, um médico que por mim decida a dieta etc., não é necessário eu me esforçar. Não me é forçoso pensar quando posso simplesmente pagar, para outros empreenderem esta tarefa por mim".[9]

Acomodar-se a ser tutoriado resulta na incapacidade da livre decisão e na impossibilidade de se conhecer as condições do seu em torno, sendo o motivo do apelo kantiano para o uso do *sapere aude*: "Tem a coragem de te

---

[7] FOUCAULT, M. Qu'est-ce que la critique? *Critique et Aufklarung*. Bulletin de la Société française de philosophie, v. 82, n. 2, avr/juin 1990, p. 35.

[8] KANT, I. *Textos Seletos*. Texto 4. Resposta à pergunta: Que é o Iluminismo? Tradução de Floriano de Sousa Fernandes. Introdução Emmanuel Carneiro Leão. Petrópolis: Vozes, 2008, p. 8.

[9] KANT, I. *Textos Seletos*. Resposta à pergunta: que é o Iluminismo? Petrópolis: Vozes, 2008, p. 10.

servires do teu próprio entendimento".[10] Este *sapere aude* kantiano, segundo o viés foucaultiano, associa-se ao exercício crítico, apresentando-se como modificação da relação preexistente do indivíduo com "o poder, a autoridade e o uso da razão".[11] Essa atitude expressa no texto kantiano parece ser interpretada por Foucault como um modo de relação com o presente, em que o indivíduo não é um mero espectador, mas um ator do presente no qual faz parte. A modernidade é inaugurada a partir de um *trabalho crítico do presente*, isto é, uma crítica sobre os limites do conhecimento e da ação, apresentando como objetivo reformular o problema da razão, levantando a hipótese de seu uso autônomo e crítico. Aparentemente, a questão à qual Kant quer diretamente responder diz respeito à determinação de um elemento do presente que possa ser distinguido e decifrado: "Qual é o campo atual das experiências possíveis?". Ou, ainda, podemos identificar outra questão derivada da anterior: "O que é precisamente este presente ao qual pertenço?". Porém, o desenrolar dessa questão desemboca em outro mais essencial: "O que estamos fazendo conosco?". Essa pergunta põe em relevo, ao nosso entender, o sentido e o valor de algum tipo singular de acontecimento que experimentamos em nosso momento presente, quando deixamos de perguntar sobre as condições necessárias para determinar a verdade do acontecimento. O relevante para Foucault a partir de sua análise do texto kantiano não é essencialmente descobrir o que somos, não se constituindo assim o objetivo do diagnóstico crítico se defrontar com uma questão de fundo gnosiológico. O importante é indagarmos como chegamos a ser o que somos, identificados como sujeitos modernos e, a partir deste passo inicial, diagnosticar o que estamos fazendo com o que somos quando experimentamos o nosso presente. Atenta-se para a pura atualidade, sendo este o ponto de partida da atividade filosófica, evidenciada segundo o filósofo francês, a partir da tentativa kantiana em determinar um elemento do presente que se deve distinguir, reconhecer e decifrar entre todos os outros. Um acontecimento essencial para a crítica filosófica, não se tratando aqui de uma tradicional tentativa de conceber uma analítica da história da verdade. Busca-se diagnosticar o que nós somos hoje, não nos comparando ao ontem, mas ao contexto histórico de nossas experiências vivenciadas na atualidade. Percebe-se a necessidade de nos inserirmos em nossa atualidade ativamente, tratando-a não como uma

---

[10] FOUCAULT, M. *Dits et écrits II*. Paris: Gallimard, 2001, p. 1414.
[11] FOUCAULT, M. *Dits et écrits II*. Paris: Gallimard, 2001, p. 1390.

mera epocalidade, mas como questão filosófica, recusando o historicismo que nos instiga sempre a invocar o passado como paradigma ou fonte de alguma verdade que possa solucionar as questões do atual, negando-se assim uma ideologia nostálgica do retorno. Estimula-se o exercício de um olhar sobre o nós mesmos que somos a partir do que *nós não somos mais* como uma atividade de se "diagnosticar o presente, dizer o que é o presente, dizer em que é que o nosso presente é diferente de tudo aquilo que não é ele".[12] Como destaca Paul Veyne no texto *Wast ist Aufklärung*, Kant não procura caracterizar a época em que viveu em si mesma e por consequência Foucault interpreta que o filósofo alemão "procura uma diferença que o *hoje* introduz em relação ao *ontem*".[13] Caracteriza-se assim inicialmente uma *ontologia crítica do presente* enunciando a tarefa de uma vida filosófica, não apenas restrita à teoria, mas principalmente como atitude de transformação, fundada no exercício do diagnóstico crítico.

> Uma ontologia crítica de nós mesmos deve ser considerada não como uma teoria, doutrina ou corpo permanente de saber que se acumula. Precisa ser compreendida acima de tudo como uma atitude, um *éthos*, uma vida filosófica na qual a crítica daquilo que *somos* – seja ao mesmo tempo – uma análise histórica dos limites nos quais estamos situados e a prova de sua ultrapassagem possível.[14]

Segundo a concepção de ontologia crítica, enquanto *éthos de modernidade* reflete a extensão limite do agir no interior do nosso ser presente e configura-se "com o que se pode caracterizar como crítica permanente de nosso ser histórico".[15] Um *éthos* se expressando não como uma atitude de recusa da atualidade, buscando-se o retorno ao que não se é mais ou um modo de antecipar o que virá. Evita-se também sacralizá-la e reverenciá-la. Deve-se experimentá-la criticamente para tentarmos a construção de maior liberdade com relação às formas de assujeitamento, destacando um modo de pertencimento ao que se denomina de modernidade que Foucault interpreta como o sentido de atualidade. Torna-se importante ressaltar que essa atitude caracterizada como *éthos de modernidade* apresenta

---

[12] FOUCAULT, M. *Dits et écrits II*. Paris: Gallimard, 2001, p. 1393.

[13] VEYNE, P. *Foucault: seu pensamento, sua pessoa*. Tradução de Marcelo Jacques de Morais Rio de Janeiro: Civilização Brasileira, 2011, p. 202.

[14] FOUCAULT, M. *Dits et écrits II*. Paris: Gallimard, 2001, p. 1394.

[15] FOUCAULT, M. *Dits et écrits II*. Paris: Gallimard, 2001, p. 1395.

uma propriedade *negativa* quando se relaciona à recusa da "chantagem da *Aufklärung*", não colocando a questão da modernidade em termos de uma atitude simplista de recusa ou aceitação. Como afirma Foucault: "É necessário tentar a análise de nós mesmos enquanto seres historicamente determinados, em certa medida, pela *Aufklärung*".[16] Possui um aspecto *positivo* por se apresentar como uma crítica prática visando à superação possível dos limites. Saliente-se a sua perspectiva arqueológica por se ocupar da análise dos discursos, que articulam o nosso modo de ser enquanto sujeitos a partir de acontecimentos históricos. Todavia, também apresenta um aspecto *negativo* através da necessidade de elucidarmos a partir do que nos constitui de forma contingente historicamente o que nos determina ser o que somos para apostarmos na possibilidade de deixarmos de ser dessa maneira. Há a expressão de uma *ontologia crítica de nossa condição no presente*, estabelecendo o exercício crítico relacionado à seguinte questão: o que somos nós na condição de constituídos como sujeitos modernos?

Nós nos deteremos rapidamente em uma questão que passa muitas vezes completamente despercebida: como sustentar a percepção de uma ontologia na perspectiva de um pensador como Foucault, cujo esforço antimetafísico e antiontológico é intenso? Afinal, a noção de ontologia é tradicional na filosofia desde a antiguidade até nossos dias e apresenta diferentes interpretações. Pode ser descrita como a descoberta fática do ser no seu plano real, transformando-se no ponto de partida da análise ontológica ou identificada como a parte da metafísica que trata do ser. Mas como conceber uma ontologia em Michel Foucault? Em *As palavras e as coisas*, descreve-se que a experiência moderna estabelece a possibilidade de instauração do homem num saber, passando a implicar um imperativo, importunando interiormente o pensamento que moderno não permite se pensar uma origem verdadeira do homem, pois "o homem só se descobre ligado a uma historicidade já constituída: não é jamais contemporâneo dessa origem que, através do tempo das coisas, se esboça enquanto se esquiva".[17] Tem-se uma atividade de pensar "seja por si mesmo e na espessura do seu trabalho, ao mesmo tempo saber e modificação do que

---

[16] FOUCAULT, M. *Dits et écrits II*. Paris: Gallimard, 2001, p. 1392.

[17] FOUCAULT, M. *As palavras e as coisas: uma arqueologia das ciências humanas*. Tradução de Salma Tannus Muchail. São Paulo: Martins Fontes, 1999, p. 455.

ele sabe, reflexão e transformação do modo de ser daquilo que reflete".[18] O pensamento moderno passa a ser interpretado mais como *éthos de modernidade*, no qual o pensar é antes de tudo um conteúdo e a forma de uma ética. Aparentemente, encontramos uma expressão de *éthos* que se assemelha à concepção de *éthos de modernidade*. Todavia, a questão principal n'*As palavras e as coisas* a partir de um forte conteúdo antropológico é: *O que é o homem?* Em *Vigiar e punir*, genealogicamente identifica-se que, a partir do surgimento da prisão, a disciplinarização se difunde para além dos muros prisionais, atingindo o meio social. Ao desenvolver uma história da sociedade disciplinar, realiza-se a leitura de uma história do presente, segundo a condição que este não deve ser entendido cronologicamente, mas como uma época da modernidade. Foucault nos apresenta ainda um modo de ser com nossa atualidade, ao descrever o nascimento das prisões e o campo de relações de poder e de lutas políticas que definem a entrada política do conjunto dos bons adestramentos praticados na prisão. Na *História da sexualidade*, o pensador propõe analisar a sexualidade como um modo de experiência singular histórica, tratada como a correlação de domínios: um tipo de saber, uma forma de normalização e uma relação do indivíduo com si mesmo. Apresentam-se os três eixos da constituição de subjetividades não apenas comum à sexualidade, mas também à loucura e à delinquência: *o eixo do saber, do poder e do ético*. Comentadores como Dreyfus e Rabinow, referindo-se à genealogia da sexualidade, descrevem o projeto foucaultiano como a escrita de uma história do presente de forma explícita e autorreflexiva para diagnosticar a atualidade, distinguindo-a de um *presentismo*, dependente de modelos passados para diagnosticar o presente e do *finalismo*, buscando determinar um evento com uma finalidade histórica.[19] Ian Hacking, ao comentar o ensaio *What Is Enlightenment?*, observa que Foucault faz alusão à concepção de um tipo de ontologia histórica de nós mesmos como agentes morais, exercendo e sofrendo os efeitos do poder e nossa constituição como objetos de conhecimento.[20] Parece viável denotar o sentido de história não na condição de memória,

---

[18] FOUCAULT, M. *As palavras e as coisas: uma arqueologia das ciências humanas*.Tradução de Salma Tannus Muchail. São Paulo: Martins Fontes 1999, p. 456.

[19] DREYFUS, H.; RABINOW, P. *Michel Foucault: uma trajetória filosófica*. Para além do estruturalismo e da hermenêutica. Tradução de Vera Portocarrero. Rio de Janeiro: Forense Universitária 1995, p. 131-2.

[20] HACKING, I. *Ontologia histórica*.Tradução Leila Mendes. São Leopoldo: Unisinos, 2009, p. 15.

mas uma genealogia que se apresenta como uma busca não de acontecimentos singulares no passado, mas dos acontecimentos singulares experimentados por nós em nosso momento presente. Qualifique-se o sentido de história aqui representado como a expressão daquilo que se pode vir a ser. Das possibilidades de se experimentar outros modos de vida, negando a continuar a ser o que se é. Um movimento de criação e recriação de modos de ser nunca por terminarem e ocorrendo de modo singular. Agora atentemo-nos para o fato de que a análise histórica ou genealógica aponta para a condição de uma crítica do presente. Como assim? Demarcamos uma ontologia histórica, contendo um sentido de crítica a qualquer fundamento universal compreendido como uma essência constitutiva fixa, acabada e idêntica a si mesma. Percebemos a indicação do diagnóstico histórico-crítico da atualidade como uma tarefa que tem como objeto a descrição das distintas experiências, relações de poder e formas de subjetivação. Não se desenvolve uma análise de cunho universal voltada para a questão de fundo essencialista da descrição do *ser*, aparentemente proposta por Rabinow e Dreyfus. A ontologia histórica foucaultiana contempla o *acontecer histórico* que acentua a rede complexa de práticas sociais, determinantes dos modos de produção do que *nós somos*. Ao fazer referência à caracterização do *éthos de modernidade* como próprio de uma ontologia crítica de nós mesmos, Foucault tem como objetivo demonstrar que nem os limites do conhecimento, as divisões normativas e as posições que o sujeito adquire correspondem a um fundamento ou necessidade, mas possui um caráter de acontecimento histórico. Empreende-se a interrogação de uma atualidade interpretada como acontecimento do novo, trazendo experiências inéditas e singulares, colocando a questão "de como nós a vivenciamos". A atualidade traz a percepção sempre de um acontecimento singular que irrompe, demonstrando tanto a dinâmica da mudança como a da ruptura. Teríamos então *uma ontologia histórica crítica de nós mesmos na atualidade*, rejeitando uma filosofia fundada no sujeito de inspiração cartesiana e abandonando também o sonho antropológico kantiano com a forma homem apresentando-se como fundamento central. Para Veyne, Foucault não conceberia outro tipo de filosofia possível além dessa crítica histórica e que recusa o teor transcendental kantiano.[21]

---

[21] VEYNE, P. *Foucault: Seu pensamento e sua pessoa*. Tradução de Marcelo Jacques de Morais. Rio de Janeiro: Civilização Brasileira, 2011, p. 205.

Mas qual acontecimento é passível de problematização em nossa assim denominada atualidade? A problematização se caracteriza em princípio como um modo de encarar a relação entre o pensamento e o real. Um exercício crítico do pensamento no qual se tenta elucidar como e por que certas coisas se tornam um problema. Instaura-se uma crítica que busca retomar os problemas sem a pretensão de alcançar uma solução final. Sendo assim, trata-se de um dar conta de nós mesmos partindo da perspectiva de analistas, também nos configuramos como uma série de problematizações, retirando-nos assim da simples condição de sujeitos passivos na atualidade e nos colocando também como agentes no interior das complexas relações que os indivíduos mantêm consigo mesmos, com os outros e com as práticas de governar a si e as que se instauram no governo das condutas. Destaque-se o acontecimento que anima a nossa problematização: a trama complexa das relações de poder na qual a questão da governamentalidade se coloca como destaque em nossa atualidade. Como destacamos anteriormente, Foucault, a partir de 1978, indica a necessidade de se investigar a relação entre a *Aufklärung* enquanto *éthos* crítico e a questão de governar. Em "O que é a crítica?", a reinterpretação da atitude crítica é apresentada como uma prática de resistência a qualquer tentativa de ser governado a qualquer custo. "Eu proporia então, como uma primeira definição da crítica, esta caracterização geral: a arte de não ser de tal forma governado".[22] Problematiza-se diretamente o como se governar e ser menos governado em nossa atualidade, buscando-se mais autonomia, partindo da constatação fundamental dos procedimentos postos em ação pelas estruturas de poder moderno para conhecer e dirigir a vida dos indivíduos. A nosso ver, nada é mais evidente em nosso campo atual de relações como problema a ser diagnosticado do que a relação entre racionalização política e seus excessos, ameaçando a liberdade dos indivíduos ou em outros termos, como não se permitir governar de qualquer modo. A prática da ontologia crítica deve questionar as razões para se governar e mais que isso, como resistir às práticas abusivas do poder. Reflete-se aqui a vontade de não se deixar governar a qualquer preço, pois a noção de uma vontade definitiva de não ser governado não se apresenta como algo que seria um anarquismo fundamental, que seria como a liberdade originária absolutamente indócil e

---

[22] FOUCAULT, M. Qu'est-ce que la critique? Critique et Aufklärung. *Bulletin de la Société française de philosophie*, v. 82, n. 2, avr/juin, 1990. p. 38.

ao fundo de toda governamentalização. Não se pode confundir a percepção comum de não ser totalmente governando com a de não ser governado de qualquer modo. Ressalte-se que Foucault parte de um foco genealógico e crítico original: não se pode mais insistir em tratar da questão "O que é o poder", mas como esse é exercido. O pensador vai ainda mais longe: não existe de fato esta substância referida como poder, mas relações de poder em diversos setores, compreendendo um campo múltiplo e diverso de relações de poderes imanentes ao domínio no qual se defrontam. Para se compreender a prática do governo no modo mais amplo da ação de conduzir a conduta dos indivíduos, deve-se compreender o exercício do poder em um conjunto de relações e permitir a compreensão de como tais relações são racionalizadas ou, em outros termos, compreender a racionalidade que define os fins e meios para a prática do governar. Significa examinar de que modo formas de racionalidade das artes de governar que se inscrevem em práticas de governar a si mesmo (ética), governar aos outros (as formas políticas do que se denomina de governamentalidade) e as relações entre o governar a si mesmo e o governo dos outros (poder), além de identificar o papel que desempenham em seu interior. Como há o espraiamento dessas relações de poder por todos os segmentos sociais e políticos, a noção de poder como exercício de governo permite ampliar o alcance de uma compreensão da relação entre poder e resistência no interior do contexto atual de uma racionalidade de governamentalidade biopolítica. Um fato que nos chama a atenção é que, quando se analisa essa nova racionalidade política voltada para governar a vida dos corpos coletivamente, percebemos uma espécie de *gênese do Estado contemporâneo*. Não se trata de apontar a construção de uma teoria do Estado no pensamento foucaultiano, mas é possível problematizar sua governamentalização, tanto interna quanto externamente, sendo essa a razão de sua manutenção de modo eficaz e persistente no cenário político atual. O biogovernamentalizado cujo objetivo político passa a se concentrar em como gerir a vida da população e não um território de modo eficiente, enfatizando-se uma economia política marcada por um conjunto sutil de estratégias de governo ou, se assim preferirmos, de biogoverno dos indivíduos. Necessariamente, não mais se embasa na soberania ou, pelo menos, utiliza-se de um tipo de soberania regulada biopoliticamente, intervindo de maneira indireta ou mesmo direta na vida da população, apresentando como pano de fundo a questão de: como *governar bem* e *pouco*. Não se trata do modelo de Estado simplesmente repressor. Temos uma modalidade histórica de governo que refletiu mudanças no exercício do poder que passa a ser também *positivador da vida*. Trata-se de perceber de que modo o poder *produz* o indivíduo, investindo no seu corpo, agenciando sua saúde, no seu comportamento e assim organizando a vida cotidiana. O exercício do poder produzindo e inventando gestos, atitudes e saberes.

A partir deste quadro, como analisar a noção de crítica ressaltada por Foucault e que alguns diriam que se encontra influenciada por certo kantismo? Seria correto afirmar uma guinada foucaultiana para o Iluminismo de viés kantiano? Assim como acontece com Nietzsche, segundo a nossa interpretação, Foucault promove uma reversão e reinterpretação da crítica kantiana para repensar a própria tradição do Iluminismo, não sendo representada como a qualidade da aurora do reino luminoso da razão ou, muito menos, como uma herança danosa para a nossa atualidade, mas como um esforço ético e político permanente para identificação das racionalidades dos poderes assujeitadores e as possíveis formas de resistência. Em sentido prático, buscam-se as condições e as indefinidas possibilidades de recusarmos o que temos sido, agido e pensando de forma diferente e mais criativa. O caráter principal da ontologia histórica crítica dos nossos limites, levando em conta o viés foucaultiano, é possibilitar as transformações. Identifica-se como um *ethos* enquanto *atitude limite*, implicado numa relação de análise dos limites que nos constituem. Diagnostica-se o que há de singular, contingente e arbitrário naquilo que nos tem sido legado como universal, necessário e obrigatório para transformar a crítica exercida sob a forma de restrição ou confinamento necessários em uma crítica prática como modo de ultrapassamento possível. Empreende-se uma análise crítica sobre os limites. Ressaltamos aqui pontos de diferença entre Foucault e Kant. Para o filósofo alemão, os limites são entendidos como a fronteira intransponível do conhecimento, não podendo ser ultrapassada sob o risco de ir muito além das prerrogativas legítimas da razão humana. Contrariamente, Foucault interpreta o limite como atitude de ultrapassamento radical com hábitos instituídos. Temos o exercício de atitude limite, que precisa ser entendida não como uma ação de transgressão psicológica ou uma simples rejeição voluntária, mas uma atitude de crítica voltada para a transformação da vida dos indivíduos de forma criativa, levada às últimas consequências, em que ser mais livre não deve se restringir a limites determinados. O que se pode dizer do sujeito é que ele se constitui segundo alguns limites contingentes que enunciam sua possibilidade de transformação, abrindo espaço para a liberdade. Há uma forma de se desprender de si mesmo, ressaltando-se seu exercício prático e crítico, corroendo e deslocando os fundamentos. Pretende-se um modo de relação com o presente, no qual os meios de transformação se constituirão numa análise crítica que possibilite reconstituir as formas de subjetividades em singularidades transformáveis. Destaque-se nessas condições que "a crítica radical é indispensável para toda transformação".[23] O que se busca, longe de assegurar a legitimidade e a pretensão universalista de qualquer fundamento, é de fato reconhecer a contingência que nos faz ser o que somos e, a partir dela, a possibilidade de não ser, fazer ou pensar o que somos e pensamos. Por seu lado, o exercício da travessia como ultrapassamento que busca estender o possível, além do supostamente necessário, pode ser entendido como *exercício de liberdade*. A interpretação foucaultiana compreende a liberdade como um processo complexo engendrado pelo trabalho ético de reflexão, prática e atitude sobre nós mesmos enquanto seres historicamente determinados, na condição de estarmos sujeitos a transformações capazes de enfraquecer as fronteiras, os limites que nos constituem por meio de um trabalho sobre nós mesmos, em um exercício prático-crítico, denotando assim uma postura *ética de não passividade*. Afirme-se que a *liberdade* destacada aqui não é apresentada como uma possibilidade ética entre outras, mas *a possibilidade própria* da ética. Não possui uma origem em si, sendo construída através de um permanente questionamento histórico. Ao enfatizar essa noção de liberdade como objeto de uma construção, Foucault a contrasta com boa parte do pensamento estabelecido e vigente que serve de base tanto para as opiniões quanto para a ação individual e coletiva, constitutiva de identidades e subjetividades. Por exemplo, a partir de uma visão liberal, nos acostumamos a pensar a liberdade como um direito, como algo que em qualquer caso, se tem ou não se tem, perde-se ou conquista-se.

Temos um convite à liberdade prática, não simplesmente dos atos, intenções ou desejos, mas de escolher um modo de ser, incitando a transformação. Trata-se de determinar contra o que devemos lutar para nos libertarmos impreterivelmente de *nós* mesmos. Essa situação traz a problematização das evidências em que se sustentam nosso saber, consentimento e práticas, do qual deriva sempre um *nós* necessariamente temporário. Partimos então do pressuposto de que a concepção de *éthos de modernidade*, especificada por Foucault, representa a tentativa de se

---

[23] FOUCAULT, M. *Dits et écrits II*. Paris: Gallimard, 2001, p. 997.

transformar o sentido de crítica kantiana em uma atitude ética de liberdade. Ressalte-se que tanto para Foucault quanto para Kant a ética se configura como forma deliberada de tomada da liberdade. Mas, opostamente ao pensador alemão, para Foucault, esta liberdade não é supra-sensível. Não é um ideal abstrato e universal, mas o resultado de um desenvolvimento histórico. Abarca transformações parciais sobre nós mesmos, recusando-se as promessas de libertação que construiriam um homem novo ou um homem da modernidade emancipado. Marcadamente, Foucault refuta qualquer discurso universalista de emancipação iluminista, negando o fundamento de uma natureza humana inerente que justifique a demanda de liberdade e igualdade humana e enfatizando a possibilidade de progresso. Tal projeto humanista preconiza a necessidade de valores éticos válidos universalmente para garantia de respeito aos direitos humanos. Essas características do humanismo acirram as suas críticas:

> O que me assusta no humanismo é que ele apresenta certa forma de nossa ética como modelo universal, não importando qual modelo de liberdade. Penso que nosso futuro comporta mais segredos, mais liberdades possíveis e mais invenções do que nos deixa imaginar o humanismo, na representação dogmática que se tem dado aos diferentes componentes do espectro político.[24]

Foucault sempre defendeu os direitos dos homens contra as formas mascaradas, pelo discurso humanista iluminista, de poder disciplinar produzindo formas de individualidade modernas ou que contribuíram para dominação de grupos e indivíduos qualificados como "marginais".

Uma ontologia crítica enquanto a expressão de um *éthos* apresenta-se como "uma tarefa ou aposta de nos dessubjetivarmos e nos constituirmos como sujeitos autônomos, estabelece na realidade mais uma tensão que uma identidade entre *Aufklärung* e Humanismo".[25] Para se evitar a confusão histórica muito comum, "temos de eliminar o que chamamos de direitos do homem ou liberdade, mas isso implica que não poderemos dizer que a liberdade ou os direitos dos homens devem ser circunscritos no interior de certas fronteiras".[26] O humanismo moderno é referido e correlacionado como uma *sociedade de normalização* que determina e fundamenta nossas

---

[24] FOUCAULT, M. *Dits et écrits II*. Paris: Gallimard, 2001, p. 1384.
[25] FOUCAULT, M. *Dits et écrits II*. Paris: Gallimard, 2001, p. 781.
[26] FOUCAULT, M. *Dits et écrits II*. Paris: Gallimard, 2001, p. 783.

subjetividades e, por consequência, nos transforma em objetos das diferentes estratégias e técnicas de poder especificadas como a disciplina e o biopoder. Liberar-se do humanismo torna-se uma tarefa de cunho tanto filosófico quanto, também, político. Desse modo, ressaltamos pontos importantes na leitura foucaultiana do texto kantiano *"Wast ist Aufklärung?"*: 1) A crítica filosófica da racionalidade política atual repousa na aspiração insubmissa da liberdade, recusando qualquer ideal de liberdade eterno e universal, pois a construção da liberdade emerge de experiências historicamente concretas e específicas; 2) O *ethos* filosófico representa a tentativa por parte de Foucault em aplicar a noção de crítica kantiana como uma atitude prática da razão no sentido de que se atinjam modos de ultrapassamento dos nossos limites; "uma crítica e uma criação de nós mesmos da nossa autonomia: esse é um princípio que está no centro da consciência histórica que a *Aufklärung* destaca a si mesma".[27] Em nosso entender, partindo da concepção de uma ontologia histórica crítica de nós mesmos, a filosofia ganha uma tarefa política de abordar o *paradoxo das relações* de *capacidade de exercício da liberdade* e o *exercício* do *poder*, resistindo às diferentes práticas de um poder com mecanismos e táticas tão sutis que se transformam e atuam mais eficazmente sobre os macrocorpos. Ao expor formas de racionalidade política em nossa atualidade a partir da concepção de uma ontologia histórica e crítica não como um sistema filosófico, mas como uma atitude filosófica, coloca-nos uma tarefa de empreender transformações locais e parciais, evitando as armadilhas de estratégias políticas de cunho humanistas e universais que sabidamente promoveram dominação e falta de liberdade, não nos permitindo a condição de sermos governados abusivamente. Fazendo alusão a uma citação presente no texto da *Aufklärung* analisado por Foucault, "após Kant, o papel da filosofia tornou-se o de impedir a razão de ultrapassar os limites daquilo que é dado na experiência; mas, a partir dessa época, o papel da filosofia tornou-se também o de vigiar os abusos de poder da racionalidade política".[28] Em realidade, a atitude crítica consiste em repensar o Iluminismo como um esforço permanente para interrogar as racionalidades totalitárias ou falaciosas que nos conduzem.

---

[27] FOUCAULT, M. *Dits et écrits II*. Paris: Gallimard, 2001, p. 1.384.
[28] FOUCAULT, M. *Dits et écrits II*. Paris: Gallimard, 2001, p. 181.

Desacostumar-se à vida
governo da verdade e qualidade de vida, exercícios atuais do poder psiquiátrico

Salete Oliveira

Notícias

De frente ao computador

Uma agência internacional de notícias veicula na internet o caso de André Thomas, um jovem negro condenado à pena capital no estado do Texas sob a acusação de ter matado sua mulher, seu filho e sua enteada de 13 meses de quem extirpou o coração. Enquanto aguarda sua execução no corredor da morte, arrancou com suas próprias mãos o último olho que lhe sobrava e o comeu. Após o episódio, André finalmente consegue o que vinha pleiteando desde o início de seu julgamento: ser encaminhado a um manicômio para se submeter a tratamento psiquiátrico. Janeiro de 2009.

De frente à televisão

Uma autoridade governamental de São Paulo, Brasil, é entrevistada em programa televisivo de mesa-redonda por jornalistas. Pergunta mote: não há uma maneira de recolher compulsoriamente crianças e jovens que vivem nas ruas? Resposta: Deve-se recolhê-las e isso pode ser feito. Entretanto, há de se demarcar uma diferença entre crianças e adultos. Diante de um mendigo adulto você deve oferecer albergues nos quais ele possa ser abrigado caso deseje, mas você não pode obrigá-lo a isso. Com crianças não. Deve-se obrigar e ponto. Não existe isso de "não quero ir para a escola", "não quero isto", "quero aquilo". Criança não tem querer! Janeiro de 2009.

De frente a bancos de dados

O Estado do Rio Grande do Sul, Brasil, sanciona em 2006 a lei que transforma *Primeira infância melhor* (PIM) em política permanente. Trata-se de programa dirigido a crianças de 0 a 6 anos com base em orientações da neurociência desenvolvido desde 2003 e coordenado pela Secretaria da Saúde em parceria com as secretarias da Educação, da Cultura e do Trabalho, Cidadania e Assistência Social. O programa norteia-se por conceitos como vulnerabilidade e qualidade de vida, conectados a desdobramentos com política de segurança.

> Estudos na área da neurociência comprovam que, de 0 a 6 anos – e especialmente nos três primeiros –, forma-se toda a estrutura neuronal do cérebro. Paralelamente, constroem-se a subjetividade, a segurança emocional, a percepção de normas de socialização e as noções básicas de saúde, higiene e nutrição. É nessa fase que também se desenvolvem a linguagem e as noções de limites – fundamentais para o crescimento integral, saudável e feliz da criança.[1]

Qualidade de vida

O conceito de qualidade de vida foi um instrumento importante para forjar o programa de Tolerância Zero, na década de 1980, nos EUA. Os efeitos produzidos pela aplicação desse programa assumem desdobramentos múltiplos diferenciados que corroboram o investimento na política de controle, atravessada pela colaboração recíproca entre aqueles que defendem abertamente esse programa como entre os que apregoam uma prática diferenciada e, no entanto, aderem a dispositivos específicos desse mesmo programa, promovendo ajustes cabíveis a fim de certificá-lo com variações provedoras da continuidade do regime do castigo equalizado ao conceito de qualidade de vida.

Hoje, o conceito de qualidade de vida se espraia e passa a instituir, no âmbito do direito penal, a designação de "bem jurídico tutelado" ao lado de termos como "vida humana, liberdade, solidariedade social, patrimônio,

---

[1] Assessoria de Comunicação Social. Governador sanciona lei que transforma Primeira Infância Melhor em política permanente. In: Secretaria de Saúde do estado do Rio Grande do Sul, 11 de julho de 2006. Disponível em: <http://www.saude.rs.gov.br/wsa/portal/index.jsp?menu=noticias&cod=1826>. Acesso em: 6 jan. 2007.

probidade administrativa, meio ambiente, qualidade de vida, segurança no trânsito, regularidade do processo eleitoral, ordem econômica, tributária e financeira, relações de consumo etc."[2] Esse subsídio dado ao conceito é evidenciado em argumentações que vão da defesa de reformas e deslocamentos do sistema penal e carcerário intra e extramuros às diretrizes de programas e políticas de saúde.

Se para o direito universal o bem tutelado jurídico nivela palavras destituindo-as de sua própria história, é possível mostrar pela análise histórico-política, ainda que de forma pontual e breve, como a medicalização das pessoas a partir do investimento no governo de corpos tenros de crianças se faz pela presença cada vez mais naturalizada da psiquiatria como referência universal para a construção de uma linguagem de saber-se governar para saber-se governado.

Não é fortuito que tenha sido o Grupo de Qualidade de Vida da Divisão de Saúde Mental da Organização Mundial da Saúde (OMS), que tenha definido qualidade de vida como "a percepção do indivíduo de sua posição na vida no contexto da cultura e sistema de valores nos quais ele vive e em relação aos seus objetivos, expectativas, padrões e preocupações (WHOQOL GROUP, 1994)".[3] Essa definição, por sua vez, balizou a construção do instrumental denominado WHOQOL, no início da década de 1990, respondendo aos objetivos da OMS de delimitar parâmetros que pudessem medir a denominada qualidade de vida em âmbito internacional e com alcances universais. Para isso, desenvolveu um *projeto colaborativo multicêntrico* que reconheceu que, apesar da falta de consenso em torno do conceito de qualidade de vida, três aportes foram obtidos como norteadores: subjetividade, multidimensionalidade e presença de dimensões positivas (mobilidade) e negativas (dor). O reconhecimento da multidimensionalidade mostrou-se como mediador entre os outros

---

[2] DOTTI, René. A crise do sistema penitenciário. In: *Congresso Nacional de Execução* Penal. Rio de Janeiro, Ministério Público do Estado do Rio de Janeiro, 2003, p. 12. René Ariel Dotti é Professor Titular de Direito Penal na Universidade Federal do Paraná. Membro de comissões de reforma do sistema criminal brasileiro, instituídas pelo Ministério da Justiça. Membro do Conselho Diretor da Associação Internacional de Direito Penal.

[3] OMS *apud Versão em Português dos instrumentos de avaliação de qualidade de vida (WHOQOL)*, 1998. Disponível em: <http://www.ufrgs.br/Psiq/whoqol.html>. Acesso em: 7 jan. de 2009. Artigo impresso: FLECK *et al*. Desenvolvimento da versão em português do instrumento de avaliação de qualidade de vida da OMS (WHOQOL - 100). In: *Revista Brasileira de Psiquiatria*, São Paulo, ABP, v. 2, p. 21-288, 1999.

dois aportes a fim de estabelecer os seis domínios a serem contemplados: domínio físico, domínio psicológico, nível de independência, relações sociais, meio ambiente, espiritualidade/religião/crenças pessoais.

A conexão do projeto colaborativo multicêntrico da OMS e o Brasil foi desenvolvida pelo Grupo de Estudos em Qualidade de Vida do Departamento de Psiquiatria e Medicina Legal da Universidade Federal do Rio Grande do Sul (UFRGS), publicado em 1998 e tomado como referência no país como estudo pioneiro na literatura médica, na qual o conceito de qualidade de vida passa a responder a uma subjetividade de equivalência entre direito e cidadania, saúde e segurança.[4]

Articula-se, desse modo, a promoção da qualidade de vida, o georreferenciamento de vulnerabilidades ordinárias e monumentais, visando a um cálculo de riscos assegurados por meio da parceria e disputa da segurança.

Qualidade de vida e vulnerabilidade

Embora o conceito de qualidade de vida, na área da saúde, tenha se firmado de forma abrangente nos anos 1990, a literatura médica se refere ao termo pela primeira vez na década de 1930, e atribui, regularmente, o uso inicial da expressão, ao discurso político do projeto de *Grande Sociedade* do presidente dos EUA Lindon Johnson, em 1964, ao dizer que "os objetivos não podem ser medidos através do balanço dos bancos. Eles só podem ser medidos através da qualidade de vida que proporcionam às pessoas."[5] O interesse inicial pelo termo e possíveis instrumentais de medição foi compartilhado por filósofos, cientistas sociais e políticos. Seus desdobramentos não tardaram a compor o discurso médico e exames clínicos vinculados às humanidades. Voltemos um pouco ao final do século XX, mais especificamente nos anos 1980. O programa de Tolerância Zero lançará mão do termo *qualidade de vida* para designar segurança e controle da segurança como redução da violência pela eliminação de atos mínimos indesejáveis, que se inicia com o que em Nova York se nomeou por "peste das ruas". De forma simultânea, na mesma década, pesquisadores da Universidade de Harvard, na busca de isolar o vírus da AIDS, estabelecem

---

[4] A este respeito ver: SEIDL, Eliane Maria Fleury; ZANNON, Célia Maria Lana da Costa. Qualidade de vida e saúde: aspectos conceituais e metodológicos. *Cadernos de Saúde Pública*, Rio de Janeiro, Fundação Oswaldo Cruz, v. 20, n. 2, p. 580-8, mar.-abr., 2004.

[5] JOHNSON, Lindon *apud* OMS, 1998.

os primeiros contornos mais recentes do conceito de vulnerabilidade, agora a partir do advento da AIDS, ainda no momento em que ela era chamada de "peste gay". A OMS, rastreando práticas ligadas ao sexo e às drogas e munida do discurso humanitário da tolerância procura, já nesse momento, desvincular a estigmatização circunscrita a um grupo de risco, preparando o balão de ensaio pela dos direitos humanos para afirmar que qualquer um pode ser infectado. O que se desenha é que diante do risco ampliado de contágio afasta-se o próprio termo *risco* para sobrepor a este o de contágio associado diretamente a indicadores ainda não sofisticados de vulnerabilidade individual e vulnerabilidade social. Redimensiona-se, desse modo, um vínculo entre medicina, psiquiatria e controle epidemiológico, articulado às chamadas condutas seguras que envolviam sexo e drogas. A partir de 1990, mesma década em que o investimento nas neurociências explode, multiplicam-se os estudos que vieram propor novos instrumentos para avaliação de qualidade de vida, como condição recíproca para a afirmação do próprio conceito e sua aplicação generalizada, são em sua "maioria desenvolvidos nos Estados Unidos com um crescente interesse em traduzi-los para aplicação em outras culturas. A aplicação transcultural através da tradução de qualquer instrumento de avaliação é um tema controverso. Alguns autores criticam a possibilidade de que o conceito de qualidade de vida possa ser não ligado à cultura. No entanto, em um nível abstrato, alguns autores tem considerado que existe um 'universal cultural' de qualidade de vida, isto é, que independentemente de nação, cultura ou época, [e] é importante [para] que as pessoas se sintam bem psicologicamente, possuam boas condições físicas e sintam-se socialmente integradas e funcionalmente competentes".[6]

No fim dos anos 1990, o Banco Interamericano de Desenvolvimento (BID) financiou seu próprio grupo de pesquisadores, coordenado por Caroline Moser, com o objetivo de traçar estratégias para a redução da pobreza, pautado por uma metodologia com base no conceito de vulnerabilidade – que na década anterior havia instrumentalizado as pesquisas de medicina preventiva sobre a Aids e que a própria literatura médica atribui a procedência de utilização do termo aos Direitos Humanos,[7] apesar do

---

[6] OMS, *op. cit.*

[7] A este respeito, ver "A origem do conceito de vulnerabilidade". Disponível em: <http://www.saude.df.gov.br/003/00301009.asp?ttCD_CHAVE=23792>. Acesso em: jan. 2006.

conceito de vulnerabilidade ser procedente da articulação dos campos político e biológico ligados à ideia de contágio, prevenção e normalização. Essa pesquisa do BID foi uma das portas de entrada na América Latina do uso mais recente do conceito de vulnerabilidade, reinstaurado como vulnerabilidade social em simultânea conexão com mensurações acerca da qualidade de vida de populações específicas.

Esse conceitual metodológico ganhou contornos precisos, no início do século XXI em São Paulo, com a construção de *indicador social sintético*,[8] pela Fundação SEADE, denominado Índice de Vulnerabilidade Juvenil (IVJ), a partir do projeto piloto Fábrica de Cultura da Secretaria Municipal da Cultura.

> Existe um vasto consenso de que a adolescência/juventude é um período de intensa vulnerabilidade. Na verdade, o que se deseja enfatizar é que políticas eficientes para jovens seriam aquelas que, de alguma forma, contribuíssem para que este período natural de turbulência transcorra de modo a impedir ou minimizar escorregões para a transgressão. O fundamental é que a passagem pelo projeto seja sentida pelo jovem como um crescimento, uma preparação para o futuro.[9]

Lançando mão da noção de normalização do normal na sociedade de controle sugerida por Edson Passetti,[10] é possível sinalizar que, por um lado, o investimento no governo de crianças e jovens permanece capaz de suplantar a controvérsia transcultural para uma aplicação universal da qualidade de vida, instrumentalizada pelo conceito de vulnerabilidade. A mediação multidimensional necessária entre o universal e o sintético, não mais pela referência do desenvolvimento, própria da sociedade disciplinar, mas na sociedade de controle pela referência da sustentação – de onde deriva também o termo *sustentabilidade* – de uma prática de governo da verdade. Porém, é nos primeiros mapeamentos da Aids envolvendo sexo e drogas que podemos encontrar uma das procedências de conexões entre vulnerabilidade, qualidade de vida e segurança, quando os instrumentos

---

[8] A este respeito ver JANNUZZI, Paulo de Martino. Indicadores para diagnóstico, monitoramento e avaliação de programas sociais no Brasil. *Revista de Serviço Público*. Brasília, v. 56, n. 2, p. 137-60, abr.-jun. 2005.

[9] Fundação SEADE. Disponível em: <http://www.seade.gov.br>. Acesso em: 8 nov. 2006.

[10] PASSETTI, Edson. Conversa sobre anotações a respeito de política, resistências, sociedade de controle e educação. *Anais I Ciclo de Conferências Políticas que produzem educação*. São Gonçalo: UERJ, 2008, p. 85-96.

ainda mais precários de medição já envolviam infectados e não infectados remetidos aos aportes de "qualidade de vida individual", "qualidade de vida social" e "qualidade de vida programática". Por sua vez, é este último aporte programático que proporcionou o deslocamento da esfera individual e social para o compartilhamento político entre programas de segurança.

Desassossego no presente

Uma palavra feita título pode nomear uma coisa, um artigo, um livro, uma peça teatral, uma sinfonia, um disco, uma coletânea, uma exposição de arte e tantas outras coisas. E pode, também, arruinar a representação. Um título, ainda, pode conferir a alguém uma autoridade transitória e móvel, restrita de seu conhecimento específico sobre determinadas coisas precisas, também específicas. Entretanto, deve-se levar em conta uma breve constatação. Abundam aqueles que fazem de seus corpos e de suas vidas titulados-organismos. Você os olha e já não reconhece gente, mas um concentrado de compêndios; conceitos; citações; artigos; prescrições; predições; prevenções; receitas; bulas; códigos; julgamentos; censuras; sentenças; penas; sobre-normalizações. Discurso psiquiatrizado. Bí-pe-de-hu-ma-no-re-ple-to-de-tí-tu-los.

Foucault, ao situar os dispositivos de normalização, mostrou que esses são efeitos de um exercício de poder e regime de verdade que passam a investir na vida. Simultaneamente, em uma das aulas no Collège de France de seu curso em 1975, sublinhava a precisa argumentação de Georges Canguilhem em torno dos termos norma e normal vinculados às práticas médicas e pedagógicas arregimentadas na construção da defesa da sociedade e articuladoras de mecanismos de segurança.

Georges Canguilhem chamou atenção para a armadilha da assimilação da sociedade ao organismo, dizendo que esta provém de uma dupla tentação inversa, a de assimilar um organismo a uma sociedade. "Em outros termos, o que domina a assimilação do organismo a uma sociedade é a idéia da medicação social, a ideia da terapêutica social, a ideia de remédios para os males sociais."[11] Não é de surpreender que Canguilhem, em 1976, no *Colóquio Mundial Biologia e futuro do homem* tenha pronunciado a conferência "Qualidade da vida, dignidade da morte".

---

[11] CANGUILHEM, Georges. O problema das regulações no organismo e na sociedade. In: *Escritos sobre a medicina*. Tradução de Vera Avellar Ribeiro. Rio de Janeiro: Forense Universitária, 2005, p. 74.

Hoje, o investimento em pesquisas neurobiológicas, os mapeamentos genéticos acumulados em bancos de dados acoplados a disputas e consórcios farmacológico-computo-informacionais, não se circunscrevem mais à clássica definição positivista de disfunção, mas ao conceito transfigurado de *transtorno* e suas inumeráveis tipologias: Transtorno de Personalidade Antissocial; Transtorno da Personalidade Borderline; Transtorno Psicótico; Episódio Maníaco; Transtorno de Conduta; Transtorno de Déficit de Atenção e hiperatividade etc. Simultaneamente, o conceito de transtorno vem acompanhado do redimensionamento de programas de segurança que pretendem responder a controles sociais alternativos, reparadores e restauradores.

Da mesma maneira que não há natureza ontológica do crime, não existe vida que seja invulnerável. Corpos brotam, medram, pulsam, crescem, adoecem, convalescem, vivem e morrem. Vida não se qualifica, tampouco se programa. Cada um sabe de suas intensidades.

Abolir[12] a naturalização do exercício psiquiátrico é uma saúde. Não uma saúde mental, corporal, dietal, neural, multifuncional, programática ou o que o valha. É uma saúde na existência, na lida da vida afeita ao risco; que não se dá sossego, caso se esteja disposto à recusa do desacostumar-se à própria vida, para experimentar e lembrar e relembrar e saborear os gostos de possíveis costumes livres. Fazê-los, prepará-los de outros tantos jeitos ainda inusitados que possam provocar um enfrentamento voraz à moral, em gestos cotidianos, mesmo ordinários; atentos ao pretenso governo dos instintos colocado pela nova ciência da moral que se anuncia, por meio de um dos desdobramentos mais avançados da neurociência, do qual e no qual o exercício psiquiátrico nutre e se nutre neste mesmo instante.

De volta às notícias, de frente ao texto

E crianças engordam fileiras de testes e simulações para novos experimentos...

E o Boletim eletrônico do PIM (*Primeira Infância Melhor*) divulga que o coordenador da área de educação da Unesco no Brasil veio ver de perto, em setembro de 2009, as atividades do programa em pequenas

---

[12] Ver Nu-Sol (Núcleo de Sociabilidade Libertária) em: <http://www.nu-sol.org>; em especial: <http://www.nu-sol.org/verbetes/index.php?id=58>.

cidades do Rio Grande do Sul. O Boletim ainda reproduz as palavras do membro da Unesco: "Já conhecia o PIM, mas agora tive a oportunidade de entender bem como esse trabalho é realizado e como oferece muitos serviços importantes às famílias de áreas vulneráveis".

Em tempo, a sigla PIM não se refere apenas ao programa Primeira Infância Melhor, mas, no Brasil, intitula também o novo Programa de Instrução Militar (PIM) do exército, ligado ao Ministério da Defesa. O manual do programa passou a ser divulgado eletronicamente a partir de 2008 e já se encontra disponibilizada sua versão de 2009 e inclui aspectos do conceito de qualidade de vida.

Programas PIM: PIM (Primeira Infância Melhor), PIM (Programa de Instrução Militar). Mas não só. PIM (Partneship in International Manegement), (Parceria em Gerenciamento Internacional), criado em 1973, é um consórcio educacional de negócios internacionais para formação de lideranças conectadas, agora no século XXI, à forma mais avançada dos novos empreendimentos de parcerias: o neuroempreendedorismo. A 36ª Conferência Anual deste consórcio de compartilhamento ocorre agora, entre 21 e 23 de outubro de 2009 em Austin, na Universidade do Texas, onde o museu e a biblioteca levam o nome de Lindon Johnson, a quem a literatura médica se refere ao remontar a história do termo qualidade de vida.

E André Thomas permanece em um manicômio no Texas, aguardando sua execução. E na transposição da assepsia do tribunal e do corredor da morte ao acompanhamento asséptico psiquiátrico, um vão. Um vão entre os mapeamentos: o hospício. As fissuras políticas de uma possível pequena aproximação histórica-política do que chamam qualidade de vida e do exercício da psiquiatrização atual da linguagem: "saber-se governar para se saber governado". Um vão que está na cara: Os buracos ocos onde um dia giraram o globo de seus olhos.

Referências

Assessoria de Comunicação Social. Governador sanciona lei que transforma Primeira Infância Melhor em política permanente. In: *Secretaria de Saúde do Estado do Rio Grande do Sul*, 11 de julho de 2006. Disponível em: <http://www.saude.rs.gov.br/wsa/portal/index.jsp?menu=noticias&cod=1826>.

CANGUILHEM, Georges. O problema das regulações no organismo e na sociedade. In: *Escritos sobre a medicina*. Tradução de Vera Avellar Ribeiro. Rio de Janeiro: Forense Universitária, 2005.

DOTTI, René. A crise do sistema penitenciário. In: *Congresso Nacional de Execução Penal*. Rio de Janeiro, Ministério Público do Estado do Rio de Janeiro, 2003. p. 12.

FLECK, M. P.; LOUZADA S. *et al*. Desenvolvimento da versão em português do instrumento de avaliação de qualidade de vida da OMS (WHOQOL - 100). In: *Revista Brasileira de Psiquiatria*, São Paulo, ABP v. 21, p. 21-288, 1999.

NU-SOL (Núcleo de Sociabilidade Libertária) . Disponível em: <http://www.nu-sol.org>.

OMS. *Instrumentos de avaliação de qualidade de vida (WHOQOL)*, 1998. Disponível em: <http://www.ufrgs.br/Psiq/whoqol.html>.

SEIDL, Eliane Maria Fleury; ZANNON, Célia Maria Lana da Costa. Qualidade de vida e saúde: aspectos conceituais e metodológicos. *Cadernos de Saúde Pública*. Rio de Janeiro: Fundação Oswaldo Cruz, v. 20, n. 2, p. 580-8, mar-abr 2004.

Ministério da Saúde, Brasil. *A origem do conceito de vulnerabilidade*. Disponível em: <http://www.saude.df.gov.br/003/00301009.asp?ttCD_CHAVE=23792> Acesso em: jan. 2006.

SITES

FUNDAÇÃO SEADE: <http://www.seade.gov.br>

PIM (Partneship International Manegement): <http://www.pimnetwork.org/nuovo/>

PIM (Programa Primeira Infância Melhor): <http://www.pim.saude.rs.gov.br/>

PIM (Programa de Instrução Militar): <http://www.coter.eb.mil.br/html/pim.asp>

O *dizer-verdadeiro* e seus oponentes

Salma Tannus Muchail

> *A obra da filosofia é singela e modesta;*
> *não me induzas a pompear grandezas.*
>
> MARCO AURÉLIO

O curso que Foucault ministrou em 1982 – *A hermenêutica do sujeito* – é, fundamentalmente, uma história das práticas ou da arte de si. Melhor dizendo, é uma genealogia do *cuidado de si*, envolvendo um modo de ser do sujeito, um modo de pensar a verdade e, correlatamente, um modo de conceber a filosofia. Portanto, noção central do curso, o *cuidado de si*, é seu eixo e fio condutor. A noção de *parresia*, a um primeiro olhar, ali aparece "ao lado" do *cuidado de si*, portanto, literalmente lateral. Primeiro dos três últimos cursos de Foucault nos quais privilegia esse tema (os outros são *O governo de si e dos outros*, de 1983 e *A Coragem da verdade*, de 1984), é lá que a noção é tratada pela primeira vez. Abordaremos aqui a noção no Curso de 1982, com esporádicas remissões ao de 1983.

Comecemos, pois, a enfrentá-la pelo começo mais simples, a saber, indicando o sentido corrente, tradicional ou etimológico do termo.

Sentido corrente

Várias passagens no Curso de 1982 fornecem estas informações iniciais. Reunindo-as, podemos compor uma pequena listagem. *Parresia*, "grosseiramente" ou "genericamente", como diz Foucault,[1] significa: franqueza,

---

[1] FOUCAULT, Michel. *L'herméneutique du sujet. Cours au Collège de France, 1981-1982*. Édition établie sous la direction de François Ewald et Alessandro Fontana, par Frédéric Gros. Paris: Gallimard/Seuil, 2001, p. 163. Tradução brasileira: FOUCAULT, Michel. *A hermenêutica do sujeit*. Tradução de Márcio Alves da Fonseca e Salma Tannus Muchail. São Paulo: Martins Fontes, 2004, p. 209. Este livro será doravante indicado pela abreviatura *HS* e as referências às páginas da edição francesa serão seguidas da indicação das páginas correspondentes na tradução brasileira.

abertura do coração, do pensamento, da palavra, da linguagem; liberdade da palavra, tudo-dizer, franco-falar, dizer-verdadeiro.[2] Informações semelhantes são reafirmadas em outras tantas passagens recolhidas no curso de 1983, apresentadas como designações de caráter geral ou de "domínio bem amplo",[3] que são cobertas pelo termo grego.[4] Ao reintroduzi-lo, na aula de 12 de janeiro de 1983, Foucault aponta dificuldades para lhe encontrar uma definição precisa. Refere-se aos seus múltiplos usos empregando expressões como: "pluralidade de registros", "riqueza" e "ambiguidade",[5] ou, mais adiante, como "noção complexa" e de "diferentes dimensões".[6] "É um tema – diz ele – que corre de um sistema a outro, de uma doutrina a outra, de sorte que se é muito difícil definir com exatidão seu sentido e identificar sua economia exata". E para ilustrar a teia emaranhada de seus usos, emprega a metáfora de "noção-aranha".[7]

Quanto à tradução do termo grego, também afirma seu caráter "flutuante" e nomeia as seguintes traduções latinas: "*licentia, libertas, oratio libera* etc.".[8] No curso de 1982, a tradução indicada é "*libertas*".[9] Para a tradução francesa, a expressão *franc-parler* lhe parece "a mais adequada".[10] Observemos que dicionários brasileiros contemplam a forma aportuguesada do termo no verbete "*parrésia*".[11] Note-se ainda que o curso de 1982 registra, ocasionalmente, uma forma afrancesada do termo grego como "parrhésie".[12]

---

[2] *Cf.*, por exemplo, *HS*, p. 132, 164, 248, 249-51, 356. Trad. bras., p. 169, 209, 440, 441-3, 450.

[3] FOUCAULT, Michel. *Le Gouvernement de soi et des autres. Cours au Collège de France, 1982-1983*. Édition établie sous la direction de François Ewald et Alessandro Fontana, par Frédéric Gros. Paris: Gallimard/Seuil, 2008, p. 71. Tradução brasileira: FOUCAULT, Michel. *O governo de si e dos outros*. Tradução de Eduardo Brandão. São Paulo: WMF/Martins Fontes, 2010, p. 71. Este livro será doravante indicado pela abreviatura *GSA* e as referências às páginas da edição original serão seguidas da indicação das páginas correspondentes na tradução brasileira.

[4] *Cf.*, por exemplo *GSA*, p. 44-7. Trad.bras., p. 44-7.

[5] *Id.*, p. 46-7. Trad. bras., p. 46-47.

[6] *Id.*, p. 275. Trad. bras., p. 271.

[7] *Id.*, p. 45. Trad. bras., p. 45

[8] *Id.*, p. 46.Trad. bras., p. 46. Ver também, p. 125, 183, 275. Trad. bras., p. 126, p. 182, p. 271.

[9] *Cf.,HS*, p. 348, 351, 356, 362, 374 etc. Trad. bras., p. 440, 443, 451, 458, 472, etc.

[10] *Cf., HS*, p. 356. Trad. bras., p. 451.

[11] No *Novo Aurélio*, lê-se: "afirmação ousada; atrevimento oratório". E no *Houaiss*: "liberdade oratória, afirmação corajosa"; etimologicamente, "liberdade de linguagem, franqueza"; no latim medieval, "confissão, espécie de concessão".

[12] *Cf., HS*, p. 374. Trad. bras., p. 471.

Escolho algumas passagens que condensam o sentido mais geral de *parresia*. "É a abertura que faz com que se diga o que se tem a dizer, com que se diga o que se tem vontade de dizer, com que se diga o que se pensa dever dizer porque é necessário, porque é útil, porque é verdadeiro".[13] Ou: é "a franqueza, a liberdade, a abertura que fazem com que se diga o que se tem a dizer, da maneira como se tem vontade de dizer, quando se tem vontade de dizer e segundo a forma que se crê ser necessário dizer".[14] Em linhas gerais, este é o "sentido moral geral" da *parresia*: "[...] uma qualidade moral que se requer, no fundo, de todo sujeito que fala. Posto que falar implica dizer o verdadeiro, como não impor, à maneira de uma espécie de pacto fundamental, a todo sujeito que toma a palavra, que diga o verdadeiro porque o crê verdadeiro?".[15]

É este "sentido moral geral" – ao mesmo tempo ambíguo, complexo – que, integrado no domínio da filosofia, assume "uma significação técnica muito precisa".[16] Melhor dizendo, é no âmbito da atividade filosófica compreendida como prática, arte ou *cuidado de si*, que a *parresía* adquire sentido e papel específicos.

Contextualização

Dissemos que no curso de 1982 a questão aparece, à primeira vista, como que "lateralmente" à noção central que é o *cuidado de si*. Mas um olhar mais atento percebe que ela é de fato construída no interior, não ao lado, das práticas de si. Em traços relativamente esparsos, por atalhos, percorre, como uma linha oblíqua, todo o desenrolar da reflexão. Sem grandes desdobramentos, mas de maneira incisiva, Foucault articula o tema ao cerne do problema que pretende colocar e que assim expressa: "como se estabelece, como se fixa e se define a relação entre o dizer-verdadeiro (a veridicção) e a prática do sujeito?".[17]

Por conseguinte, não parece excessivo afirmar que, desde as primeiras aulas de *A hermenêutica do sujeito*, embora o termo não apareça ainda, seu

---

[13] *Id.*, p. 348. Trad. bras., p. 440.
[14] *Id.*, p. 356. Trad. bras., p. 450.
[15] *Id.*, p. 349. Trad. bras., p. 440.
[16] *Id.*, p. 349. Trad. bras., p. 440.
[17] *Ib.*, p. 220. Trad. bras., p. 281.

sentido já está presente, na medida em que a leitura de Platão – *Alcibíades*, *Apologia*, *O banquete* – decididamente introduz a figura parresiástica de Sócrates (note-se que no curso de 1983 Foucault afirma que o texto *Apologia* "*é, por excelência, o texto de certo modo prático, da parresía*").[18] Em 1982, seu uso literal e explícito só aparece, pela primeira vez, na quarta semana de aulas, em 27 de janeiro de 1982, quando Foucault faz uma breve referência a Filodemo de Gadara, filósofo grego epicurista que viveu em Roma no século I a.C., autor de um texto intitulado, precisamente, "*Peri Parrhêsias*" – "*Tratado do franco-falar*".[19]

Se o tema perpassa transversalmente todo o curso, há, contudo, dois momentos em que a passagem é mais prolongada. O primeiro encontra-se no final da aula de 3 de março de 1982; trata-se ali de uma espécie de anúncio condensado daquilo que será efetivamente exposto na aula seguinte. O segundo momento é justamente aquele da aula de 10 de março de 1982 (a décima aula de um total de doze) em que se encontra a explanação mais desenvolvida do tema. Segundo comentário de Gros, é nesta aula que se opera "a primeira grande análise da *parresia*".[20]

Cabe observar que antes e depois da aula de 10 de março de 1982, as referências à noção inserem-se sempre no contexto de duas questões que são fundamentais ao *cuidado de si*: a relação com o outro, especialmente entre mestre e discípulo; e a ascese filosófica, especialmente os exercícios de preparação ("*paraskeuê*" – em latim, *instructio*, segundo tradução de Sêneca)[21] que "equipam" o sujeito, dotando-o das condições que lhe permitem transformar discursos em ações. É que, por um lado, a *parresia* é arte ou técnica do discurso verdadeiro, "logos", "comportamento verbal"[22]

---

[18] *GSA*, p. 286. Trad. bras., p. 282.

[19] *HS*, p. 132 e nota 22 da p. 141. Trad. bras., p. 168-9 e nota 22 da p. 180. Ver também a aula do dia 10 de março de 1982, p. 370-1 e a nota 34 da p. 376. Trad. bras., p 467-8 e a nota 34 da p. 476. No Curso de 1983, *GSA*, ver, por exemplo, p. 45. Trad. bras., p. 45. O texto de Filodemo de Gadara, do qual restam somente fragmentos, foi editado na Alemanha em 1914. Foucault informa que Hadot teria intenção de publicá-lo e comentá-lo. E que, ele próprio, ao trabalhar o texto, utiliza a tradução de fragmentos e comentários de Gigante, de 1968.

[20] GROS, Frédéric. La *parrhêsia* chez Foucault – *1982-1984*. In: _____ (Coord.). *Foucault, le courage de la vérité*. Paris: P.U.F., 2002, p. 156. Trad. bras.: *Foucault, a coragem da verdade*. Tradução de Marcos Marcionilo. São Paulo: Parábola, p. 156. Ver também o texto de GROS, "Situation du cours", In: *GSA*, p. 349. Trad. bras., p. 344.

[21] *Cf.*, *HS*, p. 306. Trad. bras., p. 387.

[22] *Id.*, p. 158. Trad. bras., p. 202.

exigido da parte do mestre e correspondente à postura de silêncio e escuta da parte do discípulo.²³ No entanto, ao mesmo tempo, é atitude moral que necessariamente requer a conjugação do comportamento verbal ao comportamento de vida, do *logos* ao *ethos*.²⁴

Estabelecido esse contexto mais geral em que a noção se insere, Foucault desenvolve duas vias de análise: a que ele denomina de negativa ou indireta, que consiste em contrapor a *parresia* a seus opostos, e a positiva que é sua direta descrição. Restringindo-nos à retomada da primeira via, a dos contrapontos com seus opostos, e detendo-nos particularmente na aula de 10 de março de 1982, selecionamos, a seguir, alguns aspectos que caracterizam o "dizer-verdadeiro".

Contrapontos

Duas são as "figuras adversas" da *parresia:* a lisonja, que é seu adversário moral, e a retórica, que é o adversário técnico mas, também, um relativo parceiro.²⁵ Para a primeira, Foucault oferece o que denomina de "esquema geral"²⁶ e, quanto à segunda, diz que a explicará "esquematicamente".²⁷

A lisonja

A lisonja deve ser inicialmente circunscrita no período histórico de que se está tratando, isto é, na época helenística e romana dos séculos I e II d.C. É que o tema ganha vulto justamente quando atrelado às questões de poder que se colocavam nas condições do regime imperial e da figura divinizada do imperador. Nesse contexto histórico, há que se considerá-la relativamente a seu par – "inverso e complementar" –, a *cólera*.²⁸ Cólera é a atitude geralmente violenta e descontrolada, de abuso do poder que um superior exerce sobre seu inferior: do pai sobre a família, do patrão sobre os subordinados, do general sobre os soldados e, sobretudo, do príncipe

---

²³ *Cf., Id.*, p. 348; p. 356. Trad. bras., p. 440; p. 450.
²⁴ *Id.*, p. 312. Trad. bras., p. 394.
²⁵ *Id.*, p. 357. Trad. bras., p. 451.
²⁶ *Id.*, p. 360. Trad. bras., p. 455.
²⁷ *Id.*, p. 365. Trad. bras., p. 461.
²⁸ *Id.*, p. 359. Trad. bras., p. 454.

sobre os súditos. A cólera resulta da perda da soberania sobre si mesmo, situando-se, assim, "exatamente no ponto de articulação do domínio de si e do domínio dos outros, do governo de si mesmo e do governo dos outros".[29] Se a cólera é abuso do poder do lado do superior, a lisonja é seu reverso complementar, isto é, a oportunista utilização, do lado do inferior, dos abusos do poder para ganho de favores. O instrumento do lisonjeador é a linguagem. Seu "discurso mentiroso"[30] reforça, em seu próprio benefício, o poder do superior. Fazendo-o crer que ele é mais do que é, impede-o de se conhecer como realmente é e, principalmente, de cuidar de si como deveria, acabando por provocar uma inversão de papéis: é o superior, o lisonjeado, quem ficará à mercê do inferior, "em situação de fraqueza relativamente ao lisonjeador, relativamente também aos outros e finalmente a si mesmo". Acerca da lisonja, Foucault destaca os conselhos de Sêneca ao amigo Lucílio: que ele exerça bem as funções atribuídas ao cargo que ocupa; que, para bem exercê-las, é indispensável "contê-las nos seus limites"; que sejam garantidos tempo e espaço para a prática "do ócio e das letras" (ou do "ócio estudioso"); que ele não ceda ao "delírio presunçoso" de um poder que extrapole o âmbito de suas funções; que não se exceda nem no apego ou no amor por si mesmo, nem no desgosto consigo, pois os dois excessos geram a insuficiência do eu e a perda da própria independência, abrindo brechas para a intromissão do discurso lisonjeador com que se presume preencher o vazio de si mesmo. Aos conselhos de Sêneca, indicados por Foucault, podemos aqui acrescentar alguns de Marco Aurélio. Ele que declara discernir claramente seu próprio eu dos encargos de imperador (lembremos da máxima "cuidado para não te cesarizares"),[31] também opõe a lisonja à amizade sincera: "nada mais ignóbil que a amizade de lobo; foge dela mais que de tudo".[32]

"A conclusão – diz Foucault – é que a *parresía* é exatamente a antilisonja"[33]. Como a lisonja, seu instrumento é também a linguagem. Mas a finalidade é inteiramente inversa. A palavra franca não objetiva a

---

[29] *Id.*, p. 358. Trad. bras., p. 453.

[30] Estas e as outras expressões textuais que vêm a seguir, escolhidas para descrever a lisonja, encontram-se em *HS*, às p. 359-62. Trad. bras., p. 454-7.

[31] MARCO AURÉLIO. *Meditações*. Tradução brasileira de Jaime Bruna. São Paulo: Abril Cultural, 1973. Livro VI, n. 30, p. 296. (Coleção Os Pensadores)

[32] MARCO AURÉLIO, *op. cit.*, livro XI, n. 15, p. 323.

[33] *HS*, p. 362. Trad. bras., p. 458.

dependência daquele a quem se endereça; muito pelo contrário, o discurso verdadeiro, precisamente por ser verdadeiro, prepara sua própria dispensa porque conduz o outro à suficiência e à autonomia. Acrescentemos, a propósito, uma interessante passagem de Plutarco. Há, diz ele, entre o bajulador e o verdadeiro amigo, "algo em comum, visto que tanto um como outro são agradáveis". O que os difere é justamente a "finalidade" que cada qual "se propõe ao procurar agradar". A explicação de Plutarco vem em estilo de metáfora: "tanto o perfume quanto o antídoto possuem um odor agradável, com uma diferença: um só serve para bajular o olfato, enquanto no outro o odor é apenas acidental, e sua finalidade é depurar os humores, aquecer o corpo e reparar suas forças".[34]

Antes de passar ao segundo adversário da *parresia*, Foucault faz breves observações acerca das críticas à lisonja nos textos helenísticos e romanos e as que já existiam na Grécia clássica, especialmente nos diálogos de Platão, realçando as diferenças. Aqui se está tratando da lisonja no contexto sociopolítico do império lá tratava-se da lisonja no contexto da relação amorosa entre o filósofo, sábio, guia, e o jovem discípulo. Entretanto, ainda que importantes, as diferenças entre os tipos de *parresia* e de lisonja serão, por assim dizer, amenizadas ou reduzidas no curso de 1983. Colocando então os diversos tipos na perspectiva de um horizonte histórico mais largo, Foucault os reúne sob um olhar ampliado que alcança desde a Grécia antiga até os dias de hoje. Eis o que ele escreverá no curso de 1983:

> De fato, me parece que a categoria da *parresia* e a categoria da lisonja são certamente duas categorias do pensamento político ao longo de toda a Antiguidade. [...] praticamente durante oito séculos, o problema da lisonja oposta à *parresia* foi um problema político, um problema teórico e um problema prático, algo enfim que foi sem dúvida tão importante nesses oito séculos quanto o problema ao mesmo tempo teórico e técnico da liberdade de imprensa ou da liberdade de opinião em sociedades como a nossa.[35]

Vale acrescentar, retomando Plutarco, que, embora tenha ele vivido precisamente nos séculos I e II d.C., são inúmeras as passagens em que (como Sêneca, Marco Aurélio e outros) recorre a Platão nos exemplos da crítica à lisonja. Esses recursos incluem menções a situações específicas

---

[34] PLUTARCO, *Como distinguir o bajulador do amigo*. Tradução brasileira de Célia Gambini. São Paulo: Scrinium, 1977, p. 28.

[35] *GSA*, p. 278-279. Trad. bras., p. 274.

tais como a relação de Sócrates com Platão,[36] as circunstâncias envolvendo Platão com Díon e com Denis de Siracusa,[37] a relação de Sócrates com Alcibíades[38] – este, colocado "à frente" dos bajuladores –, a menção à "doçura de Sócrates" na instrução dos jovens[39] etc.

Não estranhemos, pois, que, ao longo do curso de 1983, Foucault retomará textos de Platão e, em oposição à lisonja, atribuirá valor considerável a *parresia* erótica do mestre ao discípulo, cujo exemplo maior é ainda a figura de Sócrates.[40]

A retórica

A caracterização do paralelo entre retórica e *parrhesía* pode ser sintetizada em três pontos.

Primeiro ponto – A retórica é uma técnica de persuasão cujos procedimentos visam não ao estabelecimento da verdade, mas ao convencimento daquele a quem se endereça, "quer de uma verdade, quer de uma mentira, de uma não verdade".[41] A *parresia* é também uma técnica – "técnica própria ao discurso filosófico", especifica Foucault,[42] mas que só lida com a verdade. Deve garantir que o discurso verdadeiro transite daquele que o emite ao que o recebe, de modo tal que este último venha a dele "impregnar-se" até usá-lo autonomamente. "Ela é o instrumento desta transmissão que tão somente faz atuar, em toda a sua força despojada, sem ornamento, a verdade do discurso verdadeiro".[43] Para ilustrar, acrescentemos dois trechos de Sêneca a Lucílio: "rapidez" e "abundância oratória convêm melhor ao charlatão que ao filósofo"; e completando: "o discurso que tem a verdade por objeto deve ser simples e sem afetação".[44]

---

[36] *Cf.*, PLUTARCO, *op. cit.*, p. 73.
[37] *Cf.*, PLUTARCO, *op. cit.*, p. 22-3; p. 63-4; p. 70.
[38] *Cf.*, PLUTARCO, *op. cit.*, p. 22; p. 70.
[39] *Cf.*, PLUTARCO, *op. cit.*, p. 76.
[40] *Cf.*, *GSA*, p. 343-344. Trad. bras., p. 338.
[41] *HS*, P. 365. Trad. bras., p. 461.
[42] *HS*, p. 366. Trad. bras., p. 462.
[43] *HS*, p. 366. Trad. bras., p. 462.
[44] SÊNECA, Carta XL, "A eloquência que convém ao filósofo". In: *As Relações humanas – a amizade, os livros, a filosofia, o sábio e a atitude perante a morte*. Tradução brasileira de Renata Maria Parreira Cordeiro. São Paulo: Landy, 2002, p. 64.

Segundo ponto – A retórica é uma arte bem organizada que tem regras próprias de procedimento e pode ser ensinada. Essas regras não são definidas pela relação entre os envolvidos, tampouco pelas propriedades da língua. É o assunto a ser persuadido que dita as regras de como dizê-lo; do *quê* ao *como*, é do referente que derivam as regras retóricas. Na *parresia*, ao contrário, as regras não se alteram conforme se altere o conteúdo porque o este é sempre aquele que se acredita ser o verdadeiro. As regras, agora, são "de prudência" e "de habilidade", ditadas pelo *kairós*, isto é, adequadas ao momento ou à ocasião; elas "fazem com que se deve dizer a verdade em tal momento, sob tal forma, em tais condições, a tal indivíduo, na medida e somente na medida em que ele for capaz de recebê-la da melhor forma no momento em que estiver".[45] Ilustremos, mais uma vez, com a palavra de Sêneca segundo o qual o filósofo "não deve impor aos ouvintes um ritmo que estes não podem seguir".[46] Ou com Plutarco, que defende a "verdadeira franqueza" que, contra a "franqueza imoderada", é a franqueza na "justa medida", aquela que tanto sabe o momento de elogiar quanto o de repreender, porque "temperada sabiamente pela doçura".[47]

Terceiro ponto – A retórica age sobre o outro, mas em proveito de quem fala. O retórico, diz Foucault, citando Quintiliano, "lança raios e trovões [...] e colhe para si a glória".[48] Lemos em Sêneca que certo gênero de eloquência tem "mais barulho que verdadeira força!", "cascata de palavras" – e este gênero "não convém ao filósofo, que deve dispor cuidadosamente cada palavra sua, sem se precipitar, passo a passo". Mas imediatamente retruca: "Quê? Não se inflamará vez por outra?". E responde: "Por que não? Mas com a condição de conservar a sua dignidade, que essa violência excessiva o faz perder. A sua força deve ser acompanhada de moderação: a corrente deve ser regular e não torrencial".[49] Como a da retórica, a linguagem da *parresia* também age sobre o outro, mas para torná-lo mestre de si próprio numa "relação de

---

[45] *HS*, p. 367. Trad. bras., p. 463-464.
[46] SÊNECA, *op. cit.*, p. 66.
[47] PLUTARCO, *op. cit.*, respectivamente, p. 41; p. 60; p. 61; p. 84.
[48] *HS*, p. 368. Trad. bras., p. 465. A metáfora foi buscada por Quintiliano em Aristófanes que se referia a Péricles orador, conforme a nota 27 da p. 376. Trad. bras., nota 27 da p. 476.
[49] SÊNECA, *op. cit.*, p. 65-6.

soberania característica do sujeito sábio, do sujeito virtuoso, do sujeito que atingiu toda a felicidade que é possível atingir neste mundo". Por isso mesmo, o que caracteriza o mestre parresiasta não é a glória pessoal, mas a "generosidade".[50]

Finalmente, tomemos conjuntamente a lisonja e a retórica. Veremos que, por um lado, a oposição de cada qual à *parresia* não é da mesma natureza e, por outro lado, que a relação entre ambas é de complementaridade. Adversário moral, a lisonja é o verdadeiro "inimigo", do qual é preciso "livrar-se radicalmente". Há que se tratá-la numa relação que é de "oposição", de "combate", de "luta".[51] A retórica é o adversário técnico a ser superado, não para sua definitiva eliminação, mas para saber servir-se dele na estrita medida em que for útil e necessário. Há que se tratá-la numa relação ambígua que é de liberação das regras, mas também de parceria. Oponentes distintas do "dizer-verdadeiro", lisonja e retórica são também articuladas entre si: afinal, "o fundo moral da retórica é sempre a lisonja e o instrumento privilegiado da lisonja é [...] a técnica, e eventualmente as astúcias da retórica".[52]

Para concluir

No âmbito de uma genealogia do *cuidado de si*, (isto é, mais precisamente no curso de 1982, *A hermenêutica do sujeito*), a noção do "*dizer-verdadeiro*" é proposta e analisada em pontos diversos ou, como dizíamos inicialmente, em traços esparsos e vias de atalhos, atravessando obliquamente a sequência do curso. Mas não será demasiado concluir que, no conjunto, os traços se tornam elos, os atalhos confluem e a linha oblíqua se faz seta apontando para uma direção, e isso duplamente, do ponto de vista mais metodológico, isto é, dos rumos para posteriores tomados pela reflexão de Foucault, e do ponto de vista do conteúdo integral do curso já concluído em 1982.

Quanto aos rumos da reflexão, pode-se dizer que o tema da *parresia*, que Foucault inaugura no curso de 1982, fornece a rota dos cursos

---

[50] *HS*, p. 368-369. Trad. bras., p. 465.
[51] *HS*, p. 357; p. 369. Trad. bras., p. 451; p. 466.
[52] *HS*, p. 357. Trad. bras., p. 451.

seguintes. Assim, desde o início e na sequência das aulas de 1983, ele explicita intersecções com o curso anterior, ao qual numerosas vezes remete. Gros situa o curso de 1983 "no prolongamento do de 1982", "completando", diz ele, suas análises.[53] Nas notas explicativas acrescentadas após cada hora de aula do curso de 1983 encontram-se cerca de 18 remissões à *Hermenêutica do sujeito*. Inversamente, uma nota do Curso de 1982, *A hermenêutica do sujeito*, anuncia o de 1983, *O governo de si e dos outros*. Lê-se, com efeito: "Na aula de 12 de janeiro de 1983 (consagrada ao estudo da *parresía* na Grécia clássica – discurso de Péricles, Íon de Eurípedes, diálogos de Platão etc.) Foucault ainda retomará este comprometimento do sujeito com sua palavra para definir a *parresía*, mas com a idéia suplementar de um risco corrido pelo sujeito, cuja franqueza pode lhe custar a liberdade ou a vida".[54] E quando, também em 1982, Foucault define "de modo mais geral" o problema que quer então colocar e que vem "pretendendo colocar há algum tempo", exprime-se na forma de uma pergunta simples mas quase antecipadora: "como o dizer-verdadeiro e o governar (a si mesmo e aos outros) se vinculam e se articulam um ao outro?"[55].

Do ponto de vista do conteúdo desenvolvido, pode-se dizer que o sentido da *parresía*, apreendido "na superfície do conflito" com seus adversários,[56] desemboca no próprio sentido da filosofia. É o que Gros, em concisa expressão, chama de "estrutura parresiástica" da filosofia.[57] Mais que instrumento, "forma necessária do discurso filosófico",[58] a noção acaba por se identificar com um modo peculiar de reconhecer a filosofia: dizer-verdadeiro, ética da palavra que simultaneamente é prática da verdade e ética de conduta. Assim reconhecida, compreende-se que a filosofia não combina com imodéstia ou vanglória, comparsas que são da lisonja e da retórica. O discurso filosófico é verdadeiramente simples. Não como a simplicidade ingênua de um ponto de partida, mas como resultado, laboriosamente alcançado.

---

[53] GROS, Frédéric. "Situation du cours". In: *GSA*, p. 348. Trad. bras., p. 343.
[54] *HS*, nota 28 da p. 292. Trad. bras., nota 28 da p. 498.
[55] *HS*, p. 220. Trad. bras., p. 281.
[56] *HS*, p. 350. Trad. bras., p. 442.
[57] GROS, Frédéric. "Situation du cours". In: *GSA*, p. 361. Trad. bras., p. 356.
[58] *HS*, p. 350. Trad. bras., p. 442.

Referências

FOUCAULT, Michel. *L'Herméneutique du sujet. Cours au Collège de France 1981-1982*. Édition établie sous la direction de François Ewald et Alessandro Fontana, par Frédéric Gros. Paris: Gallimard/Seuil, 2001 (seguido de "Situation du cours", por Frédéric Gros).

FOUCAULT, Michel. *A hermenêutica do sujeito*. Tradução de Márcio Alves da Fonseca e Salma Tannus Muchail. São Paulo: Martins Fontes, 2004 (seguido de "Situação do curso", por Frédéric Gros).

FOUCAULT, Michel. *Le gouvernement de soi et des autres. Cours au Collège de France*. Édition établie sous la direction de François Ewald et Alessandro Fontana, par Frédéric Gros. Paris: Gallimard/Seuil, 2008 (seguido de "Situation du cours", por Frédéric Gros).

FOUCAULT, Michel. *O governo de si e dos outros*. Tradução de Eduardo Brandão. São Paulo: WMF/Martins Fontes, 2010 (Seguido de "Situação do curso", por Frédéric Gros).

GROS, Frédéric (Org.). *Foucault, le courage de la vérité*. Paris: P.U.F., 2002.

GROS, Frédéric. *Foucault, a coragem da verdade*. Tradução de Marcos Marcionilo. São Paulo: Parábola, 2004.

MARCO AURÉLIO. *Meditações*. Tradução de Jaime Bruna. São Paulo: Abril Cultural, 1973. (Coleção Os Pensadores)

PLUTARCO. *Como distinguir o bajulador do amigo*. Tradução de Célia Gambini. São Paulo: Scrinium, 1977.

SÊNECA. *As relações humanas. A amizade, os livros, a filosofia, o sábio e atitude perante a morte*. Tradução de Renata Maria Parreira Cordeiro. São Paulo: Landy, 2002.

Do cuidado de si como resistência à biopolítica

Sílvio Gallo

> *A liberdade é traiçoeira*
> *que nem amor de menina*
> *se amoita em cada moita*
> *se esquiva em cada esquina*
> Tom Zé e Vicente Barreto, "Sobre a liberdade"

O tema das relações de Foucault com a política foi bastante explorado neste VI Colóquio Internacional Michel Foucault, especialmente a mudança de foco que ele produziu em sua analítica do poder com a introdução do conceito de governamentalidade. Na medida em que o exame da governamentalidade ficou restrito aos cursos e não foi objeto de nenhuma publicação específica, é evidente que lhe falta certa sistematização, mesmo que isso não tire a importância do conceito para a filosofia política pensada ao modo de Foucault. É a direção para a qual aponta, por exemplo, Humberto Cubides C.:

> Ainda quando se pensa que a ideia de governamentalidade não possui um estatuto certo na obra de Foucault, na medida em que se encontram dela distintas formulações e na medida em que falta um texto sistemático que lhes dê maior coerência, é evidente que ao indagá-la pretendia resolver problemas muito complexos. De uma parte, um projeto de análise do Estado que não recaia em mera justaposição dos níveis de poder micro e macro e na consequente antinomia conceitual uma analítica dos poderes e de uma teoria da soberania; de outra, as relações entre o governo do eu por si mesmo e as modalidades mais amplas de governo, incluindo o governo político. Em ambos os casos, Foucault realiza a abordagem aceitando a multiplicidade de práticas como eventos distintos que podem ser organizados e compreendidos, em sua sucessão, desde suas genealogias (CUBIDES C., 2006, p. 80).

Haveria, porém, outra inflexão na analítica do poder empreendida por Foucault: aquela que o levaria ao campo das análises éticas, isto é, das relações do sujeito consigo mesmo. Mas esta segunda inflexão já está, de certo modo, presente de maneira embrionária na análise da governamentalidade. O trecho acima citado evidencia este fato quando afirma que um dos focos da governamentalidade, em sua complexidade, implica a análise conceitual do governo do eu por si mesmo, no contexto das modalidades mais amplas de governo. Nesta última fase do trabalho do filósofo, o estudo dos textos da filosofia antiga é marcado pela emergência de dois conceitos centrais, que serão por ele bastante explorados no aspecto de uma ética como estética da existência: o cuidado de si e a *parresia*,[1] o dizer verdadeiro. Nesta oportunidade, vamos nos deter apenas no primeiro.

A hipótese que queremos explorar consiste em afirmar que este conceito – o de cuidado de si – consiste numa tomada de posição mais "ativa" em relação ao poder. Se Foucault sempre recusou uma visão negativa do poder, tomado estritamente como repressão, colocando sempre o tema da resistência, parece que em seus últimos cursos vemos uma ênfase maior na afirmação. Uma coisa é dizer que todo exercício de poder implica resistência; outra, bastante diferente, é dizer que a ética do cuidado de si significa a produção de práticas de liberdade, como ele enuncia na conhecida entrevista de 20 de janeiro de 1984, reproduzida nos *Dits et écrits*. Nessa perspectiva, as questões éticas atravessam e estão atravessadas pelas questões políticas, não podendo ser dissociadas. Ou, para dizer em outros termos, as relações consigo mesmo não podem ser dissociadas das relações com o poder, nas dobras do dentro e do fora do pensamento.[2]

A questão que se coloca é: quando se dá esta inflexão, esta mudança de rumos nas investigações de Foucault e no seu pensamento? Podemos localizar uma pista no resumo que escreveu para seu curso de 1980-1981, *Subjetividade e verdade*. Ali, ele escreveu que:

> A história do "cuidado" e das "técnicas" de si seria, portanto, uma maneira de fazer a história da subjetividade; porém, não mais através da separação entre loucos e não loucos, doentes e não doentes, delinquentes e não delinquentes, não mais através da constituição de campos de objetividade

---

[1] Opto por utilizar a transliteração do termo grego para uma grafia o mais simples possível no português.

[2] Em sua obra sobre Foucault, Deleuze (1991) trata a questão do poder como o lado de fora do pensamento e os processos de subjetivação como o lado de dentro do pensamento.

> científica, dando lugar ao sujeito que vive, que fala e que trabalha, mas através dos empreendimentos e das transformações, na nossa cultura, das "relações consigo mesmo", com seu arcabouço técnico e seus efeitos de saber. Seria possível, assim, retomar num outro aspecto a questão da "governamentalidade": o governo de si por si na sua articulação com as relações com o outro (como é encontrado na pedagogia, nos conselhos de conduta, na direção espiritual, na prescrição dos modelos de vida etc.). (FOUCAULT, 1997, p. 111)

Aí está o ponto: a ética do cuidado de si é a tomada da governamentalidade em outro aspecto. Muda-se o foco do governo dos outros para o governo de si. Ninguém governa a si mesmo em isolamento, mas sempre em relação aos outros, no convívio social. Governar-se é relacionar-se com outros; o próprio governo de si é construído na relação com outrem, o que fica evidenciado nas práticas que Foucault destaca: a direção espiritual, os modelos de vida e de conduta e, de forma especial nas sociedades modernas, a pedagogia. Porém, ainda que a ética do cuidado de si seja a retomada de outro aspecto das práticas de governamentalidade, ela aparece também como uma forma de praticar resistência ao poder político. É o que o filósofo evidencia no curso do ano seguinte, *A hermenêutica do sujeito*, quando um tanto marginalmente, na aula de 17 de fevereiro de 1982, afirma que: "[...] é possível suspeitar que haja certa impossibilidade de constituir hoje uma ética do eu, quando talvez seja esta uma tarefa urgente, fundamental, politicamente indispensável, se for verdade que, afinal, não há outro ponto, primeiro e último, de resistência ao poder político senão na relação de si para consigo". (FOUCAULT, 2004, p. 306).

Procuraremos então traçar um percurso pelo pensamento de Foucault através de seus cursos de final da década de 1970 e início da década de 1980, de modo a tentar captar esses momentos e pontos de inflexão. Pelos limites impostos pelo texto, não será um percurso aprofundado, mas uma espécie de sobrevoo por algumas aulas de alguns cursos, de modo a identificar passagens de destaque para a compreensão de nosso problema. Partiremos dos cursos em que o centro da investigação foucaultiana é a biopolítica para chegar aos cursos centrados nas práticas de si.

O trabalho de pesquisa de Foucault em torno do poder desenvolveu-se ao longo da década de 1970. Embora tenha publicado no período dois livros (*Vigiar e punir*, em 1975, centrado na análise do poder disciplinar, e *História da sexualidade* 1 – *a vontade de saber*, em 1976, no qual introduz as questões metodológicas do estudo poder e a noção de biopoder, como elementos para estudo do dispositivo de sexualidade), esta analítica do poder está extensiva e exaustivamente desenvolvida nos cursos anuais que Foucault proferiu no Collège de France, o que levou Castro (2009, p. 188) a afirmar que "é impossível fechar o balanço da análise foucaultiana do poder enquanto não for publicada a totalidade dos cursos no Collège de France que Foucault ministrou entre 1970 e 1982".[3] Nesse conjunto de cursos, Foucault evidencia as diferentes formas de exercício de poder presentes no Ocidente, especialmente nesses períodos que ele denomina como "clássico" e "moderno", mas também remete-se à antiguidade, para encontrar suas proveniências. Vemos assim desfilar as principais maquinarias de poder: a soberania, o poder disciplinar, o biopoder e as técnicas de governo da população, aquilo que ele chamaria exatamente de *governamentalidade*.

Nessa análise do poder, Foucault encontra-se com a noção moderna de Estado, mas busca outros caminhos para sua análise. Na aula de 30 de janeiro de 1980, do curso intitulado *Do governo dos vivos*, ele afirmou que:

> Vocês veem, portanto, que entre isso que se chama, grosso modo, a anarquia, o anarquismo e o método que eu emprego, é certo que existe qualquer coisa como uma relação; mas vocês veem que as diferenças são igualmente claras [...] A posição, portanto, que proponho não exclui a anarquia, mas vocês veem que ela não a implica, não a recobre e não se identifica com ela. Trata-se, se vocês quiserem, de uma atitude teórico-prática concernindo com a não necessidade de todo poder; e para distinguir essa posição teórico-prática sobre a não necessidade do poder como princípio de inteligibilidade de um saber ele mesmo, melhor do que empregar a palavra *anarquia*, anarquismo que não conviria, eu gostaria de jogar com as palavras porque o jogo de palavras não está muito em voga atualmente porque ele provoca bastante problema. Sejamos ainda um pouco a contracorrente e façamos um jogo de palavras; então eu diria que isso que vos proponho é um tipo de anarqueologia (FOUCAULT, 2010a, p. 62).

Na trajetória intelectual e investigativa de Foucault, a prática desta anarqueologia como delimitação e compreensão das estratégias de poder-saber conduz de uma análise do exercício do poder sobre os outros (o governo dos outros, a política) à análise do exercício de poder sobre si mesmo (o governo de si, a ética).[4] Leva, ainda, de uma análise política

---

[3] Apenas uma correção: Foucault ministrou seus cursos no Collège de France até 1984, ano de sua morte.

[4] Sobre esta transição na análise do governo dos outros ao governo de si, tema bastante interessante da obra de Foucault que merece ainda muito estudo, ver, por exemplo, dois ensaios de Vera Portocarrero: *Vida, genealogia da ética e estética da existência* e *Governamentalidade e cuidado de si*, publicados como apêndices em, 2009.

do tempo presente a uma investigação histórica das formas de relação consigo mesmo, como maneira de construção de práticas contemporâneas de liberdade que possam ser uma resistência ao governamento pelo outro. Comecemos, pois, a trajetória desta analítica pela biopolítica.

De acordo com Gadelha (2009, p. 82 e ss.), o termo *biopolítica* foi utilizado pela primeira vez por Foucault em outubro de 1974, durante uma conferência no Rio de Janeiro sobre o nascimento da medicina social. Nessa oportunidade, ele caracteriza o corpo como realidade biopolítica e a medicina como uma estratégia biopolítica. O tema da biopolítica seria retomado no curso *Em defesa da sociedade* (1975-1976) e desenvolvido mais a fundo nos cursos seguintes: *Segurança, território, população* (1977-1978); *Nascimento da biopolítica* (1978-1979); e *Do governo dos vivos* (1979-1980), este já marcado pela inflexão para uma investigação dos antigos que levaria a uma análise do governo de si, desenvolvida nos cursos seguintes (*Subjetividade e verdade*; *A hermenêutica do sujeito*; *Do governo de si e dos outros*; e *Do governo de si e dos outros – a coragem da verdade*).

Foucault caracteriza a biopolítica como uma nova tática de exercício do poder, que pôde emergir com a consolidação do poder disciplinar. Na medida em que este último era uma tática individualizante, uma vez que se dirigia aos corpos dos indivíduos, o biopoder será uma tática dirigida ao controle de grupos de indivíduos, dirigido a uma população; será uma tecnologia de poder massificante. Porém, se o biopoder se diferenciava do poder disciplinar ao dirigir-se a conjuntos populacionais e não a indivíduos, ele se diferenciava também das táticas de soberania, pois, se o poder soberano se caracterizava por "deixar viver e fazer morrer" os súditos, o biopoder consistirá em "fazer viver e deixar morrer", constituindo-se num poder sobre a vida das populações, destinado a preservá-la. Revel (2005, p. 26) condensa a noção de biopolítica de forma bastante didática:

> O termo "biopolítica" designa a maneira pela qual o poder tende a se transformar, entre o fim do século XVIII e o começo do século XIX, a fim de governar não somente os indivíduos por meio de certo número de procedimentos disciplinares, mas o conjunto dos viventes constituídos em população: a biopolítica – por meio dos biopoderes locais – se ocupará, portanto, da gestão da saúde, da higiene, da alimentação, da sexualidade, da natalidade etc., na medida em que elas se tornaram preocupações políticas.

Esta análise sobre o biopoder é desenvolvida de forma central por Foucault na aula de 17 de março de 1976 do curso *Em defesa da sociedade*

(1999, p. 285-315), na qual ele introduz o conceito de "racismo de Estado", a forma que os Estados que funcionam segundo o biopoder encontraram para matar legitimamente. Esta aula abre o tema que seria desenvolvido nos cursos dos anos seguintes, nos quais o filósofo nos apresenta uma leitura bastante diferenciada do modo clássico de se ler a filosofia política moderna, produzida desde Maquiavel. Esses cursos traçam a genealogia dos neoliberalismos alemão e norte-americano, estudados no curso de 1978-1979, intitulado *Nascimento da biopolítica*, e desvendam as formas históricas das "artes de governar" que conformam o mundo contemporâneo. É também no contexto desses cursos que Foucault introduz o conceito de "governamentalidade", que aparece pela primeira vez na aula de 1º de fevereiro de 1978, quarta aula do curso *Segurança, território, população*.

Nesta aula, Foucault vem explorando a noção de população, mostrando-a como o ponto articulador de um triângulo formado por soberania, disciplina e gestão governamental, maquinaria cujos "mecanismos essenciais" são constituídos pelos dispositivos de segurança. A análise reveste-se de especial importância, uma vez que, segundo o filósofo, essa triangulação continua gerindo nossas vidas: "são estes três movimentos – a meu ver: governo, população e economia política –, acerca dos quais cabe notar que constituem a partir do século XVIII uma série sólida, que certamente não foi dissociada até hoje". (FOUCAULT, 2008a, p. 143). Em seguida, Foucault introduz e enuncia a governamentalidade:

> Por esta palavra, "governamentalidade", entendo o conjunto constituído pelas instituições, os procedimentos, análises e reflexões, os cálculos e as táticas que permitem exercer essa forma bem específica, embora muito complexa, de poder que tem por alvo principal a população, por principal forma de saber a economia política e por instrumento técnico essencial os dispositivos de segurança. Em segundo lugar, por "governamentalidade" entendo a tendência, a linha de força que, em todo o Ocidente, não parou de conduzir, e desde há muito, para a preeminência deste tipo de poder que podemos chamar de "governo" sobre todos os outros – soberania, disciplina – e que trouxe, por um lado, o desenvolvimento de toda uma série de aparelhos específicos de governo [e, por outro lado], o desenvolvimento de toda uma série de saberes. Enfim, por "governamentalidade", creio que se deveria entender o processo, ou antes, o resultado do processo pelo qual o Estado de justiça da Idade Média, que nos séculos XV e XVI se tornou o Estado administrativo, viu-se pouco a pouco "governamentalizado" (FOUCAULT, 2008a, p. 143-4).

A partir da introdução do conceito, Foucault dedica-se a traçar a genealogia do Estado governamentalizado no Ocidente, que partiria de um "Estado de justiça", passando por um "Estado administrativo", para enfim chegar a um "Estado de governo". Segundo ele, a governamentalização do Estado apoiou-se em um tripé formado pelo "poder pastoral", isto é, a concepção do dirigente político como um pastor e a população como um rebanho, que a analítica foucaultiana mostra que não existia entre os gregos, mas vem de uma fonte hebraica, tendo vicejado no Ocidente com o cristianismo; por uma nova técnica diplomático-militar; e, por fim, pelo "Estado de polícia", compreendido como o Estado administrado, entendendo a polícia como o "conjunto dos meios pelos quais é possível fazer as forças do Estado crescerem, mantendo ao mesmo tempo a boa ordem desse Estado" (FOUCAULT, 2008a, p. 421).

No curso do ano letivo seguinte, denominado *Nascimento da biopolítica*, Foucault retoma a ideia de governamentalidade como o conjunto das "artes de governar" dirigidas ao corpo político da população e centra sua análise na economia política, na medida em que ela funda uma nova governamentalidade.

> Com a economia política entramos portanto numa era cujo princípio poderia ser o seguinte: um governo nunca sabe o bastante que corre o risco de sempre governar demais ou, também, um governo nunca sabe direito como governar apenas o bastante. O princípio do máximo/mínimo na arte de governar substitui aquela noção do equilíbrio equitativo, da "justiça equitativa" que ordenava outrora a sabedoria do príncipe. Pois bem, é essa, a meu ver, na questão da autolimitação pelo princípio da verdade, é essa a formidável cunha que a economia política introduziu na presunção indefinida do Estado de polícia (FOUCAULT, 2008b, p. 24).

O filósofo envereda então pela análise dos impactos causados pela economia política na conformação moderna do Estado, procedendo ao estudo dos neoliberalismos alemão e norte-americano, que delinearam os contornos da governamentalidade contemporânea. Não é nosso objetivo, aqui, desenvolver um estudo exaustivo do conceito de governamentalidade em Foucault, mas apenas delinear seus contornos, de modo que compreendamos a inflexão para as práticas de si. Pensamos ser importante, porém, destacar ainda duas questões.

A primeira delas é que Castro (2009, p. 190-1) afirma haver em Foucault ao menos dois sentidos para o termo *governamentalidade*: uma "governamentalidade política", dedicada a pensar as formas de racionalidade dos

Estados modernos e suas técnicas de governo da população; e, por outro lado, uma governamentalidade como as técnicas de dominação exercidas sobre os outros em relação direta às técnicas de si, isto é, as relações do sujeito consigo mesmo. Ainda segundo Castro, é essa segunda modalidade que possibilita a articulação de práticas de resistência. Aí está, portanto, a inflexão na produção teórica que ora nos interessa mais diretamente.

A segunda questão a ser destacada é que a analítica foucaultiana sobre a governamentalidade procura ser construída como uma alternativa às análises em termos de ideologia. Na aula de 9 de janeiro de 1980, fazendo o balanço dos cursos anteriores e introduzindo o tema daquele ano, o filósofo afirmou:

> Grosso modo, se vocês quiserem, dois deslocamentos sucessivos: um da noção de ideologia dominante para essa noção de saber-poder, e agora, um segundo deslocamento da noção de saber-poder para a noção de governo pela verdade [...] A noção de saber tinha por função colocar fora de terreno a oposição do científico e do não científico, a questão da ilusão e da realidade, a questão do verdadeiro e do falso [...] [e que] se tratava de colocar o problema em termos de práticas constitutivas de domínios de objetos e de conceitos no interior das quais as oposições do científico e de não científico, da ilusão e da realidade, do verdadeiro e do falso, poderiam assumir seus efeitos. Já a noção do poder tinha, essencialmente, por função substituir a noção de sistemas de representação: aqui a questão, o campo de análise, são os procedimentos, os instrumentos e as técnicas pelas quais se realizam, efetivamente, as relações de poder (FOUCAULT, 2010a, p. 42-3).

Voltando ao curso de 1978, vemos Foucault encerrar a aula de 18 de janeiro daquele ano afirmando que seu interesse era explicitar uma "física do poder" ou um poder que se pensa como ação física, como tecnologia. E que, portanto, "não é uma ideologia, não é propriamente, não é fundamentalmente, não é antes de mais nada uma ideologia. É primeiramente e antes de tudo uma tecnologia de poder" (FOUCAULT, 2008a, p. 64). Na última aula do curso, em 5 de abril de 1978, ainda que Foucault não tenha verbalizado, o manuscrito aponta, em suas duas últimas páginas, uma tentativa de desvincular as análises políticas das análises ideológicas:

> Invoca-se com frequência a herança religiosa dos movimentos revolucionários da Europa moderna. Ela não é direta. Ou, em todo caso, não é uma filiação ideologia religiosa – ideologia revolucionária. O vínculo é mais complexo e não põe em relação ideologias. Ao pastorado estatal

se opuseram contracondutas que tomaram emprestados ou modularam alguns dos seus temas com base nas contracondutas religiosas. É, antes, do lado das táticas antipastorais, das fraturas cismáticas ou heréticas, do lado das lutas em torno do poder da Igreja, que se deve procurar a razão de certa coloração dos movimentos revolucionários. Em todo caso, há fenômenos de filiação real: o socialismo utópico tem [certamente?] raízes bem reais, não em textos, livros ou ideias, mas em práticas identificáveis: comunidades, colônias, organizações religiosas, como os *quakers* nos Estados Unidos, na Europa Central, [...] e fenômenos de parentesco [ou] alternativa: o metodismo e a Revolução Francesa (FOUCAULT, 2008a, p. 480).

Fica claro, assim, que o conceito de governamentalidade põe em jogo uma analítica das relações do poder, seja em nível micro, seja em nível macro, no âmbito do poder político, do Estado, que não se vale do mecanismo de explicações centrado nas ideologias, mas que busca explicitar as táticas, as estratégias, as maquinarias de poder. A governamentalidade é um estudo das tecnologias de poder, em suas relações materiais e na medida em que criam saberes ou possibilitam a emergência de novos saberes na relação com essas técnicas de poder.

Vemos assim, no fluxo dos cursos de Foucault entre 1975 e 1979, a análise da transição do poder disciplinar para a biopolítica, centrada na noção de governamentalidade. A partir de 1979-1980, com o curso *Do governo dos vivos*, até o último curso, em 1984 (*A coragem da verdade*, centrado na análise da noção de *parresia*), encontramos a busca de Foucault pelas práticas de se governar a si mesmo, na relação com os outros, o que vai impor um primado ético em seu cruzamento com a política. É o curso de 1979-1980 que marca, portanto, a mudança de rumo de análise da "governamentalidade política", que encontrara sua máxima expressão no trabalho com os neoliberalismos no ano anterior, para a análise da governamentalidade em relação às práticas de si, estudo que levaria Foucault a mergulhar nos textos de filosofia antiga para entender as práticas de si e os exercícios espirituais como técnicas de subjetivação. É nesse contexto que o filósofo coloca a ideia de governo pela verdade, como evidencia já na primeira aula:

> Bom, o curso deste ano se ocupará em elaborar a noção de governo dos homens pela verdade. Essa noção de governo dos homens pela verdade eu já falei dela um pouco nos anos precedentes. O que significa elaborar essa noção? Trata-se de deslocar um pouco as coisas em relação ao tema atualmente utilizado e repetido do saber-poder, tema que foi ele mesmo

apenas uma maneira de deslocar as coisas em relação a um tipo de análise no domínio, digamos, da história do pensamento; domínio de análise que foi mais ou menos organizado ou que girou em torno da noção de ideologia dominante. (FOUCAULT, 2010a, p. 41-2)

E ele prossegue com o trecho já citado páginas atrás, evidenciando o deslocamento da noção de poder-saber para a noção de governo pela verdade. Nas aulas deste curso de 1980, Foucault enfatizou a relação entre exercício do poder e manifestação da verdade, que estaria profundamente relacionada com a noção de *parresia*, que seria estudada a fundo em seus dois últimos cursos,[5] embora ela apareça também em *A hermenêutica do sujeito*, nas suas articulações com a noção de cuidado de si. Na aula de 16 de janeiro de 1980, ele afirmou:

> [...] quando falo de relação *entre manifestação de verdade e exercício de poder*, não tenho a intenção de dizer que o exercício de poder tenha necessidade de se manifestar em verdade na irradiação de sua presença e de sua potência (*puissance*) e que ele tenha necessidade de ritualizar publicamente e manifestamente essa forma de exercício" (FOUCAULT, 2010b, p. 154), [mas que o exercício do poder traz uma espécie de] *suplemento de manifestação de verdade*, tanto em relação à constituição de úteis para governar quanto à manifestação necessária do poder por ele mesmo (*idem*, p. 155).

Para a análise dessa relação, Foucault introduz a noção de *aléthourgia* e retoma, nesta mesma aula de 16 de janeiro, uma análise política de *Édipo Rei*, mas numa direção distinta daquela que já havia feito em uma série de conferências no Rio de Janeiro em 1973, publicadas sob o título *A verdade e as formas jurídicas*.[6] De acordo com o resumo do curso (Foucault, 1997, p. 101), "depois de uma introdução teórica sobre a noção de 'regime de verdade', a maior parte do curso foi dedicada aos procedimentos de exame das almas e da confissão no cristianismo primitivo". Começava aí o "mergulho" de Foucault na filosofia antiga, entendendo-a como em estreita relação com a espiritualidade, profundamente influenciada por Pierre Hadot e seus estudos sobre os exercícios espirituais dos antigos.[7]

---

[5] Ver FOUCAULT, 2009; FOUCAULT, 2010c.

[6] Ver FOUCAULT, 1996a.

[7] Ver o final da primeira aula do curso *A hermenêutica do sujeito*, quando Foucault ironiza com Aristóteles, apresentando-o como "o" filósofo, justamente por ser a exceção em uma filosofia antiga muito ligada à espiritualidade (FOUCAULT, 2004, p. 21-2). Para uma análise dos exercícios espirituais, ver HADOT, 2002.

O curso de 1980-1981, ainda não publicado, serviu de base para a construção do segundo (*O uso dos prazeres*) e do terceiro (*O cuidado de si*) volumes da *História da sexualidade*, da mesma maneira que os cursos seguintes.[8] No caso específico desse curso, Foucault (1997, p. 109) anuncia já no resumo que, por tratar de temáticas que seriam objeto de publicação de um livro, o resumo seria mais simples. Vemos nesse curso o aprofundamento dos estudos das técnicas de si, dos processos de subjetivação, como forma de se exercer um governo de si mesmo. Afirma ele que se iniciaria com esse curso um estudo de como "um sujeito foi estabelecido" em diferentes momentos e contextos, através de um conhecimento de si e de uma prática sobre si mesmo.

Ainda no resumo do curso, Foucault evidencia que:

> Esse governo de si, com as técnicas que lhe são próprias, toma lugar "entre" as instituições pedagógicas e as religiões de salvação. Por "governo de si" não se deve entender uma sucessão cronológica, mesmo se é verdade que foi a questão da formulação dos futuros cidadãos que suscitou mais interesse e reflexão na Grécia clássica, e que a questão da vida após a morte e do além provocou mais ansiedade em épocas tardias. Não se pode tampouco considerar que pedagogia, governo de si e salvação constituíam três domínios perfeitamente distintos e que operavam com noções e métodos diferentes; de fato, entre um e outro havia muitas trocas e uma continuidade certa. Isso não significa que a tecnologia de si destinada ao adulto não possa ser analisada na especificidade e na amplidão que assumiu nessa época, se for separada da sombra que, retrospectivamente, pôde lançar sobre ela o prestígio das instituições pedagógicas e das religiões de salvação. (FOUCAULT, 1997, p. 112)

Evidencia-se, portanto, desde o início da construção de uma "história da subjetividade" através do estudo do cuidado de si e das técnicas de si, que ela se produz no interstício de duas instituições que encontrariam sua consolidação quase monolítica na modernidade: as instituições

---

[8] É bastante interessante notar, através do percurso pelos cursos, aquilo que é evidenciado por Foucault (1984, p. 9-16) no prefácio do segundo volume da *História da sexualidade*: os descaminhos da pesquisa e do pesquisador ao encontrar novos problemas, implicando novos acontecimentos no pensamento. Compilando os conteúdos dos cursos de 1980 a 1984 e os dois últimos volumes de *História da sexualidade* (FOUCAULT, 1984 e FOUCAULT, 1985), vemos muito paralelismo. Nos dois livros muitos conteúdos desenvolvidos nos cursos estão presentes, em geral de forma muito mais condensada, mas, sobretudo, voltados ao objeto da construção da sexualidade como prática de si. Nos cursos, a abrangência do estudo das práticas de si é muito maior e o problema parece também já ser outro: a constituição de uma *ética*, de uma forma de se relacionar consigo.

pedagógicas, de um lado, e as religiões fundadas na salvação (o cristianismo em especial, no contexto ocidental). Se são esses dois blocos os principais constituidores de subjetividades, há também todo um conjunto de práticas de si que se desenvolvem em suas brechas, e é isso que Foucault pretende trazer à luz nesse curso e nos seguintes. O duplo empreendimento seria, então, compreender um processo de subjetivação que se opera sobre o indivíduo através das práticas de governo, mas revelar e compreender também todo um conjunto de técnicas de si mesmo, processos de um governo de si mesmo.

O ano letivo de 1981-1982 é dedicado às lições sobre *A hermenêutica do sujeito*, o primeiro deste conjunto de cinco cursos que foi publicado.[9] Esse curso, como sabemos, dedica sua centralidade ao exame da noção de cuidado de si, procurando compreender como, na história da subjetividade, ela acabou sendo suplantada pela ideia de conhecimento de si. Foucault analisa as três principais formas do cuidado de si, aquela do chamado "momento platônico", na qual é preciso cuidar de si para poder cuidar dos outros, governar os outros; o cuidado de si cristão, voltado para a salvação, para a ascese como superação de si; e o cuidado de si dos períodos helenístico e romano, formulado especialmente por cínicos e estoicos, que afirma o cuidado de si como um fim em si mesmo. Se o curso está centrado na análise dos textos antigos, é um problema bem contemporâneo que preocupa Foucault: quais foram os processos, na história da subjetividade e do pensamento, que levaram a uma "desespiritualização" da filosofia, isto é, a colocação de sua centralidade no conhecimento e não no cultivo de si, o assumir da verdade não como proveniente de uma relação do sujeito consigo mesmo, mas como objeto puramente racional. Modernamente, afirma Foucault (2004, p. 18-24), esse processo é marcado pelo "momento cartesiano"; porém, ele procura mostrar que suas raízes são muito mais antigas, estão enterradas nas práticas de si construídas pelo cristianismo, que preparam o terreno para a racionalização da filosofia moderna.

Para o filósofo, a emergência do cuidado de si entre os antigos constituiu um verdadeiro "acontecimento no pensamento" (FOUCAULT, 2004, p.

---

[9] Atualmente, ainda não estão publicados em francês apenas dois dos cinco cursos: *Do Governo dos Vivos* e *Subjetividade e Verdade*. No Brasil, encontramos as traduções de *A hermenêutica do sujeito* e de *O governo de si e dos outros*, mas ainda não está traduzido *A coragem da verdade*. Em contrapartida, temos disponível uma versão "não oficial" de excertos de *Governo dos vivos*, transcritos e traduzidos por Nildo Avelino, o que nos permite ter uma visão bastante interessante do curso.

13), que constituiu uma forma de se pensar e fazer filosofia, uma filosofia como uma relação consigo mesmo, centrada na prática dos exercícios espirituais e nos processos de subjetivação, de constituição de si mesmo. É o que Foucault procura mostrar ao longo do curso, visitando textos de filósofos cínicos, epicuristas e estoicos, dos mais conhecidos, como Epicuro, Epiteto, Sêneca e Marco Aurélio, aos mais obscuros.

A problemática deste curso se desdobra no ano seguinte. Em *O governo de si e dos outros*, Foucault inicia debatendo o texto de Kant *O que é o esclarecimento?* para analisar modernamente o processo de emancipação, isto é, a saída da menoridade em direção à maioridade no uso da razão, fazendo a relação entre este processo de esclarecimento cristão com a *Hascalá* judaica, para fundar a liberdade de consciência. Na aula de 12 de janeiro de 1983, ele introduz o tema de estudo do ano: a noção de *parresia*, que já aparecera no curso do ano anterior, em sua relação com a cultura de si. A problemática do "dizer verdadeiro" é analisada em suas várias perspectivas e desdobramentos, na filosofia e na cultura antigas, especialmente no contexto grego. São enfatizadas, de forma especial, as relações da *parresia* filosófica com a política, enfatizando Foucault que:

> [...] o discurso filosófico em sua verdade, dentro do jogo que joga necessariamente com a política para encontrar sua verdade, não tem de projetar o que seja uma ação política. Ele não diz a verdade da ação política, ele não diz a verdade para a ação política, ele diz a verdade em relação à ação política, em relação ao exercício da política, em relação ao personagem político (FOUCAULT, 2010, p. 261).

Em 1984, entre 1º de fevereiro e 28 de março, Foucault daria seu último curso, sob o título *A coragem da verdade* (*O governo de si e dos outros II*). Ali a noção de *parresia* continua a ser desenvolvida, agora buscando sua genealogia, que o filósofo situa no dizer verdadeiro sobre si mesmo, afirmando-a como a principal característica do "mestre de existência" que opera no horizonte do cuidado de si.

Já na primeira aula Foucault (2009, p. 4 e ss.) afirma ser necessário deixar de lado as análises do tipo "estrutura epistemológica" para exercitar a análise daquilo que ele denomina "formas alitúrgicas" (*formes alèthurgiques*), que ele já havia proposto no curso de 1980, entendendo aliturgia (*alèthurgie*) como a produção da verdade, a forma como a verdade se manifesta. Assim, mais que análise epistemológica, análise alitúrgica da *parresia*, que leva à sua genealogia mesma. Nesse curso, Foucault retoma então o foco do estudo da *parresia* como dizer verdadeiro sobre si mesmo, após haver no ano anterior estudado suas relações com a política.

No final de 1983, Foucault ministrou um seminário nos Estados Unidos, na Universidade de Berkeley, sob o título *Fearless Speech*,[10] no qual essa transição fica marcada: após analisar os vários sentidos da palavra *parresia*, ele estuda sua expressão na retórica, na política e na filosofia, para em seguida centrar-se na análise de sua expressão em vários textos de Eurípedes. Nessa análise das tragédias, fica clara a ideia da *parresia* como o dizer verdadeiro de um subalterno em relação a alguém com um status mais elevado, o que implica a *coragem* em dizer a verdade, como expressão de uma constituição de si mesmo. Foucault analisa ainda a figura da *parresia* na crise das instituições democráticas gregas, para concluir o seminário traçando as relações da *parresia* com o cuidado de si, o que seria a matéria do curso no Collège de France em 1984.

Após este sobrevoo sobre os cursos da segunda metade da década de 1970, centrados na análise da biopolítica, e sobre os cursos da primeira metade da década de 1980, centrados na análise das práticas de si, pensamos ficar mais clara a inflexão que se processa nas pesquisas e no pensamento de Foucault. A diferenciação do foco da macropolítica implicada pela análise da governamentalidade política para uma micropolítica implicada por uma análise do governo de si, da governamentalidade implicada nas práticas de si, fala de outro sujeito. Se no primeiro momento Foucault tratava de um sujeito do poder, na análise das relações do sujeito consigo mesmo de que sujeito se trata? Um sujeito ético, talvez?

Ao tratar do tema da política no pensamento de Foucault, María Cecilia Colombani fala na genealogia de um "sujeito do desejo". Afirma a autora que o projeto da *História da sexualidade* marca uma mudança de rumo nas pesquisas de Foucault, que não implica o divórcio com as questões anteriores, mas em uma mudança de foco, o investimento em interstícios, que possibilitam novas experiências, novas formas de se orientar no pensamento. Afirma ela que: "O giro grego constitui uma indagação sobre o que ele mesmo denomina 'uma genealogia do sujeito do desejo' para ver no coração mesmo da ascese subjetivante novas formas

---

[10] Há uma tradução em espanhol em edição argentina do texto, com o título *Coraje y verdad*, disponível em ABRAHAM, 2003.

de inventar-se como sujeito, fora da coação de um poder que se joga no *topos* institucional" (COLOMBANI, 2008, p. 177).

Como falar em "sujeito do desejo" em Foucault? Sabe-se que em 1977 Gilles Deleuze enviou a Foucault uma longa carta, que seria depois publicada, em 1994, na *Magazine littéraire*. A carta foi escrita após a leitura de *A vontade de saber* e Deleuze comenta a obra de Foucault, especialmente a análise do poder empreendida em *Vigiar e punir* e neste livro publicado logo em seguida, procurando demarcar suas diferenças teóricas em relação a ele. Deste texto de Deleuze, destacamos o trecho que segue:

> Na última vez em que nos vimos, Michel me disse, com muita gentileza e afeição, mais ou menos o que segue: eu não posso suportar a palavra desejo; mesmo que você a empregue diferentemente, isso não me impede de pensar ou de viver que desejo = falta, ou que desejo se diz reprimido. Michel acrescenta: então, aquilo que eu denomino "prazer", talvez seja o que você chama "desejo"; mas, de todo modo, tenho necessidade de outra palavra que não seja desejo (DELEUZE, 2003, p. 119).

Todo o texto de Deleuze é uma tentativa de colocar então o desejo não como falta, mas como produção, procurando acentuar seu caráter ativo e de resistência, enquanto prazer levaria a uma dimensão mais estática, de realização, de resultado. Um pouco adiante, porém, Deleuze questiona: "terá Michel avançado no problema que nos ocupava: manter os direitos de uma microanálise (difusão, heterogeneidade, caráter parcelar) e, no entanto, encontrar uma espécie de princípio de unificação que não seja do tipo 'Estado', 'partido', totalização, representação?" (*idem*, p. 120-1). A sua resposta é dupla: parece que sim, quanto à própria análise do poder, uma vez que em *Vigiar e punir* aparecem as duas direções, a questão difusa e parcelar dos dispositivos micro, mas também aquilo que Deleuze chama de diagrama ou máquina abstrata, que operaria como um princípio de unificação em totalização. Porém, quanto às mudanças operadas em *A vontade de saber*, especialmente colocando as discussões no plano da resistência ou das linhas de fuga, ele diz não conseguir vislumbrar como o colega operaria.

Esses comentários de Deleuze sobre o período imediatamente anterior ao mergulho de Foucault no estudo das práticas de si e dos exercícios espirituais da antiguidade parecem-nos muito interessantes, especialmente na medida em que revelam, pela boca do próprio Foucault, ao comentar suas dificuldades com a palavra "desejo", que naquele momento sua analítica do poder estava muito mais centrada num governo sobre os outros que num governo de si. É a mudança de foco para o governo de si que permite a Foucault encontrar o desejo em sentido deleuzo-guattariano, como produção, não como falta, e transitar para o estudo de "uma genealogia do sujeito do desejo", como comentamos logo antes.

Convém ainda lembrar que, no mesmo ano de 1977 em que Deleuze encaminha a carta acima citada a Foucault, este publicaria o prefácio à edição norte-americana do livro que Deleuze escrevera em parceria com Félix Guattari, O Anti-Édipo, no qual afirma que o livro constitui-se numa espécie de "introdução à vida não fascista".[11] Nesse prefácio, Foucault escreveu:

> Eu diria que O Anti-Édipo (possam seus autores me perdoar) é um livro de ética, o primeiro livro de ética que se escreveu na França desde muito tempo (é talvez a razão pela qual seu sucesso não se limitou a um "leitorado" particular: ser anti-Édipo tornou-se um estilo de vida, um modo de pensamento e de vida). Como fazer para não se tornar fascista, mesmo (e sobretudo) quando se acredita ser um militante revolucionário? Como livrar do fascismo nosso discurso e nossos atos, nossos corações e nossos prazeres? Como desentranhar o fascismo que se incrustou em nosso comportamento? Os moralistas cristãos buscavam os traços da carne que se tinham alojado nas dobras da alma. Deleuze e Guattari, por sua vez, espreitam os traços mais ínfimos do fascismo no corpo (FOUCAULT, 1996b, p. 199).

Parece-nos, pois, que a analítica foucaultiana do poder, que cada vez intensifica mais o fechamento da malha das relações, articulada com seu acompanhamento do trabalho de Deleuze, no qual descobre esse "imperativo ético" de produzir uma vida não fascista, impele-o a uma busca por táticas de resistência que não sejam meramente reativas, mas táticas afirmativas de vida, que ele encontrará justamente na cultura de si da antiguidade. Assim, se a análise do governo dos outros, dos jogos de poder, implicava a possibilidade de uma tomada de posição que podemos denominar *reativa*, as proposições em torno de um governo de si mesmo permitem tomadas de posição que podemos denominar como *ativas*. É o que Foucault chamará de "práticas de liberdade".

---

[11] Analisamos as implicações desse prefácio de Foucault na discussão com Deleuze e Guattari de maneira mais aprofundada no texto *Entre Édipos e "O Anti-Édipo": estratégias para uma vida não fascista*, apresentado no V Colóquio Internacional Michel Foucault (IFCH-Unicamp, novembro de 2008) e publicado em RAGO; VEIGA-NETO, 2009.

Para concluir esse percurso, voltemos, então, à bela entrevista de 1984, *A ética do cuidado de si como prática da liberdade*, para compreender que a afirmação das práticas de liberdade não pode ser confundida com uma retomada metafísica da ideia moderna de liberdade.

Perguntado pelos entrevistadores se o trabalho sobre si mesmo poderia ser compreendido como processo de liberação, Foucault responde pedindo prudência. Afirma que falar em liberação implica uma noção de natureza humana que estaria submetida, através de processos históricos, e que precisa ser liberada. Ecoa aqui a célebre afirmação de Rousseau: "O homem nasce livre, mas encontra-se acorrentado". Não é essa, de forma alguma, sua posição. Se não há uma natureza humana subjugada para ser liberada, não faz muito sentido falar em processos de liberação; nesse ponto, afirma Foucault: "É por isso que insisto sobretudo nas práticas de liberdade, mais que nos processos de liberação, que mais uma vez têm seu lugar, mas que não me parecem poder, por eles próprios, definir todas as formas práticas de liberdade." (FOUCAULT, 2004, p. 266).

Mais que para o selvagem de Rousseau a ser recuperado, Foucault está para o macaco tornado humano do conto de Kafka, *Um relatório para uma academia*, que afirma que os animais não se preocupam com o problema da liberdade, esta fantasia humana, mas com a possibilidade de encontrar ou produzir uma saída. Permitam-nos uma breve passagem por um trecho deste conto, a um só tempo belo e perturbador.

> Tenho medo que não compreendam direito o que entendo por saída. Emprego a palavra no seu sentido mais comum e pleno. É intencionalmente que não digo liberdade. Não me refiro a esse grande sentimento de liberdade por todos os lados. Como macaco talvez eu o conhecesse e travei conhecimento com pessoas que têm essa aspiração. Mas, no que me diz respeito, eu não exigia liberdade nem naquela época nem hoje. Dito de passagem: é muito frequente que os homens se ludibriem entre si com a liberdade. E assim como a liberdade figura entre os sentimentos mais sublimes, também o ludíbrio correspondente figura entre os mais elevados [...] Não, liberdade eu não queria. Apenas uma saída; à direita, à esquerda, para onde quer que fosse; eu não fazia outras exigências [...] (KAFKA, 1999, p. 64-5).

Práticas de liberdade são produções de saídas, invenções de linhas de fuga, um investimento micropolítico nas relações cotidianas;

estabelecimento, ativo, de novos jogos de poder.¹² Os processos de liberação, por sua vez, estão comprometidos com uma macropolítica, com o desenho de grandes processos que, se liberam de determinada conformação social e política, impõem outra conformação, produzem novas amarras que pedirão novos processos de liberação. Os processos de liberação tomam a liberdade como metanarrativa, como fundamentação para a ação, em uma dimensão metafísica. Elas estão intimamente relacionadas com uma visão reducionista do poder, que o circunscreve ao campo da política. É contra isso que Foucault reage, ao afirmar:

> As relações de poder têm uma extensão consideravelmente grande nas relações humanas. Ora, isso não significa que o poder político esteja em toda parte, mas que, nas relações humanas, há todo um conjunto de relações de poder que podem ser exercidas entre indivíduos, no seio de uma família, em uma relação pedagógica, no corpo político. (FOUCAULT, 2004, p. 266)

Desse modo, enquanto os processos de liberação são pensados no campo do poder político, das macrorrelações, permeadas por processos de totalização e de representação, as práticas de liberdade são pensadas no campo mais amplo do poder, das microrrelações, no âmbito da difusão, da heterogeneidade e do caráter parcelar, para recuperar a terminologia usada por Deleuze na carta a Foucault citada anteriormente. Se o campo das práticas de liberdade não é o campo da política, pensada como espaço das macrorrelações, qual seria ele? Foucault (2004, p. 267) não titubeia: o campo das práticas de liberdade é o campo da ética, uma vez que "[...] o que é a ética senão a prática da liberdade, a prática refletida da liberdade?" e, mais adiante, emenda: "A liberdade é a condição ontológica da ética. Mas a ética é a forma refletida assumida pela liberdade" (*idem, ibidem*).

O que vemos, assim, é a contiguidade dos campos da política e da ética, ambas pensadas como exercício e relação de poder; enquanto a primeira diz respeito a um nível macro, construindo esquemas universais, a segunda espraia-se pelo nível micro, produzindo heterogeneidades. É nessa direção que Foucault (2004, p. 270) aponta o exercício ético das práticas de liberdade como um trabalho sobre si mesmo: "Mas, para que essa prática da liberdade tome forma em um *ethos* que seja bom, belo,

---

[12] Uma discussão interessante das práticas de liberdade como a produção de uma "autonomia estética" pode ser encontrada em SIMONS, 1995.

honroso, respeitável, memorável e que possa servir de exemplo, é preciso todo um trabalho de si sobre si mesmo". E, ainda que a relação consigo mesmo seja "ontologicamente primária" (*idem*, p. 271), ela implica uma relação com o outro, ao menos em dois aspectos: de um lado, para cuidar de si é necessário o concurso de um "mestre do cuidado", um guia, um conselheiro, um amigo; de outro lado, é cuidando de si que se pode atuar como "mestre do cuidado" para outrem.

Ainda na mesma entrevista, Foucault (*idem*, p. 286) afirma ao final que a relação consigo mesmo não é a única resistência possível ao poder político tomado em seu nível macro, como dominação, mas que a própria governamentalidade, se tem uma faceta macropolítica, também desdobra-se em uma relação consigo, em um ocupar-se de si mesmo. Mas, pensando em termos micropolíticos, na direção de uma ética como estética da existência, o ocupar-se consigo mesmo, o cuidado em construir uma vida bela e justa, faz-se na contraposição a um sistema de dominação, faz-se na construção de fissuras a este grande modelo de relações, produzindo linhas de fuga e uma espécie de resistência ativa, que produz, que cria e transforma nas próprias brechas do modelo instituído. É por isso que, num modelo político centrado nas ideias de segurança e de produção de seguridade, as práticas de liberdade são uma opção pelo risco, pelo instável, pelo heterogêneo.

Em suma, para uma postura *ativa* frente ao poder, há que se governar a si mesmo, há que se regular as relações, uma vez que "é o poder sobre si que vai regular o poder sobre os outros" (FOUCAULT, 2004, p. 272). Apenas assim podemos instituir práticas de liberdade, menores, que produzam uma vida bela e digna. A canção de Tom Zé colocada em epígrafe a este artigo afirma que a liberdade é traiçoeira: se ela pode produzir práticas de liberdade, pode também articular sistemas de dominação que, paradoxalmente, colocam-se como condição da liberdade. A liberdade é traiçoeira, pois foge, esquiva-se, escapa, na mesma medida que captura. A invenção de uma vida ética, de uma vida não fascista, é possível pelo investimento nas práticas de liberdade, tirando-as das moitas, produzindo-as nas esquinas, para além de sua fugacidade.

Nas dobras do poder, encontra-se o cuidado e a preocupação consigo mesmo. Nas dobras de uma sociedade governada e governamentalizada, uma ética do cuidado de si pode ser o caminho da resistência, de uma resistência ativa, de um colocar-se ativamente nas relações de poder, seja consigo, seja com os outros, inventando e experimentando práticas de liberdade.

Referências

ABRAHAM, T. *El último Foucault*. Buenos Aires: Sudamericana, 2003.

CASTRO, E. *Vocabulário de Foucault*. Belo Horizonte: Autêntica, 2009.

COLOMBANI, M. C. *Foucault y lo político*. Buenos Aires: Prometeo Libros/UNLP, 2008.

CUBIDES C., H. *Foucault y el sujeto político*. Bogotá: Siglo del Hombre Editores/ Universidad Central, 2006.

DELEUZE, G. *Foucault*. 2. ed. São Paulo: Brasiliense, 1991.

DELEUZE, G. Désir et plaisir. In: *Deux régimes de fous – textes et entretiens 1975-1995*. Paris: Minuit, 2003.

FOUCAULT, M. *História da sexualidade II – o uso dos prazeres*. Rio de Janeiro: Graal, 1984.

FOUCAULT, M. *História da sexualidade II – o cuidado de si*. Rio de Janeiro: Graal, 1985.

FOUCAULT, M. *A Verdade e as formas jurídicas*. Rio de Janeiro: NAU/PUC-Rio, 1996a.

FOUCAULT, M. O Anti-Édipo: uma introdução à vida não fascista. *Cadernos de Subjetividade*. São Paulo, número especial, jun. 1996b, p. 197-200.

FOUCAULT, M. *Em defesa da sociedade*. São Paulo: Martins Fontes, 1999.

FOUCAULT, M. A ética do cuidado de si como prática da liberdade. In: *Ditos e escritos V*. Rio de Janeiro: Forense Universitária, 2004, p. 264-87.

FOUCAULT, M. *Segurança, território, população*. São Paulo: Martins Fontes, 2008a.

FOUCAULT, M. *Nascimento da biopolítica*. São Paulo: Martins Fontes, 2008b.

FOUCAULT, M. *La courage de la verité – Le gouvernement de soi et des autres II*. Paris: Gallimard/Seuil, 2009.

FOUCAULT, M. *Do governo dos vivos – curso no Collège de France, 1979-1980* (excertos). Tradução, transcrição, notas e apresentação de Nildo Avelino. São Paulo/ Rio de Janeiro: Centro de Cultura Social/Ed. Achiamé, 2010a.

FOUCAULT, M. Do governo dos vivos (aula de 16 de janeiro de 1980). In: *VERVE – Revista do Núcleo de Sociabilidade Libertária do Programa de Estudos Pós-Graduados em Ciências Sociais da PUC-SP*, n. 17. São Paulo: maio de 2010b, p. 154-88.

FOUCAULT, M. *O governo de si e dos outros*. São Paulo: WMF Martins Fontes, 2010c.

GADELHA, S. *Biopolítica, governamentalidade e educação*. Belo Horizonte: Autêntica, 2009.

HADOT, P. *Exercices spirituels et philophie antique*. Paris: Albin Michel, 2002.

KAFKA, F. Um relatório para uma academia. In: *Um médico rural*. São Paulo: Cia. das Letras, 1999.

PORTOCARRERO, V. *As ciências da vida – de Canguilhem a Foucault*. Rio de Janeiro: FIOCRUZ, 2009.

RAGO, M.; VEIGA-NETO, A. (Orgs.). *Para uma vida não fascista*. Belo Horizonte: Autêntica, 2009.

REVEL, J. *Foucault – conceitos essenciais*. São Carlos: Claraluz, 2005.

SIMONS, J. *Foucault & the political*. London/New York: Routledge, 1995.

Por um saber libertário, para além das evidências

Tania Navarro Swain

Foucault foi e continua sendo, nas repercussões de seu pensamento, sedicioso, rebelde, instigador de questionamentos na ciência e nos comportamentos. Teórico sem teorias ou caminhos definitivos, descartando emulações, rebelde de todas as causas, Foucault apresenta dois princípios metodológicos que me parecem decisivos em suas reflexões: a destruição das evidências e a descontinuidade.

Aquilo que Foucault denomina *regime de verdade* faz circular enunciações que instauram certezas e definem comportamentos. Dessa forma, as verdades que se impõem sobre o ser, sobre o bem e o mal, as crenças que os definem são motores de violência na construção do social; a natureza é assim erigida em humanidade, dividida segundo o sexo ou a raça, fundamento de hierarquias e totalitarismos, invocada por religiosos ou cientistas, ciosos em preservar privilégios, definir competências, excluir ou subjugar parte da população da cena política. Foucault já assinalava a rarefação do discurso, na medida em que a palavra é aprisionada em lugares de autoridade e prestígio.

No caso das mulheres, definidas por seus corpos enquanto matrizes, a ideia de natureza lhes designa um destino biológico, ancora seu ser em seus órgãos reprodutores e neles fixa seus limites. A ideia da natureza humana é, neste sentido, uma construção política, amparo e fundamento de poder de uns sobre outros, justificadora de escravidões e apropriações diversas.

O senso comum, por sua vez, é veículo de representações sociais fixas, instalando imagens de feminino e masculino no imaginário social como se fossem expressão precípua de uma natureza imutável. Assenta asserções arbitrárias na repetição contínua de estereótipos, em tradições construídas socialmente, mas invocadas como fundadoras e evidentes.

Enquanto a hierarquia branco/negro tem sido repudiada, o masculino e o feminino e seus atributos sociais são vistos como decorrentes de própria expressão do "natural". Natural, logo, não questionável, não problematizável, decorrente de *leis da natureza*, justificativa maior para a apropriação dos corpos e da produção do trabalho feminino. A diferença sexual e suas pesadas consequências políticas aparecem nos discursos sociais como uma evidência, circulando como tal em formações sociais diversas.

Entretanto, é interessante auscultar os pressupostos que definem tais certezas, destruindo-as, como quer Foucault. Um pressuposto é a base de um edifício teórico e se, por exemplo, Lévi Strauss afirma a troca de mulheres como evidência cultural universal, seu pressuposto é que as mulheres são dominadas, objeto de troca entre homens. Afirma, assim, que existiam mulheres e homens, numa relação de hierarquia e subordinação, *desde sempre e logo, para sempre*. Esse é um exemplo de como a simples asserção *científica* cria o solo que funda sua própria veracidade, como bem nos ensinou Foucault. E sua repetição incansável reforça, no imaginário, sua força de verdade.

"O corpo da mulher foi o primeiro território a ser colonizado." Esta é uma enunciação, por exemplo, entre outras, que se repete. Quais são seus pressupostos? Primeiramente, que as mulheres se definem no singular, todas iguais; segundo, que o corpo das mulheres, seus órgãos e orifícios são seu próprio ser. Terceiro, que esta apropriação-colonização se deu no início dos tempos, das culturas, das civilizações e que é, portanto, inquestionável.

Com apenas uma frase, está-se instaurado no imaginário social a dominação originária do feminino; na aurora do tempo, cria-se a existência de um binarismo "natural", feminino dominado e masculino dominador, com a violência como ato justificado pelo tempo, que se transforma em tradição, em crença, em costume, em ritual, em castigo. Em natureza.

Sempre foi assim, afirmam os discursos de verdade, de poder, aqueles que reproduzem no imaginário social o homem das cavernas arrastando uma mulher pelos cabelos. Incontornável, já que, dizem, existente no desabrochar da existência social.

Desse pressuposto decorre outro: existem sentidos fixos e permanentes em toda e qualquer formação social, do passado remoto ao presente. Um deles é a atribuição de uma importância maior aos contornos físicos ou mais precisamente aos corpos sexuados, dotados de um aparato fálico ou dele desprovido.

A ausência do falo seria, portanto, definitiva na demarcação dos papéis e atribuições sociais, causa e consequência da inferioridade "natural" das mulheres, de sua falta de razão, de tino, de força, de criatividade, exclusividades de quem é dotado de um pênis. Tal pressuposto, oculto sob os discursos de verdade sobre o humano, é uma das *tecnologias do sexo*, uma das estratégias de instauração de poder. Ao se questionar, porém, a natureza binária e hierárquica do humano, fica claro que esta "verdade" é uma construção social.

"A verdade está circularmente ligada a sistemas de poder, que a produzem, apoiam e a efeitos de poder que ela induz e que a reproduzem", afirmou Foucault (1988, p. 14).

Nada, além de representações sociais, crenças impostas ou adotadas, que regulam a produção de enunciados, pode fundamentar "a verdade" da superioridade de um ser sobre outro. De fato, qualquer tipo de superioridade é derrisória já que construída a partir da *importância* que se dá a um ou a alguns fatores, como a cor da pele, a força, o falo. Verdades, porém, que circulam com força impositiva e pesada materialidade, dando origem a regimes de verdade e estruturas de poder.

Quem pode afirmar, senão invocando Deus e seus asseclas ou crenças científicas esfarrapadas, que em 100 mil anos da existência conhecida do humano existia o binarismo social, o masculino e o feminino como tais, com a predominância do primeiro sobre o segundo, com a importância que hoje se dá ao falo?

Quem, senão o historiador ou outros cientistas, obtusos, imbuídos de sua superioridade enquanto homens, intelectuais ou arautos da verdade e autoridade ditas incontestáveis? Quem, senão os incapazes de perceber suas próprias condições de produção do saber? Incapazes de aceitar que estão imersos em uma rede interpretativa de representações sociais, que seus discursos de verdades não passam de uma estratégia de implantação, repetição, reprodução de poder?

★ ★ ★

Foucault (1972, p. 34-5), na crítica ao saber, aponta a loucura que se instala na razão em sua vontade de poder lapidar: a loucura "é ao contrário o castigo de uma ciência desregrada e inútil [...] aparece aqui como punição cômica do saber e de sua presunção ignorante. [...] é porque o homem é presa dele mesmo que aceita como verdade o erro, como realidade a mentira, como beleza e justiça a violência e a feiúra".

★ ★ ★

Não posso deixar de vislumbrar um riso irônico de Foucault, que sonhava com o intelectual transformador aquele cujo intuito

> não é mudar a "consciência" das pessoas, ou o que elas têm na cabeça, mas o regime político, econômico, institucional de produção da verdade. Não se trata de libertar a verdade de todo sistema de poder – o que seria quimérico na medida em que a própria verdade é poder –, mas de desvincular o poder de verdade das formas de hegemonia (sociais, econômicas, culturais), no interior das quais ela funciona no momento (FOUCAULT, 1988, p. 14).

A destruição das evidências caminha neste sentido: o questionamento dos pressupostos que fundamentam as asserções tomadas como verdades incontornáveis. Um pressuposto não é uma hipótese de trabalho, é uma noção axiomática, indiscutível, e é como aparece a famosa "natureza humana", que pontua tantos enunciados científicos, e estabelece redes representacionais e invisíveis de poder do masculino sobre o feminino. E é reproduzido mesmo em alguns discursos feministas, que não problematizam as "evidências".

Entretanto, nos anos 1970, as feministas francesas criaram uma categoria desconstruidora do "natural" – o sexo social –, que explicaria a *criação social* das desigualdades e da dominação. O social aqui desvenda os meandros do poder inseridos nos discursos da natureza. Quanto à categoria *gênero,* que pretenderia indicar as roupagens socioculturas atreladas ao sexo, não vai além do natural, pois se vincula necessariamente ao sexo biológico, no que foi denominado sistema sexo/gênero. E mais uma vez se assiste ao ressurgir da natureza como fundamento dessa relação, já que o sexo assentaria o gênero.

Nicole Claude Mathieu (1991), antropóloga feminista, faz uma tipologia dos arranjos sexo/gênero e afirma, em seu terceiro tipo, que o gênero constrói o sexo. Ou seja, o social, criando gênero, instala-os sobre corpos sexuados. Esse *insight* não teve grande repercussão, pois a produção de conhecimento feminista ainda não dispunha de um lugar de fala autorizado. A mesma autora inova, apontando para o processo de construção da diferença sexual, criadora do sexo social.

Em meados dos anos 1990, porém, Judith Butler (1994), filósofa feminista, trabalha os pressupostos dessa construção sexo/gênero e argumenta que não existe gênero fora práticas de gênero, materiais ou simbólicas. E, nesse sentido, o gênero é performativo, pois cria o sexo e a importância social a ele atribuída.

Assim, o próprio gênero constrói corpos sexuados em hierarquia, cujo ápice é o falo, traduzido em masculino, referente e significante geral do humano. É nessa perspectiva que Butler reafirma a construção social do sexo pelo próprio gênero pois são as relações sociais que engendram os discursos da natureza e da diferença sexual, assentados na desigualdade e na apropriação do feminino, excluído da cena do político e do social.

Ancorado no imaginário e nos pressupostos ditos *verdadeiros*, o exercício desse poder se faz na violenta materialidade das relações sociais, em que mulheres são apropriadas, compradas, vendidas, inferiorizadas, desprezadas, destituídas de seus direitos políticos, rebaixadas, seu trabalho desqualificado, seus anseios ridicularizados, suas pesquisas ignoradas, sua presença no político e no social apagada.

Ignorância ou arrogância, o resultado é o mesmo: *a criação de uma zona de sombra, uma bruma de olvido, dobras no saber, que, na repetição constróem sua veracidade, sem nenhum fundamento palpável. A não ser sua própria enunciação.*

É assim que as mulheres não aparecem enquanto sujeitos na história e no social a não ser como matrizes, reprodutoras, ventres prolíferos, julgadas a partir desse parâmetro. Público e privado, essa divisão do social é datada, é histórica, não é universal, como querem alguns, que não conhecem ou não querem aceitar a historicidade absoluta das relações humanas, a historicidade que desvela a vontade de poder embutida nos discursos de verdade.

Desaparece do discurso e da memória social qualquer ação que não seja conjugada no masculino, sede de poder, força e razão, criação pelo poder da ideia de "natureza" e daquela que dela decorre, a "diferença sexual". Foucault (1976), com sua noção de "dispositivo", mostra as estratégias sociais, as injunções que transformam a sexualidade na essência e no mistério do ser, históricas, datadas, detectáveis em sua emergência nos discursos sociais.

Afinal, as práticas discursivas, que criam e põem em ação os diferentes dispositivos, as tecnologias e táticas que engendram o social tal como ele se apresenta, são a expressão da imbricação imaginária – representações sociais – interpretação – construção do mundo, com seus escaninhos, desvãos, recortes, vincos que escondem e ao mesmo tempo expõem suas condições de produção. E é nesse sentido que, numa perspectiva foucaultiana, buscam-se o dito, o explicitado, pois em sua enunciação encontram-se as condições de produção e de imaginação que os engendram. Como no caso da *natureza humana*, da *diferença sexual*, práticas discursivas que criam e implantam a inferioridade e a exclusão das mulheres do político. Apenas por serem mulheres, definidas em corpos, conjugadas em sexo e sexualidade.

Para quem considera que não há evidências de sociedades onde não existiria um binarismo hierarquizado do humano, pode-se também argumentar que não existem evidências de que tal relacionamento tenha sido perene, universal, sempiterno. Não existem evidências de que *não existiram* sociedades cujo fundamento não é a sexualidade, o heterogênero, a procriação, a dominação exercida sobre outrem a partir de um detalhe físico, a não ser nos pressupostos teóricos do enunciador. Afinal, só tem importância aquilo a que damos importância. E os discursos da história selecionam o que é para ser considerado fato ou evidência.

É assim que a destruição das evidências no pensar histórico é um instrumento incontornável para quem não se conforma com a naturalização daquilo que é instituído no espaço e no tempo, em formações sociais singulares que em nossos dias tomam foros de universalidades, encobrindo a história do humano que não é contada. De fato, é a arrogância e a vontade de poder do presente que transferem ao passado suas relações sociais de sexo social.

As palavras *nunca* e *sempre* estão banidas para a historiadora foucaultiana e feminista. Pois, como explicita Foucault, o que resta do passado humano são discursos, imagens, selecionados, esmiuçados, problematizados segundo os sentidos e representações constituintes do fazer história, segundo os sistemas interpretativos e representacionais que dirigem o olhar e controlam os sentidos.

As problematizações são oriundas das condições de produção e de possibilidade e também das condições de imaginação presentes no imaginário das formações sociais, em suas especificidades, da possibilidade de se pensar o possível, uma alteridade radical. *É assim que o olhar enxerga apenas o que quer ver nos indícios e discursos oriundo do passado.* Redes de sentido são criadas pelas grades interpretativas, pelos sistemas de significação e de inteligibilidade que Foucault denomina "regimes de verdade".

Não me conformo com a penúria da história que faz do humano a incansável repetição do mesmo, atribuindo sentidos fixos lá onde se poderia encontrar o múltiplo, o inusitado, o maravilhoso. Pobres historiadores, que desperdiçam seus talentos em narrativas, cujos pressupostos desabam ao serem expostos!

Quer seja na academia ou na expressão vulgar do senso comum, reitera-se, no caso das relações de gênero, as imagens do *sempre assim*, da *diferença*, da *natureza* que criam e fundam o sexo e a sexualidade como parâmetros do ser no social, centrados no falo, em sua importância simbólica e material. Recriam-se, sem cessar, poderes e apropriações na construção do feminino social para evitar que os pressupostos teóricos e políticos desabem por falta de alicerce, de fundamento.

E assim chegamos ao outro princípio que apontara no início: a descontinuidade. Ora, seu oposto, a continuidade, irmã gêmea da evidência, é repetidora incansável de uma trajetória humana evolutiva, do primitivo para o civilizado, do caos para o Estado, do matriarcado para o patriarcado.

Esta categoria – a continuidade – trata como evidência aquilo que foi imposto à história e às relações sociais. O pressuposto é uma evolução do pior para o melhor, orientada ora pela razão hegeliana, ora pelo movimento teleológico da luta de classes ou, simplesmente, pelos desígnios divinos. Estamos, então, imersos em pleno mar de crenças e ideologias cuja pretensão é explicar o movimento do social em um quadro teórico delimitado e repetidor de certezas e naturalizações.

O caso de patriarcado no cimo evolutivo chega a ser risível, pois o famoso *matriarcado* seria a inversão da atual relação de poderes, domínio do caos, da desordem, do primitivo, pressupondo-se que as mulheres dominariam os homens, num estado de total selvageria? Os inumeráveis vestígios históricos de sociedades onde havia um feminino prezado e mesmo adorado como divindade são transformados em uma ridícula situação inverossímil, inversão do *natural*, da ordem da diferença e seu referente fálico.

Foucault, com maior tino, nos fala da domesticação do acaso, da rarefação imposta dos discursos, dos lugares de fala que impõem verdades a partir de autoridades instituídas. A irrupção do acaso – que para muitos é obstáculo ou impedimento à ordem, à instauração de normas e poderes – para Foucault tem o sabor do movimento, do extraordinário, daquilo que retira o ranço e a estabilidade do mesmo.

Para Foucault, a descontinuidade quebra as evidências e as certezas, restituindo ao social sua multiplicidade e, ao mesmo tempo, sua singularidade. Pois cada formação social contém suas próprias especificidades, feitas, porém, de práticas plurais, aquelas que precisam ser dominadas pelos discursos de verdade, de poder, pelas economias de dominação e submissão dos comportamentos e das mentes.

Hoje, ao fazermos história com Foucault, pensamos em termos de sentidos circulantes, de significados que edificam os regimes de verdade, as asserções que se difundem e têm efeito de verdade naquelas formações sociais. E ao problematizá-las, destruímos suas evidências, expondo pressupostos cujo fundamento é nulo. Pensamos o dito dos indícios e documentos, que para Foucault são as únicas pistas que nos aproximam das condições de produção das práticas discursivas urdidoras das relações sociais.

Esta é a história da descontinuidade, e estas são as rupturas tão pouco compreendidas: rupturas de sentidos, de problematizações, de enfoques, rupturas dos sistemas de interpretação e de representação, da grade que fornece peso e validade, importância e autoridade a alguns e exclui outros. Rupturas que mostram, na descontinuidade da história, um fazer e desfazer de teias e emaranhados de significações.

Mas esses também são pressupostos, diriam alguns.

É claro, mas pressupostos que insinuam a liberdade, a pluralidade do humano, não fixado apenas em um binário monótono e multiplicador de submissões, penas e coerções. Os discursos sobre a diferença sexual e a natureza binária do humano não passam de discursos políticos que asseguram assujeitamentos lá onde poderia haver liberdade de ser, que asseguram a norma e seu estilete de punição, lá onde poderia haver o prazer de descoberta. Já que, para haver um diferente, é preciso haver um referente, e o significante geral nos sistemas globalizados de significação é o falo real e o falo simbólico, fonte de poder, de razão, de importância social.

Esses mesmos discursos de autoridade têm mantido em segredo o pulsar de vidas recônditas, de mundos outros, de relações diversas, de formações sociais não marcadas pelo selo fálico. A diferença sexual para nós, feministas, é o simulacro deleuziano, a diferença sem fundo, sem referente, sem fronteiras nem limites. É a diferença da diferença, pois todas somos diferentes, de outrem, de nós mesmas; em nosso presente, somos apenas o simulacro de nossas representações passadas, que não servem de referentes nem para nosso próprio ser.

Quem pode ter a pretensão de ser referente geral do humano, sem derivar para o ridículo? A seriedade dos discursos acadêmicos muitas vezes apenas exprime a vacuidade de seus argumentos ou de seus pressupostos. Não canso de repetir: *o que a história não diz, não existiu*. Ou seja, os discursos das certezas e das verdades apoiam-se nas narrativas históricas – que sabemos fundadas em pressupostos – como expressão da realidade humana, de um passado mais ou menos remoto, restituindo-nos continuamente a diferença sexual como a marca indelével de um humano que criou Deus à sua imagem e semelhança, para melhor fundar o poder e autoridades masculinos.

Destruição de evidências, descontinuidade como instrumento e solo histórico, seguindo sempre Foucault; essa é, para mim, a história possível do humano, aquela que não sofre de antemão os pressupostos do binarismo, da heterossexualidade, da violência praticada sobre as mulheres, pelo simples fato de serem instituídas socialmente como mulheres.

Referências

BUTLER, Judith. Gender as performance. *Radical philosophy, a journal of socialist & feminist philosophy*, n. 67, Summer, 1994. p. 32-9.

FOUCAULT, Michel. *Microfísica do poder*. Rio de Janeiro: Graal, 1988.

FOUCAULT, Michel. *Histoire de la folie*. Paris: Gallimard, 1972.

FOUCAULT, Michel. *Histoire de la sexualité 1. La volonté de savoir*. Paris: Gallimard, 1976.

MATHIEU, Nicole-Claude. *L'anatomie politique, catégorisations et idéologies du sexe*. Paris: Côté Femmes, 1991.

PATEMAN, Carole. *O contrato sexual*. São Paulo: Paz e Terra, 1993.

Autoras e autores

Acácio Augusto

Doutorando em Ciências Sociais na PUC-SP, pesquisador do Nu-Sol (Núcleo de Sociabilidade Libertária do Programa de Estudos Pós-Graduados em Ciências Sociais da PUC-SP) e professor na Faculdade Santa Marcelina. E-mail: estadoalterado@yahoo.com.br; site: www.nu-sol.org

Alfredo Veiga-Neto

Mestre em Genética e doutor em Educação. Professor titular do Departamento de Ensino e Currículo e Professor do Programa de Pós-Graduação em Educação, Faculdade de Educação da UFRGS. Líder do Grupo de Estudos e Pesquisas em Currículo e Pós-Modernidade. E-mail: alfredoveiganeto@uol.com.br

André Duarte

Mestre e doutor em Filosofia. Professor adjunto no Departamento de Filosofia e no Programa de Pós-Graduação em Filosofia da UFPR. Líder do Grupo de Pesquisa em Ontologia, Fenomenologia e Hermenêutica (UFPR e CNPq). Bolsista do CNPq.

Carlos Ernesto Noguera-Ramírez

Mestre em História e doutor em Educação. Professor associado da Universidad Pedagógica Nacional de Colombia. Membro do Grupo de Pesquisa Historia de la Práctica Pedagógica en Colombia e do Grupo de Estudos e Pesquisas em Currículo e Pós-Modernidade. E-mail: c.guera@hotmail.com

Cesar Candiotto

Mestre em Educação e doutor em Filosofia. Professor adjunto do Curso de Filosofia e do Programa de Pós-Graduação em Filosofia da PUC-PR. Pesquisador do CNPq. E-mail: ccandiotto@gmail.com

Diogo Sardinha

Licenciado e doutor em Filosofia. Foi pesquisador em pós-doutorado na PUC-SP e na Freie Universität Berlin. Membro do Collège International de Philosophie.

Durval Muniz de Albuquerque Júnior

Mestre e doutor em História. Foi bolsista de pós-doutorado na Universidade de Barcelona. Professor titular do Departamento de História da UFRN. Pesquisador do CNPq.

Edson Passetti

Mestre e doutor em Ciências Sociais. Livre-docente e professor associado da Faculdade de Ciências Sociais da PUC-SP. Coordenador do Nu-Sol (Núcleo de Sociabilidade Libertária do Programa de Estudos Pós-Graduados em Ciências Sociais da PUC-SP).

Estela Scheinvar

Doutora em Educação. Professora adjunta da UERJ e socióloga do Serviço de Psicologia Aplicada da UFF. E-mail: estela@uerj.br

Guilherme Castelo Branco

Doutor em Comunicação. Professor associado do Departamento de Filosofia da UFRJ. Líder do Laboratório de Filosofia Contemporânea da UFRJ. Pesquisador da FAPERJ e do CNPq. E-mails: castelobranco@ifcs.ufrj.br; guilherme.branco@pq.cnpq.br

Heliana de Barros Conde Rodrigues

Doutora em Psicologia Escolar. Professora adjunta do Departamento de Psicologia Social e Institucional e do Programa de Pós-Graduação em Psicologia Social da UERJ. Pesquisadora do CNPq. E-mail: heliamaconde@uol.com.br

Jorge Ramos do Ó

Doutor e professor associado do Instituto de Educação da Universidade de Lisboa e professor convidado da Universidade de São Paulo, Brasil. E-mail: jorge.o@ie.ul.pt

Julio Groppa Aquino

Mestre e doutor em Psicologia Escolar. Fez estágio pós-doutoral na Universidade de Barcelona. Professor associado (livre-docente) da Faculdade de Educação da USP. E-mail: groppaq@usp.br

Luiz Celso Pinho

Bacharel em Psicologia e psicólogo; bacharel, mestre e doutor em Filosofia. Professor adjunto do Departamento de Filosofia da UFRuralRJ. Pesquisador APQ-1 da FAPERJ (2009-2011).

Magda Maria Jaolino Torres
Bacharel, licenciada, mestre e doutora em História; professora do Instituto de História e do Programa de Pós-Graduação em História Comparada da UFRJ. E-mail: mmjt@terra.com.br

Márcio Alves da Fonseca
Graduado em História, Filosofia e Direito, mestre em Filosofia, doutor em Direito. Professor assistente doutor do Departamento de Filosofia e do Programa de Estudos Pós-Graduados da PUC-SP. E-mail: marciofons@uol.com.br

Margareth Rago
Mestre e doutora em História. Livre-docente e professora titular do Departamento de História do IFCH da UNICAMP. Associada ao Nu-Sol (Núcleo de Sociabilidade Libertária, do Programa de Estudos Pós-Graduados em Ciências Sociais da PUC-SP). Bolsista do CNPq.

Maria Rita de Assis César
Mestre e doutora em Educação. Professora adjunta do Setor de Educação e do Programa de Pós-Graduação em Educação da UFPR. Pesquisadora do Núcleo de Estudos de Gênero. E-mail: mritacesar@yahoo.com.br

Maura Corcini Lopes
Mestre e doutora em Educação. Professora titular do Programa de Pós-Graduação em Educação da UNISINOS e coordenadora do Grupo de Estudos e Pesquisas em Inclusão (UNISINOS e CNPq). Bolsista do CNPq.

Maurizio Lazzarato
Sociólogo independente e filósofo italiano; vive em Paris, onde, em 2000, fundou a revista *Multitudes*. Pesquisa e escreve sobre ontologia do trabalho, capitalismo cognitivo, trabalho imaterial e movimentos pós-socialistas.

Philippe Artières
Doutor em História. Pesquisador do EHESS/CNRS. Responsável pelos Archives Michel Foucault, no IMEC, e Presidente do Centre Michel Foucault, em Paris.

Rogério Luis da Rocha Seixas
Doutorando em Filosofia no Programa de Pós-Graduação em Filosofia da UFRJ e estudante/membro do Laboratório de Filosofia Contemporânea (IFCS/UFRJ). E-mails: rl.seixas@yahoo.com.br; rlseixas@oi.com.br

Salete Oliveira

Mestre e doutora em Ciências Sociais. Professora do Departamento de Política da PUC-SP. Pesquisadora do Nu-Sol (Núcleo de Sociabilidade Libertária do Programa de Estudos Pós-Graduados em Ciências Sociais da PUC-SP).

Salma Tannus Muchail

Mestre e doutora em Filosofia. Professora emérita da PUC/SP e professora titular do Departamento de Filosofia da PUC-SP. E-mail: salma@pucsp.br

Sílvio Gallo

Mestre e doutor em Educação (Filosofia da Educação). Professor associado e livre docente da Faculdade de Educação da UNICAMP. Pesquisador do CNPq.

Tania Navarro Swain

Mestre em História da América Latina e doutora em História. Professora associada da UnB. Editora da Revista *on-line Labrys, estudos feministas*. E-mail: anahita@terra.com.br

Este livro foi composto com tipografia Bembo e impresso
em papel Offset 75 g/m² na Formato Artes Gráficas.